소피 브링크만 시리즈 1

악명 높은 연인

**DEN
ANDALUSISKE
VÄNNEN**

알렉산데르 쇠데르베리 지음

이원열 옮김

북로드

주요 등장인물

소피 브링크만 – 간호사, 미망인
알베르트 브링크만 – 소피의 중학생 아들
옌스 발 – 소피의 첫사랑, 무기 밀매상
야네 란츠 – 소피의 여동생

구스만 파
엑토르 구스만 – 출판사 '안달루시아의 개' 사장, 구스만 파의 수장
아달베르토 구스만 – 엑토르의 아버지, 별명은 구스만 엘 부에노(선한 구스만)
아론 예이슬레르 – 엑토르의 오른팔, 외인부대 출신
레셰크 스미알리 – 아달베르토의 폴란드 인 경호원
카를로스 푸엔테스 – 트라스텐 레스토랑 주인

한케 파
랄프 한케 – 독일 뮌헨에 근거지를 둔 한케 파의 수장, 동독 비밀경찰 출신
크리스티안 한케 – 랄프의 아들이자 한케 파의 후계자
롤란트 겐츠 – 랄프의 오른팔
미하일 아스마로프 – 랄프의 러시아 인 해결사
클라우스 퀼러 – 미하일의 동료, 보디빌더

경찰들
구닐라 스트란드베리 – 국립범죄센터 특별 수사팀장
에리크 스트란드베리 – 구닐라의 남동생이자 팀원
라르스 빙에 – 소피의 감시를 담당하는 팀원, 순경 출신
안데르스 아스크 – 구닐라의 부하, 비밀경찰 출신
하세 베릴룬드 – 뒤늦게 합류한 팀원, 과잉 대응이 특기
토미 얀손 – 구닐라의 상관, 국립범죄센터 정보부장

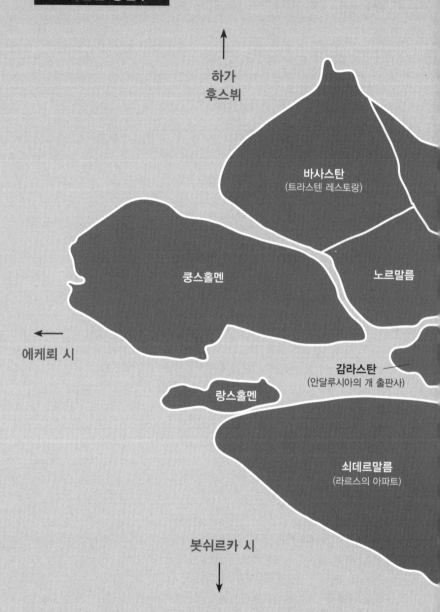

스톡홀름 중심부

하가
후스뷔

바사스탄
(트라스텐 레스토랑)

쿵스홀멘

노르말름

에케뢰 시

감라스탄
(안달루시아의 개 출판사)

랑스홀멘

쇠데르말름
(라르스의 아파트)

봇쉬르카 시

프롤로그

스페인, 7월

그녀는 백미러와 앞의 길을 번갈아 쳐다보았다. 방금 전 뒤쪽에서 불쑥 나타났다가 사라진 오토바이는 이제 보이지 않았다. 그녀는 뒤에 있는 차들을 방패로 삼아보려고 고속도로 안쪽 차선으로 들어갔다. 그는 조수석에 앉아 시선을 후방에 고정한 채 방향을 알려주고 있었다. 하지만 들리는 것은 목소리에 밴 공포뿐이었다.

뒤편 차들 사이에서 오토바이가 달려왔다. 떨리는 백미러에 오토바이의 윤곽이 나타났다 사라졌다를 반복했다. 그녀는 탁 트인 왼쪽 차선으로 들어가 액셀을 꽉 밟았다. 가장 빠른 5단 기어를 넣자 엔진 회전 속도가 높아지며 차가 흔들렸다. 토할 것 같았다.

발 언저리에 찬바람이 새 들었다. 총알이 차 아래쪽을 맞힌 모양이었다. 총알구멍에서 나는 윙윙 소리와 혹사당하는 엔진 소리가 섞인 끔찍한 소음이 그녀의 생각을 방해했다. 총알 세례를 받기 전에 어디까지 운전했는지 기억 나지 않을 정도였다. 너무도 갑작스럽고 비현실적이었다. 오토바이를 모는 사람은 짙은 가리개가 달린 푸른색 헬멧을, 뒤에 탄 총잡이는 가리개가 없는 검은 헬멧을 쓰고 있다는 걸 볼 정도의 시간밖에 없었다. 잠시 총잡이와 눈이 마주쳤을 때, 그녀는 그의 두 눈에 서린 공허함을 보았다.

처음에는 왼쪽에서 총알이 날아왔다. 그리고 난데없이 다다다다 하는 소리가 연달아 들려왔다. 마치 누군가 묵직한 쇠사슬로 차체를 내려치는 것 같은 요란한 소리였다. 동시에 고함 소리도 들렸는데, 그녀가 낸 소리인지 옆의 남자가 낸 소리인지 알 수 없었다. 그녀는 재빨리 그를 보았다. 그는 평소와 달라 보였다. 긴장과 공포가 빛을 발하며 분노의 형태로 드러났다. 얼굴만 봐도 알 수 있을 정도였다. 미간에 생긴 주름과 노려보는 두 눈, 그리고 가끔 씰룩거리는 한쪽 눈. 그는 휴대전화에 저장된 단축번호를 다시 눌렀다. 총격이 시작된 뒤 이미 한 번 전화를 걸었다. 그는 앞을 노려보며 대답을 기다렸다. 하지만 이번에도 답이 없었다. 전화를 끊었다.

오토바이가 빠른 속도로 다가오자 그는 속도를 높이라고 소리 질렀다. 그녀는 아무리 속도를 내도, 아무리 그가 소리를 질러도 자신들이 살아날 수 없을 것임을 깨달았다. 머릿속에서 백색소음이 미친 듯이 울렸고, 입안에서는 금속성의 공포가 느껴졌다. 공황상태가 어떤 선을 넘자 더 이상 몸이 떨리지도 않았다. 핸들이 갑자기 무거워지기라도 한 것처럼 두 팔이 묵직해졌다. 오토바이는 떨쳐낼 수 없는 적이 되어 그들과 나란히 달리고 있었다. 왼쪽에서 총잡이가 그녀를 향해 들창코 모양의 총을 들어 올리는 것이 보였다. 그녀는 본능적으로 몸을 숙였다. 총이 총알을 뿜어냈다. 총알이 차체에 부딪치며 거칠게 부서지는 소리가 났다. 옆 유리창이 박살 나 그녀 위로 유리 조각이 폭포처럼 쏟아졌다. 그녀는 머리를 옆으로 돌리고 몸을 숙인 채 액셀을 꽉 밟았다. 차는 이제 혼자서 움직이고 있었다. 앞에서 무슨 일이 벌어지는지 전혀 알 수 없었다. 그의 무릎 옆 수납함이 열려 있고, 그 안에 탄창이 몇 개 있는 게 보였다. 그는 손에 권총을 들고 있었다. 금속과 금속이 부딪쳐 나는 커다란 쾅 하는 소리, 차의 오른쪽이 고속도로 차단벽에 쓸리며 나는 요란한 끼기긱 소리, 그리고 또 다른 날카로운 긁히는 소리가 났다. 요동치는 차 안에 탄내가 가득했다.

그녀는 몸을 일으키고 핸들을 돌려 차의 방향을 바로잡고는 다른 차들 사이로 들어갔다. 어깨너머를 휙 돌아보니 오토바이가 뒤쪽 대각선 방향으로 빠져 있었다. 그는 큰 소리로 욕설을 내뱉으며 그녀에게 몸을 기대고 그녀 옆 창문으로 재빨리 세 발을 연달아 쏘았다. 믿을 수 없을 정도로 커다란 폭발음이 차 안에 울렸다. 오토바이는 브레이크를 잡더니 곧 사라졌다.

"얼마나 더 가야 돼요?"

그는 질문을 이해하지 못하겠다는 듯 그녀를 바라보았다. 잠시 후에야 멀리서 울리는 메아리를 듣듯 질문을 알아들은 것 같았다.

"모르겠어요……."

액셀을 끝까지 밟았다. 커브에서 차가 휘청거리자 속도계의 바늘이 떨렸다. 다시 한 번 백미러를 휙 보았다.

"또 와요." 그녀가 말했다.

그는 조수석 창문을 열려고 했지만, 차단벽에 부딪쳤을 때 문이 찌그러지는 바람에 창문이 내려가지 않았다. 그는 그녀 쪽으로 몸을 기울이고 오른발로 창문을 걷어찼다. 유리가 떨어져 나갔다. 총열로 쳐서 남은 유리를 없앤 그는 밖으로 몸을 내밀고 오토바이에 총을 쐈다. 오토바이는 다시 사라졌다. 그녀는 지금 자신이 얼마나 절망적인 상황에 빠져 있는지 새삼 깨달았다. 오토바이에 탄 사람들은 프로였다.

그때 누군가 스위치를 끈 것처럼 갑자기 모든 것이 조용해졌다. 그들은 뻥 뚫린 고속도로를 달리며 다가오는 죽음을 체념하고 받아들이려는 사람들처럼 창백한 얼굴로 앞만 바라보았다. 이 순간 자신들의 삶에 어떤 일이 일어나고 있는지 전혀 이해할 수 없었다. 그는 지친 듯 슬픈 눈을 하고 고개를 늘어뜨렸다.

"뭐라고 말 좀 해봐요!" 그녀는 두 손을 핸들에 얹고 앞을 바라보며 소리쳤다. 속도는 그대로였다.

처음에는 대답이 없었다. 그는 잠시 생각하는 듯하더니 그녀 쪽을 돌아보았다.

"미안해요, 소피."

1장

스톡홀름, 6주 전, 5월

01

어떤 점 때문인지 사람들은 그녀가 간호사 같아 보이지 않는다고들 했다. 그게 칭찬인지 모욕인지는 알 수 없었다. 그녀는 길고 검은 머리와 곧 웃음을 터뜨릴 것 같은 녹색 눈을 가지고 있었다. 물론 웃음을 터뜨릴 생각은 없었다. 그저 외모가 그럴 뿐이었다. 마치 눈 속에 미소를 담고 태어난 것 같았다.

그녀는 삐걱거리는 계단을 내려갔다. 이 아담한 노란 빌라는 1911년에 지어진 것인데, 납으로 틀을 짠 창문과 윤이 나는 낡은 나무 바닥, 조금 더 크면 좋았을 정원을 가지고 있었다. 이 집을 보는 순간 그녀는 자기가 있을 곳이 바로 여기라는 것을 깨달았다.

열려 있는 부엌 창문 밖으로 고요한 봄 저녁이 내려앉았다. 창으로 들어오는 냄새는 봄보다는 여름의 냄새에 가까웠다. 여름은 아직 몇 주 남았지만 일찍 찾아온 더위가 떠나려 들지 않았다. 묵직한 더위는 꼼짝 않고 가만히 머물러 있었다. 그래도 그녀는 창문과 문을 열어둘 수 있고, 집 안팎을 자유롭게 오갈 수 있다는 사실이 좋았다. 자신이 필요로 하고 즐기는 일이었다.

멀리서 모페드(모터와 페달을 갖춘 자전거의 일종_편집자주) 소리가 들렸다. 개똥지빠귀 한 마리가 나무에서 노래하고 있었다. 다른 새들의 소리도 들렸지만, 모두 이름을 알 수 없는 새들이었다.

소피는 식기를 꺼내 두 사람분의 식탁을 차렸다. 최선을 다해 평범한 것을 피하고 접시, 포크와 칼, 잔 모두 제일 좋은 것을 썼다. 알베르트는 자기가 배고플 때만 먹는다. 그녀와는 타이밍이 맞는 법이 거의 없었기 때문에 혼자 식사하게 될 건 알고 있었다. 계단에서 알베르트의 발소리가 들렸다. 운동화를 신고 낡은 오크 계단을 내려오는, 묵직하고 거친 소리였다. 알베르트는 자기가 내는 소음에 신경 쓰지 않았다. 소피는 부엌으로 들어오는 알베르트를 보며 미소를 지었다. 알베르트는 소년다운 미소를 지으며 냉장고 문을 확 열고 한참 서서 안에 있는 것들을 살펴보았다.

"냉장고 닫아, 알베르트."

알베르트는 가만히 서 있었다. 그녀는 한가하게 신문을 뒤적이며 잠시 음식을 먹다가 고개를 들고 같은 말을 한 번 더 했다. 이번에는 목소리에 짜증이 약간 배어 있었다.

"몸이 안 움직여요." 알베르트가 연극조로 속삭였다.

그녀는 웃었다. 알베르트의 천연덕스러운 유머감각 때문이라기보다는 그냥 알베르트가 재미있어서였다. 알베르트가 유쾌한 아이라는 게 기뻤다. 자랑스럽기까지 했다.

"오늘 하루는 어땠니?"

알베르트는 금방이라도 웃음을 터뜨릴 것 같았다. 그는 늘 자기 농담이 재미있다고 생각했다. 그는 냉장고에서 생수병을 꺼낸 뒤 문을 쾅 닫고는 부엌 조리대에 껑충 뛰어올라 앉았다. 뚜껑을 열자 탄산이 피식 새어 나왔다.

"다들 정신이 나간 것 같아요." 알베르트는 물을 한 모금 마시며 말을 꺼냈다. 그러고는 그날 있었던 일을 생각나는 대로 조금씩 소피에게 말하기 시작했다. 소피는 아들이 교사들과 다른 사람들을 놀린 이야기를 들으며 미소를 지었다. 알베르트가 이야기하는 것을 즐기고 있다는 게 그녀에게도 보였다. 이야기는 그러다 갑자기 끝났다. 알베르트는 자기가 하던 이야기와 자기 농담이 지겨워졌다는 듯 그냥 이야기를 그만둬버리곤 했다. 소피는 알베르트에게 손을 내밀어 그를 붙잡고 싶었다. 계속 이렇게 재미있고 인간적이고 다정한 동시에 심술궂게 곁에 있어달라고 하고 싶었다. 하지만 그렇게 하지 않았다. 그렇게 해본 적도 있었지만 아무 소용 없었다. 소피는 아들을 그대로 보내주었다.

알베르트는 복도로 사라졌다. 잠시 적막이 흘렀다. 신발을 갈아 신는 중인지도 모른다.

"저한테 1000크로나 빚졌어요."

"왜?"

"오늘 청소 아줌마가 왔다 갔거든요."

"'청소 아줌마'라고 하지 마."

알베르트가 재킷 지퍼를 올리는 소리가 들렸다.

"그럼 뭐라고 불러야 돼요?"

소피는 뭐라고 대답해야 할지 알 수 없었다.

"안녕, 엄마." 알베르트의 목소리가 갑자기 부드러워졌다.

문이 닫히더니 알베르트가 자갈길을 걸어가는 소리가 열린 창을 통해 들려왔다.

"늦을 거면 전화해."

그런 뒤 소피는 평소처럼 시간을 보냈다. 식탁을 치우고 그릇을 정리하고 잠시 텔레비전을 보다가 친구에게 전화를 걸어 잡담을 나눴다. 그러고 나니 저녁이 지났다. 그녀는 침대에 누워 머리맡 탁자에 놓인 책을 읽었다. 부쿠레슈티 길거리에 사는 아이들을 도우며 새로운 인생을 발견한 여자에 대한 책이었다. 책은 따분했고 여자는 가식적이었다. 소피와는 공통점이 하나도 없었다. 소피는 책을 덮고 평소처럼 자기 침대에서 혼자 잠들었다.

여덟 시간이 지나 아침 6시 15분이 되었다. 소피는 일어나서 샤워를 한 뒤 화장실 거울을 닦았다. 거울에 김을 서리게 하니 '알베르트', 'AIK(스웨덴 축구 클럽_편집자주)' 등등의 글씨가 잔뜩 드러났다. 알베르트가 이를 닦는 동안 손가락으로 쓴 알아보기 힘든 글자들이었다. 하지 말라고 한 적이 있지만 알베르트는 들은 척도 하지 않았다. 사실 소피는 한편으로 그런 태도가 마음에 들었다.

조간신문 1면을 읽으며 선 채로 간단한 아침 식사를 했다. 곧 출근할 시간이다. 일어날 시간이라고 알베르트에게 세 번 소리쳤다. 15분 후 그녀는 자전거를 타고 부드러운 아침 바람을 맞으며 잠기운을 떨쳤다.

*

그는 진스(Jeans)라는 이름으로 통했다. 사람들은 그의 이름이 정말로 진스라고 생각했다. 그들은 웃으며 자기 바지를 가리키곤 했다. 청바지래!

사실 그의 이름은 옌스(Jens)였다. 그는 세 명의 러시아 인과 파라과이의 정글 속 오두막의 테이블에 앉아 있었다. 러시아 패거리 보스의 이름은 드미트리였다. 흐느적거리는 긴 팔다리를 지닌 30대 남자로, 얼굴은 아직도 어린아이, 마치 사촌끼리 결혼해서 낳은 어린아이 같았다. 그의 동료인 고샤와 비탈리는 동갑이었다. 그들의 부모는 남매지간인지도 모른다. 그들은 전혀 즐거워 보이지 않는데도 계속 웃어댔는데, 크게 뜬 눈과 반쯤 벌린 입에서 그들이 아무것도 이해하지 못하고 있음을 알 수 있었다.

드미트리는 플라스틱 통에다 드라이마티니를 만들고 있었다. 올리브를 몇 개 넣고 흔든 다음 흐르는 물에 씻은 머그컵에 따르더니 러시아 어로 건배를 제안했다. 그의 친구들이 포효했다. 그들은 다함께 디젤 맛이 약간 나는 마티니를 마셨다.

옌스는 그들 중 누구도 마음에 들지 않았다. 그들은 역겨웠다. 정직하지 않고, 무례하고, 늘 불안해 보였다. 그는 불쾌감을 드러내지 않으려 했지만 티를 내지 않을 수 없었다. 그는 언제나 감정을 숨기는 데 서툴렀다.

"따라 와. 물건을 보여줄 테니." 그가 말했다.

러시아 인들은 크리스마스 아침의 어린아이들처럼 확 밝아졌다. 옌스는 밖으로 나가 먼지투성이 조명으로 비춰져 어두침침한 마당

20

한가운데 세워둔 지프로 갔다. 그는 왜 러시아 인들이 물건을 보기 위해 파라과이까지 왔는지 전혀 알 수 없었다. 누가 그에게 물건을 주문하면, 보통 그가 물건을 가져다주고 돈을 받을 뿐 고객과 만나진 않았다. 하지만 이번에는 달랐다. 그들에게는 무기를 산다는 것이 대단하고 즐거운 일이고 그 자체로 모험인 것 같았다. 그들이 어떤 일에 관련되어 있는지도 몰랐고, 알고 싶지도 않았다. 그건 아무래도 좋았다. 그들은 자기가 산 물건을 보고, 무기를 테스트해보고, 코카인을 좀 들이마시고, 창녀들이랑 섹스를 하고, 옌스에게 세 번에 걸쳐 주기로 한 돈 중 두 번째 돈을 주러 왔다.

옌스는 MP7 기관단총 한 정과 슈타이어 AUG 돌격소총 한 정을 가지고 왔다. 나머지는 잘 포장해서 시우다드델에스테의 항구 창고에 놔둔 상태였다.

러시아 인들은 총을 들고 서로를 쏘는 척했다. "손들어. 손들어!" 그들은 몸을 휙휙 움직이며 날카롭게 웃어댔다. 조금 자라난 드미트리의 수염에 흰 코카인이 묻어 있었다.

고샤와 비탈리는 MP7을 놓고 싸우고 있었다. 서로 총을 잡아당기며 주먹으로 상대의 머리를 쳤다. 드미트리가 둘을 떼어놓고 드라이마티니 통을 가져왔다.

옌스는 조금 떨어져서 지켜보았다. 러시아 인들은 걷잡을 수 없게 될 것이고, 곧 파라과이 인들이 호의의 뜻으로 창녀를 몇 명 데려올 것이다. 러시아 인들은 더욱 흥분하고 취해서 실탄을 쏘기 시작할 것이다. 옌스는 무슨 일이 일어날지 알고 있었다. 자기가 막을 수 없다는 것, 지독한 꼴을 보게 될 거라는 사실 역시 알고 있었다. 가버리고 싶었지만 해가 뜰 때까지는 정신 바짝 차리고 술에 취하지 않은 채 여기 있어야 한다. 드미트리가 돈을 건네줄 때가 되었다고 생각할 때 돈을 받으려면 말이다.

"진스! 젠장할. 총알은 어디 있어?"

옌스는 지프를 가리켰다. 러시아 인들은 달려가서 잡아 뜯듯 문을 열고 뒤지기 시작했다. 옌스는 주머니에 손을 넣었다. 니코틴 껌이 하나밖에 남지 않았다. 씹는담배를 끊은 건 두 달 전, 피우는 담배를 끊은 건 3년 전이다. 그리고 지금 그는 시우다드델에스테에서 40킬로미터 떨어진 정글에 있었다. 니코틴 시냅스가 그의 뇌 속에서 관심 좀 가져달라고 아우성쳤다. 그는 마지막 남은 껌을 꺼내 열심히 씹으며 혐오감을 숨기지 않고 러시아 인들을 보았다. 곧 다시 담배를 피우게 될 것 같았다.

*

병원에 도착하자마자 소피는 일하기 시작했다. 다른 것을 할 시간이 거의 없었던 데다, 그녀는 동료들과 커피 마시는 걸 좋아하지 않았다. 수줍음을 타는 편은 아니지만, 성격에 무언가 결여된 게 있어서 커피를 마시며 어울리는 것을 피하는지도 모른다. 그녀가 병원에 있는 이유는 환자 때문이었다. 유달리 성실하거나 다른 사람을 돌보고 싶은 욕구가 특히 강해서가 아니라, 그들과 이야기를 하고 함께 시간을 보내기 위해 병원에서 일하는 것이었다. 몸뿐만 아니라 마음도 약해진 환자들은 대부분 자기 본모습을 드러내곤 했다. 개방적이고 인간적이고 정직했다. 그들을 보면 그녀는 안전한 기분이 들었고 일도 잘할 수 있었다. 환자들은 몸이 나아질 때 말고는 말도 안 되는 헛소리를 거의 하지 않았고, 나아지고 나서는 그녀가 그들을, 혹은 그들이 그녀를 떠났다. 어쩌면 소피가 애초에 이 일을 선택한 이유가 그것인지도 몰랐다.

다른 사람들의 불운을 좋아하는 것일까? 그렇게 생각할 수도 있겠지만, 자신이 그렇다는 생각은 별로 들지 않았다. 오히려 자신이 이 일에 의존하고 있는 느낌이었다. 그녀는 다른 사람들의 정직함이나 열린 마음, 사람의 내면이 드러나는 것을 볼 수 있다는 가능성에 기대고 있었다. 내면을 드러내는 환자는 병동에서 그녀가 제일 좋아하는 환자가 되었다. 소피가 좋아하는 환자는 거의 언제나 당당한 인물이었다. 소피는 '당당함'에 강하게 이끌렸다. 그런 환자가 나타나면 그녀는 하던 일을 멈추고 생각에 잠기곤 했다. 강한 인상을 받았기 때문인지도 모른다. 그리고 이유를 설명할 수 없는 희망적인 기분에 잠겼다. 몸을 꼿꼿이 펴고 미소를 지은 채 용기 있게 자신의 인생을 마주하는 사람들, 내면이 당당한 사람들. 방법이나 이유를 설명할 수는 없지만, 소피는 그런 사람들을 한눈에 알아봤다. 그런 사람들은 단순히 좋은 것이 아니라 자신의 영혼을 꽃피울 수 있는 최고의 것들을 선택하고, 자기 자신의 그늘지고 숨겨진 면까지도 전부 용기 있게 바라봤다.

소피는 쟁반을 든 채 복도를 지나 엑토르 구스만이 있는 11호실로 향했다. 사흘 전에 시내 중심가 횡단보도에서 차에 치여 실려 온 사람이다. 오른쪽 무릎 아래가 부러진 상태였다. 의사들이 비장에도 문제가 있는 것 같다면서 검사를 하기 위해 입원시켰다. 40대 중반의 엑토르는 미남은 아니어도 외모가 나쁘지 않았고, 덩치는 컸지만 뚱뚱하지는 않았다. 그는 스페인 사람이었지만 소피는 그의 외모에서 북유럽 사람 같은 인상을 받았다. 머리색은 꽤 짙었는데 조금 색이 밝은 부분도 있었다. 코와 광대뼈, 턱은 날카로웠고 피부는 옅은 갈색에 가까웠다. 그의 스웨덴 어는 유창했고, 정말이지 누구보다 당당해 보였다. 얼굴에서 빛나는 관찰력 있는 눈 때문일 수도 있고, 덩치가 큰데도 움직임이 가벼워서 그런 것인지도 모른다. 아니면 병실에 들어갈 때마다 그녀에게 짓는 미소에서 엿보이는 타고난 무심함 때문인지도 모른다. 그녀가 호감을 갖고 있다는 것을 그 역시 아는 것 같았다. 물론 그녀 자신도 알고 있었다. 그녀는 그를 보며 마주 미소를 지어주었다.

그는 침대에 앉아 독서용 안경을 코에 얹고 책에 푹 빠진 척하고 있었다. 그녀가 옆에 있을 때면 늘 이렇게 행동했다. 그녀가 보이지 않는 척, 바쁜 척.

그녀는 알약을 정리해서 작은 플라스틱 컵에 나누어 넣고 그에게 컵 하나를 건넸다. 그는 컵을 받아서 입에 약을 털어 넣고 물 한 잔을 받아 삼켰다. 그러는 내내 책에서 눈을 떼지 않았다. 두 번째 약을 주자 이번에도 똑같이 행동했다.

"오늘도 맛이 좋군요." 그는 조용히 말하며 눈을 들었다. "오늘은 다른 귀걸이를 했네요, 소피."

그녀는 한 손을 귀로 올리려다 참았다.

"그런가요?"

"아니, '그런가요'가 아니라 다른 귀걸이 맞아요. 잘 어울리는데요."

소피는 걸어가 문을 열었다.

"혹시 주스 좀 마실 수 있을까요?"

"알았어요."

문간에서 그녀는 어떤 남자와 부딪쳤다. 엑토르의 사촌이라는데, 그와 닮은 구석이 한 군데도 없었다. 말랐지만 근육질이고, 머리칼은 검었으며, 키가 큰 편이었다. 기민한 푸른 눈은 주위에서 일어나는 일들을 하나도 빼놓지 않고 살피는 듯했다. 그는 소피를 향해 살짝 고개를 숙였다. 그가 스페인 어로 말을 건네자 엑토르가 대답했고, 두 사람은 웃기 시작했다. 소피는 그 농담에 자기 이야기도 들어 있는 것 같다는 생각에 당황해 주스에 대해서는 잊고 말았다.

구닐라 스트란드베리는 꽃다발을 들고 복도에 앉아 엑토르 구스만의 병실에서 간호사가 나오는 것을 지켜보았다. 그녀는 자기 쪽으로 걸어오는 간호사를 훑어보았다. 저 표정은 행복일까? 자신도 모르는 그런 행복? 간호사가 구닐라 옆을 지나쳤다. 왼쪽 가슴께의 주머니에 그녀가 '소피아 시스터', 즉 소피아헴메트대학교 부속 단과대학 출신임을 보여주는 작은 배지가 달려 있었다. 배지 옆에는 이름표가 있었다. 구닐라는 그녀의 이름이 '소피'라는 걸 알아냈다.

그녀는 소피가 멀어지는 것을 지켜보았다. 소피의 얼굴은 아름다웠다. 특혜 받은 사람만이 가질 수 있는 아름다움이었다. 이목구비는 매끄러웠고, 표정은 신중했고…… 무엇보다 상큼했다. 간호사는 아주 가볍게 움직였다. 내딛는 한 발 한 발이 바닥을 살짝 훑고 지나가는 것 같았다. 매력적인 걸음걸이라고 생각하면서 소피가 다른 병실로 들어가기 전까지 계속 지켜보았다.

구닐라는 잠시 그 자리에 선 채 감정적 상황에 기초해 생각해보았다. 소피가 사라진 방향을 한 번 더 보다가 엑토르 구스만이 누워 있는 11호실을 보았다. 저기에 뭔가 있었다. 에너지……. 맨눈으로 봐서는 보이지 않는 어떤 것이 두드러진 형태를 취하고 있었다. 소피라는 저 여자가 병실에서 가지고 나온 것이다.

구닐라는 복도를 걸어가 직원실을 들여다보았다. 텅 비어 있었다. 벽에 이번주 근무자 명단이 걸려 있었다. 그녀는 복도를 한 번 둘러본 다음 안에 들어가 손가락으로 훑으며 명단을 확인했다.

헬레나…….

로게르…….

안네…….

카로…….

니케…….

소피…….

'소피 브링크만'이었다.

구닐라는 바퀴 달린 테이블 위의 빈 꽃병에 꽃다발을 꽂아놓고 병동에서 나오며 사무실에 전화를 걸어 소피 브링크만의 주소를 알아내라고 지시했다.

구닐라는 브라헤가탄 역으로 돌아가지 않고 단데뤼드 병원에서 고속도로를 타고 스톡순드의 빌라촌으로 들어갔다. 그녀가 목적지까지 가는 걸 막으려는 듯 작은 도로의 미로가 나타나 길을 잃고 뱅뱅 돌았다. 무작정 언덕을 올라갔다 내려갔다 하다가 겨우 옳은 길을 찾았다. 구닐라는 집 번지를 확인한 다음, 흰색 장식이 있는 아담한 노란 빌라 앞에 차를 세웠다.

잠시 운전석에 앉아 주위를 살폈다. 조용한 마을이었다. 잎이 무성한 자작나무는 곧 꽃을 피울 것 같았다. 차에서 내리자 벚나무 향이 확 느껴졌다. 주위 집들을 살피며 한 바퀴 빙 돌아보았다. 그리고 다시 소피의 집을 보았다. 아름다웠고, 이웃한 집들보다는 작았다. 다른 집들보다 덜 단정한 것 같다는 느낌을 받았다. 다시 한 번 둘러보았다. 소피의 집은 단정하지 않은 게 아니라 평범했다. 완벽주의가 만들어놓은 지루하고 영혼 없는 다른 집들을 보다가 다시 소피의 집을 보니 사람 사는 집 같았다. 방금 새로 나무 벽에 페인트칠을 하지도 않았고, 방금 새로 잔디를 깎지도 않았고, 방금 새로 자갈길을 정돈하지도, 방금 새로 유리창을 닦지도 않은 느낌.

구닐라는 대문 안으로 몇 걸음 들어가 조심스레 자갈길을 걸어보았다. 길을 향해 난 부엌 창문으로 안을 들여다보았다. 부엌의 일부가 보였는데 매우 우아했다. 옛날식과 신식을 매력적으로 조합해놓은 곳이었다. 예쁜 황동 수도꼭지, AGA 오븐레인지, 오래된 오크 조리대. 특히 사랑스러운 천장등은 정말 흔치 않은 것이라 구닐라는 순간 찌릿할 정도로 질투심을 느꼈다. 계속 집 안을 살펴보다 복도 창틀의 큰 꽃병에 꽂혀 있는 꽃에서 시선을 멈췄다. 그리고 조금 물러서서 고개를 들었다. 위층 창틀에도 예쁘게 꽃 장식을 해놓은 것이 보였다.

시내로 돌아오는 차 안에서 그녀의 두뇌는 빠른 속도로 돌아가기 시작했다.

02

레셰크 스미알리는 개가 된 듯한 기분이었다. 그것도 주인이 없는 개. 그는 주인 가까이 있지 않을 때면 불안해졌다. 하지만 아달베르토 구스만이 레셰크에게 가라고 했다. 할 일이 있었다. 레셰크는 비행기에 탔고 몇 시간 후 뮌헨에 내렸다.

석 달마다 일주일씩 쉬었던 것을 빼면 그는 지난 10년 동안 구스만의 옆을 떠난 적이 없었다. 석 달 동안 일하고 일주일 쉬는 것이 그의 삶이었다. 쉴 때면 보통 호텔을 잡고 방 안에서 밤이든 낮이든 인사불성이 될 때까지 술을 마셨다. 너무 취하거나 잠을 잘 때가 아니면 텔레비전만 보았다. 다른 방법은 아는 게 없었다. 그저 다시 일을 할 수 있게 그 주가 끝나기만을 기다렸다. 레셰크는 자신이 쉬어야 한다고 우기는 구스만을 이해할 수 없었다.

그런 한 주를 막 끝낸 참이었다. 휴가를 마치고 돌아온 직후 며칠

간은 숙취 때문에 집중되지 않고 불안정했다. 그는 운동과 제대로 된 식사로 숙취를 다스렸다. 슬슬 컨디션이 회복되는 게 느껴졌다.

레셰크는 훔친 포드 포커스를 타고 뮌헨 외곽에 있는 그륀발트라는 세련된 동네에 앉아 있었다. 담장을 두른 널찍한 정원으로 둘러싸인 큰 빌라들이 있고, 인기척은 거의 느껴지지 않았다.

레셰크는 구스만에게서 크리스티안 한케의 사진을 몇 장 받았다. 짙은색 머리카락을 짧게 자른 스물다섯 살의 미남이었다. 그의 아버지 랄프 한케의 사진도 있었다. 레셰크는 그들이 멋지다고 생각했다. 성공한 사람의 미소, 맞춤 양복, 깔끔한 헤어스타일.

레셰크는 쌍안경으로 크리스티안 한케를 지켜봐왔지만 저녁 8시에 집에 온다는 것, BMW를 빌라 밖 길가에 세운다는 것 외에는 그에 대해 알아낸 게 없었다. 살림을 해주는 여자가 한 명 있고, 크리스티안의 침실 전등은 새벽 2시까지 켜져 있다. 아침 7시 반이 되면 그는 철문으로 걸어 나와 길을 건너 자기 차를 타고 뮌헨 시내로 갔다. 레셰크가 이제까지 24시간 동안 감시해서 알게 된 것은 그게 전부였다.

자동차 라디오에서 독일 남부 지역의 유로팝이 나왔다. 남자 가수가 활짝 미소를 지은 채 노래를 부르는 것처럼 들렸다. 배경에는 전자 스트링이 깔려 있고 멜로디는 뻔했다. 레셰크는 '산꼭대기', '가족관계', '에델바이스' 같은 단어를 알아들을 수 있었다. 정확히 뭐라 콕 집어 말할 순 없지만 이 나라에는 레셰크를 역겹게 하는 무언가가 있었다.

그는 무릎 위에 두 손을 얹고 차분하게 숨을 쉬며 앉아 있었다. 엷은 안개가 낀 아름다운 아침이었다. 햇살이 나뭇잎 사이로 비치며 전체 풍경에 노르스름한 빛을 드리웠다. 그는 그 모습이 아름답다고, 거의 고통스러울 정도로 아름답다고 생각했다.

자기 손을 내려다보았다. 더러웠다. 폭탄을 설치하는 건 지저분한 일이다. 옛날에 안보 기관에서 일할 때 해본 적 있는 일이었다. 현대적 내장형 엔진을 쓰는 요즘과 비교하면 그때는 시간도 덜 걸렸고 접근하기도 쉬웠다. 그는 기지개를 켜고 잠시 눈을 감았다.

다시 눈을 뜨자 나무 너머로 크리스티안의 집에서 나와 길 쪽으로 가는 사람이 언뜻 보였다. 레셰크는 누구인지 보려고 했다. 조수석에 둔 스와로브스키 쌍안경을 들어 눈에 가져다 댔다. 여자는 꽤 젊어 보였다. 시계를 보았다. 8시 15분 전이다. 여자는 철제 대문을 열고 길로 나섰다. 집게손가락으로 초점을 맞췄다. 금발이다. 스무 살, 많아야 스물다섯 살 정도로 짐작됐다. 긴 머리카락, 커다란 짙은색 선글라스, 찢어진 고급 청바지, 굽이 높은 부츠. 그녀는 어깨에 핸드백을 멘 채 차로 다가갔다. 고급스러운 차림새였다. 레셰크는 재빨리 쌍안경을 집 쪽으로 돌렸다. 크리스티안은 대체 어디 있는 거야? 레셰크는 길을 건너 BMW 쪽으로 향하고 있는 여자를 다시 보았다. 그녀는 조수석으로 가지 않고 운전석 문을 열더니 자연스레 운전석에 앉으며 핸드백을 조수석에 놓았다. 레셰크는 쌍안경을 다시 집으로 돌렸다. 크리스티안 한케는 어디에도 보이지 않았다.

몇 초의 시간이 천천히 흘러갔다. 레셰크는 경적을 울리거나, 문을 열고 손을 흔들거나, 뭔가 극적이고 괴상한 짓을 해서 그녀의 관심을 끌고 싶은 충동을 느꼈다. 하지만 이미 결말을 향해 치닫고 있는 사건을 바꾸려고 하는 게 얼마나 어리석은 일인지 생각하며 그냥 가만히 앉아 있었다. 그는 나긋나긋한 독일어 노랫소리를 배경

음악 삼아 렌즈 배율을 10배 확대해 아름다운 금발 여자가 차 시동을 거는 작은 몸짓들을 지켜보았다. 그녀는 한 손을 핸들에 얹은 뒤 열쇠를 돌리려고 몸을 앞으로 살짝 기울였다.

전기가 배터리에서 시동모터로 전해지는 1000분의 1초 사이에 전선이 전기를 가로채 기폭장치에 불을 붙였고, 곧이어 차 밑에 설치해둔 폭탄이 폭발했다. 차가 땅에서 거의 60센티미터 정도 떠올랐고, 여자는 천장에 부딪쳐 목이 부러졌다. 그 순간 레셰크가 차 안에 설치해둔 네이팜이 가득 든 통에 불이 붙었다. 박살 난 자동차는 화염지옥으로 변했다.

레셰크는 여자에게 불이 옮겨붙는 것을 쌍안경으로 지켜보았다. 여자는 부서진 차 안에 꼼짝 않고 앉아 불타올랐다. 그녀의 아름다운 머리카락이 사라지는 것, 사랑스러운 흰 피부가 사라지는 것…… 그녀의 존재 전체가 천천히 사라지는 것을 지켜보았다.

레셰크는 그륀발트에서 빠져나와 숲 속에서 훔친 차를 태울 공간을 찾아냈다. 그리고 뮌헨으로 가서 구스만에게 전화한 뒤, 계획대로 되지 않았으니 조심하고 친구들과 함께 있으라는 내용의 짧은 메시지를 남겼다. 그는 길거리 하수구에 휴대전화를 버리고 미행하는 사람이 없는지 확인하려고 시내를 마구 쏘다녔다. 마침내 안전하다는 느낌이 들자 택시를 잡아타고 공항으로 갔다. 몇 시간 후 그는 주인이 있는 집으로 돌아가고 있었다.

병원에 처음 온 날부터 엑토르는 소피에게 질문을 해댔다. 그녀의 인생, 어린 시절, 10대 시절, 가족 관계, 뭘 좋아하고 뭘 싫어하는지 같은 것이었다. 그녀는 자기가 그의 모든 질문에 정직하게 대답하고 있다는 것을 깨달았다. 엑토르의 관심의 대상이 되는 게 좋았다. 그가 질문을 쏟아내는데도 거슬린다는 생각이 한 번도 들지 않았다. 그는 이야기하다가 소피가 말하고 싶지 않은 듯한 기색을 보이면 바로 화제를 전환했다. 그녀의 한계가 어디인지 알고 있는 것 같았다. 두 사람이 서로를 더 잘 알게 될수록 엑토르는 더 수줍어했다. 소피는 그가 민망해할 만한 치료는 모두 동료에게 떠맡겼다. 그러다 보니 그의 병실에 들어가는 일이 점점 줄어들었다, 그래서 일이 있는 척하며 그의 병실에 들어가곤 했다.

엑토르가 소피에게 피곤하냐고 물었다.

"무슨 말이에요?"

"피곤해 보여서요."

소피는 타월을 개며 말했다. "여자에게 듣기 좋은 말을 하는 방법을 정말 잘 아시는군요."

엑토르는 미소를 지었다.

"이제 더 이상 이곳에 계시지 않아도 될 것 같아요."

그는 한쪽 눈썹을 치켜올렸다.

"음, 물론 제가 이런 말을 해선 안 되죠. 의사가 해야 될 말이니까요. 그런데 말해버렸네요."

소피는 환기시키기 위해 창문을 열고 엑토르에게 일어나 앉으라고 손짓하곤 머리 뒤의 베개를 새것으로 갈아주었다. 원래 해야 하는 일인 양 방 안을 정리하고 의사가 회진하러 오기 전에 기록지를 제자리에 가져다 두었다. 일하는 틈틈이 자신을 바라보는 그의 시선이 느껴졌다. 침대 옆 탁자에 놓인 물통을 집어 들려는데 엑토르가 갑자기 소피의 손을 잡았다. 그녀는 손을 빼고 병실에서 나갔어야 했다. 하지만 가만히 있었다. 심장이 두근거렸다. 그들은 이성의 몸을 처음 만져본 수줍은 10대처럼 서로 쳐다보지도 못하고 그냥 그대로 굳어버렸다. 그러다 소피가 손을 빼고 문 쪽으로 갔다.

"더 필요한 게 있나요?" 그녀의 목소리는 방금 자다 일어난 사람처럼 잠겨 있었다. 엑토르는 그녀를 보더니 고개를 저었다.

소피는 엑토르가 자기 타입이 아니라고 생각했지만, 그렇다면 어떤 사람을 좋아하느냐고 묻는다 해도 뭐라 답해야 할지 알 수 없었다. 여러 해 동안 아주 다른 남자들을 좋아해왔고, 그들 사이의 공통점은 많지 않았다. 그녀는 자신이 지금 육체적으로 이끌리는 게 아니라고, 그냥 같이 있는 게 좋은 것뿐이라고 생각했다. 엑토르는 아버지 같은 존재도 아니고, 연인도 남편도 아니고, 친구도 아니었다. 왠지 몰라도 그 모든 게 다 섞인 사람 같았다.

이후 그날은 내내 응급실에서 일했다. 오후에 다시 병동으로 돌아와 보니 11호실에는 엑토르도 그의 물건들도 보이지 않았다.

*

모든 게 완전히 엉망진창이었다. 그가 예상한 대로 그날 저녁 상황은 갈수록 심각해졌다. 러시아 인들은 가엾은 파라과이 창녀들과 몇 분을 보낸 다음 총을 쏘기 시작했다. 그들은 잔뜩 취해서 자동화기를 마구잡이로 쏴댔다. 옌스는 어쩔 수 없이 비탈리를 후려갈겨야 했다. 그것을 보며 드미트리와 다른 한 명은 죽어라 웃어댔다.

다음 날 아침, 그들은 다시 오두막에서 만나 운반 날짜, 실행 계획, 대금 지불 등 준비 사항을 한 번 더 점검했다. 러시아 인들은 별 관심이 없는 것 같았다. 드미트리는 코카인을 권하며 옌스에게 닭싸움을 보러 가자고 권했다. 옌스는 거절한 뒤 그들에게 작별인사를 했다.

옌스는 파라과이 인 한 명의 차를 얻어타고 시우다드델에스테로 돌아왔다. 두 시간 정도 걸린 것 같았다. 길의 상태가 좋지 않아서 차가 끊임없이 덜컹거렸는데, 설상가상 시트에는 쿠션이 없었다. 운전하는 남자는 무뚝뚝했고, 이 나라에서는 대부분의 운전자가 그렇듯이 내내 라디오를 틀어놓았다. 라디오의 수신 상태는 엉망이었고, 볼륨은 너무 컸다. 차의 얇은 문에 달린 두 개의 스피커에선 짜증날 정도로 귀를 찌르는 고음까지 났다. 하지만 이 모든 것이 옌스에게는 익숙한 일이었다. 계획대로 움직일 시간은 충분했다. 기분이 좋았다. 완벽하지는 않았지만 좋았다. 그는 보통 그랬다. 마지막으로 완벽함을 느꼈던 게 언제인지 기억조차 나지 않았다.

옌스는 아직 마흔도 되지 않았다. 키 185센티미터에 금발이고 몸집이 컸으며 풍파에 시달린 듯한 인상이었다. 사춘기를 일찍 겪었고, 여러 해 동안 담배를 많이 피운 탓에 목소리가 거칠었다. 행동은 민첩하다기보다는 묵직했다. 옌스는 무엇이든 안 된다고 하는 법이 거의 없었다. 그의 눈을 보면 누구나 그것을 알 수 있었다. 그의 두 눈은 나이 때문에 슬슬 생겨나는 주름을 뚫고 호기심으로 반짝거렸다.

러시아 인들이 그에게서 산 자동화기들은 시우다드델에스테에서 트럭으로 옮겨 동쪽에 있는 브라질의 항구 파라나구아로 간 다음, 배에 실려 대서양 건너 로테르담에 하역될 예정이었다. 거기서 차로 바르샤바까지 옮기면 옌스의 일은 끝난다.

이번 총기 거래는 두 달 전 시작되었다. 리스토가 모스크바에서 전화해서 MP7과 그보다 더 강력한 무기를 구해달라는 요청을 받았다고 했다.

"몇 개나?"

"열 정씩."

"많진 않은데."

"많진 않지만 야심만만한 그룹이야. 앞으로도 네 도움이 필요할 거야. 멀리 보라고."

쉽게 처리할 수 있는 작은 일거리였다.

"좋아. 좀 살펴보고 다시 연락할게."

옌스는 '딜러'와 접촉했다. 딜러는 익명을 유지하려는 욕구가 뼛속 깊이까지 새겨져 있는 사람이었다. 그가 운영하는 비행기 모형 사이트에 들어가서 포럼에 비밀번호를 입력하면 그에게 연락할 수 있다. 값은 비쌌지만 믿을 만한 사람으로, 이제까지 옌스의 요청을 거절한 적도, 요구한 것을 구해주지 못한 적도 없었다. 딜러는 옌스가 모르는 판매자와의 거래를 주선해주기도 했다. 그렇게 하면 정보가 새어나갈 일도 없고 누군가가 밀고할 수도 없다. 옌스는 MP7과 슈타이어 AUG를 요청했다. 슈타이어 AUG는 그리 구식이 아닌

오스트리아 자동소총이다. 딜러는 그에게 다시 연락을 해서 슈타이어 AUG는 있고 MP7은 없지만 대신 MP5가 있다고 했다. 리스토의 요구는 명확했다. 그들은 MP7을 원했다. 그리고 대개 그렇듯 일은 저절로 해결됐다. 아니, 거의 해결된 셈이었다. 슈타이어 AUG 열 정, MP7 8정, MP5 2정. 옌스는 이만하면 되겠다고 생각했다.

리스토는 프라하로 가서 클라이언트들을 만나라고 했다. 그의 말을 듣고 옌스는 깜짝 놀랐다.

"왜?"

"나도 몰라. 그냥 그러길 원한대." 리스토가 대답했다.

프라하에서의 만남은 무의미했다. 그들이 만나자고 한 유일한 이유는 그가 어떤 사람인지 알아보고 싶어서였다. 드미트리, 고샤, 비탈리는 사춘기에 빠진, 비틀어진 아이처럼 굴었다.

그들은 말라스트라나에 있는 옌스의 호텔 방에서 보드카를 마셨다. 비탈리는 화장실 거울을 떼서 커피테이블 위에 놓고는 코팅이 떨어져 덜렁거리는 낡은 신용카드를 꺼내 코카인을 여러 줄 듬뿍 깔았다. 그리고 창녀들이 왔다. 그중엔 너무 어린 창녀도 있었다. 구소련 국가에서 온, 마약에 취한 여자들이었다. 드미트리는 그녀들 모두를 데리고 저녁을 먹으러 가고 싶어 했다. 그들은 바츨라프 광장에 있는 현대적이지만 삭막한 식당에 갔다. 크롬과 가죽, 주조한 플라스틱으로 장식된 곳이었다. 창녀들은 헤로인에 완전히 취해 있었다. 한 명은 입 안쪽의 이를 계속 쑤셨고, 다른 한 명은 집게손가락으로 자기 볼을 계속 문질렀고, 다른 하나는 팔 아래쪽을 벅벅 긁었다. 드미트리는 모두에게 샴페인을 사고 고샤와 쓸데없이 말다툼을 벌였다. 옌스는 자신과 드미트리 사이에 공통점이 하나도 없다는 걸 깨달았다. 그는 슬쩍 빠져나와 들루하에 있는 나이트클럽 록시로 갔다. 그리고 해가 뜰 때까지 앉아서 술을 마시며 사람들이 춤추는 것을 지켜보았다.

다음 날 드미트리와 눈이 퀭해진 그의 친구들이 다시 옌스의 호텔로 와서 같이 LSD를 하고 FC 제니트 상트페테르부르크가 경기를 하러 프라하에 왔으니 AC 스파르타 프라하와 축구하는 걸 보러 가자고 제안했다. 옌스는 아쉽게도 집에 빨리 돌아가야 해서 그럴 수 없다고 했다. 그들은 평소처럼 과장되게 웃고, 마약을 하고, 취해서 잠시 옌스를 괴롭히다가 소리를 지르며 복도 벽에서 떼낸 소화기를 휘둘렀다.

옌스는 예정보다 빨리 스톡홀름으로 돌아오는 비행기를 탔다.

아파트로 돌아와보니 메시지가 있었다. '이틀 후 부에노스아이레스'. 그는 다시 짐을 싸고 선잠을 잔 뒤, 다음 날 아침 알란다 공항으로 가서 파리를 경유해 부에노스아이레스로 갔다. 에세이사 공항에 도착해 호텔에서 몇 시간 자고 잘난 척하는 멍청한 운반책과 함께 점심을 먹었다. 운반책에게 돈을 주자 그는 자동차 키를 몇 개 주면서 호텔 차고에 밴을 세워두었다고 했다. 밴 뒤쪽 상자들 속에는 무기가 있었다. 모든 일이 계획대로 되어가고 있었다.

피곤해서 차를 몰고 파라과이로 가기 전에 하루 더 머물기로 했다. 권투 시합을 보러 갔지만 경기는 엉망이 되어 공정한 결투라기보다 참혹한 신체 상해 쇼에 가까워졌다. 옌스는 심판이 경기를 중단시키기 전에 일어나서 나왔다. 대신 관광객을 상대로 한 볼거리들을 둘러보며 오후를 보냈다. 평범한 여행객 같은 기분을 느끼고 싶었지만 이런 일이 얼마나 지루한지 깨달았을 뿐이다.

괜찮은 식당을 찾아내 훌륭한 식사를 하고 호텔에서 가져온 〈USA 투데이〉를 읽었다. 그러다가 자기 이름을 들었을 때, 옌스는 바로 반응하지 않았다. 잠시 생각을 정리한 뒤 고개를 든 그는 자기 테이블 앞에 서 있는 소피 란츠의 여동생 야네를 곧바로 알아보았다. 마지막으로 봤을 때는 어린아이였는데, 그때의 모습이 고스란히 남아 있었다.

"옌스……? 옌스 발! 여기서 뭐해요?"

야네의 미소는 웃음으로 바뀌었다. 옌스는 일어나 야네와 포옹했다. 그녀의 웃음이 그에게 전염되었다.

"안녕, 야네."

그녀 뒤에 서 있는 말없는 남자의 이름은 예수스였다. 그가 직접 자기소개를 하지는 않았고 야네가 소개해주었다. 그들은 옌스의 테이블에 앉았다. 야네는 의자에 엉덩이가 닿기도 전에 이야기를 시작했다. 옌스는 이야기를 들으며 중간중간 웃었다. 야네가 왜 예수스같이 조용한 남자를 골랐는지 금세 알 수 있었다. 야네는 친척을 만나러 예수스와 함께 부에노스아이레스에 왔고, 둘 사이에 아이는 없으며, 스톡홀름 구시가지 예른 광장 근처의 방 세 개짜리 아파트에 살고 있다고 이야기했다.

옌스가 소피의 안부를 묻자 야네는 그녀의 생활에 대해 간단히 들려주었다. 지금 이름은 소피 브링크만이고, 미망인이 되었으며, 아들이 하나 있고, 간호사로 일하고 있다고 했다. 야네는 이야깃거리가 떨어지자 질문을 던지기 시작했다. 옌스는 솔직한 얼굴로 거짓말을 했다. 자기는 비료 세일즈맨이고, 일 때문에 출장을 많이 다녀야 하고, 아직 가족은 없지만 나중에는 달라질 수도 있을 거라고.

그들은 저녁 늦게까지 먹고 마셨다. 예수스와 야네는 옌스를 여기저기 데리고 다녔다. 옌스 혼자서는 결코 찾지 못했을 곳들이었다. 그는 부에노스아이레스의 진짜 얼굴을 보게 되었고, 이 도시가 더욱 좋아졌다.

예수스는 저녁 내내 침묵을 지켰다.

"저 사람, 벙어리야?" 옌스가 물었다. 그렇게 물을 만도 했다.

"가끔 말도 해요."

다음 날 아침, 호텔로 돌아가는 택시에서 옌스는 감상적인 기분에 젖었다. 자신의 과거 때문이었다. 그는 그날 밤 잠을 설쳤다.

차는 흔들거리며 시우다드델에스테로 향했다. 옌스는 멀리 있는 도시를 바라보며 러시아 인들이 없다는 데 안도했다. 떠나기 전에 준비를 마치고 짐을 트럭에 실을 수 있을 것이다.

*

직원실에 소피에게 온 메시지가 있었다. 검은 잉크로 그녀의 이름을 써놓은 작고 흰 빳빳한 봉투였다. 소피는 커피머신을 작동시키고 기다리는 동안 봉투를 열고 재빨리 내용물을 읽은 다음 주머니에 넣었다. 소피는 오전에 일하는 내내 봉투를 가지고 다니며 자신이 읽은 내용을 잊을 수 있기를 바랐다. 하지만 그럴 수 없었다. 12시가 되기 15분 전 그녀는 탈의실로 가서 유니폼을 벗고 핸드백과 여름 재킷을 들고 로비로 내려갔다.

그의 사촌이 기다리고 있다가 자기를 따라 나오라는 듯 고개를 끄덕였다. 그녀는 따라가면서도 왠지 불안한 마음이 들었다. 마음 한구석에서 잘못된 결정이라는 생각이 들었다. 불안한 기분 뒤에는 즉흥적인, 깊이 생각해보지 않은 일을 한다는 기쁨이 있었다. 이렇게 충동적으로 행동하는 것은 정말 오랜만이었다.

차는 새것으로, 일본산 친환경 차량이었다. 사실 그저 새 차일 뿐, 특별한 것은 없었지만, 새 차 냄새가 났고 앉으니 편안했다.

"우린 바사스탄으로 갈 겁니다." 남자가 말했다.

소피는 백미러에 비친 그의 시선을 마주보았다. 그의 맑고 파란 눈은 강렬했다.

"당신들은 사촌이죠? 친가 쪽이에요, 외가 쪽이에요?"

"모든 쪽으로 다요."

"무슨 뜻이죠?"

"모든 쪽으로 다요."

이 얘기는 이걸로 끝이라는 말투였다.

"제 이름은 아론이에요."

"안녕하세요, 아론."

시내로 들어가는 내내 그들은 침묵을 지켰다.

테이블과 의자들, 주방으로 들어가는 스윙도어. 조명은 너무 밝았고 벽에는 풍경 사진이 붙어 있었다. 탁자에는 체크무늬 종이 냅킨을 펼쳐놓았다. 점심을 파는 평범한 식당이었다.

안쪽 테이블에서 엑토르가 손을 흔드는 것을 보며 그녀는 미소를 지었다. 그녀는 테이블들을 지나 그에게 다가가면서 얼굴에서 미소를 지우려고 애썼다. 그는 일어나서 의자를 빼주었다.

"다리만 아니었다면 제가 직접 모시러 갔을 거예요."

소피는 앉았다. "괜찮아요. 아론은 좋은 길벗이던데요, 좀 조용하긴 하지만……."

그는 미소를 지었다. 그는 코팅된 메뉴판을 그녀 쪽으로 밀었다.

"작별인사를 못 했어요." 엑토르가 계속 말했다.

"못 했죠."

그의 목소리가 바뀌었다. "전 여기에 가끔 조개를 먹으러 와요. 스톡홀름에서 최곤데, 그걸 아는 사람이 거의 없죠."

"그럼 저도 그걸 먹을게요."

소피는 메뉴판을 만지지 않고 손을 계속 무릎 위에 두었다. 엑토르는 바 뒤에 있는 사람에게 거의 보이지 않을 정도로 살짝 고개를 끄덕였다.

병원 밖에서 엑토르를 만나니 색달랐다. 전혀 모르는 것이나 다름없는 사람과 점심을 먹을 거라고 생각하니 들떠서 아찔한 기분이 들었다. 그는 소피의 당황스러움을 눈치채고는 이야기를 시작했다. 스톡홀름에서 다리에 깁스를 하고 생활하면서 겪은 사소한 일화들, 제일 좋아하는 바지를 잘라야 했을 때의 아쉬움, 병원 음식과 인스턴트 매시드포테이토가 그립다는 이야기들이었다. 그는 일상의 우스운 면을 잘 찾아내고, 긴장된 상황을 가볍고 즐거운 경험으로 바꾸는 재주가 있는 듯했다.

소피는 그의 말을 반쯤은 흘려들었다. 그의 외모가 마음에 들었다. 그의 초롱초롱한 눈에 자꾸 시선이 갔다. 오른쪽 눈은 짙은 파란색, 왼쪽 눈은 짙은 갈색이었다. 빛을 받으면 눈빛이 날카로워져 마치 잠시 다른 사람이 되는 것 같았다.

"그래서…… 내가 없으니 병원이 허전한가요?"

소피는 웃으며 고개를 가로저었다. "아뇨, 평소랑 똑같아요."

웨이트리스가 와인 두 잔을 가져왔다.

"스페인 와인입니다. 우리나라 최고의 작품은 아니지만…… 맛이 끝내주죠."

그는 자연스럽게 잔을 들고 건배를 청했다. 그녀는 와인 잔은 그 대로 두고 대신 물 잔을 들어 한 모금 마신 다음, 스웨덴 식으로 잔을 살짝 기울이며 그와 눈을 맞추려 했다. 그는 알아차리지 못하고 이미 시선을 돌린 뒤였다. 바보가 된 것 같은 기분이 들었다.

엑토르는 뒤로 기대앉으며 조용하고 자신만만하게 그녀를 살피다가 뭔가 말하려고 입을 열었지만 갑자기 떠오른 생각 때문에 입을 다물었다. 알맞은 단어를 찾으려 고민하는 것 같았다.

"뭐예요?" 그녀는 궁금해서 살짝 웃으며 물었다.

그는 앉은 자세를 바꿨다. "모르겠어요……. 당신을 못 알아보겠어요……. 달라졌어요."

"어떻게요?"

그는 그녀를 바라보았다. "모르겠어요. 그냥 달라요. 간호사 유니폼을 입지 않아서 그런 걸까요?"

"유니폼이 더 좋아요?"

그는 부끄러워했다. 소피는 그의 반응이 재미있었다.

"하지만 알는 보죠? 내가 누군지 알잖아요?"

"궁금해지기 시작했어요."

"뭐가요?"

"당신이 어떤 사람인지……."

"내가 어떤 사람인지 알잖아요."

그는 고개를 가로저었다. "음, 약간은 알지만…… 전부 알지는 못하죠."

"왜 전부 다 알고 싶은데요?"

그는 스스로를 억누르는 듯했다. "미안해요, 기분 나쁘게 할 생각은 없었어요."

"기분 안 나빠요."

"기분 나쁠 수도 있을 거라고 생각했는데……."

"왜요?"

엑토르는 어깨를 으쓱했다. "가끔 난 원하는 걸 얻으려고 서두를 때가 있거든요. 그러다 보면 너무 밀어붙이기도 하죠. 그 얘기는 하지 맙시다. 대신 지난번에 하던 얘기를 다시 시작하고 싶은데요."

그녀는 그의 말을 이해할 수 없었다. "지난번에 무슨 얘길 했죠?"

음식이 도착했다. 그들 앞에 접시가 놓였다. 엑토르는 손가락으로 능숙하게 조개껍질을 벗기기 시작했다.

"당신 아버님이 돌아가셨고, 당신은 몇 년 동안 외롭고 슬펐고…… 그리고 어머님이 톰을 만났고, 당신은 톰의 집으로 들어갔어요. 아닌가요?"

처음에는 무슨 말인지 알 수 없었지만, 그가 병원에서 했던 질문 이야기라는 걸 잠시 후에 깨달았다. 그는 어린 시절부터 시작해 그녀의 삶에 대해 물었고 그녀는 모든 걸 시간 순서대로 말했다. 그가 모든 걸 시간 순서대로 물었다고 해야 될지도 모르겠다. 그녀는 이제껏 그 사실을 깨닫지 못했다는 것에 놀랐다.

그는 어서 시작하라는 듯 그녀의 눈을 보았다. 소피는 기억을 더 듣어 자신이 어디까지 이야기했는지 생각해냈다. 아버지가 돌아가시고 나서 어느 정도 시간이 흐른 뒤 자신과 여동생이 다시 밝아졌다는 것. 어린 시절에 살던 집에서 불과 몇 분 거리에 있는 톰의 빌라로 어머니와 자기, 동생이 들어갔다는 것. 아홉 살 때 말보로 라이트를 피우기 시작한 것. 그리고 나니 삶이 더 빛나 보였던 것.

그들은 굴과 왕새우, 바닷가재를 먹었다. 소피는 계속 이야기했다. 미국 여행, 첫 직장, 아시아 여행, 어렸을 때는 사랑을 이해하기가 얼마나 어려웠는지, 성장에 따른 불안이 30대가 되고 나서도 한참 동안 남아 있었다든지 하는 이야기였다. 자신의 이야기에 푹 빠진 소피는 음식은 먹는 둥 마는 둥 했다. 시간이 흘러갔다. 그녀는 그에게 끼어들 기회를 한 번도 주지 않고 쉴 새 없이 이야기했다는 걸 깨달았다. 엑토르에게 자기가 말이 너무 많지 않았는지, 지루하지 않았는지 묻자 그는 고개를 가로저었다.

"계속 말씀하세요."

"다비드를 만났어요. 결혼을 하고, 알베르트를 낳았어요. 갑자기 몇 년이 확 지나가더라고요. 그 기간은 잘 기억도 안 나요."

갑자기 불편해져서 소피는 더 이야기하고 싶지 않았다.

"뭐가 잘 기억이 안 나요?"

소피는 괜히 접시를 만지작거렸다.

"인생에서 어떤 기간은 다 섞여서 구분할 수 없게 되잖아요."

"무슨 말이죠?"

"모르겠어요."

"아시면서." 엑토르는 미소를 지었다.

그녀는 포크로 접시를 두드렸다. "수동적이니까요."

그 말이 엑토르의 호기심을 자극한 것 같았다. "어떤 식으로요?"

소피는 시선을 들었다. "네?"

"어떻게 수동적이냐고요."

그녀는 잔을 비운 뒤 어깨를 으쓱했다.

"엄마들은 거의 다 그런 것 같아요. 아이들과 외로움에 끌려다니는 거죠. 다비드는 일을 했고, 출장을 많이 다녔어요. 난 집에 있었고…… 아무 일도 일어나지 않았죠."

소피는 자기가 어떤 모습일지 알 수 있었다. 눈썹이 찌푸려진 걸 느끼며, 몸을 곧게 펴고 미소 지으려 했다. 엑토르가 다른 질문을 던지기 전에 그녀는 이야기를 계속했다.

"몇 년이 흘렀고 다비드가 병에 걸렸어요. 그다음부터는 알고 계시는 대로예요."

"말해줘요."

"죽었어요."

"알아요. 그래도…… 어떻게 된 건가요?"

이번에 그는 소피의 선이 어디인지 모르는 것 같았다.

"할 말이 별로 없어요. 암 진단을 받고 2년 후에 세상을 떠났죠."

마지막 문장을 뱉는 그녀의 말투를 듣고 엑토르는 이 주제를 더 파고들려고 하지 않았다. 그들은 묵묵히 음식을 먹었다. 잠시 후 그들은 해왔던 대로 대화를 계속했다. 그가 질문을 하고 그녀는 대답했지만, 너무 많이 말하는 것은 피했다. 적당한 기회를 잡았을 때 소피는 손목시계를 보았다. 엑토르는 눈치챘지만 모르는 척하며 자기 시계를 보았다.

"시간이 참 빨리 가네요." 그가 담담하게 말했다.

어쩌면 바로 그 순간 엑토르는 자기가 너무 꼬치꼬치 캐물으며 밀어붙였다는 걸 깨달았는지도 모른다. 그는 무언가에 쫓기듯 서둘러 냅킨을 접으며 친근한 기색을 지웠다.

"아론에게 다시 태워다드리라고 할까요?"

"아니, 괜찮아요."

엑토르는 먼저 일어섰다.

그녀는 지하철 창문에 머리를 기대고 밖의 어둠에 시선을 보냈다. 보고 있으나 실은 보고 있지 않은 그녀의 눈앞을 흐릿한 형체들이 날듯 스쳐지나갔다.

그는 밀어붙이지 않았다. 그저 자기와 비교해서 소피가 어떤 사람인지 이해하려고 애썼을 뿐이다. 그녀는 그게 어떤 마음인지 알 수 있었다. 그녀도 마찬가지였다. 알고 싶고 이해하고 싶은 사람이 있으면 거울에 비추듯 자신을 그들에게 비춰보았다. 하지만 그들이 닮았다는 사실 때문에 겁이 나기도 했다. 그와 함께 있으면 늘 조금 겁이 났다. 엑토르 때문은 아니었다. 어쩌면 그가 풍기는 어떤 것, 그가 그녀에게 미치는 영향 때문인지도 모른다.

외로움은 단순하고 단조롭다. 그녀는 외로움에 너무나 익숙했다. 지금은 외로움 속에 자신을 꽁꽁 숨긴 채였다. 누군가 그녀가 자초한 고립이 탄탄하지도 완벽하지도 않다며 다가올 때마다, 그녀는 한 걸음 물러서며 몸을 뺐다……. 하지만 이번에는 달랐다. 그녀의 삶에 엑토르가 나타난 것엔 어떤 의미가 있었다.

갑자기 눈부신 빛이 비추었다. 베리스함라와 단데뤼드 병원을 잇는 다리 위를 지하철이 질주했다. 햇빛이 열차를 강타했다. 상념에서 깨어난 그녀는 일어나 문으로 가면서 지하철이 역에 멈추는 동안 균형을 잡으려고 손잡이를 붙들었다.

병원으로 돌아온 소피는 간호사 유니폼으로 갈아입고 생각을 멈추려고 일을 했다. 지금 병동에는 마음에 드는 환자가 없었다. 얼른 누군가가 나타나기를 바랐다.

03

라르스 빙에는 구닐라 스트란드베리에게 전화를 걸었다. 보통 그
렇듯 그녀가 받지 않자 전화를 끊었다. 40초 후 그의 휴대전화가 울
렸다.

"여보세요?"

"응?" 구닐라의 목소리다.

"방금 전화했었어요."

잠시 침묵이 흘렀다. "그래서?"

라르스는 헛기침을 했다.

"공범이 간호사를 데리고 나갔어요."

"그리고?"

"식당으로 데리고 갔어요. 거기서 간호사는 구스만과 점심을 먹
었고요."

"철수하고 들어와." 그녀는 전화를 끊었다.

엑토르 구스만이 퇴원한 후 라르스 빙에는 엑토르와 아론 예이슬레르를 계속 지켜보고 있었다. 보고할 만한 사건이 생기지 않는 한가한 일이었다. 라르스의 생각에 이건 누구나 할 수 있는 일이었다. 이런 일을 하기엔 자기가 너무 아까웠다. 그는 분석적인 사람이었다. 이 자리에 뽑힌 것은 그 때문이었다. 최소한 두 달 전에 이 자리를 제의하면서 구닐라가 그에게 한 말은 그랬다. 하지만 지금 그는 날이면 날마다 차에 앉아 있었다. 다른 팀원들은 배경을 분석하고, 가능한 시나리오를 짜고, 이론적 접근을 하느라 바쁜데 말이다.

구닐라가 연락했을 때 라르스는 12년째 경찰에 근무하던 중이었다. 그는 서부 경찰서 소속 순경이었는데, 그곳에서 인종 간의 긴장을 완화할 방법을 찾으려고 애썼다. 그러면서 그는 고립된 기분이 들었다. 그의 동료들은 그와 같은 사회 참여 의식을 보이지 않았다. 라르스는 시키는 사람이 없는데도 그 지역의 문제를 분석한 보고서를 썼다. 보고서에 대한 반응도 없고, 알아주는 사람도 없었다. 솔직히 말하면 그가 보고서를 쓴 목적은 공장형 축사에서 사육된 것 같은 동료들 사이에서 두드러져 보이기 위해서였다. 그는 자신의 동료들이 대부분 그런 곳 출신일 거라고 생각했다. 상완은 너무 컸고, 얼굴은 너무 묵직했으며, 몸은 탄탄하지만 멍청했고, 그가 보기에 너무 둔했다. 그들 역시 라르스를 좋아하지 않았다. 그들은 라르스를 자신들의 일원으로 생각하지 않았다. 라르스 역시 그 사실을 알고 있었다. 라르스 빙에는 파트너로 삼고 싶지 않은 사람이었다. 그는 밤에 순찰을 나가면 신중하게 행동했고, 폭력적인 상황이 생기면 뒤로 물러나 덩치 큰 고릴라들에게 일을 넘겼다. 그는 그것 때문에 탈의실에서 늘 놀림을 받았다.

어느 날 아침 그는 거울을 보고 자기가 얼마나 어린아이 같아 보이는지 깨달았다. 라르스는 머리 모양을 바꿔서 인상을 변화시키려고 했다. 머리에 물을 발라 빗질로 가르마를 타니 좀 더 당당해 보였다. 그런데 동료들은 그 모습을 보고 '나치 돌격대장 라르스'라고 불렀다. 예전 별명인 '계집애'나 '창녀'보다는 나았지만 평소처럼 그는 못 들은 척했다.

라르스 빙에는 일에 최선을 다했다. 폭력범죄나 밤 근무는 피하고, 상사들에게 인정받으려 애쓰고, 동료들과는 잡담을 나누려 했다. 하지만 아무것도 그가 원하는 대로 되지 않았다. 모두가 그를 피했다. 밤에 잠들기가 힘들었고, 코 주위에는 습진이 생겼다.

지역의 긴장 상황에 대한 보고서가 완성된 지 2년 뒤, 아마도 어딘가에 보관되어 잊혀져 있었을 때 국립범죄센터에서 어떤 여자가 전화를 걸어 자기를 구닐라 스트란드베리라고 소개했다. 그는 그녀의 목소리가 경찰 같지 않다고 생각했다. 쿵스트레드 공원에서 점심을 먹으러 만났을 때도 경찰 같아 보이지 않았다. 50대 중반쯤 된 그녀의 짧고 검은 머리에는 군데군데 백발이 섞여 있었다. 갈색 눈은 아름다웠고 피부는 매끈하고 건강했다. 그녀는 나이에 비해 훨씬 젊어 보였고, 훨씬 건강해 보였다. 차분하고 엄격한 인상이었지만 가끔씩 미소를 지을 때면 주위가 밝아졌다. 그녀가 풍기는 차분함은 용의주도함과 자신의 주위에서 일어나는 모든 일을 살피는 신중함에서 비롯되는 것 같았다. 그것은 그녀가 충동과 즉흥성을 버리면서 스스로 선택한 것이었다. 구닐라는 마치 너무 빨리 진행되는 것만으로도 일이 잘못될 수 있다는 것을 아는 사람처럼 성숙하게 행동했다. 그리고 깊은 지성이 이 모든 것을 아울렀다. 구닐라는 똑똑했고 과장이나 절제에 빠져드는 법이 거의 없었다. 늘 명확하고 깔끔한 눈으로 세상을 보았다. 라르스는 자신이 그녀보다 작게 느껴졌지만 그건 상관없었다. 오히려 당연하고 자연스럽게 생각되었다.

구닐라는 특별 조직을 구성하라는 지시를 받았다고 했다. 조직범죄, 특히 국제적 범죄에 대응하기 위한 시범 프로젝트 같은 것인데, 검찰에서 자신에게 우선권을 주었다고 했다. 그리고 그의 보고서를 흥미롭게 읽었다고 했다. 라르스는 치밀어 오르는 자부심을 감추려고 애썼다. 어떤 일이 될지 그녀가 다 설명하기도 전에 라르스는 기꺼이 제안을 받아들였다.

2주 후 그는 서부 지역의 가축 우리 같은 경찰서에서 외스테르말름에 있는 특별 수사팀으로 옮겼다. 보다 분석적인 일을 하는 팀이었다. 그는 36세의 나이에 유니폼을 벗고 사복 경찰이 되었고, 연봉이 올랐다. 그는 자신의 앞날이 이렇게 되기를 늘 꿈꿔왔다는 걸 바로소 깨달았다. 다른 어떤 경찰보다도 더 뛰어나다고 느꼈던 자신의 재능과 기술을 누군가 눈치채고 알아주는 것.

한동안 아무런 소득 없이 아론과 엑토르를 미행하다가 구닐라가 예상했던 것처럼 전환점이 찾아왔다. 구닐라는 간호사가 수사의 초점 중 하나로 부상할 거라고 말했다. 그는 그 말을 잊고 있었는데, 그날 아침 아론이 병원 밖에서 간호사에게 차 문을 열어주는 것을 멀리서 지켜보면서 구닐라의 실력이 얼마나 뛰어난지 다시 한 번 절감했다.

그는 브라헤가탄 경찰서 앞에 차를 댔다. 이름을 모르는 동료 경찰들에게 고개를 끄덕이곤 1층짜리 경찰서 뒤에 있는 고층 건물로 갔다. 방 세 개가 나란히 있는 흔한 사무실이었다. 평범한 관공서용 가구, 파일 박스가 들어 있는 밝은색 나무 책장들, 벽에 걸린 시시한 그림, 창틀에는 1990년대 중반부터 계속 걸려 있던 것 같은 줄무늬 커튼.

에바 카스트로네베스가 그의 옆을 지나며 고개를 까닥했다. 한 손으로는 휴대전화에 뭔가 적고 있었고, 다른 손에는 샌드위치를 들고 있었다. 그녀는 늘 어디론가 왔다 갔다 하며 그 누구보다 분주히 움직였다. 라르스도 고개를 까닥했지만 그녀는 보지 못했다. 들어가니 구닐라와 에리크가 있었다. 구닐라는 자기 자리에 앉아 전화를 귀에 대고 있었다. 그녀의 동생 에리크는 평소처럼 혈압 때문에 붉은 얼굴을 하고 작은 플라스틱 통에 든 씹는담배를 뚜껑에 바이킹 장식이 된 놋쇠 담배통에 옮겨 담고 있었다. 에리크 스트란드베리는 니코틴과 카페인, 패스트푸드만 먹고 살았다. 텁수룩한 수염과 헝클어진 회색 머리 때문에 그는 좀 지저분해 보였다. 입이 거친 에리크는 늘 남을 괴롭히는 사람이라는 인상을 주었다. 라르스는 그의 비뚤어지고 치기 어린 자신감에 제동을 걸어준 사람이 아무도 없어서 그렇게 됐을 거라고 추측했다. 그러나 라르스가 좋아하는 면도 있었다. 함께 일하게 되자 에리크는 그를 친근하고 자연스럽게 반겨주었다. 어떤 식으로든 라르스를 평가하지 않고 그냥 있는 그대로 받아주었다. 라르스에게는 평범하지 않은 경험이었다. 에리크는 손에 묻은 담배를 털고 라르스의 눈을 보며 고개를 까닥한 후 책상 위 접시에 놓인 데니시페이스트리를 집었다.

"좀 어때?" 에리크가 걸걸한 목소리로 물었다.

"어때 보여?" 라르스가 속삭이듯 말했다.

"헤, 엿 같다 이거지?"

"그 말이 딱 맞는 것 같군." 라르스가 옆에 있는 의자에 앉으며 말했다.

"네 전화를 받고 누나 기분이 좋아졌어."

에리크는 빵을 한입 베어 물고 다리 위에 놓여 있던 파일을 펼쳐 읽기 시작했다.

"미안, 이걸 읽어야 해서."

"응, 난 괜찮아." 라르스는 조금이지만 너무 빨리 일어났다.

에리크가 입안의 빵을 씹었다. "아니, 젠장, 앉아 있어."

"아냐, 아냐." 라르스는 일어나서 걸었다. 차분하게 걸으려고 조금은 노력해야 했다.

라르스는 자신의 불안정함이 싫었다. 늘 싫었다. 그는 어색함을 타고났다. 어색함이 그가 살면서 하는 모든 일을 다 지배하는 것 같았다. 그 어색함은 그의 안에서 부당한 방식으로 자라났다. 그는 몸을 움직일 때마다 그걸 느꼈고, 자신의 존재 전체에서 그걸 느꼈다. 금발 머리, 새파란 눈, 조각 같은 얼굴을 지닌 그는 겉으로 보면 매력적인 사람이었다. 하지만 그의 불안정함이 그 모든 것을 다 무색하게 만들었다. 각도를 잘 잡아 사진을 찍으면 제법 괜찮아 보였지만, 실제로 보면 그저 어색할 뿐이었다.

라르스는 큰 바퀴가 달린 세 개의 게시판 중 제일 가까이 있는 게시판으로 다가갔다. 그는 사무실에 들어오면 종종 게시판을 봤다. 멍청한 모습으로 구석에 서 있는 걸 피하기 위해서였다. 이렇게 하면 시간을 죽일 수 있었다.

게시판은 엑토르 구스만의 사진과 수사 결과 알아낸 것들을 적어 놓은 메모로 뒤덮여 있었다. 라르스는 여권 사진, 출생증명서, 스페인 쪽 기관이 보낸 문서들을 잠시 바라보았다. 오른쪽에 붙여둔 아론 예이슬레르와 엑토르 구스만의 사진을 보았다. 엑토르의 사진 밑에는 그와 남매인 에두아르도와 이네스의 사진이 있었고, 1970년대 말에 찍은 그들의 어머니 피아의 사진도 있었다. 피아는 플레밍스베리(스톡홀름 남부의 교외 지역_역주) 출신의 금발 미녀였다. 어렸을 때 극장에서 본 샴푸 광고에서 튀어나온 사람 같았다.

게시판 왼쪽의 흑백사진 두 개와 엑토르가 붉은 선으로 연결되어 있었다. 라르스는 사진 속 두 남자를 보았다. 한 명은 숱 없는 흰 머리를 뒤로 빗어넘기고 피부가 햇빛에 그을린 노신사였다. 엑토르의 아버지인 아달베르토 구스만이다. 두 번째 사진은 머리가 짧고 퀭한 눈을 한 남자의 여권 사진을 확대한 것이었다. 아달베르토 구스만의 경호원 레셰크 스미알리다.

라르스는 사진 밑에 있는 스미알리에 대한 요약 설명을 대충 읽었다. 레셰크 스미알리는 공산주의 시절 폴란드 안보부에서 일했고, 소련이 무너지고 나서는 경호원 일을 여러 건 맡았다. 아달베르토 구스만 밑에서 일한 것은 2001년 여름부터인 것 같다.

아론 예이슬레르로 넘어가 빈약한 정보를 읽어보았다. 아론은 1970년대 스톡홀름에서 외스트라레알중학교를 다녔고, 1979년에는 외스테르말름 체스협회에 가입했다. 1980년대에는 이스라엘에서 3년 동안 군 생활을 하며 외인부대에서 활약했다. 걸프전 때 쿠웨이트에 최초로 들어간 부대였다. 그의 부모는 1989년까지 스톡홀름에 살다가 이스라엘로 이주했다. 1990년대에는 프랑스령 기아

나에 잠시 있었다. 그의 행적엔 군데군데 빈 곳이 많았다.

게시판에서 물러나며 큰 그림을 파악하려 해봤지만 아무것도 이해할 수 없었다. 그는 탕비실로 가서 커피머신의 설탕과 우유 버튼을 눌렀다. 흙탕물 같은 황토색 커피가 잔으로 흘러내렸다. 사무실로 돌아오자 구닐라가 전화를 끊고 큰 소리로 말하는 게 들렸다.

"오늘 12시 8분에 아론 예이슬레르가 병원에 가서 간호사를 데리고 바사스탄의 트라스텐에 있는 식당으로 갔어. 간호사는 거기서 엑토르 구스만이랑 한 시간 반가량 점심을 먹었어."

구닐라는 독서용 안경을 쓰고 있었다.

"이름은 소피 브링크만. 정식 간호사고, 미망인이고, 아들이 하나 있어. 아들의 이름은 알베르트, 열다섯 살이야. 병원으로 출근하고, 집으로 퇴근하고, 요리를 하고. 지금 우리가 그녀에 대해 아는 건 이게 전부야."

구닐라는 안경을 벗고 고개를 들었다.

"에바, 자네는 사생활을 캐봐. 친구, 적, 애인…… 뭐든 알아내."

구닐라는 라르스를 돌아보았다. "라르스, 일단 엑토르는 놔두고 간호사에게 집중해."

라르스는 고개를 끄덕이고 커피를 한 모금 마셨다.

구닐라는 미소 지으며 팀원들을 둘러보았다. "신은 가끔 지상에 천사를 내려주신다니까."

그 말로 회의는 끝난 모양이었다. 구닐라는 다시 안경을 쓰고 일하기 시작했다. 에바는 컴퓨터를 두드렸고, 에리크는 익숙한 손놀림으로 약병에서 혈압약을 꺼내며 계속 파일을 읽었다. 라르스는 그들을 따라잡을 수 없었다. 묻고 싶은 질문이 1001개는 있었다.

내가 어떻게 하기를 바라는 걸까? 구닐라가 원하는 정보는 얼마만큼일까? 얼마나 일해야 할까? 저녁 내내, 밤새도록? 초과근무에 대한 처리는 어떻게 하지? 구닐라가 내게 원하는 게 정확히 뭘까? 그는 스스로 판단하고 싶지 않았다. 자기가 따를 수 있는 명확한 지침이 있었으면 했다. 하지만 구닐라는 그런 타입의 상사가 아니었다. 라르스는 자신이 어찌할 바 모르고 있다는 걸 티내고 싶지 않았다. 그는 문으로 향했다.

"라르스, 가져갈 물건이 몇 가지 있어."

그녀는 벽 앞의 큰 상자를 가리켰다. 상자를 열어보니 낡은 파시트 타자기, 팩스, 여러 가지 크기의 렌즈가 딸린 니콘 디지털카메라, 작은 나무 상자가 들어 있었다. 나무 상자에는 스펀지를 파서 만든 틀에 핀마이크 여덟 개가 놓여 있었다.

"설마 도청할 건 아니죠?" 라르스는 묻자마자 후회했다.

"아니, 그냥 잘 지니고만 있어. 카메라는 당장 쓰도록 해. 사진을 찍고 잘 지켜봐. 우린 최대한 많은 정보를 최대한 빨리 모아야 해. 타자기로 보고서를 써서 팩스로 나한테 보내. 팩스는 암호화되어 있으니까 그냥 집에 있는 전화선에 연결해서 쓰면 돼."

라르스는 장비를 바라보았다. 구닐라는 그의 얼굴에 떠오른 놀란 표정을 보며 설명했다.

"여기선 보고서랑 평가서를 다 타자기로 써. 위험을 최소화하는 거지. 우린 어디에도 디지털 지문을 남기지 않아. 항상 그걸 염두에 두도록 해."

그는 고개를 끄덕이고는 상자를 들고 사무실을 나섰다.

*

레셰크는 구스만과 눈을 마주치지 않으려 노력하며 그에게로 걸어갔다. 아달베르토 구스만은 막 바다에서 나온 참이었다. 해변의 작은 테이블에는 방금 짠 오렌지주스가 한 잔 놓여 있었다. 의자 위에는 개어둔 수건이 있고 등받이에는 가운이 걸쳐져 있었다. 그는 몸을 닦고 앉아서 바다를 바라보며 주스를 마셨다.

어렸을 때 그는 자신이 방금 나온 이 물에서 어머니와 함께 헤엄을 쳤다. 매일 아침 그들은 함께 물 위를 떠다녔다. 수영하는 것은 지금도 똑같았지만, 돌아오면서 보는 풍경은 세월에 따라 변했다. 일생일대의 사랑인 스웨덴 인 여행 가이드 피아를 만난 1960년대 초쯤, 그는 빌라 주위의 땅 중 살 수 있는 땅은 전부 사들여서 다른 집들을 다 허물고 사이프러스 나무를 심고 올리브 숲을 만들었다. 이제 지금 헤엄치는 물과 앉아 있는 해변 모두 그의 소유였다.

아달베르토는 아들 둘과 딸 하나를 둔 73세의 홀아비였다. 지난 30년 동안 그는 사업상의 이득과는 전혀 무관하게 자선단체에 막대한 금액을 기부했다. 그는 자신을 부자로 만들어주는 조직을 구축해두었다. 그의 관대함과 가난한 사람들에 대한 관심은 유명했다. 교회와도 사이가 좋았고 지역 텔레비전 요리 프로그램에도 자주 등장하는 유명 인사였다. 그는 '구스만 엘 부에노', 선한 구스만이라 불렀다.

레셰크가 다가오자, 아달베르토는 그의 팔을 가볍게 두드렸다. 레셰크는 아달베르토와 적절한 거리를 유지하다가 그를 따라 빌라로 올라갔다.

"가끔 일이 잘못될 때도 있지, 내 친구 레셰크."

레셰크는 말없이 걸었다.

"그래도 그놈들이 무슨 뜻인지는 알아들었을 것 아닌가?" 구스만은 빌라로 통하는 돌계단을 오르기 시작했다.

"우리가 원한 방법으로는 아닙니다." 레셰크가 중얼거렸다.

"어쨌든 알아듣긴 했겠지. 그리고 자네가 다치지 않고 돌아왔어. 그게 제일 중요하지."

레셰크는 대답하지 않았다.

테라스의 큰 유리문은 열려 있었다. 바다에서 불어오는 바람에 흰 리넨 커튼이 부드럽게 펄럭였다. 집에 들어가자 하인이 그날 입을 옷을 들고 왔다. 아달베르토는 레셰크 앞에서 스스럼없이 가운을 벗고 옷을 갈아입었다.

"난 아이들이 걱정이야." 아달베르토는 베이지색 바지를 입으며 말했다. "엑토르는 아론도 있고 자기 앞가림을 할 수 있지만…… 에두아르도와 이네스를 지킬 방법을 찾아보게. 만약 그놈들이 해꼬지를 하면…… 음, 이제 그럴 리는 없겠지만."

에두아르도와 이네스는 아달베르토와는 멀리 떨어진 곳에서 각자 자신의 삶을 살고 있었다. 아달베르토는 그들과 아예 연락하지 않았지만 손자들의 생일이 되면 늘 지나치게 크고 비싼 선물을 보냈다. 이네스가 그만하라고 한 적이 있지만 아달베르토는 들은 척도 하지 않았다.

장남 엑토르는 늘 그의 곁에 있었다. 엑토르는 열다섯 살 때부터 아버지의 사업에 관심을 갖기 시작했다. 열여덟 살 때는 아달베르토와 함께 모든 사업을 운영했다. 엑토르가 처음으로 한 결정은 경찰이 마약 밀매 근절에 박차를 가하는 것을 보고 북아프리카와 스페인 사이의 헤로인 거래를 줄여나간 것이었다. 대신에 그는 돈세탁 조직을 세우는 데 모든 시간과 에너지를 바쳤다. 마약과 총을 판 돈, 훔친 돈 등 세탁을 필요로 하는 모든 돈을 세탁했다. 이 일은 남유럽에 마약을 가져오는 것 못지않게 수익성이 좋은 것으로 드러났고, 구스만 부자는 거의 어떤 일이든 다 할 수 있는 것으로 정평이 났다. 미국이 마약과의 전쟁을 제대로 해보겠다고 나서서 코카인 가격이 유례없이 올라간 1990년대에도 그들은 옆에서 구경만 하고 있지 않았다.

그들은 콜롬비아 바예데카우카에서 돈 이그나시오를 만나 다른 곳을 거치지 않고 바로 유럽으로 통하는 독립적인 밀수 루트를 만들 가능성을 타진했다. 아달베르토와 엑토르는 괜찮은 루트를 몇 개 생각해냈지만, 힘들고 돈이 많이 들고 위험했다. 루트를 이리저리 바꿔봤지만 세관에 걸리거나 절도를 당해 물건을 몇 번 잃어버렸다. 그들은 포기하고 이 생각을 접었다. 2000년 이후 아달베르토와 엑토르의 합법적인 사업이 잘되지 않아서 회복하는 데 시간이 조금 걸렸다. 하지만 효율적인 코카인 루트가 얼마나 많은 이익을 낼까 하는 생각을 도저히 지워버릴 수 없었다. 그들은 파라과이와 로테르담을 잇는 루트를 시험해보았다. 비교적 안전했고 이제껏 해본 중 최고였다. 그들은 느긋해졌고, 돈을 잔뜩 벌었고, 모든 일이 다시 즐거워졌다.

그런데 갑자기 독일인들이 나타나 그들의 코앞에서 모든 걸 훔쳐갔다. 아달베르토는 자기가 방심하다가 당했다는 걸 마지못해 인정할 수밖에 없었다. 그가 랄프 한케를 상대하게 된 것은 그게 처음이 아니었다. 몇 년 전 브뤼셀에 육교를 건설하는 일로 협상하다가 서로 간접적으로 마주친 적이 있었다. 계약을 따내려고 목을 맨 한케는 관련자 전부를 매수하려 했다. 하지만 마지막에 실수를 하는 바람에 아달베르토가 계약을 가져갔다. 그 자체로는 큰 건이 아니었지만, 한케가 처음으로 코카인을 훔쳐갔을 때 아달베르토는 자기가 누굴 상대하고 있는지 상기할 수 있었다. 어떤 대가를 치르더라도 이기고 싶어 하는 바보.

파라과이와 로테르담 사이의 루트를 만들고 유지하는 데는 많은 노력이 필요했다. 뇌물, 뇌물, 또 뇌물. 그게 루트를 만들고 유지하는 방법이었다. 돈은 문제가 아니었다. 돈을 받을 준비가 된 사람을 찾는 일이 어려웠다. 시간이 지남에 따라 그들은 돈만 주면 시키는 대로 하는 훌륭한 사람들을 찾아낼 수 있었다. 세관 관리, 부두 노동자, 자기 배를 가진 베트남 인 선장. 그가 보증하는 선원이 딸린 낡은 배였다. 모든 일이 커다란 골칫거리 없이 진행되었다. 어쩌면 그랬기 때문에 한케가 갑자기 끼어들어 싹쓸이해간 건지도 모른다. 한케는 이제껏 구스만의 돈을 받던 사람들의 뇌물값을 한 명도 남김없이 다 올려놓았다. 그는 로테르담에서 배와 접선하는 운반책을 협박하고 물건을 가져가 자신의 네트워크를 사용해 유럽 전체에 코카인을 뿌렸다.

아달베르토 구스만은 운반책을 통해 손으로 쓴 편지를 전해받았다. 비싼 아이보리색 편지지에 쓴, 예의 바르고 격식을 차린 유려한 글이었다. 하지만 내용은 예의와는 거리가 멀었다. 자신에게 맞선다면 구스만에게 돌아갈 것은 폭력밖에 없다는 경고였다. 그는 답장을 보냈다. 역시 손으로 썼지만 격식은 덜 차렸고 편지지도 조금 더 싼 것이었다. 자신의 손실을 이자까지 붙여 받아내겠다는 내용이었다. 그 편지에 대한 답으로 한케가 스톡홀름으로 사람을 보내 횡단보도에서 엑토르를 차로 치게 했을 가능성이 컸다. 뺑소니였고, 스웨덴 경찰은 범인을 찾아내지 못했다.

아달베르토는 가장 먼저 솟구친 본능적 감정에 휘둘려 레셰크를 뮌헨으로 보내 한케의 아들을 죽이라고 했다. 하지만 계획대로 되지 않았다. 다시 생각해보니, 이것도 괜찮을지 모른다. 지금으로선 0 대 0 무승부다. 잠시 이대로 있을 수도 있다.

발톱 달린 작은 발이 다가오는 소리가 들렸다. 피뇨가 공을 입에 물고 늘 그렇듯 기쁨과 흥분을 발산하며 다가왔다. 주인 없는 개였던 피뇨는 5년 전 아달베르토의 문 앞에 나타났다. 그는 개를 집에 들였고, 그 뒤로 좋은 친구로 지냈다. 구스만 엘 부에노는 공을 잡아 던졌다. 개는 달려가 공을 물어 주인에게 다시 가져왔다. 늘 재미있는 일이다.

평화가 유지된다면 그는 루트를 되찾는 계획을 세우는 데 집중할 수 있을 것이다. 되찾으리라는 데는 의문의 여지가 없었다. 아주 멋지게 해내리라는 데도.

*

해가 저물었는데도 아직 따뜻하고, 벌레 소리가 요란했다. 파라과이 텔레비전쇼 소리가 멀지 않은 곳에서 울려왔다. 옌스는 낡은 창고에서 상자를 포장하고 있었다. 그는 자동소총을 분해해 볼트들을 이런저런 크기와 모양의 쇠파이프와 함께 케이스에 넣었다. 개

머리판은 진공 포장된 수박 사이에 넣었다.

지난 몇 년 동안은 정말이지 정신이 없었다. 그는 바그다드, 시에라리온, 베이루트, 아프가니스탄에 있었다. 위험했다. 누군가 그에게 총을 쏘기도 했고, 그도 맞서 총을 쏘았다. 다시는 만나고 싶지 않은 사람들도 만났다.

옌스는 이번 일이 끝나면 집에서 쉬면서 느긋하게 지내기로 결심했다. 그는 보통 직접 물건을 가지고 가지 않았다. 너무 위험했기 때문이다. 하지만 이번에는 자신도 가기로 했다. 브라질 항구에서 나가는 짐은 파나마의 정식 화물선에 싣기로 했다. 빈틈없는 베트남 인 선장은 위험을 줄이기 위해 로테르담으로 화물을 옮기는 다른 고객도 받았으며, 운반 가격엔 그 비용도 포함된다고 했다. 유럽까지 항해하는 데는 2주쯤 걸릴 것이다. 그는 긴장을 풀고 휴식을 취할 필요가 있다고 느꼈다. 가만있지 못하는 자신의 성격이 얼마나 심한지, 참을성을 시험할 기회가 될 것이다. 배에 타고 있으면 탈출할 수 없으니 말이다. 그는 보통 같은 풍경을 두 번 보면 지겨움을 못 이기고 도망쳐버리곤 했다.

상자에 못을 박고 가짜 세관 신고서를 쓰고, 낡은 트럭에 짐을 실었다. 다음 날 아침 이 트럭을 타고 파라나구아로 무기를 가져갈 것이다.

준비가 끝나자 옌스는 시우다드델에스테로 나갔다. 엄청나게 혼란스럽고, 더럽고, 시끄럽고, 붐볐다. 이 세상의 모든 냄새를 다 합쳐놓은 듯한 강렬한 악취가 사방에서 풍겼다. 냄새가 워낙 강해서 도시 전체에서 산소가 사라져가는 것 같다는 생각이 들 정도였다. 가난한 사람들은 맨발로 뛰어다니고, 부자들은 신발을 신고 있었다. 모두 뭔가를 팔고 싶어 했고, 사려는 사람도 몇 명 있었다. 옌스는 이곳이 마음에 들었다.

그는 뉴질랜드에서 온 여자 관광객 몇 명과 술을 마시며 잠을 쫓으려 했지만, 곧 그들과 있는 것이 피곤해졌다. 그는 다른 바로 슬쩍 자리를 옮겼다. 그곳에서 어두운 구석을 찾아내 진탕 취할 때까지 혼자 마셨다.

다음 날 파라나구아로 가는 일정은 열한 시간짜리 악몽이었다. 숙취 때문에 도저히 잘 수가 없었다. 기사는 브라질로 가는 내내 고함을 지르며 경적을 울렸다.

1950년대에 만든 낡은 배였다. 아직 칠이 남아 있는 곳을 보니 원래는 파란색이었던 것 같았다. 길이는 60미터 정도로, 디젤 엔진의 울림이 선체 전체에서 들렸다. 그가 서서 지켜보는 부둣가까지 울릴 정도였다. 선장은 선미 쪽에 있는 다리에서부터 배를 몰아왔다. 절반 정도 열린 갑판의 한가운데에는 컨테이너 몇 개가 묶여 있었다. 그리고 대충 싸다 만 나무 궤짝이 여기저기 널려 있었다. 전성기를 한참 지난 화물선, 그 이상도 이하도 아니었다.

옌스는 부서질 것 같은 건널판자를 지나 배에 오른 다음 주변을 둘러보았다. 타서 보니 배가 더 크게 느껴졌다. 몸을 옆으로 돌려야 겨우 들어갈 수 있는 객실은 꼭 감방 같았다. 안에 있는 것이라고는 벽에 붙은 좁은 침대와 작은 찬장이 전부였다. 하지만 그는 마음에 들었다. 창문이 있고 방이 수면 위에 있는 것도 좋지만, 다른 사람과 같이 쓰지 않아도 된다는 것이 가장 좋았다.

옌스는 난간에 서서 출항을 맞았다. 그가 파라나구아의 컨테이너

항이 멀리 사라지는 것을 지켜보는 동안 태양은 수평선 위로 제 모습을 드러냈다.

*

길고 지루한 날들이었다. 라르스 빙에는 소피가 일을 마친 후 자전거를 타고 집으로 돌아오는 사진을 찍었다. 못마땅한 표정을 하고 그녀의 집 근처에 앉아 시간을 죽여보기도 했고 어둠 속에서 산책도 해봤다. 그녀가 집 안에서 창가를 지날 때도 사진을 몇 장 찍었다. 소피와 그녀의 아들 알베르트가 시내의 바와 극장에 갈 때는 미행을 했고 그녀가 혼자 저녁을 먹으러 나간 지난 이틀 동안에도 따라붙었다. 자신이 왜 이런 일을 하고 있는지 그는 이해할 수 없었다. 모두 의미 없는 일 같았다.

라르스는 지치고 짜증이 났다. 하지만 불평할 사람이 없었다. 그는 하던 일을 그냥 계속 반복했다. 늘 그래왔듯이.

전날 저녁 그는 구닐라에게 제출할 소피의 생활에 대한 보고서를 쓰면서 마지막 문장에서 감시를 중지하자고 제안했다.

라르스의 애인 사라는 그의 아파트 거실에 앉아 환경 파괴에 대한 텔레비전 프로그램을 보고 있었다. 어느 영국 교수가 모든 게 다 지옥으로 떨어지고 있다고 말하는 것을 보며 그녀는 기분이 언짢아졌다. 라르스는 문간에 기대 텔레비전을 보았다. 텔레비전 화면에 나오는 통계와 배울 만큼 배운 사람들의 그럴듯한 주장을 듣자 그는 문득 겁이 났다.

구닐라에게 문자가 왔다. 그가 이 수사에 있어 중요하고 가치 있는 사람이고, 아직은 감시를 끝낼 수 없다는 내용이었다. 문자는 '포옹을 보낸다'라는 말로 끝났다.

계속 일을 시키려는 꿍꿍이로 칭찬한 것임을 알면서도 기분이 좋아지는 것은 어쩔 수 없었다. 그는 그 일을 계속하겠다고 결심했다. 시간이 지나면 다른 일을 하게 될 것이다. 시간이 지나면 구닐라가 분명히 더 나은 일을 맡길 것이다. 구닐라는 밤낮으로 차에 앉아 비정상적일 만큼 규칙적으로 생활하는 간호사를 지켜보는 것보다는 그의 지성을 더 잘 발휘할 수 있는 임무를 주겠다고 전에도 약속한 적이 있다. 그때가 되면 그는 자기가 하는 일이 무엇인지 이해할 수 있을 것이고, 다른 팀원들도 그의 능력을 인정하게 될 것이다.

라르스는 사라 옆에 앉아 프로그램이 끝날 때까지 보았다. 이 세상이 곧 끝장나는 데는 당신의 책임도 일부 있다고 주장하는 프로그램이었다. 그는 죄책감을 느꼈다. 리포터가 전하는 정보 때문에 사라만큼이나 기분이 나빠졌다. 사라는 이제부터는 비행기는 타지 않고 기차로만 여행하겠다고 했다. 기차로도 외국에 갈 수 있다면 말이다. 라르스는 고개를 끄덕였다. 그 역시 같은 생각이었다.

"나 밤에 다시 일하러 가야 돼. 우리 잠깐만 가서 누워 있을까?"

그녀는 텔레비전에 시선을 고정한 채 고개를 저었다.

그날 저녁 7시 반, 라르스는 소피의 빌라에서 얼마 떨어지지 않은 곳에 볼보를 세워두고 소피의 집 주위를 걸어다니며 더 가까이 갈 수 있는 방법이 있을지 알아보았다. 평소처럼 이상한 것은 눈에 띄지 않았다. 그는 차로 돌아갔다. 잠시 앉아서 멍하니 밖을 보다 주위를 파악하기 위해서 드라이브를 하기 시작했다. 이번이 열 번째였다. 그는 다른 곳에 차를 대고 흐릿한 빌라 외관 사진을 몇 장 찍고 메모할 필요 없는 사소한 내용들을 메모했다. 9시쯤 한 번 더 한숨을 쉰 뒤 시동을 걸고는 집에 돌아가기 전에 소피의 집을 마지막으로 한 번만 더 지나쳐보기로 했다.

그가 빌라 현관을 지나가려는 데, 소피가 집에서 나와 밖에서 기다리던 택시로 향했다. 버튼을 채우지 않은 채 얇은 코트를 입고 있었고 이브닝 백을 들고 있었다. 그녀가 뒷좌석에 올라타자 택시가 출발했다.

차를 타고 지나가는 몇 초 동안 그녀를 지켜보았다. 마치 세상이 잠시 멈춘 것처럼, 시간이 천천히 흐르는 것처럼 느껴졌다. 이 짧은 순간, 그에게 소피는 완벽하고 이상적인 어떤 존재가 된 것 같았다. 라르스는 자기가 소피를 알고, 그녀 역시 자기를 안다는 강한 인상을 받았다. 그는 그 괴상한 느낌을 떨쳐내고는 차를 돌려 택시를 뒤쫓았다.

라르스는 안전한 거리를 유지하려 애썼다. 불안함이 그의 몸속에서 고동쳤다. 갑자기 오줌이 마려웠다. 그 두 가지는 마치 어떤 알 수 없는 방식으로 연결되어 있는 것 같았다. 로슬라그스툴, 비르예르얄스가탄을 거쳐 좌회전해서 훔레고르덴 공원 옆을 지나 칼라베겐으로 가는 내내 그는 시야에서 택시를 놓치지 않았다. 택시는 마침내 시뷜레가탄에 섰다. 라르스는 택시에서 내리는 소피 옆을 지나쳐 문 안으로 사라지는 그녀를 백미러로 지켜보았다. 라르스는 좀 더 내려가 버스 차선에 차를 세우고 1분 정도 기다렸다가 차에서 뛰어내렸다. 그는 손전등으로 문 유리 안을 비춘 뒤 안쪽 복도의 에약판에 쓰여 있는 이름을 전부 적었다.

11시가 지났을 무렵, 소피는 여자와 함께 나왔다. 두 사람은 팔짱을 끼고 웃으며 외스테르말름 광장으로 걸어갔다. 소피의 친구는 중간에 멈춰서서 몸을 굽히며 웃어댔다. 라르스는 잠시 지켜보다가 차에서 내려 그들을 따라 걸어갔다.

소피와 친구는 그날 밤 세 곳에 들렀다. 라르스는 그중 두 곳에서 입장을 거절당해 경찰 신분증을 보여줘야 했다. 소피와 친구는 바에 앉아 있었다. 다양한 나이의 남자들이 다가와서 말을 걸었지만, 그녀들은 관심을 보이지 않았다. 라르스는 그들과 멀리 떨어져 앉아 알코올이 없는 블러디메리를 마시며 못 올 곳에 왔다는 생각을 했다. 그는 거의 외출하지 않았고, 어쩌다 한번 외출할 때도 클럽에는 절대 가지 않고 레스토랑에만 갔다. 잘나가는 동네로 간 적도 결코 없었다. 그는 소피를 지켜보다가 자기가 너무 빤히 쳐다보고 있다는 걸 깨닫고는 시선을 돌린 뒤 잔을 비웠다. 알코올 없는 블러디메리는 토마토주스 맛이었고 장식된 셀러리는 씁쓸하기만 했다. 그녀와 가까이 있으니 왠지 힘이 빠졌다. 그는 소피를 보면서 그녀가 얼마나 매력적이고 아름다운지 깨달았다. 이제까지 알아보지 못했던 세세한 점들이 보였다. 보일락 말락 한 눈가의 미세한 주름, 드러난 목, 살아 움직이는 듯한 머리칼…… 가끔 언뜻언뜻 드러나는, 그녀의 몸 전체를 잡아당겨 바로 세우는 것처럼 보이는 완벽한 목덜미…… 반듯한 이마는 그녀를 우아하고 아름답게 보이게 해줄 뿐 아니라 지성미를 발산했다. 그는 이제 그녀와 가까운 곳에 있었다. 너무 가까웠다. 그는 계속 지켜보았다. 남의 알몸을 처음으로 보는 10대 소년처럼 그녀를 훔쳐보았다.

소피와 친구가 갑자기 또 웃음을 터뜨렸다. 소피의 웃음이 라르스에게 옮아왔다. 소피가 잠깐 몸을 돌려 그를 보았다. 그가 너무 뚫어져라 쳐다보고 있었을까. 순간 그들의 눈이 마주쳤고, 그녀는 웃다 말고 미소를 지어 보였다. 라르스도 미소를 지었지만 그녀의 시선은 곧 그의 옆으로 움직였다. 그는 얼굴에 그녀의 미소가 와 닿았다 사라지는 것을 느끼곤 재빨리 몸을 돌려 바에서 나갔다.

라르스는 집에 돌아와 전기 소모가 적은 스탠드를 켜고 그날 저녁의 일, 소피의 친구, 그가 복도에서 읽은 이름들에 대해 보고서를 작성해서 구닐라에게 팩스로 보냈다.

사라는 자고 있었다. 그는 사라 옆으로 기어들어갔다. 인기척을 느낀 사라가 잠에서 깼다.

"지금 몇 시야?" 잠에서 덜 깬 사라가 속삭였다.

"늦은 밤…… 이른 새벽이거나."

그녀는 몸에 이불을 감으며 돌아누웠다. 그는 섹스를 하고 싶어 몸을 바싹 붙이며 소심한 전희를 시도했다. 그는 이런 데 젬병이었다. 솜씨도 감각도 없었다.

"그만해, 라르스." 그녀는 짜증 섞인 한숨을 내쉬고 몸을 더 멀리 뺐다.

그는 똑바로 누워 잠시 천장을 쳐다보며 어렴풋이 들려오는 거리의 차 소리에 귀를 기울였다. 잠을 잘 수 없을 것 같았다. 그는 일어나서 나가 텔레비전 앞에 앉았다. 화면에 지나가는 예쁜 여자의 얼굴이 모두 소피 브링크만의 얼굴로 보였다.

백화점 안에는 사람을 차분하게 만드는 아름다운 음악이 흘렀다. 소피는 여성복 매장에서 속옷을 보고 있었다. 품질을 살피고 감은 어떤지 만져보았다. 그리고 화장품 매장으로 가서 불가능할 것 같은 효과를 낸다고 선전하는 무척 비싼 크림을 샀다.

"소피?"

돌아보니 다리에 깁스를 하고 지팡이를 짚은 엑토르가 서 있었다. 뒤에는 남성복 브랜드의 로고가 박힌 종이봉투 두 개를 든 아론이 있었다.

"엑토르."

그에 뒤따른 1초 정도의 침묵. 너무 길었다.

"마음에 드는 걸 찾았나요?"

"그냥 크림 하나 샀어요."

그녀는 작은 봉투를 들어 보였다. 엑토르는 고개를 끄덕였다.

"당신은요?"

엑토르는 아론이 든 봉투를 돌아보며 고개를 끄덕였다. 그는 그녀에게 시선을 고정했다. "우리 커피 마신 적 없죠?"

"네?"

"전에 점심 먹고 나서 커피 마실 시간이 없었잖아요. 아래층 식당가에 괜찮은 카페가 있어요."

소피는 커피에 우유를 넣었다. 엑토르도 넣었다. 체크무늬 앞치마를 한 카운터의 여직원은 이런저런 커피를 권했지만 두 사람은 다 거절했다. 그들은 평범하고 확실한 커피를 원했다. 아론은 조금 떨어진 곳에 앉아 참을성 있게 기다리며 실내를 둘러보았다.

"저 사람은 커피도 안 마셔요?"

엑토르는 고개를 가로저었다. "커피를 안 좋아해요. 아론은 다른 사람들이랑은 달라요."

잠시 말없이 앉아 있다가 소피가 침묵을 깼다. "그래서…… 출판업계는 어때요?"

엑토르는 그녀의 서투른 질문에 미소를 지었지만 굳이 대답하지 않았다. "의료 업계는 어떤데요?"

"늘 똑같죠. 사람들은 병에 걸리고, 낫는 사람도 있고, 모두들 용감해요."

엑토르는 그녀의 진지한 대답을 들으며 고개를 끄덕였다.

그는 커피를 한 모금 마셨다. "얼마 안 있으면 내 생일이에요."

소피의 표정에서 기대감이 드러났다.

"파티에 초대하고 싶어요."

"글쎄요." 그녀가 말했다.

엑토르는 그녀를 흘끗 보고는 시선을 돌렸다. 그는 무언가 달라진 것 같았다. 유머와 행복함이 사라지고 그 자리에 정반대되는 감정이 들어섰다. 전에는 그에게서 찾아볼 수 없었던, 평범한 종류의 감정이었다.

"초대하는 거예요. 초대에 '글쎄요'라고 하는 건 예의바른 대답이 아니죠. 다른 사람들이 다 그러듯이, '예스' 아니면 '노'라고 대답해야 해요."

소피는 바보가 된 것 같았다. 게임을 하고 있다고 생각했는지도 모른다. 엑토르는 추근거리는 역할, 자신은 당연히 튕기는 역할이

라고 생각한 것 같다. 어쩌면 엑토르는 추근거린 게 아닐지도 모른
다. 엑토르를 오래 바라보자니 그가 자신에게 구애하는 게 아니라
는 것을 점점 깨닫게 되었다. 그는 그녀를 좋은 친구로 생각했는데
그녀는 게임을 하려고 했다. 그가 한 말은 그런 뜻일지도 몰랐다.
사실 그가 다른 걸 암시한 적은 없었다.

"미안해요."

"괜찮아요." 엑토르는 즉시 대답했다.

"당신 생일 파티에 가고 싶어요, 엑토르."

엑토르는 다시 미소를 지었다.

04

플래시가 마구 터졌다. 랄프 한케는 머리숱이 적고 콧수염을 기른 키 작은 남자와 악수하며 카메라를 향해 미소를 지었다. 그는 이 지역의 정치인이었다. 기자 한 명이 남자에게 아직 폭발하지 않은 2차 세계대전 군수품이 매장돼 있는 것으로 추정되는 곳에 쇼핑몰을 짓는 것이 과연 현명한 생각이냐고 물었다. 정치인은 횡설수설했다. 랄프가 끼어들었다.

"그건 말도 안 되는 억측입니다. 이 장소가 완벽하게 안전한 곳이라는 걸 확인하기 위해 저희는 많은 시간과 예산을 투입했고⋯⋯."

기자들이 랄프에게 마구 질문을 쏟아냈다. 곧 시작될 건축 프로젝트나 군수품에 관련된 질문은 하나도 없었다. 전부 그의 재산과 그가 우크라이나 출신 모델과 사귄다는 루머에 대한 질문들이었다. 랄프 한케는 절대 인터뷰를 하지 않았고, 위험이 거의 없는 작은 행사에서만 대중 앞에 모습을 드러냈다. 뮌헨 교외의 작은 쇼핑몰 건설 현장 같은 곳 말이다. 그의 오른팔 롤란트 겐츠가 앞으로 나서서 기자들에게 관심을 보여주셔서 감사하다고 말하며 랄프를 단상에서 데리고 나갔다.

그들은 목이 운전석 시트만큼이나 두툼한 러시아 인 미하일 세르게예비치 아스마로프가 모는 차에 탔다.

"언제 입을 닥쳐야 되는지 모른다니까요. 그 멍청이가 자기가 사람들을 위해서 일하고 있다고 생각한다는 게 문제입니다." 롤란트가 조수석에서 말했다.

랄프는 창밖을 내다보고 있었다. 건물들이 스쳐 지나갔다. 집, 상점, 사람들……. 모두 그가 모르는 존재들이었고, 앞으로도 그럴 것이다. 최근 그는 큰 도박을 시작했는데 꽤 마음에 들었다. 그의 건설사는 그가 원하는 계약을 전부 따냈다. 쇼핑몰, 부두, 주차장, 사무용 건물을 지으면 그는 합법적인 사업을 하게 되는 것이다. 그는 일을 많이 하고 깨끗한 돈을 많이 벌었다.

랄프 한케가 자신의 삶을 개척했다는 건 누구도 부정할 수 없었다. 그는 구동독의 가난한 가정에서 독자로 자랐다. 1978년 크리스티안이 태어났고, 2년 후 아내가 헤로인에 빠지자 이혼했다.

베를린 장벽이 무너지기 전, 그는 여러 해 동안 우체국에서 일하며 동료들을 비밀경찰 스타시에 밀고했다. 정보원으로 일했던 경력이 그의 앞길을 열어주었다. 그는 동독의 붕괴를 예견할 정도로 영리한 안보 담당자들을 몇 알게 되었다. 그는 우체국 일을 그만두고 스타시의 친구들과 함께 정보원들에 대한 정보를 모았다. 동독 붕괴 후 그들에게 되팔기 위해서였다.

마지막에는 스타시에서만 일했다. 콤머칠레 코디니어룽스, 즉 코코 소속이었다. 이 부서의 목표는 부도 난 국가를 조금 더 유지하기 위해 서구 통화를 안보 서비스와 맞바꾸는 것이었다.

랄프 한케와 친구들은 사겠다는 사람이라면 누구에게나 동독 군의 소소한 무기를 팔았다. 그가 처음으로 가본 외국은 노리에가 장군 치하의 파나마였다. 노리에가는 현금으로 달러를 지불하고 무기를 샀다. 랄프는 드디어 자기가 할 일을 찾은 것 같았다. 1989년 11월 9일, 그는 아들 크리스티안을 대동하고 거칠 것 없이 서베를린으로 갔다. 브란덴부르크 문을 걸어나가는 그들의 뒤에서 해가 비추며 길을 밝혀주었다.

그는 서베를린에서 옛 친구의 집에 은둔한 채 몇 달 기다렸다가 옛 정보원들에게 스타시 파일을 팔기 시작했다. 오래 기다릴수록 더 큰 돈을 받을 수 있었다. 이렇게 모은 재산으로 붕괴한 군대의 보급품을 사들였다. 차량, 무기, 거저나 다름없이 손에 넣을 수 있는 장비들이었다. 그것들을 되팔아서 재산을 열 배로 불렸다. 정보원들에게 판 파일은 물론 복사본을 보관해두었다. 정보원들 중 상당수는 새로운 동독에서 권력을 잡았다.

이런 사람들의 대다수가 자기 비밀은 이제 안전하다고 생각하게 된 1990년대 후반, 랄프 한케는 그들을 다시 찾아갔다. 이번에는 젊은 크리스티안을 데리고 갔다. 이번에 요구한 것은 돈이 아니었다. 랄프가 요구한 것은 그와 크리스티안 주위에 권력과 부를 구축해줄 이런저런 도움이었다.

랄프와 크리스티안은 세계를 돌아다니며 각국 정부 및 대기업들과 연락선을 만들고, 뇌물을 주고, 중개인과 가짜 회사를 통해 전쟁

중인 나라들에 비행기와 차량과 레이더 장비를 팔았다. 몇 년 만에 그들은 유한책임회사 한케를 세웠고 고소득자 순위에 자신들의 이름을 올렸다.

차창 밖 풍경이 바뀌었다. 그들은 뮌헨 중심가에 와 있었다. 랄프는 이 도시가 반짝반짝거린다고 생각했다. 성공과 상식이 뒤섞인 반짝임이었다. 고쳐앉는데 가죽 시트에서 끽 소리가 났다.

"크리스티안의 소재는 파악했나?"

"네……."

랄프는 이어질 말을 기다렸다.

"그런데?"

"집에서 슬픔에 빠져 있습니다. 크리스티안에게 중요한 여자였나 봅니다."

"그래, 그랬겠지."

랄프는 창밖을 보았다. 크리스티안의 차가 폭발했다는 소식을 들었을 때 그가 보인 반응은 일종의 안도였다. 크리스티안이 그 차 안에 앉아 있지 않았기 때문이었다. 그런 뒤 그는 이게 정말 구스만의 대답일지 계속 생각해봤다. 그들이 여자를 노렸던 걸까, 크리스티안을 노렸던 걸까? 아니면 다른 사람이 보낸 메시지일까? 그렇다면 누구지? 아니, 물론 구스만이겠지만 랄프는 구스만이 선택한 접근법에 놀랐다. 그들은 크리스티안의 여자친구를 죽이는 게 엑토르가 횡단보도에서 차에 치인 것에 대한 적절한 대응이라고 생각했을까? 아니면 실수로 여자를 죽인 걸까? 장난이 아니란 걸 보여주기 위해 크리스티안을 노렸던 걸까?

프라우엔 교회 옆을 지나고 있었다. 랄프는 종탑의 푸른 돔을 올려다보며 다시 생각에 잠겼다. 구스만 사건이 어떻게 진행될지, 아달베르토 구스만을 무릎 꿇리면 어떻게 반응할지 궁금했다. 랄프는 그를 무릎 꿇릴 작정이었다. 가장 큰 이유는 구스만이 어떤 사람인지 알고 싶어서였다. 한 사람이 얼마나 가치 있는 사람인지 알 수 있는 유일한 순간은 그가 얻어맞고 바닥에 쓰러져 있을 때다. 그때가 돼야 비로소 판단할 수 있다. 어떤 사람은 딱한 모습으로 쓰러진 채 용서를 빈다. 어떤 사람은 일어나서 다시 맞고 쓰러지고, 또 일어나서 또 맞고 쓰러진다. 어떤 사람은 일어나서 남 탓을 하며 자기 영혼을 악마에게 팔아버린다. 어떤 사람은 그걸 생존본능이라고 부르지만, 랄프는 죽음에 대한 공포라고 불렀다. 하지만 온 힘을 다해 되받아치는 소수의 사람도 있다. 그들은 존중받아야 한다. 혹시 구스만도 그런 사람일까?

잠시 후 롤란트가 침묵을 깨고 오늘의 남은 일정을 읊기 시작했다. 그는 8년째 랄프 밑에서 일하고 있었다. 롤란트 겐츠는 랄프에게 문제가 될 수 있는 일을 모두 유리한 방향으로 바꿔놓았다. 그는 경제학자이자 변호사이자 정치고문으로, 영역을 가리지 않고 일했다. 랄프는 그의 그런 능력을 높이 샀다. 랄프에게 없으면 안 될 오른팔이었다. 그는 랄프가 할 수 없는 일들을 했다. 사람들과 접촉하고, 협상하고, 모든 일이 제대로 굴러가도록 감독했다. 그는 진행되고 있는 일의 모든 세세한 부분을 거의 다 꿰고 있었다. 누군가 말썽을 피우는 사람이 나타나면 롤란트는 뒤로 물러서고 미하일이 나섰다. 랄프는 자기 주위에 작지만 아주 효율적인 조직을 만들어 굴리고 있었다.

"미하일, 로테르담으로 갈 거지?" 롤란트가 말했다.

"로테르담에는 왜 가지?" 랄프가 끼어들었다.

롤란트가 돌아보았다.

"물건 받을 사람이 가 있기로 했습니다. 적어도 처음 여섯 달 동안은요. 그냥 통상적인 일입니다. 확실히 하려고요. 구스만 쪽 사람들이 딴 생각을 할까 봐서요."

"왜 하필 미하일이야? 다른 사람은 없어?"

"다 다른 일로 바빠서요. 이번엔 어쩔 수 없습니다."

미하일은 서툰 독일어로 자기가 다 준비해두었고, 두 명을 더 데리고 갈 것이며, 아무 문제도 없을 것이라고 말했다.

"다른 사람 누구?"

"체첸에서 같이 복무했던 사람들입니다."

"괜찮은 사람들이야?"

미하일은 뻐딱하게 미소를 지으며 고개를 가로저었다. "아뇨, 전혀요."

랄프는 미하일을 좋아했다. 그는 언제나 러시아 인들을 좋아했다. 미하일은 시원시원하게 일했다. 질문하는 일이 거의 없고, 시키는 대로 했으며, 일이 계획대로 되지 않으면 자기 방식대로 알아서 해결했다.

"알았어."

랄프는 뒤로 기대앉으며 긴장을 풀고 눈을 감았다. 몇 분만 자면 훨씬 나아질 것이다.

소피는 이런저런 스타일의 옷을 입고 거울 앞에 서보았다. 너무 차려입은 것 같아서 균형을 맞추려고 청바지로 갈아입었다.

"어디 가요?"

알베르트는 거실 소파에 앉아 있었다. 소피는 계단을 내려가며 알베르트를 보았다.

"파티."

"무슨 파티요?"

"생일 파티야."

"누구 생일인데요?"

그녀는 복도에 멈춰서서 선반 위에 걸어둔 거울에 비친 자신의 모습을 보았다.

"친구."

"친구요?"

"엑토르라는 친구야."

그녀는 거울에 가까이 다가가 립스틱을 발랐다.

"엑토르? 젠장, 무슨 이름이 그래요?"

소피는 위아래 입술을 맞대고 지그시 눌렀다. "욕은 하지 마."

"그 사람이 누군데요?"

소피는 화장을 마무리하며 대답했다. "우리 환자였어."

"그 정도로 아쉬운 건 아니죠, 엄마?"

소피는 알베르트의 목소리에 밴 빈정거림을 알아챘다. 그녀는 미소 짓지 않으려고 애써야 했다. 알베르트는 소파에서 일어나 그녀를 지나쳐 부엌으로 갔다.

"엄마 오늘 정말 예뻐요." 알베르트가 들릴락 말락 말했다.

소피가 외출하는 것은 드문 일이었다. 소피는 아들이 자신감을 북돋아주려고 하는 것을 느꼈다.

"고마워."

소피는 택시를 타고 트라스텐 레스토랑 앞에 내렸다. 문을 열고 들어가자 흰 셔츠와 검은색 바지를 입은 젊은 남자가 문을 잡아주고 그녀의 얇은 코트를 받아든 다음 안으로 안내해주었다. 오길 잘한 건지 소피는 갑자기 불안해졌다. 레스토랑 안에서 사람들의 목소리와 웃음소리가 들렸다.

실내조명은 전등보다는 주로 촛불이었다. 사람들이 여러 테이블에 둘러앉아 웃고 이야기하며 마시고 있었다. 그녀 뒤로 몇 명이 더 들어왔다. 소피는 그들의 옷을 슬쩍 보았다. 자기가 너무 차려입었는지 너무 평범하게 입었는지 알 수 없었다. 아마 그 중간쯤 같았다. 딱 그녀가 바라던 대로였다. 한 여자가 샴페인 잔이 가득 놓인 쟁반을 들고 소피 옆을 지나갔다. 소피는 잔을 하나 들고 사람들 속에서 엑토르를 찾았다. 그는 레스토랑 안쪽에 어린 소년을 무릎 위에 앉히고 있었다. 엑토르가 다치지 않은 다리를 툭툭 움직여 아래위로 튕겨주자 아이가 자지러지게 웃었다. 엑토르에게 가는데 누가 잔을 두드렸다. 소피는 벽에 붙어 서서 소리를 낸 50대로 보이는 덩치 큰 대머리 남자를 쳐다보았다. 흰색 셔츠 단추를 반쯤 풀어헤친 그는 방 안의 소리가 잦아들기를 기다렸다. 그가 다시 잔을 두드렸다. 어느 테이블에서 누군가 스페인 어로 뭐라고 크게 말하자 몇 명이 웃었다. 조용히 해달라던 남자는 웃음소리가 잦아들기를 기다렸다가 스페인 어로 이야기를 시작했다. 그는 말하면서 가끔 엑토르를 바라보았다. 그의 목소리는 점점 조용해지더니 거의 감상적으로 되었다. 목이 메는 듯했다. 엑토르는 차분하게 들었다. 그의 무릎에 앉아 있던 아이는 무거운 분위기에 꼼짝 않고 엑토르의 품에 기댔다. 남자는 연설을 마치고 샴페인 잔을 높이 들며 엑토르에게 건배를 제의했다. 다른 손님들도 합세했다. 엑토르는 샴페인을 마시는 소피를 보곤 자기 쪽으로 오라고 손짓했다. 다리에 앉아 있던 아이는 어느새 어디론가 가고 없었다. 파티장은 다시 시끄러워졌다. 소피는 엑토르에게 다가갔다. 엑토르는 옆 의자에 앉아 있던 젊은 여자에게 무언가 속삭였다. 여자는 일어나서 소피에게 의자를 양보했다. 소피는 고맙다는 뜻으로 미소를 지어 보였다. 엑토르가 일어났다. 그녀를 보는 것만으로도 어쩔 줄 몰라 하다가 정신을 차리고 소피의 뺨에 키스했다.

"어서 와요, 소피."

"생일 축하해요, 엑토르."

소피는 작은 꾸러미를 건넸다. 엑토르는 상자를 받았지만 열어보지는 않았다. 그는 그녀를 한 번 더 바라보았다.

"와줘서 기뻐요."

그녀는 대답 대신 미소를 지었다.

"오세요. 제 여동생을 소개시켜 드릴게요."

그들은 다른 테이블로 갔다. 소피는 아론이 레스토랑 끝에 앉아 있는 것을 보았다. 그는 따뜻하게 미소를 지어주었다.

테이블에서 한 여자가 일어났다. 짧고 검은 머리, 올리브처럼 짙은색 피부에 짙은 주근깨, 호기심과 행복이 동시에 비치는 초롱초롱한 눈. 아주 보기 좋았다.

"소피, 이쪽은 내 여동생 이네스예요."

소피는 손을 내밀었다. 이네스는 손은 무시하고 소피를 포옹했다. 엑토르가 빠른 스페인 어로 이네스에게 말했고, 그러자 이네스는 소피를 보며 무언가 말했다.

"쓸모없는 오빠를 돌봐줘서 고맙다네요."

이네스는 마드리드에 사는데, 남편과 두 아이는 지금 그곳에 있다고 했다. 그녀는 소피에게 만나서 반갑다고 하고는 팔을 가볍게 두드린 다음 사라졌다.

"프랑스에 사는 남동생은 못 왔어요. 해양생물학자인데, 물속에 있을 때 제일 행복한 것 같아요. 걔가 나쁘다는 말은 아니에요." 엑토르가 말했다.

연설했던 남자가 다가와 엑토르를 포옹하고는 소피를 바라보았다. 가까이서 보니 그의 육중한 덩치와 큰 코가 더욱 두드러졌다. 손목의 굵은 팔찌와 목의 체인부터 양손 넷째 손가락에 낀 인장 반지까지, 몸 여기저기에 금붙이를 걸치고 있었다.

"소피, 카를로스 푸엔테스를 소개할게요. 이 식당의 주인이에요."

"만나서 반가워요, 소피. 여기서 엑토르와 점심을 드셨을 때 아주 잠깐 본 적 있어요."

카를로스는 강한 스페인 억양으로 말했다.

"간호사이시라면서요? 언젠가 제 아픈 마음도 치료해주실 수 있을까요?"

카를로스는 한 손을 자기 가슴에 얹고는 미소를 지었다.

"왜 마음이 아프다는 거죠?"

엑토르는 어깨를 으쓱했다. "카를로스는 여자들이 자기를 구제불능의 로맨티스트로 보길 원해요. 마음이 아픈 건 아니고, 이혼을 두 번 했을 뿐이죠. 그것도 자기가 헤어지자고 한 거고."

엑토르는 걸어가는 카를로스의 뒷모습을 지켜보았다. 순간 소피는 그의 눈에서 뭔가 어두운 것을 잠깐 본 듯했다.

서인도제도 출신으로 보이는 커플이 있었다. 남자는 키가 크고 말랐으면서도 힘이 세 보였다. 머리를 동그랗게 틀어올린 여자는 매우 당당해 보였다. 몸을 양옆으로 살짝 흔들며 걷는 그녀의 걸음걸이는 매력적이었다. 그들은 팔짱을 끼고 엑토르에게 걸어왔다. 마치 우리는 온 세상 다 가졌지만 이 행복을 다른 이들과 함께 누리고 싶다고 말하는 것 같았다. 키 큰 남자가 애정을 담아 엑토르의 어깨를 쓸며 포장한 꾸러미를 건넸다. 엑토르는 기뻐했다. 남자는 소피의 손을 잡았다.

"제 이름은 티에리고, 이쪽은 제 아내 다프네입니다."

소피도 자기소개를 했다. 다프네는 미소를 지었다. 그들은 엑토르와 이야기를 나눈 뒤 다른 사람들에게 인사를 하러 갔다. 누군가 박수를 치며 만찬이 시작될 테니 자리에 앉아달라고 했다.

엑토르는 소피에게 자기 테이블에 앉으라고 했다. 좌석 배치도 같은 건 없었다. 다들 어디 앉아야 할지 알고 있는 것 같았다. 소피는 빈 의자를 끌어당겨 앉았다.

소피 옆에 앉은 남자는 좀 딱딱해 보였다. 양복을 입고 넥타이를 맨 몇 안 되는 사람 중 하나였다. 회색 양복에 파란 체크무늬 타이를 매고, 잘 손질한 짧은 머리에 테가 가는 안경을 썼다. 이 자리에 있고 싶지 않아 하는 듯한 어색한 느낌이 조금 났다. 그는 에른스트 룬드발이라고 자기를 소개한 다음 더 이상 견딜 수 없을 때까지 침묵을 지켰다. 마침내 그가 입을 연 것은 침묵이 너무 길었다고 스스로 느꼈을 때였다.

"엑토르랑은 어떻게 아시죠?" 그가 물었다.

소피는 사고 이야기를 했다. 에른스트도 알고 있는 일이었다. 병원에서 만나 지금 이 자리에 오게 된 거라고 대답한 다음 그에게 같은 질문을 했다.

"출판사의 법적 문제를 도와주고 있습니다. 전 변호사로, 법률 자문이나 저작권법 관련 고문으로 일하고 있습니다."

비음 섞인 그의 목소리는 단조로웠다. 식사 자리는 어색했다. 에른스트 룬드발은 그녀의 모든 질문에 단음절로 대답했고 그녀에게 아무것도 묻지 않았다. 새로운 화젯거리를 꺼내지도, 흔히들 하는 사교적인 행동도 하지 않았다. 소피의 다른 쪽에 앉아 있는 남자는 영어도 스웨덴 어도 하지 못해서 아무런 말도 할 수 없었다. 결국 그녀는 포기하고 말없이 앉아 있었다.

소피는 음식에 집중하며 가끔 엑토르를 보았다. 엑토르는 여동생과의 대화에 몰두해 있었다. 그의 다른 편 옆에는 아름다운 30대 여성이 앉아 있었다. 소피는 모르는 사람이었다. 여자는 소피와 눈이 마주치자 시선을 돌렸다. 소피는 그녀가 자기를 쳐다보고 있었다는 사실을 깨달았다. 가끔씩 사람들이 일어나 담배를 피우러 나갔다. 소피는 그걸 기회 삼아 밖으로 나갔다.

레스토랑 입구에 혼자 서서 담배를 피웠다. 샴페인을 몇 잔 마셨더니 살짝 취한 것 같았다. 담배 맛이 좋았다. 문이 열리더니 아론이 남자 둘을 데리고 나왔다. 아론은 소피에게 인사를 건네더니 주위를 둘러보았다. 한 남자는 왼쪽으로, 다른 남자는 오른쪽으로 갔다. 아론은 소피를 돌아보았다.

"죄송하지만 잠깐 안으로 들어가주실 수 있을까요?"

소피는 놀랐지만, 아론의 태도를 보니 그 말을 들어야 할 것 같았다. 차 한 대가 다가왔다. 오른쪽으로 갔던 남자가 아론에게 손을 흔들어 보였다. 아론이 몇 걸음 걸어가자 차가 다가왔다. 소피는 안으로 들어갔다.

그녀가 담배를 피우러 나간 동안 파티장은 더욱 혼란스러워져 있었다. 다들 자리를 바꿔 앉아 커피와 술을 마시며 이야기하고 있었다. 그녀의 자리에 다른 사람이 앉아 있었다. 다른 테이블에 빈자리가 있어서 앉는데 곧 에른스트 룬드발이 와서 그녀 옆에 앉았다.

"저 사람들이 우리 자리를 차지했어요!"

그는 불쾌해하고 있었다. 앞문이 열리더니 머리가 짧은 근육질 남자가 들어왔다. 남자는 실내를 재빨리 둘러보았다. 뒤이어 옷을 잘 입은 나이 지긋한 남자가 들어왔다. 백발에, 햇빛에 많이 그을린 피부였다. 마지막으로 아론이 들어오며 문을 잠갔다. 엑토르가 일어났다. 놀란 것 같았다. 거의 어찌할 바를 몰라 했다. 노인이 엑토르에게 다가왔고, 두 사람은 포옹했다.

"구스만 엘 부에노!" 누군가 외쳤고, 모두 박수 치기 시작했다.

소피는 엑토르가 자기 아버지와 서로 뺨을 도닥이며 몇 마디 나누는 것을 지켜보았다. 웨이트리스가 노인이 코트를 벗는 것을 도와주었고, 사람들은 자리를 바꾸었다. 아버지는 아들 옆에 앉았다. 둘은 곧 대화에 빠져들었다. 그는 내내 엑토르의 손을 잡고 있었다.

에른스트 룬드발은 갑자기 취한 것 같았다. 그는 말이 많아져서 소피에게 자기가 어렸을 때 어떤 음악을 들었는지, 지금은 어떤 걸 듣는지 이야기했다. 소피는 관심을 보이는 척해보려고 했지만 엑토르와 그의 아버지에게서 눈길을 뗄 수 없었다. 그들 사이에는 뭔가 진정 기쁘고 강렬한 것이 있었다.

"잠시 실례할게요."

그는 소피의 말을 듣지 못하고 지루하기만 한 자신의 젊은 시절 이야기를 계속했다. 그때 엑토르가 다가왔다.

"저희 아버지, 아달베르토 구스만이에요."

소피가 그와 악수하는 동안 엑토르는 스페인 어로 아버지에게 소피가 누구인지 설명했다. 아달베르토는 그녀의 손을 놓지 않고 그녀의 눈을 보며 엑토르의 말에 고개를 끄덕였다. 엑토르는 일어나 소피에게 팔을 내밀었다. 둘은 실내를 한 바퀴 돌았다. 엑토르는 이런저런 사람들에게 소피를 소개해주었다. 소피는 엑토르와 팔짱을 끼고 레스토랑 안을 도는 것이 둘이 사귀는 사이라는 인상을 주는 것 같다고 생각했다. 마치 엑토르가 자기 친구들에게 그녀를 자랑하는 느낌이었다. 소피는 엑토르의 팔을 놓고 자기 자리로 돌아왔다. 기쁘게도 에른스트는 보이지 않았다. 스피커에서 음악이 나오자 사람들은 일어나 춤을 추기 시작했다. 잠시 후 엑토르가 와서 그녀 옆에 앉았다.

"내가 겁나게 했나요?"

그녀는 고개를 가로저었다. 그는 댄스 플로어 쪽을 보았다.

"제 친구들에게 소개해드린 것에 다른 뜻은 없어요."

"상관없어요."

그는 그녀의 손을 잡았다. "이건 괜찮아요?"

그녀는 고개를 끄덕였다.

그들은 손을 잡은 채 춤추는 사람들을 지켜보았다. 그의 손은 크고 따뜻했다. 잡고 있으니 기분이 좋았다.

새벽 2시쯤 되자 사람들이 자리를 뜨기 시작했다. 30분이 지나자 레스토랑은 조용해졌고 여남은 명만 남아 한 테이블에 모여 앉게 되었다. 엑토르, 아달베르토, 이네스, 아론, 아달베르토와 함께 온 레셰크라는 남자, 티에리, 다프네. 엑토르 옆에는 아까의 아름다운 여자가 있었다. 소피는 아론 옆에 앉아 시시한 잡담을 나누다가 짧은 머리의 폴란드 인 레셰크와 이야기하게 되었다. 소피는 테이블에 있는 사람들을 둘러보았다. 이네스는 아달베르토에게 이야기하고 있었다. 이네스는 아버지에게 화를 내기로 결심한 어린아이 같았고 아달베르토는 딸이 자기에게 화내지 않았으면 하는 짜증 난 아버지 같았다. 티에리와 다프네는 딱 붙어 있었다. 엑토르를 보았다. 옆의 여자와 이야기하고 있지는 않았다. 그녀와는 저녁 내내 몇 마디 나눴을 뿐이다. 소피는 그녀가 또 자기를 쳐다보고 있다는 것을 깨달았다. 그 여자에게는 어딘가 싸늘한 면이 있었다. 싸늘하고 아름다웠다. 아주 차가운 것은 아니고, 냉철하고 예민해 보였다. 슬프고 내향적으로 보였지만 수줍어하지는 않는 것 같았다. 무엇보다 그녀에겐 어떤 위엄이 있었다. '아름답다'라는 말은 부족했다. 소피는 그녀가 부러웠다.

소피는 그녀와 화장실에서 마주쳤다. 어쩌면 그녀가 따라온 건지도 모른다. 그들은 세면대 앞에 나란히 서서 거울에 비친 얼굴을 살폈다. 그녀는 화장을 손보고 있었다.

"제 이름은 소냐예요."

"저는 소피예요."

소냐는 화장실에서 나왔다. 나와 보니 다시 음악이 흐르고 사람들이 춤을 추고 있었다. 테이블에 앉아 있던 사람들이 모두 신나게 춤추고 있었다. 젊은 웨이터가 쟁반을 들고 그녀에게 다가왔다. 쟁반에는 흰 알약이 쭉 놓여 있었다.

"사양 말고 들어요." 엑토르가 그녀 뒤에서 말했다.

"이게 뭐예요?"

"엑스터시요. 전 서른 살 때부터 생일마다 한 알씩 먹었어요. 먹어도 별 탈 없어요."

소피는 망설이며 즐거워하는 사람들을 보다가 엑토르를 보았다.

"오늘 밤에도 먹었어요?"

그는 고개를 끄덕였다. "방금요."

"뭐가 느껴져요?"

그는 살짝 먼 곳을 바라보며 뭔가 달라진 것이 있나 자기 자신을 확인해보았다.

"아마 아직 약 기운이 덜 돌았을 거예요……. 확실하진 않지만요." 그는 활짝 미소 지었다.

소피는 알약 하나를 집어 삼켰다.

소피는 자기가 그 무엇보다 춤을 사랑한다는 것, 특징 없어 보이던 이 레스토랑이 그녀가 가본 곳 중 가장 아름다운 축에 낀다는 것, 이곳을 채운 가구 하나하나가 정말이지 우아하다는 것을 발견했다. 시간이 축 위에서 이리저리 뒤틀리더니 그녀는 다시 테이블에 앉아 있었다. 차분해진 음악은 최고로 완벽한 배경음악이었다.

소피는 주변을 둘러보았다. 사람들은 앉아서 이야기를 나누며 웃고, 담배를 피우고, 술을 마셨다. 대화의 주제 하나하나는 모든 것을 훨씬 큰 맥락에서 하나로 묶어주는 고리 같았다. 이네스가 몸을 가까이하며 소피에게 기대고 말하기 시작했다. 엑토르는 최선을 다해 통역했지만, 속사포같이 스페인 어를 쏟아내며 웃음을 터뜨리는 이네스의 말을 당해낼 수 없었다. 소냐의 아름다운 얼굴 위에 부드러운 미소가 내려앉았다. 마치 잠시 동안은 모든 게 조화로우니, 키득거리지 않고 이 순간을 즐기겠다는 듯한 미소였다. 엑토르는 소년처럼 조금은 어쩔 줄 몰라 하며 행동했다. 그가 즐거워하고 있다는 건 소피도 알 수 있었다. 모두가 즐거워했다. 아달베르토는 아이처럼 스페인 어로 떠들었는데, 아무도 그의 말을 이해하지 못하는 것 같았지만 모두 재미있어했다. 다프네와 티에리는 사랑에 더욱 깊이 빠져든 듯, 꼭 붙어앉아 서로 부둥켜안고 있었다. 온 세상이 완벽하게 안정되고 이해할 수 있는 곳이 된 느낌이었다.

새벽 3시 반쯤 소피는 레스토랑을 나섰다. 집에 가고 싶지 않았지만 이러다가는 영영 이 자리에 있게 될 것만 같았다.

엑토르가 따라 나와 택시를 잡고 문을 열어주었다.

"고마워요."

"제가 고맙죠."

그녀는 몸을 내밀고 엑토르가 키스하도록 했다. 그의 입술은 생각보다 부드러웠다. 그에게는 굉장히 조심스러운 면이 있었다. 그는 입술을 살포시 뗐다.

집에 와도 잠이 오지 않아 소피는 테라스로 나와서 새들의 노랫소리를 들으며 새벽의 마법 같은 냄새를 맡고 그녀 앞에 펼쳐진 모든 아름다움을 흠뻑 받아들였다. 신선한 새벽 잔디밭의 짙은 녹색, 빽빽한 나뭇가지, 만물이 서로 연결되어 있는 상태. 약 기운 때문이라는 것은 알았지만 죄책감은 전혀 들지 않았다.

그녀는 자기가 왜 갑자기 방어막을 내렸는지, 왜 요즘 들어 자기 삶의 수많은 경계를 자진해서 넘어버리는지 스스로에게 물으며 속으로 깊은 미소를 지었다.

*

라르스는 벽에 기대 에리크를 지켜보고 있었다. 에리크는 열어놓은 책상 서랍에 발을 올리고 펜으로 귀를 후볐다. 에바 카스트로네베스는 사무실 의자에 앉아 의자를 조금씩 돌리고 있었고 구닐라는 코에 안경을 얹고 서류를 읽고 있었다. 이윽고 구닐라가 서류를 내려놓고 안경을 벗었다. 안경은 목에 걸린 끈에 매달려 대롱거렸다.

"좋아. 라르스, 시작해."

라르스는 숨어 들어갈 구멍이라도 찾는 것처럼 잠시 어쩔 줄 몰라 했다. 여러 사람 앞에서 말할 때면 그는 늘 불안감을 느꼈다. 이런 상황에서 자신을 구해줄 수 있는 자기 성격의 어떤 면을 열심히 찾았다. 어쩌면 조금 화났을 때, 어쩌면 조금 공허할 때, 어쩌면 그 두 가지가 섞였을 때라면 가능할 것이다. 그는 무언가를 찾아 끄집어냈다. 그리고 동료들에게 명료한 목소리로 소피 브링크만이 NK 백화점에서 엑토르 구스만을 만났다는 것, 어제 그들이 바사스탄의 레스토랑에서 열린 파티에 갔다는 것을 이야기했다.

"보고서에 이미 다 씌어 있는 내용이지." 구닐라가 넘겨받았다. "이제 우린 소피와 엑토르 사이에 어떤 관계가 있다는 걸 알게 됐어. 어떤 관계인지는 앞으로 분명해지겠지. 라르스, 그 파티 이야기를 좀 더 해봐."

라르스는 조용히 헛기침을 하고 두 손을 맞잡았다가 도로 놓았다. 늘어뜨린 양팔은 어색하기만 했고, 다리는 편한 자세를 찾을 수 없었다.

"엑토르의 아버지로 추정되는 나이 든 남자가 밤늦게 도착했을 때 남자 두 명이 레스토랑 밖에 서 있었다는 것 말고는 특이한 점은 없었습니다. 소피는 오전 3시 28분 택시에 탔고, 모든 정황으로 볼 때 그녀의 집으로 간 것 같습니다."

"고마워." 구닐라는 그렇게 말하고 에바에게 고개를 끄덕였다.

"레스토랑에서 나오는 다른 손님들의 사진도 찍었어요. 화질은 좋지 않지만, 혹시 보겠어, 에바?" 라르스가 덧붙였다.

그의 목소리는 평소보다 높았다. 그는 그게 마음에 들지 않았다.

"좋아……. 에바에게 사진을 줘." 구닐라가 말했다.

라르스는 목덜미를 긁적였다.

에바는 다시 서류를 살피며 이것저것 찾아 읊었다.

"소피 브링크만은 태어날 때 성은 란츠였고, 현재 유복하게 살고 있는 것 같습니다. 남편의 유산을 받았는지도 모르겠네요. 어쩌다 한번씩 친구들을 만나고, 가끔 어머니를 찾아갑니다. 과거는 별거 없어요. 평범하게 학교를 다녔고, 성적은 평균 이상이었습니다. 교환학생으로 미국에 1년 있었고, 고등학교를 졸업한 다음에는 친구와 몇 달 동안 아시아 여행을 했습니다. 몇 개의 직업을 거친 뒤 소피아헴메트대학교 부속 단과대학에서 간호학을 공부했어요. 그리고 다비드 브링크만을 만나 2년 후 알베르트를 낳았고, 결혼을 했고, 스톡홀름의 아파트에 살다가 스톡순드의 빌라로 이사했어요. 2003년 다비드가 죽자 빌라를 팔고 그 근처에서 아들과 함께 살 더 작은 집을 샀고……." 에바는 말을 멈추고 메모를 더 뒤지다 이야기를 계속했다. "아들 알베르트와의 사이는 좋은 것 같아요. 특별한 취미나 관심사는 없고요. 사교적인 면은 아직 파악하지 못했어요. 제일 친한 친구 클라라를 제외하고는 그녀가 어울리는 친구가 누군지 아직 잘 모르겠네요. 아 참, 지난번에 미행했을 때 같이 있었던 여자가 클라라야, 라르스. 지금으로선 여기까지입니다."

구닐라는 고개를 끄덕이고는 계속 이야기했다. "그런데 우리가 소피를 만나기 전에도 소피가 이랬나? 남자들을 만나고 다녔나? 아니면 집에 틀어박혀 슬퍼하는 미망인이었는데, 엑토르가 소피의 마음을 연 첫 남자인가?"

"아마 그런 것 같아요." 에바가 말했다.

"뭐라고?"

"엑토르가 처음이라고요."

"어째서 그렇게 생각하지?"

"남편이 죽은 이후 다른 남자를 만났다는 단서가 없어요. 그래도 계속 찾아보겠습니다."

"에리크?" 구닐라가 말했다.

에리크는 이쑤시개로 손톱 밑을 후비고 있었다. "그 여자 자체야 아무런 관심도 가지 않는 대상이지만, 문제는 그 스페인 놈이 그녀에게 빠졌느냐 하는 겁니다. 만약 그렇다면 해줄 역할이 있죠. 아니라면 아무 상관 없겠고."

방 안이 조용해졌다. 라르스를 제외한 모두가 머리를 굴리고 있는 것 같았다. 라르스는 자기가 이곳에서 가장 외로운 존재라는 생각이 들었다. 생각에서 제일 먼저 깨어난 사람은 구닐라였다.

"라르스, 나 차 좀 태워줄 수 있어?"

그들은 점심시간에 몰려나온 차들 사이로 비집고 들어갔다. 구닐라는 조수석에 앉아 차양판의 거울을 보며 립스틱을 발랐다.

"그래서, 자넨 어떻게 생각해?" 구닐라가 입술을 마주 비비며 물었다.

"모르겠어요."

구닐라는 립스틱 뚜껑을 닫더니 핸드백에 넣었다.

"난 자네 의견을 듣고 싶어. 평가나 분석이 아니라, 그냥 의견."

스투레가탄에서 잠시 버스 뒤에 멈춰서서 라르스는 생각했다.

"조잡한 생각뿐인데요."

"조잡하지. 언제나 조잡해. 아무것도 없을 때도 많아. 그런데 난 이번 사건은 그와 정반대라고 생각해. 우리는 아는 게 많아."

라르스는 고개를 끄덕였다. "아마 그 말씀이 맞겠죠."

그는 앞을 바라보았다. 차들이 많았다.

"그렇게 늘 내 말에 동의할 필요는 없어, 라르스." 구닐라는 단호하게 말했다.

기침이 나왔다. 라르스는 구닐라가 자기를 믿어주었으면 했다.

"전 제가 더 많은 일을 할 수 있다고 생각해요, 구닐라."

"무슨 말이지?"

"전 감시 이상의 일을 할 수 있다고요. 전 분석적이고, 할 수 있는 일이 많다고 생각해요. 처음 이 일을 제의하셨을 때도 하셨던 이야기인데……."

구닐라는 조금 앞에 차를 세우라는 손짓을 했다.

"자넨 이 팀에서 중요한 존재야, 라르스. 자네는 귀중한 기여를 하고 있어. 나도 자네를 더 핵심부로 끌어오고 싶지만, 그러려면 뭔가 앞으로 나아갈 정보가 필요해. 그걸 가져올 수 있는 사람이 바로 자네야. 뭔가 잘못되면 모든 책임은 내가 지겠지만, 일단은 수위를 높여야 돼. 감시의 수위를 말이야. 이게 무슨 말인지 알겠어?"

"알 것 같아요."

라르스는 길에서 빠져나와 인도에 바짝 붙여 차를 세웠다.

"우린 옳은 방향으로 가고 있어. 그건 의심하지 마. 앞으로 더 나갈 수 있도록 자네가 할 수 있는 일은 뭐든 하라고. 전화번호를 하나 알려줄게. 안데르스라는 사람이야. 안데르스가 자넬 도와줄 거야. 실력이 좋은 사람이거든."

구닐라는 라르스의 팔을 가볍게 두드리고는 차에서 내렸다.

라르스는 몇 분 동안 가만히 있었다. 온갖 생각이 머릿속에서 날아다녔다. 방금 구닐라가 했던 그가 정말 귀중하다는 이야기 때문에 희열이 느껴졌다. 하지만 조금 불편하기도 했다. 하긴, 불편한 기분은 언제나 있었다. 그는 자신에 대한 구닐라의 분석이 앞으로도 틀리지 않도록 할 것이다. 구닐라를 실망시키지 않을 것이다.

다시 차가 들어찬 길로 나섰다. 삑 소리가 나며 '안데르스'라는 이름의 연락처를 저장할 것인지 묻는 메시지가 휴대폰에 떴다.

*

거친 바다에서 물이 폭포처럼 그에게 쏟아졌다. 옌스는 뱃머리에서서 멀리 보이는 평평한 땅을 바라봤다. 네덜란드다.

갑자기 배의 엔진이 꺼지더니 키잡이가 배를 거꾸로 돌리면서 우르릉 쿵쿵 하는 소리가 선체를 울렸다. 알아차릴 정도는 아니었다. 배는 지금도 같은 속도로 앞으로 나아가고 있었다. 이 정도 규모의 배를 멈추려면 시간이 좀 걸린다. 옌스는 선장이 이렇게 먼 바다에서 배를 세우는 이유를 알아보려고 주위를 둘러보았다.

중앙에 콘솔이 있는 커다란 모터보트가 파도에 따라 아래위로 뛰며 배를 향해 똑바로 오고 있는 것이 보였다. 옌스는 어떤 배인지, 누가 모는지 보려고 눈을 찡그렸다. 하지만 아무것도 볼 수 없었다. 그는 뱃머리를 떠나 갑판을 가로질러 함교로 이어지는 금속 계단으로 가 문을 열었다. 선장과 키잡이는 냄새가 지독한 담배를 피우며 차를 마시고 있었다. 백개먼 게임(둘이서 하는 전략 보드게임_편집자주)을 하는 중이었다.

"다가오는 배가 있소."

선장은 고개를 끄덕였다.

"세관? 경찰?"

선장은 미소를 지으며 고개를 가로저었다.

"승객이오." 그는 머그잔의 차를 마시며 말했다.

옌스는 갑자기 불안해졌다. 선장이 키잡이에게 베트남 어로 뭐라 짧게 말하고 둘 다 웃음을 터뜨리는 걸 보니 티가 난 모양이다.

모터보트가 배 옆에 섰을 때 굉장한 소란이 일었다. 배에서 밧줄

사다리를 아래로 던지자 두 남자가 타고 올라왔다. 한 명은 머리가 짧고 근육질이었고, 허리까지 오는 검은 재킷을 입은 다른 남자는 머리칼이 검었다. 머리가 짧은 사람은 천으로 된 스포츠 가방을 들고 있었다. 모터보트는 다시 해안으로 돌아갔다. 둘 중 하나가 함교로 올라왔다. 머리가 짧은 다른 사람은 밑에서 기다렸다.

옌스는 갑판에 선 채 지켜보았다. 둘 중 하나가 고분고분한 태도로 손짓을 섞어가며 선장에게 말을 했다. 마치 자기가 했던 일을 후회하면서 변명하는 것 같았다. 대화는 짧았다. 남자가 금속 계단으로 걸어 나왔다.

"레셰크!" 그는 머리가 짧은 남자에게 외치며 배 앞쪽으로 가라고 손짓했다. 그는 시키는 대로 앞으로 가 사라졌다.

배 안의 디젤 엔진이 다시 진동하기 시작했다. 배는 천천히 로테르담으로 향했다. 옌스는 선실로 들어갔다. 선장은 옌스에게 항해 중에는 선창에 들어가면 안 된다고 했지만, 선장의 허락을 받을 생각 따위는 없었다.

나무 궤짝 두 개를 따서 총을 조립하고, 부둣가에 마중 나오라고 주문해둔 밴에 싣기 쉽도록 작은 상자에 옮겨 담았다. 옌스가 지불한 대서양 항해 비용에는 항구에 있는 첫 한 시간 동안 불심 검문을 받지 않는다는 조건도 포함되어 있었다. 옌스는 최대한 빨리 배에서 벗어나 항구에서 떠날 수 있도록 모든 걸 준비해두고 싶었다.

몇 시간 뒤 배는 항구로 들어갔다. 옌스는 함교 지붕에 앉아 맛없는 커피를 마시며 담배를 피웠다. 바다는 잠잠했고, 안개 뒤로 해가 비쳤다. 뱃고동 소리가 어디에선가 들려왔다. 그러자 로테르담 항이 선명하게 나타났다. 컸다. 모든 것이 거대했다. 크레인, 컨테이너, 광활한 부두에 늘어서 있는 거대한 짐승 같은 배들. 옌스는 이 거대한 세상 속을 지나가는 자신이 왜소하게 느껴졌다.

한 시간 후 배는 항구 외딴 곳 콘크리트 부두에 멈춰섰다. 선장이 함교 위에 서서 선창을 열라고 명령하자 크레인이 배 위로 다가왔다. 선원들은 컨테이너에 스트랩과 케이블을 두르기 시작했다. 컨테이너는 천천히 뭍으로 옮겨졌다.

대여한 밴이 언제쯤 나타날까 생각하는데, 차 한 대가 부두를 따라 달려와 배 옆에 멈춰섰다. 너무 작아서 옌스가 빌린 차일 리는 없었다. 남자 셋이 내렸다. 한 명은 몸이 크고 떡 벌어진 체구였고 다른 두 명은 조금 작았다. 그들은 재빨리 배로 다가와 건널판자를 건너 갑판으로 올라왔다. 옌스는 지붕에 앉은 채 그들을 살폈다. 셋 중 덩치가 가장 큰 사람은 함교로 갔고, 다른 둘은 갑판에 남아 있었다.

옌스는 머그컵을 내려놓고 지붕에서 내려가서 갑판을 지나 두 남자에게로 갔다. 옌스는 그들에게 고개를 끄덕여 보였다. 베트남 선장의 밀수선이 아니라 골프 클럽에서 만난 사람들에게 하는 것 같은 인사였다. 둘 중 누구도 고개를 마주 끄덕여주지 않았다. 옌스는 그들 옆을 지나며 흘끗 살폈다. 가까이에서 보니 더욱 거칠어 보였다. 마른 몸과 퀭한 눈, 잔뜩 얽은 피부……. 마약 중독자의 모습이었다.

옌스가 선창으로 내려가는 철제 계단에 발을 얹자마자 둘 중 한 명이 뒤에서 외치는 소리가 들렸다.

"미하일!"

그러자 먼 곳에서 쾅 하는 소리가 연이어 세 번 들려왔다. 어디선가 비명이 터졌고, 동시에 작은 물질이 빠른 속도로 살을 때리는 거친 소리와 흐느끼는 듯한 소리가 스치고 지나갔다. 그는 순전히 반사적으로 계단 밑 선창으로 몸을 날렸다. 그 뒤 몇 초 동안 완전한 정적이 흘렀다. 방금 울린 총성이 온 우주의 소리를 없애버린 것 같았다. 몇 계단 올라가 밖을 살폈다. 조금 전 옌스가 고개를 끄덕인 남자 중 하나가 사지가 뒤틀린 부자연스러운 자세로 쓰러져 있었다. 죽은 것 같았다. 남자의 재킷 아래 기관단총이 있는 것을 볼 수 있었다. 해가 옌스의 앞쪽에 있었다. 옌스는 레셰크라는 남자가 전망대에서 한쪽 무릎을 꿇고 다른 남자를 따라가는 걸 보았다. 그 남자는 총에 달린 망원경에 눈을 댄 채 갑판을 달리고 있었다. 전망대의 레셰크가 네 발을 연달아 쏘았다. 총알이 금속에 맞고 튕기는 가운데 갑판의 남자는 간신히 함교 밑 벽에 몸을 숨겼다.

옌스의 맥박이 거칠게 뛰었다. 그는 레셰크가 서둘러 총을 등 뒤에 두르고 날쌔게 아래로 내려가 사라지는 것을 지켜보았다. 총성이 두 발 더 울렸다. 함교 안에서 난 소리로, 이번엔 권총 같았다. 옌스는 문이 열리고 미하일이라는 남자가 큰 자동권총을 들고 나오는 것을 보았다. 그는 아래쪽에 있는 남자에게 뭐라고 외쳤다. 그들은 러시아 어로 짧게 몇 마디 주고받았다. 미하일이 계단을 내려왔다. 조금도 서두르는 것 같지 않았다. 둘 다 선미 쪽으로 사라졌다. 옌스는 재빨리 죽은 남자에게로 기어가 재킷을 들춰 기관단총을 챙기고는 선창으로 내려가 서둘러 어둠 속에 몸을 숨겼다.

선창은 넓고 춥고 습했다. 나무 궤짝과 냉동고가 서로 단단히 묶여 있었다. 깊숙한 곳에는 큰 컨테이너들이 쌓여 있었다. 모두 일곱 개였는데 하나는 옌스 위에 매달려 있었다. 총격이 시작되자 크레인과 부두의 작업이 모두 중지됐다. 그는 안전한 곳을 찾기 위해 거칠게 숨을 쉬며 정신을 추스르려고 애썼다. 아무리 생각해봐도 결론은 하나였다. 서로 총을 쏴대는 미하일 패거리와 레셰크 패거리는 둘 다 옌스가 누구인지 모르니 그를 보면 적이라고 생각할 가능성이 컸다. 그는 자기가 들고 있는 총을 보았다. 비존, 러시아제 기관단총이다.

갑자기 너무나 외로워졌다. 그는 자기도 모르게 오른손 엄지로 안전장치를 만지작거렸다. 딸깍딸깍 소리가 났다. 옌스는 이 소리가 멀리까지 들린다는 것을 떠올리고는 움직임을 멈췄다. 갑판에서는 더 이상 총성이 들리지 않았다. 옌스는 조용히 일어나 나무 궤짝 사이로 걷기 시작했다.

난데없이 시끄러운 소리가 났다. 그의 옆에 있는 궤짝으로 총알이 잔뜩 날아들었다. 그는 바닥에 몸을 던졌다가 생각할 틈도 없이 재빨리 일어나 총을 들고 방아쇠를 당겼다. 딸깍 소리가 났지만 아무 일도 없었다. 그는 욕하며 다시 몸을 웅크린 다음 아까 만지작거렸던 안전장치를 풀었다. 그는 숨을 깊이 들이마셨다. 유일한 기회는 써버렸다. 저 총잡이는 그의 위치를 파악했을 것이다. 그는 일어나서 선창 뒤쪽까지 뻥 뚫린 공간을 달려갔다. 그리고 더 가서 냉동고 뒤로 몸을 날렸다. 호흡이 얕고 가빴다. 어찌나 열심히 귀를 기울였는지 잠시 지나자 환청이 들리는 것 같았다. 아무것도 보이지 않아서 일어나려는데 뒤에서 영어가 들렸다.

"총 버려."

옌스가 머뭇거리자 남자는 다시 한 번 총을 버리라고 말했다. 옌스는 비존을 바닥에 놓았다.

"너희 패는 몇 명이지?" 빠른 목소리로 물었다.

"그냥 나 하나야."

"넌 누구야?"

"승객."

"왜 무장을 하고 있지?"

"갑판에 있던 죽은 사람 총을 가져왔어."

"배에 탄 남자들을 봤나?"

"응."

"몇 명 있었어?"

"셋. 한 명은 총에 맞았어. 한 명은 함교로 올라갔고, 다른 한 명은 그 사람이랑 합세했어. 내 생각엔 둘 다 선미 쪽으로 간 것 같아."

옌스는 스웨덴 어로 욕을 한 다음 남자에게 영어로 말했다. "나한 테 총을 쏜 게 당신인가?"

그 남자도 스웨덴 어로 말했다. "아니, 난 아니야. 너한테 총을 쏜 건 우리 편이 아니라 다른 놈들이야."

옌스는 처음에 잘못 들은 줄 알았다. 그때 선창의 열린 부분에서 다시 시끄러운 소리가 났다. 옌스는 그쪽을 보려다 남자의 얼굴을 확인하려고 고개를 돌렸다. 그는 사라지고 없었다. 옌스는 다시 총을 집어 들었다.

05

구닐라가 라르스에게 소개한 사람의 이름은 안데르스 아스크였
다. 알고 보니 유쾌한 사람이었다. 라르스가 감당할 수 있는 이상으
로 유쾌했다. 라르스는 시내에서 그를 만나 스톡순드로 향했다.

안데르스는 조수석에 편안하게 앉아 마이크를 만지작거렸다.

"그래서 넌 어떤 사람이지?"

라르스는 흘끗 안데르스를 보았다. "음, 뭐라고 해야 하나. 특별할
건 없어."

안데르스는 마이크를 들어 빛에 비춰 보며 잠시 살폈다. "음, 정
말 작군." 그는 혼잣말로 속삭이더니 미소를 지은 다음 다시 스펀지
사이에 끼워넣었다. "전에는 뭘 했지?"

"서부 경찰서에 있었어."

"범죄 담당?"

라르스는 획 고개를 돌려 안데르스를 보았다. "아니……."

안데르스는 잠시 기다리다가 웃었다. "아니라고?"

라르스는 눈썹에 살짝 주름을 잡으며 앉은 자세를 바꾸었다.

"치안."

안데르스는 활짝 미소를 지었다. "순찰 돌았구나! 빌어먹을. 내가 순경이랑 같은 차를 타고 있다니! 흔한 일은 아닌데. 대체 뭘 했기에 구닐라랑 같이 일하게 된 거야?"

"그녀가 전화해서 부탁하던데."

"농담이지?" 안데르스가 연기하듯 과장된 말투로 말했다.

그의 태도 때문에 불안해진 라르스는 고개를 가로저었다. 상대하기 너무 힘든 사람이었다. 안데르스는 마이크 상자를 라르스 앞 대시보드에 놓았다. 라르스는 상자를 집어 무릎 위에 놓았다.

"넌 어때? 넌 누구지?" 라르스가 맞받아쳤다.

"난 안데르스야."

"그러니까 어떤 사람이냐고?"

안데르스 아스크는 창밖을 보았다.

"네가 알 바 아니야."

오후 1시가 막 지났을 때쯤, 라르스 빙에는 소피의 집 뒤 테라스에 서서 안데르스가 자물쇠를 따는 것을 지켜보고 있었다. 안데르스는 목소리를 줄이지도 않았다.

"테라스 문은 뚱뚱한 여자들과 비슷해." 안데르스는 자신의 비유가 마음에 드는지 킥킥거렸다.

문은 미끄러지듯 열렸다. 라르스는 불안했다. 안데르스는 너무 시끄럽고 너무 겁이 없었다. 안데르스는 라르스가 불안해하는 것을 눈치챈 것 같았다.

"라세, 꼬마 라세……." 안데르스는 옛날 동요를 불렀다. 그는 들어오라는 듯 손짓했다. "어서 와요, 자기."

그들은 일회용 신발 커버와 라텍스 장갑을 끼고 있었다. 라르스는 거실에 섰다. 배 속이 마구 울렁거렸다. 그는 나가고 싶었다. 엄청나게 침착할 뿐 아니라 일하면서 요란하게 휘파람을 부는 나쁜 버릇까지 있는 안데르스 옆에 있으려니 더 불안해졌다.

"창문 근처에는 가지 말라고." 안데르스는 가방을 열고 바닥을 뒤졌다. "마이크 가져왔지?"

라르스는 이 상황이 마음에 들지 않았다. 그는 재킷 주머니에서 작은 나무 상자를 꺼내 안데르스에게 건넸다. 안데르스는 걸어가며 이어폰을 꽂고, 리시버를 켜고, 작은 마이크들을 시험해보았다.

라르스는 집 안을 둘러보았다. 널찍하고 바람이 잘 통하는 거실은 그가 밖에서 들여다보며 상상했던 것보다 컸다. 개방형으로 설계되어 저 끝쪽의 부엌까지 이어져 있었다. 방 전체를 가로지르는 넓은 계단이 거실과 부엌을 갈라놓았다. 그는 디지털카메라를 꺼내 실내 사진을 몇 장 찍었다. 다양한 스타일의 가구가 섞여 있었다. 그는 이런 모습을 처음 보았다. 이상하게도 모든 것이 서로 잘 어울렸다. 큰 소파 옆에 있는 낮고 오래된 핑크색 안락의자, 소파 위에 놓인 알록달록한 쿠션들, 옅은 갈색 쿠션이 놓인 골동품 나무 의자. 서로 어울리지 않아야 마땅한 것들인데도 왠지 어울렸다. 소파 뒤의 벽에는 온통 그림이 붙어 있었다. 그림은 제각각이었지만 그 배치가 주는 효과는 놀라웠다. 꽃병과 건강해 보이는 화초가 여기저기 있었다. 실내에 놓인 가구와 장식들은 다양하면서도 고상했고 지적이고도 섬세했다. 여러 색깔과 형태가 집에 따뜻한 느낌을 주었다. 여기 있고 싶은, 계속 있고 싶은 느낌이었다. 선반 하나엔 사진을 끼운 액자가 가득했다. 소피의 아들 알베르트의 행복한 어린 시절부터 사춘기의 예쁘지 않은 모습까지 볼 수 있었다. 오른쪽에는 남자의 흑백사진이 있었다. 믿음직해 보이는 사내였다. 눈썹과 눈이 소피와 닮았다는 생각이 들었다. 아마 그녀의 아버지일 것이다. 라르스는 다른 사진 몇 장을 훑어보았다. 작은 사진 속에서 소피의 남편 다비드가 어린 알베르트 뒤에 서 있었다. 그리고 가족사진이 있었다. 다비드, 소피, 어린 알베르트, 노란 래브라도 한 마리. 그들은 꼭 붙어 서서 카메라를 향해 미소를 짓고 있었다.

뒤에서는 안데르스가 롤에서 테이프를 풀어내고 있었다. 라르스는 계속 사진을 살폈다. 꽤 최근에 찍은 것 같은 사진도 있었다. 작년쯤 같았다. 소피가 흰 정원 의자에 앉아 웃고 있었다. 담요를 두르고 무릎을 가슴 앞에 모은 자세였다. 그녀의 미소에는 전염성이 있었다. 그는 잠시 가만히 서 있다가 카메라를 근접 촬영 모드로 바꾸고 소피의 사진을 몇 장 찍었다.

안데르스가 라르스를 부르더니 소파 옆 스탠드와 자기 귀를 가리켰다. 그러고는 벌떡 일어나서 부엌으로 향하며 계속 "꼬마 라세……" 하며 흥얼거렸다.

라르스는 거실 너머를 보았다. 그는 사라도 이런 감각을 가지고 있었으면 하는 생각이 들었다. 어떤 것들이 서로 잘 어울리는지 아는 감각. 싸구려 인도풍에 서로 전혀 조화를 이루지 못하는 집시 스타일이 아니라, 이런 취향.

소파 위에는 개어놓은 담요가 있었다. 라르스는 담요를 집어 들고 만져보았다. 부드러웠다. 아무 생각 없이 담요를 얼굴에 대고 냄새를 맡았다.

"너 변태야?"

안데르스는 거실 한가운데 선 라르스를 빤히 보고 있었다. 라르스는 담요를 소파 위에 내려놓았다.

"무슨 헛소리야?" 라르스는 화난 표정을 지으려고 애썼다.

안데르스는 웃었다. 웃음은 곧 비딱한 미소로 바뀌었다. 역겨움이 드러나는 미소였다.

"아, 꼬마 라세. 너 정말 바보 같아 보여." 안데르스가 속삭였다.

라르스는 안데르스가 삐걱거리는 목제 계단을 쿵쿵 올라가는 것을 바라보았다. 그는 거실 계단 밑을 지나 부엌으로 갔다. 부엌 역시 깨끗하고 잘 정돈되어 있었다. 창가의 큰 꽃병에는 꽃을 꽂아놓았다. 부엌 한가운데 높고 표면이 거친 아일랜드 식탁이 있었다. 작은 창고로 가는 문은 짙은 녹색으로 칠해져 있었다. 그는 이렇게 짙은 녹색이 존재한다는 것을, 부엌에 이렇게 아름다운 것이 있어도 된다는 것을 이제껏 알지 못했다. 실내를 이렇게 꾸밀 수 있는 재능과 지성이 있는 사람이라면 다른 일들도 잘 알고 있을 것이다. 1000가지쯤 되는 생각과 감정이 그의 내면을 스쳐 지나며 라르스의 모든 감각을 일깨웠다. 그는 인생에서 이해하지 못하는 일이 많았다. 그는 그 사실을 이제야 깨달았다. 알고 싶었다. 여기 사는 여자가 그에게 말해주었으면 싶었다. 그는 발소리를 내지 않으려고 노력하며 위층으로 올라갔다. 안데르스가 그녀의 침실 테이블 옆에 웅크리고 있었다. 라르스는 문간에 기댔다.

"이제 가도 돼?" 라르스가 속삭였다.

"너 늘 그렇게 짜증나게 굴어?"

안데르스는 자기가 작업해놓은 것을 확인하고 일어나 방을 나가면서 한쪽 어깨로 라르스를 장난스럽게 툭 치고는 육중한 발걸음으로 계단을 내려갔다.

라르스는 문간에 그대로 서서 침실을 들여다보았다. 침대보를 씌운 큰 더블베드, 옆에는 안데르스가 방금 마이크를 설치한 테이블, 그 위에는 아름다운 철제 스탠드. 바닥엔 카펫이 깔려 있었고, 흰 벽에는 그림만 몇 개 걸려 있었다. 그림은 거의 다 어두운색 액자에 들어 있었다. 그림의 주제는 다양했다. 큰 나비 한 마리, 옅은 갈색 종이에 목탄으로 그린 여자의 몸. 거기 존재하지 않는 무언가를 상기시키게끔 짙은 붉은색만 칠해둔, 액자에 들어 있지 않은 그림도 하나 있었다. 그리고 잎이 무성한 큰 나무를 그린 유화가 있었다. 모두 근사했다. 라르스는 그 의미를 이해해보려고 애썼다.

침실 뒤 한쪽 구석에는 양쪽으로 열리는 아이보리색 문이 있었다. 보통 문보다 작았다. 문을 열어보려고 방으로 들어가자 그의 발이 카펫에 푹 빠졌다. 천천히 문을 여니 작은 방이라고 해도 될 만한 커다란 벽장이 나왔다. 들어가서 불을 켜자 부드럽고 따스한 불빛이 벽장 안을 밝혔다.

목제 옷걸이에 블라우스와 다양한 옷가지가 걸려 있었고, 밑에는 오크로 된 새 서랍장이 있었다. 하나를 열어보니 보석류와 시계들이 있었다. 밑의 서랍에는 개어놓은 스카프와 다른 보석류가 있었다. 그는 몸을 숙였다. 세 번째 서랍에는 속옷류, 팬티, 브라가 있었다. 얼른 닫았다가 곧 다시 열어서 서랍 속을 들여다보았다. 자신의 윤리적 규칙들은 이미 다 깨졌으니 될 대로 되라는 심정이었다. 라르스는 손을 뻗어 속옷을 만져보았다. 실크……. 부드러웠다. 멈출 수 없었다. 손가락으로 쓰다듬는데 갑자기 발기가 됐다. 하나 가져가고 싶었다. 주머니에 넣어두고 생각날 때마다 만지고 싶었다. 그때 아래층에서 시끄러운 소리가 나서 정신을 차렸다. 그는 급히 서랍을 닫고 벽장에서, 그리고 침실에서 나왔다.

방 밖에서 그는 몇 번 심호흡을 했다. 알베르트의 방으로 가서 손가락으로 문을 밀어 열고 안을 들여다보았다. 자기가 성인인지 아직 아이인지 헷갈리는 것 같은 남자아이의 방이었다. 벽에는 어른스러운 그림들과 '우리는 모든 곳에 있다(We Are Everywhere)'라는 슬로건이 쓰인 노란색과 검은색 배색의 AIK 축구 배너가 걸려 있었다. 줄이 세 개밖에 없는 전기 기타가 책상에 기대 세워져 있고, 바닥에는 빈 초콜릿 봉지가 나뒹굴었다. 침대는 정돈하려 한 듯했지만 흐트러져 있었는데, 최소한 침대보는 바로 펴져 있었다. 침대 밑에는 오래된 망원경이 있었지만 삼각대는 보이지 않았다. 무릎을 꿇고 보니 책 몇 권과 검은 기타 케이스가 안쪽에 있었다.

라르스는 사진을 몇 장 찍고 시계를 보았다. 생각보다 시간이 많이 지나갔다. 그는 방에서 나가 소피의 방 앞에서 멈춰섰다가 충동에 이끌려 움직였다. 그는 침실에 들어가 벽장을 열고 세 번째 서랍에서 팬티를 두 장 집어 들고 주머니에 넣었다.

안데르스는 사무실 같아 보이는 방의 컴퓨터 앞에 앉아 있었다.

"갈 시간이 다 됐어."

"닥쳐." 안데르스는 화면을 보며 말했다. 그는 계속 키보드를 두드렸다.

"안데르스!"

안데르스가 그를 노려보았다. "닥치라고 했지! 둘러보면서 맘대로 하고, 난 좀 내버려 두라고."

그는 다시 키보드를 두드렸다. 라르스는 무언가 말하고 싶었지만 그러지 않는 편이 낫겠다는 생각이 들었다. 그는 돌아다니다가 부엌에 들어가서 뭔가 잊은 게 없나 확인하려고 바닥을 보았다. 이상 없어 보였다. 그는 그들이 들어왔던 테라스 문으로 돌아갔다가 왔던 길을 되밟아보았다. 목 위쪽으로 얕게 숨을 쉬고 있었고 이마는 땀으로 젖어 있었다. 마침내 안데르스가 서재에서 나왔다.

"화장실만 다녀오면 돼. 그런 뒤 나가자."

"안 돼, 제발." 라르스가 작은 목소리로 애원했다.

안데르스는 불안해하는 라르스에게 예의 빈정거리는 웃음을 지어 보이고는 탁자에서 신문을 집어 들고 화장실로 갔다. 안데르스는 드라마 〈보난자〉의 주제곡을 휘파람으로 불며 느긋하게 굴었다.

라르스는 부엌문 옆 복도에 숨었다. 여기 있으면 밖에서는 보이지 않을 것이다. 그는 코트와 재킷이 걸려 있는 옆에 서서 벽에 이마를 대고 심호흡을 하며 눈을 감고 평정심을 되찾으려 애썼다. 숨을 깊이 마시려고 해봤지만 가슴 위쪽까지만 들어갈 뿐이었다. 코로 숨을 쉬려 해봤지만 똑같았다. 반쪽짜리 호흡밖에 할 수 없었다. 바이올린에 맨 줄처럼 팽팽하게 긴장된 느낌이었다. 심장 뛰는 소리가 들릴 지경이었다. 배가 조여들고, 손은 차가워졌으며, 입안은 바싹 말랐다. 그때 밖에서, 문 반대편에서 소리가 났다. 자물쇠에 열쇠가 들어가는 소리였다. 라르스는 몸을 돌려 그 자리에 얼어붙은 채 문을 보았다. 그의 몸 어떤 부분도 그에 반응해 도망가려고 하지 않았다. 그는 그저 가만히 서서 어린아이처럼 겁에 질려 아무것도 하지 못했다. 그의 안에서 활개치는 육중한 공포감이 그를 눌러 죽여버릴 것만 같았다.

자물쇠에서 딸깍 소리가 나며 손잡이가 아래로 내려갔다. 밖에서 누군가 문을 당겨 열었다. 라르스는 눈을 감았다가 문이 닫히자 다시 눈을 떴다. 그의 앞에는 자그마한 60대 여성이 서 있었다. 그녀는 핸드백을 바닥에 놓고 코트 버튼을 풀기 시작했다. 라르스는 곁눈질로 그녀를 보았다. 그와 눈이 마주친 여자는 놀라 펄쩍 뛰며 한 손을 가슴에 얹고는 동유럽 쪽 언어로 무언가 중얼거렸다. 곧 두려움은 가라앉고 그녀는 웃으며 스웨덴 어로 집에 누가 있는지 몰랐다고 빠르게 말했다. 그녀는 손을 내밀고 자기 이름이 도로타라고 했다. 어리둥절함의 진공 속에 갇혀 있던 라르스가 그녀의 손을 맞잡았다.

"라르스입니다."

뒤에서 커다란 웃음소리가 들렸다. 안데르스가 한 손으로 얼굴을 가리고 몸을 뒤흔들며 웃고 있었다. "너 정말 끝내주는구나!"

도로타는 얼빠진 미소를 지으며 자기 앞의 두 남자를 보았다. 안데르스는 그녀에게 다가가 팔을 잡고 바닥에 놓인 핸드백을 집어 든 다음 부엌으로 끌고 가 의자에 앉혔다. 그는 라르스를 돌아보고 물었다. "이제 어떻게 해야 될 것 같아?"

안데르스를 바라보는 도로타의 얼굴이 겁에 질렸다.

"가야지. 이리 와."

안데르스는 경멸을 담은 표정으로 라르스를 보았다.

"좋은 생각이군. 그냥 가자고." 그는 도로타에게로 고개를 돌렸다.

"그런데 당신은 누구지?"

"전 청소부예요."

"청소부?"

도로타는 고개를 끄덕였다. 안데르스는 핸드백을 그녀의 무릎 위에 던졌다.

"지갑 내놔."

도로타는 그의 말을 못 들은 것처럼 안데르스를 보다가 불안한 손놀림으로 핸드백을 뒤져 지갑을 찾아냈다. 안데르스는 지갑에서 신분증을 꺼내 재빨리 살폈다.

"어디 살지?"

"스펭 가(街)." 그녀는 바싹 마른 입술로 속삭이듯 말했다.

그 모습에 라르스는 그녀가 굉장히 안쓰러워졌다. 안데르스는 도로타의 신분증을 주머니에 넣었다.

"이건 가져가야겠어. 당신은 우리를 못 본 거야."

도로타는 바닥만 보고 있었다. 안데르스가 그녀 쪽으로 몸을 기울였다.

"내가 무슨 말 하는지 알아들어?"

그녀는 고개를 끄덕였다.

안데르스는 라르스를 돌아보고는 테라스 문으로 갔다. 라르스는 고개를 떨군 도로타를 바라보며 잠시 가만히 서 있었다.

안데르스는 성큼성큼 차로 걸어갔다. 라르스는 그를 따라잡으려고 뛰어갔다. 라르스가 속도 제한을 넘지 않으려고 조심하며 교외를 벗어나는 동안 그들은 말없이 앉아 있었다. 안데르스가 갑자기 라르스의 옷깃을 잡더니 손바닥으로 얼굴을 갈겼다. 급히 브레이크를 밟고 방어하려고 했지만 안데르스는 계속 그를 때렸다.

"이 멍청한 새끼야. 네놈은 정말 쓸 데라곤 하나도 없어." 안데르스는 고함을 질렀다. 그러다 갑자기 멈추고 좌석에 등을 기댄 채 분노가 사그라질 때까지 한숨을 쉬었다.

라르스는 몸을 웅크린 채 앞만 보았다. 공격이 끝난 것인지 알 수 없었다. 귀가 따갑고, 다리는 젤리가 된 것처럼 흐물거렸다.

"내가 없었으면 어쩔 뻔했어? 무슨 일을 하고 있었는지 그 여자한테 미주알고주알 털어놓으려고 했어? 네 본명은 왜 말해? 이 멍청아, 우리가 무슨 일을 하는지 아무것도 이해 못 한 거야?"

라르스는 아무런 대답도 할 수 없었다..

"멍청한 새끼." 안데르스는 혼잣말처럼 내뱉었다.

라르스는 어떻게 해야 할지 알 수 없었다.

안데르스는 앞쪽 유리창을 가리키며 소리쳤다. "이제 계속 가. 운전이나 하라고!"

그들은 침묵 속에 시내로 들어갔다. 안데르스는 아직 잔뜩 화가 나 있었다. 라르스는 괴로웠다.

"구닐라에게는 이런 이야기할 필요 없어. 모든 일이 다 잘됐으니까. 마이크를 설치했으니 다음에 일하러 나가면 잘 작동하는지 확인해. 작동하지 않으면 그 다음에는 나 혼자 갈게. 청소부 얘기는 하지 말고."

안데르스는 리시버가 든 가방을 차 바닥에 두고 동부 경찰서에서 내렸다. 그가 가방을 가리키며 말했다.

"최대한 빨리 테스트해봐."

그는 차문을 쾅 닫고 붐비는 사람들 속으로 사라졌다. 라르스는 꼼짝도 할 수 없었다. 몸 전체에 공포와 불안이 가득했다. 그는 방금 일어난 일을 다시 생각해볼 수조차 없었고, 생각 대신에 분노가 밀려왔다. 그 분노는 라르스에게 평생 증오했던 누구보다 안데르스 아스크를 더 증오한다고 말했다.

*

그에게 스웨덴 어로 말했던 낯선 사람은 사라졌다. 옌스는 선체에 기대 앉아 귀를 기울이며 시선을 이리저리 돌렸다. 언제든 기관총을 쏠 준비를 해두었다. 방금 들었던 소리는 선창의 열린 윗부분에서 났다. 그 소리 말고는 사방이 조용했다. 부두에서 일하는 사람들과 베트남 선원들은 분명 첫 번째 총성이 울렸을 때 도망쳤을 것이다. 아주 오래전의 일 같았지만 사실은 겨우 몇 분이 흘렀을 뿐이다. 길고 거칠고 빠른 피투성이의 몇 분이었다. 그는 이 몇 분이라는 시간을 증오했다. 개 같은 일은 언제나 몇 분 안에 일어난다.

실재하지 않는 소리가 다시 들리기 시작했다. 누군가가 다가오는 소리, 재빠른 속삭임, 발소리, 바람 소리……. 그의 몸에서 땀과 아드레날린이 솟구쳤다. 셔츠가 몸에 달라붙었다.

옌스는 다시 한 번 여기서 벗어나고 싶다는 강렬한 욕구에 사로잡혔다. 어렸을 때 종종 이런 공포를 느꼈던 기억이 났다. 도망가고 싶었다.

옌스는 계속 숨어 있어야 하나 싸워야 하나 고민했다. 그때 움직이는 소리가 들렸다. 한 형체가 조금 떨어진 곳에서 갑판을 재빨리

가로질렀다. 옌스는 본능적으로 비존을 어깨에 대고 그림자를 향해 몇 발 쏘았다. 그러고는 몸을 숨겼다. 그가 고민하던 문제의 답이 방금 결정됐다. 그는 싸울 것이다. 이제는 물러설 곳이 없다. 옌스는 기다렸다. 그의 몸속에서 거칠게 뛰는 심장 소리 말고는 아무 것도 들리지 않았다. 움직여야겠다는 생각이 들었지만, 일어서는 게 고작이었다. 그를 겨냥한 총소리가 전기톱 소리 같았다. 옌스는 바닥에 몸을 던졌다. 주위에 온통 총알이 날아들었다. 그 소리에 귀가 멀 것 같았다. 곧이어 완전한 정적이 흘렀다. 조금 떨어진 곳에서 총을 장전하는 소리가 들렸다. 옌스는 일어나 궤짝들 위로 몸을 날리고 앞으로 움직이며 총을 쏜 사람을 찾아내려고 했다. 저기, 위쪽에 움직임이 있다! 쌓여 있는 나무 궤짝 뒤로 사람의 몸이 반 정도 간신히 보였다. 그 몸이 옌스가 들고 있는 것과 같은 기관총을 그에게 겨눴다. 하지만 옌스가 더 빨랐다. 사내에게 총을 쏘아대자 그는 궤짝 뒤로 몸을 숙였다. 옌스는 계속 움직였다. 사내가 재빨리 다시 한 번 내다보았다. 옌스는 9미터 정도 거리에 있었다. 총을 쏘아 사내의 어깨를 맞혔다. 사내는 몸이 휙 돌아가면서도 옌스에게 총을 겨누었다. 옌스는 갑판 한가운데 있어 몸을 숨길 곳이 없었다.

두 총이 서로를 겨누었다. 누군가 우주의 움직임을 가리키는 시계의 초침을 꽉 쥐고 있기라도 한 듯 시간이 멈췄다. 옌스는 사내의 공허한 눈, 자신을 겨눈 총열을 보았다. 이제 죽게 되는 것일까? 그는 받아들일 수 없었다. 어린 시절의 기억들이 주마등처럼 스쳐지나가지도 않았고 찬란한 빛 속에서 그에게 미소 짓는 어머니도 없었다. 그저 이 상황 전체가 무의미하다는 어둡고 공허한 느낌뿐이었다. 저 개자식이 나를 죽일까? 개머리판을 어깨에 대고 한쪽 무릎을 끓는 긴 순간 동안 이런 생각이 그의 머릿속을 스쳤다. 총은 정확하게 그 러시아 인을 조준하고 있었다.

옌스가 총을 쏘았고, 러시아 인도 총을 쏘았다. 총알들은 둘 사이 중간쯤 허공에서 서로를 스쳤을 것이다. 옌스는 그의 왼쪽을 지나는 윙윙거리는 소리를 들었다. 팔뚝에 한 발을 맞자 불이 타오르는 듯했다. 그러나 그가 쏜 세 발의 총알이 더 잘 조준된 것 같았다. 총알은 사내의 가슴과 목을 동시에 맞혔다. 경동맥에서 피가 일직선으로 뿜어져 나왔다. 그는 총을 떨어뜨리며 힘없이 쓰러져 궤짝에 부딪혔다. 그는 바닥에 채 닿기도 전에 죽음을 맞았다.

그를 노려보던 옌스는 뒤에서 들리는 발소리에 총을 들고 몸을 홱 돌렸다. 스웨덴 어를 하던 사람이 옌스의 이마에 권총을 겨누고 있었다. 옌스의 비존도 그를 똑바로 겨눴다.

"총 내려놔. 해치지 않을 테니." 남자가 차분하게 말했다.

"네 총이나 내려." 몸 전체에 넘치는 아드레날린 때문에 완전히 무모해진 옌스가 말했다.

남자는 머뭇거리다 총을 내렸다. 옌스도 총을 내렸다.

"다친 건가?" 남자는 옌스의 어깨를 보며 물었다.

옌스는 어깨의 상처를 만져보았다. 겉만 살짝 스친 것 같았다. 그는 고개를 가로저었다.

"따라와! 저놈은 버려두고."

옌스는 방금 자기가 죽인 남자를 보다. 행운, 운명, 감사함, 분노, 죄책감, 불쾌함 등 온갖 생각과 감정이 갈 곳을 찾지 못하고 그의 머릿속에서 날아다녔다.

"따라오라니까!" 남자가 다시 말했다. 옌스는 그를 따라갔다.

남자의 턱 옆에는 마이크가, 왼쪽 귀에는 이어폰이 있는 게 보였다. 남자가 낮은 목소리로 뭐라고 말하더니 갑자기 멈춰섰다.

"기다려야 돼." 그가 속삭였다.

그 어떤 움직임도, 소리도 느껴지지 않았다. 그냥 기다리는 것이었다. 옌스는 그를 보았다. 차분했다. 이런 일에 익숙한 모양이었다.

"내 이름은 아론이야."

옌스는 대답하지 않았다.

남자는 이어폰에 손가락을 얹더니 일어섰다. "이제 괜찮아. 올라가도 돼."

갑판 한가운데 미하일이 양손을 머리 뒤에 대고 무릎을 꿇고 있었다. 망원 조준기가 달린 HK G36 돌격소총을 든 레셰크가 뒤에 서 있었다. 아론은 옌스에게 자기를 따라오라고 손짓했다. 그들은 미하일을 지나서 함교로 통하는 계단을 올라 선실로 들어갔다. 키잡이가 피 웅덩이 속에 쓰러져 죽어 있었다. 선장은 충격을 받아 하얗게 질린 채 책상 밑에 숨어서 큰 멍키스패너를 꼭 쥐고 있었다. 그는 일어나서 죽은 키잡이를 보더니 창밖으로 시선을 돌렸다. 갑판에 무릎 꿇고 있는 미하일을 보자 그의 눈에 증오가 번득였다. 선장은 옌스와 아론을 밀치고 함교 계단을 내려가 갑판으로 달려갔다. 미하일은 선장이 스패너로 내려치는 것을 미처 막지 못하고 쓰러졌다. 선장은 쓰러진 덩치 큰 러시아 인의 팔과 다리를 계속 때리면서 베트남 어로 욕설을 퍼부었다. 미하일은 그의 공격을 피하려고 애썼다. 옌스와 아론은 그 모습을 함교에서 지켜보았다.

"이 배에서 뭐하고 있었지?" 아론이 물었다.

옌스는 몸을 둥글게 웅크리는 미하일에게서 시선을 떼지 못한 채 대답했다.

"파라과이에서 돌아오려고 탔어."

"거기선 뭘 했는데?"

"이것저것."

"너, 하는 일이 뭐야?"

옌스는 미하일을 때리는 선장에게서 눈길을 돌렸다.

"물류."

"선창에 네 물건도 있어?"

"왜?"

"대답해."

선장은 여전히 미하일을 스패너로 때리고 있었다.

"그쯤 하면 된 것 같은데." 옌스는 엄지로 아래에 있는 선장을 가리키며 말했다.

아론은 잠시 그의 말을 이해하지 못하는 것 같더니, 곧 짧은 휘파람을 불어 레셰크에게 신호를 보냈다. 레셰크가 끼어들어서 선장의 무자비한 공격을 중지시켰다. 선장은 의식을 잃고 갑판에 쓰러져 피를 흘리는 미하일에게 침을 뱉곤 함교로 돌아왔다.

그 짧은 순간에 모든 긴장이 다 풀리는 것 같았다. 레셰크는 경계를 풀었고, 아론은 방금 옌스에게 했던 질문을 다시 하려던 참이었다. 미하일은 이 기회를 놓치지 않고 벌떡 일어섰다. 눈 깜박할 사이에 온갖 뼈가 다 부러졌을 몸으로 갑판에서 난간까지의 짧은 거리를 달려 펄쩍 뛰어넘는 데 성공했다. 레셰크가 순간적으로 자동화기를 쏘아댔지만 미하일은 사라졌다. 옌스는 그가 물에 떨어지는 소리를 들었다.

아론과 레셰크는 재빠르게 움직였다. 그들은 난간으로 달려가 총을 겨누고 서로 다른 방향으로 움직이며 물 위를 노려보고 서로 이야기를 했다. 가끔씩 수면에 총을 쏘았다. 10분 동안 찾다가 더 이상 찾을 필요가 없다는 걸 깨달았다. 얻어맞은 상처 때문이든, 그들이 쏜 총에 맞았든 간에 미하일은 분명 익사했을 것이다.

배 안의 디젤 엔진이 조바심을 내며 울려댔다. 부두를 떠나야 했다. 총격이 있었고, 사람들은 모두 도망갔고, 아마 경찰이 오고 있을 것이다. 로테르담은 세계에서 제일 큰 항구 중 하나다. 만약 이 부두에서만 벗어날 수 있다면 다른 배들 틈에 숨을 수 있을 것이다. 그들은 배를 고정시켜둔 육중한 밧줄을 풀고는 서둘러 다시 배에 탔다. 배가 멀어지자 건널판자가 물속으로 떨어졌다.

*

집에 도착한 라르스는 부엌 찬장에서 레드와인 두 병을 꺼냈다. 한 병은 곧장 다 마시고 다른 병을 따서 억지로 몇 잔 더 마셨다. 곧 취기가 올라왔다. 얼굴이 뜨거워졌다. 뒤뜰을 내다보며 자기와 그 청소부가 딱하다는 생각을 했다. 그 부인은 지금 뭘 하고 있을까. 술기운이 치밀자 스스로에게 욕하는 것을 그만둘 수 있었다.

창문에 쏟아지는 햇볕에 실내가 참을 수 없을 정도로 더워졌다. 그는 셔츠를 벗고 와인을 더 마셨다. 거실로 가서 바닥에 셔츠를 집어 던지고 책장에 있는 오래된 코냑을 한 잔 따랐다. 맛이 형편없었지만 토하고 싶은 충동을 억누르고 억지로 몇 모금 꿀꺽꿀꺽 삼켰다. 그는 소파에 몸을 웅크린 채 멍하니 허공을 응시했다.

15분쯤 지나자 생각이 달라졌다. 그는 억울했다. 그는 수 년 동안 그를 에워싸고 있던 얼간이들을 생각하며 속으로 비딱한 미소를 지었다. 그의 부모, 어린 시절 친구들, 함께 일했던 사람들 전부, 만났던 사람들 전부…… 그리고 안데르스 아스크. 그는 자신과 달리 의지가 박약하고 유치한 그들 모두를 저주했다. 술에 전 그의 머릿속에 돌아다니는 정보는 그게 거의 전부였다. 그가 술을 자주 마시지 않는 건 이것 때문이었다. 술을 마시면 분별이 없어지고 일시적으로 정신이 나가버렸다. 처음으로 술에 취했을 때부터 그랬다. 지금은 그런 생각은 하지 않았다. 그는 자신 속에 있는 어둠을 정당화하는 일에 푹 빠져 있었다. 한 시간 후쯤 집에 돌아온 사라가 무심히 그를 보았다.

"어디 아파?"

그는 대답하지 않았다. 그녀는 부엌에 들어갔다가 곧 나왔다.

"와인 마셨어?"

그녀의 목소리는 나무라는 투였다. 라르스는 움직이지 않고 벌거벗은 자신의 몸을 감쌌다.

"취했어?"

대답하지 않았다.

"무슨 일이야, 라르스?"

그는 일어나서 바닥에서 셔츠를 주워 입었다.

"네가 상관할 일이 아니야."

그는 신발을 신고 아파트에서 나왔다. 그러고는 제일 가까운 바

117

에 가서 보드카토닉을 시키고는 알코올 중독자 노인과 함께 스웨덴이 사람을 감옥에 보내는 일에 있어서 너무 관대한지 아닌지를 놓고 설전을 벌였다. 라르스는 확 달아올라 재활 대 처벌에 대한 알아들을 수 없는 이야기를 늘어놓았다. 그는 조금 전에 무슨 생각을 하고 있었는지 기억이 나지 않을 정도로 취했다. 평소처럼 명백한 논리가 떠오르지 않았다. 라르스가 늘어놓는 이야기를 듣고 취한 노인과 바텐더는 웃음을 터뜨렸다.

바가 문을 닫은 뒤 라르스는 한밤중에 길거리를 헤매다 비틀거리며 파킹미터에 오줌을 눴다. 그는 아무런 이유 없이 키득거리며 얼굴을 찡그렸다가 지나가는 차와 사람들에게 가운뎃손가락을 들어보였다. 그리고 모든 것이 어두워졌다.

새벽 4시 반 신문배달부가 밟는 바람에 잠에서 깨보니 쇠데르말름 서쪽의 어느 문간이었다. 그는 느릿느릿 집으로 돌아왔다. 취기와 숙취가 동시에 느껴졌다. 집에 들어와 복도의 거울을 보니 이마에는 상처가 나 있고 눈은 퀭했다. 그는 침대로 다가가 사라 옆에 쓰러지듯 누웠다. 잠에서 깬 사라가 몸에 이불을 감더니 술 냄새가 코를 찌른다며 투덜거렸다.

라르스는 세 시간 후 아침 햇살을 얼굴에 받으며 잠에서 깼다. 사라는 가고 없었다. 그녀가 누워 있던 곳은 평소처럼 흐트러져 있었다. 라르스는 그게 정말 싫었다. 이불을 머리까지 덮어쓰고 다시 자려 했지만 그의 영혼 깊은 곳에서 개미들이 기어다니는 것만 같았다. 그는 떨리는 손으로 모닝커피를 마시며 정신을 차리고 자기가 누구인지 기억해내려고 애썼다. 그러나 아무것도 찾을 수 없었다. 텅 비어 있었다. 모든 것이 사라졌다.

*

"도와달라고 했잖아!" 소피는 행주에 손을 닦으며 위층에 대고 소리쳤다.

"간다고요!" 알베르트의 목소리에 짜증이 묻어났다.

행주를 보니 다시 걸어놓기엔 너무 낡은 것 같아 쓰레기통에 던져버렸다. 김이 무럭무럭 나는 감자 그라탱 위에 알루미늄 포일을 덮는데 알베르트가 내려왔다. 소피는 식탁 위의 선물 상자를 가리켰다. 그 옆에는 포장지와 테이프, 노란 리본이 놓여 있었다. 알베르트는 앉아서 포장지를 자르기 시작했다. 소피는 오븐에서 그릇을 꺼내 조리대로 가져왔다. 장갑을 통해 열기가 느껴지자 서둘러 조리대에 그릇을 내려놓았다.

알베르트는 포장지를 상자에 대보았다. "누구한테 줄 거예요?"

"톰."

"왜요?"

"생일이거든."

알베르트는 종이를 반듯하게 잘랐지만 테이프는 엉망으로 붙였다. 그것을 본 소피는 화가 나서 상자를 빼앗았다.

소피는 차를 몰아 어릴 적 살던 집으로 갔다. 녹색 나뭇잎이 무성해서 집 전체가 싱싱하고 파릇파릇해 보였다. 오크, 자작나무, 사과나무가 집을 에워싸고 있었다. 저녁 햇살이 사방에 금빛을 드리운 모습이 좋았다.

진입로에 들어서는데 랫이 그들에게 달려왔다. 작고 하얀 개인 랫이 어떤 품종인지는 아무도 몰랐다. 랫은 뭐든 움직이기만 하면

짖어댔고 가끔은 사람을 물기도 했다.

"차로 치어버려요." 알베르트가 낮은 목소리로 말했다.

소피와 알베르트 둘 다 랫을 좋아하지 않았다.

"엄마는 랫이 죽으면 슬플 것 같아요?"

소피는 대답 없이 미소만 지었다.

"슬플 거냐고요?" 알베르트가 다시 물었다.

소피는 고개를 가로저었다. 알베르트는 소피를 보며 같이 음모라도 꾸미듯 미소를 지었다.

톰은 거실에서 칵테일을 만들고 있었다. 프랭크 시나트라가 부르는 안토니오 카를로스 조빔의 노래가 흐르고 있었다.

"잘 지냈어요, 톰?"

톰은 입안에 올리브를 가득 집어넣은 채 소피에게 기다리라고 손짓했지만 소피는 기다리지 않았다. 소피의 어머니 위본네가 둘을 맞으러 나왔다. 위본네는 알베르트의 이마에 입을 맞추고 소피의 팔을 꼭 잡더니 사라졌다. 평소처럼 흰 스니커를 신고 있었다. 나이가 일흔이지만 위본네는 자기가 아직도 엄청나게 매력적인 여자라고 생각하는 것처럼 행동했다. 소피의 여동생 야네의 남자친구인 아르헨티나 인 예수스는 거실에 깔린 러그에 앉아 볼륨을 줄인 채 텔레비전을 보고 있었다.

"안녕, 헤수스."

소피는 그의 이름을 스페인 식으로 '헤수스'라고 발음해보았다. 예수스는 친근한 목소리로 그녀에게 인사를 건넨 다음 양반다리를 한 채 계속 텔레비전을 보았다.

예수스는 특이했다. 정확히 뭐가 특이한지 말할 수는 없지만, 소피가 그의 행동을 짐작해볼 때마다 늘 빗나갔다. 야네는 그와 편하게 잘 지냈다. 소피는 이해할 수 없었지만 둘의 관계는 질투가 날 정도였다. 그들은 서로 신경 쓰지 않고 지내다가도 만나면 미소를 지었다. 예수스가 석 달 동안 부에노스아이레스에 다녀온 다음 다시 만났을 때도, 야네가 전화 통화를 마치고 부엌으로 왔을 때도, 둘의 미소는 언제나 똑같았다. 어쩌나 활짝 미소 짓는지 둘 다 곧 큰소리로 웃음을 터뜨릴 것 같아 보일 정도였다.

소피는 부엌으로 들어갔다. 야네는 식탁에 앉아 도마에 채소를 올려놓고 썰려고 했다. 야네의 요리 솜씨는 형편없었다. 소피는 자신이 가져온 감자 그라탱을 오븐에 넣고 야네의 머리칼에 입을 맞춘 뒤 옆에 앉았다. 소피는 여동생이 오이를 주사위 모양으로 써는 힘든 작업을 하는 걸 지켜보았다. 야네가 썬 오이는 모양과 크기가 제각각이었다. 야네는 좌절하며 소피에게 도마를 넘겼다.

"그동안 어디 있었어?" 소피가 물었다.

보통 일요일 저녁에는 소피와 알베르트, 소피의 어머니인 위본네, 그리고 톰만 모였다. 야네와 예수스는 가끔씩 불쑥 나타났다. 그들의 방문에 특별한 패턴은 없었다. 하지만 그들이 오면 더욱 즐거워졌다.

"아무 데도……. 그냥 여기저기. 나도 모르겠어." 야네는 고개를 절레절레 흔들며 말했다.

야네는 손에 턱을 괴고 팔꿈치를 식탁에 얹어 거의 눕듯이 기댔다. 야네는 늘 그렇게 앉았다. 그런 자세를 취하면 좀 차분해지는 것 같았다. 야네는 채소를 써는 소피를 바라보았다.

"나 좀 봐."

소피는 야네를 돌아보았다.

"뭔가 했어?"

"어떤 거?"

"외모에."

소피는 고개를 가로저었다. "아니, 왜?"

야네는 소피를 뚫어져라 바라보았다. "언니 모습이…… 더 느긋하고 행복해 보여."

소피는 어깨를 으쓱했다.

"무슨 일 있었어?"

"몰라."

"요새 누구 만나?"

소피는 고개를 가로저었다. 야네는 계속 소피를 바라보았다.

"언니?" 야네가 속삭였다.

"음, 어쩌면."

"어쩌면?"

소피는 야네와 눈을 마주쳤다.

"어떤 남자야?"

"환자…… 예전 환자. 하지만 아직 사귀는 건 아니야, 그런 사이는 아니야."

"그러면 어떤 사이인데?"

소피는 미소를 지었다. "나도 모르겠다……."

소피는 큰 대접에 채소를 쓸어넣었다. 보기에 좋지 않아서 좀 깔끔하게 해놓을까 하는 생각이 들었지만 참았다. 소피는 어머니 집에 왔을 때 자기가 얼마나 착한 아이인지 보여주는 것 같은 행동은 절대 하기 싫었다. 야네는 가만히 앉아서 소피가 일하는 걸 보다가 갑자기 뭔가를 떠올리곤 벌떡 일어났다.

"맞다, 세상에, 우리 부에노스아이레스에 다녀왔지! 왜 그 생각을 못 했지? 워낙 여기저기 다녀서. 우리 예수스 가족 만나러 갔다 왔거든. 돌아온 게…… 목요일이야."

야네는 무슨 요일이었나 생각하다가 목요일이 맞다고 결론 내렸다. 야네는 상당히 정신없는 성격이었다. 처음 보면 꾸며대는 거라고 생각하기 쉽지만, 원래 성격이 그랬다. 야네는 부주의하고 가끔은 지나치게 행복해해서 주위 사람들을 불안하게 만들었다. 사람을 기만한다고 오해받는 경우도 가끔 있었다. 하지만 야네를 겁내지 않는 사람들은 대체로 그녀를 좋아했다. 잘 겁먹지 않는 사람들이 보통 그렇듯이.

위본네와 톰이 식탁 양쪽 끝에, 다른 사람들은 식탁 주위에 앉았다. 위본네는 평소처럼 식탁을 잘 꾸며놓았다. 위본네가 잘하는 일 중 하나였다. 저녁 식사 시간은 보통 때와 다르지 않게 지나갔다. 모두 잡담을 하고 웃으며, 예전의 잘못되었던 일이나 오해가 다시 불거지지 않도록 집중했다.

식사 후 소피와 야네는 테라스의 안락의자에 앉았다. 예수스는 서재로 사라져 영어책에 빠져들었다. 알베르트는 위층에서 톰이 기회만 있으면 낡은 턴테이블에 얹어놓는 골트베르크 변주곡을 들으며 톰과 카드놀이를 했다.

두 자매는 적외선 히터 밑의 등나무 의자에 앉아 취하도록 마시며 한밤중까지 이야기를 나눴다. 처음에는 위본네가 테라스 문 바로 앞에서 뭔가 할 일이 있는 척하며 이야기를 엿들었다. 그들은 그 모습을 몇 번이나 봤지만 그녀는 듣고 있지 않았다고 우겼다. 결국 톰이 와서 위본네에게 두 사람을 방해하지 말라고 했다.

소피의 어린 시절 내내 위본네는 노이로제에 시달렸다. 남편 예오리가 죽고 나자 히스테리가 폭발한 위본네는 미소 짓는 주부에서 환멸에 찬 이기주의자로 변해 딸들을 이리저리 끌고 다녔다. 소피와 야네는 위본네의 상실감이 가장 크다는 걸 인정하는 한에서만 아버지의 죽음을 슬퍼할 수 있었다. 그녀의 기분은 분노와 우울을 오락가락했고, 갑자기 딸들에게 지나칠 정도의 이해와 사랑을 요구하게 되었다. 야네와 소피는 어떻게 해야 할지 알 수 없었고, 그 과정에서 그들과 어머니의 관계는 왜곡되어버렸다. 배려와 보살핌이란 이런 것이겠거니 하는 짐작으로 구축된 관계였다. 그 결과 중 하나는 자매의 사이가 틀어진 것이었다. 어머니의 비정상적인 행동은 자매 간의 장벽이 되었다. 그들은 행복이나 웃음을 나누는 일이 거의 없었고, 거의 각자 방에서만 지내며 서로 어머니의 관심을 받으려고 경쟁했다.

그때 톰이 그들의 인생에 등장했다. 그들은 몇 블록 떨어진 그의 집으로 들어갔다. 큰 창문이 있고 넓은 벽에 인상적인 그림이 걸려 있는, 그들이 살던 집보다 큰 빌라였다. 체리 나무로 만든 큰 침대에 두툼한 흰색 오리털 퀼트 이불이 덮여 있었다. 톰은 황갈색 가죽 시트에서 담배 냄새와 애프터셰이브 냄새가 희미하게 풍기는 녹색 재규어로 소피와 야네를 학교에 데려다 주었다. 위본네는 낮 동안 내내 집에서 시간을 보내며 재능이라곤 보이지 않는 그림을 그렸다. 시간이 지나면서 그녀는 달라졌다. 슬픔에서 벗어나 다시 어머니 비슷한 사람이 되어갔지만, 그동안 피해자 역할을 하는 데 너무나 익숙해져서 그것만은 그만두지 않았다.

세월이 흘러 소피가 어른이 되고 위본네가 50대가 되자 소피는 정말 오랜만에 어머니를 다시 좋아하게 되었다. 그녀는 가끔 현명하고 인간적이고 따뜻한 사람이 될 때가 있었다. 그게 소피가 알던 어머니의 옛날 모습이었다. 하지만 예전 문제들이 고개를 치미는 때가 더욱 잦았다. 히스테리를 부리고, 짜증을 내고, 비정상적으로 호기심을 보이며, 홀로 있는 것을 두려워했다. 눈에 보이지도 않고 존재하는지도 알 수 없는 통제권을 잃어버릴까 봐 두려워하는 모습이었다. 위본네는 몇 주 전 소피의 집에 와서 차를 한 잔 마시며 어떻게 지내느냐고 물었다. 불쑥 튀어나온 질문이라 당황스러웠다. 소피는 습관대로 잘 지낸다고, 아무 문제도 없다고 대답했지만, 어머니의 얼굴을 보니 진심으로 한 질문이었다. 그래서 말을 멈추고 생각을 해봤다. 왜인지도 모르게 눈물이 나왔다. 위본네는 가만히 소피를 안아주었다. 좋은 동시에 뭔가 잘못된 느낌이 들었지만 소피는 이해할 수 없는 이유 때문에 울며 그냥 어머니 품에 안겨 있었다. 소피 안의 어떤 긴장이 탁 풀려서 그랬는지도 모르고, 위본네가 어머니만이 알아챌 수 있는 뭔가를 느꼈던 건지도 모른다. 그러고 나자 마음이 가벼워졌다. 그 후에 그 일에 대해서는 한 번도 이야기하지 않았다.

히터와 와인이 서로 다른 방향에서 그들을 데워주다가 두 열기가 한가운데로 멋지게 집중되었다. 그들은 냉동실에서 찾은 담배 한 갑을 같이 피웠다. 위본네는 늘 담배를 냉동실에 보관했고 소피와 야네는 냉동실에서 담배를 훔쳐 피우곤 했다. 한 갑이 빌 때까지 줄 담배를 피운 뒤 택시를 불렀다. 소금에 절인 감초 두 봉지를 먹으며 담배 한 갑을 더 피우고 나니 택시가 도착했다. 톰이 그들 옆을 지나가면서 혀를 끌끌 차더니 자기가 몇 년 동안이나 아껴온 와인을 그들이 마셔버렸다고 했다. 둘은 웃음을 터뜨렸다. 숨 쉬기 힘들 정도였다. 그들은 어렸을 때의 여름을 떠올리며 감상적이 되었다. 여름을 보내던 시골집 부엌에서 나던 토스트와 차 냄새, 해변에서 보내던 날들, 늘 자신감을 키워주던 할머니의 부드러운 질문들. 그들은 아버지 이야기를 하고는 잠시 말없이 앉아 있었다. 아버지 이야기를 하면 늘 그렇게 되었다. 우리를 두고 왜 그렇게 일찍 돌아가셨을까 하고 말없이 생각하게 되는 것이다. 예오리는 자상하고 잘생기고 든든했다. 소피가 기억하는 아버지는 그랬다. 소피는 아버지가 살아 계셨어도 지금과 똑같았을까 자주 생각했다. 예오리 란츠는 뉴욕에 출장 갔다가 호텔 방 샤워실에서 갑자기 죽었다. 소피는 아버지의 좋은 면만 기억났다. 웃음, 농담, 사려 깊은 모습, 큰 몸집과 느긋함, 그리고 절대 질척거리는 분노의 늪에 빠지지 않는, 나이 든 남자 특유의 매력. 그는 모든 일이 다 잘될 것이라는 기운을 내뿜는 사람이었다. 아내와 두 딸에게 그는 신이 준 선물 같았다. 소피는 아직도 아버지가 몹시 그리웠다. 외로운 기분이 들면 아버지에게 말을 걸기도 했다.

술을 마신 데다 시간이 늦어져 야네는 예수스와 함께 손님용 침실로 들어갔다. 소피는 알베르트를 손님용 침대에 눕힌 뒤 이마에 입을 맞추고 계속 자게 됐다.

소피는 택시를 탔다. 그녀는 자동차 뒷자리에 앉아 스쳐 지나가는 빌라들을 보며 홀로 취기를 즐겼다. 소피는 자기가 자란 부유한 교외 지역을 좋아했다. 보이는 집들을 거의 다 알아볼 수 있었다. 누가 예전에 저기 살았는지, 그중 누가 지금까지 그곳에 살고 있는지. 이곳은 그녀의 장소이자 그녀의 뿌리가 있는 곳이었다. 그런데도 차창 밖으로 지나가는 세계를 지켜보고 있자니 조금 울적한 기분이 드는 것을 막을 수 없었다. 모두 예전과 똑같은 모습이었지만, 그 시절은 이미 지나간 지 오래였다. 무언가가 달라졌다. 이제는 자기가 이곳의 일원이라는 생각이 더 이상 들지 않았다.

테라스에서 야네는 자기가 예수스와 부에노스아이레스에 갔다가 옌스 발을 만났다고 이야기했다. 그의 이름이 나왔을 때 소피는 놀랐다. 몇 년 동안이나 옌스를 생각한 적이 없었다. 옌스 발…….그들은 고등학교 때 어느 여름, 스톡홀름 군도에 놀러가서 만나 억지로 떨어져야 했을 때까지 꼭 붙어 있었다. 그때의 느낌이 어느 정도 기억났다. 여름방학이 끝나갈 무렵 소피는 옌스를 만나러 갔다. 옌스는 에케뢰에 살고 있었다. 스톡홀름 시내에서 한참 벗어난 곳이었다. 옌스의 부모님이 집을 비워서 집에는 옌스뿐이었다.

같이 있는 내내 소피는 그의 가슴을 베고 누워서 지냈다. 그 주의 가장 뚜렷한 기억이 그것이다. 그들은 평생 참아왔던 것처럼 쉬지 않고 이야기를 나눴다. 가끔 옌스 부모님의 커다란 시트로엥을 타고 가게에도 갔다. 면허도 없으면서 음악을 크게 틀었다. 마치 자유로운 어른이 되는 걸 연습하는 것처럼……. 화장실에서 이를 닦을 때는 서로 손을 잡았다. 맙소사, 이 모든 것을 잊고 있었다니. 그 어린 나이에도 소피는 자기가 옌스를 사랑한다는 걸 알았다. 사랑이 끝나면 상처받을 것도 알고 있었다. 그리고 실제로 상처를 받았다. 여러 해가 지나자 소피는 옌스도 같은 기분이었을 거라는 생각이 들었다. 그녀와 마찬가지로, 사랑의 벌을 피해보려고 마지못해 행동했을 거라고.

택시에서 내려 집으로 들어갔다. 술기운이 가시는 게 싫었다. 기분이 정말 좋았다. 이 기분을 놓치고 싶지 않았다. 지하실에서 와인을 한 병 가져와 큰 잔에 따른 뒤 식탁에 앉았다. 몇 모금 마시다 담뱃갑 속에 구겨진 담배가 몇 개비 있는 것을 발견했다. 환풍기를 켜지도 않고 창문을 열지도 않은 채 한 개비 물어 피웠다. 와인을 다 비우자 기분 좋은 취기가 사라지며 가벼웠던 생각이 축 처지고, 담배 맛도 떨어졌다. 집에 와서 술을 더 마신 것은 불필요하고 잘못된 일이었다는 생각이 강하게 들었다. 한밤중까지, 공허한 꿈속까지 그 느낌이 따라왔다.

다음 날 아침 일어나니 죄책감이 들었다.

06

화물선은 네덜란드 해안을 따라 천천히 움직이며 로테르담에서 북쪽으로 나아갔다. 바다는 조용했고, 커다란 새털구름 사이로 보였다 말았다 하는 태양빛은 강렬했다. 그늘에 앉아 있던 옌스는 일어나 리듬을 타듯 갑판을 가로지른 다음, 선창으로 가는 철제 계단을 따라 내려갔다.

선내에서 자기 물건들을 살폈다. 망막에 아직도 죽은 사람들의 잔상이 남아 있어 그냥 앉아서 보는 것 말고는 아무것도 하고 싶지 않았다. 뒤에서 발소리가 들리더니 아론이 나타났다. 옌스는 상자의 내용물을 감추려고 하지 않았다.

아론은 총을 내려다보고는 옌스 옆의 궤짝에 앉았다.

"조금 북쪽으로 가다가 동쪽으로 틀어서 브레머하펜으로 갈 거야. 그전에 헬골란트 쪽에서 배와 접선해서 짐을 내릴 건데, 당신은 당신 짐을 가지고 그 배에 타."

엔스는 아론을 바라보았다. "왜?"

"브레머하펜에서는 총을 내릴 수 없을 테니까. 세관에서 당신 물건들을 가져갈걸."

"당신네들은 그러는 게 좋겠네."

"그래, 당신도 그래야 할 거야……."

그들은 서로를 바라보았다.

"내 말대로 해. 일이 어떻게 돌아가는지 알잖아."

그랬다. 엔스는 어떻게 돌아가는지 알고 있었다. 어떤 거래인지 이해하고 있었다. 호의를 받아들이면 엔스는 아론에게 묶이게 된다. 엔스는 이런 일을 많이 봐왔다. 이건 말없는 협박이었다. 엔스는 아론에게 빚을 지게 된다. 그렇게 돌아가는 것이다.

"우리가 접선할 배는 오늘 밤에 어디로 가지?"

"덴마크. 유틀란트에서 조용한 곳을 찾았어. 어둠을 틈타서 배를 댈 거야."

"그다음엔?"

"차를 구하도록 도와주지. 그게 다야."

엔스는 아론을 찬찬히 보다가 시선을 돌려 자신의 나무 궤짝을 바라보았다.

밤이 찾아왔고 배의 엔진은 꺼졌다. 불도 전부 꺼졌고 배는 어둠 속에서 잔잔히 흔들렸다.

엔스는 몇 시간 동안 자기가 할 수 있는 게 무엇인지 생각해보았다. 총을 덴마크에 놔두고 독일로 나르는 방법을 찾아볼까. 러시아 인들에게 전화를 해서 직접 총을 가져가라고 할까. 그들은 응하지 않을 것이고, 처음에 약속한 대로 총을 폴란드로 가져가야 한다. 구체적인 방법은 나중에 생각하자. 지금은 덴마크에 도착하기 전에 누가 배에 타는 일이 없도록 해야 한다. 벌써 해안 경비대가 그들을 쫓고 있을지도 모른다. 휴대전화를 꺼내 보니 약하지만 신호가 잡혔다. 주소록에서 번호를 찾았다. 신호음이 몇 번 울리고 누군가 전화를 받자 기분이 밝아졌다.

"할머니! 저예요. 잘 안 들리시겠지만 저 지금 덴마크에 있어요, 네, 유틀란트요……. 출장 왔어요. 전화 드리고 내일이나 모레 찾아뵐게요……."

엔스는 자기 궤짝 두 개를 힘겹게 갑판 위로 옮겼다. 아론과 레셰크가 나타났다. 레셰크는 자동소총을 어깨에 메고 있었다. 달라진 점은 헨졸트 야간 조준경이 달려 있다는 것뿐이었다. 레셰크가 제일 먼저 소리를 들었다.

"온다." 레셰크는 이렇게 말한 뒤 함교 위로 사라졌다. 그는 지붕에 엎드려 다가오는 배를 조준했다.

바다는 조용했다. 어둠 속에서 부릉거리는 엔진 소리가 뚜렷하게 들렸다. 엔스는 큰 어선이 다가오는 것을 간신히 볼 수 있었다. 어선은 화물선 옆에 멈췄다. 누군가 고함을 치며 아론을 불렀다. 아론이 뭐라고 외쳤는데 알아들을 수 없었다. 혼혈 사내 하나가 배로 올라와 아론에게 활짝 미소를 지어 보이며 두 팔을 벌렸다.

"아론, 바다 한가운데서 뭐하는 거야?"

아론도 미소를 지으며 엔스를 가리켰다. "저 신사분이 잠시 함께 여행을 할 거야. 상자 몇 개 가지고."

사내는 옌스를 돌아보며 재빨리 위아래로 훑어보았다. "어서 오세요. 전 티에리입니다."

옌스는 인사를 했다.

"저 상자에는 뭐가 들어 있나요?"

"자동화기를 나르고 계셔." 아론이 답했다.

레셰크가 어깨에 총을 메고 다가와 티에리를 보며 고개를 끄덕였다. 티에리는 계속 옌스를 살폈다. 마치 총기 밀반입자다운 얼굴을 하고 있나 보는 것 같았다. 그리고 아론을 보았다.

"좋아. 아론, 내가 부탁한 건 가져왔어?"

아론은 미소를 짓더니 가방 하나를 티에리에게 건넸다. 티에리는 손으로 가방의 무게를 가늠해보더니 갑판에 내려놓고 지퍼를 열었다. 벨벳 천으로 싼 물건을 꺼내서 조심스럽게 내려놓고 펼쳤다. 작은 석상이 나타나자 티에리가 숨을 헉 들이켰다. 옌스가 보기엔 볼품없는 물건이었다. 작고 회색이고 딱히 형태랄 것도 없었다. 티에리는 석상을 들어올리더니 전등불빛에 비춰보았다. 티에리는 흥분해서 이건 짐작도 못하게 오래된 물건이며, 잉카 제국의 보물이며, 가치를 매길 수도 없는 정말 귀중한 거라고 입에 침이 마르게 설명하기 시작했다.

"정말 고마워, 아론." 티에리가 말했다.

"나한테 감사하지 말고 돈 이그나시오에게 감사해. 널 위해 구해다 준 사람은 바로 그니까."

레셰크와 아론은 선실 안으로 사라졌다. 티에리는 석상을 빤히 바라보았다.

"팔 건가요?" 옌스가 물었다.

"아뇨, 팔다니요. 집에다 두고 볼 겁니다." 티에리가 옌스를 돌아보았다. "하지만 비슷한 건 많이 파는데, 관심 있어요?"

옌스는 미소를 지으며 고개를 가로저었다.

"게다가 일단 상륙하면 이게 코카인과 당신 총을 숨겨줄 겁니다. 이 물건엔 좋은 기운이 있어요. 우릴 도와줄 거예요."

옌스는 아론과 레셰크가 이 배에서 무엇을 하고 있었는지 알 것 같았다.

*

라르스는 구닐라가 통장으로 보내준 돈으로 폭스바겐 LT35를 샀다. 눈에 띄는 점이라곤 하나도 없는 커다란 흰색 밴이었다. 운전석과 뒤쪽의 넓은 공간 사이에는 벽이 있고, 뒤쪽에 난 유일한 창문은 반사 처리가 되어 있었다.

그는 소피의 집에서 70미터 정도 떨어진, 주변 지역이 환히 내려다보이는 좁은 자갈길에 밴을 세워두었다. 그는 밴 뒤에 달아둔 낡은 안락의자에 앉아 리시버와 연결된 헤드폰을 썼다. 리시버는 녹음기에도 연결되어 있었다. 그는 소피네 가족이 저녁을 먹는 소리를 스테레오로 들었다. 단어 하나하나가 소피와 소피가 사는 세계, 소피의 생각, 소피가 느끼는 것을 조금씩 더 가르쳐주었다.

그는 소피를 2주째 감시하고 있었다. 영원처럼 느껴지는 시간이었다. 그녀를 감시하고, 사진을 찍고, 그녀 생각을 하고, 구닐라에게 보낼 특별한 내용도 없는 보고서를 쓰는 이 끝없이 이어지는 낮,

저녁, 밤 동안 그의 내면에서 어떤 일이 일어나기 시작했다. 이해할 수 없는 어떤 이유로 그는 자신이 조금 더 자유로와지고, 강해지고, 끝없이 스스로에 대한 질문을 던지던 때에 비해 더 고요해졌다고 느꼈다.

이 변화가 어디서 비롯된 것인지 알 수 없었다. 그냥 우연의 일치일 수도 있고, 직업이 바뀐 것 때문일 수도 있었다. 낮 동안 혼자 고립되어 있기 때문일까? 그는 계속 속이 탔다. 이게 소피 브링크만과 관계 있을까? 그의 삶에 나타난 그녀는 그에게 무언가를 말해주었다. 그의 여성성이 그의 남성성에 말을 걸었다. 그가 원하는 것이 무엇인지, 그걸 어떤 형태로 원해야 하는지 깨우쳐주었다. 소피가 그에게 무언가를 열어 보여주었고, 그는 소피가 먼 거리에서도, 심지어 그를 모르는 순간에도 그럴 수 있다면 그 역시 그녀에게 뭔가 비슷한 걸 해줄 수 있을 거라고 생각했다. 라르스는 그들이 알 수 없는 어떤 이유로 연결되어 있다는 걸 알았다. 그리고 소피 역시 어떤 식으로든 그걸 알고 있다는 걸 느낄 수 있었다…….

라르스는 소피와 알베르트가 주고받는 다정한 대화를 헤드폰으로 들었다. 그들이 자연스럽고 다정한 관계임을 알려주는 대화였다. 그는 놀라웠다. 그는 이렇게 자연스러운 대화를 이제껏 들어본 적이 없었다.

라르스는 근무 시간이 끝나기 전 몇 시간 동안 안락의자에 누워서 싸구려 손톱깎이로 손톱을 깎고, 소피가 침대에 누워 책을 읽는 소리를 들었다. 들리는 것이라곤 가끔 책장을 넘기는 소리뿐이었다. 그는 눈을 감았다. 라르스는 소피 옆에서 함께 침대에 누워 있었고, 그녀는 그에게 미소를 지었다.

봄이 있던 자리에 별안간 여름이 들어섰다. 스웨덴의 여름이었다. 그는 창문을 열고 차를 몰아 밤에 집으로 돌아왔다. 공기는 따뜻하고도 맑았다. 아파트로 돌아온 라르스는 낡은 타자기로 보고서를 썼다.

"왜 컴퓨터를 안 쓰고 타자기를 써?"

사라가 자다 말고 일어나 문간에 서서 물었다. 흉하게 빛바랜 잠옷을 입고 있었다. 라르스는 일어나서 문을 쾅 닫았다. 사라는 놀란 얼굴이었다. 라르스는 문을 잠그고 책상으로 돌아갔다.

"라르스, 대체 왜 그러는 거야!" 사라의 목소리는 닫힌 문 때문에 작게 들렸다.

라르스는 사라의 말을 듣고 있지 않았다. 계속 타자기만 두드렸다. 구닐라에게 보내는 보고서에 그는 소피와 알베르트가 저녁을 먹으며 나눴던 대화를 거의 옮겼다. 종이는 팩스를 지났다가 문서 세단기로 들어갔다. 그는 사라 옆에 눕고 싶은 기분이 아니었다. 코냑은 다 마셨고 와인 병도 비었다. 라르스는 책장에 있는 셰리를 마셔 보았다. 어디서 생긴 건지도 알 수 없었다. 늘 그냥 거기 있던 술이었다. 컴퓨터가 부팅되길 기다리며 병째 마셨다. 셰리라니, 정말 형편없군…… . 맛없는 데다 역겨워. 전혀 칭찬할 가치가 없는 술이 잖아? 그는 억지로 마셨다. 그를 둘러싼 비참함이 아주 조금 느슨해졌고, 그의 뇌는 참을 만한 정도의 온도로 따스해졌다. 모니터가 밝아지며 바탕화면이 나타났다. 클릭해서 폴더 하나를 열고 파일들을 고른 다음 '슬라이드쇼'를 선택했다. 클래식 음악 폴더를 열고 푸치니를 들으며 소피의 사진들을 보기 시작했다. 라르스는 소피의 사진을 수백 장 가지고 있었다. 사진 하나하나가 5초마다 전체 화면

크기로 떴다.

라르스는 사무용 의자에 기대 앉아 소피가 자전거를 타고 출근하는 모습, 현관문을 열쇠로 여는 모습, 부엌 창문으로 흐릿하게 보이는 모습, 우편함에서 신문을 꺼내는 모습, 화단에 심은 장미 뿌리 순을 자르는 모습을 지켜보았다. 그는 그녀가 어디 있는지, 그녀가 어떤 기분인지, 그녀가 무슨 생각을 하는지 알고 있었다. 그녀의 표정의 뉘앙스를 전부 알고 있었다. 마치 영화, 소피 브링크만의 내면을 담은 영화 같았다. 그는 이런 기적에 웃을 수밖에 없었다. 다른 사람에 대한 생각을 거의 하지 않는 자기 같은 사람이 한 여자의 모든 것을 알게 되다니, 놀라웠다. 이게 정말 우연일까? 아니, 그럴 리 없다. 마침내 운명이 그에게 자기 얼굴을 보여주려는 걸까?

라르스는 제일 마음에 드는 사진을 몇 장 골라 출력해서 플라스틱 파일에 넣고 앞면에 꽃 한 송이를 그린 다음 서랍 속에 숨겼다.

*

소피는 별 생각 없이 바닥을 보며 복도를 걷고 있었다. 그러다가 앞쪽에서 들리는 발소리에 고개를 들었다. 50대 여성이 소피의 주의를 끌려고 하고 있었다. 전에 본 적 있는 사람이었다. 어떤 입원 환자의 친척이었던 것 같은데, 누구인지는 알 수 없었다.

"소피?"

소피는 그녀가 자신을 이름으로 불러서 놀랐다. 가슴에 이름표를 달고 다니긴 하지만 이름으로 불리는 일은 거의 없었다.

"저는 구닐라 스트란드베리예요. 몇 마디 나눴으면 하는데요."

소피는 최대한 간호사다운 미소를 지으며 고개를 끄덕였다. "물론 그럴 수 있죠."

구닐라는 주위를 살펴보았다. 소피는 그녀가 복도에서 이야기하기를 꺼린다는 것을 알아차렸다.

"저를 따라오세요."

소피는 빈 병실로 구닐라를 안내한 뒤 문을 닫았다.

구닐라는 핸드백을 열고 가죽 지갑을 꺼내더니 안주머니를 뒤져 낡은 현금영수증과 지폐들 틈에서 원하던 것을 찾아냈다. 그녀는 소피에게 신분증을 들어 보였다.

"저는 경찰입니다."

"그러세요?"

소피는 팔짱을 꼈다.

"그냥 이야기만 하러 온 겁니다." 구닐라가 차분하게 말했다.

소피는 자기가 방어적인 자세로 서 있다는 것을 깨달았다.

"혹시 절 알아보시겠어요?"

"네, 전에 뵌 적 있어요. 저희 환자 한 분의 친척이시잖아요."

구닐라는 고개를 가로저었다. "앉아서 이야기해도 될까요?"

구닐라는 소피가 끌어다 준 의자에 앉았다. 소피는 병실 침대 끝에 걸터앉았다. 구닐라는 할 말을 찾고 있는 것 같았다. 소피는 기다렸다. 잠시 후 구닐라가 고개를 들었다.

"전 수사 중입니다."

소피는 기다렸다. 구닐라는 아직도 적절한 표현을 찾고 있는 것 같았다.

"엑토르 구스만과 친구 사이이신가요?" 그녀가 차분하게 물었다.

"엑토르? 아뇨, 친구라고 할 수 있을지 잘 모르겠는데요."

"하지만 서로 만나기는 하시죠?"

이 말은 질문이라기보다는 단정에 가까웠다.

소피는 구닐라를 보았다. "그건 왜요?"

"별거 아닙니다. 그저 몇 가지 질문을 드리고 싶어서요."

"어째서요?"

"두 분이 얼마나 가까우신가요?"

"엑토르는 환자였어요. 병원에서 이야기를 나눴죠. 원하시는 게
뭐죠?"

구닐라는 자신의 서툰 말솜씨를 얼버무리듯 미소를 지으며 심호
흡했다.

"죄송합니다, 기분을 상하게 하려는 건 아니었어요. 도대체 말재
주가 늘지 않네요." 구닐라는 정신을 가다듬으려는 듯 소피의 눈을
바라보았다. "전…… 전 당신의 도움이 필요해요."

07

미하일은 물속에 떨어졌다. 그를 향해 쏜 총알들은 털끝만 한 차이로 빗나갔다. 깊은 바다 속으로 가라앉는 동안, 총알들이 물에 들어온 뒤 속도가 떨어지면서 빙글빙글 돌며 쉭쉭 지나가는 소리를 들을 수 있었다. 잠시 후 그는 몸을 돌려 물속에서 다시 배 쪽을 향했다. 산소가 부족해서 수면 위로 올라갈 수밖에 없었는데 배의 옆면이 비스듬하게 생겨서 목숨을 건졌다. 위에 있는 사람들이 내려다보아도 선체 아래쪽까지 볼 수는 없을 것이다. 미하일은 선체 옆에 붙어 계속 움직였다. 엔진이 켜지자 그는 모험을 하기로 결심하고 콘크리트 부두 가장자리를 향해 헤엄쳤다. 부두는 높았다. 올라갈 만한 계단이 없다면 그는 익사할 것이다. 몸이 아파 오래 버틸 수 없을 것 같았다. 녹초가 되도록 헤엄쳐 부두에 다가가니 배가 바다 멀리로 나가지 못하도록 고정시키는 낡고 녹슨 케이블이 보였다. 꽤나 애를 쓰고 엄청난 고통을 겪은 끝에 그는 부두 위로 올라 갈 수 있었다. 그러고는 흠뻑 젖은 채 렌터카에 기어올라 조수석 수 납함에서 GPS와 휴대전화를 꺼내 롤란트 겐츠에게 전화를 했다. 적은 무장하고 있었고, 자기가 데려간 사람들은 둘 다 죽었으며, 배 에 있던 세 명 중 두 명은 아론과 레셰크임을 알아볼 수 있었고, 스 웨덴 인으로 보이는 낯선 남자가 하나 더 있었다고 이야기했다.

롤란트는 알려줘서 고맙다며 몇 시간 안에 다시 연락하겠다고 했 다. 둘은 통화를 끝냈다.

베트남 인 선장은 미하일에게 인정사정 없었다. 코와 갈비뼈 몇 개가 부러졌지만 참을 만했다. 선장을 원망하지는 않았다. 어쨌든 미하일은 선장 코앞에서 그의 키잡이를 총으로 쏴 죽였으니까. 미 하일은 어쩔 수 없이 키잡이를 본보기로 삼아야 했다. 총성이 울린 순간 미하일은 선장이 한케 측 사람들과 한 약속을 어겼다는 걸 알 아차렸다. 키잡이를 죽인 건 거기에 대한 벌이었다. 미하일은 1초도 주저하지 않았다.

미하일은 자기를 때리거나 자기에게 총을 쏜 사람들에게 조금이 라도 분노를 품은 적이 없었다. 그들은 그와 똑같은 일을 하고 있는 것뿐이다. 그는 아프가니스탄 인들, 체첸 인들을 상대로 한 심각한 전쟁에 두 번 참전했다. 집중포화의 표적이 되어 꼼짝달싹 못 하게 되었던 적도 있다. 인간이 심리적으로 견딜 수 있는 한계에 가까운, 극한의 상황이었다. 그는 친구들이 총에 맞고, 산산조각 나고, 불타 는 걸 봐왔다. 그리고 그 역시 적들에게 똑같은 일을 했다. 그러나 결코 분노나 복수심 때문에 행동했던 적은 없었다. 어쩌면 그래서 살아남은 건지도 모른다.

그는 랄프 한케 밑에서 일하기 시작했을 때 이미 자기 인생에 대한 이런 자세, 사람을 대하는 자신만의 방식을 갖고 있었다. 랄프의 명령을 받아 사람을 총으로 쏴 죽일 때든, 누군가를 두들겨팰 때든, 스톡홀름으로 가서 아달베르토 구스만의 아들을 차로 칠 때든 늘 똑같은 자세였다. 그는 자기가 한 일이 옳은지 그른지 결코 돌아보지 않았다. 의미 없는 피투성이 전쟁 최전방에서 지낸 몇 년 덕분에 그는 옳고 그른 것은 이 세상에 실제로 존재하지 않는다는 생각을 갖게 되었다. 존재하는 것은 오직 결과뿐이다. 그런 태도를 갖고 있으면 인생은 시끄럽긴 하지만 견딜 만하게 굴러갔다.

그는 쇼핑몰에 차를 세웠다. 잔뜩 핏자국이 묻은 덩치 큰 남자가 절뚝거리며 이 가게 저 가게 돌아다니자 사람들이 쳐다보았다. 그는 필요한 것들을 전부 샀다. 붕대, 반창고, 약솜, 소독약, 찾을 수 있는 진통제 중 가장 센 것. 약과 향수 냄새가 섞여서 가게 안에선 좋은 냄새가 났다. 그가 고른 물건을 계산하는 동안 카운터의 흰 옷을 입은 예쁜 여자는 그의 눈을 쳐다보지 않으려고 애썼다.

미하일은 길가의 술집으로 차를 몰았다. 술집 화장실로 가서 상처를 최대한 단단히 싸맨 다음 진통제 네 알을 삼켰다. 그리고 제일 안쪽에 앉아 맥주 세 잔을 곁들여 음식을 먹었다. 기지개를 켰다. 관절에서 우두둑 소리가 났다. 온몸이 아직도 죽을 듯이 아팠다.

계산서를 기다리면서 GPS 리시버를 확인해보았다. 그는 선창에 있던 구스만의 코카인 궤짝 중 한 개에 추적기를 달아놓았다. 화면에 신호가 잡히지 않는다고 뜨는 걸 보니 아마 아직 바다에 있는 모양이다.

미하일은 길가 모텔에 방을 잡았다. 침대에는 깨끗하지만 섬유유연제 냄새가 지나치게 나고 색깔이 끔찍한 시트가 깔려 있었다. 옷을 모두 벗고 거울에 비친 몸을 살펴보았다. 상체에 푸른 멍이 보였다. 어깨를 돌리며 목을 두둑 꺾었다. 그의 몸을 보면 그가 어떻게 살아왔는지 알 수 있었다. 셀 수 없는 상처들, 총알 자국 네 개, 파편에 다친 흉터들. 흉터는 몸 전체에 골고루 퍼져 있었다. 어떤 것은 직접 맞아서 생긴 것이고, 어떤 것은 사고에 의한 것이었다. 그의 몸에 난 모든 흉터에는 강한 기억이 딸려 있었다. 어떤 것은 피하고 싶었지만 그럴 수 없었다. 그는 언제나 그 기억들을 전부 지니고 다녔다. 그는 자기 몸을 볼 때마다 자기가 진정 어떤 사람인지 깨달을 수밖에 없었다.

휴대전화가 울렸다. 카펫을 가로질러 침대 옆 테이블에서 전화를 집어 들었다. 롤란트였다. 그는 지금 할 수 있는 일이 무엇인지 물었다.

"추적기를 하나 달아놨지만, 그것뿐이야."

"랄프가 화났어."

"보통 화나 있지 않아?"

"반격해야 돼. 죽은 네 동료들의 복수를 위해서라도 말이야."

미하일은 롤란트가 자기 감정을 조종하려고 시도하는 것을 알았지만, 그에겐 그런 종류의 감정이 존재하지 않았다. 그는 동료가 죽든 말든 상관없었다. 죽은 동료들은 둘 다 망가질 대로 망가진 인간들이었다. 죽음은 아마 그들에겐 해방이었을 것이다.

"할 수 있는 일이 있는지 알아볼게. 사람을 보내줄 거야?"

"너 혼자서도 잘 해낼 수 있을 거야."

미하일은 커다란 거울에 비친 자신의 모습을 보며 목을 오른쪽으로 기울여 스트레칭을 했다. 어깨 부근에서 딸각 소리가 났다. "좋아, 좀 더 자세히 말해봐."

미하일은 롤란트가 마우스를 클릭하는 소리를 들을 수 있었다. 인터넷 검색 중인 것 같았다.

"랄프는 머리끝까지 화가 났어. 뭐라도 좋으니 어떻게든 해봐. 랄프는 그 자식들을 무참히 짓밟기 전에는 잠도 못 잘 거야. 너도 랄프가 어떤 인간인지 알잖아."

미하일은 아무런 대답 없이 전화를 끊었다.

샤워를 하고 알선소에 전화를 걸었다. 그는 너무 어리지 않고, 너무 마르지 않고, 러시아 어를 잘하는 성인 여자를 주문했다. 알바니아 출신의 여자가 도착했다. 키가 아주 작고, 무릎까지 올라오는 흰 부츠와 분홍색 원피스 차림이었다. 엉덩이가 큼직했다. 딱 미하일 취향이었다. 그녀가 자기 이름이 모나리자라고 소개하는 것이 마음에 들지 않아 다른 이름으로 부르면 안 되겠느냐고 물었다. 루시는 어떨까?

미하일과 루시는 침대에 누워 네덜란드 진 한 병을 나눠마시며 네덜란드 토크쇼를 보았다. 둘 다 텔레비전을 보면서도 텔레비전에서 나오는 말을 단 한 마디도 이해하지 못한다는 사실에 웃음이 터져나왔다. 미하일은 루시가 좋아지기 시작했다.

"자고 갈 수 있어?"

그녀는 번쩍이는 금색 핸드백 속의 휴대전화를 꺼내 어딘가 전화를 걸고는 미하일의 신용카드 번호를 불렀다.

그날 밤 그는 그녀의 가슴에 머리를 얹고 아이가 어머니를 안듯

안고 잤다. 새벽 4시에 알람이 울렸다. 그는 일어나 앉아 피곤한 눈을 비볐다. 아직 통증이 있었다. 한동안 계속 아플 것이다. 그는 옆을 돌아보았다. 루시는 조용히 코를 골고 있었다. 그는 GPS 리시버를 켜고 일어나서 화장실로 갔다. 작은 세면대에서 할 수 있는 만큼 최대한 잘 씻었다. 다시 나와보니 신호가 잡혔다. 지도를 보았다. 물건은 유틀란트 서부에 있었다.

미하일은 옷을 입고 루시를 위해 침대 옆 테이블에 두둑한 팁을 남겨두었다. 그는 방에서 나와 조용히 문을 닫고 렌터카를 몰아 새벽 안개 자욱한 고속도로로 사라졌다.

*

낡은 간선도로에서 100미터 정도 떨어진 곳에 외로이 서 있는 작은 집. 반 정도는 나무로 지은 초가지붕 집 주위에는 나무가 무성했다. 옌스는 차를 돌려 나무로 둘러싸인 울퉁불퉁한 자갈길에 들어섰다. 길 양쪽에 늘어선 나무 뒤편은 밀밭이었다. 태양은 금빛으로 빛나고 있었다. 어린 시절 여기서 여름을 보낼 때 봤던 그 빛이었다. 금빛이자 주황빛이고 동시에 푸른 빛.

그는 전날 밤 배에서 내린 다음 티에리가 타고 온 어선을 타고 유틀란트 해안으로 향했다. 작고 외딴 만에 어선을 대고 야음을 틈타 짐을 내렸다. 세 대의 차가 그들을 기다리고 있었다. 그중 한 대는 옌스 몫이었다. 옌스는 재빨리 그곳을 떠났다.

차를 집 앞에 댔지만 바로 내리지는 않았다. 아름다운 아침이었다. 새들은 지저귀고 기온이 올라가면서 이슬이 마르고 있었다. 장미 덩굴에 둘러싸인 문이 열렸다. 앞치마를 두른 백발의 노부인이 나오더니 옌스를 보고 활짝 미소를 지었다. 옌스는 거의 어처구니없을 정도로 그림 같은 모습의 노인을 향해 미소를 짓고는 차문을 열고 내렸다.

둘은 포옹했다. 그녀는 옌스를 놔주려 하지 않았다.

"이렇게 찾아와서 나를 놀라게 해주다니…… 정말 기쁘구나!"

비베케 할머니는 차를 가져와 언제나 사용하는 이 빠진 파란 도자기 잔에 따라주었다. 옌스는 그녀를 바라보았다. 그녀는 믿기 힘들 정도로 나이가 많았지만, 아무리 나이가 들어도 지쳐버리고 내성적으로 변하는 다른 노인들처럼 변하지는 않았다. 옌스는 그녀가 이런 태도를 간직한 채 이 세상에서의 삶을 마무리할 수 있기를, 이 집에서 평화롭게 눈을 감을 수 있기를 바랐다. 그는 부엌을 둘러보다가 벽난로 위 선반에서 사진 한 장을 집어 들었다. 축 처진 콧수염, 챙이 넓은 모자. 가죽끈에 맨 소총을 어깨에 짊어진 에스벤 할아버지였다.

"하루 종일이라도 이 사진을 들여다볼 수 있을 것 같아요. 어렸을 때는 사바나나 남아프리카 초원에 서 계신 모습 같다고 생각했어요. 코끼리나 밀렵꾼을 사냥하러 가시는 모습 같다고요. 하지만 막 추수를 끝낸 밀밭에서 토끼 사냥을 하시려는 모습이었죠."

비베케는 고개를 끄덕였다.

"정말 대단한 사람이었지."

옌스는 사진을 빤히 보았다. "저랑 할아버지랑은 별로 잘 지내지 못했어요, 그렇죠?"

그는 사진을 식탁에 내려놓았다.

"잘 모르겠다. 그이는 네가 정도를 모른다고 말하곤 했지. 그리고 너는 늘 할아버지는 미쳤다, 간섭하시지 말아야 한다고 목소리를 높였고. 결국 이런저런 이유로 늘 말다툼을 하게 됐지."

옌스는 기억을 더듬으며 미소 지었다. 사실 그와 그의 할아버지의 관계에는 뭔가 심각한 것이 있었다. 옌스는 그들이 왜 그렇게 늘 싸우는 것인지 이해할 수가 없었다. 비비케가 찻주전자를 들고 돌아와 잔을 채웠다.

"여름마다 네가 올 때면 처음에는 잘 지냈어. 에스벤과 사냥을 가거나 강으로 낚시를 하러 갔지. 마치 둘 사이의 관계를 시험해보려는 듯이. 그러다 며칠 지나면 너는 늘 너 혼자 할 일을 찾아내고 할아버지랑은 어울리지 않았어. 에스벤도 혼자 있었고." 그녀가 곁에 앉았다. "어느 해인가, 네가 열네 살이었던 때 같은데, 네가 쇼핑을 하러 시내에 갔지. 너보다 나이가 몇 살 많은, 모페드를 타는 남자 애들이 한 무리 있었는데…… 걔들이 너한테 싸움을 걸었어. 눈에 멍이 든 채 집에 돌아온 널 보고 에스벤은 네 잘못도 아닌데 널 야단쳤지. 에스벤은 네가 잘못한 거라고 단정 지었던 거야. 내가 이야기하려고 했지만 그 사람은 들으려고 하지 않았어."

옌스도 그때가 기억났다. 비베케는 차를 마셨다.

"집으로 돌아가기 전날, 너는 혼자 시내에 가서 그 애들을 찾아낸 다음 네 명 전부 코를 부러뜨렸어. 집으로 돌아왔을 때 너는 반짝반짝 빛이 나는 것 같아 보였지만 아무 말도 하지 않았지. 난 네가 가고 나서야 알았단다. 아이들 엄마 하나가 찾아와서 사과하라고 해서 말이다."

비베케가 미소를 지었다.

"에스벤은 늘 널 걱정했어. 다 끝났다는 걸 알 만한 때조차 절대 물러서지 않는다고."

"네, 아마 그랬겠죠."

"지금은 어떠니?"

그는 잠시 생각해봤다. "아마 지금도 똑같을걸요."

그들은 정원 정자 안의 낡은 나무 식탁에서 저녁을 먹었다. 옌스와 비베케는 늦도록 앉아 이야기를 나누었다. 옌스는 잠자리에 들고 싶지 않았다. 이곳에 더 오래 있고 싶었다.

"와줘서 고맙구나. 넌 착한 아이야."

옌스는 그녀를 보고는 와인 잔을 비운 다음 식탁에 내려놓았다. "전 여름마다 여기에 오고 싶어 죽을 지경이었어요. 집에 돌아가야 할 때면 늘 굉장히 공허한 기분이 들었죠. 매년 똑같았어요. 절 알아주는 사람은 할머니뿐이에요."

그녀의 눈에 눈물이 차올랐다. 슬픔도 실망도 담고 있지 않은 노년의 눈물이었다.

그날 밤 옌스는 침대에 누워 몇 시간 동안 천장만 바라보았다. 침대는 욕조처럼 깊었다. 어렸을 때 이 침대에서 보냈던 밤들을 기억하려고 해보았다. 기억은 감정이 되어 찾아왔다. 좋은 감정이었다. 그는 정말로 오랜만에 똑바로 누워 잠이 들었다.

꿈이 그를 심연 쪽으로 밀어갔다. 그는 혼자였고, 도망칠 수 없었다. 모든 것 위에 어둠이 한 겹 내려앉았다. 그는 고함을 치려고 해봤지만 아무런 소리도 나오질 않았다. 뇌에 산소 공급이 부족해질 때쯤 그는 의식을 되찾았다. 눈을 번쩍 떴다.

미하일이 침대 끝에 앉아서 노려보고 있었다. 한 손은 옌스의 목을 쥐고 다른 손으로는 권총을 들어 옌스의 턱에 대고 있었다. 미하일의 눈빛은 공허했지만 호기심이 어려 있었다. 마치 옌스의 눈에서 무언가를 읽어내려는 것 같았다. 잔뜩 얻어맞은 미하일의 얼굴은 방을 비추는 흰 달빛 때문에 더욱 보기 좋지 않았다. 환자 같은 창백한 얼굴이었다.

미하일은 깊은 목소리로 말했다. "자동차 키."

옌스는 생각하려 애썼다. "내 바지 주머니에."

미하일은 뒤돌아서 의자에 걸쳐둔 바지를 확인했다. 그러곤 옌스 쪽으로 돌아서서 권총 손잡이로 그의 머리를 때렸다. 묘한 금속성 메아리가 울렸다. 옌스는 무의식에 빠져들었다.

*

잔디깎이가 잔디 위를 지나갔다. 소피는 무거운 잔디깎이 때문에 더위 속에서 땀을 흘리고 있었다. 앞바퀴를 움직이는 작은 모터가 고장나서 새 모터를 주문했지만 도무지 오지 않았다. 어차피 모터를 갈아끼우는 법을 모르니 상관없을지도 모른다.

구닐라를 만난 뒤 소피는 멈추지 않고 계속 생각을 했다. 마음의 평화를 찾아보려고 산책도 해봤고, 자전거도 타봤고, 달리기도 해봤다. 저녁에 혼자 있을 때 글을 써보기도 했다. 생각하고, 사고하고, 평가하며 자기 내면을 들여다보았다. 분노는 그날부터 쭉 존재했다. 구닐라가 던진 질문에 담겨 그녀에게로 온 것이다. 어쩌면 질문이 아니라, 그녀가 피할 수 없었던 대답에 들어 있었는지도 모른다. 그 대답이 뭐가 될지 알고 있었기 때문에 화가 난 것인지도 모른다. 그녀에게 다른 선택은 없었다. 그녀는 간호사였다. 그리고 경찰이 그녀에게 도움을 요청했다.

소피는 일직선으로 잔디를 깎았다. 이제 높이 자란 잔디는 정원 한쪽 끝에서 다른 쪽 끝으로 이어진 가느다란 선 하나만 남았다. 그녀는 잔디깎이를 잘 조종해서 웃자란 잔디를 깎아냈다. 다 깎고 손을 떼자 엔진이 자동으로 꺼졌다. 잔디깎이는 조용히 딸깍 소리를 냈다. 그녀의 손이 진동 때문에 발갛게 달아올라 있었다. 귀 깊숙한 곳에서 고음의 끽 소리가 났다. 그녀는 자기가 한 일을 흘끗 보았다. 뜰은 이제 조화로웠다.

소피는 냉장고에서 물통을 꺼내 얼음물을 한 잔 따랐다. 조리대 위의 휴대전화에서 불안한 듯 삑 소리가 나더니 화면이 켜졌다. 물잔을 내려놓고 맥박을 진정시키려고 몇 번 심호흡을 했다. 화면에 '모르는 번호'라는 글자가 떴다. 메시지를 읽으려고 버튼을 눌렀다.

메시지 고마워요. 그 동안 바빴어요. 우리 만날까요? H.

그녀는 뭐라고 할까 고민하다가 간단한 메시지를 썼다.

파티 즐거웠어요.

그녀는 답장을 보내야 할지 알 수 없어 버튼 위에서 손가락을 머뭇거렸다. 밖에서 걱정스럽다는 듯 울리는 자동차 경적 소리에 그녀의 생각이 끊겼다. 알베르트가 차 앞자리에 앉아 있었다. 벽시계를 보고 시간 가는 걸 잊고 있었다는 걸 깨달았다. 알베르트가 다시 경적을 울렸다. 그녀는 화가 나서 좀 기다리라고 소리를 질렀다. 추레한 모습 그대로 가야 하게 생겼다. 땀투성이 청바지, 정원용 부츠, 색 바랜 스웨터 차림으로 말이다. 가는 길에 겨우 머리를 올려묶고 핸드백을 집은 게 고작이었다.

알베르트는 녹색 테니스셔츠와 흰색 반바지를 입고 흰색 테니스 신발을 신은 채 그녀 옆자리에 앉아 있었다. 그는 케이스에 든 테니스라켓을 무릎 위에 올려놓았다. 차 에어컨이 고장 나서 소피는 창문을 열었다. 속도를 내니 바람이 밀려와 차 안을 식혀주었다. 대화는 하지 않았다. 시합 전, 알베르트는 늘 조용했다. 긴장과 집중 때문이었다. 소피는 스톡홀름 북쪽 유르스홀름의 주 광장 옆 로터리를 지난 다음 직진해서 성을 지나 급수탑 옆의 작은 언덕을 내려갔다. 멋없게 생긴 붉은색 테니스 경기장 앞에 차를 세웠다.

"엄마는 안 들어와도 돼요." 알베르트는 차문을 열며 말했다. 사양한다기보다는 화가 난 듯한 말투였다.

소피는 대답하지 않고 열쇠를 뽑은 다음 차에서 내렸다. 둘은 같이 들어갔다. 알베르트가 몇 걸음 앞서 걸었다.

경기장 안에는 진행 중인 시합이 몇 있었다. 알베르트는 멀지 않은 곳에 친구들이 모여 앉아 있는 것을 보고 그쪽으로 갔다. 아이들은 즐거운 대화에 빠져들었다. 소피는 알베르트의 친구들을 좋아했다. 그 아이들은 같이 있을 때면 항상 웃었다. 소피는 빈자리를 찾아내 진행 중인 시합을 지켜보았다. 시합 중인 두 여자아이 사이로 공이 계속 왔다 갔다 했다. 소피는 두 아이가 제법 잘한다고 생각했다. 시합이 무난하게 계속되는 가운데 소피의 생각은 다른 쪽으로 흘렀다. 휴대전화를 꺼내 엑토르의 메시지를 다시 읽었다. 손가락이 송신 버튼 위를 맴돌았다. 스피커에서 알베르트와 다른 남자아이의 이름이 불렸다. 그녀는 전화를 다시 핸드백에 집어넣었다. 코트로 가는 알베르트를 보며 자기도 모르게 미소를 지었다. 알베르트의 걸음걸이는 자신만만했다. 심판과 악수를 할 때는 여유로와 보였다. 공을 던지고 시합의 첫 서브를 날릴 때는 잔뜩 집중한 모습이었다.

알베르트는 한 시합을 이기고 성 옆 실외 코트에서 열리는 준결승에 올라갔다. 사람들은 일어나서 경기장에서 나가기 시작했다. 인파를 따라 주차장으로 나와보니 알베르트가 사람들 속에서 그녀를 찾고 있었다. 알베르트는 친구들과 같이 가겠다고 손짓했다.

주차장에서 다른 아이의 어머니와 마주쳤다. 알베르트가 다니는 학교의 선생님을 위해 모금하자는 이야기를 떠들어대는 사람이었다. 소피는 자기 자식을 제외한 다른 아이들은 전부 잘못된 방향으로 나아가고 있다고 생각하는 사람들을 피했다. 한때는 매력적이었던 여자들의 시끌벅적한 모임도 못 본 척했다. 앙상한 다리, 툭 튀어나온 배, 비싼 메이크업. 사교적으로 대하다가 몇 분만 지나면 다른 사람들의 잘못과 단점에 대해 떠들어대는 사람들. 소피는 차에 탔다. 방금 만난 사람들 중 누구도 자기와는 관련이 없는 것 같았다. 그녀는 자신이 왜 이렇게 놀라울 정도로 이상한 사람들 틈에 끼어 살기로 한 걸까 생각했다. 그녀는 성 쪽으로 차를 몰았다. 왜 그러는지 자신도 모른 채 전화를 꺼내 엑토르의 메시지를 다시 찾아서 '언제든지요'라고 답신을 보냈다.

미하일은 유틀란트에서 남쪽으로 차를 몰아 사람이 없는 국경을 넘어 독일로 왔다. 뮌헨에 도착한 그는 한케 소유의 빈 빌라들 중 하나를 골라 차고에 차를 댔다.

그 빌라는 모든 집이 다 똑같이 생긴 중산층 지역에 있었다. 죄다 벽돌 벽에 육중한 문이 달린 집들이었다. 미하일은 차 트렁크에 코카인이 40킬로그램 정도 들어 있을 거라고 생각했다. 배에서 좀 지체하기는 했지만 일이 이렇게 마무리되어 기뻤다. 랄프도 기뻐할 것이다. 그들은 최후통첩을 날렸다. 막판에 미하일이 끼어든 덕분에 코카인도 좀 얻었다. 랄프가 원한 그대로였다.

그는 후진해서 차고로 들어간 뒤 문을 닫았다. 트렁크에는 나무 궤짝 두 개가 쌓여 있었다. 하나를 꺼내 추적기를 떼어 주머니에 넣었다. 다른 궤짝을 꺼내 지렛대로 연 뒤 나무 뚜껑을 밀어 치웠지만 톱밥밖에 보이지 않았다. 톱밥을 쓸어내고 손을 넣었더니 기관총 개머리판이 나왔다. 꺼내보니 미하일도 아는 모델, 슈타이어 AUG였다. 얼른 살펴보았다. 비교적 많이 쓰지 않은, 상태 좋은 물건이었다. 같은 모델이 9정 더 나왔다. 얼마 전 기름칠을 했고 볼트가 제자리에 들어가 있었다. 다른 궤짝에는 새 MP7과 MP5가 5정씩 나왔다. 미하일은 집게손가락으로 눈 밑을 긁적였다.

*

엑토르는 소피의 집 대문 앞에 세워진 차 뒷좌석에 앉아 좁은 자

152

갈길을 걸어오는 소피를 지켜보았다. 둘은 서로를 바라보았다. 그녀가 대문에서 나오자 그는 몸을 뻗어 차 문을 열어주었다.

"어서 와요, 소피 브링크만."

그녀는 그의 옆자리에 타고 문을 닫았다. 운전석에 앉은 아론이 시동을 걸었다.

"안녕하세요, 아론." 소피가 말했다.

아론은 고개를 끄덕이고 운전하기 시작했다.

"집이 아름답네요." 엑토르가 말했다.

"고마워요."

"난 노란 집을 좋아해요."

"정말요?" 소피는 미소 지으며 말했다.

"여기서 산 지 얼마나 됐어요?"

"꽤 됐어요."

엑토르는 다음에 어떤 질문을 할지 생각하는 듯했다. "이 동네가 마음에 들어요? 살기 좋은 동네인가요?"

소피는 터져나오려는 웃음을 참으며 그를 보았다. 이 뻔한 잡담이 어디까지 이어질지 궁금했다. 엑토르도 눈치챈 것 같았다.

"음, 그래요." 그가 잠시 후에 말했다.

그녀는 미소를 지었다.

그들은 계속 갔다.

"선물 고마워요. 아주 마음에 들어요. 잘 쓸게요."

소피는 생일 선물로 그에게 머니클립을 주었다. 그들의 사이를 생각하면 적절한 물건이었다.

함께 차를 타고 가는 동안 조금도 어색하지 않았다. 엑토르는 자신감 있고 차분하게 대화를 이끌었다. 그는 질문을 하고, 잠시 침묵이 흐르거나 어색해질 것 같으면 주제를 바꾸었다. 좋은 말솜씨는 그의 재주 중 하나였다. 차를 타고 가는 내내 그의 다리가 소피의 다리를 건드렸지만, 그가 의식하고 있는지 그녀로선 알 수 없었다.

아론은 하가 공원에 들어가 유명한 나비 정원으로 갔다.

"여기 와본 적 있나요?"

소피는 고개를 가로저었다. 차에서 내려 큰 온실로 들어갔다. 한 남자가 그녀의 재킷을 받아주었다. 안은 습하고 더웠으며, 새소리와 물소리가 들렸다. 그리고 과연 이름대로 나비들이 날아다녔다. 아무것도, 아마 자신들의 아름다움조차 의식하지 못하고 있는 것 같았다. 그녀는 자기가 나비를 아주 좋아한다는 것, 언제나 좋아했다는 것을 깨달았다.

열대지방같이 후덥지근한 온실 한쪽에는 나무의자가 몇 줄 놓여 있었다. 그 앞의 단상에는 더 큰 의자가 하나 있었고 그 뒤에는 4인조 오케스트라가 있었다. 첼로 한 명, 바이올린 두 명, 플루트 한 명이었다.

벌써 몇 명이 앉아서 기다리고 있었다. 소피는 자리에 앉았다. 엑토르가 걸어 들어오더니 모두 주목해달라고 했다. 그는 스페인 어로 이야기를 시작했다가 스웨덴 어로 바꾸며 최근에 스웨덴에 작품이 번역 출판된 스페인 시인을 소개했다. 후덥지근한 더위 속에서 박수갈채가 터져 나왔다. 키가 작고 명랑한 얼굴을 한 시인이 들어와 큰 의자에 앉아 스페인 어로 몇 마디 이야기하더니 4인조의 연주를 배경으로 자신의 시를 낭독하기 시작했다.

처음에 소피는 어떻게 생각해야 좋을지 알 수 없었다. 키득거릴 뻔했지만 잠시 후 이 순간의 엄숙한 분위기에 빠져들었다. 아름다운 음악, 차분하게 집중해서 읊는 아름다운 말에 귀를 기울였다. 그의 시를 단 한마디도 이해할 수 없었지만, 시인의 목소리는 화음이 되어 그녀에게로 왔다. 날아다니는 나비들은 관객들에게 제 모습을 자랑하는 것 같았다. 그녀의 생각은 이리저리 오갔다. 구닐라 스트란드베리, 엑토르, 그녀 자신. 가만히 있지 못하고 여기저기로 옮겨갔다. 그리고 병원에서 구닐라를 만난 이후 내내 떠오르던 '네 마음을 따라라'라는 경구……. 그렇게 하려고 해보니, 그녀는 자신의 마음이 하나가 아니라는 걸 알게 되었다. 구닐라가 자신을 이용한다는 생각이 들었다. 옳은 일을 해야 한다는 도덕적인 생각도 들었다. 하지만 엑토르가 일깨워낸 마음도 있었다. 그녀 안에서 너무나 오랫동안 잠들어 있던, 열정적인 마음이었다.

구닐라는 병원에서 대화를 나누다가 '옳은 일을 하라'라는 말을 했다. '옳은 일을 하라.' 거기엔 숨은 의미가 있었다. 엑토르 구스만에 대한 모든 걸 이야기하는 것이 옳은 일이다. 구닐라는 자신들이 옳고 그는 그렇지 않다고 했다. 구닐라는 소피가 어떤 사람인지 이해했던 걸까? 그녀는 경찰의 요청을 거부할 수 없는 사람이다. 간호사, 옳은 일을 하고 싶어 하는 사람.

소피는 눈을 떴다. 낭독이 이어지고 있었다. 그녀는 엑토르를 보았다. 그는 시인의 목소리를 경청하고 있었다. 엑토르의 그런 모습을 지켜보는 게 좋았다. 집중하는, 속을 알 수 없는 모습. 그녀는 다리 위에 올려놓은 자기 손을 내려다보았다. 그녀가 어떻게 생각하든 엑토르와의 관계는 이미 굳어졌고 시작됐다. 그리고 구닐라가 옳은 일이라고 하는 것은 조금도 옳다고 느껴지지 않았다.

스페인 시인은 시를 낭독했고, 오케스트라는 연주를 했고, 나비들은 날아다녔고, 그녀의 뺨 위로는 눈물이 흘러내렸다. 핸드백에서 손수건을 꺼내들었다. 엑토르가 그녀를 돌아보았다. 그녀가 이 순간의 강렬함 때문에 눈물을 흘린다고 생각한 것 같았다. 그녀는 눈물을 흘린 게 부끄럽다는 듯 겨우 미소를 지어 보였다. 얼른 눈물을 닦고 음악과 시에 집중하는 척했다. 그가 계속 자신을 바라보는 것을 느낄 수 있었다.

시인이 낭독을 마치자 관객들은 박수를 쳤다. 엑토르가 일어나 자신의 출판사에서 나온 스웨덴 어와 스페인 어 번역본을 보여주며 책에 대해 설명하고 시인에게 감사의 말을 전했다.

그들은 주차장으로 갔다. 아직 한쪽 다리에 깁스를 하고 있는 엑토르는 지팡이를 짚고 천천히 걸었다.

"아름다웠어요? 사랑스러웠어요? 좋았어요?" 엑토르가 물었다.

"모두 다예요."

그들은 기다리고 있는 택시 앞에 멈춰섰다. 엑토르는 택시 기사에게 소피를 집에 데려다 달라며 택시비를 건넸다. 문이 닫히고 택시가 움직이는데 그녀는 자기가 미소를 짓고 있다는 것을 깨달았다. 그와 같이 있는 것이 너무 좋아서 겁이 날 정도였다.

"스톡순드로 가주세요."

기사가 무언가 중얼거렸다.

문자가 왔다는 알림음이 울렸다. 핸드백에서 꺼내 읽었다.

잘하셨어요. 지금 즉시 레게링스가탄 주차장 4층에서 만나요.

낯선 번호였다. 그녀는 문자를 몇 번이나 읽으며 고민했다.

"죄송해요. 다른 데로 갈게요. 레게링스가탄으로 가주세요."

왠지 몰라도 기사는 한숨을 쉬었다.

그녀는 주차장 엘리베이터를 타고 4층으로 올라갔다. 자기 차에서 그녀를 기다리던 구닐라가 조수석에 타라고 손짓했다.

"와주셔서 고마워요." 구닐라는 시동을 걸고 차를 움직였다. "좋던가요, 나비 정원은?"

소피는 대답하지 않고 안전벨트를 채웠다.

"저희가 늘 그를 따라다니는 건 아니에요. 이런 걸 산발적 감시라고 부르죠."

나선형 경사로를 내려가 레게링스가탄 방향 출구로 나왔다. 차는 새 것에 가까운 푸조였다. 시트를 앞으로 바짝 당겨 핸들에 몸을 붙이고 있는 구닐라는 왜소한 노인 같아 보였다. 평소처럼 차가 막혔지만 구닐라는 소피가 염려한 것보다 운전 솜씨가 좋았다.

"우리가 이야기를 나눈 뒤에 분명 많은 생각을 하셨을 거예요. 결정을 내리기 힘들었겠죠." 라디오에서 조용히 음악이 흘러나왔다. 구닐라는 라디오를 껐다. "옳은 선택을 하신 거예요, 소피. 이 말이 위안이 될지는 모르겠지만." 그녀는 차를 빼서 이중 주차된 트럭을 피해갔다. "당신은 우리가 좋은 일을 하는 걸 도와줄 수 있어요. 우리의 일과 당신의 관찰이 합쳐지면 성과가 있을 거예요. 장담하는데, 그때가 되면 잘했다는 생각이 들 거예요. 어떻게 생각하세요?"

"지금은 그럴 기분이 아니에요."

"네?"

"좋지 않다고요. 기분이 좋지 않아요."

"그건 지극히 자연스러운 감정이에요." 구닐라가 조용히 말했다.

교통체증 때문에 차가 멈춰섰다. 구닐라에게는 뭔가 자연스러운 면이 있었다. 현실에 기반한, 정상적인 면이었다. 원래 지닌 차분함 덕택에 그녀는 절대로 균형을 잃지 않았다. 곧 길이 뚫렸고, 그들은 발할라베겐으로 빠져나와 리딩외로 향했다.

"당신이 그의 병실에서 나오는 모습을 보고 뭔가를 느꼈어요. 전복도 벤치에 앉아 있었죠. 당신은 절 못 봤지만 전 당신을 봤어요."

소피는 아무 말도 하지 않았다.

"당신에 대해 알아봤어요. 남편과 사별하고, 아들 하나를 키우고 있으며, 남편의 유산으로 생활비를 충당하는 간호사죠. 제법 편안하고 조용하게, 은퇴자처럼 생활하고 있는 것 같더군요. 엑토르 구스만을 만난 뒤 조금 달라졌을지도 모르지만요."

소피는 이 자리가 조금 불편했다.

"기분이 어떠세요?"

"뭐가요?"

"제가 당신에 대한 이런 사실들을 알고 있다는 것 말이에요."

소피는 그녀의 질문에 놀랐다. 그녀는 자기 기분과 반대되는 대답을 했다. "괜찮아요, 상관없어요."

구닐라는 잠시 말없이 차를 몰았다.

"솔직하게 말할게요, 소피. 안 그러면 이번 일은 실패할 테니까요. 그리고 제가 말하는 '솔직'에는 제가 일하는 방식, 당신이 저한테 기대할 수 있는 것이 무엇인지에 대한 설명도 포함돼요."

"제가 당신에게 뭘 기대할 수 있죠?"

옆에서 달리던 트럭이 기어를 바꾸는지 요란한 소리가 났다.

"제 남편도 여러 해 전 세상을 떴어요."

소피는 그녀를 빤히 바라보았다.

"아버님이 돌아가신 것도 알아요. 저희 부모님도 돌아가셨지요. 그 느낌이 어떤지 알아요. 결코 사라지지 않는 공허함, 외로움. 저도 알고 있어요."

그들은 리딩외로 가는 긴 다리를 건너고 있었다. 햇빛이 반사돼 빛나는 물 위로 모터보트와 요트 들이 지나갔다.

"그리고 그 외로움에는 내가 결코 이해하지 못할 것도 포함돼 있죠. 희미한 수치심 말이에요."

구닐라의 말이 소피의 심장을 강타했다. 소피는 앞을 뚫어지게 바라보았다.

"제 말이 무슨 뜻인지 알겠어요, 소피?"

소피는 대답하고 싶지 않았지만 고개를 끄덕였다.

"그건 어디서 오는 걸까요? 그러니까, 그게 대체 뭘까요?"

"난 모르겠어요." 그녀가 속삭였다.

그들은 도착할 때까지 더 이상 아무런 이야기도 하지 않았다.

그들은 좁은 길들이 미로처럼 얽혀 있는 곳으로 들어갔다. 구닐라는 여유롭게 차를 몰아 나무 사이의 작은 집 앞 자갈길에 섰다.

"여기가 우리 집이에요."

소피는 집을 보았다. 여름 별장이 생각났다.

구닐라는 소피에게 정원을 보여줬다. 그녀는 모란과 작약을 손으로 가리키며 꽃 이름과 이것들을 어떻게 얻었는지, 다른 땅에 심으니 어떻게 됐는지, 계절에 따라 어떻게 달라지는지 이야기했다. 나무가 걸릴 수 있는 이런저런 병을 어떻게 예방하는지, 식물들의 상태에 자기가 얼마나 큰 영향을 받는지도 이야기했다. 소피는 구닐라의 말에 진심이 담겨 있다는 것을 조금도 의심하지 않았다. 너무 매혹적인 이야기였다.

정자 옆을 지나던 구닐라는 소피에게 하얀 나무 의자에 앉으라고 권했다. 구닐라는 맞은편에 앉아 자기 무릎 위에 파일을 올려놓았다. 소피는 그녀가 그동안 계속 파일을 들고 다녔는지 기억나지 않았다. 구닐라는 무언가 말하려다 마음을 바꾼 듯, 소피에게 파일을 건넸다.

"마실 걸 좀 가져올게요. 그동안 이걸 보고 계세요."

구닐라는 일어나서 집으로 들어갔다. 소피는 구닐라를 보다가 파일을 열었다. 제일 먼저 본 것은 스페인 어에서 스웨덴 어로 번역한 것으로 보이는 살인 사건 조사 보고서였다. 엑토르의 이름이 두 줄에 한 번씩 나왔다. 파일에 들어 있는 다른 공문서들도 훑어보았다. 다른 살인 사건들에 대한 보고서가 몇 개 더 있었다. 더 읽어보았다. 사건은 1980년대부터 시작되었다. 서류마다 한 쪽에 사진이 두 개씩 붙어 있었다. 하나는 시체, 하나는 피해자의 생전 사진이었다. 그녀는 서류를 훑으며 피해자의 사진들을 보았다. 피가 고인 바닥에 쓰러져 있는 남자, 차 안에서 총을 맞아 머리가 기묘한 각도로 돌아간 남자, 숲 속 나무에 밧줄로 매달려 있는 양복 입은 남자, 욕조에서 죽어서 몸이 퉁퉁 불은 남자. 소피는 파일을 다시 살피며 범죄 현장 사진은 지나치고 가족사진들을 보았다. 아내와 아이들과 함께 있는 남자들. 배경은 제각각이었다. 거의 여행 가서 찍은 스냅사진이었지만, 저녁을 먹는 사진, 바비큐 하는 사진, 크리스마스 파티 사진도 있었다. 남자들은 행복해 보였다. 아이들도, 여자들도 행복해 보였다. 하지만 남자들은 죽었다. 살해당했다. 한 페이지를 넘기니 확대한 엑토르의 사진이 있었다. 엑토르가 그녀를 똑바로 쳐다보았다. 그녀도 그를 마주 보았다.

파일을 닫고 심호흡을 하려고 했지만 할 수 없었다.

2장

08

소냐 알리사데는 커다란 더블베드에 두 손과 두 무릎을 대고 엎드려 있었다. 스반테 칼그렌이 뒤에서 하고 있었다. 그는 소냐보다 나이가 훨씬 많았고 훨씬 못생겼다. 소냐는 베개에 얼굴을 묻고 소리를 지르며 오르가슴을 느끼는 척했다. 스반테는 자신감이 차오르는 것을 느꼈다.

스반테는 공들여 하는 섹스를 훨씬 좋아했지만 오늘은 급했다. 점심 미팅 전까지 시간이 30분밖에 없었다. 그는 가끔씩 슬쩍 빠져나와 섹스하는 것을 좋아했다. 소냐는 그의 성적 판타지였다. 판타지보다 더 좋을지도 모른다. 그녀의 긴 검은 머리, 조용하고 신비한 태도, 그리고 그녀의 가슴. 곡선미 있는 몸에 완벽하게 자리 잡은 가슴은 그를 매혹시켰다.

그는 1년 전 아내와 함께 연극 초연을 보러 갔다가 소냐를 처음 만났다. 막간 휴식 때 바에서 마주쳤는데 그녀가 그의 바지에 샴페인을 흘렸다. 늘 추위를 타는 그의 아내는 카디건을 가지러 차에 가 있었다. 그는 맨날 춥다고 불평해대는 아내가 지겨웠다.

작은 사고 후 스반테와 소냐는 그의 아내가 돌아오기 전까지 대화를 나눴다. 헤어질 때 그녀는 그에게 전화번호를 알려주며 세탁비용을 주겠다고 했다. 그는 괜찮다고 했으나 그녀는 그래도 전화하라고 했다. 그 말을 듣자 스반테의 무릎이 잠시 후들거렸다. 소냐만큼 솔직한 여자를 본 적도 없고, 소냐 같은 여자가 그에게 접근해온 적도 없었다. 그녀는 섹시했다. 짐승이었다. 합의한 금액 외에 더 많은 것을 요구하지도 않았다. 그녀는 완벽했다. 그녀는 그를 대단한 사람으로 여기는 것 같았다. 스반테도 거기에 동의할 수 있었다. 그는 자기가 거물이라고 생각했다.

스반테 칼그렌은 예테보리에서 경제학을 공부한 뒤 위대한 월렌함마르가 CEO로 있을 때 볼보에 입사했지만, 월렌함마르가 런던으로 물러나자 스톡홀름으로 가서 통신사 에릭손에서 승진을 계속했다. 에릭손은 워낙 큰 회사라, 그 조직이 어떻게 움직이는지 제대로 파악하고 있는 사람은 몇 명에 지나지 않았다. 스반테는 그중 하나였다. 그가 갖지 못한 것은 가끔 경제지에 이름이 나오고, 자기가 한 일이 대중에게 알려지는 것뿐이었다. 하지만 그는 그렇게 되는 날이면 자기 영향력이 줄어들기 시작할 것임을 알고 있었다. 그는 대신 동료들이 보내는 감탄에 만족했다. 가끔은 거물들과 어울리고, 회사 전용기를 탈 때도 있었다.

평소처럼 소냐는 섹스하기 전에 코카인을 권했다. 그는 코카인이야말로 끝내주는 물건이라고 생각했다. 코카인을 하면 건강하고 기민한 기분이 들고, 완전히 새로운 방식으로 자기를 인식하게 됐다. 64년을 살아오는 동안 그는 어떤 마약도 한 적이 없지만 코카인과 소냐와의 열정적인 섹스가 합쳐진 조합은 그 어떤 대가를 치른다 해도 포기할 수 없는 자극을 느끼게 해주었다. 소냐는 음탕한 말을 내뱉었다. 스반테는 그게 정말 좋았다. 그는 사정을 하며 훌쩍이듯 신음했다. 소냐는 그의 물건이 정말 정말 크다고 말했다.

스반테는 침대 옆 테이블에 돈을 놓고, 금과 은으로 된 팔찌도 놓았다. 스반테는 여자들이 선물을 좋아한다는 걸 잘 안다. 그는 자신이 여자에 대해 잘 안다고 생각했다.

소냐는 실크 가운을 걸치더니 작별인사를 건넸다. 오른쪽 손목에 찬 팔찌를 들어 보이며 고맙다는 미소를 지었다. 그녀는 그가 가지 않았으면 좋겠다고 말했다. 하지만 그는 가야 했다. 그가 일에 느끼는 책임감은 그녀가 이해하는 것보다 훨씬 더 무겁고 중요했다. 그는 그녀의 볼을 살짝 꼬집고는 아래층으로 내려갔다. 그는 정문 밖으로 나가며 그녀가 음악 같지 않은 것을 휘파람으로 부는 소리를 들었다.

그가 나가자 그녀의 미소가 사라졌다. 소냐는 침실로 들어가 거울 뒤의 비디오와 녹음장치를 끄고는 침대 시트를 벗겨내 검은 쓰레기 봉지에 넣었다. 남자를 만난 다음에는 늘 그렇게 했다. 천박한 팔찌도 봉지에 넣고 아파트 문간에 내놓았다. 그러곤 화장실에 들어가 손가락을 목에 집어넣고 변기에 토한 다음 구강 세척제로 입을 헹구고 꼼꼼히 양치를 했다. 샤워를 하며 스반테 칼그렌을 최대한 씻어냈다.

온몸이 깨끗해지자 소냐는 새 타월로 세심하게 몸을 닦고 몸 여기저귀에 이런저런 로션을 발랐다. 그러고 나니 그 남자의 냄새가 전혀 나지 않았다. 그러는 동안 내내 그녀는 화장실 거울에 비친 자신을 보지 않으려고 애썼다. 며칠은 지나야 다시 거울을 볼 수 있을 것이다.

소냐는 이제 스반테 칼그렌이 코카인을 하고, 자기에게 채찍질을 당하고, 변태적인 말을 외치는 여덟 시간 분량의 영상을 확보했다. 입에 고무공을 문 모습, 배관공 흉내, 노예 흉내, 에릭손 회장 흉내를 내는 스반테 칼그렌의 영상이 그녀의 손에 있었다.

*

라르스는 구닐라에게 미팅을 요청했지만, 좀 더 기다리라는 대답만 들었다. 적어도 자기의 감시 자료와 그동안 보낸 소피에 대한 분석에 피드백이라도 달라는 음성 메시지를 남겼지만 답은 없었다. 그는 긴 메일을 보냈다. 처음 만났을 때 자신의 분석 능력을 높이 산다고 했는데 어떻게 사용할 생각인지 격식을 갖춰서 물었다. 거기에 대한 답도 없었다.

철저히 고립된 라르스는 자기가 어떤 대우를 받고 있는지 생각하며 속이 부글부글 끓어오르는 것 같았다. 그저 대화를 원했을 뿐, 그 이상도 그 이하도 아니었다. 그는 머릿속에서 구닐라와 긴 대화를 나누며 자기는 그저 그런 평범한 사람이 아니고, 며칠이고 내내 밴에만 앉아 있을 사람이 아니라는 이야기를 하고 하고 또 했다.

사무실로 들어가자 자기 자리에 앉아서 조용히 통화를 하는 구닐라가 보였다. 라르스와 눈이 마주친 그녀는 기다리라는 손짓을 했다. 라르스는 에바의 책상에서 낡고 등받이가 뒤로 기운 바퀴 달린 사무용 의자를 잡아당겨 앉고는 조바심을 내며 구닐라가 통화를 끝내기를 기다렸다. 몇 분 뒤 구닐라는 전화를 끊고 그를 돌아보았다.

"자네가 그런 메일이나 메시지 남기는 거 난 마음에 안 들어, 라르스."

"제가 어떤 기분인지는 표현할 수 있는 거 아닙니까?" 그의 목소리가 기어들어갔다.

"왜?"

마땅히 대답할 말은 없어서 그는 손깍지 끼고 그녀의 시선을 피해 눈길을 떨어뜨렸다.

"원하는 게 뭐야, 라르스?"

그는 계속 자기 손을 내려다보았다. "제가 메일에 썼던 것, 메시지로 남겼던 것이죠." 그는 간신히 시선을 들었다. "이 자리를 제안하셨을 때 이야기했던 것들 말이에요. 전 다른 일도 할 수 있어요. 에바가 분석하고, 가능한 시나리오를 구성하고, 접근법을 짜는 걸 도울 수 있고, 프로파일링도 할 수 있고…… 음, 뭐든 할 수 있어요."

라르스는 스트레스와 불안함을 느꼈다. 구닐라는 차분히 그를 바라봤다.

"만약 그랬다면 내가 자네에게 연락했겠지."

라르스는 마지못해 고개를 끄덕였다. 구닐라는 앉은 자세를 바꾸었다. 방 안 가득 무거운 침묵이 내려앉았다.

"뭐 하나 물어봐도 될까, 라르스?"

라르스는 기다렸다.

"왜 경찰에 들어왔지?"

"들어오고 싶어서요."

너무 빨리 대답했다. 그녀는 대답이 너무 성급했다는 표정을 지으며 두 번째 기회를 주었다.

"왜냐하면…… 음, 오래전 이야기예요. 돕고 싶었어요."

"뭘?"

"네?"

"뭘 돕고 싶었는데?"

그는 입가를 문질렀다. 조금 떨어져 있는 책상에서 전화가 울렸다. 그는 전화기를 바라봤다. 그녀는 전혀 움직이지 않았다. 그녀의 눈빛은 대답을 기다리고 있었다.

"음, 이 사회, 약자를 돕고 싶었어요." 그는 말하고 나서 또 후회했다. 구닐라는 비판적인 눈길로 그를 보았다. 라르스는 깊은 물속에서 허우적거리는 것 같았다.

"약자를 돕는다?" 구닐라는 거의 불쾌한 듯한 말투로 조용히 물었다.

그는 이것을 방금 한 실수를 바로잡을 기회라고 여겼다. "저는 큰 조직의 일원이 되고 싶었어요." 그의 목소리는 조금 더 정직하게 들렸다.

그녀는 계속 이야기하라는 듯 살짝 고개를 끄덕였다.

라르스는 생각해보았다. "그리고 세상을 바꾸고 싶었어요. 멍청하게 들릴지 몰라도 그때 기분은 그랬어요."

"전혀 멍청하게 들리지 않아. 그리고 자네는 이미 그렇게 하고 있잖아."

그는 고개를 들었다.

"자네는 큰 조직의 일원이고…… 세상을 바꾸고 있어. 난 그저 자네가 스스로 그 사실을 깨닫기만을 바랄 뿐이야. 우리는 팀이야. 우리는 팀을 이뤄서 일하는 사람들이지. 모두 최선을 다해 기여해. 나도 이 팀에서 맡고 있는 역할이 늘 마음에 드는 건 아니야. 할 수만 있다면 일주일에도 몇 번이나 자네와 역할을 바꾸고 싶어. 하지만 원래 이런 식인 거야. 우리 모두는 자기에게 주어진 일을 하고 있어, 라르스." 그녀는 잠시 말을 멈추고 시간을 끌었다. "여기서 계속 우리와 같이 일하고 싶다면 그걸 받아들여야 돼. 난 자네에게 솔직하게 말하고 있어. 그런 만큼 자네도 내게 솔직하길 바라."

"전 여기서 일하고 싶어요." 그는 침을 꿀꺽 삼켰다.

"원한다면 이곳에서 옮길 수 있도록 도와주지."

그는 그녀의 말을 이해할 수 없었다.

"만약 여기서 일을 하지 않는다 해도 이민자들 거주 지역이나 서부 경찰서로 돌아갈 필요는 없어. 다른 곳, 더 나은 부서로 옮길 수 있도록 내가 힘을 써줄게."

그는 고개를 가로저었다. "아니, 아뇨…… 전 여기서 계속 일하고 싶습니다."

그녀는 강한 눈빛을 보냈다. "그러면 계속해."

구닐라는 회의가 끝날 때면 살짝 짓는 미소를 보이지 않았다. 이번에는 좀 다르다는 것을 알려주려는 듯 라르스를 빤히 바라보았다. 라르스는 생각을 정리하고 일어나 문 쪽으로 걸어갔다.

"라르스."

그는 문간에서 돌아보았다. 구닐라는 서류를 읽고 있었다.

"앞으로는 이러지 마."

그녀의 목소리는 낮았다.

"죄송합니다." 그는 쉰 목소리로 말했다.

그녀는 계속 서류만 보고 있었다.

"사과도 그만하고."

구닐라가 문 밖으로 나가려는 라르스를 불러세웠다. 그녀는 서랍을 열고 자동차 키를 꺼냈다.

"에리크가 자네가 차를 바꿀 때가 됐다고 하더라고. 바깥 길가에 세워놨어."

라르스는 자동차 키를 받아들고 사무실에서 나왔다.

그는 무작정 시내로 차를 몰았다. 감정적으로 강간당한 기분이었다. 라르스는 생각하고, 느끼고, 자기가 지금 어디로 가고 있는지 보려고 했지만…… 아무것도 되지 않았다. 누군가에게 이야기해야 했다. 누구에게 하면 되는지 정확히 알고 있었다. 결코 듣지 않는 여자. 그는 중앙 분리대가 끝나는 곳에서 차를 돌렸다.

로시는 잠옷을 입고 소파 구석에 앉아 텔레비전을 보고 있었다. 그녀는 늘 그 자리에 앉아 있었다. 라르스는 요양병원 밖에서 꽃다발을 하나 훔쳤다. 여기 뤼코슬란텐의 간호사들은 치매 환자들의 꽃을 늘 같은 곳에 내놓았다. 내놓지 않으면 환자들이 먹기 때문이었다. 로시는 72세로 요양병원 환자들 중에서는 젊은 축이었다. 치매 환자는 아니고, 의지를 잃고 모든 것을 포기해버린 환자에 속했다.

"안녕하세요, 엄마."

로시는 라르스에게 힐끗 눈길을 주었다가 텔레비전으로 고개를 돌렸다. 방은 따뜻했고, 창문이 조금 열려 있었다. 로시의 쇄골이 땀에 젖어 있었다. 텔레비전 볼륨은 지나치게 컸다. 로시의 청력이 나빠서가 아니라 그녀가 텔레비전에서 나오는 말을 이해하지 못해서였다. 로시 빙에는 태어날 때부터 불안이 심했다. 라르스도 그랬다. 그는 어렸을 때부터 엄마에게서 병을 옮은 거라고 생각했다. 그녀는 늘 불안해했지만, 렌나르트가 죽자 그 불안은 삶에 대한 공포로 변했다. 그녀는 아파트에 틀어박혔다. 새로운 사람이 이사 오는 것도 두려워했고, 냉장고 소음도 두려워했고, 전등을 너무 오래 켜놓으면 불이 날까 봐 두려워했고, 불을 꺼놓으면 어둠을 두려워했다.

라르스는 어머니를 어떻게 해야 할지 알 수 없었다. 그냥 잊어버릴까, 아파트 안에서 썩어가게 내버려둘까 하는 생각도 잠시 해보았지만 양심이 허락하지 않았다. 그는 8년 전 어머니를 요양병원에 들어가게 했다. 직원들은 어머니에게 진정제를 잔뜩 먹였고, 요양병원에 들어간 뒤 그녀는 자신만의 비눗방울 속에서 오후 내내 텔레비전을 보며 지냈다.

"어떻게 지내세요?"

라르스는 이곳에 올 때마다 같은 질문을 했다. 그녀는 그라면 무슨 뜻인지 알 거라는 듯 비밀스러운 미소를 지어 보였다. 하지만 전혀 이해할 수 없었다. 그는 그녀의 딱한 모습을 잠시 바라보다가 작은 부엌으로 가서 물을 끓여 인스턴트커피 한 잔을 만들었다.

"엄마, 커피 드릴까요?"

그녀는 대답하지 않았다. 사실 어느 때고 대답하는 법이 없었다.

그는 컵을 들고 거실로 와서 그녀 옆에 앉았다. 텔레비전에서는 시청자들이 전화를 걸어 퀴즈를 맞히는 프로그램이 나오고 있었다. 젊은 진행자의 사회는 어색했다. 모자는 말없이 앉아 있었다. 그는 커피를 마시다가 살짝 혀를 데었다. 젊은 진행자는 말을 빨리 하려다 계속 더듬었다.

라르스는 일어나서 어머니의 침실로 갔다. 어두웠고 침대는 흐트러져 있었다. 퀴퀴한 냄새가 났다. 그는 서랍을 뒤지기 시작했다. 가끔 서랍에 돈이 들어 있을 때가 있었는데 돈을 찾으면 그가 가졌다. 그가 기억하는 한 그는 언제나 어머니에게서 돈을 가져갔다. 마치 그녀가 그에게 빚을 졌다는 생각을 늘 품고 있는 것 같았다. 하지만 이번에는 돈이 없었다. 어머니의 혐오스러운 속옷 틈에서 처방전을 잔뜩 찾았을 뿐이다. 라르스는 세 개의 처방전을 집어 들었다. 하나는 좀 달라 보였다. 접어서 주머니에 넣었다. 자기가 알고 있었던 걸까? 처방전이 여기 있다는 걸?

양로원에서 나와 차에 탄 다음, 점심시간을 맞아 몰려나온 차들을 뚫고 달렸다. 칼베리스베겐에서 길이 막혀 앞으로 나아갈 수 없었다. 라르스는 주머니에 든 처방전을 만져보았다. 땀으로 젖어 축축했다. 라디오에서는 1980년대 하드록이 나왔다. 보컬은 무기력한 목소리로 노래했고 앞 유리창에 비가 몇 방울 떨어졌다. 소나기였다. 모두가 기대했던 더위를 식혀주는 효과는 전혀 없는, 가볍고 따뜻하고 습도만 높이는 비였다. 그는 몸을 앞으로 기대고 하늘을 올려다보았다. 짙고 검은 구름이 시내 위로 서서히 미끄러지듯 움직였다. 주변이 주황색과 청록색을 띠기 시작했다. 기압이 무거워지며 공기가 짙어졌다. 갑자기 두통이 몰려왔다. 라르스는 코끝을 만지작거리며 차를 조금 앞으로 나가게 했다. 갑자기 천둥이 쳤다.

우르릉 하는 흔한 천둥이 아니라 머리 위에서 짧고 거칠게 폭발하는 천둥이었다. 그는 겁이 나서 본능적으로 몸을 웅크렸다. 그때 하늘이 열리듯 비가 쏟아졌다. 차를 타지 않은 사람들은 비를 피할 곳을 찾아 달려갔다. 창문에 김이 서려 바깥 세상이 흐려졌다.

열쇠를 꽂았다. 문이 잠겨 있지 않은 걸 보니 사라가 집에 있는 것 같았다. 라르스는 복도로 들어가 조용히 문을 닫고 살금살금 서재로 들어가서 책상 서랍에 처방전을 숨겼다. 사라는 거실에 앉아 짝 없는 여성 예술가들의 불안정한 재정 상태에 대한 글을 쓰고 있었다. 〈사회 경제적 목 조르기〉라는 제목이었다. 그녀는 그 주제를 아주 오랫동안 붙들고 연구했다. 라르스는 그녀가 왜 그걸 잡고 늘어지는지 이해할 수 없었다. 누가 그런 걸 읽고 싶어 할까?

라르스는 사라를 보며 자기가 그녀에게서 무얼 보았던 것인지, 어떤 면을 매력적이라고 생각했는지 기억해내려고 애썼다. 아무것도 떠오르지 않았다. 어쩌면 아무것도 보지 못했는지도 모른다. 다른 선택지가 없어서 서로 커플이 된 것일 뿐인지도 모른다. 어쩌면 둘 다 아이를 갖고 싶지 않았기 때문일지도 모른다. 아니면 죄책감을 느끼는 것에 매혹된 것일 수도 있다. 그는 이제야 조금 이해할 수 있을 것 같았다. 살아오는 내내 그는 죄책감에 의해 움직였다. 사라가 아무도 읽고 싶어 하지 않는 글을 쓰고 있는 것도 그게 반영된 결과 같았다. 라르스는 죄책감과 관련된 것은 무조건 싫었다. 어디서 온 건지 알 수 없기 때문이었다.

"뭐해?" 그가 문틀에 기대 물었다.

그녀는 컴퓨터에서 고개를 들었다. "맞혀봐."

왜 저런 식으로 대답하는 걸까? 라르스는 짜증이 났다. 그녀가 너무 못생겨 보여서 놀랐다. 정말 얼빠지고, 공허하고, 매력이 없었다. 소피와는 너무나 달랐다. 등을 구부정하게 하고 앉은 모습, 다리를 꼬고 웅크린 모습. 한 번 제대로 씻는 법 없이 계속 쓰는 역겨운 찻잔. 꼭 그래야 할 이유가 없으면 외모를 꾸미지 않는 것, 지적인 척하는 잡소리 뒤에 숨겨놓은 저 빌어먹을 비열함……. 그가 원하는 모든 것의 정반대를 모아놓은 사람이었다.

"이 집에서 누가 나가야 하지? 너 아니면 나?"

"너."

그녀의 대답은 너무 빨랐다.

"아냐, 네가 나가. 여긴 내 아파트야. 일단 난 서재에서 지낼게."

그는 가방과 카메라를 집어 들고 서재로 갔다. 거실을 지나가면서 사라가 양팔을 몸에 감고 창밖을 내다보는 게 보였다.

"대체 무슨 일이 있었던 거야?" 그녀의 목소리는 너무 컸다.

그는 아무런 대답도 하지 않고 아파트에서 나갔다.

*

비트스톡스가탄의 아파트에 도착한 옌스는 소파에 털썩 주저앉았다. 잠깐 쉬었으면 했지만, 숨을 쉬기조차 힘들었다. 그는 천장을 바라보며 발할라베겐에서 흐릿하게 들려오는 자동차 소리를 들었다. 피곤해서 몸이 욱신거렸다. 그는 일어나서 창문을 연 다음 부엌 벽장으로 가서 활과 화살통을 꺼냈다.

아파트는 40평쯤 되었다. 통풍을 좋게 하고 활을 쏠 공간을 만들려고 내부 벽을 거의 다 제거했다. 원래 거실이 있던 자리 끝에 갈대로 된 크고 둥근 과녁이 있었다. 주방이 있던 자리에 서서 다섯 발씩 몇 번을 쏘았다. 오디오에서는 1970년대 살사가 흘러나왔다. 흰 나팔바지를 입은 두 명의 터프가이가 스페인 어로 남자의 외로움과 가슴이 큰 여자들에 대한 노래를 불렀다. 다섯 발을 쏜 다음 맥주를 마시다가 위스키로 술을 바꿨다. 그는 계속 활을 쏘았다. 살사를 부르는 남자들, 음악. 위스키가 지겨워져 코냑으로 바꿨다. 계속 활을 쏘다가 힘들어서 팔이 아플 때까지 턱걸이를 했다.

익숙한 패턴이었다. 음악, 술. 옆에 있는 것은 무엇이든 끌어다 자신을 채우려고 아무리 애써봐도 행복해지지 않았다. 그는 늘 더 많은 것을 느끼고 싶었다. 그의 어머니라면 아쉬움을 모르는 버릇없는 태도라고 했을 것이다. 그의 아버지라면 중독자라고 했을 것이다. 두 분 말씀이 다 맞을 것이다.

그는 러시아 인들에게 연락해 배달이 지연될 거라고 했다. 그들은 그건 그가 알아서 할 문제라며, 자기들은 합의했던 날짜에 물건을 받고 싶다고 했다. 그들은 옌스에게 일주일을 주면서, 일주일을 넘기면 그가 환불해줘야 하고 병원 치료를 받게 될 거라고 했다. 그는 러그에 똑바로 누워서 아론이나 레세크를 어떻게 찾을지 한 가지만을 생각했다. 운이 따라준다면 그들이 미하일을 찾을 방법을 알려줄 수도 있을 것이다.

그는 일어나서 커피를 올리고 일을 시작했다. 아론을 찾는 것은 생각보다 어려운 일이었다. 옌스는 생각할 수 있는 모든 방법을 시도했다. 먼저 전화번호부와 검색 엔진을 사용해 스톡홀름에 사는 아론이라는 사람을 전부 확인하다가 범위를 전국으로 넓혔다. 다음 날 오전에 그는 경찰과 세무서, 지방 의회, 그 외에 생각나는 모든 사람에게 연락을 해보았다. 그가 아는 건 이름뿐이었다. 아론, 마흔 살 정도, 선이 뚜렷한 얼굴, 검은 머리, 신사다운 면이 있는 사내. 그것으로는 알 수 있는 게 많지 않다.

그들이 헤어질 때 아론이 스톡홀름 이야기를 했지만, 그가 아직 스톡홀름에 있으리라는 보장은 없었다. 어쩌면 다른 곳에 살 수도 있고, 스웨덴이 아닐 가능성도 있다. 사방의 벽이 좁혀드는 느낌이었다. 그는 레셰크를 찾아보았다. 레셰크가 그에게 말을 했던가? 아니…… 티에리는? 그 석상으로 찾을 수 있을까? 티에리가 뭐라고 했더라? 그와 비슷한 물건을 옌스에게 팔 수 있다고 했다.

옌스는 인터넷으로 석상을 찾아보았다. 가망이 없었다. 그에겐 그냥 돌덩어리로 보일 뿐이었다. 민족학 박물관에 전화해서 그 작은 석상에 대해 물어보았다. 전화를 받은 여자는 도움을 주려고 애썼지만 아무 소용도 없었다. 그는 스톡홀름에 있는 골동품 가게, 갤러리, 민속품 가게를 찾아 주소를 출력했다. 수십 장이나 됐다.

옌스는 아파트에서 나와 씹는담배 대신 피우는 담배를 사고, 아론과 레셰크, 티에리와 석상을 찾아 나섰다. 도보로, 또 버스와 지하철로 스톡홀름의 다양한 지역을 돌아다녔다. 여러 가게를 찾아가 똑같은 애매모호한 질문을 하고 똑같은 애매모호한 부정적인 대답을 들었다. 헤매보아도 성과는 없었다. 성과가 있으리라 기대했던 것은 아니다. 이건 휴가 비슷한 것이다. 최근에 일어난 여러 가지 일 이후 긴장을 풀 기회라고 생각해보려 했지만 소용없었다. 시계는 바삐 돌아가고 있었다. 그는 점점 더 스트레스를 느꼈다.

*

“소피, 편안한 교외에서 즐겁게 지내고 있나요?” 엑토르가 전화로
물었다.

비스코프수덴에 있는 작은 요트 항구로 차를 모는 동안 소피는
긴장을 풀어보려고 했다. 목구멍에서 불안함이 치밀어올랐다. 이
러고 싶지 않았다. 그것만이 그녀가 느낄 수 있는 유일한 것이었다.
하지만 그게 완전히 진실된 느낌은 아니었다. 마음 한구석으로는
이렇게 하고 싶었고, 다른 한편으로 해야만 하는 일이라는 느낌도
들었다. 강요받은 건 아니지만 이 만남은 왠지 자신의 의무 같았고
꼭 해내야 할 것 같았다.

그래서 소피는 엑토르를 만났다. 그는 부두에 서 있었다. 그에 대
해 알게 된 모든 사실에도 불구하고 그를 보니 마음이 차분해졌다.
평소처럼 그는 자기 식대로 만남을 주도했다. 단순하고 느긋한 만
남이었고, 그녀는 안전한 기분을 느꼈다. 그는 그녀에게 필요한 것
이 무엇인지 늘 알고 있는 것 같았다.

지붕이 없는 큰 배에는 푸른 차양이 드리워져 있었다. 배 옆에는
‘베르트람 25’라고 쓰여 있었다.

출항하려고 밧줄을 풀어 던졌다. 배의 엔진이 웅 소리를 냈다. 엑
토르는 수로를 따라 배를 몰았다. 소피는 해안을 돌아보았다. 차고
에 볼보가 한 대 서 있고 한 남자가 앉아 있었다.

탁 트인 곳으로 나오자 엑토르는 전속력을 냈다. 그들 위로 햇빛
이 쏟아졌다. 15분쯤 달리다가 그는 속도를 낮추고 한적한 만으로
배를 몰고 들어가 음향측심기로 수심을 잰 다음 닻을 내리고 모터

를 꼈다. 파도가 찰싹였다. 요트 한 척이 선미 쪽을 지났다. 조종석의 사람들이 손을 흔들기에 소피도 손을 마주 흔들어주었다. 엑토르는 배 위의 사람들을 바라보다가 소피를 돌아보았다.

"사람들은 왜 저러죠?"

소피는 그의 눈에 어린 짜증을 보았다. 손을 흔드는 사람들이 바보 같다고 생각하는 것 같았다. 그녀는 그의 반응에 미소를 지었다.

"나한테 보여주고 싶은 게 있다고 했죠. 이건가요?" 그녀는 그들을 둘러싼 섬들을 손짓하며 물었다.

그는 고개를 가로젓더니 일어서서 좌석 뚜껑 하나를 열었다. 가방을 꺼내 열고는 오래된 가죽 앨범 두 개를 꺼냈다. 하나는 짙은 녹색, 다른 것은 테두리에 금박을 입힌 갈색 앨범이었다. 그는 그녀 옆에 앉았다.

"나에 대해서 더 알고 싶다고 했죠?"

그는 짙은 녹색 앨범의 첫 페이지를 펼쳤다. 옷을 잘 차려입은 커플이 로마의 스페인 계단 앞에 서 있었다. 1960년대 같았다.

"이분이 내 아버지 아달베르토예요. 당신도 만난 적 있죠. 옆에 서 있는 사람이 내 어머니 피아예요."

소피는 사진을 더 자세히 보았다. 피아는 행복해 보였다. 얼굴만이 아니라 자세에서도 느껴졌다. 긴장을 풀고 있으면서도 몸이 꼿꼿했고, 아주 아름다웠다. 숱 많은 검은 머리의 아달베르토는 자랑스러워 보였다. 자랑스럽고 행복한 것 같았다. 소피는 다시 피아를 보았다. 금발에, 아주 아름다웠고, 피부는 지중해의 태양빛에 그을려 있었다. 그녀는 당시의 이상적인 스웨덴 미녀였다.

엑토르는 계속해서 자기 남매들과 자기가 어렸을 때 사진들을 보여주었다. 그는 어린 시절 스페인 남부에서 자라던 때의 이야기, 어머니가 돌아가셨을 때 느꼈던 외로움, 아버지와의 관계, 친구들, 적들, 숨겨진 감정과 다른 감정들, 관계에 대한 이야기들을 했다. 소피는 귀 기울여 들었다.

그가 열 살 때 남동생, 여동생과 함께 찍은 사진을 가리켰다. 나란히 서서 인디언 머리 장식을 쓰고 웃고 있는 사진이었다.

"저 둘은 삶에서 최고의 것을 얻었죠. 아이도 있고, 결혼도 하고, 자신들의 평화를 찾았어요. 그런데 난 아직 그러질 못했어요."

엑토르는 자기 이야기에 푹 빠진 것 같았다. 입밖에 내고 나니 전에는 콕 집어 직시하고 싶지 않았던 일이 현실로 다가오는 느낌일 테다. 소피는 그를 보았다. 소피는 그의 이런 면이 좋았다. 거친 외모에 숨겨진 사색적인 면이 좋았다. 스스로는 인정하고 싶어 하지 않고, 닿을 수도 없다고 생각했지만, 그에게는 깊이가 있었다.

엑토르는 페이지를 넘겼다. 다섯 살 무렵의 이네스가 인형을 안고 있었다. 엑토르는 미소를 지었다. 또 페이지를 넘겼다. 나무 앞에 서서 양 옆구리에 손을 댄 자신의 소년 시절 사진을 보자 엑토르의 얼굴이 밝아졌다. 앞니가 하나 없었다. 그는 사진을 가리켰다.

"집 정원에서 이 사진을 찍었던 게 기억나네요. 자전거를 타다 넘어져서 이가 빠졌는데, 친구들한테는 싸웠다고 했어요."

그는 웃으며 앨범을 소피의 무릎 위에 놓고 뒤로 기대며 주머니에서 가느다란 담배를 꺼내 불을 붙였다. 그는 담배연기를 잠시 폐속에 머금고 있다가 뿜어냈다.

"이때가 더 나았어요. 그렇지 않나요?"

소피는 계속 앨범을 봤다. 어린 소년인 엑토르 사진이 더 있었다.

저녁 햇살을 얼굴에 받으며 앉아서 낚시하는 사진을 자세히 보았다. 열 살 무렵 같았는데, 표정을 보니 그때도 심지가 굳어 보였다. 그녀는 그 사진과 뒤로 기대 담배를 피우는 그의 모습을 비교했다. 크게 다르지 않았다.

그녀는 다른 앨범을 보았다. 피아 사진이 더 있었다. 잔디밭에서 주석 목욕통 속에 있는 세 아이의 머리를 감기는 사진이었다. 행복한 표정이었다. 계속 페이지를 넘겼다. 젊고 머리색이 짙은 아달베르토 구스만이 오래된 석제 테라스에 앉아 시가를 피우는 사진이 있었다. 뒤에는 사이프러스 나무와 올리브 관목이 있었다. 아이들이 파티에서 놀고 있는 사진들이 있었다. 아달베르토와 피아가 여기저기에서 당대 유명 인사들과 찍은 사진들도 있었다. 소피는 가수 자크 브렐을 알아보았다. 배우 모니카 비티도 있었다. 이름이 기억나지 않는 화가도 있었다. 1970년대 중반 테헤란으로 가족 여행을 갔던 사진도 있었다. 친구들과의 저녁 식사, 행복한 기억들. 아달베르토, 피아, 아이들. 그다음 페이지들에는 가족사진, 누군지 알 수 없는 친구들, 친척들과의 행복한 시간을 담은 사진들이 섞여 있었다. 마드리드, 로마, 코트다쥐르, 스웨덴과 스톡홀름 군도를 거쳐 앨범은 1981년에서 끝났다. 그 뒤 페이지들은 비어 있었다.

"왜 여기서 끝이에요?"

엑토르는 앨범을 보았다.

"그해 어머니가 돌아가셨어요. 그 뒤론 사진을 안 찍어요."

"왜요?"

엑토르는 잠시 생각에 잠겼다.

"글쎄요. 아마 더 이상 우리가 가족이 아니게 됐기 때문이겠죠."

그녀는 그가 더 이야기하기를 기다렸다.

"우린 가족이 아니라 버텨보려고 애쓰는 네 사람이 되었어요. 남동생은 다이빙 복을 입고 바닷속으로 숨어들었고, 이네스는 몇 년 동안이나 마드리드에서 흥청망청 살았어요. 난 아버지를 따라 가업을 이었고요. 어쩌면 어머니의 죽음을 제일 못 받아들인 사람은 나였는지도 몰라요. 아버지에게 그렇게 매달렸으니."

그는 계속 담배를 피울 뿐, 그녀에게 시선을 돌리지 않았다. 그녀는 계속 눈을 맞추려고 했다. 그가 돌아보았다.

"왜 그래요?"

그녀는 고개를 가로저었다. "아무것도 아니에요."

소피는 다시 사진들을 보았다.

"당신이 제일 좋아하는 사진이 뭔가요?"

엑토르는 몸을 숙여 두 번째 앨범을 집고는 그의 여덟 살 때 사진을 찾아냈다. 똑바로 서서 초롱초롱한 눈으로 카메라를 노려보고 있는, 특별할 것 없는 사진이었다. 그는 입꼬리에 문 담배로 사진을 가리켰다.

"왜 이 사진이 좋아요?"

그는 대답하기 전에 사진을 보았다. "한때 소년이었던 자신만큼 남자가 좋아하는 건 없죠."

"정말요?" 그녀는 그가 갑자기 거만해지자 미소를 지었다.

엑토르는 단호하게 고개를 끄덕였다. "당신은 왜 나와 배를 타고 여기 나와 함께 있어요, 소피?"

뜬금없이 튀어나온 질문이라 그녀는 웃었다. 우스워서가 아니라 어떤 반응을 보여야 할지 알 수 없어서였다.

"당신이 초대했으니까요." 그녀는 겨우 이렇게 말했다.

엑토르는 그녀를 빤히 쳐다보았다. 소피는 자신의 얼굴에 웃음 뒤의 희미한 미소가 남아 있는 것을 느꼈다. 그녀는 겨우 품위 있게 미소를 지웠다.

"거절할 수도 있었잖아요."

그녀는 '물론이죠'라고 말하듯 어깨를 으쓱했다.

"왜 거절하지 않았죠?"

"모르겠어요."

소피는 그에게서 눈을 뗄 수 없었다. 그에겐 무언가가 있었다. 그녀가 끌렸던 것, 무시하려고, 보지 않으려고 애썼던 것. 하지만 그럴 수가 없었다. 그녀가 엑토르를 처음 만났을 때부터 죽 그랬던 것처럼, 그녀의 눈앞에 존재하고 있었다. 그는 아주 특이한 방식으로 솔직했다. 거짓말을 하거나 게임을 하는 데 재능이 없는 것 같았다. 그에겐 불가능한 일이었다. 그녀는 그의 그런 면이 좋았다. 그는 솔직하고 개방적이고 진실했다. 그녀가 굉장히 높이 사는 자질이었다. 하지만 그는 사람을 죽이기도 한다. 개방적이고 솔직하고 진실하며 사람을 죽인다. 그녀는 그게 사실이 아니기를 바랐다.

"우린 친구인가요?" 엑토르가 물었다.

그의 단어 선택이 묘하게 느껴졌다.

"네, 그랬으면 좋겠어요."

"우린 성인이에요." 그는 선언하듯 말했다.

그녀는 고개를 끄덕였다.

"성인 친구?"

"네."

"하지만 당신은 확신이 없죠."

그녀는 대답하지 않았다.

"당신은 어느 날에는 다정하다가 갑자기 거리를 두고 차가워져서 날 밀어내요. 마치 마음을 정하지 못하고 있는 것 같아요. 당신은 모험을 찾고 있나요? 그냥 시간을 때울 방법을 찾는 건가요? 삶이 지루한가요, 소피?"

이야기를 계속하면 그가 질문을 더 던질 것 같았다. 소피는 거짓말을 하고 싶지 않았지만 진실을 이야기하고 싶지도 않았다. 그녀는 그의 말을 멈추려고 몸을 앞으로 숙이고 그의 입술에 키스했다. 엑토르는 부드럽게 키스에 반응했지만, 깊이 빠지지 않으려 몸을 뒤로 빼고는 그녀를 더 유심히 살폈다. 키스로 자신을 함정에 빠뜨리려는 시도를 눈치챈 것만 같았다. 그와 동시에 뭔가 관련 있는 복잡한 일을 이해하려는 듯했다. 소피는 빠른 속도로 지나가는 모터보트를 바라보았다.

"돌아갈까요?" 소피가 조용히 물었다.

엑토르는 그녀를 계속 보고 있었다. 자기가 이해하지 못한 게 무엇인지 계속 찾고 있었다. 그는 알겠다고 중얼거리며 일어나서 턱을 긁적이며 피우다 만 담배를 난간 너머로 던지고 계기판의 버튼을 하나 눌렀다. 닻이 올라왔다. 그는 시동 버튼을 누르려다가 손가락을 떼고 소피를 돌아보았다.

"내겐 아들이 있어요."

그녀는 그가 무슨 말을 하려는 건지 이해할 수 없었다.

"나한텐 아들이 있어요. 만날 순 없어요. 난 만나고 싶지만 아이 엄마가 못 만나게 해요. 못 본 지 10년이나 됐어요."

소피는 그저 그를 바라보기만 했다.

"이름이 뭐예요?" 그녀가 할 수 있는 말은 그것뿐이었다.

"로타르 마누엘 티데만. 엄마 성을 땄어요. 열여섯 살이고 베를린에 살아요."

작은 파도가 밀려와 배를 부드럽게 흔들었다.

"이제 당신은 나에 대한 모든 걸 알게 된 거예요, 소피."

그들은 서로를 바라보았다. 소피는 그를 이해해보려고 애썼다. 엑토르는 무슨 이야긴가 하려다 그만두었다. 그는 엔진을 켜고 배를 만 밖으로 몰았다.

*

구닐라는 칼라베겐 중심부의 작은 공원을 걷고 있었다. 잠깐 걷거나 개를 산책시키기 좋은 곳이었다. 날씨는 더웠고 바람은 뜨뜻했다. 아르틸레리가탄에서 칼라베겐을 가로질러 넘어갔다. 망해가는 카페의 야외 테라스에 놓인 작은 테이블에 사람들이 앉아 있었다. 그녀는 지루한 일상에 환멸을 느끼는 주부들이 사랑받는다는 느낌이 없다며 불평하는 것, 남자들이 영어를 섞어가며 이야기하는 것, 이해하지 못하는 이야기를 하며 웃는 젊은이들의 대화를 엿들었다. 그녀는 가끔씩 아무 데나 멈춰서서 남들의 이야기를 들었다.

몇 분 후 칼라플란 공원에서 소피가 걸어나왔다. 구닐라는 소피가 가까이 올 때까지 기다렸다가 함께 스투레가탄 쪽으로 걸어갔다. 잠시 후 구닐라는 질문하기 시작했다. 평소처럼 엑토르 주위의 사람들, 그들의 이름과 역할, 그들이 하는 일과 하지 않는 일이 무엇인지에 대한 질문이었다. 소피는 최선을 다해 대답했다. 하지만 엑토르가 누구인지, 어떤 사람인지에 대한 질문으로 넘어가자 소피는 엑토르를 모르는 것처럼 구닐라에게 아주 조금만 이야기했다. 방금 그가 그녀에게 주었던 소리 없는 신뢰를 깨고 싶지 않았다. 어린 학생들 몇 명이 그들 쪽으로 걸어왔다. 소피는 아이들이 지나갈 수 있도록 비켜주었다.

"전 일하면서 엑토르 구스만 같은 사람을 많이 만나봤어요. 느긋하고 매력적이다가 갑자기 확 바뀌면서 정반대 사람이 되죠. 그리고 다른 사람들의 삶을 망쳐놓고…….

소피는 아무 말 없이 구닐라 옆에서 걸었다.

"그에게 말려들지 마요, 소피."

09

기분이 더러웠다. 무언가 잘못되고 있다는 생각이 들었다. 구닐
라는 계속 연락이 없었다. 지난번 만남 이후 마치 라르스가 존재하
지 않는 것처럼 대했다. 그는 바보같이 굴었다는 생각에 자기가 했
던 말을 다 취소하고, 사과하고, 이를 만회할 계획을 세웠다. 하지만
생각할수록 그렇게 하면 상황이 더 악화될 것만 같았다. 구닐라에
게 한 이야기 때문에 그의 내면에서 무언가가 촉발되었다. 그는 밤
마다 침대에서 이리저리 뒤척였다. 땀, 답이 없는 생각, 창문으로 보
이는 가로등이 그를 잠들 수 없게 만들었다. 그의 감정은 분노와 수
치, 격분과 원인을 알 수 없는 불안함 사이를 오갔다.

그날 오전 그는 의사를 찾아갔다. 라르스는 자기가 저녁 근무를
많이 하고, 잠을 충분히 자지 못하고, 허리가 안 좋고, 두통이 있다
고 했다. 따뜻하고 건조한 손을 지닌 남자 의사는 그가 과로한 데다

만성피로가 있다고 말했다. 의사는 작은 손전등으로 그의 눈을 살펴고, 목의 분비선을 만져보고, 그의 엉덩이에 손가락 하나를 쑤셔넣었다. 그리고 허리 통증과 두통에는 시토돈(진통과 진정 작용을 하는 코데인이 들어간 약_역주)을, 라르스가 뭔지 알 수 없는 증상에는 옥사제팜(항불안제의 일종_역주)을 처방해주었다. 라르스는 자신의 진료기록을 보여달라고 했다.

"왜요?" 의사는 의아해했다.

"보고 싶어서요."

그 말이면 충분한 모양이었다. 의사는 컴퓨터 스크린을 돌려서 보여주었다. 라르스는 쭉 살폈다. 자신이 예전에 치료받았던 기록은 없었다.

"됐나요?"

라르스는 대답하지 않았다.

"6주 뒤에 다시 오세요." 의사가 기분이 상한 듯 말했다.

조제실에서 처방전을 받아 든 라르스는 볼보를 타고 스톡홀름 시내를 달렸다.

어릴 때 그는 늘 잠들기 어려워했다. 그의 어머니 로시는 라르스에게 자기 수면제를 주곤 했다. 그때 그는 열한 살이었다. 그래서 어렸을 때부터 수면제에 저항력이 생겼다. 그때 이미 약에 절어 있었던 로시는 라르스의 아버지 렌나르트가 집에 없을 때면 같이 자던 의사에게서 약을 구했다. 로시는 매일 저녁 라르스에게 이름 모를 흰 알약을 주었는데, 그걸 먹으면 저녁 7시 반쯤 세상모르고 잠들게 되었다. 꿈도 꾸지 않았다. 초등학교 고학년 내내 그는 믿을 수 없을 정도로 공허한 기분을 느꼈다. 중학교, 고등학교 때도 계속 그랬다.

양호선생님이 그가 약을 먹는 것을 알게 되었다. 그녀는 그에 대해 조사했고, 자신의 걱정을 숨긴 채 라르스에게 그가 먹는 약들이 굉장히 중독성이 강하고 약효가 센 것이라고 아주 천천히, 또박또박 말했다. 사춘기 시절에 이렇게 강하고 중독성 있는 약을 아주 많이 먹었기 때문에 앞으로는 알약이나 향정신성 물질을 섭취할 때 굉장히 조심해야 한다고 거듭 주의를 주었다. 그리고 이런 약을 완전히 끊어야만 그의 몸에 생긴 의존성 때문에 위험해지지 않을 거라고도 했다. 라르스는 한마디도 이해할 수 없었지만 고개를 끄덕였다. 그는 사람들이 자기에게 말할 때면 늘 고개를 끄덕였다.

열일곱 살 때 흰 알약을 끊었다. 잠을 제대로 이룰 수 없었고 기분이 마구 변했으며 끔찍한 불안을 겪었다. 겨우 잠이 들 때면 짐승 같은 검은 악몽을 꾸었다. 밤이나 낮이나 자신이 중독돼 있음을 느꼈다. 땀에 젖은 침대에서 몸을 마구 뒤척이며 걱정과, 불안, 고통을 느꼈다.

약을 끊고 몇 년 지나니 기분은 공허하게 가라앉았다. 약에 대한 열망은 사라졌고, 몸이 떨리는 증상과 급격한 기분 변화도 서서히 없어졌다. 하지만 불안함은 남았고 불면도 계속되었다. 그 두 가지는 그의 일상의 일부, 현실의 일부가 되었다.

그는 볼링장 밖에 차를 댔다. 맥주와 와인을 파는 곳이었다. 라르스는 볼링레인이 보이는 테이블에 앉았다. 나이 지긋한 사람들이 볼링을 치고 있었다. 그는 자기 손바닥을 보았다. 두 개의 약병에서 세 개씩 꺼낸 여섯 개의 알약이 있었다. 알약을 입에 넣고 불가리아 산 레드와인으로 삼켰다. 몇 분 지나자 가슴에서 느껴지던 압박감이 사라지며 호흡하는 데 여유가 생겼다. 그는 의자에 기대 볼링을 치는 사람들을 지켜보았다. 공이 빗나갈 때는 기뻤고, 잘 맞으면 화가 났다.

"안녕."

사라가 그의 옆에 서 있었다. 그는 놀라서 그녀를 보았다.

"내가 여기 있는지 어떻게 알았어?"

"널 따라왔어."

"어디서부터?"

"의료 센터."

라르스는 다시 볼링 치는 사람들을 바라보며 와인을 한 모금 마셨다. 사라는 그와 눈을 맞추려고 했다.

"어떻게 지내, 라르스?"

"잘 지내. 왜?"

사라는 조용히 한숨을 쉬었다. "제발, 라르스. 이야기 좀 나누면 안 돼?"

라르스는 아무것도 모르는 것처럼 미소지었다.

"우리가 지금…… 지금 이야기하고 있는 거 아니야? 우리 입이 움직이고 있잖아!"

그는 묘한 미소를 지었다. 사라는 자기 손을 내려다보았다.

"네가 이러지 않았으면 좋겠어." 그녀가 속삭였다.

라르스는 공들이 레인을 따라 굴러가고 핀들이 쓰러지는 것을 지켜보았다.

"다른 사람이 된 것 같아. 늘 화를 내고, 왜 그런지 말도 안 하고……. 내가 뭘 잘못했어?"

그는 콧방귀를 뀌었다.

"도울 수 있다면 돕고 싶어, 라르스."

그녀는 그가 자기 말을 듣고 있는지 가만히 살펴보았다.

"너 전에도 이랬던 적 있잖아. 우리가 만났을 때, 동거하기 전에, 네가 서부 경찰서에서 일하기 시작했을 때 말이야. 그때의 너는 지금과 비슷했어. 몇 주 동안 그랬지. 나아지고 나서 네가 어렸을 때 먹었던 약 이야기를 했던 게 기억나."

"별 헛소리를 다하네."

사라는 물러서지 않으려 기를 썼다.

"헛소리 아니야."

빼빼 마른 노인이 막 스트라이크를 기록했다. 그는 자기 친구들을 돌아보며 자랑스러운 미소를 감추려고 최선을 다했다.

"우린 잘 지내왔어, 라르스. 우린 싸우지도, 오해하지도 않으면서 관계를 유지해왔어. 서로 간섭하지 않으면서도 같이 지내왔잖아. 우린 흥미도 같고, 가치관도 같아. 같이 발견한 것들이 있잖아. 대체 무슨 일이 있었던 거야?"

그는 계속 시선을 피하며 와인을 더 마셨다.

"아무 일도 없었어. 넌 그냥 편집증적이고…… 못생겼어."

사라는 얼마나 마음이 상했는지 드러내지 않으려고 애썼다.

"그렇다면 우리 헤어져."

그는 여전히 비딱하게 미소를 짓고 있었다.

"난 벌써 헤어진 줄 알았는데."

사라의 슬픔은 분노로 변했다. 그녀는 그를 노려보다가 벌떡 일어서서 걸어 나갔다. 라르스는 와인을 홀짝이며 그녀가 나가는 것을 보다가 뚱뚱한 할머니가 굴린 공이 레인 옆 홈에 빠지는 것을 지켜보았다. 할머니는 즐거운 듯 보이려고 애썼다. 이기는 게 목적이 아니라 친구들과 같이 즐겁게 노는 게 중요하다는 듯이. 그래, 퍽이나 그렇겠다.

볼링장이 문을 닫자 그는 바를 찾아냈다. 아이리시펍이라고 하는데 딱 맥도날드가 핀란드적인 것만큼만 아일랜드적인 곳이었다. 와이드스크린 텔레비전, 전자 다트 판, 작은 농구공이 딸린 작은 농구 골대. 화룡점정은 그를 '친구'라고 부르는, 영어 실력이 형편없는 이란 인 바텐더였다. 하지만 그게 무슨 상관인가? 그는 술에 잔뜩 취하려고 그곳에 갔고, 결과는 성공적이었다. 그는 바가 문을 닫을 때까지 인사불성이 되도록 마시고는 다음 날 아침 자기 차에서 눈을 떴다. 창문에는 김이 서려 있고, 코는 얼어붙은 듯 시렸다. 바깥세상은 이미 잠에서 깨어나 움직이고 있었다.

라르스는 일어나 앉아 눈곱을 떼고 눌린 머리를 벅벅 긁었다. 김 빠진 맥주로 마른 입을 축였다. 만취와 숙취 중간 상태로 단데뤼드 병원으로 차를 몰았다. 거기에 차를 대고 하루 종일 앉아서 손톱을 물어뜯고, 알약을 먹고, 점심 대신 술을 마시며 기다렸다.

그날 오후 소피가 병원을 나서는 것을 보자 그는 기분이 좋아졌고, 다시 안전해진 기분이 들었다. 그는 자전거를 타고 집으로 돌아가는 그녀의 뒤를 어느 정도 거리를 두고 따라가다가 그녀를 지나친 다음, 늘 하던 대로 그녀의 집 쪽으로 가서 밤을 보낼 곳을 고르고 헤드폰을 쓰고 그녀가 살아가는 소리를 들었다. 이제 이것이 그의 삶이 되고 있었다. 다른 것은 그 무엇도 중요하지 않았다. 그는 그녀가 내는 모든 소리를 들었다. 계단에 설치한 마이크 옆을 지나는 소리, 혼자 저녁을 먹는 소리, 알베르트와 대화하는 소리.

11시쯤 라르스는 침실에 설치한 마이크를 켜고 그녀가 침대에서 이불을 끌어내리고 눕는 소리를 들었다. 그녀는 이불을 덮지 않고 자는 것 같았다. 이불을 덮는 소리가 한 번도 들리지 않았기 때문이다. 그는 그녀가 침대에 누운 모습을 상상했다. 흰 침대보, 베개 위에 얹힌 그녀의 머리, 부드러운 숨소리. 어쩌면 그의 꿈을 꾸고 있는지도 모른다. 그의 몸은 그녀에 대한 열망으로 비명을 지르는 것 같았다. 이해할 수도, 통제할 수도 없었다. 라르스는 알약을 더 먹었다. 모든 것이, 심지어 그의 열망까지도 자연스러워졌다.

소피와 알베르트가 각자 침대에서 깊이 잠들고 나서 세 시간쯤 뒤, 아무 소리도 나지 않자 라르스는 차에서 나와 소피의 정원으로 살금살금 들어갔다. 조용하고 포근한 여름밤이었다. 그는 차분했다. 밤과 하나가 된 기분이었다. 집 뒤 테라스 옆에 멈춰섰다가 주위를 둘러보고는 조용히 계단을 올라가 자물쇠를 따고 조심스레 문을 열었다. 경첩에서 삐걱하는 소리가 조금 났다. 그는 귀를 쫑긋 세우고 소리 없이 거실로 들어갔다.

이 위에서 그녀가 잠들어 있다. 그녀와 가까이 있다고 생각하니 취한 것 같은 기분이 들었다. 라르스는 살금살금 부엌으로 들어가 조심스럽게 냉장고를 열고 안을 들여다보았다. 상상력을 마음껏 펼쳤다. 자기가 이 집의 가장이고, 침대에서 나와서 뭘 좀 먹으러 부엌으로 내려왔다고 상상했다. 라르스는 빵, 버터, 속에 넣을 만한 재료들을 꺼내 식탁에 앉아 샌드위치를 만들어 먹었다. 그는 계단으로 내려오는 자기 아들에게 미소를 지어보이고는, 잠시 후 소피가 내려오자 일어서서 키스를 하며 자기가 만들어놓은 아침 식사를 보여주었다. 소피는 미소를 지으며 그에게 키스해주었다. 그가 재치 있는 농담을 건네자 소피와 두 사람의 아들이 웃었다.

라르스는 집에서 나왔다. 정원 문 앞에 잠깐 멈춰서 존재하지 않는 그의 작은 가족에게 상상 속에서 손을 흔들어 인사를 하고, 밤의 어둠 속을 지나 차로 돌아왔다. 그는 아파트로 돌아가서 알약을 더 먹고는 역겨운 낡은 매트리스 위에서 어린아이처럼 잠들었다.

*

무릎이 앞자리에 닿을 정도로 꽉 끼었다. 미하일은 비행기 좌석이 너무 좁다고 생각했다. 옆에는 클라우스가 앉아 있었다. 클라우스는 마흔 살 정도의 독일인 보디빌더다. 머리숱이 적고 온몸이 근육투성이인데, 포르노 배우 같은 큼직한 콧수염을 기른 얼굴에조차 근육이 있었다. 그는 아주 많은 것을 조금씩 아는 터프가이로, 특별한 재능은 없었다. 무슨 일이든 했고, 의뢰를 받으면 거절하는 법이 없었다. 그들은 랄프가 주문한 가정 방문을 몇 번 같이했다. 클라우스는 솜씨가 좋고 양심이라는 짐을 지고 있지 않았다.

그들은 뮌헨에서 출발해 스톡홀름으로 가는 길이었다. 승무원이 커피를 나눠주고 있었다. 비행기 뒤쪽에서 아이 하나가 울었다. 늙은이들은 스도쿠를 풀고 있었고, 중년 여성들은 노트북으로 프레젠테이션 준비를 하고 있었다. 클라우스가 낀 이어폰에서 비지스의 음악이 새어나왔다. 클라우스는 리듬에 맞춰 고개를 까닥이며 손가락으로 자기 무릎을 두드렸다.

미하일은 어떤 일이 일어날 것인지 생각해보았다. 명확한 계획은 없다. 그는 여러 가지 전략을 서로 비교하며 머릿속으로 검토해보았다. 그러나 결국 계속 같은 결론으로 돌아오게 되었다. 거칠게 반격한다. 롤란트는 이틀 전에 스톡홀름에 갔다가 미소를 지으며 돌아왔다. 사람을 하나 알아뒀으며, 그가 엑토르를 만나도록 주선해줄 거라고 했다.

소리가 들리더니 안전벨트 사인이 켜졌다. 스피커에서 여자 목소리가 그가 이해할 수 없는 북유럽 언어로 무어라 말했다. 비행기는 착륙을 위해 하강하기 시작했다. 기체가 많이 흔들려서 클라우스는 팔걸이를 움켜쥐고 반사적으로 두 발을 들었다.

"난 이게 싫어. 이런 게 정말 싫어." 클라우스가 말했다.

비행기는 몸체에 강한 바람을 맞으며 활주로에 접근했다. 클라우스의 얼굴은 창백했다. 비행기가 왼쪽으로 휘청거렸다가 다시 오른쪽으로 휘청거렸다. 클라우스는 미하일의 팔을 잡았다.

"젠장할⋯⋯."

비행기가 땅에 닿으며 엔진이 거꾸로 돌았다. 클라우스는 안도의 숨을 내쉬었다.

그들은 렌터카를 타고 스톡홀름에 가서 시내 중심부 회토리에트 근처의 호텔에 체크인한 다음 시내를 걸었다. 야외 테라스에서 한 끼 때우는 동안 땅거미가 깔렸다. 따뜻했다. 뮌헨보다 따뜻했다.

"내가 아는 바로 그에겐 사람이 셋 있어. 일단 세 명이 있을 거라고 가정해야 돼. 두 명은 프로야. 엑토르의 경호원과 폴란드 인. 세 번째 사람에 대해선 아무것도 몰라."

클라우스는 타르타르 스테이크를 빠르게 씹으며 이야기를 들었다. 그는 묘한 자세로 나이프와 포크를 들고 고기를 썰었다.

"시내에 사무실이 있지만 거기엔 자주 안 가. 지난번에 와서 지켜봤을 때 저 레스토랑에 자주 가더라고. 저곳을 칠 거야. 연락처가 있으니 그쪽에서 주선을 해줄 거야."

"괜찮은 것 같은데." 클라우스는 별다른 감정을 보이지 않았다. 그는 웨이터에게 손을 흔들어 자기 빈 잔을 가리켰다.

레스토랑에서 나와 렌터카에 타고 내비게이션에 엔셰데의 산스보리스베겐을 입력했다.

"지금 유턴하십시오."

내비게이션에서 독일어가 나왔다. 클라우스는 유턴했다. 스톡홀름의 교통체증을 힘겹게 뚫고 쇠데르말름 섬 아래를 지나는 터널을 달렸다. 요하네쇼브 다리를 건널 때는 계속 왼쪽 차선을 탔다.

"커다란 골프공 같지?" 클라우스는 에릭손 글로브(스톡홀름의 대형 경기장. 세계에서 가장 큰 구형 건물이다_역주)를 지나며 말했다.

별다른 특징이 없는 빌라 앞에 차를 댔다. 벨을 누르자 머리가 벗겨지고 배가 나온 중년 남자가 문을 열었다. 평범한 셔츠와 너무 짧은 타이를 한 그는 방금 퇴근한 사람 같았다. 분명 멋없는 직장일 것이다.

"빌콤멘…… 마이네 헤렌."

그가 독일어로 인사를 하자 두 사람은 웃었다.

두 사람은 그를 따라 지하실로 내려갔다. 그는 금속 문을 열고 들어가라고 손짓했다. 안으로 들어가니 무기가 잔뜩 있었다. 한쪽 벽에는 리볼버와 자동권총 들이, 다른 벽에는 산탄총과 고속 라이플 들이 있었다. 남자는 신이 난 듯 미소를 지으며 홈쇼핑 호스트처럼 자기가 아끼는 물건들을 소개했다. 그는 총기광 같았다. 미하일은 그의 말을 끊고 한쪽 벽을 가리켰다.

"시그 하나, 망원 조준기 두 개 줘요."

그 멍청이는 총을 가져오더니 미하일에게 작은 총알 상자 하나를 주며 이 총알은 스위스제다, 무게가 얼마가 나간다, 어떤 용도에 특히 좋다고 끊임없이 지껄여댔다. 그는 선반에 놓인 상자에서 조준기 두 개를 꺼냈다. 미하일은 클라우스에게 총을 건네고 남자에게 유로를 한 뭉치 주었다.

작별인사도 하지 않고 집을 나와 차로 돌아갔다. 클라우스는 주소를 확인한 다음 내비게이션에 입력했다. 미하일은 휴대폰을 들고 롤란트 겐츠가 준 전화번호를 눌렀다. 남자가 전화를 받았다.

"카를로스? 당신한테 전화하라고 하던데. 당신은 지시받은 대로 하고, 우리는⋯⋯." 미하일은 몸을 굽혀 내비게이션을 확인했다. "20분이면 도착할 거야."

"지금 유턴하십시오."

디지털 여자가 다시 한 번 말했다.

"닥쳐." 클라우스가 대꾸했다.

*

로스락스가탄의 골동품 가게, 감라스탄과 드로트닝가탄에 있는 관광객들을 위한 가게, 쇠데르말름과 쿵스홀멘에 있는 작은 가게들⋯⋯. 옌스는 민속예술, 골동품, 뉴에이지 쓰레기와 관계있는 곳이면 어디든 찾아다니며 티에리를 찾았다. 그는 남미의 석상에 관심이 있다. 옌스가 아는 정보는 그게 다였다. 스톡홀름에서 아론이나 레셰크와 마주칠 가능성은 희박했지만 그는 며칠 동안 그냥 터벅터벅 돌아다녔다.

베스트만나가탄에 있는 가게들은 좀 덜 알려져 있었다. 옌스는 오래전에 거기서 장식용 스노글로브를 산 적이 있었다. 길거리의 가게들은 진기한 물건들과 1950년대 디자인에 치중했다. 옌스는 노라반토리에트에서 시작해서 오덴플란까지 갔다. 크게 좌절한 탓에 더욱 피곤했다. 하지만 그로서는 계속하는 수밖에 없었다. 가게를 드나들며 남미 문화재를 거래하느냐는, 거의 똑같은 질문을 반복했다. 혹시 티에리라는 이름의 남자를 아느냐는 질문도 했다. 하지만 매번 똑같은 멍한 얼굴을 대해야만 했다.

그는 다섯 블록을 지나 20년 전에 스노글로브를 샀던 가게를 지나쳤다. 쇼윈도 안의 가격표는 달랐지만 가게는 그때와 똑같은 모습이었다. 두 집 옆에 그가 찾아다니지 않았다면 발견하지 못했을 작은 가게가 있었다. 창문은 작고 어두웠고, 앞에 진열된 물건은 몇 개뿐이었다. 강렬한 무늬의 담요, 가면, 방패, 창 등이었다. 그는 안으로 들어갔다. 문에 달린 종이 울렸다.

세계 곳곳에서 온 물건들이 가게 안을 가득 메우고 흘러넘칠 지경이었다. 동시에 몇 곳의 다른 장소와 몇 개의 다른 시대에 와 있는 것 같았다. 옌스는 구경하는 것을 그만둘 수 없었다. 볼 것이 워낙 많았다. 오래된 예술품, 천, 가구, 보석, 조각. 모두 아름답고 매혹적이며 독특했다. 이유를 설명할 수는 없었지만 매우 인상적이었다. 한쪽 구석의 캐비닛에는 작은 석상이 몇 개 있었다. 그가 배에서 보았던 석상의 축소판 같은 물건들이었다.

뒤에서 발소리가 들려왔다. 안쪽 방으로 들어가는 문에 쳐놓은 커튼 뒤에서 아름다운 여자가 나타났다. 얼굴은 크고 둥글었고, 키는 크지 않았지만 몸이 꼿꼿했다. 그는 그녀가 서인도제도 출신일 거라고 추측했다.

"안녕하세요."

그녀는 미소로 대답했다.

"티에리……." 옌스는 제대로 찾아왔다는 걸 무의식적으로 깨달으며 이렇게 중얼거렸다.

그녀는 머뭇거리다가 다시 커튼 뒤로 들어갔다.

심장 박동이 빨라졌다. 몇 초 후에 커튼 뒤에서 남자가 나왔다. 그는 곧 옌스를 알아봤다.

"당신이었어?"

*

티에리는 아론에게 전화해 상황을 간략하게 설명한 뒤 전화를 옌스에게 넘겼다. 아론은 나와서 조금 더 가다 보면 나오는 레스토랑으로 들어가라고 했다. 티에리는 문을 열어주며 길 쪽으로 손짓을 했다. "저쪽 방향이야. 그가 기다리고 있을 거야."

옌스는 레스토랑으로 걸어가기 시작했다. 모든 일이 어처구니없게 느껴졌다. 이렇게 일이 쉽게 풀릴 확률이 얼마나 될까? 가늠조차 할 수 없었다.

작은 간판에 '트라스텐'이라고 적혀 있었다. 들어가서 바 쪽으로 가면서 가게 여기저기 테이블에 앉은 사람들을 세어보니 여남은 명 정도 됐다. 옌스는 토닉을 한 잔 주문하고 마시면서 실내를 둘러보았다.

몇 분 뒤 아론이 주방문을 열고 나와 옌스에게 손짓했다. 옌스는 그를 따라 주방을 지나고 작은 복도를 지나 사무실 안으로 들어갔다. 사무실은 아주 작았다. 컴퓨터가 놓인 책상 하나, 반 정도 찬 더러운 재떨이, 벽에 기대놓은 오래된 '정차 금지' 도로 표지판. 더러운 커피 잔이 몇 개 있었고, 벽에는 몇 년 지난 연간 예정표가 걸려 있었다. 이 방을 쓰는 사람은 분명 한 명만이 아닐 테고, 아마 그들은 대부분 남자일 것이다. 공간에 대한 책임은 지지 않고 자유롭게 쓰고 싶어 하는 남자들이겠지.

"의자를 찾아서 앉아."

옌스는 의자를 하나 찾아냈다.

"여기서 일하나?" 옌스는 앉으며 물었다.

아론은 고개를 가로저었다. "아니."

아론은 책상 뒤에 앉았다.

"그래서 어쩔 생각이야?" 그는 활기차게 물었다. 그러고는 자기가 한 말이 마음에 드는지 미소를 지었다.

옌스는 얼른 정신을 가다듬었다. "유틀란트에서 헤어진 다음에 난 할머니 댁에서 하룻밤 잤어. 자다 깨보니 내 입에는 권총이 박혀 있고 그 덩치 큰 러시아 인이 침대에 걸터앉아 있더군."

아론은 한쪽 눈썹을 치켜올렸다.

"그놈이 날 때려서 의식을 잃게 하고 내 궤짝을 가져갔어."

"당신 총이 들어 있던 궤짝 말이야?"

옌스는 고개를 끄덕였다.

"원래 누구한테 가야 하는 물건인데?"

"고객."

"스웨덴에 있는 고객은 아니고?"

옌스는 고개를 가로저었다. 아론은 잠시 생각에 잠겼다.

"그놈이 거기 총이 들어 있다는 걸 알고 있었어?"

"그건 아닌 것 같아. 배에 타고 있는 동안 궤짝 중 하나에 추적기를 붙여놨던 모양이야. 그런데 그게 내 거였던 거지."

아론은 잠시 고민하다가 고개를 들었다.

"내가 당신을 어떻게 도와주면 되지?"

"난 내 물건을 되찾아야 해. 그놈에 대해 당신이 아는 걸 알려줘. 어디 있는지, 어떻게 하면 잡을 수 있는지."

*

이름은 여관이지만 사실 여관은 아니었다. 창문에 '맥주와 와인'이라고 써 붙여둔 피자 가게였다. 짙은색 나무 가구, 거칠고 얇은 싸구려 종이 냅킨이 있는 곳이었다. 라르스는 피자 반 판을 먹고 맥주 네 잔을 마시고 더 독한 것을 샷으로 여섯 잔 마셨다. 그는 취하고 싶었다. 라르스는 생각이 마음대로 떠돌도록 내버려두었다. 요즘 들어 즐기기 시작한 일이었다. 예전에는 뭔가 이롭거나 쓸모 있지 않은 생각을 할 때면 죄책감이 들었다. 이제는 방향을 잡지 않고 생각들을 그냥 떠돌게 한 다음 생각이 가는 대로 따라갔다. 끝내줬다. 새로운 감정들이 떠올랐다가 사라졌다. 그는 약 기운 속에서 잠자는 아기처럼 느긋한 기분을 느꼈다. 어쩌면 모두 이런 기분을 원하는 건지도 모른다. 성인들의 세계에서 몇 년 보내고 나면 모두가 이런 상태를 찾는 건 아닐까? 그는 미소를 지으며 카운터 뒤 요리사와 눈을 마주쳤다. 걱정스러운 표정으로 라르스를 바라보던 그는 눈길이 마주치자 곧장 시선을 돌렸다. 라르스는 그가 자신의 열반과 같은 평온한 상태를 보고, 자기는 그런 상태가 아니라서 기분이 상한 거라고 생각했다. 모두가 그를 질투했다. 늘 그랬다.

라르스는 볼을 세게 긁었다. 작은 여드름이 하나 났는데 없어지지 않았다.

9시가 막 지난 시각, 소피의 집으로 가는 그의 얼굴은 뜨거웠고 시야는 터널처럼 좁았다. 그는 소피의 집에서 무슨 일이 일어나는지 들을 수 있는 장소를 여덟 군데 점찍어두고, 관심을 끌지 않도록 장소를 바꿔가며 사용했다. 전부 빌라에서 가까운 곳이었다. 그는 네 번째 장소에 차를 세웠다. 아니, 여기가 세 번째던가? 시동을 끄고 헤드폰을 쓰고 귀를 기울였다. 집 안은 조용했다. 그는 정적 속에서 소피를 찾으려고 해보았다. 소피가 그냥 가만히 앉아 있는 걸까? 알약을 몇 개 더 삼키니 세상이 더 곤죽 같아졌다.

잠시 후 부엌에서 복도로 가는 발소리가 들렸다. 집 정문이 열렸다가 닫혔다. 그는 부엌 마이크로 전환해서 누가 찾아와서 소피가 문을 열어준 것인지, 아니면 그녀가 나간 것인지 들어보았다. 부엌에서는 아무 소리도 나지 않았다. 복도도 조용했다. 기다려보았다. 그녀가 집에서 나간 것 같았다.

라르스는 시동을 켜고 소피의 집 쪽으로 차를 몰았다. 그녀의 도요타 랜드크루저가 라르스를 향해 내리막길을 내려왔다. 그는 언덕 꼭대기에서 차를 돌렸다. 약에 취해서인지 추적하기가 힘들었다. 너무 가까이 가지 않되 놓칠 정도로 멀어지지는 않으려고 무진 애를 썼다. 최소한 저녁 시간에 시내로 들어가는 차가 많지 않다는 것은 도움이 됐다. 그는 계속 가운데 차선으로 달리며 눈을 찌푸린 채 차를 몰았다. 그는 그녀를 따라 바사스탄에 들어갔다. 그녀는 트라스텐 레스토랑 앞에 차를 세웠다. 라르스는 더 앞쪽에 차 댈 곳을 찾고 백미러로 지켜보았다. 엑토르가 소피를 마중 나왔다. 두 사람은 서로의 뺨에 키스하고는 레스토랑으로 들어갔다.

*

옌스는 아론과 같이 앉아서 이야기하느라 남자가 방에 들어온 것을 알아채지 못했다.

"카를로스가 여기 있나?"

아론은 고개를 가로저었다.

"카를로스가 내게 전화해서 오라고 했는데."

아론은 다시 고개를 가로저었다. "아니, 난 못 봤어."

남자는 무언가 말하려다 옌스를 보고 그만두었다. 그는 손을 내밀었다.

"엑토르 구스만이오."

옌스는 그의 손을 잡았다. 엑토르는 덩치가 컸다. 한쪽 다리는 깁스를 하고 있었다. 세련된 옷차림의 그는 친절하고 자신만만해 보였다. 제일 먼저 먹이를 먹는 개. 여기서뿐만이 아니라 어디서든.

"내가 조금 전에 이야기했던 사람이 바로 옌스야. 배에 있던 사람 말이야. 이 친구에게 문제가 생겼는데, 그건 우리 문제이기도 해."

아론이 말했다.

"잘됐군, 옌스와 우리 문제를 같이 풀 수 있을 테니 말이야. 그런데 정확히 어떤 문제지?" 엑토르는 미소를 지었다.

옌스는 그에게 그간 있었던 일들을 들려주었다. 파라과이에서 짐을 실었을 때부터 유틀란트에 있는 그의 할머니 집에 미하일이 찾아온 것까지였다. 이야기를 하는 중간중간에 엑토르는 아론을 쳐다보았다. 아론은 가끔씩 이야기에 자세한 설명을 덧붙였다. 옌스가 이야기를 마치자 엑토르는 잠시 생각에 잠겼다.

"대단한 이야기군."

옌스는 기다렸다.

"그런데 가엾은 할머님께선 뭐라고 하시던가?"

그런 질문은 전혀 예상하지 못했다.

"할머니는 괜찮으십니다."

주방에서 요리하는 냄새가 그들이 있는 사무실까지 풍겨왔다.

"만약 우리가 당신 물건을 찾아준다면 현금으로 보답해도 되고, 나중에 다른 방법으로 도움을 줘도 돼."

"만약 실패한다면?"

"우린 언제나 성공해."

"좋아요. 어떻게 할까요?"

아론이 답했다. "지금은 아무것도. 일단 그쪽과 연락해야지. 그 무기가 우리 게 아니라는 걸 그쪽에서 이해하는 게 중요해."

엑토르는 옌스를 보았다. "우린 굉장히 변덕스러운 사람들을 상대하고 있어. 당신도 이미 알고 있겠지만." 그는 잠시 생각에 잠겼다가 아론을 돌아보았다. "카를로스가 여기 없는 거 확실해?"

아론은 고개를 끄덕였다.

"좋아, 옌스." 엑토르는 양손으로 무릎을 탁 치며 말했다. "만나서 반가웠네. 이제 난 나가서 내가 좋아하는 숙녀분과 저녁을 먹어야 겠어. 그분이 식당에서 기다리고 있거든." 그는 일어나며 옌스를 마주보았다. "자네에게도 그런 사람이 있나?"

"아뇨, 없습니다."

"안됐군."

옌스는 그가 가는 모습을 지켜보았다. 엑토르가 문 손잡이를 잡으려는데 문이 확 열렸다. 그는 비틀거리며 물러섰다. 미하일과 다른 남자가 뛰어들어 왔다. 둘 중 덩치가 작은 사람이 목을 세게 맞고 쓰러지면서 망원 조준기로 엑토르의 머리를 때리는 것이 언뜻 보였다. 미하일은 곧장 아론에게 달려들었다. 빠르고 능숙한 솜씨였다. 옌스는 본능적으로 덩치가 작은 남자에게 덤벼들었다. 머리로 세게 들이받은 다음 주먹을 마구 날려서 쓰러뜨리는 데 성공했다. 아론을 상대하고 난 미하일이 뒤에서 덮쳤다. 옌스의 머리 옆에 강한 발차기가 날아들어 옌스는 균형을 잃었다. 겨우 몸을 돌리고 일어나 주먹을 한 번 날렸지만 미하일이 망원 조준기로 그의 머리를 빠르고 세게 마구 후려쳤다. 옌스는 공격을 막으려다 의식을 잃었다.

*

희미한 소리가 들렸다. 누가 그를 흔들며 전혀 이해할 수 없는 말을 하고 있었다. 의식과 꿈 사이를 오가며 지나는 어딘지 알 수 없는 세상에서 여러 소리가 섞여서 들려왔다.

옌스는 눈을 떴다. 머리가 엄청나게 아팠고, 편두통이 강렬했다. 세상이 날카롭고 눈이 부셔서 다시 눈을 감았다. 누가 그를 흔들었다. 아까보다 더 거칠었다. 옌스는 하지 말라고, 누구인지는 몰라도 나를 좀 내버려두라고 말하고 싶었지만 상대는 인정사정 봐주지 않고 그를 흔들어댔다. 다시 눈을 뜨고 거친 빛 속에 보이는 모습을 보니 이게 꿈이라는 걸 알 수 있었다. 소피 란츠가 그에게 소리를 지르고 있었다. 꿈에서 소피를 보니 행복했다. 그는 소피가 얼마나 아름다운지 잊고 있었다. 그녀는 나이가 들어서 눈가에 잔주름이 있었지만 지금도 매력적이었다. 그는 그녀에게 미소를 짓고 더 자려고 돌아누웠다. 하지만 곧 자신이 레스토랑 뒤의 사무실 바닥에 누워 있다는 걸 알게 되었다. 현실의 일부가 꿈에 들어오기 시작했다. 기억이 되살아났다. 미하일이 안으로 들어왔고…….

옌스는 다리를 움직이며 상태를 확인해보고 양손을 살폈다. 눈을 깜박거려보았다. 그는 이 괴상한 꿈에서 벗어나고 싶었다.

"옌스?"

그는 다시 눈을 떴다. 소피는 지금도 그의 앞에 있었다. 옌스는 초점을 맞추려 했다. 힘들었다. 온 세상이 계속 움직이고 싶어 하는 것 같았다.

"옌스? 내 말 들려?"

이제 그녀가 또렷이 보였다. 꿈이 아니라는 걸 깨달았다.

"소피?"

걱정스런 그녀의 얼굴 뒤에 미소가 잠깐 비쳤다. 소피는 그를 부축해 앉힌 뒤 앞에 쭈그리고 앉아 그의 눈을 살폈다. 그는 소피를 마주 보았다. 소피의 눈이 기억났고, 잊고 있었던 그녀의 모습이 떠올랐다.

"뇌진탕 증세가 있었어." 소피가 말했다.

옌스는 소피를 보았다. "너 여기서 뭐 하는 거야?"

"지금 그건 중요한 게 아니야."

이 상황 전부가 너무나도 터무니없게 느껴졌다. 그들 뒤에서 문이 열리더니 아론이 들어왔다. 찢어진 눈썹에서 피가 말라가고 있었고 뺨과 오른쪽 눈에는 멍이 들었다. 그는 집중하는 행위 자체에 어려움을 느끼고 있는 것 같았다.

"갑시다." 아론이 말했다.

옌스는 비틀거리며 일어섰다.

"차 가져와요, 소피. 뒤에서 만나요." 아론이 말했다.

소피는 방에서 나갔다.

"지금 우린 네 도움이 필요해, 옌스. 놈들이 엑토르를 데려갔는데, GPS로 추적할 수 있어. 무기 가진 것 있어?"

옌스는 고개를 가로저었다.

아론은 찬장에서 총신이 짧은 45구경 리볼버를 꺼냈다. "이번 일도 빚 청산에 포함되는 거야."

옌스는 총을 받고 장전되어 있나 확인했다. 뒷문으로 급히 나가니 뜰이 나왔다. 뜰과 다른 건물을 지나 레스토랑 정문과는 다른 거리로 나왔다. 랜드크루저가 건물들 사이로 빠르게 달려와 확 멈추었다. 아론은 조수석 문을 열었다.

"소피, 여기 잠깐 있어요. 차를 좀 빌려야겠어요."

"내가 필요할걸요. 내가 운전하면 당신이랑 옌스가 자유롭게 움직일 수 있잖아요."

아론에게 말다툼할 시간은 없었다. 그들은 차에 뛰어들었다. 아론은 앞에, 옌스는 뒤에 탔다. 차는 달려나갔다.

"고속도로를 타요. E4, 북쪽으로." 아론은 휴대전화의 GPS를 노려보며 말했다.

*

소피는 급히 차를 몰아 노르툴을 지나 북부간선도로를 탔다. 그다음 고속도로로 들어가자 속도를 확 높였다.

집에서 나왔을 때 지나쳤던 것과 같은 볼보가 그녀의 눈에 들어온 것이 그때였다. 고속도로에 다른 차는 없었고, 볼보는 왼쪽 차선에서 그녀 조금 뒤를 달리고 있었다. 백미러에서 볼보가 더 커졌다. 소피는 생각해보았다. 따라오도록 내버려두고…… 아론과 옌스가 엑토르를 구하는 걸 도와주고…… 그러면 무슨 일이 생길까?

볼보가 더 다가오고 있었다.

소피는 하가 공원 쪽 출구가 가까워지자 오른쪽 차선으로 옮겼다. 분기점을 거의 지나쳤을 때쯤, 소피는 마지막 순간에 오른쪽으로 차를 꺾어 속도를 높이며 출구로 나갔다. 볼보의 반응은 너무 느려서 계속 고속도로를 따라 직진했다. 운전하는 남자의 모습을 언뜻 볼 수 있었다. 전에 본 적 있는 사람이었다.

아론이 GPS에서 고개를 들었다.

"뭐하는 거예요?"

"미안해요. 차선을 잘못 탄 줄 알았어요!"

사거리가 나왔지만 소피는 직진해서 다시 고속도로로 들어가지 않고 좌회전을 했다. 솔나 방향의 프뢰순다 간선도로였다.

"소피?"

아론은 언짢은 목소리였다.

"미안해요, 미안……. 젠장, 유턴해야겠네!"

스트레스와 긴장이 느껴지는 목소리였다. 아론은 소피가 실수한 이유를 이해하려 해보며 그녀를 지켜보았다. 소피는 로터리를 돌아 왔던 길로 돌아가서 전속력으로 다시 고속도로에 들어갔다.

소피가 바라던 대로 되었다. 볼보는 프뢰순다비크에 있는 다음 출구에서 나갔다가 차를 돌려서 다시 고속도로에 들어가고 있었다. 볼보가 반대쪽 차선에서 다가오는 것이 보였다. 시내 쪽으로 가고 있었다. 소피는 차를 모는 사람을 보지 않고 속도를 높였다.

상식대로라면 그녀는 이런 일에 엮이지 않고 집에 돌아가야 했다. 하지만 지금은 상식이 그녀를 저버린 듯했다. 그녀는 논리적으로 반응하지 않았고 단 한 가지 감정만이 그녀를 지배했다. 엑토르를 걱정하는 마음이었다. 그 순간에는 그것 말고는 아무것도 중요하지 않았다.

소피는 백미러로 옌스를 보았다. 옌스가 느닷없이 나타났을 때는 놀랐다. 지금 옌스는 뒷자리에 앉아 창밖을 보고 있었다. 나이가 들었고, 소피의 기억보다는 덩치가 컸다. 지저분한 금발 머리, 여름 방학을 마치고 막 돌아온 아이처럼 햇빛에 그을린 모습은 그대로였다. 소피는 그의 눈빛을 기억했다. 공존할 수 없을 것 같은, 사려 깊음과 광기가 함께 담긴 눈이었다. 그는 그녀의 마음을 읽을 수 있는 것처럼 고개를 들어 거울에 비친 그녀의 눈을 보았다. 아론은 휴대전화의 GPS를 보며 방향을 읽었다.

"지금 놈들은 우리 서쪽에 있으니까 다음 출구로 나가요."

소피는 고속도로에서 나갔다. 숲 사이로 도로가 나 있었다. 숲 안으로 들어가는 자갈길까지 와서 라이트를 끄고 칠흑 같은 어둠 속을 달렸다.

"멈춰요." 아론은 GPS를 살폈다. "내가 갈게요. 두 사람은 여기서 기다려요. 전화기 켜두고."

아론은 권총에 소음기를 달았다.

"같이 갈게. 놈들은 두 명이잖아." 옌스가 말했다.

"아니, 넌 여기서 기다려. 한 놈이 이쪽으로 올 수도 있으니까."

아론은 차에서 내려 어두운 숲 속으로 재빨리 사라졌다.

옌스와 소피는 차에 남았다. 침묵이 차 안을 지배하고 있었다. 옌스는 가만히 앉아 있을 수가 없어서 문을 열고 아론이 사라진 쪽으로 몇 걸음 걸어갔다. 소피는 운전석에 앉아 그를 지켜보았다.

*

미하일은 상황이 마음에 들지 않았다. 클라우스는 스페인 인을 너무 거칠게 대했다. 원래 계획은 레스토랑에 들어가서 주위에 있는 사람들을 다 쫓아내고, 엑토르 구스만에게 조용히 이야기하는 것이었다. 너희들은 한케에게 맞서서 이길 수 없다고 설명해주고, 랄프가 원하는 변경 사항을 강요하고 나올 생각이었다. 받아들이지 않으면 바로 그 자리에서 쏴버릴 작정이었다. 하지만 클라우스가 엑토르 구스만을 기절시켜버렸고, 레스토랑에서 구스만이 깨어날 때까지 기다릴 수는 없었다. 그래서 지금 그들은 고속도로 바로 옆에 있는 숲 속에 앉아 있었다. 멀리서 차들이 지나가는 소리가 들렸다. 미하일은 상황이 달라졌다는 걸 깨달았다.

잠시 후 엑토르가 의식을 되찾았다. 심하게 얻어맞은 모습으로 차에 기댄 채 땅바닥에 앉아 있었다. 그는 다리 깁스 윗부분이 깨진 것을 알아챘다. 클라우스는 몇 미터 떨어진 곳에서 오줌을 누며 휘파람으로 베토벤의 5번 교향곡을 불었다. 엑토르는 자기 앞에 서 있는 미하일을 올려다보았다.

"한케?" 엑토르가 물었다. 목이 마른 듯한 목소리였다.

미하일은 고개를 끄덕였다.

"원하는 게 뭐지?"

"네가 훔친 코카인, 파라과이-로테르담 루트, 너희 조직. 한케는 너희가 계약하고 자기 하부 조직으로 활동하길 원해. 그리고 지금으로서는 네가 최선을 다해서 그쪽이 원하는 대로 움직여주길 바라고. 크리스티안의 차와 여자친구를 날려버린 놈의 이름이 누구인지도 알아야겠어. 그리고 왜 네가 무기를 밀반입했는지도."

"무리한 요구인데."

미하일은 대답하지 않았다.

엑토르는 미하일을 자세히 살폈다. "나를 차로 친 게 너였나?"

미하일은 조용했다.

"그래, 당연히 너겠지." 엑토르는 가슴 주머니에서 가는 담배를 꺼내 입에 물었다.

"그럼 넌 로테르담에도 있었나? 넌 누구야, 한케의 남동생이라도 되나?"

미하일은 무관심했다. 엑토르는 바지 주머니에서 라이터를 찾아내 불을 붙이고 몇 모금 빨았다.

"넌 생긴 것만큼이나 멍청한 놈인 것 같군. 아무 상관도 없는 궤짝을 따라 덴마크까지 갔지. 다 들었어. 그 물건 주인은 그냥 배에 얻어탄 사람이고, 우리랑 아무 상관도 없어. 우리 물건은 비슷하게 생긴 궤짝에 들어 있었지. 선장이 특별한 물건을 보관하는 곳에. 넌 실수했어……. 이번에도."

엑토르는 담배를 몇 모금 빨았다.

"그건 상관없어. 내가 원하는 대로 해주면 넌 여기서 벗어날 수 있어." 미하일이 말했다.

엑토르는 고개를 저었다. "들어본 중 제일 형편없는 거래군."

"난 지금 정중히 제의하는 게 아니야."

엑토르는 미하일의 눈을 보았다.

"그래, 아니겠지." 엑토르가 조용히 말했다.

"바보같이 굴지 마." 미하일이 말했다.

엑토르는 미소에 가까운 표정을 지었다.

"너라면 네가 나한테 방금 한 것 같은 제의에 어떻게 대꾸하겠어?" 엑토르가 속삭였다.

미하일은 대답하지 않고 클라우스를 돌아보며 그냥 쏴버려야 할지 독일어로 물었다.

"나 방금 여기서 오줌 쌌잖아, DNA 검사를 할 텐데……."

"여기서 쏘고 다른 데로 가서 이놈이랑 차를 태워버리면 상관없어." 미하일이 투덜거렸다.

엑토르는 땅을 내려다보며 담배를 비벼 껐다. 둘의 대화를 듣고 있자니 담배 맛이 형편없게 느껴졌다.

"우리 쪽으로 넘어오지 그래? 난 한케가 너희에게 주는 돈의 두 배를 줄 수 있어." 엑토르는 미하일을 돌아보았다. "게다가 너희들이 일을 전부 망쳐버렸다는 건 너도 알잖아?"

미하일은 대답하지 않고 클라우스에게 고개를 끄덕였다. 클라우스는 차로 가서 시그를 꺼내 장전하고 엑토르에게 겨누었다.

"아직 선택할 기회가 남아 있는데……." 미하일이 중얼거렸다.

엑토르는 덩치 큰 미하일을 올려다보았다. 나뭇잎이 부드럽게 흔들리고 있었다.

"지옥에나 떨어져라……." 엑토르가 낮은 목소리로 말했다.

곧이어 들린 금속성의 폭발음은 분명 총성이었다. 연달아 세 번 울렸다. 영화에서보다 컸지만 팍 터지고 철컥 하는 소리 자체는 같았다. 엑토르는 자기 뒤 어딘가에서 총알이 날아오는 소리를 들었고, 그중 하나가 클라우스의 배에 맞는 것을 보았다. 총알을 맞은 곳에 손을 얹은 클라우스의 얼굴에 놀란 표정이 떠올랐다. 그 순간 어두운 숲에서 권총을 치켜든 아론이 나왔다.

"물러서!" 아론은 미하일에게 총을 겨누며 말했다. 그는 서둘러 달려가 땅에 떨어진 클라우스의 총을 주웠다.

"총 맞았어, 제길!" 클라우스가 흐느꼈다.

아론은 미하일에게 가서 무릎을 꿇으라는 듯 손짓을 했다. 미하일은 시키는 대로 했다. 아론은 그의 목을 찼다. 숨을 쉴 수 없어진 그는 쓰러지며 잠시 정신을 잃었다. 아론은 재빨리 그를 살폈다.

아론은 엑토르에게 걸어가 손을 내밀었다. 엑토르가 그 손을 잡고 일어섰다. 둘은 쓰러진 자들을 보다가 서로를 보았다. 아론은 말없이 눈짓을 했고, 엑토르는 잠시 생각하다가 고개를 가로저었다.

"아니, 한 번의 실패를 더 떠안고 집에 돌아가게 하지."

자동차 엔진 소리가 들렸다. 차가 보이기 전에 숲을 밝히는 전조등 불빛이 먼저 보였다. 차는 낮은 둔덕을 지나 그들에게 빠른 속도로 다가와 엑토르 앞에 섰다.

소피가 서둘러 엑토르에게 달려왔다.

"난 괜찮아요." 엑토르가 말했다.

소피는 그를 데리고 차로 갔다.

옌스는 차 옆에 서서 자기 손에 들린 권총을 보고 있었다.

"운전할 수 있겠어?" 소피는 옌스에게 물었다. 대답을 기다리지는 않았다.

옌스는 소피와 엑토르가 타도록 문을 열어주었다.

"네놈은 죽게 될 거야!" 미하일이 외쳤다.

소피는 멈춰서서 땅에 앉아 있는 미하일을 돌아보았다.

"다친 사람 있어요?"

"아니, 없어요. 갑시다." 아론이 말했다.

소피는 엑토르를 보았다. 엑토르는 아론의 거짓말에 맞장구치려고 했지만 그녀의 눈빛을 보니 통하지 않을 것 같았다.

"네, 저기 누워 있는 사람이 다쳤지만 저 친구가 돌봐줄 거예요. 갑시다, 다 괜찮을 테니까. 가요."

소피는 엑토르를 놓고 클라우스에게 달려갔다.

"소피!"

아론, 엑토르, 옌스 모두 그녀에게 외쳤다. 하지만 소피는 멈추지 않았다. 아론은 미하일에게 총을 겨누며 소피를 따라갔다. 소피는 클라우스 옆에 무릎을 꿇었다. 그는 배를 움켜쥐고 있었다. 소피는 그를 살펴보고 미하일에게 셔츠를 달라고 했다. 미하일은 셔츠를 벗어 그녀에게 건넸다. 옌스와 엑토르는 소피가 클라우스의 고통스러운 비명을 무시하고 똑바로 누우라고 명령하고, 차분하게 집중하며 그의 상처를 살피는 것을 지켜보았다.

"병원에 가야 돼요. 출혈이 많아요. 차에 태울 테니 도와줘요."

남자들은 말이 없었다.

"도와줘요. 이러다 정말 죽어요!" 소피가 외쳤다.

엑토르는 미하일을 보았다. "네가 고용주에게 가서 이 짓거리를 그만두라고 한다면, 앞으로 다시는 이런 일이 없을 거라고 네가 맹세한다면 네 친구를 돌봐주지……."

미하일은 말이 없었다.

"그리고 내 총이 어디 있는지 알려주고!" 옌스가 덧붙였다.

엑토르는 어깨를 으쓱했다. "그리고 이 사람 총이 어디 있는지 알려준다면."

옌스와 미하일은 클라우스가 차 뒤에 누울 수 있도록 도와주었다. 소피는 그들을 재촉하면서 클라우스 옆에 타 총을 맞은 자리에 천을 대고 눌렀다.

"가!"

옌스가 운전석에 탔다. 떠나는 그들 뒤로 먼지구름이 일었다.

미하일은 몇 분 기다렸다가 렌터카를 타고 알란다 공항으로 갔다. 그는 24시간 영업하는 주유소에서 차 안을 청소하고 공항의 렌터카 주차장에 차를 댔다. 키를 반납함에 넣고는 출발 터미널 벤치에서 밤을 보냈다. 일이 어떻게 되어가는 것인지, 그가 누구 밑에서 일하는 것인지, 그들이 원하는 것, 그들의 의도는 무엇인지를 생각하며 시간을 보냈다. 적들과 친구들…… 몇 년 동안 느껴보지 않았던 종류의 죄책감이 느껴졌다. 클라우스는 다쳐서는 안 되었다. 그건 계획에 없는 일이었다. 그는 구스만의 조직이 겁쟁이인지 가혹한 것인지 알 수 없었다. 그들이 늘 먼저 총을 쏘았다. 미하일은 그것을 잊지 않을 것이다.

*

"더 빨리 가야 해!"

소피는 피에 물든 남자를 내려다보며 그의 상태를 다시 확인했다. 얕은 맥박, 창백한 얼굴…… 과다출혈이다. 소피는 그가 얼마나 심하게 다쳤는지 알 수 없었지만 계속 흘러나오는 피를 보면서 불길한 생각을 떨칠 수 없었다. 곧 치료를 받지 못하면 남자는 죽을 것이다. 클라우스는 눈을 잠깐 떴다가 다시 감았다. 소피는 그를 깨우려고 뺨을 세게 때렸다. 자신의 다리를 베고 있는 이 남자가 죽는다면 그녀에게도 책임이 일부 있었다. 무엇 때문에? 엑토르 때문에? 이런 일들은 그녀가 배운 모든 것, 그녀가 소중하게 여겨온 모든 것과 정반대에 있었다.

"옌스, 병원에 가기 전에 나랑 아론은 내려줘." 엑토르가 말했다.

옌스는 백미러로 엑토르의 눈을 보았다.

"차를 청소해야 할 텐데, 도와줄 만한 사람이 있을까?"

엑토르와 아론은 스페인 어로 재빨리 이야기했다. 아론이 자기 전화로 어딘가에 연락했다. 이름은 이야기하지도 않고 친구 차를 좀 손봐야 한다, 특히 뒷자리를 좀 손봐야 한다고 말했다.

"스쾬달로 가면 돼." 아론이 옌스에게 말했다.

엑토르는 아무 말 없이 차에서 내렸다. 아론도 그를 따라 내렸다. 소피는 그들이 카롤린스카 병원 바로 앞의 도로를 건너는 것을 지켜보았다. 옌스는 차를 돌려 재빨리 병원으로 갔다.

"소피! 우리가 같이 들어갈 순 없어. 구급차가 들어오는 곳에 그 친구를 내려놓고 얼른 빠져나가야 돼. 알겠지?"

소피는 아무런 대답 없이 클라우스의 맥박을 확인했다.

옌스는 병원으로 들어가 구급차가 서는 곳을 찾아냈다. 마침 비어 있었다. 그는 들어가서 경적을 울렸다.

"숨어 있어." 그가 문을 열며 말했다.

짐칸에 있던 소피는 좌석을 기어 넘어 뒷자리로 와서 바닥에 누웠다. 그녀의 옷은 피투성이였다. 옌스가 달려와 뒷문을 열었다.

남자 간호사 두 명이 바퀴 달린 들것을 가지고 뛰어왔고, 여자 의사 한 명이 따라왔다. 옌스는 다시 운전석에 올라탔다.

"복부에 총을 맞았어요." 옌스가 그들에게 외쳤다.

간호사들과 의사가 의식을 잃은 클라우스를 끌어내 들것에 눕혔다. 차에서 클라우스를 내리자마자 옌스는 차를 후진시키며 뒷문을 연 채 달렸다. 병원에서 벗어나자 그는 차를 세우고 뛰어내려 뒷문을 닫고 다시 탔다. 소피는 그의 옆에 앉으려고 조수석으로 넘어왔다. 옌스는 소피를 보았다.

"괜찮아?"

"아니."

소피의 손과 옷은 피투성이였다. 그들은 말없이 시내를 달렸다. 옌스는 소피를 흘끗 보았다. 창백한 얼굴로 생각에 잠겨 있었다.

"그 사람은 괜찮을 거야……."

소피는 대답하지 않았다.

"그러게 왜 고집을 피웠어, 나랑 아론만 보내는 게 나았을 텐데."

"입 좀 다물어줄래?"

차는 조용히 스퀸달의 거리를 달렸다. 목적지를 찾아 차고로 이어지는 아스팔트 진입로로 들어갔다. 몇 초 기다리자 차고 문이 열렸다. 티에리가 들어오라고 손짓했다. 옌스는 주차를 하고 차에서 내렸다.

"설명할 필요 없어. 아론이랑 이야기했어. 우리 중엔 다친 사람이 없어서 다행이야."

옌스는 그의 '우리'라는 말이 어색했다. 소피가 조수석에서 내렸다. 티에리는 그녀의 손과 옷에 묻은 피를 말없이 바라보았다.

"안녕하세요, 소피……. 따라오세요, 제 아내가 도와드릴 겁니다."

티에리는 차를 휙 살폈다. "이건 별 문제 없을 거야."

차고와 집 사이의 문이 열리고 다프네가 그들을 맞았다.

"이리 와요, 내가 도와줄게요."

다프네는 소피의 손을 잡고 화장실로 데려갔다.

소피는 피투성이 옷을 벗어 바닥에 놓았다. 물을 틀고 따뜻해지기를 기다렸다. 샤워실은 특별히 좋지도, 그렇다고 불쾌하지도 않왔다. 물이 몸 위로 흘러내렸다. 온몸에 비누칠을 했다. 피는 발치에서 희미한 빨간색이 되었다가 배수구로 빠져나갔다. 씻고 나서 다프네가 화장실 의자에 놓아둔 옷을 입었다. 거울에 서린 김을 닦고 자기 모습을 보았다. 스웨터 소매가 좀 길었지만, 옷은 괜찮았다.

다프네가 안을 들여다보았다. "차를 준비했으니 나오세요."

*

엔스도 옷을 갈아입었다. 티에리의 옷이었다. 샤워캡, 고무장갑, 신발 커버를 쓰고 대시보드와 앞좌석 등 손이 닿았을 만한 곳은 전부 닦았다. 티에리는 뒤에서 같은 일을 하고 있었다.

"배를 습격한 사람이랑 같은 사람이야?" 티에리가 물었다.

"그래……."

티에리는 가죽 시트에 소독약을 흠뻑 먹였다.

"이름은 미하일이고, 러시아 인이야. 랄프 한케 밑에서 일해."

엔스는 계속해서 눈에 보이는 모든 것을 문질렀다.

"한케가 누구야?"

티에리는 양동이에 든 것을 바닥의 배수구에 쏟고는 다시 물을 채우러 갔다.

"우리에게 싸움을 걸어온 독일 비즈니스맨이지……."

"왜?"

"좋은 질문이야."

티에리는 수도꼭지를 잠갔다.

"그런데 당신은 누구야, 엔스?"

옌스는 길게 생각하고 대답할 필요가 없었다.

"난 그저 나랑 아무 상관없는 일에 말려들게 된 사람일 뿐이야."

그는 운전석에서 내렸다.

"당신이 보기엔 왜 그렇게 된 것 같아?" 티에리가 물었다.

"난 우연의 일치라고 생각하고 싶지만…… 지금으로선 운명에 더 가까운 것 같군."

티에리는 그 말을 듣고 고개를 끄덕였다. 문에서 노크 소리가 났다. 옌스는 티에리를 보았다.

"걱정 마."

그는 차고 문을 열었다. 후드티를 입은 젊은 남자가 활짝 미소를 지으며 돌돌 말린 고무매트를 건넸다.

"주문하신 랜드크루저 매트예요."

티에리가 받아들자 젊은이는 문을 닫았다. 옌스는 그가 밖에서 엔진을 튜닝한 자동차에 시동을 걸고 사라지는 소리를 들을 수 있었다. 티에리는 소피의 차에 가서 피범벅 된 짐칸의 고무매트를 끌어냈다. 접착되어 있어 떼내는 데 시간이 좀 걸렸다. 그는 매트를 차고 바닥에 놓고 새것과 비교해보았다.

"좀 작지만 어쩔 수 없지."

*

소피는 차를 마시며 차고에서 나는 시끄러운 소리를 들었다. 차 맛이 다르게 느껴졌다. 한 번 더 홀짝이니 역겹게 느껴졌다. 그녀는 컵을 테이블에 내려놓았다. 다프네가 소피의 손을 감싸쥐었다. 소피는 불편해져서 움찔했다. 다프네의 행동은 거침없었다. 다프네는 소피의 손을 놓지 않았다. 시간이 좀 지나자 기분이 나아지는 것 같았다.

"어쩌다 여기 말려든 거예요?" 다프네가 물었다.

소피는 대답할 말이 없었다. 어깨를 살짝 으쓱하며 미소를 지으려고 했지만 잘 되지 않았다. 다프네는 그녀의 손을 더 꼭 쥐었다.

"엑토르는 좋은 남자예요. 좋은 사람이에요." 다프네는 소피를 계속 바라보다 그녀의 손을 놓고 의자에 기댔다. 거의 속삭임에 가까운 낮은 목소리가 이어졌다. "당신은 당신이 볼 필요가 없는 것을 봤어요. 당신이 겪었던 일에 대해 누군가에게 이야기하고 싶어지면 내게 와요. 다른 사람한테는 가지 마세요."

소피는 갑자기 다프네의 다른 면을 본 것 같았다. 어조가 달라졌다. 더 진지하고 단호했다. 거의 경고를 하는 것처럼 들릴 정도였다. 문이 열리고 장갑을 끼고 모자를 쓴 옌스와 티에리가 들어왔다. 다른 상황이었다면 소피는 웃었을 것이다.

랜드크루저의 조수석에 올라타니 마치 새 차 같았다. 새 차 냄새마저 났다. 옌스가 운전석에 올랐다. 그들은 교외를 벗어나 스톡홀름으로 돌아가는 주도로로 들어갔다. 그녀는 스쳐 지나가는 바깥 풍경을 바라보았다.

"언제 얘기 좀 해." 옌스가 입을 열었다.

"그래."

그리고 침묵이 이어졌다. 두 사람 모두 말문을 열고 싶지 않았다. 옌스가 종이 한 장을 찾아내 핸들에 대고 자기 전화번호를 적어서 소피에게 건넸다.

"고마워." 소피가 속삭였다.

그는 칼라플란에서 내렸고, 소피가 운전석으로 옮겨 앉았다. 그들의 작별인사는 짧고 딱딱했다.

알베르트는 방에서 곤히 잠들어 있었다. 소피는 알베르트를 잠시 바라보다가 아래층으로 내려와 불을 끈 다음 부엌에 선 채 자신의 손을 내려다봤다. 손은 떨리지 않았다. 소피의 내면 역시 차분했다. 소피에겐 그 사실이 놀라웠다. 뭔가 잘못된 것 같았다. 오늘 있었던 일 때문에 긴장하고 겁이 나고 불편해야 하는 것 아닐까. 다시 자신의 손을 보았다. 부드럽고 매끈하고 차분했다. 몸속에서는 맥박이 규칙적으로 뛰었다. 가스레인지에 물을 올리고 잉글리시 티를 꺼낸 다음 창가에 서서 물이 끓기를 기다렸다. 바깥 풍경은 평소와 똑같 았다. 가로등이 길을 비추었고 이웃집 창문에는 야간등이 켜져 있었다. 모든 것이 예전 같은 모습이었지만 소피는 모든 게 낯설어 보였다. 그 무엇도 이제 친숙하지 않았다.

10

옌스는 자기 아파트로 돌아가 가방을 싸고 옷을 갈아입은 뒤 24시간 주유소로 걸어가 가명으로 차를 빌리고 뮌헨으로 출발했다. 저녁인데도 따뜻해서 땀이 흘렀다. 그는 잠들지 않으려고 에너지드링크를 마시고 담배를 피웠다. 그는 소피 생각을 하고 있었다. 소피 란츠……. 아니, 소피 브링크만.

*

카를로스 푸엔테스는 이가 두 개나 빠졌다. 눈은 잔뜩 부어서 뜰 수 없을 지경이었고, 입안에 피가 가득해서 말을 하려고 할 때마다 꿀럭거리는 소리밖에 나지 않았다. 그는 트라스텐 레스토랑 사무실에 앉아 있었다. 30분 동안 그는 의자에서 몇 번이나 떨어졌다. 그는 흐느끼고 애원하고 무슨 일이든지 다 하겠다고 말했다.

하지만 엑토르도 아론도 그의 말을 들어줄 기분이 아니었다. 그들은 자기 집에 있던 카를로스를 잡아왔다. 카를로스는 벨이 울리는 순간 무슨 일인지 알아차렸고, 레스토랑으로 오는 차 안에서 롤란트 겐츠와 엮이게 되었다고 고백했다. 엑토르와 아론은 말없이 앉아 있었다. 카롤로스는 한 손으로 입가의 피를 닦았다.

"자백이 너무 빨라, 카를로스."

카를로스는 거칠게 숨을 몰아쉬었다. 공포로 온몸에 아드레날린이 돌았다. "그럴지도 모르지만, 내 말은 정말이야, 엑토르!"

카를로스가 발산하는 공포가 명백히 느껴졌다. 아론은 카를로스에게 피를 닦을 수건을 건네주었다. 카를로스는 자신을 고문한 아론에게 고맙다고 했다. 아론은 들은 척도 하지 않았다.

"왜 그랬지, 카를로스?" 엑토르가 물었다.

카를로스는 수건으로 피를 닦았다. "날 죽이겠다고 협박했어."

"겨우 그런 말 때문에 이 짓거리를 했다는 거야?"

카를로스는 아무 말도 하지 않고 앞만 바라보았다. 엑토르는 괜히 눈을 닦고는 낮은 목소리로 말했다.

"카를로스, 너는 나를 배신하고 덫으로 끌어들였어. 난 그 덫에 걸렸지만 빠져나왔지. 내가 너희 집 벨을 누르는 순간 너는 자백을 했고……. 이것 말고 무슨 말을 했고, 무슨 짓을 했지? 또 누구에게 내 이야기를 했지?"

카를로스의 눈에서 눈물이 줄줄 흘렀다. 그의 육중한 몸이 흐느낌에 맞춰 흔들렸다.

"아무도 없어, 맹세해. 엑토르…… 그가 내게 돈을 줬어."

"겐츠가?"

카를로스는 엑토르를 보지 않고 고개를 끄덕이며 소매로 코를 문질렀다.

"얼마나?"

"10만."

엑토르는 놀랐다. "10만 크로나?"

카를로스는 아무 말 없이 바닥만 보았다.

"내게서도 그만큼 받을 수 있었잖아! 네가 원했다면 그 두세 배라도 줬을 거야!"

카를로스는 헛기침을 했다.

"난 겁이 났어. 그자는 얼음처럼 차가웠어. 그가 하는 말은 허튼소리가 아니었어. 단지 돈 때문은 아니야. 물론 돈 때문은 아니지. 내겐 선택의 여지가 없었어. 비닐봉지에 10만을 넣어와서 두고 갔어. 내가 돈을 달라고 한 게 아니라고. 내 말 믿어줘!"

엑토르와 아론은 카를로스를 노려보았다.

"왜 우리에게 경고하지 않았지?"

카를로스는 아론을 올려다보았다. 대답할 말이 없는 것 같았다.

엑토르는 의자에 기댔다. "널 어떻게 해야 할까, 카를로스?"

덩치가 크고 목소리가 우렁차고 자신만만하던 카를로스 푸엔테스는 과거의 그림자에 불과했다. 그의 입과 얼굴은 너덜너덜했다. 엑토르조차 그가 딱해 보일 지경이었다. 카를로스는 가만히 고개를 가로저었다.

"모르겠어. 네가 하고 싶은 대로 해." 카를로스가 웅얼거렸다.

엑토르는 잠시 생각해보았다.

"늘 해오던 대로 하지. 다른 할 말이 있으면 지금 해."

카를로스는 고개를 가로저었다. 엑토르는 자기가 너무 물러진 걸까, 나중에 이 일을 후회할 날이 올까 스스로에게 물어보았다. 그는 일어나서 밖으로 나갔다. 아론이 따라 나갔다.

"고마워."

엑토르는 멈추지도 돌아보지도 않았다.

"그럴 필요 없어."

*

아론이 차를 몰았고 엑토르는 조수석에 앉았다. 스톡홀름은 밤이었다. 엑토르의 눈앞에 도시가 스쳐 지나갔다. 차는 먼저 함가탄으로 향했다. 새벽이 다가오고 있는데도 네온등이 빛나고 있었다. 그들은 구스타브 아돌프 광장을 거쳐 노르브로 다리를 건넜다. 엑토르는 아직도 깊이 생각에 잠겨 있었다. 그는 한숨을 쉬었다. 아론이 감라스탄의 스켑스브론 부둣가에 차를 댔다.

"난 취하도록 마실 생각인데, 같이 마시겠어?"

아론은 고개를 저었다. "아니, 그래도 집 앞까지는 같이 가줄게."

그들은 구시가지 중심가 브룬스그렌드의 건물들 사이를 걷다가 오른쪽으로 꺾어서 외스테르롱가탄으로 들어갔다. 사람들이 떠드는 소리와 웃음소리가 들렸다.

"엑토르." 아론이 낮은 목소리로 말했다.

"왜?"

"간호사 말이야."

"간호사가 왜?"

아론은 엑토르를 휙 보았다. '모르는 척하지마' 하고 말하는 눈빛이었다.

"괜찮아, 그녀는 문제가 아니야."

"그건 어떻게 알지?"

엑토르는 대답하지 않았다.

"그녀는 똑똑한 여자야."

"그래, 그렇지."

아론은 적당한 표현을 찾으려고 애썼다. "그리고 간호사야. 아마 자기만의 가치와 도덕을 지녔겠지. 꽤 독립적인 사람으로 보이던데…… 오늘밤 보고 겪은 것들이 그 여자를 완전히 뒤흔들어놨을 거야. 진정되고 나면 스스로에게 질문을 하겠지. 옳고 그른 걸 비교해보고 해답을 찾으려 할 거야. 도덕적인 해답 말이야. 그때가 되면 제대로 생각해보지 않고 뭔가 성급한 행동을 할지도 몰라."

엑토르는 계속 걸어갔다. 이 이야기를 계속하고 싶지 않았다. 그들은 건물들 사이에 놓인 아담한 광장인 브렌다톰텐까지 가서 멈춰 섰다. 엑토르는 아론의 얼굴에 남아 있는 상처를 보았다.

"꼴이 처참하네."

아론은 엑토르를 보았다. "넌 그럭저럭 별일 없이 빠져나온 것 같군." 그러고는 엑토르의 더러운 옷과 다리, 깨진 깁스를 보았다. "하지만 그건 고쳐야겠는데."

엑토르는 아무런 대답도 하지 않고 아론의 어깨를 두드린 뒤 자기 집 문으로 걸어갔다. 아론은 3층 창문에 불이 켜질 때까지 기다렸다가 왔던 길을 되돌아갔다.

엑토르는 아파트에 들어가 방마다 불을 켜고 커튼을 친 다음 조용한 음악을 틀었다. 와인을 한 병 따서 몇 분 만에 절반이나 마셨다. 그날 저녁의 스트레스가 조금 가라앉는 것 같았다. 그는 아버지에게 전화를 걸어 그날 있었던 일을 이야기했다. 아달베르토는 최선을 다해 엑토르를 진정시켰다. 엑토르는 낡은 리볼버를 배 위에 올려놓은 채 소파에서 잠이 들었다.

*

소피는 조간신문의 스톡홀름 섹션에 실린 기사를 읽었다. 지면 아래쪽 광고 틈에 낀 작은 기사들 중 하나였다.

일요일 새벽 이른 시간에 총상을 입은 남성이 카롤린스카 병원 응급실에 버려졌다. 신원이 밝혀지지 않은 사람들이 남성을 내려놓은 뒤 차를 타고 현장을 떠났다. 문제의 남성은 한밤중 수술을 받았으며 상태는 안정적인 것으로 알려졌다. 이 40대 남성은 아직 경찰의 심문을 받지 않았다.

그녀는 안심하고 의자에 기댔다. 그 사람은 살아 있다. 알베르트가 계단을 내려오는 소리가 들리자 그녀는 황급히 신문을 넘겼다.
"좋은 아침이에요."
"안녕."
"어젯밤 늦게 왔죠?"
소피는 대답 대신 고개를 끄덕였다. 알베르트는 전자레인지 위 찬장의 뮤즐리 통으로 손을 뻗었다.

"재미있었어요?"

"응, 좋았어." 소피는 신문을 보며 대충 대답했다.

*

소피는 오전 내내 정원에서 잡초를 뽑고 장미의 뿌리 순을 잘랐다. 새들이 노래했고, 지나가는 사람들은 고개를 끄덕이거나 품위 있게 손을 흔들어 그녀에게 인사했다. 모든 것이 아름다웠지만, 그녀는 이런 목가적인 풍경을 보아도 차분해지지 않았다. 심지어 매력적인 풍경이라고 느껴지지도 않았다. 그저 가만히 있을 수 없다는 기분뿐이었다. 마무리로 장미 가지치기를 하려고 했지만, 자신이 이 일에 아무런 관심이 없다는 것을 절감하며 가위를 든 손을 힘없이 떨어뜨렸다.

그녀는 일광욕용 의자에 앉았다. 몸을 감싸는 따뜻한 온기를 느끼며 피곤함이 그녀를 보다 차분한 세상으로 인도하도록 몸을 맡겼다. 그녀는 눈을 감았다. 아버지가 아직도 살아 계시고, 도움이 필요한 모든 일을 도와주시는 꿈을 꾸었다.

*

"여행은 괜찮았어?"

레셰크는 말라가 공항 게이트에서 나오는 소냐 알리사데를 만나 출구로 가면서 가방을 받아 들었다. 그는 택시스탠드 옆에 차를 세워두었다. 그곳에 차를 대면 안 된다고 누군가 고함을 쳤으나 그는 들은 척도 하지 않고 소냐를 위해 문을 열어주었다. 잠시 뒤, 그들은 고속도로를 타고 마르베야로 향했다.

아달베르토는 셔츠와 베이지색 리넨 바지 차림으로 그녀를 맞았다. 맨발의 그는 햇볕에 그을린 모습이었다. 숱이 적은 흰 머리는 뒤로 빗어 넘겼다. 금으로 된 손목시계가 뽐내듯 번쩍거렸다.

"어서 오거라."

그는 평소처럼 그녀의 양 뺨에 입을 맞추고 빌라 안으로 데리고 들어갔다. 실내 전체를 다 차지한 거실은 크고 밝았다. 한가운데 있는 커다란 테이블에는 점심 식사가 준비돼 있었다. 널찍한 창문으로 광활한 바다가 보였다.

"어땠니?" 그가 냅킨을 펴며 물었다.

그녀는 잔을 들고 물을 마셨다.

"괜찮은 것 같아요. 다 처리했고, 아파트는 말끔하게 정리했어요. 제가 살았던 기록은 하나도 남지 않았어요."

"여기 사는 건 괜찮겠어?"

그녀는 고개를 끄덕였다.

"네가 우리의 보호를 받기로 결정한 건 현명한 일이다. 그런 남자들이 어떤 꿍꿍이를 품게 될진 알 수 없는 법이거든. 멀쩡한 사람인 척하려는 놈들이 제일 위험하지."

그녀는 그의 말에 수긍하지도 않았지만 반대하지도 않았다. 스반테 칼그렌을 아는 사람은 그녀였다. 그녀는 자기 몸 안에 그를 여러 번 들였다. 그는 정말로 불쾌했고, 일종의 차가움과, 공허함을 지니고 있었다. 남자에게서 그런 걸 느껴본 적은 처음이었다. 다른 남자들이 지닌 것이 그에겐 결여된 것 같았다. 이 세상에 다른 사람들도 살고 있다는 것을 모르는 사람 같았다. 게다가 멍청한 구석도 있었다. 무능하고 저능아 같았다. 자기 자신에 대한 일그러진 시각 말고는 인생의 그 어떤 것도 생각하지 못하는 사람 같았다.

소냐는 기진맥진했고, 마음속 깊은 곳에서는 당분간 몸을 팔지 않아도 된다는 게 기뻤다. 그렇지만 그건 그녀가 스스로 선택한 일이었다.

오래전 엑토르에게 이 아이디어를 제안한 건 바로 소냐였다. 엑토르는 그녀에게 오빠 같았다. 적어도 그녀 곁에 있는 사람 중 오빠에 가장 가까운 존재였다. 그녀의 아버지 다누쉬는 헤로인을 수입했는데, 1979년 샤가 실각하자 테헤란을 떠나 아달베르토와 사업을 하기 시작했다. 두 가족은 서로 무척 가까웠다. 외동딸인 소냐는 방학을 하면 구스만 가족과 함께 마르베야에서 지냈다. 그녀는 구스만 가족의 넷째 아이 같았다.

소냐의 부모는 1980년대에 스위스에서 살해당했다. 그녀는 아시아 어딘가에 틀어박혀서 오랫동안 심각한 코카인 중독에 빠져 지냈다. 코카인은 끝없는 비통함을 잊을 수 있게 해주었다. 그녀를 찾아내 집으로 돌아오도록 도와준 사람이 엑토르였다. 아달베르토와 엑토르는 그녀가 마르베야에서 지내며 회복하는 걸 도와주었다. 엑토르가 세 명의 남자 사진을 보여주었다. 그들은 흰 타일 바닥에 누워 있었다. 독일 남부 길가의 카페에 있는 공공화장실이었다. 머리, 가슴, 팔, 다리에 총상이 있었다. 온몸이 구멍투성이였다. 그들은 이탈리아 범죄 조직 은드랑게타 측 사람들로, 그녀의 부모를 죽인 장본인이었다. 그녀는 사진을 보고 기쁨을 느꼈다. 그녀는 그 사진을 가지고 다니면서 삶이 힘들고 불공평하다는 생각이 들 때마다 꺼내 보았다.

소냐는 엑토르와 아달베르토가 그녀에게 해준 일에 보답하고 싶었다. 그 같은 제안을 처음 건넸을 때 엑토르는 그녀가 빚진 것은 아무것도 없다며 말리기 위해 애썼다. 그가 무슨 말을 해도 소냐는 듣는 척도 하지 않았다. 그녀는 자기 주장을 밀고 나가서 결국 계획을 실행에 옮겼다. 스반테 칼그렌을 이용하면 빚을 갚고 그녀가 얼른 벗고 싶은 의무감을 떨치게 해줄 것 같았다. 그녀는 엑토르와 아달베르토를 좋아했지만, 그들도 근본적으로는 다른 남자들과 크게 다르지 않다는 걸 알고 있었다. 지금 눈앞에 마주 앉은 남자 역시 마찬가지라고 생각했다.

아달베르토가 그녀를 보고 있었다. 마치 그녀의 마음을 읽은 듯했다.

"네가 온다고 해서 준비해뒀다. 이야기하고 싶으면 언제든 여자 정신과 의사를 만날 수 있어. 훌륭한 여자고, 우리가 오라고 하면 언제든지 올 거다. 네가 원하는 건 무엇이든 다 해주마. 네가 제자리를 찾는 데 필요한 게 뭐든 말만 하렴."

그는 미소를 지었고 그녀도 미소로 답했다. 자신의 기분과 관계없이 미소를 짓는 것은 어렸을 때 이미 터득한 재주였다. 그들은 말없이 점심을 먹었다. 열린 창문으로 바다가 한숨을 쉬는 듯한 소리가 들렸다. 따뜻한 바닷바람이 흰 리넨 커튼을 흔들었다.

음식 찌꺼기를 얻어먹으려고 피뇨가 달려들었다. 아달베르토는 무시했지만, 개는 잠시 후 그의 발 옆에 자리를 잡고 앉았다.

"몇 년 전 식탁에서 먹을 걸 한 번 줬지. 이젠 주지 않는다는 걸 깨닫는데 참 오래 걸리는구나." 그는 피뇨를 보았다. "그래도 우린 친구지, 안 그래?"

소냐는 피뇨를 보는 아달베르토의 얼굴에서 행복을 느낄 수 있었다. 그러다 아달베르토의 미소가 갑자기 사라졌다. 개는 그저 개에 불과하다는 게 얼마나 슬픈지 불현듯 깨달은 것 같았다.

11

구닐라는 묘한 표정으로 안데르스를 보았다.

"다시 말해봐."

"엑토르가 간호사에게 레스토랑 문을 열어준 다음에 남자 두 명이 따라 들어갔습니다. 엑토르는 다시 나오지 않았지만 간호사는 나왔어요. 라르스가 간호사를 따라갔고요."

"남자들은?"

안데르스는 어깨를 으쓱했다. "사라졌어요. 30분 후에 식당에 들어가봤는데, 아무도 없던데요. 뒤뜰로 통하는 문으로 나간 모양이죠. 뜰을 지나서 블록 반대편으로 간 것 같아요."

"그리고?"

안데르스는 고개를 가로저었다. "이걸로 끝입니다. 전 집으로 갔어요."

그들은 훔레고르덴의 벤치에 앉아 있었다. 그들 주위의 사람들은 모두들 여름의 열기를 즐기고 있었다. 재킷을 입고 있는 남자는 안데르스 아스크뿐이었다.

"소피와 엑토르가 레스토랑에 들어갔고, 남자 두 명이 따라갔다……. 소피가 얼마나 있다 나왔지?"

"30분 정도요."

"정도?"

"정확한 시간을 적어놨는데 지금 가지고 있지 않아요."

구닐라는 잠시 생각에 잠겼다.

"그리고 라르스가 소피를 추적했다고?"

안데르스가 고개를 끄덕였다. 구닐라는 전화를 걸었다.

"라르스, 혹시 일하는 중이야? 지금 바로 훔레고르덴 공원으로 와 줄 수 있어?"

안데르스는 그녀의 상냥한 목소리를 듣고 씩 웃을 수밖에 없었다. 대답할 수도, 거부할 수도 없는 목소리였다.

"온대."

"알아요."

그리고 두 사람은 마치 명령을 기다리는 로봇처럼 가만히 앉아서 꼼짝도 않고 공원을 바라보기만 했다. 안데르스가 먼저 움직였다. 그는 재킷 주머니에 손을 넣고 구겨진 사탕 봉지를 꺼내 구닐라에게 내밀었다. 그녀도 되살아났다. 부스럭거리는 소리 때문인 것 같았다. 그녀는 고맙다는 말도 없이 감초 두 개를 꺼내 생각에 빠진 채 씹었다. 사라지지 않는 생각이 하나 있었다. 그녀는 현실로 돌아와 다시 전화를 꺼내고 에바 카스트로네베스의 번호를 찾았다. 전화를 귀에 바짝 댔다.

"에바, 날짜 좀 확인해줘."

"지난 토요일, 5일인 것 같아요."

구닐라가 안데르스를 흘끗 보자 그는 맞다는 뜻으로 고개를 끄덕였다.

"그날 전체를 찾아보되, 저녁과 일요일 새벽을 특히 꼼꼼히 확인해. 바사스탄 위주로 알아보면서 그 근처도 같이. 흥미롭다 싶은 건전부 다. 고마워."

구닐라는 전화를 끊었다. 안데르스가 그녀를 바라봤고, 구닐라는어깨를 으쓱했다.

"달리 시작할 곳이 없잖아."

그는 대답하지 않았다.

라르스는 스투레플란의 자갈길을 따라 공원으로 오고 있었다. 구닐라는 그를 보았다. 허리가 아픈 사람처럼 걸음걸이가 뻣뻣했다. 정말 허리가 아픈 건지도 모른다. 죄책감을 느끼는 사람들은 거의언제나 무의식적으로 죄책감을 척추로 옮긴다. 뭔가 머뭇거리는 모습, 반항적인 모습이었다.

"안녕하세요?"

구닐라는 그를 보았다.

"머리 잘랐어?"

라르스는 한 손으로 머리를 쓸며 웅얼거렸다. "조금요."

"이렇게 빨리 와줘서 고마워."

라르스는 한 손을 청바지 주머니에 넣었다.

"내 기억이 맞다면, 자네가 토요일 저녁에 소피가 트라스텐 레스토랑에 갔다가 차를 몰고 집으로 가는 걸 봤다고 보고서에 적은 것 같은데 맞나? 안데르스가 레스토랑 밖에서 봤다는군. 그리고 소피가 레스토랑에서 나왔을 때 자네가 따라갔다던데?"

"맞아요. 11시쯤 집에서 나와 차를 몰고 레스토랑으로 갔어요. 자정쯤 거기서 나온 걸로 기억해요. 노르퇼로 가는 소피를 따라가다가 그냥 보냈어요. 집으로 가는 거겠거니 생각했어요."

거짓말을 하는 것은 아닌지 살피려는 듯 구닐라와 안데르스가 라르스를 빤히 쳐다봤다. 라르스는 목을 긁적였다.

"무슨 일 있었나요?"

"난 몰라. 안데르스가 자네를 봤다는군. 그리고 남자 둘이 레스토랑으로 들어가는 것도 봤대."

라르스는 초조함과 짜증을 느끼는 것 같았다.

"그래요? 그래서요?"

"자네도 남자들을 봤나?"

라르스는 고개를 가로저었다.

"아뇨. 음…… 봤는지도 모르죠. 사람들이 들락거렸어요. 레스토랑이잖아요."

라르스는 구닐라를 보며 박하사탕을 입에 넣었다. "지금 뭐하는 거죠? 심문하는 건가요?"

구닐라는 대답하지 않았다. 안데르스는 내내 그를 빤히 쳐다보고 있었다.

"그 사람들은 다시 나오지 않았어. 엑토르도 다시 나오지 않았지. 뒤에 출구가 있었어. 소피가 레스토랑에서 나오고 네가 따라갔을 때, 소피가 중간에 어디 들른 곳 있나?"

사탕 덕분에 침을 꿀꺽 삼킬 핑계가 생겼다. 그는 침을 삼키고는 고개를 가로저었다.

"아뇨."

그날 밤 라르스는 약기운에 잔뜩 취해 있었다. 그날 저녁의 기억 자체가 거의 없다시피 했다. 하가 근처에서 그녀를 놓쳤던 것만 어렴풋이 기억났다. 그다음부터는 아예 아무것도 기억나지 않았다. 무슨 일이 있었는지, 그가 어떻게 집으로 돌아왔는지는 신만이 아실 텐데, 신에게 물어볼 수는 없었다. 그는 신과 사이가 좋지 않았다. 거짓말을 할 때면 그것이 진실이라고 스스로를 설득하는 게 제일 중요하다. 설득하고 나면 거짓말은 거짓말이 아닌 게 되고, 불안해해하는 티는 전혀 나지 않게 된다.

"소피는 바로 집으로 갔어요. 소피가 고속도로에서 빠져나갔을 때 저는 감시를 중단했어요."

"어떤 길로 갔지?"

그는 거짓말을 한다는 걸 드러내는 불확실한 자세를 취하지 않으려고 애썼다.

"오덴플란에서 좌회전해서 스베아베겐으로 갔어요. 거긴 좌회전 금지인데 말이죠. 그러고는 계속 스베아베겐을 따라 가다가 로터리에서 북쪽으로 돌려 E4를 탔어요."

"왜 로슬라그스툴, 로슬라그스베겐을 거쳐서 가지 않았지? 그게 더 가까운데."

라르스는 어깨를 으쓱했다.

"그거나 그거나죠. 베리스함라에서 돌려서 스톡순드 다리로 갈 수도 있었겠고. 모르겠어요."

"왜 집까지 따라가지 않았지?"

라르스는 사탕을 빨았다. 사탕이 이에 부딪쳐 소리가 났다.

"늦은 시간이라 차가 별로 없었어요. 조심하느라고요."

구닐라는 그를 뚫어지게 쳐다보았다. 안데르스도 마찬가지였다.

"라르스, 시간을 내서 여기까지 와줘서 고마워."

라르스는 두 사람을 보았다.

"그리고요?"

구닐라는 그가 무슨 말을 하는 건지 이해하지 못하겠다는 표정이었다.

"왜 불렀어요? 무슨 일 있는 거 아니었어요?"

"아무 일도 없었어. 그냥 그날 저녁에 있었던 일이 이해가 잘 안 돼서."

"저 사람은 여기서 뭐하는 거죠?"

라르스는 안데르스에게 시선을 주지 않은 채 구닐라에게 물었다.

"제게 미행을 붙일 필요는 없어요, 구닐라."

라르스가 낮은 목소리로 말했다. 그의 목소리에 밴 분노 때문에 구닐라는 놀랐다.

"라르스, 그런 게 아니야. 안데르스는 엑토르 주위 사람들의 정체를 파악하는 걸 도와주고 있다 보니 어쩌다 둘이 같은 곳에 있게 됐던 것뿐이야. 그날 저녁 일이 잘 이해가 안 돼서 자네에게 물어보려고 한 거야. 보고서에 쓴 것 외에 다른 내용은 없는 것 같으니 됐어. 다 잘돼가고 있는 것 같은데?"

라르스는 아무런 대답도 하지 않았지만 그를 둘러싼 어둠이 조금 가벼워지는 듯한 느낌이 들었다.

"고마워, 라르스……. 감시 계속해."

라르스는 왔던 길로 되돌아갔다. 겉으로는 간신히 자제할 수 있었지만 속으로 그는 떨고 있었다.

구닐라와 안데르스는 라르스가 사라질 때까지 침묵 속에 앉아 있었다.

"어떻게 생각해?"

안데르스는 생각해보았다. "모르겠어요, 정말 모르겠어요. 거짓말하는 것 같진 않던데요."

"그렇지만?"

안데르스는 공원 너머를 바라보았다.

"저 친구는 천성이 불안정해요. 오늘은 지나치게 확신에 찬 것 같던데요. 거의 거짓말을 숨기려고 하는 것 같아 보일 정도로요."

구닐라가 일어섰다.

"같이 경찰서로 돌아가자. 한동안은 딱 붙어 있어."

구닐라는 에바 카스트로네베스의 책상 앞에 앉아 있었다. 에바는 서류를 모아서 말없이 읽다가 원하는 부분을 찾아냈다.

"토요일. 바사스탄에선 별일 없었어요. 취해서 난동 부린 사건 몇 건, 싸움 몇 건, 스베아베겐의 편의점을 턴 사건 정도밖에……. 바사 공원에서 마약 과용 사건 하나, 차량 절도 몇 건, 공공 기물 파손 하나. 평범한 토요일이었네요. 제가 보기에 눈에 띈다 싶었던 사건 딱 하나는 새벽 1시쯤 총을 맞은 채 카롤린스카 병원에 버려진 남자가 한 명 있었던 거예요."

"누구지?"

에바는 컴퓨터로 몸을 돌려 키보드를 두드리고 화면을 읽었다.

"이름 정보는 없어요. 병원 측에서는 그가 고열에 시달리면서 독일어로 말했다고 경찰에 이야기했다네요. 지금으로선 다른 정보가 없어요. 아마 아직도 의식이 없나 봐요."

"누가 버리고 갔다고?"

에바는 고개를 끄덕였다. "네, 개인 차량이 태우고 와서 버리고 갔대요."

잠시 후에 구닐라와 안데르스는 흰 병원 침대보를 덮은, 의식이 없는 클라우스 쾰러 옆에 서서 그를 내려다보고 있었다.

"모르겠어요……. 남자 둘 중 하나였을 수도 있어요. 덩치가 더 작았던 쪽."

구닐라는 안데르스가 더 말하도록 기다렸다. 안데르스는 클라우스를 천천히 이런저런 각도에서 살폈다. 구닐라는 조바심이 나기 시작했다.

"안데르스?"

그는 그녀가 자신이 집중하는 것을 방해했다는 듯이 짜증 섞인 눈길로 그녀를 쏘아보았다.

"모르겠어요. 일으켜볼 수 있을까요?"

클라우스의 몸은 침대 옆 스탠드의 튜브, 링거, 전선들과 연결되어 있었다. 구닐라는 몸을 굽혀 침대 밑을 보았다.

"상반신은 세울 수 있을 것 같은데."

안데르스가 그쪽으로 가서 침대 밑의 페달을 찾아냈다. 발로 밟자 유압식 기계가 작동했다. 그런데 그의 의도와 달리 침대가 내려가기 시작했다. 침대가 가장 낮은 위치까지 내려가자 클라우스의 손 피부 밑에 꽂혀 있던 링거 바늘과 다른 장비들이 뽑혔다. 기계에서 삑삑 소리가 나기 시작했다.

"젠장."

안데르스가 바늘을 잡고 클라우스의 손에 다시 확 꽂자 삑삑 소리가 더 커졌다. 결국 그가 찾던 페달을 발견해서 밟았다. 클라우스 퀼러의 상체가 그들을 향해 당당하게 솟아올랐다. 몸이 세워질수록 기계 소리는 더 시끄러워졌다. 스크린의 곡선이 위아래로 요동쳤다. 안데르스는 기억 속의 이미지를 떠올리려고 고개를 들었다가 숙이기를 몇 번 반복했다. 그러고는 방 밖으로 나갔다. 구닐라가 그의 뒤를 따랐다. 두 사람이 밖으로 나와 문을 닫을 때까지도 기계는 계속 삑삑 소리를 냈다.

"어때?"

복도에서 간호사 하나가 그들 쪽으로 달려왔다.

"어쩌면…… 아마 맞는 것 같아요. '어쩌면'과 '아마' 중에 아마에 더 가까워요. 70퍼센트 정도라고 할 수 있을 것 같아요."

*

구닐라는 병원 밖 콘크리트 화단에 앉아 전화를 귀에 대고 소피에게 상냥하게 질문을 던졌다. 소피는 순순히 답했다.

"저녁을 같이 먹으려던 것 아니었나요?"

"계획대로 되지 않았어요. 엑토르가 갑자기 회의가 잡혔다고 하기에 전 그냥 집으로 갔어요."

안데르스는 멀지 않은 곳에 서 있었다. 조약돌을 던져 재떨이를
맞히며 시간을 죽이고 있었다. 땅땅 울리는 소리가 짜증스러웠다.

"왜 그러시죠? 무슨 일이 있었나요?"

"그냥 명확하지 않은 세부적인 것들이 조금 있어서요."

소피는 말이 없었다.

"그가 누굴 만났는지 아세요?"

"아뇨, 전혀 몰라요."

안데르스는 재떨이를 몇 번 맞혔다. 땡그랑, 땡그랑, 땡그랑.

"확실해요?"

"네. 왜요, 구닐라?"

*

소피는 휴대전화를 든 채 앉아 직원실 커피테이블에 덮어놓은 방
수 천을 노려보고 있었다. 구닐라와의 대화가 머릿속에서 메아리쳤
다. 그녀는 자기가 했던 말과 대화의 방향을 떠올리려고 했다. 자기
목소리가 어땠는지 생각해봤다. 말투가 어땠지? 내가 뭐 알려준 게
있을까? 머릿속이 핑핑 돌았다. 전화가 다시 울렸다. 혼란스러운 상
태에서 그녀는 누구인지 확인하지도 않고 받았다.

"여보세요?"

아론의 말투는 딱딱했다. 그녀를 만나고 싶다는 말에 소피는 놀
랐다. 그에게 지금 어디 있느냐고 물어보았다.

"그건 상관없어요."

소피는 갑자기 불편해졌다. 아론은 퇴근 후 병원 앞에서 기다리라며 자기가 데리러 오겠다고 했다.

"안 돼요."

"아니, 됩니다." 아론은 그렇게 말하고 전화를 끊었다.

*

아론은 운전석에 앉아 있었다. 소피가 문을 열고 조수석에 타는데도 그녀의 눈을 보지 않았다. 그는 로터리에서 차를 돌려 고속도로로 향했다. 스톡홀름 방향이 아니라 다른 출구로 나가서 북쪽 노르텔리에로 가는 차선으로 들어갔다.

"어디 가는 거죠?"

그가 대답하지 않아 그녀는 다시 물어야 했다.

"이야기를 좀 나눌 겁니다……. 질문은 그만해요."

그는 계속 고속도로를 달렸다. 끝이 없는 것만 같았다.

"지금 뭐하는 거죠, 아론?" 그녀가 속삭였다.

아론은 답하지 않았다. 그녀를 보지도, 그녀의 말을 듣지도 못하는 것 같았다. 공포가 스멀스멀 올라왔다.

"어디로 가는 건지 말해주면 안 되나요?" 그녀가 애원했다.

그녀의 목소리가 얼마나 불안한지 아론은 분명 느꼈을 것이다. 어쩌면 그가 원한 게 바로 이런 것인지도 모른다.

잠시 후 그는 고속도로에서 빠져나와 오른쪽 차선으로 계속 달렸다. 도로 표지판이 스쳐 지나갔다. 소피는 셰플뤼그베겐이라는 도로명을 언뜻 읽을 수 있었다. 그는 계속 물 쪽으로 가서 외딴 곳을 찾아내 차를 대고 시동을 껐다. 그 뒤의 침묵은 그녀가 상상했던 것보다 훨씬 더 괴로웠다. 너무나 짙고, 거의 사악하기까지 한 침묵이었다. 그는 정면을 똑바로 바라보고 있었다.

"곧 그날 저녁에 대해 스스로에게 질문하게 될 겁니다. 그 질문들에 대한 명백한 답은 없을 거예요. 그리고 답을 찾지 못하면, 그 질문들을 다른 사람과 나누고 싶어질 겁니다."

소피는 대답하지 않았다.

"그러지 마세요." 아론이 낮은 목소리로 말했다.

소피는 자기 다리를 내려다보다가 창밖을 보았다. 태양은 평소처럼 빛나고 있었고, 멀리 있는 물이 반짝이고 있었다.

"엑토르가 이 일을 아나요?" 그녀가 조용히 물었다.

"그건 상관없습니다."

가슴속에서 심장이 뛰는 것이 느껴졌다. 차 안의 공기가 희박해지는 것 같았다.

"지금 날 협박하는 건가요, 아론?"

아론은 몸을 돌려 소피를 바라보았다. 공포가 갑자기 그녀의 누관 속에서 물리적 형태를 취했다. 굵은 눈물이 뺨 위로 연신 흘러내렸다. 그녀는 헛기침을 하고 소매로 눈물을 닦았다.

"이 일을 심각하게 받아들여야 하는 거죠?"

자기가 왜 이런 질문을 했는지 알 수 없었다. 아론의 내면에서 조금이라도 인간적인 면을 보고 싶어서 그랬는지도 모른다.

"네." 그는 침착한 목소리로 말했다.

그녀는 자기 팔이 떨리고 있다는 걸 느꼈다. 거의 알아볼 수 없을 정도로 미세했지만 떨리고 있었다. 팔이 아팠다. 목에서도 고통이 느껴졌다. 그녀는 고통을 억누르며 침을 꿀꺽 삼키려 했다. 모든 불안감이 목구멍에 모인 것 같았다. 너무나도 침을 삼키고 싶었다. 소피는 아론에게서 몸을 돌리고 침을 꿀꺽 삼켰다.

"돌아가면 안 돼요?"

"제가 한 말을 이해한다고 하면 갈 수 있어요."

소피는 창밖을 보았다.

"이해해요." 그녀는 힘없는 목소리로 말했다.

아론은 몸을 앞으로 숙이고 키를 돌렸다. 차 시동이 걸렸다.

12

하세 베릴룬드는 햄버거 가게 앞의 줄에 서 있었다. 멕시코 테마 이벤트 중이라 카운터 뒤의 멍청이들은 머리에 플라스틱으로 만든 작은 멕시코식 모자를 쓰고 있었다. 그는 엘 헤페(El Jefe, 대장이라는 뜻_역주)를 주문했다. 모든 토핑을 추가한 세 겹짜리 버거였다. 감자 튀김은 두 개 주문했다. 하세는 자리에 앉았다. 이제 광적인 폭식을 시작할 수 있었다. 크게 한입 베어 물고 코로 숨을 쉬었다.

그와 테이블 몇 개를 사이에 두고 한 무리의 이민자 청년들이 앉아 있었다. 검은 머리, 창백한 얼굴, 멍청한 콧수염을 조금 기르고 검은 운동복을 입었다. 모두 늘씬한 근육질 몸매로, 호르몬이 들끓는지 엄청나게 시끄러웠다. 적당한 선에서 멈출 줄을 몰랐다. 그들 중 두 명이 자리에서 레슬링을 하기 시작했다. 지나칠 정도로 시끄럽고 격하게 소리를 지르며 얼음과 콜라를 바닥에 쏟았다. 하세는 그들을 보았다. 아랍 어느 나라에서 왔을 텐데 어떻게 얼굴이 저렇게 창백할 수 있는지 이해할 수가 없었다. 어쨌거나 그곳은 해가 쨍쨍한 곳 아닌가.

너무 시끄러워지자 그는 얼굴을 찌푸렸다. 밀크셰이크가 넘어져 테이블 위에 흘렀다. 밀크셰이크가 자기 운동복에 튀자 한 명이 소리를 질렀다. 다른 하나는 거칠게 욕을 내뱉기 시작했다. 또 다른 한 명은 자기 음료에서 얼음을 꺼내 친구들에게 던지기 시작했다.

하세는 계속 햄버거를 씹으며 젊은이들을 지켜보았다. 그들은 계속 레슬링을 했다. 거칠게, 세게, 생각 없이……. 레슬링이 심해져서 싸움에 가까워졌고, 한 명이 화가 났다. 그는 하세가 모르는 언어로 소리를 지르기 시작했다. 그들 전부가 합세해서 변성기에 접어든 목소리로 지긋지긋한 합창처럼 외쳐댔다. 하세는 눈을 감았다.

18개월 전, 하세 베릴룬드는 스톡홀름 경찰의 신속대응팀에 있었다. 그와 그의 동료들은 노라반토리에트에서 레바논 청년 하나를 공격한 적이 있었다. 그의 동료들은 멈춰야 할 때를 알았지만 하세는 알지 못했다. 그의 동료들이 그를 끌어냈다. 하세는 진정하고 이제 괜찮다는 몸짓을 했다. 다시 머리로 생각을 하고 있다고. 동료들의 손이 느슨해지자 풀려난 하세는 만족스러운 마지막 한 방을 날렸다. 청년의 몸을 걸어찬 것이다. 청년은 사흘 동안 무의식 상태로 누워 있었다. 의사들은 갈비뼈 골절, 내부 출혈, 턱 탈구, 쇄골 골절을 진단했다. 치안판사 두 명은 사건에 전혀 관심이 없었고, 검사는 다친 청년을 제외한 법정 안의 모든 사람과 친구 사이였다. 수염을 기른 의사는 청년이 자기 잘못으로 다쳤을 가능성도 '불가능하지는 않다'라고 했고, 급히 다른 사건을 변호하러 가봐야 했던 청년의 변호사는 멍청하고 신중하지 못한 질문들을 던졌다. 하세는 아무 처벌도 받지 않았고, 청년은 평생 후유증에 시달리게 되었다. 하지만 하세의 상관은 이제 이런 일이 지긋지긋하다며 하세에게 두 가지를 선택하게 했다. 시내를 떠나서 공항으로 가거나 아니면 경찰을 아예 떠나서 떠나서 뭐든 너 꼴리는 대로 하면서 살아라.

하세는 결국 알란다 공항으로 망명했다. 영원과도 같은 시간 동안 공항에 처박혀 지내며 그가 혐오하는 불법 이민자들을 괴롭힐 기회를 찾았다. 그때 난데없이 전화가 걸려왔다. 국립범죄센터의 구닐라 스트란드베리라는 여자가 자기 동료 두 명을 만나봐달라고 부탁했다. 하세는 이해할 수 없었다. 하지만 뭐든 공항보다는 나을 것이다.

청년들은 계속 소리를 질렀다. 하세는 씹고 있던 버거를 삼켰다. 혀로 이를 한 번 쓸고는 경찰 신분증을 꺼내 테이블에 놓았다. 심호흡을 몇 번 하고는 감자튀김 통 두 개 중 하나를 집어서 젊은이들에게 세게 던졌다. 통은 레슬링하던 한 청년의 뺨에 맞았다. 감자튀김이 튀어나와 다른 몇 명에게 날아갔다. 시끄럽게 굴던 흐름이 끊겼다. 그들은 말없이 하세를 노려보았다. 하세는 턱에 들어갈 만큼 최대한 버거를 밀어넣고 한입 베어 물었다.

한 젊은이가 벌떡 일어나 자기 가슴을 두드렸다. 무언가 물었지만 하세는 귀를 기울이기도 싫었다. 이민자들의 서툰 스웨덴어는 정말 지긋지긋했다. 젊은이는 하세에게 다가왔다. 하세 베릴룬드는 입에 음식을 더 밀어넣고 씹으며 경찰 배지를 들어 보이고 재킷을 젖혀 어깨에 찬 권총집에 들어 있는 권총을 보여주었다. 그리고 턱으로 신호했다.

"앉아……."

그는 물러나서 앉았다. 하세는 그들 하나하나를 겨눠서 감자튀김을 던졌다. 젊은이들은 침묵 속에서 모욕을 견뎠다. 하세는 분노도 즐거움도 드러내지 않고, 그저 정확하게 조준해서 던지기만 했다. 그들의 등에, 머리에, 팔에, 여드름투성이 얼굴에.

안데르스 아스크와 에리크 스트란드베리가 레스토랑에 들어와서 펼쳐지고 있는 비극을 보고는 그의 테이블로 왔다.

"당신이 하세 베릴룬드인가 보군." 에리크가 말했다.

하세는 그들에게 고개를 끄덕이고는 계속 감자튀김을 던졌다.

"난 에리크고 이쪽은 안데르스야."

에리크는 한숨을 쉬며 앉았다. 그는 그날 열이 있어 식은땀이 나고 있었다. 이마에서는 계속 무언가 꾹 누르는 것 같은 느낌이 났고 입안은 건조했다.

이번에 던진 감자튀김은 한 젊은이의 후드 속에 안착했다.

"감자튀김 싸움 하고 있나 보지?" 안데르스가 말했다.

"응." 하세가 하나 더 던지며 말했다.

안데르스도 합세해서 튀김을 몇 개 집어 젊은이들에게 던졌다. 그의 조준도 정확했다. 모욕당한 젊은이들은 앞만 바라보았다.

"원래 스톡홀름 시경에 있었지?" 혈압이 높은 에리크는 거칠게 숨을 쉬며 물었다.

"응."

"그랬다가 알란다로?"

감자튀김이 다 떨어졌다.

"더 사올까?" 안데르스가 물었다.

에리크는 고개를 가로젓고 젊은이들을 돌아보았다.

"친구들, 좋은 하루 보내. 서로 잘 돌봐주고." 에리크는 나가라는 손짓을 하며 말했다.

젊은이들은 일어나서 구부정한 자세로 걸어 나갔다. 그들은 레스토랑 밖에서 다시 소리를 지르며 싸우다가 이내 사라졌다.

"훌륭한 친구들이군!" 안데르스가 말했다.

"스웨덴의 미래지." 하세가 답했다.

에리크는 자기 팔꿈치 안쪽에 대고 기침을 했다. 하세는 에리크와 안데르스를 보며 빨대로 음료를 마셨다. 안데르스는 차분해져서 이야기를 시작했다.

"구닐라와 벌써 말이 오간 걸로 알고 있어. 프로젝트 이야기는 들었지? 네가 어떤 사람인지 만나고 싶었어."

"에리크, 너에 대해선 들었지만 안데르스라는 이름은 들은 적 없어." 하세가 말했다.

"안데르스는 컨설턴트야." 에리크가 말했다.

"컨설턴트는 무슨 일을 하지?"

"컨설팅을 하지." 안데르스가 말했다.

하세는 의자 위 자기 허벅지 사이에 튀김이 하나 떨어져 있는 것을 보고는 집어 먹었다.

"스트란드베리는? 이름이 같잖아. 구닐라가 네 마누라라도 되는 거야, 뭐야?"

에리크는 하세를 노려보았다. "아니야."

하세 베릴룬드는 다음 말을 기다렸지만 에리크는 더 이상 입을 떼지 않았다.

"좋아. 어차피 관심도 없어. 그저 같이 일하게 돼서 기쁠 뿐이야. 지금 이게 그런 거 맞지, 같이 일하자는 제의?"

"그럴지도. 네 생각은 어때, 안데르스?"

안데르스는 대답하지 않았다. 하세는 두 사람을 번갈아 보았다.

"이러지 마. 난 빌어먹을 공항에 처박혀 있다고. 여길 벗어나지 못하고 계속 있다간 아마 누구든 쏴버릴 거야. 난 그쪽 조건에 뭐든 맞출 수 있다고 구닐라에게 이미 말했어."

에리크는 딱딱한 플라스틱 의자에서 편한 자세를 찾아보려다 기침만 잔뜩 했다.

"좋아, 이런 일이야. 우린 팀으로 일해. 우린 구닐라의 결정에 의문을 품지 않아. 그녀는 언제나 옳아. 매번 우리가 원하는 결과가 나오는 건 아니지만, 최소한 결국에는 비슷한 결과가 나와. 구닐라는 그 방법을 알고, 그래서 우리는 구닐라가 시키는 대로 하는 거야. 만약 우리가 하는 일 중에서 네 역할이 뭔지 이해하지 못하더라도 넌 질문하면 안 돼. 그냥 계속 닥치고 일만 하면 돼. 이해했어?"

하세는 컵에 남은 음료를 다 삼켰다. 컵 바닥에서 얼음이 달그락거렸다.

"좋아." 그는 빨대를 놓으며 단호하게 말했다.

"만약 불만이 있다면, 불공평한 대접을 받고 있다고 생각한다면, 칭얼거리면서 질문을 해댄다면 넌 잘릴 거야." 에리크는 몸을 앞으로 기울여 하세의 새 애플파이를 집어 크게 한입 베어 먹었다. 늘 그렇듯 너무 뜨거워서 그는 입을 벌리고 씹으며 계속 이야기했다.

"우리 방식은 아주 단순해. 복잡한 일은 안 좋아하거든. 일을 잘하면 보상을 받는 거야."

에리크는 하세의 애플파이를 다 먹어치웠다. 하세의 표정은 변하지 않았다. 에리크는 테이블의 냅킨을 집어 열 때문에 난 눈썹의 땀을 닦고 요란하게 코를 풀었다.

"넌 곧 우리 쪽에 배정될 거야. 이 일은 떠벌리지 마. 네 동료 누구한테도 떠들어대지 말고, 고마운 줄 알고 있어. 알겠어?"

"알았다, 오버." 하세 베릴룬드는 TV에 나오는 경찰 같은 목소리로 말하고 비뚤어진 미소를 지어보이며 양 엄지를 치켜올렸다.

에리크는 그를 빤히 보다가 경고하듯 말했다. "그리고 나한테 그딴 헛수작 하지 마."

에리크는 일어나서 걸어 나갔다. 안데르스는 순진한 표정을 짓고 어깨를 으쓱해 보인 다음 따라 나갔다.

*

구닐라와 안데르스를 만나고 난 뒤 라르스는 상당히 흔들렸다. 약도 잘 듣지 않았다. 구닐라와 안데르스는 같이 무언가를 꾸미고 있다. 두 사람은 뭔가를 하고 있지만, 그는 거기에 낄 허락을 받지 못했다. 그들이 그를 심문했다. 그들은 그를 믿지 않는다.

긴장감이 라르스를 갉아 먹었다. 그는 서둘러 집으로 돌아와 로시에게서 훔친 처방전을 들고 가장 가까운 약국에 다녀왔다. 사람들이 줄을 서 있었다. 줄이 줄어드는 속도는 느렸다. 카운터 뒤의 할머니는 조금도 서두르지 않았다. 불안감이 그의 위장을 조이는 듯했다. 처방전 중 하나를 보고 약사가 그에게 질문을 했다. 그는 퉁명스럽게 단답형으로 대답했다. 자기는 로시의 아들이고, 이게 뭔지 모르고, 그냥 심부름을 온 거라고 했다. 그렇게 말하는 내내 그는 뺨을 붉혔다.

집에 돌아온 라르스는 온라인 약학 사전을 찾아보았다. 세상에. 리리카는 종합 선물 세트 같은 물건이었다. 하나의 캡슐에 세 가지 선물이 들어 있었다. 간질 발작, 신경병리학적 고통, 불안감 예방. 로시는 불안감 때문에 이 약을 먹었다. 병을 보니 가장 강한 300밀리그램짜리라고 되어 있었다. 빙고. 그는 두 알을 삼켰다. 두 번째 처방전은 코에 뿌리는 스프레이였다. 쓰레기통에 던져버렸다. 세 번째 것은 보기에도 좀 달랐고 약사가 질문을 했던 약이었다. 케토간. 사전을 찾아보았다. 중독성 물질이었다. 이 약을 처방할 때는 극도로 조심해야 한다고 씌어 있었다. 그는 이미 중독되어 있다. 양호 선생님이 해준 말이었다. 라르스의 머릿속에서 한 가지 생각이 떠올랐다. 만약 그렇다면, 이 약은 나에겐 위험하지 않을 거야. 이제 와서 잘못될 일이 뭐가 있어? 그는 계속 읽었다. 케토간은 극심한 고통에 사용하는 강력한 약이었다. 극심한 고통이라고?

그는 상자를 열었다. 젠장. 좌약이다. 해야 할 일이라면 할 수밖에. 라르스는 바지를 내리고 쭈그려 앉아 하나를 항문에 밀어 넣었다. 그리고 하나 더……. 또 하나 더. 바지를 올리고 거실로 나갔다. 삶이 서서히 상냥하고 조화롭고 편안한 존재로 변해갔다. 그는 아무런 목적도 없이 거실을 거닐며 자기 인생의 모든 것에 대한 엄청난 감사를 느꼈다. 모든 일이 분명히 이해됐고, 감정들은 깔끔하게 분리된 서랍에 착착 정리되어 들어갔다. 불안은 안정되었고, 말썽을 피우거나 그를 괴롭힐 질문을 토해낼 수도 없게 되었다. 그는 구석에 앉았다. 나무 바닥이 부드럽게 느껴져 라르스는 그대로 누웠다. 마치 솜뭉치로 만든 물침대 같았다. 그는 펼쳐진 바닥을 보았다. 정말 아름다웠다. 복잡한 아름다움이었다. 바닥이 이렇게 멋질 수 있다니…… 평평하면서 믿을 수 없이 멋진 바닥이었다.

라르스는 그가 이해할 수 있으면서도 이해할 수 없는 모든 것을 즐기며 누워 있었다. 약기운이 천천히 떨어지자 그는 리리카와 케토간을 몇 개씩 더 복용했다. 세상이 다시 흥미로워졌다. 그의 손가락들이 서로 이야기를 나누기 시작했고, 존재의 진정한 본질을 그에게 설명하기 시작했다. 물리학 법칙, 세 발짝 뒤에 있는 본질. 신의 피조물, 두 발짝 뒤에 있는 본질……. 신의 창조, 한 발짝 뒤에 있는 본질……. 그리고 라르스는 잠들었다.

알람 소리는 공습 경보 사이렌 같았다. 몇 시간이 지났다. 공허함은 거대한 블랙홀로 변해 라르스의 우주에 있는 모든 빛을 빨아들였다. 그는 힘없는 다리로 일어나 이 약 저 약을 더 복용했다. 블랙홀이 물러나고 삶은 다시 쉬워졌다.

그는 차를 몰고 스톡순드로 갔다. 트는 라디오 채널마다 정말 좋은 음악만 나왔다. 그는 음악에 맞춰 기묘하게 몸을 움직였다. 차를 숨기기 좋은 곳을 찾아낸 그는 헤드폰을 쓴 다음 편안한 자세를 취하고 앉아 그녀의 소리를 들었다. 그녀가 혼자서 집 안을 돌아다니는 소리, 요리를 하는 소리, 전화로 클라라라는 친구와 이야기하는 소리, 텔레비전을 보며 웃는 소리. 그는 그녀를 보러 들어가고 싶었다. 그녀가 하는 일을 함께하거나, 그냥 앉아서 지켜보고 싶었다. 어둠이 찾아왔고 집 안은 완전히 고요해졌다. 갈망이 그를 잡아끌기 시작했다.

새벽 1시 반에 라르스는 헤드폰을 벗고 짙은색 털모자를 쓴 채 조심스럽게 차 문을 열고 그녀의 집으로 걸어갔다. 길을 건너며 인동덩굴 냄새를 맡았다. 인동덩굴이 정확히 뭘 말하는 건지는 사실 몰랐다. 그녀의 정원으로 살금살금 들어가 소리를 내지 않고 테라스로 올라갔다. 이번에도 만능열쇠로 문을 열 수 있었다. 열쇠가 자물쇠 안의 작은 금속장치들을 눌러 문이 열렸다. 라르스는 조심스럽게 테라스 문 손잡이를 밀어 살짝 연 다음 주머니에서 윤활제 스프레이 캔을 꺼냈다. 문 안쪽 경첩에 윤활제를 재빨리 두 번 뿌렸다. 문은 소리 없이 미끄러지듯 열렸다.

라르스는 거실에 조용히 서 있다가 몸을 숙여 신발을 벗고 귀를 기울였다. 들리는 소리라고는 몸속에서 요란하게 고동치는 심장 소리뿐이었다. 천천히 조심스럽게 위층으로 올라가기 시작했다. 낡은 나무 계단에서 삐걱거리는 소리가 조금 났다. 밖에서 차가 한 대 지나갔다. 라르스는 두 소리를 비교해보았다. 아마 같은 데시벨일 것이다. 자기 발소리 때문에 그녀가 깨지는 않았을 것이다.

그녀의 침실 문은 살짝 열려 있었다. 라르스는 가만히 서서 차분하고 규칙적으로 숨을 쉬었다. 호흡을 평소 상태로 되돌린 다음 부드러운 카펫에 한 걸음을 내디뎠다. 냄새가 느껴졌다. 희미하고 옅은 냄새가 투명한 비단처럼 방 안에 내려앉아 있었다. 소피. 저기 그녀가 누워 있다. 환상 속에서처럼 그녀는 똑바로 누워 있었다. 베개 위의 머리는 살짝 삐딱했다. 그녀의 머리카락이 무대 전체의 배경 같았다. 입은 다물고 있었다. 가슴이 조용히 오르내렸다. 레이스로 된 잠옷을 입고 배까지 이불을 덮고 있었다. 그의 시선은 그녀의 가슴 윤곽으로 향했고 거기서 멈추었다. 그녀는 정말이지 아름다웠다. 그는 그녀를 깨워서 말해주고 싶었다. 당신은 정말 아름다워. 그는 옆에 누워 그녀를 껴안고, 모든 일이 다 잘될 거라고 말하고 싶었다. 그녀라면 그의 말을 이해할 것이다. 그는 조심스레 카메라를 꺼내서 플래시와 소리를 끄고 렌즈를 통해 그녀의 모습을 찾았다. 잠든 소피의 클로즈업 사진을 서른 장 정도 찍었다.

나가려는데 그의 눈길이 다시 한 번 그녀의 가슴에 이끌렸다. 라르스는 가슴을 바라보았다. 그의 괴로운 영혼 깊은 곳에서 판타지가 구체적인 형태를 갖기 시작했다. 라르스는 그녀에게 살금살금 다가갔다. 점점 더 가까이 갔다. 그는 그녀의 얼굴 바로 앞에 서 있었다. 그녀의 피부가 보였다. 눈가의 잔주름, 얼굴의 윤곽……. 그는 눈을 감고 냄새를 맡으며 소망했다.

그때 잠든 그녀가 움직이며 작은 소리를 냈다. 라르스는 눈을 뜨고 조심스럽게 물러나서 소리 없이 방에서 나갔다.

차에 돌아갔을 때는 숨이 가빴다. 라르스는 소피와 같이 잔 것 같은 기분이었다. 처음으로 그녀의 몸속에 들어간 것 같은 기분이 들었다. 그는 강하고 안전하고 행복해진 듯한 느낌이 들었다. 그녀 역시 같은 느낌이라는 걸 그는 알고 있었다. 그녀는 자면서, 꿈속에서 분명 라르스를 보았을 것이다. 분명했다. 소피는 모르지만, 그는 그녀를 구원하는 천사였다. 그녀가 자는 동안 그녀와 사랑을 나누고, 그녀가 깨어 있을 때는 악으로부터 그녀를 보호하는 천사. 약을 조금 더 먹었다. 그를 둘러싼 세상의 색깔이 바뀌었다. 혀가 입안에서 커지는 기분이었다. 모든 소리가 흐릿해졌다.

라르스는 조심스럽게 차를 몰아 시내로 돌아왔다. 희미한 가로등 불빛 속에서 자연사 박물관 앞을 지나다가 거대한 펭귄이 묘한 표정으로 자신을 노려보는 모습을 보았다.

*

소피는 악몽을 꾸었다. 내용은 기억나지 않았지만 일어나니 불편한 기분이 들었다. 무언가에 시달린 것 같은 역겨운 느낌이 들었다. 늦잠을 잔 그녀는 침대에서 나왔다. 아래층에서 진공청소기 소리가 들렸다.

도로타를 본 지 아주 오래되었다. 도로타는 보통 소피가 일할 때 집에 왔지만, 오늘 소피는 휴가를 낸 터였다. 아래층으로 내려가서 도로타를 보니 기뻤다. 도로타는 친절했다. 소피는 그녀를 좋아했다. 거실에서 진공청소기를 돌리던 도로타가 손을 흔들었다. 소피는 미소를 지어 보이고 아침을 먹으러 부엌으로 갔다.

"이따 집까지 태워다 드릴게요!"

도로타가 청소기를 껐다. "뭐라고요?"

"이따 집까지 태워다 드리겠다고요, 도로타."

도로타는 고개를 가로저었다. "안 그러셔도 돼요, 너무 멀잖아요."

"안 멀어요. 늘 멀다고 말씀하시지만."

도로타는 무릎 위에 핸드백을 놓고 조수석에 앉아 있었다. 벌써 스톡순드 다리를 건너 베리스함라에서 차를 돌린 뒤였다.

"굉장히 조용하시네요, 도로타. 무슨 일 있는 건 아니죠? 아이들은 잘 있고요?"

"아무 일도 없어요. 아이들도 괜찮고요……. 보고 싶긴 하지만, 아무 일도 없어요."

그들은 계속 차를 타고 갔다.

"피곤한 건지도 모르죠." 도로타가 창밖을 보며 말했다.

"쉬고 싶으시면 좀 쉬세요."

도로타는 고개를 가로저었다. "아뇨, 일은 괜찮아요, 그냥 머릿속이 피곤한 거예요. 이게 맞는 말인지 모르겠지만."

도로타는 미소를 지으려다가 다시 창밖 세상에서 스쳐 지나가는 것들로 시선을 돌렸다. 억지로 지었던 미소는 사라졌다. 소피는 계속 도로타를 보았다가 길을 보았다가 했다. 소피가 도로타와 알고 지낸 내내 도로타는 스톡홀름 북서쪽 스퐁 가에 살았다. 도로타가 소피의 집에 처음 온 지 거의 12년이 되어간다. 그들은 우정을 키워왔다. 도로타가 도로타답지 않다고 느낀 것은 이번이 처음이었다. 평소의 도로타는 유쾌했고, 자기 아이들 이야기를 하는 것을 즐겼으며, 소피의 말을 들을 때면 웃음을 터뜨렸다. 하지만 지금 도로타는 말을 아끼고 있었다. 소피는 다시 그녀를 보았다. 슬퍼 보였다. 겁을 먹은 것 같기도 했다.

소피는 스퐁 가 광장에 있는 도로타의 집 앞에 차를 세웠다. 도로타는 안전벨트를 풀고 잠시 가만히 앉아 있다가 소피를 돌아보았다. "음…… 잘 가요. 태워줘서 고마워요."

"뭔가 고민이 있으신 거 같아요. 말하고 싶다면…… 나한테 말해도 된다는 것 알잖아요."

도로타는 아무 말 없이 가만히 앉아 있었다.

"무슨 일이에요, 도로타?"

도로타는 머뭇거렸다. 소피는 조용히 기다렸다.

"지난번에 청소하러 갔을 때, 집에 가보니 남자가 둘 있었어요."

소피는 귀를 기울였다.

"처음에는 당신 친척이나 친구들인 줄 알았지만, 거칠게 굴면서 나를 위협했어요."

소피는 오싹해졌다.

"자기들이 경찰이라고 하면서, 다른 사람한테 말하면 큰일 날 거라고 했어요."

소피의 머릿속이 팽팽 돌아갔다.

"미안해요, 소피. 이제야 말해서 미안하지만, 엄두가 안 났어요. 하지만 생각이 바뀌었어요. 당신은 나한테 늘 친절했잖아요."

"그들이 무슨 짓을 했나요? 왜 왔던 건지 아세요? 아무 말도 안 하던가요?"

도로타는 고개를 저었다. "잘 모르겠어요. 한 명은 친절하게 보이려고 애썼고, 다른 한 명은 끔찍했어요. 차가웠고…… 몰라요. 사악한 사람 같았어요. 거기서 뭘 하고 있던 건지는 말하지 않았어요. 나한테 그 말을 한 다음에 그들은 집에서 나갔어요."

"문으로? 어떻게 들어온 거죠?"

소피는 자기 목소리에 공포가 섞인 것을 느꼈다.

"몰라요. 테라스 문으로 나갔다는 것밖에는."

소피는 생각을 정리해보려 했다.

"그들이 했던 말을 전부 이야기해줘요."

도로타는 기억하려고 애썼다.

"둘 중 하나가 자기 이름이 라르스라고 했어요. 내가 들은 이름은 그것뿐이에요."

"라르스?"

소피는 자기가 왜 그 이름을 입밖으로 내뱉었는지 알 수 없었다.

"라르스, 성은요?"

도로타는 어깨를 살짝 으쓱했다. "몰라요."

"어떻게 생겼어요? 최대한 정확하게 말해줘요."

도로타는 소피의 이런 반응을 예상하지 못했다. 그녀는 한 손을 머리 옆에 얹고 멀거니 시선을 떨어뜨렸다.

"난 기억력이 나빠요."

"애써봐요, 도로타."

소피의 목소리는 딱딱했다. 도로타는 소피가 절박하다는 걸 느낄 수 있었다.

"둘 중 하나, 이름이 라르스라고 했던 그 사람은 서른에서 서른다섯 정도였어요. 모르겠어요. 얼굴이 희고……." 도로타는 기억을 헤집으며 생각했다. "겁먹은 것 같았어요. 무언가를 걱정하고 있는 것 같았어요. 다른 사람은 좀 더 평범하게 생겼어요. 설명하기 힘들어요. 아마 마흔, 그보다 젊을 수도 있고요. 머리색은 짙고 흰머리도 좀 있었어요. 생긴 건 착해 보였지만 정말 못된 사람이었어요. 눈은 착하게 생겼어요. 색이 짙고 둥글었어요. 소년 같은 눈이었어요." 도로타는 부르르 떨었다. "아아, 무시무시했어요."

도로타를 보니 얼마나 겁을 먹었는지 알 수 있었다. 소피는 몸을 기울여 도로타를 껴안았다. "고마워요."

그들은 포옹을 풀기 전에 한 번 더 서로를 보았다. 도로타는 소피의 뺨을 톡톡 쳤다. "무슨 문제가 생긴 건가요?"

"아뇨……. 아니, 아니에요. 고마워요, 도로타."

도로타는 그녀를 보았다. "못된 남자가 내 신분증을 가져갔고, 아무한테도 말하면 안 된다고 했어요. 어리석은 짓은 하지 않겠다고 약속해줘요. 그 남자는 진심이었어요. 그는 내가 누군지 알아요."

소피는 도로타의 손을 양손으로 감쌌다. "약속해요, 도로타. 당신에겐 아무 일도 없을 거예요."

소피는 차를 몰아 스퐁 가에서 나왔다. 차량의 흐름을 따라가고, 차선을 바꾸고, 제한 속도를 지켰다. 그녀는 아무 생각도 감정도 없는 진공 상태에 있었다. 어디선가 틈이 생겼다. 공포가 그녀의 내부에서 차올랐다. 무력감, 어떤 강력한 힘의 처분 아래 놓여 있다는 느낌. 공포가 점점 커지며 온몸으로 퍼져갔다. 자신이 무력해서 알베르트를 보호할 수 없을 거라는, 어머니로서의 두려움이 그녀를 휘감았다. 그러다 사라졌다. 갑자기, 돌연히 그냥 존재하지 않게 되었다. 진공이 돌아왔다. 그녀는 감정을 차단한 채 차를 몰았다. 그러다 다른 것이 솟아올랐다. 분노. 부서진 댐에서 물이 쏟아지듯 선명한 붉은색의 분노가 혈관에 쏟아졌다. 분노가 그녀의 몸속을 거칠게 흐르며 온몸을 한계점까지 가득 채웠다.

13

피곤함은 일종의 신경성 각성으로 변했다. 옌스는 차를 몰고 뮌헨으로 들어가며 취한 듯한 기분을 느꼈다. 그는 오직 의지의 힘만으로 움직였다. 이틀 동안 잠을 자지 못했다.

미하일이 준 주소는 알고 보니 1960년대에 지은 똑같이 생긴 집들이 다닥다닥 붙어 있는, 생기 없는 주택가였다. 작은 정원과 집에 붙은 차고들, 대충 지은 집들이었다. 옌스는 54번지에 멈춰 차에서 내려 주위를 둘러보았다. 사람은 한 명도 보이지 않았다. 포장된 인도를 올라가 정문을 살폈다. 잠겨 있지 않았다. 그는 문을 열고 조심스레 집 안에 들어갔다.

"계세요?"

답은 없었다. 거실로 사용하던 것이 분명한 방에 있는 낡은 소파 하나 외에는 가구라곤 하나도 없었다. 옛날에 만든 빛바랜 줄무늬 벽지. 천장과 바닥에 있는 습기 때문에 생긴 작은 갈색 얼룩들. 옌스는 부엌을 들여다보았다. 식탁, 의자 두 개, 커피 머신. 무덤처럼 고요했다. 그는 몸을 돌려 자신이 들어오면서 닫은 문을 보았다. 문틀 아래에는 전기 접점이 두 개 있었다. 빛줄기가 끊기면 어딘가에서 버저가 울리는, 가게에 있는 장치 같은 것이었다. 그는 장치를 살폈다. 아마추어의 솜씨였다. 전선을 따라가보니 벽 위를 따라 삐뚤빼뚤하게 달아둔 얇은 전화선에 연결되어 있었다.

갑자기 다급한 마음이 들어 위층으로 달려갔다. 방 두 개와 화장실 하나. 벽과 바닥 사이에 숨겨진 작은 공간들이 있지 않나 살피며 찬장을 훑었다. 다시 뛰어내려와 부엌, 거실, 뜰이 내다보이는 뒷방도 살폈다. 아무것도 없었다. 옌스는 함정에 빠진 것일 수도 있다는 생각을 하며 잠시 나갈까 고민했다. 물건을 받지 못한 러시아 인들과 지금 당장 여기로 오고 있을지도 모르는 독일 개새끼들 중에서 뭐가 더 나쁠까? 러시아 인들이다. 그는 무기를 되찾아야 했다.

지하실 문은 습기에 부풀어 있어 열기가 힘들었다. 몇 번이나 세게 잡아당겼지만 꿈쩍도 하지 않았다. 옌스는 물러서서 조준한 다음 발로 걷어찼다. 몇 번 더 차자 마침내 문이 열렸다.

크게 세 번 걸어 계단을 내려가자 지하실의 습한 냄새가 확 올라왔다. 옌스는 벽을 더듬으며 전등 스위치를 찾았다. 몇 초가 지난 뒤에도 스위치는 찾지 못했고, 무언가에 발이 걸렸다. 그는 벽을 따라 더 들어갔다. 다른 냄새가 느껴졌다. 그가 맡아본 냄새였다. 죽은 것의 냄새. 시골집에서 맡아본 적 있었다. 쥐들이 벽 틈에 기어들어 갔다가 죽었을 때였다. 같은 냄새지만 이것은 더 강하게 코를 찔렀다. 그는 토하고 싶은 충동을 억누르고 입과 코를 팔꿈치 안쪽에 대고 숨을 쉬며 다른 손으로는 계속 벽을 더듬어 나아갔다.

구석에서 전등 스위치를 찾았다. 형광등이 비틀거리듯 깜빡이며
켜졌다. 옌스는 시체를 보았다. 이 방은 차가 없는 차고였다. 실내에
옅고 차가운 빛이 퍼졌다. 시체는 방 한가운데, 그의 무기가 든 궤
짝들 위에 똑바로 누워 있었다. 밀랍처럼 창백하고 노란 얼굴이 부
어 있었다. 옌스는 그 자리에 얼어붙은 듯 서서 시체를 바라보았다.
어떻게 해야 할지 알 수 없었다. 속에서 차오르는 불길한 예감을 억
누르려고 애쓸 뿐이었다.

위에서 정문이 열렸다 닫히는 소리가 들렸다. 텅 빈 실내를 걷는
발소리가 지하실에 메아리쳤다. 계단 위에 구두를 신은 두 발이 나
타났다.

"올라와." 미하일이 으르렁거리듯 말했다.

옌스가 계단 위로 올라가자 미하일은 그를 붙잡고 무기가 있나
확인한 다음 뒤로 밀쳤다. 낡은 소파에는 양복을 입고 흰 셔츠의 맨
위 단추를 푼 젊은 남자가 앉아 있었다. 길 쪽 창문 앞에는 나이가
더 많은 남자가 옌스에게 등을 돌리고 서 있었다. 옷차림은 더 점잖
았고 더 딱딱했다.

"당신은 구스만 파와 아무 관계가 없다고 했다고 들었는데?"

랄프 한케가 돌아섰다.

"지하실에, 내 상자 위에 시체가 있어." 옌스가 말했다.

"위르겐?"

"그 사람 이름에는 관심 없어. 치워주겠어?"

랄프는 미소를 지었다. 옌스는 그 미소가 진짜가 아니라는 것을
알 수 있었다. 그저 입 양끝을 올리는 행동일 뿐이었다.

"이봐, 우리는 위르겐을 꽤 오랫동안 추적해왔어. 저놈은 4만 유로를 받고 우리 뒤통수를 치고도 아무도 모를 거라고 생각했지. 요즘 세상에 4만은 돈도 아니잖아? 괜찮은 차 한 대도 못 사. 하지만 위르겐은 참지 못했어." 랄프는 다시 거리 쪽으로 돌아섰다. "위르겐이 친 사고는 그 밖에도 많아. 우린 4만 유로 때문에 사람을 죽이지는 않아. 우린 괴물이 아니야."

"부탁이니 내 물건 위에 있는 시체를 치워주면 안 될까. 그러면 나는 그냥 갈 거야. 여기 있는 미하일이랑 약속했던 일이야." 옌스가 말했다.

"원칙적으로 그 약속은 지금도 유효해. 네가 가기 전에 이야기를 좀 해주고 싶을 뿐이야."

옌스는 젊은 남자를 보았다. 그는 내내 옌스를 노려보고 있었다. 랄프가 돌아섰다.

"내 아들 크리스티안이야."

옌스는 관심 없다는 듯 어깨를 으쓱했다.

랄프는 요점으로 들어갔다. "난 구스만 파에게 제의를 하고 싶어. 그들이 우리 편으로 넘어왔으면 하거든. 이제부터는 그들이 하던 일을 우리가 하려고. 우리가 고용하는 거라고 할 수도 있겠지. 보너스도 상당히 줄 거고."

"사람을 잘못 골랐어. 난 구스만 파와는 아무 관계도 없어. 난 그저 내 물건을 가지러 온 거야. 다른 용건은 전혀 없어."

랄프는 숨을 깊이 들이마시고 고개를 가로저었다. "아니, 넌 내 제안을 전달할 거고, 우리에게 전화를 해서 그들이 어떻게 받아들였는지 말하게 될 거야. 넌 중개 역할을 맡을 거야. 그리고 미안하지만 내가 이 방에 있는 동안은 네가 미하일이랑 한 어떤 약속도 의미가 없어." 랄프는 극적인 효과를 주려는 듯 잠시 말을 멈추었다. "미하일이 너랑 몇 번 마주쳤다고 하더군. 이 일에는 네가 안성맞춤이야. 내가 중개인을 보내면 구스만은 관심을 갖지 않을 거야. 네가 스톡홀름으로 돌아가서 내 질문을 전했으면 해. 네 물건은 가져가. 만약 우리가 시키는 대로 하지 않는다면 널 찾아낼 거야."

랄프는 그러면 어떻게 될지는 옌스도 알 거라는 뜻으로 어깨를 으쓱해 보였다.

옌스는 선택의 여지가 없다는 것을 깨달았다. 만약 미하일이 방에 없었다면 그는 랄프와 크리스티안 부자를 공격했을 것이다. 그랬다면 기분이 나았을 텐데.

"질문이 뭔데?"

랄프는 생각했다.

"사실 질문은 아니야. 그냥 그들에게 우리 편으로 들어왔으면 좋겠다고 전해. 내 말이 무슨 뜻인지 알 거야."

"대답을 전해주면 내 역할은 끝나는 거야." 옌스가 말했다.

"그 여자는 누구지?"

불쑥 튀어나온 질문이라 옌스는 그럴듯한 목소리로 대답하려고 최선을 다했다.

"무슨 여자?"

"네가 굉장히 용감하게 엑토르를 구했을 때 운전한 여자."

"몰라, 엑토르가 만나는 여자들 중 하나인가 보지."

랄프는 고개를 끄덕였다. "엑토르는 그런 사람인가?"

"뭐?"

"여자를 많이 만나는 걸 좋아하는 남자."

"거기엔 대답 못 하겠는데."

"그 여자 이름이 뭐지?"

옌스는 고개를 가로저었다. "몰라."

"미하일이 여기 남아서 네가 물건 가져가는 걸 도와줄 거야."

랄프는 잠시 옌스를 노려보며 그의 눈빛을 읽으려 하다가 몸을 돌려 나갔다. 크리스티안은 소파에서 일어나 그의 뒤를 따랐다. 그들은 집에서 나갔고, 문이 닫혔다. 사방이 조용해졌다. 미하일이 지하실 계단을 가리켰다. 옌스는 자기 앞에 선 괴물을 보았다. 그는 지친 눈을 비비고 한숨을 쉰 다음 지하실로 내려갔다. 미하일이 그를 따라갔다. 두 사람은 죽은 위르겐을 궤짝에서 끌어내리고 낡은 세탁실 같아 보이는 곳으로 들고 가 차가운 바닥에 내려놓았다. 그러고 나서 차고로 돌아왔다.

"클라우스는 어때?" 미하일이 낮은 목소리로 물었다.

"위르겐보다는 낫지……."

미하일은 다시 한 번 물었다.

"설마 그를 걱정하는 거야?" 옌스가 물었다.

"응."

그는 상자들 옆에 섰다.

"응급실까지 태워다 줬어. 괜찮을 거야."

차고 문을 여니 햇빛이 가득 찼다. 그들은 옌스의 궤짝 하나의 양쪽을 잡고 인도 옆에 세워둔 옌스의 차로 날랐다.

"클라우스는 좋은 사람이야."

두 사람은 트렁크에 상자를 실었다.

"네가 생각하는 좋은 사람은 어떤 사람인데?"

미하일은 대답하지 않았다. 그들은 차고로 돌아가 두 번째 상자를 날랐다. 옌스는 트렁크를 닫았다.

"전화번호 알려줘." 미하일이 말했다.

옌스는 임시 전화번호를 알려주었다. 미하일이 자기 전화로 걸었다. 옌스의 전화가 울렸다.

"구스만 파와 이야기하고 나면 이 번호로 전화해. 일 처리 똑바로 해. 젠장, 이번 일은 제대로 되어가는 게 하나도 없는 것 같아." 미하일은 작별인사도 없이 집으로 돌아갔다.

옌스는 차를 몰고 뮌헨에서 빠져나와 폴란드로 향했다. 제일 빠른 길은 체코를 통하는 것이지만, 불필요하게 국경을 건너는 일은 피하고 싶었다. 그는 계속 독일 북쪽으로 올라가며 곧바로 국경을 넘을 수 있는 곳을 찾았다. 오스트리츠 옆에서 국경을 발견하고 문제없이 폴란드로 넘어갔다. 그는 리스토에게 전화해서 일이 엉망이 되었지만 지금 배달하러 가는 길이라고 말했다. 러시아 인들의 행패를 감당하고 싶지 않다, 요금을 깎아줄 용의가 있으니 러시아 인들에게 배달이 늦은 것을 문제 삼지 말라고 설득해달라고 부탁했다. 그러고 나서 바르샤바에 일곱 시간 있을 것이라며 다음 날 자기가 있을 호텔 이름을 리스토에게 전했다. 리스토는 어떻게 될지 알아보겠다고 했다.

밖은 어두웠다. 그가 들어온 폴란드의 시골 마을은 전기가 들어오지 않는 것 같았다. 어디에나 짙은 어둠이 깔려 있었다. 다른 차를 보지도 못했고, 먼 곳에도 불이 켜진 집이 보이지 않았다. 그는 이 세상에 그 혼자만 남은 것 같은 느낌을 잠깐 받았다. 두둥, 두

등. 콘크리트 도로의 틈 위를 지나는 타이어 소리는 기차 소리 같기도 했다. 단조롭고 최면을 거는 것 같은 소리였다. 그의 눈은 어둠에 익숙해지지 않았다. 전조등에 비치는 앞의 풍경은 좁은 복도 같은 공간에 불과했고, 언제나 같은 모습이었다. 저 너머의 어둠처럼 특징 없는 회색빛 공간이었다. 두둥, 두둥. 그 소리는 자장가가 되었다. 옌스는 운전하면서 졸기 시작했다. 창문을 열고 크게 노래를 불러서 잠을 쫓으려고 했다. 효과는 없었다. 그는 노래를 그만두었다. 그다음부터 노래는 그의 머릿속에서 흐르고 있었을 뿐인데 그는 자기가 계속 노래를 부르고 있다고 생각했다. 다시 고개를 끄덕거리며 졸기 시작했다. 두둥, 두둥……. 갑자기 어디선가 다른 소리가 들려왔다. 계속 울려댔다. 내 휴대전화!

전화 소리 덕분에 그는 차를 길 옆 들판으로 몰고 가지 않을 수 있었다. 차가 도랑에 빠지기 직전에 핸들을 돌려 다시 길에 들어간 다음, 충격을 씻으려 한숨을 쉬었다.

"여보세요?"

"혹시 자던 중이었어?"

"응, 전화 받고 깼어. 고마워."

"나 소피야."

"알아."

"어디야?"

"운전 중이야."

그는 창문을 닫고 소리가 더 잘 들리도록 속도를 낮추었다.

"도움이 필요한 것 같아."

"어떤 도움?"

"누가 우리 집에 왔다 갔어."

"너, 지금 집이야?"

"아니, 공중전화 부스야."

"잘했어."

기나긴 침묵.

"위협을 느꼈어?"

"응……. 하지만 아주 심한 건 아니야."

"하루 이틀 있으면 집에 돌아갈 거야. 그때 전화해. 그전에 무슨 일이 생기면 알려주고."

그녀는 전화를 끊고 싶지 않은 것처럼 계속 수화기를 들고 있었다. 그는 그녀가 숨 쉬는 소리를 들었다.

"누구한테 전화해야 할지 알 수 없었어."

"조심해." 그가 말하고 전화를 끊었다.

모든 것이 조금 지나치다 싶게 돌아갔다. 문짝에 달린 수납함에서 담배 한 갑을 찾아내 불을 붙이고 창문을 열어 연기를 내뿜었다. 그러고는 근처 발전소에서 풍겨오는 갈탄 냄새가 살짝 섞인 폴란드 시골의 공기를 잔뜩 들이마셨다.

*

차를 바꿨다. 라르스는 볼보를 사브로 바꾸었다. 낡은 감청색 9000이었다. 그는 차 뒤에 녹음 장비를 싣고 스톡순드로 향했다.

차를 대고 수신 상태가 좋은지 확인한 후 음성 구동 모드로 바꾸고 차를 잠근 다음 스톡순드 광장으로 걸어갔다. 버스를 타고 단데

뤼드 병원에 내려서 전철로 갈아타고 중앙역으로 돌아갔다. 그는 천장의 손잡이를 잡고 전차 문 옆에 섰다. 그는 그 개자식들이 자기를 떨쳐내려 한다고 확신했다. 구닐라의 행동을 보면 그 추론이 옳았다. 자기를 무시하고, 자기와 거리를 두고, 끝없이 감시만 시키고, 자기 보고서를 가지고 의논하지도 코멘트를 해주지도 않는다. 잘 알지도 못하는, 잠깐 알았다가 말 사람처럼 대한다. 그는 그게 싫었다. 그리고 저능아 같은 인종차별주의자 자식 하나가 브라헤가탄의 그들 사무실에 나타났다. 구닐라는 그가 이 팀의 새로운 인재라고 소개했다. 하세 베릴룬드. 신속대응팀에 있다가 공항으로 갔다고 했다. 라르스가 보기에는 그냥 뚱뚱한 쓰레기였다. 구닐라는 그가 일을 도울 거라고 했지만, 대체 뭘 돕는다는 건지 알 수 없었다. 나를 대신할 사람인가? 훔레고르덴 공원에서 구닐라와 안데르스는 무슨 이야기를 나눈 거지? 뭐가 어떻게 돌아가고 있는 거야? 생각할수록 더 혼란스러워졌다. 젠장, 두뇌가 제대로 돌아가고 있지 않았다. 라르스는 눈을 감고 집중하려고 노력했다. 머릿속에 서로 관련 있는 일들을 모아서 집어넣는 작은 상자들을 만들려고 해보았다. 상자가 세 개 생겼다. 구닐라 상자 하나, 감시 상자 하나, 소피 상자 하나였다. 지금까지는 잘 되어가고 있다. 그는 여러 일을 세 개의 상자에 나누어 담았다가 걱정되기 시작해서 다시 옮겨 담았다. 가만히 서서 중얼거리고 있다는 걸 깨달은 그는 집중이 흐트러지자 화가 나서 눈을 떴다.

유모차를 밀고 있던 애아빠가 걱정스러운 눈으로 그를 보고 있다가 재빨리 시선을 돌렸다. 라르스는 다시 눈을 감고 상자들로 돌아가려고 했지만 근처에 있던 사람 하나가 코를 풀어서 집중할 수 없었다. 스피커에서 '기술전문대학'이라는 말이 나오며, 로슬라옌 방면으로 환승할 수 있다는 안내가 나왔다. 희망이 없었다. 머릿속에서 상자들이 스러져가서 라르스는 포기할 수밖에 없었다.

문이 열리고 취객 한 명이 타서 차량 끝 쪽에 앉아 책을 읽고 있던 젊은 여자에게 소리를 지르기 시작했다. 6개월 전이었다면 라르스는 가서 경찰 배지를 보이고 남자에게 차에서 내리라고 했을 것이다. 지금 그는 아무 관심도 없었고 신경도 쓰이지 않았다. 취한 남자가 고함을 치고 여자가 괴롭힘을 당하는 동안 그는 그저 바닥만 내려다보았다.

그는 서재 바닥에 앉아 종이 한 장에 일어났던 모든 일을 적고 스스로에게 질문을 했다. 구닐라, 소피, 하가의 길에서 있었던 일. 내가 알고 구닐라가 모르는 게 뭐지? 라르스는 계속 무언가를 휘갈겨 썼다. 이름, 화살표, 물음표, 그리고 안데르스……. 안데르스 아스크가 거기서 구닐라랑 뭘 하고 있었던 거지? 질문은 늘어났는데 답은 늘어나지 않았다. 그는 쓰고, 생각하고, 또 더 썼다. 종이는 엉망이 되었다. 물음표가 너무 많았다.

라르스는 일어나서 벽에 붙은 사진 두 장을 보았다. 하와이안 셔츠를 입고, 입에는 두루마리 휴지를 물고 변기에 앉아 있는 원숭이 사진이 있었다. 어렸을 때 방에 붙여놓은 뒤 이사할 때마다 가지고 다닌 것이다. 옆에는 반바지를 입고 권투 글러브를 낀 채 앞으로 몸을 살짝 기울이고 공격할 태세를 취하고 있는 챔피언 잉에마르 요한손의 확대 사진이 있었다. 여덟 살 생일 때 아버지가 주신 사진이다. '잉에마르는 평범한 새끼가 아니야, 그걸 기억해라 꼬마야.' 렌나르트는 저녁 식사 전에 롭로이를 네 잔 마시곤 했다. 그는 권투를 지나치게 좋아했고, 유대인들이 세상을 좌지우지한다는 둥 올로프 팔메 총리는 공산주의자라는 둥 떠들어대곤 했다.

라르스는 원숭이와 잉에마르를 벽에서 떼어 바닥에 놓고 책상에서 굵은 사인펜을 집어 들었다. 그는 방금 종이에 적었던 것들을 벽에 옮겨 쓰기 시작했다. 글을 쓰고 그림을 그리다가 물러서서 자기 작품을 감상하며 열심히 생각했다. 뭔가 빠진 게 있었다.

라르스는 컴퓨터로 소피 사진 한 장을 출력해서 한가운데 붙인 다음 물러서서 다시 바라보았다. 소피가 그를 쏘아보았다. 그도 소피를 쏘아보았다. 그가 깨닫지 못했던 무언가가 형태를 취하기 시작했다. 라르스는 손톱으로 머리를 세게 긁었다. 그의 심장이 빨리 뛰기 시작했다. 컴퓨터에서 사진을 더 출력했다. 이 사건에 관련된 모든 사람의 사진을 다 출력해서 벽에 붙였다. 소피 주위에 후광처럼 붙였다. 그는 그들의 이름, 그들이 한 일, 그들이 하지 않은 일을 적었다. 그들을 연결하는 것이 무엇인지 찾아보려고 얼굴들 사이에 빨간 선을 그었다.

모든 선이 소피로 이어졌다.

*

엑토르가 전화했다. 그의 목소리는 거의 애원하는 것처럼 들렸다. 그녀를 겁먹게 하거나 불편하게 할까 봐 불안해하는 것 같았다. 그는 그녀의 도움이 필요하다고 했다. 소피는 그게 그저 만날 핑계를 만들기 위한 말이라는 걸 알아차렸다.

엑토르는 감라스탄의 자기 아파트 거실 소파에 누워 있었다. 소피는 깁스를 한 그의 다리 옆에 앉아 깁스의 깨진 윗부분을 살폈다. 그녀는 깁스를 조심스럽게 당겨보았다.

"잘 모르겠어요. 병원에 가서 의사한테 보여야 해요."

"풀어줘요."

"적어도 일주일은 더 하고 있어야 돼요."

"아프지도 않고, 깁스 안에서 다리를 움직일 수도 있으니 괜찮을 것 같은데요."

"이렇게 된 지 얼마나 됐죠?"

"그날 밤에요."

그날 밤이라……. 아무도 그날 일을 이야기하고 싶지 않아 했다. 누구보다도 소피가 그랬다.

"진심이에요?" 그녀가 물었다.

"뭐가요?"

"깁스 풀어달라는 거요. 내가 봤을 땐 너무 일러요. 합병증이 생길 수도 있어요."

엑토르는 고개를 끄덕였다. "풀어주세요."

"펜치와 가위 있어요?"

"부엌, 두 번째 서랍에. 펜치는 싱크대 밑 공구상자에 있어요."

소피는 일어나 부엌으로 가서 서랍을 뒤졌다. 가위를 찾은 다음 싱크대 밑 찬장을 열었다. 공구상자를 꺼내 열어보니 찾던 것이 있었다. 날이 곧은 펜치였다. 하지만 너무 작아서 시간이 좀 걸릴 것 같았다.

소피는 거실로 돌아갔다. 엑토르는 소파에 누운 채 그녀를 지켜보고 있었다. 소피는 그의 다리 옆에 앉아서 깁스를 위에서부터 자르기 시작했다. 자르며 휘어서 벗겨냈다. 그가 자신을 지켜보고 있다는 걸 느낄 수 있었다.

그녀는 깁스를 자르며 말했다. "직접 할 수도 있잖아요."

"당신은 이 일에 엮이지 말았어야 했는데."

"아론이 아주 분명하게 그렇게 말하더군요." 그녀가 퉁명스럽게 말했다.

"그런 걱정을 하는 사람은 아론이지 내가 아니에요."

그녀는 엑토르를 보았다. "그 말을 내가 믿어야 되는 건가요?"

"네."

"당신은 걱정 안 한다고요?"

그는 고개를 가로저었다. "조금도 안 해요."

"왜요?"

"난 당신을 아니까요."

"아니, 당신은 날 몰라요."

"당신이 나를 좋아하니까요."

소피는 그를 보았다. 그 말이 마음에 들지 않았다. 엑토르의 태도도, 그의 얼굴에 떠오른 미소조차도 마음에 들지 않았다. 그가 그녀의 반응을 본 게 분명했다. 미소가 사라졌다. 그녀는 계속 깁스를 잘랐다.

"나는 나쁜 사람이 아니에요." 그가 갑자기 말했다.

그녀는 대답하지 않고 하던 일을 계속했다. 그에게서 처음으로 절박함 같은 것이 느껴졌다. 강하지는 않았지만 방 안의 공기처럼 분명 느껴지는, 억압된 공포감 같은 것이었다.

"당신 남편은요?" 그가 물었다. 평소와 같은, 병원에서 서로 스무 고개를 하던 때 같은 목소리를 내려고 애쓰고 있었다.

펜치가 천천히 깁스를 잘라나갔다.

"당신은 남편 이야기를 한 번도 안 했잖아요."

"가끔 해요. 전에도 남편에 대해 물어본 적 있잖아요."

"그럴지도 모르죠. 하지만 당신은 아무 말도 안 했어요."

"죽었어요." 그녀는 펜치에 집중하며 속삭였다.

"알아요. 뭔가 다른 이야기는 없나요?"

"당신이랑 상관없는 일이에요."

"그래도 알고 싶은데요."

소피는 손을 멈추고 엑토르를 올려다보았다. "무엇 때문에요?"

"당신은 뭐가 그렇게 두려운가요?"

그녀는 순간 분노를 느꼈다. "그러게요. 내가 뭐가 그렇게 두려울까요, 엑토르?"

그는 그녀가 빈정거리고 있다는 것을 눈치채지 못했다. "당신과 다비드는 행복했나요?"

대체 무슨 말을 하려는 거야? 그녀는 펜치를 내려놓았다.

"난 이해가 안 돼요, 엑토르."

"뭐가요?"

"지금 이러는 거요. 원하는 게 뭐예요?"

"난 당신이 어떤 사람인지, 당신에 대해 알고 싶어요. 우리가 앞으로 어떻게 될 것인지……."

그녀는 갑자기 불편해졌다. "우리가 어떻게 될 거냐고요? 난 모르겠어요. 상황이 변했다고 생각하지 않아요?"

"아뇨, 난 그렇게 생각하지 않아요."

소피는 자신이 그를 노려보고 있다는 걸 깨달았다. 어쩌면 그는 감정적으로 상처를 입은 사람인지도 모른다. 전에 일어났던 일과 아론의 위협 때문에 그녀가 느끼는 공포를 이해할 능력이 없는 것일 수도 있다. 아니면 완전히 다른 세상에 사는 사람이라서 그런지도 모른다. 구닐라의 경고가 사실일지도 모른다. 그렇게 생각하니 소피는 두려워졌다. 그와 함께 있는 것이 갑자기 불편해졌다. 일어나서 나가고 싶다는 충동이 느껴졌다. 그를 두고 도망가고 싶다는 마음이 강하게 들었다. 하지만 그럴 수 없었다. 그녀는 도망가는 대신 마음을 추스르고 자신의 불안을 감추기 위해 대화를 계속하려했다. 소피는 계속 깁스를 잘랐다.

"우린 딱히 행복하게 지내지는 않았어요." 그녀가 조용하게 말했다. 소피는 기억을 되살리려고 애썼다. "다비드는 자기 자신에게만 푹 빠져 있었어요. 자기중심적인 사람이었죠. 몇 년 지나서야 그 사실을 깨달았어요. 알고 보니 바람도 피웠더군요. 난 이혼하고 싶었어요. 앞으로 어떻게 할지 열심히 계획을 세우고 있던 와중에 그가 병에 걸렸다는 진단을 받았어요. 그는 내게 같이 있어달라고 매달리며 애걸했어요. 내가 자기를 돌봐줄 걸 알았던 것 같아요. 병이 악화됐고, 그는 죽음이 정말 두려워졌어요. 이해와 관심을 잔뜩 요구했죠. 가장 힘들었던 건 알베르트였어요. 아무것도 이해할 수 없었으니까요." 그녀는 엑토르를 올려다보았다. "다비드의 행동은 엉망이었어요……. 그게 내가 기억하는 그의 모습이에요."

그녀는 계속 깁스를 잘랐다. 엑토르는 아무 말도 하지 않았고, 고개도 끄덕이지 않았다.

"알베르트는요?"

"걔는 울었죠."

엑토르는 다음 말을 기다렸지만 소피는 더 이상 말하지 않았다. 소피는 깁스를 모두 뜯어낸 뒤 그의 맨다리에 담요를 덮었다.

"됐어요, 엑토르. 당신은 이제 다시 자유가 됐어요." 그녀는 자기 목소리에 인간미가 느껴지지 않는다는 생각을 하며 애써 미소를 지었다.

"잠시만요." 엑토르는 한 손을 소피의 팔에 얹으며 말했다. 그의 표정이 바뀌었다. 예전의 모습으로 돌아간 것 같았다. 더 느긋해졌고, 눈에는 슬픔일 수도 있는 감정이 떠올랐다.

"사과하고 싶어요."

그를 보니 긴장했다는 걸 알 수 있었다. 후회 비슷한 것도 보였다. 그의 목소리는 진심 같았다. 소피가 알던 엑토르의 모습이었다.

"무엇 때문에요?" 그녀는 다시 앉았다.

"내 태도와 행동 모두요."

소피는 아무 말도 하지 않았다.

"바로 지금 당신의 모습을 보면 알 수 있어요. 당신은 한 걸음 물러서며 차분한 상태를 유지하려고 했지만, 속으로는 내가 어떤 사람인지 고민하고 있었죠. 당신이 겁을 먹었을 수도 있을 것 같아요. 그래서 진심으로 사과하고 싶어요."

소피는 귀를 기울였다. 그가 자신을 이렇게 읽어낼 수 있다는 게 공포스러운 동시에 매혹적이었다.

그는 자신의 변화 때문에 피곤해진 것 같았다. 그는 한 손으로 머리를 쓸었다.

"아론과 내가 차에서 내린 순간, 온갖 일들이 일어났던 그날 밤, 난 고칠 수 없는 무언가가 깨졌다는 강한 느낌을 받았어요. 당신이 내게 가졌던 믿음, 희망, 신뢰 같은 거겠지요. 나도 모르겠어요……. 그래서 오늘 그렇게 이상하게 굴었던 거예요. 당신을 잃는 게 두려워요. 그런 일은 없었으면 좋겠어요. 다시 예전처럼 지내고 싶어요."

그녀는 아무 말도 하지 않았다.

"당신은 날 두려워할 필요가 없어요, 절대." 그가 말했다.

14

스반테 칼그렌은 매일 아침 7시 반에 집을 나섰다. 출장을 가지 않으면 보통 열두 시간 후 같은 시간에 귀가했다. 출장, 회의, 무거운 책임, 해야 할 일 등으로 인해 그의 생활은 정신없이 바빴다. 적어도 그가 주고 싶어 하는 인상은 그랬다. 하지만 실제로는 정반대였다. 그는 자기가 스트레스를 느끼는 일이 거의 없고, 실제로 하는 일이 아주 적다는 사실에 놀랐다. 그의 삶의 목적은 자신의 일, 경력, 승리였다. 하지만 이 일은 너무 쉬웠다. 지나칠 정도로 쉬웠다. 그의 책임은 어떤 일을 진행시키는 것이 아니라, 에릭손이라는 거대한 조직에서 일어나고 있는 일의 질서를 유지하는 데 있었다. 솔직히 회사에서 어떤 일이 일어나고 있는지 모두 알고 있다고 말할 수는 없었지만, 그건 중요한 것 같지 않았다. 그는 스스로 만족할 만한 직급까지 올랐다. 그 지위를 유지하고 싶었다. 그가 관심을 기울이는 것은 그것뿐이었다.

집 쪽으로 꺾으려는데 반대쪽에서 차가 한 대 나타나 진입로까지 그를 따라왔다. 스반테는 백미러를 보았다. 처음 보는 차였고 남자 한 명만 타 있었다. 스반테는 차를 대고 내려서 자기 몇 미터 뒤에 차를 세운 손님 쪽으로 고개를 돌리며 얼굴을 찌푸렸다. 문이 열리고 양복을 입은 남자가 내렸다. 날씬한 몸, 검은 머리, 눈에 띄는 외모, 넥타이는 매지 않았고…….

"무슨 일이십니까?"

"스반테 칼그렌?"

스반테는 고개를 끄덕였다. 아론은 단호하게 걸어가 안주머니에서 사진을 꺼내더니 멈춰서서 사진을 본 다음 스반테에게 건넸다. 사진을 받아 든 그는 눈을 휘둥그레 뜨고 자신의 사진을 바라보았다. 몸에서 모든 기운이 빠져나갔다. 무슨 말이라도, 어떤 반응이라도, 뭐라도 하고 싶었다. 하지만 그는 딱딱하게 얼어붙은 채 아무것도 할 수 없었다. 자신이 속았다는 것을 깨달아서 마비된 것일 수도 있고, 완벽한 무력감 때문일 수도 있고, 그저 엄청나게 수치스러워서일 수도 있었다.

아론은 다른 사진을 들어 보였다. 자기에겐 너무 작은 팬티를 입은 모습, 유리 테이블 위의 코카인을 은으로 된 튜브로 마시는 모습. 스반테는 사진을 받아들지 않고 그저 보기만 하다가 몸을 돌려 집 쪽으로 걸어갔다. 아론이 그를 따라갔다. 스반테는 식기 건조대 앞에 서서 아론에게 등을 돌린 채 와인을 한 잔 따랐다. 아론에게 권하지는 않았다. 아론은 부엌 의자에 앉아 다리를 꼬고 한 팔을 허벅지에 얹었다.

"사실 제법 간단한 이야깁니다. 우린 특별이익단체인데, 매 분기별 보고 전에 내부에서 보기에 상황이 어떤지 알려줬으면 합니다. 자본 시장으로 나가는 걸 고려하거나, 뭔가 중요한 일이 생기기 전에 연락하세요. 일이 잘될지, 잘 안될지는 물론, 큰 뉴스가 발표되기 전에 알고 싶습니다. 당신이 보고 듣는 것, 내부의 이야기를 알고 싶습니다." 아론은 조용하지만 분명하게 말했다.

스반테는 웃으려고 해보았지만 잘되지 않았다. "에릭손으로 돈을 벌려고 나를 협박하시겠다?" 그는 와인을 한 모금 마셨다. "미안하지만 사람을 잘못 골랐소. 난 그런 정보에 대한 접근 권한이 없어요." 다시 한 모금 꿀꺽 마시고 계속 이야기했다. "지나치게 단순하게 생각하는 것 같군요. 어쩌다 그런 생각을 하게 됐는지는 모르겠지만, 현실은 그런 식으로 움직이는 게 아니오."

아론은 아무 말도 하지 않았다.

"현실은 그런 식으로 움직이지 않는다고." 그는 와인을 한 모금 더 마시며 다시 한 번 말했다. 이제 반 잔 정도 마셨다. "게다가 대기업들은 전부 이런 일에서 임원들을 지키는 것만 담당하는 부서를 두고 있어요. 친구, 당신은 이제 고생 좀 하게 될 거요." 스반테는 간신히 미소를 지어 보였다.

아론은 부엌을 둘러보았다. 빌라의 외관에 비하면 상당히 허술했다. 부분조명을 갖춘 선반의 접시와 잔들은 오래된 물건처럼 보이게 만든 요즘 것들이었다. 벽에 걸어둔 그림들은 화병 그림, 새벽에 붉은 재킷을 입고 영국의 들을 달리는 사냥꾼들의 그림을 출력한 것이었다. 창문에는 말린 꽃이 걸려 있었고, 식탁과 의자 세트는 빅토리아풍을 흉내 낸 싸구려 가구였다. 그는 이렇게 놀라울 정도로 형편없는 취향을 가진 사람이 스반테 칼그렌과 그의 불쌍한 아내 중에 누구일지 생각해보았다.

"우리가 누구한테 이 사진을 먼저 보낼지는 당신이 골라요. 사모님, 아이들, 직장 동료들."

아론은 사진들을 계속 보았다. 하나를 여러 각도에서 살폈다. 마치 뭘 찍은 것인지 알 수 없다는 듯한 태도였다. 아론이 스반테에게 그 사진을 건네자 그는 얼른 보았다.

"다 동영상으로도 찍어놨어요. 소리도 있고."

자신만만한 척하던 스반테의 표정이 무너졌다. 그는 체념한 패배자처럼 보였다.

"누구?" 아론이 물었다.

스반테는 질문의 뜻을 이해할 수 없어서 아론을 보았다. 아론은 사진을 흔들어 보였다.

"사모님? 아이들? 같이 일하는 사람들? 누구한테 제일 먼저 보여줄까요?"

"사진을 넘기는 대가로 돈을 줄 수는 있지만, 당신이 요구하는 건 해줄 수가 없소. 나는 그런 정보에 접근할 수 없다고요."

스반테의 목소리가 달라졌다. 더 부드러워졌다.

"그냥 질문에 답하세요."

스반테는 자기 머리를 두드렸다. "어떤 질문 말입니까?" 그는 어쩔 줄을 몰랐다.

"누굴 고르시겠느냐고요?"

"아무도…… 아무도 안 골라요! 어떻게든 이 일을 해결하고 싶어요. 방법이 있을 텐데요."

"난 당신과 흥정하려고 온 게 아닙니다. 질문에 대답하시면 가겠습니다."

스반테는 충격을 받았다. 열심히 머리를 굴렸다. 이런 일을 당했을 때 나를 도와줄 수 있는 사람이 누굴까?

"왜 날 고른 거요? 난 아무 짓도 안 했어요. 난 정직한 사람이라고요……."

아론은 사진을 뒤적였다.

"당신이 고분고분하게 굴고 있다는 걸 보여주고 싶다면, 다음 보고서의 자세한 내용을 알게 되었을 때, 아니면 회사의 존망이 걸린 일이 생겼을 때 나한테 연락해요. 연락이 없으면 사진을 회사 사람들에게 보내겠습니다. 당신 부하들부터 시작할 거예요."

아론은 일어나서 식탁에 사진 뭉치를 놓고 제일 위에 있는 사진을 뒤집었다. 사진 뒤에 적어둔 전화번호를 가리키고는 밖으로 나갔다.

스반테는 잔을 비우고 아론이 차를 몰고 떠나는 모습을 부엌 창문으로 지켜보았다. 그는 전화를 들고 자기가 외우고 있는 번호를 눌렀다. 이와 비슷한 일이 생기면 사용하려던 번호였다. 회사 보안팀은 가능하고 불가능한 온갖 상황에 대비한 절차를 정해놓고 있었다. 절도와 스파이 행위부터 협박과 납치까지 다룰 수 있고, 누군가 전화를 걸기만 하면 곧바로 작업에 들어간다. 마지막 번호는 끝내 누르지 못했다.

안데르스는 자신의 혼다 시빅에 앉아 휴대전화를 귀에 대고 있었다. "이름은 스반테 칼그렌이에요. 에릭손에 있는 하위 관리직이고,

결혼했고, 아들과 딸이 있는데 같이 살지는 않아요. 내가 알아낸 건 그게 전부예요."

전화기 너머에서는 침묵이 흘렀다.

"칼그렌을 감시하고, 아론이 거기서 뭘 했는지 알아내."

구닐라가 말했다.

*

옌스는 호텔 방에서 리스토에게 전화를 걸었다. 물론 러시아 인들은 그에게 시비를 걸고 싶어 했다. 옌스는 그걸 알고 있었다.

"안 온대……. 그리고 중형 대전차포를 달래." 리스토가 말했다.

"뭐?"

"네가 늦었으니까 대전차포를 1인당 한 개씩 달래."

"대전차포?"

"응."

"농담하지 마."

리스토는 대답하지 않았다.

"지옥에나 가라고 해." 옌스가 말했다.

"그건 별로 좋은 생각이 아닐 거야."

옌스는 피곤했다. 지금 이 순간 모든 사람이 자신을 괴롭히고 있는 것만 같았다. 그는 왼손으로 두 눈을 가렸다.

"나도 알아. 그래도 지옥에 가라고 해."

"평소라면 나도 그러겠지만, 지금 우리는 드미트리를 상대하고 있어. 그는…… 뭐라고 표현해야 되나? 충동적이야. 그들은 하루하루 지날 때마다 네게 화를 더 내는 것 같아. 그들은 마음을 굳혔어. 네가 거만하고, 자기들을 깔보는 것 같대."

"내가 더 낫긴 하지."

"그건 나도 인정해……. 일주일 주겠대. 그리고 대전차포를 달래."

"하지만 그들도 그게 불가능하다는 건 알 것 아냐! 대전차포라니, 지금 장난해? 너도 알고, 나도 알고, 누구나 다 아는 거잖아."

"그래도 어쩔 수 없을 것 같아."

그는 왼손으로 이마를 주물렀다. "됐다고 해. 그들이 주문한 무기는 내가 가지고 있고, 와서 가져가면 되는 거 아냐."

"그건 받아들이지 않을 거야."

"상관없어."

리스토는 말이 없었다. 옌스는 한숨을 쉬었다.

"너라면 어떻게 할 거야, 리스토?"

"돈으로 해결하려고 해보겠지. 무기를 주고, 돈을 돌려주고. 돈은 잃겠지만, 그래도 이번 일에서 벗어날 수 있지. 그게 중요해."

"왜?"

"왜냐하면 이놈들은 뭐든지 할 수 있는 미친 약쟁이들이거든. 내가 이번 건을 잡아준 것부터가 실수였어. 미안해."

드미트리를 생각하니 더욱 쓸쓸해졌다.

"안 돼, 그놈들한테 말해. 우린 약속을 했고, 배달이 늦어졌으니 내가 값을 깎아줄 생각은 있다고 해. 하지만 그게 끝이야. 내가 해줄 수 있는 건 그게 전부고, 다른 제안엔 관심없어."

"좋아." 리스토는 전화를 끊었다.

옌스는 침대에 앉았다. 그의 시선은 현대미술을 흉내 낸 그림으

로 향했다. 푸른 육면체 위에 떠 있는 검은 삼각형이었다. 그 그림
마저 그를 화나게 했다.

옌스는 침대에 똑바로 누워 천장을 보았다. 요즘 들어 일들이 그
의 예상대로 풀려나가지 않았다. 그는 상상할 수 없을 정도로 피곤
했다. 의지력이 약해지고 있었다. 그는 숨을 내쉬고 눈을 감았다.
15분쯤 후에 놀라 일어났다. 15분처럼 느껴졌지만, 알고 보니 몇
시간이 지나 있었다.

샤워를 하고 대충 아침을 먹은 다음 집으로 출발했다. 몽롱한 상
태로 영원 같은 시간이 지나고 나서 덴마크와 스웨덴을 잇는 외레
순드 다리를 건넜다. 불안했다. 차에 자동화기를 두 상자 싣고 있었
기 때문이다. 그는 이 순간 할 수 있는 유일한 일을 했다. 국경을 지
키는 모자를 쓰고 수염을 기른 사람과 완벽하게 평범한 북유럽 식
으로 눈을 맞춘 것이다. 그것으로 충분했다. 수염쟁이는 '좋아'라고
말하는 것처럼 손가락 두 개를 모자 챙에 대고 가볍게 경례했다. 옌
스는 아무 문제없이 차를 몰고 지나갔다. 스톡홀름으로 가는 내내
토할 것 같은 기분이 들었다. 평소와는 신경 상태가 달랐다. 스트레
스 때문일까, 나이 때문일까, 아니면 성인이 된 이후 내내 불장난을
하다가 이제 심각한 화상을 입게 되었다는 자각 때문일까?

몇 시간 후 그는 스톡홀름을 둘러싼 에싱에 고속도로를 날 듯 달
렸다. 멀쩡한 상태로 스톡홀름에 돌아왔다는 게 어느 정도는 기쁘
기도 했다. 그는 시내로 들어가지 않고 계속 북쪽으로 달리다 단데
뤼드 교회에서 차를 돌리고 고등학교 옆을 지났다. 고등학교 뒤, 소
나무와 앙상한 전나무 속, 추한 사무실 건물들 틈에 그가 몇 년째
빌려 쓰고 있는 창고가 있었다. 그는 무기를 내리다가 몇 년째 찾고

있던 손전등을 발견해서 기뻐졌다. 오른쪽 뒤 고리에 매달려 있었다. 그가 아주 좋아하는 손전등이었다. 너무 크지도 무겁지도 않고, 무엇보다 밝았다. 생김새도 깔끔했다. 알루미늄으로 된 은빛 손전등은 거의 완벽에 가까웠다. 그는 손전등을 휙 돌려보곤 손잡이를 잡고 문을 잠갔다. 기분이 조금 좋아졌다. 집에 돌아와서 그런 것일 수도, 손전등을 찾았기 때문일 수도 있었다.

*

소피는 문기둥 사이로 뒷걸음질쳤다. 평소와 다른 건 없나 보려고 차를 몰고 주변을 몇 바퀴 돌았지만 아무 낌새도 보이지 않았다. 차창을 내리고 시내로 향했다. 외스테르말름과 노르말름을 가르는 길고 긴 비르예르얄스가탄을 달려 엥엘브렉트스가탄 교차로를 지나 노르말름 어느 골목의 지하 주차장에 차를 댔다. 밖으로 나와 엥엘브렉트스 광장으로 걸어가서 전화카드를 꺼내 공중전화에 넣고 전화를 걸었다.

"여보세요?"

"나야."

"안녕."

그녀는 그가 말할 수 있도록 시간을 주었다. 그는 말하지 않았다.

"지금 집이야?" 그녀가 말했다.

"응."

그는 통화 상대로는 최악이었다. 무뚝뚝하고 속을 알 수 없었다.

"만날 수 있어?"

그들은 20분 뒤 스트란드베겐의 부둣가에서 만났다. 소피가 도착했을 때 그는 이미 벤치에 앉아 있었다. 그는 그녀를 보고 일어섰다. 포옹이나 어색한 악수는 하지 않고 거리를 두었다. 그녀로선 안심이 되는 일이었다. 그들은 벤치에 앉았다. 따뜻한 저녁이었다. 그는 청바지, 테니스 셔츠, 스니커 차림이었다. 그녀도 거의 비슷했지만 나름대로 여성스러움을 드러낸 복장이었다. 사람들이 그들 앞을 지나갔다. 멀쩡한 사람도 있고 취한 사람도 있었다. 주중인데도 도시는 활기찼다. 소피는 새로 산 담배를 주머니에서 꺼내 포장을 뜯고 한 개비 꺼냈다.

"하나 줄까?"

그는 담배를 받아들었다. 그녀는 자기 담배에 불을 붙이고 라이터를 건넸다. 그들은 몇 모금 빨았다. 그녀는 물 건너편의 스트란드 호텔을 가리켰다.

"나, 저기서 일한 적 있어."

사치스러운 호텔은 화려한 조명으로 밝혀져 있었다.

"아시아 여행을 했어. 돌아온 다음에 리셉션에서 일을 했지. 스물두세 살 무렵에."

옌스는 다리를 벌리고 앉아 호텔을 바라보며 몇 모금 더 빨았다.

"네 집에 왔다는 사람들 이야기를 해봐."

그녀는 생각해보았다. 무엇을 말할지, 무엇을 말하지 않을지 정리하려고 해보았다.

"몇 주 전에 경찰이라는 남자 둘이 우리 집에 들어왔어. 우리 집 청소부가 왔다가 발견했지. 청소부는 열쇠를 갖고 있거든. 그들은 청소부를 협박하고, 누구한테 발설하면 큰일날 거라고 했대."

옌스는 두 팔을 무릎에 얹고 발치를 내려다보며 앉아 있었다.

"어떻게 협박했대?"

"몰라."

"그 청소부는 왜 이제야 말한 거지? 왜 곧장 말하지 않은 거야?"

"겁이 나서."

그는 혼자 고개를 끄덕였다.

"그들이 가져간 게 있어?"

그녀는 고개를 가로저었다.

"그러면 네 집에서 뭘했던 걸까? 네 생각엔 어때?"

소피는 잠시 생각하다가 그를 보았다.

"모르겠어."

그는 그녀가 진실을 말하고 있는지 알아보려고 그녀의 눈을 보았지만 판단할 수 있을 만한 것을 찾지는 못했다. 그녀는 그가 기억하고 있는 것과 같은 모습이었다.

"왜?" 그녀가 말했다.

"아무것도 아니야."

그녀는 필터까지 담배를 피우고는 발로 비벼 껐다.

"엑토르는 어떻게 알게 됐어?" 그가 물었다.

그녀는 그 질문이 나오리라는 것을 예감하고 있었다.

"병원에서. 내 담당 병동에 있었어. 교통사고를 당했거든. 우린 친구가 됐어."

"친한 친구?"

"나름…… 나름 친한 친구."

"그게 무슨 뜻이지?"

"말했잖아, 나름 친하다고."

그들은 말없이 앉아 있었다. 둘 다 레스토랑에서 처음 마주쳤던 것에는 서로에게 밝히고 싶은 이상의 비밀이 숨어 있다는 것을 인식했다.

"이건 엑토르와 관계가 있는 일이겠지?"

"그런 것 같아."

옌스는 그녀가 생각에 잠긴 것을 눈치채고는 조용히 생각할 수 있도록 기다렸다.

"그렇지만, 모르겠어. 난 아무것도 몰라."

"만약 그 사람들이 경찰이라면…… 네 삶에 경찰이 너희 집에 들어오게 할 만한 다른 일이 있어?"

소피는 머릿속에서 돌아다니는 생각들을 잡으려고 하다가 벤치에서 일어나 부두 끝으로 걸어갔다.

"넌 지난 세월 동안 변했어, 옌스?"

그는 그 질문에 대답하지 않았다. 그녀는 몸을 돌려 그를 잠시 보다가 양팔로 자기 몸을 감싸고 적당한 표현을 찾으려고 애썼다.

"경찰 중에 엑토르를 추적하는 사람이 있는데, 엑토르는 몰라. 그 여자가 나한테 그에 대한 정보를 달라고 부탁했어."

소피는 옌스를 보았다. 너무 많이 말한 게 아니길 바라는 표정이었다.

"그날 밤 일에 대해 말한 게 있어?"

"물론 안 했지."

"그러면 뭐라고 말했어?"

그녀는 생각을 모아보려고 했다. "사소한 것들……. 별거 없어. 이름, 장소, 사람. 하지만 그 여자가 전화를 걸어서 그날 저녁에 대해 물어봤어…… 아는 게 있는지는 나도 모르겠어."

옌스는 진심으로 놀랐다.

"뭘 물었는데?"

"내가 그날 저녁에 뭘 했느냐고."

"그래서 너는 뭐라고 했어……?"

"저녁을 같이 먹으려고 했지만 엑토르가 회의가 생겨서 난 집에 갔다고 했어."

"뭔가 이상한 기색은 없었고?"

소피는 고개를 가로저었다. 옌스는 잠시 생각해보다가 시선을 들었다.

"그 밖에는?"

그녀는 대답하지 않았다.

"소피?"

"응?"

"얘기해."

그녀는 머뭇거렸다.

"아론이 나한테……."

"아론이 뭐라고 했어?"

"입을 닥치고 있으라는 식의 말을 했어."

"협박했어?"

그녀는 고개를 끄덕였다.

"엑토르는? 엑토르는 뭐라고 했어?"

그녀는 한숨을 쉬었다. 엑토르 이야기는 하고 싶지 않았다.

"또 다른건 없었어?"

"아니, 얘기할 만큼 했어."

그녀는 괴로운 표정이었다. 목소리가 달라졌다. 낮아졌다. 그녀의 존재 전체가 쪼그라드는 것 같았다.

"머리가 아파. 옌스…… 어떻게 해야 될지 모르겠어. 날 도와줄 수 있어?"

그는 그녀를 보는 것이 힘들었지만, 딱딱하게 고개를 끄덕였다. 그 질문에 대한 대답은 이미 했다는 투였다.

"그래서 너희 집에 들어왔던 사람이 누구 같은데? 엑토르 파, 아니면 경찰?"

"내 생각엔 경찰들 같아."

"왜?"

소피는 어깨를 으쓱했다. "모르겠어……."

그녀는 창백했다. 피곤해 보였다.

"하지만 너도 짚이는 게 있을 거 아냐?"

"어쩌면 엑토르에 대해서 뭔가 알아내려 했는지도 모르지……. 내가 말해주지 않은 것들을 말이야."

"뭔가 다른 게 짚이는 거 아냐? 그들이 정보를 찾고 있다고 가정한다면, 가장 그럴듯한 이유가 있을 것 아니야."

그녀는 그를 보았다. "하지만 내가 어떻게 알겠어? 전화를 뜯어보고, 전등갓을 살펴보고…… 그렇게 하면 되나?"

농담 삼아 한 말이었는데 그는 고개를 끄덕였다. "바로 그거야."

두 사람은 방금 나눈 대화를 이해해보려고 애썼다. 잠시 후에 옌스가 고개를 들었다.

"내일 쉴 수 있어?"

"응……."

소피를 보니 그녀가 얼마나 걱정하고 있는지 알 수 있었다. 소피는 돌아서서 뉘브로비켄 만을 따라 걸어가기 시작했다.

옌스는 벤치에 앉은 채 그녀가 멀어지는 모습을 바라보았다. 그녀의 걸음걸이는 그대로였다. 그는 소피를 정말 좋아했다. 아주 옛날 이야기다. 그는 자기가 억눌렀던 감정들이 기억났다. 전생같이 느껴지는 오래전 여름에 둘이 어떻게 만났는지, 어떻게 서로를 알게 되었는지, 이야기할 수 있는 모든 것에 대해 대화를 나누었던 것까지 생생히 떠올랐다. 같이 술에 취하고, 늦은 시간에 테라스에서 저녁을 먹고, 아침마다 늦잠을 잤던 기억. 느지막이 일어나서 그의 부모님 차를 몰고 아침을 먹으러 갔었다. 그때 그는 너무 늦어서 못하게 될 때까지 정원의 잔디를 깎을 수도 있겠다고 생각했다. 그런 결심을 한 건 평생 그때 한 번뿐이었다. 그리고 그런 기분이 들자 엄청나게 겁이 났던 것도 기억났다. 자기 의지와는 반대로 그녀를 떨쳐냈던 것도 기억났다. 그 이후의 시간에 대해서는 아무것도 기억나지 않았다. 옌스는 휴대전화 주소록에서 한 명을 골라 전화를 걸었다. 노인이 전화를 받았다.

"하뤼, 내가 누군지 알겠어요?"

"물론이지, 연락받으니 반갑군."

"내일 아침에 바빠요?"

"일정은 바꾸면 되지."

"7시에 우리 집으로 와요, 아침 차려드릴게요. 장비랑 이것저것

다 가져오세요. 회사 밴은 아직도 가지고 계세요?"

"그럼, 예전이랑 똑같아."

"그럼 내일 뵐게요."

옌스는 전화를 끊고 뉘브로비켄 만 건너편을 바라보았다. 왜 소피를 도와주겠다고 덥석 말해버렸을까? 소피는 엑토르 구스만과 엮여 있고, 경찰들의 감시를 받고 있고, 살인 미수 사건을 목격했다. 엑토르와 그의 부하들은 급박한 상황에서는 무자비하다. 한케 같은 힘 있는 사람들이 그들을 노리고 있고, 코카인을 밀수한다. 다른 어떤 일에 손을 대고 있는지는 신만이 아실 것이다. 그리고, 그 한복판에 소피가 있다. 그 세상을 알기 때문에 소피를 돕겠다고 한 걸까? 아니면 그녀가 소피라서? 다른 상황이었다면 그는 그녀를 보자마자 도망쳤을 것이다. 이유도 모르면서 줄행랑쳤을 것이다. 그가 여자를 만날 때 늘 하는 일이다. 하지만 그는 초라한 테니스 셔츠를 입고 멍청히 앉아서 그녀를 돕겠다고 말했다.

옌스는 양손으로 얼굴을 감쌌다. 맙소사. 그는 피곤했다. 그는 벤치에 기대며 다시 예전 같아졌으면 좋겠다고 생각했다. 예전에는 모든 게 더 쉬웠다. 감정을 밀쳐놓는 것도, 무엇에도 상관하지 않는 것도……. 다들 예전이 더 나았다고 말하는 이유가 아마 이런 것인가 보다. 나이가 들면 과거가 몰려오는 것을 감당할 수 없다. 모든 것이 결국 다시 모습을 드러낸다. 주머니에서 전화가 울렸다. 가슴에 느껴지는 가벼운 압박감을 떨치려 깊이 숨을 들이마셨다.

"네?"

부드러운 목소리였다. 옌스에게 저녁에도 커피를 마시느냐고 묻는 엑토르 구스만의 목소리는 다정했다.

라르스 빙에는 물가의 벤치에 앉아 있는 옌스 발의 사진을 마흔 장 정도 찍었다. 옌스가 일어나자 그는 곧바로 망원렌즈로 바꾸었다. 라르스는 선명한 클로즈업 사진을 몇 장 찍었다. 어느 골목의 문간에 서 있던 라르스는 소피보다 먼저 주차장에 도착하려고 재빨리 걸음을 옮겼다.

*

11시가 거의 다 되었다. 완전히 어두워진 뒤였다. 옌스는 정문으로 들어가 계단을 올라갔다. 문에 간판이 있었다. '주식회사 안달루시아의 개 출판사'.

옌스는 엑토르의 사무실에서 엑토르와 마주 앉았다. 창문은 열려 있었고 기온은 아직 따뜻했다. 사무실 아래의 거리에서 소리가 들려왔다. 가끔 시끄러운 젊은이들이 지나가며 웃었고 근처 아파트에서는 집시킹스의 '볼라레'를 틀어놓았다.

엑토르의 책상은 좀 옛날식이었고, 바퀴 달린 의자는 가죽으로 감싼 1950년대 디자인이었다. 아주 편안해 보였다. 엑토르는 생각에 잠겨 있었다.

"이야기를 시작하기 전에 필요한 것 있어? 피곤해 보이는데."

"전화할 때 커피 준다고 하지 않았나?"

엑토르는 일어나 사무실에서 나갔다. 옌스는 그를 따라갔다. 작은 회의실을 통해 책이 가득 찬 서재를 지나갔다. 엑토르는 걸어가며 책들 쪽을 손짓했다. "우리가 낸 책 중 일부야. 상당수가 스페인어를 번역한 거지만, 스웨덴 저자 책들도 좀 있어." 그들은 탕비실로 갔다. "사무실은 2층에 있고, 난 바로 위층에 살아." 엑토르는 천장을 가리켰다.

탕비실은 작았지만 우아하게 꾸며져 있었다. 어딜 보나 훌륭했다. 그들은 멈춰서서 서로 상대를 살폈다. 키는 옌스가 더 컸지만 옌스는 자기보다 엑토르가 더 크게 느껴진다고 생각했다. 왠지 몰라도 엑토르는 자신의 실제 몸 이상을 지닌 것 같았다. 만약 그들이 지금보다 젊었다면 등을 맞대고 서보자고 했을 것이다. 엑토르는 에스프레소 기계를 만지고 있었다.

"랄프 한케는 어때?"

"모르겠어. 거만하고 연극하듯 행동하고……."

엑토르는 기계 밑에 컵 두 개를 놓고 버튼을 눌렀다. 기계 내부 어디에선가 커피콩을 가는 불쾌한 소리가 났다.

"우유?"

"조금만."

그는 잔에 우유를 조금씩 붓고 하나를 옌스에게 건넸다. "그래서, 이야기해봐."

"뮌헨 교외 어딘가에 있는 별 특징 없는 집에 가보니 지하실에 내 물건이 있더군. 그놈들이 상자 위에 시체를 얹어놨어."

엑토르는 커피를 마시며 눈썹을 치켜올렸다.

"그러고는 덩치 큰 러시아 인, 미하일이 랄프와 랄프의 아들과 함께 나타났어. 아들 이름은 기억이 안 나."

"크리스티안……." 엑토르가 말했다.

"랄프는 내가 자기들이랑 당신 사이에서 중개자 역할을 하길 바라더군."

"당신 생각은? 중개자 역할을 하는 건 어때?"

"난 아무 생각도 안 해."

엑토르는 고개를 끄덕였다. "거래는 없을 거야. 그들은 우리 물건을 훔쳤고, 나를 두 번이나 죽이려 했고, 협박도 했고, 그 밖에도 온갖…… 그들이 하는 이 모든 짓의 주된 목표는 우리를 억지로 그들 조직의 일부로 만들려는 거야."

"랄프의 이야기도 거의 그런 내용이었어."

"알았어. 그들에게 가서 지금 당장 이런 짓거리를 다 그만두라고 해. 실패했던 전적을 보면 자신들이 어떤 상대와 맞서고 있는지 알 수 있을 거라고 해. 지금 물러서지 않으면 우린 선전포고로 받아들이겠다고."

엑토르는 돌아서서 수돗물을 틀고 에스프레소 잔을 헹궜다. 갑자기 아주 어두워 보였다. 그의 분노가 밖으로 새어 나와 찌푸린 눈썹에 자리 잡았다. 그는 물을 잠그고 옌스를 한 번 더 보았다. 엑토르의 어둠은 방 안에 실제로 있는 존재처럼 느껴졌다.

"요즘 말썽이 생길 때마다 당신이 나타났어. 그걸 우연의 일치라고 생각해야 하나? 그리고 당신은 지금 중개인 비슷한 존재로 여기 서 있지. 좀 말이 안 된다고 생각하지 않아?"

옌스는 대답하지 않았다. 엑토르는 그를 보다가 어깨를 으쓱했다. "하지만 한편으로는 당신은 설쳐대지 않고…… 차분해."

옌스는 굳이 말을 보태지 않았다.

"우리 대답을 한케한테 전해줘." 엑토르는 탕비실에서 나와 사무실로 들어가며 뒤도 돌아보지 않고 말했다. "만약 나를 엿 먹이려고 하는 거면, 당신은 죽은 목숨이야."

내려오는 계단에서 옌스는 미하일이 준 번호로 전화를 걸었다. 롤란트 겐츠가 받았다.

"이 번호로 전화를 걸어서 스톡홀름에서 전하는 메시지를 전달하라는 말을 들었는데요. 제가 전화를 제대로 건 건가요?"

"네."

"엑토르는 당신들은 이미 선을 넘었다, 물러서야 한다고 했습니다……. 또 다른 일을 시도한다면 누구도 통제할 수 없는 수준으로 넘어갈 거라고 하네요."

"알겠습니다. 전화해줘서 고마워요."

전화가 끊어졌다.

옌스는 감라스탄을 걸으며 일어나고 있는 모든 일을 파악하려고 해보았다. 일들에 각각 점수를 매겼다. 10점은 시급히 해결해야 하는 가장 크고 중요한 일이고, 1점은 일단 그냥 두었다가 나중에 처리해도 되는 일이다. 10점짜리와 9점짜리가 잔뜩 있었는데, 우선순위를 매길 수 없었다. 옌스는 그 생각을 떨치고 아침거리를 사러 갔다. 신선한 빵과 방금 간 커피, 집에서 만든 마멀레이드를 파는 24시간 가게를 발견했다. 그는 몇 시간 후에 하뤼에게 근사한 아침 식사를 차려줄 생각에 제일 좋은 것들만 골라서 샀다.

*

알베르트는 학교에 갔다. 아침 8시 반에 초인종이 울렸다. 소피는 문을 열어주며 옌스와 다른 남자를 들어오게 했다. 그는 자기를 하뤼라고 소개했다. 둘 다 작업복 차림이었다.

"안녕하세요, 사모님." 옌스가 말했다.

옌스는 인부들은 긍정적이고 예의 바르고, 말솜씨가 썩 좋지 않으며 현실적인 사람들일 거라고 상상했다. 어쨌든 TV에 나오는 인부들은 그랬다.

"잘 오셨어요. 들어오세요."

그들은 집 안으로 들어갔다. 옌스는 인부인 척했고 소피는 일이 있어 그들을 부른 척했다. 하뤼는 말없이 거실 구석으로 가서 쭈그려 앉아 공구상자를 열었다. 소피는 아무 데나 가리켰다.

"일단 정원으로 나가는 저 문이랑, 저 창문에 있는 유리를 봐주세요. 그리고 정원으로 내려가는 계단도요."

옌스는 둘러보고 있었다.

"네." 둘이 이야기하는 동안 하뤼는 타원형의 플라스틱 기구를 눈에 대고 실내를 둘러보았다. 그는 걸어다니며 작은 기구로 수색하는 동시에 손에 든 측정기 수치를 확인했다. 소피와 옌스는 계속 연기를 했다. 하뤼가 종이 쪽지에 뭔가를 적었다. 옌스는 받아 들고 읽은 다음 소피에게 건넸다. '카메라는 없음'. 둘은 연기를 계속했지만 소피의 상상력이 떨어져가고 있었다. 집 전체를 고치고 싶은 척하기가 힘들었다. 옌스가 그녀 대신에 어떤 공사가 가능하고 어떤 부분은 손댈 수 없는지 설명했다. 하지만 자꾸 틀린 용어를 썼다. 그는 타고난 인부와는 거리가 멀었다.

하뤼는 다른 도구를 써서 다시 훑었다. 램프에 다가가니 바늘이 확 움직였다. 숨겨진 마이크를 찾아낸 것이다. 그는 옌스를 돌아보고 엄지를 치켜들었다. 받침대에 끼워둔 작은 스웨덴 국기를 꺼내 스탠드 옆에 놓았다. 계속 돌아다니며 부엌에서 또 하나를 찾아내 그 옆에도 국기를 놓았다. 위층에서는 소피의 침실, 알베르트의 방, 층계참에서 마이크를 발견했다. 작은 깃발이 여기저기 잔뜩 놓였다. 하뤼는 전화를 살펴서 두 개를 더 찾아냈다. 집을 이렇게 저렇게 고친다는 이야기를 잔뜩 하고 나니 옌스는 입안이 말랐다. 소피의 얼굴은 창백했다.

하뤼는 소형 카메라를 꺼냈다. 볼펜 클립 같은 모양이었다. 그는 천장 둘레에 달아둔 거의 보이지 않는 전선에 카메라를 연결하고, 자기 손보다 크지 않은 작은 모니터에 비치는 모습을 확인했다. 자기를 카메라에 비춰보았다가 물러섰다가 하며 영상을 확인했다. 소피는 하뤼가 건네주는 모니터를 받았다. 그는 종이에 썼다.

동작 감지 카메라예요. 움직임을 감지하면 카메라가 작동해요. 매일 확인하고, 모니터는 카메라에서 7미터 이내 거리에 숨겨두세요.

가기 전에 마지막으로 옌스는 소피에게 선불 휴대전화와 손으로 쓴 쪽지를 건넸다. 30분 안에 집에서 나와서 자기에게 전화하라고 적혀 있었다.

하뤼와 옌스는 밴을 타고 달렸다.

"어떤 것 같아요?" 옌스가 물었다.

"저 사람을 감시하는 놈이 누군지는 몰라도, 돈이 넉넉한 것 같아. 작년에 물건 사러 런던에 갔을 때 저런 마이크를 봤어. 맨눈으로 보면 거의 볼 수 없을 정도로 작고, 더럽게 비싸. 단점은 송신 거리가 짧다는 건데, 아마 180미터 정도 안에서만 수신할 수 있을 거야. 사방에 온통 나무랑 집이 있는 주거 지역에선 그보다 더 짧을 거고. 저 마이크를 설치한 사람들은 아마 차를 세워놓고 리시버로 감청하면서 녹음할 거야."

하뤼는 운전하면서 계속 말했다.

"이걸 설치한 사람들은 프로야. 우리가 찾은 것보다 더 많을 수도 있어. 컴퓨터, 휴대전화…… 뭐든 사용할 때 조심하라고 알려줘."

"이런 일을 할 사람은 누구일까요? 단순한 추측이라도 좋으니 말해봐요."

하뤼는 정면을 보았다.

"모르겠어."

*

"녹음이 돼요?" 안데르스가 물었다.

경비원은 고개를 가로저었다.

"아뇨, 그래도 사진은 찍혀요. 말씀드렸듯이 낡은 물건이에요. 구급차가 들어오면 30초 간격으로 사진을 찍는 거죠."

"왜요?"

경비원은 어깨를 으쓱했다.

"구급차가 도착하면 접수처에서 알 수 있게 하려고 한 것 같지만, 사실 나도 잘 몰라요."

안데르스와 경비원은 경비원의 자리에 앉아서 총을 맞은 사람이 왔던 날 밤의 사진들을 보고 있었다. 차 앞 유리창을 찍은 흐릿한 클로즈업 사진들이었다.

"왜 이렇게 세팅돼 있는 거죠?"

"젠장, 내가 그걸 어떻게 알아요?"

안데르스는 한숨을 쉬었다. 짙은색 차의 윗부분, 앞 유리창 절반, 차 윗부분 일부가 보였다. 핸들을 잡은 팔 하나가 보였다. 흐릿하게 나온 오른팔인데, 차에서 나오려는 남자의 팔이 아닌가 싶었다. 안데르스는 다시 한숨을 쉬었다. 차가 구급차 서는 곳에서 나오는 장면을 찍은 사진은 없었다. 마지막 사진은 그냥 텅 비어 있었다.

"사진들 다 주세요. 다 비슷해 보이더라도."

에바가 사진들을 컴퓨터로 다 스캔해 넣었다. 안데르스, 구닐라, 에리크는 화면을 보고 있었다.

"이게 무슨 차지?" 구닐라가 궁금해했다.

아무도 대답하지 않았다.

"비교해봐, 2001년 형 도요타 랜드크루저랑." 구닐라가 메모를 보며 말했다.

에바는 키보드를 두드려 화면에서 랜드크루저 이미지들을 검색해보았다. 마음에 드는 이미지를 찾아서 3D 프로그램에 넣고 돌려서 각도를 조정한 다음 사진과 비교했다.

"똑같아 보이네요." 에바가 말했다.

에바는 다른 프로그램을 열어서 여러 수치를 입력했다. 다른 사람들은 계산되는 과정을 보면서도 이해할 수 없었다. 그녀는 마우스로 프로그램을 조종해 두 차의 각 부분들을 서로 비교한 다음 결과를 보았다.

"여러모로 볼 때 도요타 랜드크루저가 맞아요. 2001년 형이요."

"간호사가 거칠게 놀고 다니는군." 안데르스가 속삭였다.

"아직 그건 확실하지는 않아." 구닐라가 말했다.

"이 차를 모는 사람은 많아." 에리크가 중얼거렸다.

각자 생각에 잠긴 가운데 침묵이 흘렀다. 침묵을 깬 것은 구닐라였다. "그럼 이게 소피의 차라고 가정하고 시나리오를 몇 가지 생각해보지."

안데르스가 시작했다. "차 안에서 보이는 사람의 흔적이라고는 세 번째 사진에 보이는 팔 하나뿐이에요. 저 팔은 소피의 팔이 아니라 남자 팔이에요. 차에서 내리려고 하고 있죠. 피부색이 너무 밝아 엑토르의 팔일 수는 없어요. 아론일 수는 있어요. 총 맞은 사람의 일행일 수도 있고, 전혀 상관없는 사람일 수도 있죠. 소피는 레스토랑에서부터 차를 몰아 길을 돌아서 그들을 태우고 갔을 수도 있죠. 제가 확인해 봤는데, 뒤에도 길이 있더라고요."

"그러면 라르스는?" 구닐라가 말을 끊었다. "라르스는 왜 소피가 차를 타고 집에 갔다고 했지?"

"그렇게 생각한 건지도 모르죠. 소피가 길을 돌아서 다른 사람들을 태웠을 때 뒤쫓다가 놓쳤을 수도 있죠. 그냥 놓친 거예요."

"하지만 그랬다면 라르스는 소피가 길을 돌아서 차를 몰았다고 말했을 텐데, 그런 말은 없었어. 오덴가탄으로 갔다고 했잖아. 그 뒤로도 따라갔다고 했어."

"거짓말을 하는 걸 수도 있지 않을까요?" 안데르스가 말했다.

"왜 거짓말을 하겠어?"

그는 답하지 않았다.

"안데르스, 라르스가 왜 거짓말을 할까?"

안데르스는 고개를 가로저었다. "모르겠어요……."

에리크는 입을 비딱하게 했다가 아래 입술을 내밀었다.

"가설을 세우기 전에 먼저 소피의 차부터 살펴봐야 될 것 같아요. 다친 사람을 태웠다면 흔적이 남았을 테니까요." 그가 말했다.

구닐라는 에바를 돌아보았다.

"스톡홀름 지역에 있는 저 차와 모델과 색깔이 같은 차들을 다 확인해. 차 주인 이름을 알아둬. 안데르스, 하세 베릴룬드와 더 친해지도록 해."

"벌써 친해요." 안데르스가 말했다.

15

안데르스 아스크와 하세 베릴룬드는 그날 오후에 차를 몰고 기술 팀에 다녀왔다. 구닐라가 접수처에서 상자 하나를 찾아가라고 시켰기 때문이다. 서명할 필요 없이 그냥 들고 오면 됐다. 안데르스는 상자를 팔 아래 끼고 건물에서 나오며, 얼굴을 아는 나이 든 경찰들에게 고개를 끄덕여 보였다. 그들도 안데르스를 알아보고 고개를 끄덕였다.

봇쉬르카 시에 있는, 하세가 제일 좋아하는 피자콜로세움이라는 식당까지 가서 피자를 먹었다. 하세는 모든 토핑이 다 들어간 콜로세움 스페셜을, 안데르스는 하와이안을 먹었다. 그들은 팔콘 맥주를 마셨다. 하세의 주장에 의하면 유일하게 마실 만한 맥주가 팔콘이었다. 다른 맥주는 전부 오줌 맛, 혹은 여우 오줌 맛이라는데⋯⋯ 그게 무슨 맛인지는 알 수 없었다.

노숙자가 되기 직전인 취객들이 레스토랑 한쪽 구석에서 작은 병에 담긴 레드와인을 마시고 있었다. 그들은 주제를 바꿔가며 소리를 질러댔다. 교육, 의료 서비스, 회사 관리자들, 그리고 '그 개새끼, 이름이 뭐더라, 외무부 장관…… 칼 빌트' 등에 대해 이야기했다.

하세는 그들에게 걸어가 시끄럽게 하지 말라고 했다. 목이 쉬고 폐인 같은 모습을 한 빨간 머리 여자가 고함쳤다. "난 남자들이 시키는 대로 하는 건 오래전에 그만뒀어. 내 원칙에 어긋나는 일이야. 씨팔, 당신은 지금 실수하는 거야." 그녀의 친구 하나가 하세에게 짖듯이 뭔가 알아들을 수 없는 말을 하기 시작했다. 하세는 자기 자리로 돌아와 앉았다.

"왜 저런 일에 끼어드는 거야?"

"나도 몰라." 베릴룬드는 한숨을 쉬고 늘어난 치즈가 매달린 큰 피자 한 쪽을 베어 물었다.

"보스 누님에 대해 다 말해봐." 그는 입안 가득 피자를 넣고 씹으며 말했다.

안데르스는 피자를 한 쪽 잘랐다.

"말할 건 별로 없어. 나랑은 알고 지낸 지 오래됐어. 구닐라는 엄청나게 난처한 상황에서 날 몇 번 구해줬지. 난 비밀경찰에 있다가 잘렸거든."

안데르스는 한입 먹었다.

"왜 잘렸어?"

"쿠키 통에 손을 넣었다가 걸렸거든."

"어떤 쿠키 통?"

"노르스보리에서 에리트레아 갱단을 감시하고 있었지. 어느 날 저녁, 카메라를 설치하러 들어갔는데 싱크대 밑에서 돈이 가득 들어 있는 종이봉투를 찾았어. 난 손을 집어넣고 내 주머니를 채웠지. 멍청이 같은 동료 한 놈이 신고했어."

"그런데 구닐라가 도와줬다고?"

"응, 그런 셈이지. 적어도 감옥엔 안 가고 잘리기만 했거든."

"왜?"

"뭐가 왜야?"

"왜 널 도와준 건데?"

"자기에게 충성하고, 일을 몇 가지 해주는 조건이었어."

"그래서 넌 충성하고 있어?" 하세는 입이 반쯤 찬 채 물었다.

안데르스는 고개를 끄덕였다. "응."

"착하네."

하세는 맥주를 조금 마셨다. 취객들이 다시 서로에게 소리를 질러대기 시작했다. 하세가 그쪽을 보는데, 안데르스는 그냥 넘어가라는 손짓을 했다.

"그래서 어떻게 됐어?" 하세가 물었다.

"난 있는 대로 망신을 당하고 경찰을 그만뒀어. 그 뒤로 몇 년 동안 구닐라를 도와서 잡다한 일을 몇 번 했는데, 또 일이 엉망이 돼버렸지." 안데르스는 피자를 씹었다. "친구들과 함께 손쉽게 돈을 좀 벌어보려고 했어. 테비 경마장에서 말 몇 마리에게 약을 놨지…… 엉망진창이 됐어. 두 마리가 죽었거든. 조사관들이 왔을 때 우린 거기 서 있었고, 난 그때까지도 손에 주사기를 들고 있었어." 그는 그때를 떠올리며 키득거렸다. "구닐라는 그때도 구하러 와줬어. 꽤나 멍청한 짓이었지만, 구닐라는 내가 일을 망칠 때마다 나타나서 바로잡아줘. 그러니, 기본적으로 내가 빚을 진 거지."

하세는 맥주잔을 비웠다. 잔을 내려놓는 그의 윗입술에는 거품이 묻어 있었다.

"너 아까 차에서 뭐라고 지껄였던 이야기가 있었지? 우리 둘이 뭉쳐야 된다고."

안데르스는 피자를 한입 먹고 어깨를 으쓱했다. "아, 그건 아무것 도 아니야."

"괜찮아, 말해봐." 베릴룬드가 말했다.

안데르스는 고개를 가로저었다. "중요한 이야기 아니야."

"그러니까 말해봐."

안데르스는 피자를 씹으며 잠시 생각해보았다. 맥주를 마시고 어깨너머를 돌아보았다. "구닐라와 에리크가 하던 수사였어. 나는 프리랜서로 꼈지. 스텐코를 잡으려던 거였어. 이른바 경마장의 왕이라는 사람, 너도 알겠지. 말뫼에 있는 거물급 갱. 스텐코에겐 여자가 있었어. 뇌가 없는 것 같은 스웨덴 여자였지. 알링소스 출신의 금발, 스물여덟 살짜리였어. 파트리시아 어쩌고 하는 이름이었는데……." 안데르스의 이야기가 옆길로 새려는 것 같았다가 다시 본론으로 돌아왔다. "구닐라는 그전에 그 여자를 한 번 잡아들인 적 있었어. 무슨 죄였는지는 나도 몰라. 우린 그 여자에게 도청기를 달았지만 아무것도 알아내지 못했어. 그런데 갑자기 그 여자가 사라졌어. 스텐코는 잡히지 않았지. 나중에 테비 경마장에서 총을 맞고 죽었지만."

"그 여자는 어디로 갔는데?"

"몰라, 사라졌어. 온데간데없이."

"뭐?"

안데르스는 피자를 한 쪽 잘랐다. "온데간데없이 사라졌다니까. 실종 신고를 했지만, 그 뒤로 그 여자의 흔적은 어디서도 발견되지 않았어."

"죽었어?"

안데르스는 피자를 한입 베어 물고 하세를 보며 씹으면서 어깨를 으쓱해 보였다.

"그런 일을 어떻게 무마했지?"

"그렇게 어렵지 않았어. 우린 우리가 가지고 있던 그 여자에 대한 모든 것을 다 지웠어. 마치 우리 수사에 등장한 적조차 없는 것 처럼 말이야. 구닐라는 그런 식으로 일해. 언제나 사람을 이용해서 그런 식으로 일해왔어. 구닐라는 이런 일에서는 그런 게 당연하다고 생각해. 자기가 필요한 사람들을 엮어넣는 거지. 엮이고 싶어 하지 않더라도. 그리고 자기가 원하지 않는 사람들은 바깥에 두고. 그래서 구닐라가 시도하는 일들은 거의 다 성공하는 거야."

"어떻게?"

"어떻게? 음, 내가 여기 앉아 있잖아. 비밀경찰 출신의 나쁜 경찰, 말을 죽이는 사람. 그리고 너, 감정 기복이 심한, 지독한 신속대응 경찰. 이것만 봐도 충분하지 않아?"

"스텐코의 금발 머리는 어떻게 말을 듣게 만든 거지?" 하세가 물었다.

"몰라……. 아마 뭔가를 약속했거나, 뭔가로 협박했겠지."

"우리 간호사처럼?"

"아니, 이 경우와는 달라. 뭔지는 나도 결국 알아내지 못했지만,

그땐 다른 뭔가가 있었어. 어쨌거나 지금은 지난 일이야. 끝났지."

취객들은 뒤에서 팔레스타인 이야기로 입씨름을 하고 있었다.

"그때 우리는 다치지 않고 넘어갔지." 안데르스가 계속 얘기했다.

"그래서 이 이야기로 네가 하고 싶은 말은 뭔데?"

안데르스는 맥주와 함께 피자를 삼켰다.

"전에 했던 말이지. 우리가 뭉쳐야 한다는 것. 천국이 될지 지옥이 될지 알 수 없지만, 우린 모든 일이 다 틀어지는 경우에 대비해 출구 전략을 가지고 있어야 돼."

"틀어져? 뭐 그런 말이 다 있어?"

"구닐라는 지금 위험 부담을 잔뜩 지고 있어."

"구닐라는 일을 잘하는 것 같은데." 하세는 뒤로 기대며 혀로 이를 닦았다.

안데르스는 어깨를 으쓱했다. "물론이지. 그런데 넌 우리가 무슨 일을 하고 있는지 알아? 구닐라가 만든 조직은 형태가 없어. 훨씬 큰 조직 안의 그림자와도 비슷해. 구닐라가 그렇게 될 원했고, 그렇게 됐지. 우리가 하는 일은 평범한 일이 아니야. 사법적인 무정부 상태로 넘어가기 직전이라고. 구닐라는 결과를 내기 위해서 자기가 하고 싶은 일은 다 해. 방법을 찾아낸 거야. 언젠가 더 높은 사람이 여기에 신물이 나겠지. 내가 하려는 말은 그저 뭔가 이상한 걸 보거나 들으면 나한테 말해달라는 것뿐이야. 나도 너한테 똑같이 해줄 테니까. 알았어?"

하세는 딸꾹질을 참았다. "난 공항으로 쫓겨난 전직 신속대응 경찰이야. 분실물 관리실로 보내지는 것과 비슷한 일이지. 내 경력은 완전히 망가졌어. 65세가 될 때까지 거기서 썩을 신세였다고. 그러고 나서 죽도록 술을 마시다가 어딘가의 더러운 아파트에서 혼자 죽었겠지. 하지만 그 모든 걸 바꿔놓은 전화를 받은 거야. 그럴 가능성은 정말 희박하지. 그러니까 나는 시키는 대로 할 생각이야. 내 상관이 시키는 대로 할 거라고." 하세는 레스토랑 반대편을 보며 손에다 조용히 트림을 했다.

취객들은 이민 정책 이야기로 넘어갔다. 그들 중 누구도 인종 차별주의자는 아니라고 했지만, 그렇지만…… 빨강머리 여자는 자기가 아는 사람들 중에 괜찮은 이민자들도 있지만, 그들이 스웨덴에 와서 정직한 스웨덴 인들의 직업을 빼앗는 건 마음에 들지 않는다고 했다. 하세는 기지개를 켰다.

"언제까지 가야 되지?" 그가 물었다.

"세 시간 뒤."

"한 잔씩 더 할까?"

안데르스는 거절할 적당한 이유를 생각해낼 수 없었다. 그들은 맥주를 두 잔 더 주문했다. 하세는 단숨에 맥주잔을 비웠다. 안데르스는 절반을 마셨다. 하세가 더 달라고 손짓했다.

"예거마이스터도 두 잔 줘요!"

잠시 둘 다 이야깃거리를 찾을 수 없어서 그냥 레스토랑 안을 바라보았다. 취객들은 말도 안 되는 이야기를 하고 있었다. 천장에 달린 스피커에서는 팬파이프로 연주한 스티비 원더의 '아이 저스트 콜드 투 세이 아이 러브 유(I Just Called to Say I Love You)'가 나오고 있었다. 안데르스는 젖은 맥주잔 바닥으로 테이블에 올림픽 오륜 마크를 그렸다.

"네가 생각하는 출구 전략은 어떤 거야?" 하세가 물었다.

맥주와 예거가 그들 앞에 놓였다. 그들은 단숨에 예거를 비웠다.

"두 잔 더!" 하세는 빈 잔을 내려놓기도 전에 말했다. 검은 티셔츠를 입은 웨이트리스는 이미 사라진 뒤였다.

"들었겠지?"

"우린 좀 전략적으로 행동해야 될 것 같아."

"헛소리 하지 마. 안데르스…… 그리고…….'"

하세는 말을 하다 말고 트림을 한 다음 씩 웃었다.

"안데르스 안드!" 그가 외쳤다.

안데르스는 무슨 뜻인가 싶어 하세를 보았다. 하세는 혀가 조금 꼬인 목소리로 계속 말했다. "노르웨이에서는 도날드 덕을 안데르스 안드라고 불러. 너! 도날드 덕!"

안데르스는 대답하지 않았다. 하세는 괴상한 웃음소리를 냈다. "만화 주인공 이름으로 정말 딱이지, 안데르스 안드…….'"

안데르스는 그의 괴상한 유머감각에 어리벙벙해졌다.

"뭐라고 불러줄까? 도날드 덕, 아니면 안데르스 안드?"

안데르스는 잔에 남은 술을 마지막 한 방울까지 마셨다. "안데르스 안드." 그는 체념한 목소리로 말했다.

"그럼 정한 거다. 무슨 이야기하고 있었더라?"

"우리가 몸조심해야 한다고."

"어떻게 하면 되는데?"

"모든 걸 딱 잘라 부정하는 거야. 우리 둘이 같이."

"알았어, 같이 딱 잘라 부정하자." 하세는 잔을 들었다.

그들은 봇쉬르카의 피자콜로세움에서 나와서 주유소에서 맥주

여섯 캔을 사고 에싱에 고속도로를 타고 시내로 돌아갔다.

"난 술 취해서 운전하는 걸 좋아해." 하세가 말했다.

안데르스는 열어놓은 창문 쪽에 기대서 부드러운 저녁 공기를 얼굴에 쐬었다.

"알았어. 근데 그 라르스라는 놈, 걔는 좀 멍청이인 거지?" 하세가 물었다.

바람이 안데르스의 머리칼을 쓸었다. "걔는 그냥 멍청이야. 무시해도 돼."

그들은 시내 중심가를 돌아다니고 맥주를 마시며 시간을 죽였다. 길거리의 사람들을 구경하고, 랜디 크로퍼드(미국의 흑인 재즈/R&B 여가수. 미국보다 유럽에서 인기가 더 많았다_역주)의 옛날 앨범을 들었다. 하세는 볼보의 기어를 내리고 속도를 높이며 노르말름 중심의 세르엘 광장 로터리를 아슬아슬하게 세 바퀴 돌았다. 원심력 때문에 두 사람의 몸이 오른쪽으로 쏠렸다. 랜디 크로퍼드는 노래를 불렀고, 안데르스는 맥주 캔을 비우고 큰 소리로 트림을 한 다음 빈 캔을 로터리 가운데의 분수에 던져 넣었다. 하세도 안데르스를 실망시키고 싶지 않아서 트럭 기사처럼 손가락으로 뿔 모양을 만들고는 요란하게 방귀를 뀌었다.

*

하세와 안데르스는 소피의 집에서 한 블록 정도 떨어진 곳에 차를 댔다. 나무로 둘러싸인 곳에 있는 라르스의 감시 차량에 무선으로 연결된 장비가 갖춰져 있었다. 안데르스가 헤드폰을 썼다.

"이제 잘 자고 있는 것 같은데. 갈까?"

두 사람은 차에서 나와 걸어갔다. 안데르스는 기술팀에서 받은 상자를 팔 밑에 끼고 있었고, 하세는 맥주 한 캔을 들고 있었다. 해가 막 지평선 아래로 내려갔다. 이 무렵에는 밤에도 깜깜해지지 않는다.

"난 여름이 싫어." 안데르스가 말했다.

두 사람은 검은 털모자를 썼다. 안데르스가 하세를 보았다.

"테러리스트?"

하세는 키득키득 웃었다. "군 생활은 어디서 했어?"

"통역부대. 너는?"

"라플란드 산 속에서." 하세가 대답했다.

"역시……."

그들은 랜드크루저가 세워져 있는 자갈 진입로로 살금살금 들어가서 걸음을 멈추고 정적에 귀를 기울였다. 안데르스는 손전등을 켜고 차 안을 둘러보았다. 깨끗해 보였다. 그는 상자를 열어 전자장비를 꺼낸 다음, 버튼을 눌렀다. 디지털 카운터가 움직이기 시작했다. 안데르스가 장비를 들고 차 쪽으로 향하자 카운터에서 저주파 소리가 나기 시작했다. 소리는 점점 올라갔다. 30미터 정도 떨어진 이웃집 차의 잠겨 있던 문이 열리며 전조등이 켜졌다. 두 사람은 소리 죽여 웃었다.

가져온 장비가 먹힌 듯 소피의 자동차 문이 열렸다. 안데르스는 장비를 상자에 다시 집어넣고 조용히 뒷문 하나를 열었다. 상자에서 자외선 램프를 꺼내 켜고 시트 위를 훑어보았다. 바닥, 문틀, 시트, 지붕까지 다 훑어봤지만 특이한 점은 발견하지 못했다. 혈흔은 어디에도 없었고, 자동차 안은 믿을 수 없을 정도로 깨끗했다.

안데르스는 문을 닫고 앞으로 돌아가 조수석 앞 수납함을 열었다. 안을 들여다보며 램프로 샅샅이 훑었다. 아무것도 없었다. 램프를 끄고 냄새를 맡아보았다. 희미한 표백제 냄새와 다른 냄새가 강하게 났다. 화학 물질 같은데……. 그리고 다른 익숙한 냄새도 났다. 다시 한 번 쿵쿵거려보았다. 본드인가? 그는 짐칸 바닥에 깔린 매트를 보았다. 조금 작지 않나? 한쪽 끝을 들어 올리고 코를 가까이 댔다. 젠장, 본드다.

"하세!"

하세가 조는 듯한 얼굴로 다가왔다.

"이 냄새 맡아봐."

하세가 얼굴을 대고 냄새를 맡았다.

"본드야?"

안데르스는 고개를 끄덕였다. "이 매트를 봐. 원래 매트가 아니야. 너무 작아."

하세는 어깨를 으쓱하고는 맥주를 벌컥 마셨다. 그는 취했을 때는 어떤 일에도 별 관심이 없었다. 안데르스는 본드 표본을 채취하고 매트를 조금 잘라냈다. 각각 다른 비닐봉지에 넣고 봉했다. 차의 다른 부분을 조심스럽게 촬영하고, 아까의 디지털 장비를 이용해서 차 문을 잠갔다. 이웃집 차도 잠겼다. 모든 것이 평소대로 돌아갔다.

구닐라는 라르스에게 전화를 걸어 그날 저녁 8시에 감시 근무를 중지하고 소피의 집 대신 트라스텐 레스토랑으로 가라고 말해두었다. 전에는 이런 적이 없었다. 거기에선 아무 일도 없었다. 잠시 후 그는 뭔가 다른 일이 일어나고 있다는 것을 깨닫고 다시 스톡순드로 돌아갔다.

라르스는 거리를 두고 이웃집 정원 덤불 속에 숨었다. 취한 남자 둘이 겁 없이 길을 걸어가는 것을 보였다. 그들은 테러리스트 어쩌고 하며 웃었다. 대체 저들이 여기서 뭘 하고 있는 거지?

라르스는 망원 렌즈로 제법 선명한 사진을 찍었다. 안데르스 아스크와 덩치 큰 하세 베릴룬드의 클로즈업 사진이 또렷하게 찍혔다. 그는 그들이 갈 때까지 기다렸다. 사라졌다는 확신이 들 때까지 움직이지 않았다. 그는 수첩에서 한 장을 뜯어내 '조심해요'라고 휘갈겨 썼다. 라르스는 쪽지를 소피의 우편함에 넣었다.

라르스는 자기 아파트로 돌아와 안데르스 아스크와 하세 베릴룬드의 사진을 컴퓨터로 옮기고 몇 장을 출력해서 벽에 붙였다. 그는 사무용 의자에 앉아 바퀴를 뒤로 밀고 자신의 작품을 보았다. 벽은 마치 생명을 지닌 존재처럼 자라나 있었다.

사라가 문간에 서 있었다. 방금 일어났는지 눈을 찌푸리며 벽을 보고 있었다. 이름, 사진, 단어, 화살표, 시간, 밑줄, 물음표가 벽 전체를 뒤덮고 있었다. 완전한 혼란, 광기 어린 혼란이었다. 그녀의 눈길은 앉아서 벽을 바라보는 라르스로 옮겨 갔다. 그의 표정은 멍하고, 얼굴은 창백했다. 피부가 거칠고, 머리에는 기름이 끼어 있었다. 아파 보였다.

"네겐 도움이 필요해." 사라가 말했다.

라르스는 그녀를 돌아보았다.

"넌 이 집에서 나가야 돼."

"갈 곳을 찾는 대로 나갈 거야. 테레세랑 이야기했어. 테레세가 날 도와줄지도 몰라."

그는 사라를 노려보았다.

"어떻게 하든 내가 알 바 아니잖아?"

사라는 슬퍼 보였지만 곧 다시 벽으로 시선을 옮겼다.

"라르스, 이게 다 뭐야?"

라르스는 만족스러운 표정으로 자신의 업적을 바라보았다.

"벽에 붙은 인생……. 망할, 인생의 모든 것!"

사라는 하나도 이해할 수 없었다. 라르스가 일어나서 불안한 걸음걸이로 그녀에게 걸어왔다. 그는 미소를 지었다. 사라는 조금 기뻤다. 어쩌면 포옹을 하려는 걸지도…….

픽! 라르스는 그녀의 얼굴을 세게 때렸다. 사라는 너무 충격을 받아 다리가 풀린 나머지 바닥에 쓰러졌다. 라르스가 일그러진 얼굴로 그녀를 깔고 앉았다. 그는 소리를 질렀다. 침을 마구 튀기며 서재에 한 번만 더 들어왔다가는 죽여버리겠다고 소리를 질렀다.

3장

16

"카를로스 푸엔테스가 토요일 밤에 병원 치료를 받았습니다."

구닐라는 코트를 벗다가 멈추고 생각에 잠겼다. "같은 날 밤에?"

에바가 고개를 끄덕였다.

"10대 패거리에게 공격당했다고 했다더군요."

구닐라는 코트를 마저 벗어 옷걸이에 걸었다. "심문했어?"

에바는 그녀 앞 책상에 놓인 서류 한 묶음을 가리켰다.

구닐라는 심문 내용을 읽었다. 일요일 새벽 1시 48분에 순찰 돌던 경찰이 심문한 내용이었다. 특별한 것은 없었다. 카를로스는 오덴플란을 지나 노르툴스가탄을 걷고 있다가 세 명의 젊은이들에게 갑자기 공격을 당했다. 아이들은 달아나버렸기 때문에 인상착의는 모른다고 했다. 구닐라는 진료 기록을 확인했다. 윗니 두 개가 빠졌고, 얼굴에 멍과 찰과상이 있었다. 그녀는 다시 한 번 읽어보았다.

"몸에 대한 말은 없네." 그녀가 말했다.

컴퓨터를 보고 있던 에바가 고개를 들었다.

"네?"

"아이들 셋에게 공격을 받았는데, 세 명 전부 얼굴만 때린 모양이야. 몸뚱이, 팔, 다리에는 상처가 없어."

"그건 불가능하겠죠?" 에바가 말했다.

구닐라는 보고서를 노려보고 있었다.

"그렇지……."

그녀는 의자에 앉아서 보고서를 처음부터 끝까지 읽었다. 다 읽고 나자 일어나서 벽에 있는 화이트보드로 가서 마커를 들고 산탄총에 맞은 남자가 구급차용 입구에 버려졌던 날짜를 적었다. 날짜 위에 '알 수 없는 남자 두 명, 트라스텐'이라고 적었다. 그리고 '엑토르?', '소피 차?'라고 적었다. '총 맞은 남자', '카를로스 푸엔테스 폭행'이라고 적었다. 글자들이 날짜 위에 반달처럼 들어찼다. 날짜 밑에 그녀는 '소피의 차에 알 수 없는 남자? 최근에 차를 청소?'라고 적었다.

그녀는 한 걸음 물러섰다. 응급실에 갔던 차가 소피의 차라는 증거는 없었고, 이 사건들이 서로 연관 있다는 증거도 없었다. 하지만 아무리 우연의 일치일 가능성이 있다고는 해도…… 가끔은 우연의 일치라고는 믿지 않을 때도 있다.

"에바?"

에바 카스트로네베스가 고개를 들었다.

"카를로스가 같은 날 폭행당했고, 안데르스는 트라스텐에 들어간 남자 중 하나가 총에 맞아 지금 병원에 있는 사람이라고 알아보왔고…… 안데르스 말로는 70% 정도 그 남자 같다고 했어. 차 뒤의 매트는 너무 작았고, 최근에 본드로 붙였고, 세제 냄새가 났고…… 우연의 일치일 가능성은 배제해도 되지 않을까?"

에바는 대답하지 않고 화이트보드만 보았다.

구닐라는 다시 보드를 보면서 한참이나 관련성을 찾아보려고 애썼다. 에바는 하던 일을 계속했다. 한참 동안 서서 보드를 바라보던 구닐라는 일어나서 자기 책상으로 갔다. 목걸이에 달린 열쇠로 가운데 서랍을 열고 검은 수첩을 꺼내 들고 밖으로 나갔다.

구닐라는 브라헤가탄으로 걸어가 좌회전을 한 뒤 발할라베겐까지 계속 걸었다. 조금 더 가서 앉을 만한 곳을 찾아냈다. 스타디온 전철역 맞은편의 벤치였다. 그녀는 잠시 거기 앉아 있었다. 차 지나가는 소리, 사방에 울리는 다른 소리들 사이에서 눈을 감고 자신의 내면세계에 집중했다. 차 소리는 서서히 사라졌다. 나무가 바람에 흔들리는 소리, 그녀를 둘러싼 세상 전체가 사라져가는 소리. 구닐라는 집중했다. 아무것도 들어오지 않고 아무것도 나가지 않았다. 구닐라는 마음의 눈을 떴다. 구닐라는 자기 앞에 있는 소피 브링크만을 보고, 그녀의 말투를 듣고, 그녀의 작고 사소한 손동작을 보았다. 귀 뒤로 머리카락을 넘기는 오른손, 한쪽 눈썹을 쓰다듬는 집게손가락, 오른쪽 허벅지에 얹은 손바닥. 구닐라는 그녀가 머리를 살짝 움직이는 것을 보았다. 세 가지 종류의 미소가 보였다. 솔직한 미소, 예의바른 미소, 미심쩍어하는 미소. 세 가지 종류의 목소리가 들렸다. 자연스러운 목소리, 주저하는 목소리, 그리고 거짓말을 할 때 무의식적으로 내는 목소리……. 구닐라는 소피 브링크만과 만났던 순간들을 떠올려보았다. 말투, 표정, 그녀가 사용한 단어들을 비교했다. 부모님이 돌아가셔서 죄책감을 느낀다고 자신이 말했을 때 소피의 얼굴에 떠오른 표정을 보았다. 머릿속에서 재생되는 소피의 목소리를 들어보았다. 진심이었고, 조용히 말했고…… 얼버무렸다. 자기가 소피를 조종하겠다고 분명히 말한 뒤 기분이 어떠냐고 물었을 때 소피가 지었던 표정이 보였다. 그때 소피의 목소리는 달랐다. 소피는 거짓말을 하고 있었다. 구닐라에게 소피의 목소리가 들렸다. 엑토르가 사라지기 전에 레스토랑에서 차를 몰고 집으로 돌아왔다고 전화로 말했을 때의 목소리와 비교해보았다. 같은 목소리였다. 거짓말을 할 때의 목소리였다.

구닐라는 머릿속에서 한 줄기로 이어지는 시나리오를 보았다. 이유는 알 수 없지만 엑토르가 레스토랑에서 사라진다, 소피와 아론이 엑토르를 돕는다……. 소피는 뭔가 거짓말을 하고 있다. 몇 번이나 거짓말을 했을까? 아니, 이제껏 계속 거짓말을 해왔던 걸까?

현실이 돌아왔다. 숨소리, 나무 꼭대기를 스치는 가벼운 바람 소리, 차와 사람들의 소리. 구닐라 스트란드베리는 눈을 몇 번 깜빡였다. 그녀는 검은 수첩을 펼쳐놓고 방금 내린 결론을 전부 적었다. 자신의 생각과 심사숙고한 내용들을 전부 적었다. 본능적으로 느낀 것들도 전부 적었다. 수첩 전체가 이와 비슷한 희미한 깨달음으로 가득 차 있었다. 그녀는 방금 적은 것을 되풀이해서 읽어보았다. 이미지가 명확해졌다. 소피 브링크만은 자기가 하고 싶은 대로 행동하고 있는 게 분명했다. 구닐라는 일어서서 사무실로 돌아왔다. 동생 에리크에게 전화를 걸어 시험해보고 싶은 이론이 있다고 했다.

*

그녀의 집에서 걸어 나오는 알베르트는 마냥 신이 났다. 입에서는 아직도 그녀의 껌 냄새가 났다. 그들은 만난 지 겨우 2주밖에 안 됐다. 이제 그들은 연인이었다. 안나 모베리라는 아이였는데 알베르트는 늘 그녀가 좋았다.

뒤에서 차 한 대가 알베르트의 걸음에 맞춰 천천히 따라왔다. 알베르트는 운전자를 돌아보면서 저 사람이 뭔가 내게 원하는 게 있나 생각했지만 운전석 창문은 열리지 않았다. 알베르트는 계속 걷다가 걸음을 멈추었다. 차도 몇 미터 더 가다가 멈췄다. 알베르트는 차 뒤로 길을 건너 걸음을 빨리 했다. 창문이 내려갔다.

"어이!"

알베르트가 돌아보았다. 몸집이 큰 낯선 남자가 바람막이를 입고 운전석에 앉아 있었다.

"알베르트 브링크만?"

알베르트는 고개를 끄덕였다.

"이리 와. 이야기 좀 하자."

알베르트는 경계했다. "싫어요, 집에 가야 해요."

알베르트는 자기 목소리에서 불안함을 느낄 수 있었다. 당당한 자세로 서서 불안함을 숨기려 했지만 몸이 말을 듣지 않았다. 차에 탄 남자가 한 손으로 손짓을 했다.

"이리 오라니까. 경찰에서 나왔어."

알베르트는 쭈뼛거리며 차로 다가갔다. 남자가 경찰 배지를 들어 보였다.

"내 이름은 하세야. 뒷자리에 타."

알베르트는 망설였다.

"뒷자리에 타." 그가 낮은 목소리로 한 번 더 말했다.

뒷자리 시트는 벨루어 천으로 되어 있었다. 음식 냄새가 났는데, 아마 햄버거 같았다. 하세 베릴룬드는 백미러로 알베르트를 쳐다보았다.

"너 완전 죽었어, 꼬맹아."

알베르트는 아무 말도 하지 않았다. 운전석에서 차 문을 한번에 잠그는 짧고 둔탁한 소리가 울렸다. 남자는 뒤로 몸을 틀어 알베르트의 눈을 뚫어지게 보았다.

"내가 무슨 말 하는지 못 알아듣는 척하지 마."

남자의 얼굴은 둥글었고 머리는 짧았으며 이중 턱이었다. 알베르트는 색이 옅은 그의 눈에서 광기 같은 것을 언뜻 보았다. 그가 갑자기 알베르트를 때렸다. 손바닥으로 머리를 갈기는 바람에 알베르트는 창문에 머리를 부딪쳤다. 무슨 일이 일어난 것인지 알 수 없었다. 고통이 느껴졌다. 알베르트는 두 손으로 머리를 감쌌다.

"무슨 말을 하는 거예요? 엉뚱한 사람을 잡은 거예요."

알베르트는 눈물이 터질 것만 같았다. 몸 전체가 떨렸다.

"아니, 알베르트. 난 결코 엉뚱한 사람을 잡지 않아."

하세는 몸을 돌리고 정면을 보았다.

"난 방금 젊은 숙녀분과 이야기를 나누고 왔어. 아니, 어린 소녀라고 해야 하나. 열네 살인데, 2주 전에 네가 파티에서 자기를 덮쳤다고 하더군……. 그리고, 그거 알아?"

알베르트는 한 손을 머리에 얹고 다리를 내려다보았다.

"그거 아느냐고?" 하세가 으르렁거렸다.

알베르트는 용기를 내 남자의 눈을 보았다.

"아뇨."

"난 그 말을 믿어. 증언할 준비가 된 남자애들이 세 명 더 있고, 병원에서 진단서도 받아왔어. 열네 살이면 미성년이야. 이런 일은 사회에서 가볍게 받아들이는 일이 아니지. 절대 아니야."

알베르트의 공포가 조금 줄어들었다.

"정말로 엉뚱한 사람을 잡으신 거예요. 제 이름은 알베르트 브링크만이에요. 저쪽, 스톡순드에 살아요."

알베르트는 자기 집 쪽을 가리켰다. 하세는 시트에 기댔다.

그는 수첩을 보며 말했다. "이번 달 14일에 에케뢰…… 크바른바켄에서 열린 파티에 갔지?"

"어딘지는 몰라요."

"하지만 파티에 가긴 했지?"

알베르트는 고개를 끄덕이고 싶지 않았지만 결국 그렇게 했다.

"하지만 여자는 안 만났어요……. 전 다른 애랑 사귀고 있어요."

"그럼 너는 밝히는 변태 꼬맹이다 이거냐?" 하세는 그 마음을 안다는 듯한 빈정거렸다. "물론 남자는 모두 밝히지. 하지만 그게 다른 걸로 변하면 내가 나타나서 일을 바로잡는 거야. 그게 내 직업이지. 알겠어?"

차 안이 답답하게 느껴졌다.

"전 아무 짓도 안 했어요."

하세는 자기 앞니를 핥으며 차양판을 내려서 거울에 비치는 자기 미소를 살펴보았다.

"시내로 간다. 노르말름으로. 거기에 증인들이 있고, 증인들에게 널 보여줘야 돼. 만약 네 말대로라면 넌 돌아가도 좋아. 알았어?"

알베르트는 어찌 된 것인지 이해해보려고 노력했다.

"그 여자애 이름이 뭔데요?"

하세 베릴룬드는 차양판을 올리고 시동을 건 다음 시내로 차를 몰았다. 알베르트의 질문에는 대답해주지 않았다.

*

"거기 있었구나. 전화 왔어. 알베르트야."

소피는 동료에게 미소를 지어 보이고 접수처로 가서 의자에 앉아 책상 위의 수화기를 들었다.

"안녕, 얘야."

반대편에서 아들이 아기처럼 울어대는 소리가 들렸다. 무슨 일이 있었는지 제대로 설명도 하지 못했다. 그녀는 귀를 기울이며 알베르트를 달래려고 애쓰고는 곧 가겠다고 했다.

경찰서에서는 그녀에게 몇 층 위의 텅 빈 복도에 앉아 기다리라고 했다. 그녀는 혼자서 말없이 앉아 있었다. 그녀 앞의 사무실 문이 조금 열려 있었다. 사용하지 않는 방 같았다. 그때 복도에서 발소리가 들렸다. 덩치가 크고 수염을 기른 남자가 플라스틱 폴더를 들고 그녀에게 걸어왔다. 그는 멈춰서서 자기를 에리크라고 소개하더니 그녀 옆에 앉았다. 그의 옷에서 퀴퀴한 땀 냄새가 났다.

"무슨 일이 있었는지 아드님이 부인께 설명했나요?"

남자의 목소리는 둔탁하고 평범했다.

"그건 모두 오해예요……."

에리크는 눈을 문지르며 이마를 긁었다. 과중한 업무에 시달리는지 지치고 피곤해 보였다.

"여자아이를 공격한 것 같습니다."

"아니, 그럴 리 없어요. 지금 알베르트를 만나게 해주세요."

에리크는 헛기침했다. "곧 만나실 수 있을 겁니다."

"지금 당장 만나게 해줘요. 변호사를 선임할까요?"

"그럴 필요 없습니다."

소피는 이해할 수 없었다. "무슨 말이죠?"

"말씀드렸듯이, 그럴 필요 없어요."

"뭐가요?"

"변호사를 부를 필요 없어요."

"그럼 당장 만나게 해줘요."

그는 그녀를 말리려는 듯 손을 살짝 들었다.

"그렇게 급하게 행동하지 마세요. 확실하게 증명된 건 아무것도 없습니다. 일단 잠시 이야기부터 나누죠. 괜찮겠죠?"

그녀는 그를 보았다. 수염 때문에 그의 표정을 알 수 없었다.

"어쩌면 부인 말씀대로일 수도 있습니다. 알베르트가 아무 짓도 하지 않았을 수도 있어요. 전 그저 부인께서 모든 걸 흑백논리로 보지 않으셔야 한다고 말하는 겁니다. 아드님은 여기에 와 있고…… 저희는 경찰이에요. 이게 저희가 하는 일입니다."

소피는 그가 대체 무슨 말을 하는 건지 이해해보려고 애썼다.

"여기, 읽어보세요. 이걸 보시면 어떤 상황인지 짐작되실 겁니다."

에리크가 그녀에게 플라스틱 폴더를 건넸다. 소피는 속에 든 것을 훑어보았다. 증인 세 명의 진술서가 있었다. 그녀는 알베르트가 그날 저녁에 했다는 일의 내용을 읽었다.

"물론 저렇게 어린데 이런 짓을 했다면 정말 끔찍한 일이지요. 부인 말씀이 옳기를 바라지만…… 음, 알베르트는 지금 여기 와 있고, 저희에겐 이 진술서들이 있어요. 이건 심각한 일입니다."

에리크는 벤치에서 일어나 기지개를 켰다. 몸 어딘가에서 뼈가 뚜둑거렸다. 그는 복도 양쪽을 보았다. 여전히 그들 둘뿐이었다.

"아드님은 데려가십시오. 이 일은 아무한테도 말씀하지 마세요. 그러면 부인과 아드님에게 안 좋은 일들이 더 생길 뿐이니까요."

에리크는 걸어갔다. 그녀는 자기를 두고 가는 덩치 큰 남자에게서 눈을 뗄 수 없었다. 지금 무슨 일이 일어나고 있는지 이해할 수 없는 그녀의 무력함 너머로 시나리오 하나가 떠올랐다. 거짓말, 배신, 협박, 조작에 기반을 둔 시나리오였다. 복도 저쪽에서 발소리가 들려 생각이 끊어졌다. 알베르트가 걸어오는 게 보였다. 옆에 경찰은 없었다. 알베르트는 혼란스러워하며 혼자서 빈 복도를 걸었다. 소피가 일어나자 알베르트가 그녀에게 달려왔다. 그의 존재 자체가 공포와 절망으로 떨고 있었다.

*

에리크 스트란드베리에겐 좋은 날이었다. 그는 심문실의 반사 유리창 뒤에 서서 알베르트를 지켜보았다. 의자에 앉은 소년은 불안함을 이기지 못해 계속 꼼지락거렸다. 어린 소년이 자기가 왜 여기와 있는지 이해할 수 없어 하는 모습을 상상해보라. 공포에 질리고, 공황에 빠진 모습. 그 모습은 그를 거의 매혹시켰다.

모든 게 계획대로 돌아갔다. 꼬마 알베르트는 바지에 소변을 지릴 뻔했고, 엄마인 간호사는 종잇장처럼 하얗게 질려 있었다. 그는 바사가탄 거리를 걸어가며 공포라는 것은 참 괴상하다고 생각했다. 어떤 사람들은 물에 빠지듯 공포에 빠져 죽어버린다.

에리크는 케밥 가게를 발견하고 들어가 주문했다. 카운터 뒤의 터키 인은 축구 점수와 날씨 이야기를 나누고 싶어 했다. 에리크는 대답하지 않았다. 남자는 그를 잠시 살펴보더니 조용히 고기를 쌓았다. 에리크는 길 쪽으로 난 좁은 카운터의 높은 의자에 앉아 한숨을 쉬고는 노르말름 경찰서 직원실에서 슬쩍해 온 석간신문을 펼쳤다. 신문을 몇 장 넘겼다. 그가 모르는 유명인 몇 명이 동성애자라는 게 알려진 모양이었다. 에리크는 자기가 사는 이 세상을 갈수록 더 이해하지 못하겠다는 느낌이 늘 들었다.

*

"알베르트?"

소피는 부엌 조리대에 기대 알베르트를 보았다. 알베르트는 앉은 채 식탁만 바라보며 고개를 들려고 하지 않았다. 소피는 참지 못하고 알베르트의 오른뺨을 때렸다. 생각보다 너무 세게 때려버린 바람에 겁이 났다. 충격을 받아 한 걸음 물러섰던 그녀는 정신을 차리고 두 팔을 벌리며 알베르트에게 다가갔다. 알베르트는 일어섰다. 두 사람은 껴안은 채 가만히 서 있었다. 소피는 알베르트의 머리를 쓰다듬었다.

"난 아무 짓도 안 했어요." 알베르트가 쉰 목소리로 말했다.

소피는 그 소리에서 알베르트 안에 있는 어린아이, 겁먹은 순진한 아이를 느꼈다.

"알아." 소피가 속삭였다.

"그럼 오늘 있었던 일은 대체 뭐예요?"

소피는 생각해보았다. 답을 알고 있는 것 같았지만, 그 답을 말해줄 생각은 없었다.

"아무것도 아니야……. 이제 다 끝났어. 그 사람들이 실수한 거야……."

소피는 자기가 계속 같은 말을 반복하고 있음을 깨달았다. 자기말을 곧바로 구닐라 스트란드베리에게 전하고 있을 마이크들을 생각했다.

"하지만 증인이 있다면서요! 강간이라니 대체 무슨……."

"이제 다 잊어. 가끔 이런 일이 생길 때가 있어. 누구나 실수를 하기 마련이란다. 심지어 경찰들도 말이야."

소피는 알베르트의 머리를 토닥거리며 달랬다.

"날 때렸어요." 알베르트가 조용히 말했다.

소피는 얻어맞은 것처럼 눈을 깜박였다. 하지만 계속 알베르트의 머리를 토닥거리며 침착함을 유지하려고 애써 노력했다.

"뭐라고 했니?"

"차에 있던 경찰이 내 얼굴을 때렸어요."

돌연 세상이 보이지 않게 된 듯했다. 소피 안에 있는 것, 빛나기 시작하는 어떤 것만이 보였다. 색깔이 있는 작은 불꽃 같았다. 불꽃은 존재감을 갖기 시작했고, 불타오르고, 탁탁 소리를 내며 압력을 가하기 시작했다. 불꽃은 팽창하더니 거대하고 다채로운 분노로 변했다. 그녀의 불안함에서 자라나던 분노와는 다른 분노였다. 몸 안에 있는 모든 세포를 채우며 불타오르는 분노였다. 이 분노는 몸 전체에 퍼지며 그녀를 장악하고, 다른 모든 것을 밀어내고 나서는 이상하게도 그녀를 차분하게 만들고 집중하게 했다.

"우리, 이 이야기는 아무한테도 하지 말자. 약속해줘." 그녀가 속삭였다.

"왜요?"

"내 말 들으렴."

알베르트는 포옹을 풀고 물러섰다. 혼란스러운 표정이었다.

"왜요?" 알베르트가 다시 물었다.

"이번 일은 조금 특별해서 그래." 소피가 속삭였다.

"그게 무슨 뜻이에요?"

알베르트는 대답을 기다렸지만 소피는 대답해주지 않았다. 불편해진 알베르트는 돌아서더니 부엌에서 나갔다. 전화가 울렸다. 소피의 어머니 위본네가 평소와 다름없이 안부를 물었다. 소피는 평소와 다름없이 잘 지내요, 고마워요, 라고 대답했다.

"일요일에 올 거니?"

질문을 하는 위본네의 목소리는 마치 순교자 같았다. 소피는 평소와 같은 목소리를 내려고 애썼다.

"네, 7시에요. 늘 가는 시간에요."

"응, 하지만 너희는 보통 7시 반에 오잖니. 별 상관은 없지만, 식사를 하려면……."

소피는 어머니의 말을 끊었다.

"7시까지 갈게요. 아니면 7시 반까지."

소피는 작별인사를 하고 전화를 끊었다. 그러고는 무너졌다. 그녀는 전화를 바닥에 던졌다. 부서지지 않자 집어 들어 다시 던지고 발로 쾅쾅 밟았다. 이를 악물었지만 이렇게 분출했을 때 느껴져야 할 카타르시스는 느낄 수 없었다. 전화를 바닥에 내동댕이치기 전에 느꼈던 분노와 무력감만 남아 있을 뿐이었다. 알베르트가 거실에서 그녀를 지켜보고 있었다. 그들은 서로를 바라보았다. 소피는 몸을 구부려 부서진 전화기 조각을 주웠다.

*

옌스는 창문을 전부 열어놓고 진공청소기로 바닥과 깔개 위를 밀었다. 청소를 하면 가끔 마음이 차분해지곤 했다. 하지만 오늘은 그렇지 않았다. 게다가 아파트는 원래 깨끗했다. 옌스는 어제도 진공청소기를 돌렸다. 온갖 부스러기가 청소기에 빨려 들어가며 튜브를 지나 주머니로 들어가는 달그락거리는 소리가 좋아서였다. 하는 일이 원하는 대로 되어가고 있다는 일종의 만족감을 주는 소리였다. 하지만 오늘은 그런 소리가 나지 않았다. 그와 청소기는 아파트 안을 그저 결혼한 지 오래된 부부처럼 돌아다닐 뿐이었다.

오디오의 음악 소리와 돌아가는 모터 소리 외에 다른 소리가 들리는 것 같았다. 귀를 기울였지만 아무것도 들리지 않아 계속 청소를 했다. 또 소리가 났다. 발로 청소기를 끄고 다시 귀를 기울였다. 복도에서 초인종이 울리고 있었다.

소피가 부엌에 들어와 섰다. 그녀는 명확하고 간결하고 조심스럽게 알베르트와 경찰에 대한 이야기를 전부 했다. 옌스는 들으면서도 이해할 수 없었다.

"경찰 말로는 증인들이 있고, 여자애는 열네 살이라고 했어."

옌스는 소피가 얼마나 화가 났는지 분명히 알 수 있었다. 소피의 얼굴색이 변했다. 갑자기 나이 든 것 같았고, 여위어 보였고…… 두려워하는 것 같았다. 가스레인지 위의 에스프레소 주전자에서 소리가 나기 시작했다. 점점 소리가 커졌지만 옌스는 듣지 못했다. 소피의 말을 이해하려고 애쓰느라 정신이 없었다. 결국 소피가 에스프레소 주전자 이야기를 했다. 그제야 쉭쉭거리는 소리가 그의 머리에 들어와 생각을 쫓았다. 옌스는 주전자를 불에서 내렸다.

"정말 무슨 일이 있었던 게 아닐까?" 그가 선반에서 컵 두 개를 내리며 물었다.

소피는 무슨 미친 소리를 하냐는 듯 고개를 거칠게 가로저었다.

"확신해?"

그녀가 버럭 화를 냈다. "세상에, 당연히 확신하지!"

옌스는 그런 반응에도 아랑곳하지 않고 소피를 보았다.

"하지만 비슷한 일이라도 있었던 건 아닐까?"

소피는 그에게 거의 달려들 기세였다.

"아니, 기다려봐, 소피. 사소하고, 별 의미 없고, 전혀 아무 해도 없는 일이 있었을 수는 없을까?"

소피는 당장 아니라고 말하고 싶었지만, 일단 동작을 멈추고 심호흡을 했다.

"모르겠어……." 그녀는 힘없이 대답했다.

옌스는 그녀가 잠시 생각하도록 가만히 두었다.

"이쪽으로 와."

옌스는 컵 두 개를 들고 거실이라 할 수 있는 아파트 한쪽 구석으로 갔다. 그는 소피에게 소파에 앉으라고 손짓하고 컵을 커피테이블에 놓은 다음 맞은편 안락의자에 앉았다.

"알베르트가 여자애에게 접근해서 작업을 거는 것 같은 순수한 일이 있었을 수도 있지 않을까?"

"몰라."

"알베르트는 뭐라고 해?"

그녀는 고개를 들었다가 다시 숙였다. "거기에 그런 여자애는 있지도 않았대. 아무도 만나지 않았고, 누구랑 말을 하지도 않았대. 다른 여자애가 파티에 올 거라고 해서 갔던 거래."

"누구?"

"지금 만나고 있는 여자친구. 그녀의 이름은 안나야."

"안나가 알리바이를 대줄 수 있을까?"

"아니, 내 아들은 가서 말을 걸 만큼 용감하지 못했어."

"알베르트의 생각은 어때?"

"갈피를 못 잡고 있어. 걔는 처음에 자기랑 사이가 나쁜 남자애가 골탕 먹이려 한 게 아닐까 생각했는데…… 그렇지만 내가 한 말도 믿어."

"걔한테 뭐라고 했는데?"

"경찰이 실수했다고."

"그 말을 믿어?"

소피는 그 질문이 마음에 들지 않아서 대답하지 않았다. 그들은 커피를 홀짝이며 말없이 앉아 열심히 생각했다. 옌스는 그럴듯한 생각이 떠오르지 않았다. 이 일을 이해하려면 도움이 필요했다.

"그래서…… 엑토르가 입원해 있을 때 경찰이 엑토르를 감시하고 있었다? 그런데 너랑 엑토르는 친구가 되어 버렸고, 경찰이 그걸 알아차렸다?"

소피는 고개를 끄덕였다. 옌스가 무슨 생각을 하고 있는지 알 수 없었다.

"경찰이 너에게 접근해서, 엑토르의 정보를 알려달라고 했지?"

그녀는 대답하지 않았다.

"그리고 너희 집 전체에 도청장치를 달았고?"

소피는 옌스의 말투가 마음에 들지 않았다.

"그리고 널 지켜보기 시작했고?"

그녀는 자기 손을 내려다보다가 돌아간 반지를 제자리로 돌려놓았다.

"그리고 지금은 네 아들을 강간 혐의로 협박하고 있고?"

옌스는 안락의자에 기댔다.

"상당히 대담한데."

소피는 그를 보았다. 빈정거리는 것일까?

"너는 어떻게 생각해?" 옌스가 물었다.

"그럴지도 모르지."

"뭐가?"

"대담한 건지도 모른다고."

"경찰이 엑토르가 아니라 너를 집중적으로 공격하고 있는 것 같은데…… 왜 그럴까?"

"몰라."

옌스의 태도가 갑자기 달라졌다. 더 이상은 이해해줄 수 없다는 듯, 소피에게 쓸 시간이 없다는 듯한 태도였다.

"넌 범죄자로 의심받는 사람이랑 같이 자고, 경찰이 네 아들을 괴롭힐 방법을 찾았기 때문에 경찰에게 협박당하고, 도청당하고, 밀고자가 되라고 강요받고 있다는 거야?"

소피는 자기도 모르게 방어적으로 대꾸했다.

"아니, 절대 아니야."

옌스는 그녀에게 짜증난다는 눈길을 보냈다.

"난 그 사람이랑 같이 자지도 않았고, 그 사람이 범죄자인지도 몰랐어……. 그리고 아직 밀고도 안 했고."

"네 친구 중에 토요일 밤 숲에 끌려 들어가 살해당할 뻔한 사람이 또 있어?"

"그만해."

"아니, 소피. 그만해야 할 사람은 너야. 넌 지금 이게 뭐라고 생각해? 네 마음대로 네 현실을 꾸며낼 수는 없는 거야. 네가 당하고 있는 일은 손톱만큼도 평범하지 않아. 이 경찰은 정말 인정사정없는 사람인 것 같아. 그리고 너는 인정하지 않는다 해도 넌 이미 밀고자야. 경찰이 네게 질문하는 순간, 넌 밀고자가 된 거라고. 엑토르와 그의 동료들이 이 사실을 알게 되면, 네가 뭘 말했든, 뭘 말하지 않았든, 그건 아무 상관도 없어져." 옌스는 계속 이야기하려다 그만두었다. "그런데 경찰이 왜 이러는 걸까?"

"몰라."

"네 생각은 어때?"

"조종하려고. 날 코너로 몰아서 내가 하고 싶지 않은 일들을 하게 만들려고……. 모르겠어." 그녀는 그를 바라보았다. "난 내 현실을 꾸며내고 있는 게 아니야. 하지만 그 어떤 것도 속단하지는 않을 거야. 지뢰밭을 건너는 거나 같은 상황이야. 조금이라도 잘못 움직였다간……." 소피는 다시 자기 손을 내려다보았다. 손가락과 반지들을 보았다. 할머니가 주신 다이아몬드 반지, 한 번도 뺀 적이 없는 약혼반지. 그녀는 조용히 말하기 시작했다.

"엑토르, 경찰……. 난 내가 옳다고 생각하는 일을 했어. 의지할 사람은 아무도 없어. 하지만 나도 내가 어떤 사람인지 전혀 모르겠어. 내면의 목소리를 따라야 한다는 것밖에 몰라. 내내 한마디도 하지 않은 목소리긴 하지만. 난 정말 오랫동안 그 침묵에만 귀를 기울이며 도와달라고 외쳐왔어. 그런데 이젠 내 아들까지 엮이게 됐어. 더 이상 다른 건 중요하지 않아."

옌스가 육중하고 거칠어 보이는 몸에서 긴장을 풀었다.

"이 일을 아는 사람이 또 누가 있지?"

"아무도 없어."

"아무도?"

소피는 고개를 가로저었다. "아무도."

"만나서 어울리는 사람은 없어? 힘들 때 불러낼 수 있는 친구는?"

"있긴 하지만……."

"하지만 이 일에 대해서는 전혀 몰라?"

그녀는 고개를 가로저었다.

"좋아." 그는 잠시 생각하다가 낮은 목소리로 말하곤 고개를 들어 소피를 보았다. "그런데 왜? 왜 아무한테도 이 이야기를 안 한 거야? 이런 일이 생기면 누구한테든 이야기하는 게 자연스러운 것 아니야?"

그녀는 알 수 없다는 표정으로 그를 보았다.

"지금 하고 있잖아."

하늘 높이 날아가는 헬리콥터 소리가 열린 창문으로 들려왔다.

"그럼 이제 알베르트를 데리고 도망가고 싶어?"

"어떻게 해야 할지 모르겠어."

"네 마음대로 할 수 있다면?"

"이 모든 게 다 사라졌으면 좋겠어."

"그건 나도 알겠어. 하지만 어떻게 사라지게 할 거야?"

소피는 어깨를 으쓱하고 아무 말도 하지 않았다.

"소피!"

"몰라. 무슨 그런 바보 같은 질문이 있어?"

"뭔가 생각이 있을 것 아니야! 너도 생각해봤을 텐데…… 적어도 한 번쯤은?"

소피는 대답하지 않았지만, 옌스가 무슨 말을 하려고 하는지는 알 수 있었다.

"난 전혀 이해되지 않아. 빠져나갈 길이 안 보여. 어떤 방향으로 생각해봐도 누군가는 다치게 돼. 그건 싫어. 난 아무것도 안 했어. 정말 아무것도 안 했어. 난 누구도 희생시키고 싶지 않아."

"하지만 누가 희생될지는 명확하잖아."

그녀는 그의 눈을 보았다.

"응…… 물론이지."

"그러니까 그냥 엑토르를 포기하지 그래? 경찰이 시키는 대로

해. 네가 경찰에게 줄 수 있는 건 다 줘버리고, 경찰이 그를 잡게 놔
둬. 그럼 이 일은 다 끝날 거야. 너랑 네 아들은 평범한 삶으로 돌아
갈 수 있어."

소피는 비난하는 눈으로 옌스를 보았다.

"너라면 그렇게 하겠어?"

옌스는 고개를 가로저었다. "아니, 거기서 끝나지 않을 거야. 난
죽을 때까지 도망 다녀야 할 거야. 경찰과 엑토르 파로부터. 그들은
포기하지 않을 테니까."

"그렇지." 그녀는 나직하게 말했다.

소피는 종잇조각을 꺼내 옌스에게 건넸다. 옌스는 받아들었다.
종이에는 '조심해요'라고 적혀 있었다.

"어디서 난 거야?"

"내 우편함."

"언제?"

"오늘 아침."

"경찰이 알베르트를 잡아가기 전에?"

그녀는 고개를 끄덕였다. 옌스는 거기 적히지 않은 것까지 읽어
낼 수 있기라도 한 것처럼 다시 쪽지를 보았다.

"누가 쓴 거야?"

"몰라."

어떻게 해야 할지 알 수 없었다. 옌스는 일단 쪽지를 커피테이블
에 놓고, 벌린 양 무릎에 팔꿈치를 얹고 몸을 앞으로 기댔다.

"내가 너라면, 나는 더 위협적인 쪽에 대한 정보를 최대한 모으겠
어. 지금 당장은 경찰이겠지. 그리고 그들과 맞설 방법을 찾겠어."

"어떻게?"

옌스는 어깨를 으쓱했다. "맞선다는 말은 그저 그들에게 한 방 먹일 방법을 찾는다는 말이야. 뭔가를 알아내면 그럴 수 있을지도 모르지."

"그다음엔?"

옌스는 안락의자에서 일어나 부엌으로 향했다.

"나도 모르겠어."

17

새 운동복을 입은 카를로스는 수프를 먹고 있었다. 지금의 그는 액체밖에 먹지 못했다. 카를로스는 최고급 안락의자에 앉아 무릎에 담요를 덮고 있었다. 텔레비전에서는 테렌스 힐과 버드 스펜서가 출연한 이탈리아 코미디 영화가 나왔다. 버드가 손바닥으로 나쁜 놈들을 때리자 과장된 음향 효과가 곁들여졌다. 테렌스의 대사 더빙은 입 모양과 하나도 맞지 않았다. 싸우는 장면을 보며 키득거리며 웃는 바람에 얼굴이 아팠다. 복도에서 초인종 소리가 들렸다. 문을 열자 두 남자가 상냥한 미소를 짓고 있었다.

"카를로스 푸엔테스?" 하세가 물었다.

카를로스는 조심스레 고개를 끄덕였다. 하세는 경찰 신분증을 흔들어 보였다.

"난 클링이고 이쪽은 클랭이에요. 들어가도 될까요?"

"경찰에겐 벌써 증언했는데요, 병원으로 찾아온 분들께요."

하세와 안데르스는 카를로스를 밀치고 부엌으로 들어갔다. 카를로스는 가만히 그들을 지켜보았다.

"원하는 게 뭡니까?"

*

남자들은 식탁 의자에 앉고, 카를로스는 조리대에 기대섰다.

"범인들의 얼굴이 하나도 기억나지 않는다고요?"

카를로스는 고개를 끄덕였다.

"범인들의 나이가 어느 정도라고 하셨죠?" 안데르스가 물었다.

"10대 정도⋯⋯."

"열세 살, 아니면 열아홉 살?" 안데르스가 다시 물었다.

"열아홉 살에 더 가까웠어요, 아마 열일곱 살 정도."

"열일곱 살?" 하세가 물었다.

카를로스는 고개를 끄덕였다.

"그리고 그 열일곱 살짜리들이 그냥 갑자기 공격을 했다고요?"

카를로스는 다시 고개를 끄덕였다.

"세상에." 하세가 말했다.

카를로스는 그가 자신을 놀리는 것인지 아닌지 알 수 없었다.

"그래도 뭔가 본 게 있을 것 아닙니까? 얼굴이라든가⋯⋯."

카를로스는 고개를 가로저었다.

"워낙 순식간에 일어난 일이라서요."

"국적은요? 외국 사람이던가요?"

카를로스는 코끝을 긁적이며 잠시 생각하는 척했다. "이민자들이 었던 것 같아요. 후드티를 입고 있었어요."

"늘 이민자들이 말썽이죠." 하세가 말했다.

안데르스는 괜히 수첩을 뒤적였다.

"퇴근하고 귀가하는 길이었다고 하셨죠?"

"네……."

"어디서 일하시죠?"

"레스토랑 사장입니다. 트라스텐이라는 곳이지요."

"그날 밤 트라스텐에서는 아무 일도 없었나요? 아무 말썽도? 평소와 다른 일은 전혀 없었나요?"

카를로스는 고개를 가로젓고 다시 코를 만지작거렸다. 그 자신도 알아차리지 못할 정도로 빠른 동작이었다.

"네, 아무 일도 없었어요. 11시가 레스토랑 마감 시간이라 문을 잠그러 갔죠. 조용한 토요일 밤이었어요."

"물론 그랬겠죠, 카를로스." 안데르스가 미소를 지었다.

카를로스는 마주 미소를 지으려 애썼다.

"말해봐요. 어디 출신이라고 했죠, 카를로스?" 하세가 물었다.

"스페인…… 말라가 출신입니다."

"스페인 국왕 이름이 카를로스 아닌가요?"

카를로스는 그 질문의 의미를 이해할 수 없었다.

"아뇨, 국왕 이름은 후안 카를로스인데요……."

"음, 그러면 카를로스인 것 아닌가요?" 하세가 말했다.

카를로스는 그가 왜 이러는지 알 수 없었다.

"그래서 아무 일도 없었다고요?" 안데르스가 다시 물었다.

카를로스는 안데르스를 보며 고개를 끄덕였다.

"모든 게 평소와 똑같았어요?" 하세가 물었다.

카를로스의 시선이 두 사람 사이를 오갔다.

"방금 그렇다고 했잖아요!"

"돈 카를로스! 그런 이름의 포르노 배우가 있지 않나?"

카를로스는 하세를 보았다. 그 말에 대답해야 할지 알 수 없었다.

"몰라요." 그가 조용히 말했다.

안데르스는 카를로스를 뚫어져라 보았다. "심리학을 공부한 적 있습니까?"

"뭐라고요?"

"심리학을 공부한 적 있나요?"

카를로스는 고개를 가로저었다. "심리학? 아뇨."

안데르스는 하세를 가리켰다.

"우리는 공부했어요. 우리는 심리학자들이에요. 클링과 클랭의 심리학파."

카를로스는 도저히 무슨 말인지 알 수 없었다.

"심리학에서 가르치는 것 중 하나는, 누군가 거짓말을 하고 있다는 가장 명확한 신호는 코끝을 만진다는 거죠."

그때 카를로스가 코를 만졌다.

"바로 그렇게요. 카를로스, 당신은 계속 코끝을 만지고 있어요. 왜냐하면 코끝에는 거짓말을 할 때마다 가려워지는, 짜증나는 신경이 하나 있거든요."

"난 거짓말하지 않았어요."

"엑토르 구스만과 어떻게 아는 사이죠?" 하세가 물었다.

"엑토르?"

안데르스와 하세는 가만히 기다렸다.

"오래된 친구 사이에요. 가끔 우리 레스토랑에서 식사를 하죠."

"그에 대해서 이야기해보세요."

"특별한 것은 없어요. 그냥 평범한 사람인데요."

"평범한 사람은 어떤데요?"

카를로스는 코끝을 문질렀다.

"그냥 평범해요. 일하고, 먹고, 자고…… 모르겠어요."

"토요일에 엑토르를 봤나요?"

"아뇨."

"하지만 엑토르는 토요일이면 레스토랑에 오지 않았나요?"

"내가 갔을 땐 없었어요. 늦은 시간이라 문을 잠그러 갔거든요."

"그날 엑토르에게 일행이 있었나요? 혹시 알아요?"

카를로스는 고개를 가로저었다. "아뇨, 몰라요."

"여자? 소피?"

카를로스는 고개를 가로저었다. 더 이상 거짓말하지 않아도 된다
는 게 감사할 지경이었다.

"모르겠어요." 그는 딱 잘라 말했다.

안데르스는 일어나서 카를로스에게 다가가 상처 입은 그의 얼굴
을 살폈다. 카를로스는 모욕감을 느꼈지만 정반대의 인상을 주려고
노력했다. 하세도 안데르스 뒤로 다가왔다 두 사람은 열심히 카를
로스를 바라보았다.

"조준이 정확한데……." 안데르스가 속삭였다.

카를로스는 무슨 말인지 알 수 없었다.

"10대들 말입니다. 공격했을 때, 얼굴만 때렸나요?"

카를로스는 고개를 끄덕였다.

"다른 데는 다친 곳 없어요?"

카를로스는 고개를 가로저었다.

"앞으로 이걸 가지고 다녀요."

안데르스는 마이크를 들어 올려 보였다.

"주머니에 넣든 아무 데나 편한 대로 갖고 있어도 되지만, 이 물건에서 28미터 이상 떨어지면 안 돼요."

안데르스는 작은 상자를 보여주었다. 카를로스는 필사적으로 고개를 흔들었다.

"안됐지만 당신이 결정할 일이 아니에요, 카를로스. 마이크를 몸에 지니고, 입은 닥치고 있어요. 엑토르와 아론 근처에 있을 때는 꼭 작동시켜놓고 정보를 얻어요."

하세와 안데르스는 문으로 향했다.

"당신들 마음대로 이럴 수는 없어요." 카를로스가 애원했다.

안데르스가 돌아섰다. "물론 할 수 있죠. 우리는 원하는 건 뭐든 할 수 있어요. 심지어 다른 일도 할 수 있어요."

"다른 일이라뇨?"

하세가 빠른 걸음으로 카를로스에게 다가가 목을 잡고 주먹으로 그의 머리 옆 부분을 몇 번 세게 쳤다. 관자놀이, 귀, 광대뼈를 내려치자 묵직하고 딱딱한 소리가 났다. 카를로스는 부엌 바닥에 쓰러졌다. 그는 넋을 잃은 채, 문밖으로 나가는 클링과 클랭의 실루엣을 불타는 듯한 눈으로 지켜보았다.

카를로스는 진정하려고 애썼다. 맥박이 미친 듯 뛰었다. 갑자기

가슴이 조여드는 것 같고 숨을 쉬기가 힘들었다. 심장 박동이 빨라지고 어지러웠다. 겨우 비틀거리며 일어나서 화장실로 갔다. 심장이 쿵쿵 뛰었다. 떨리는 손으로 심장약 병에서 알약 다섯 개를 꺼냈다. 세 개를 삼킨 다음 세면대에 양손을 짚고 서서 심호흡을 하며 심장 박동이 느려지는 것을 느꼈다. 카를로스는 거울을 보았다. 얻어맞은 사람, 패배한 사람이 보였다. 두 가지 선택이 있다는 결론이 나왔다. 미래의 어떤 시점에는 세 번째가 있을지도 모르지만, 지금은 두 가지였다. 엑토르냐 한케냐. 미래에 선택할 수도 있는 세 번째는 경찰이었지만, 지금으로선 경찰이 뭘 아는지 뭘 모르는지 알 수 없었다. 지금으로선 현재의 자신에게 가장 유리한 선택을 할 수밖에 없었다. 카를로스는 엑토르와 한케를 비교해보았다. 누가 더 센가, 누가 이길까? 알 수 없었다. 그는 두 파가 왜 싸우는지조차 몰랐다. 그가 아는 것은 자기 보스를 팔아넘겼다가 얻어맞았다는 것, 그리고 이제 경찰이 찾아왔다는 것, 경찰은 자기에게 내비친 것보다 아는 게 더 많은 것 같다는 사실이 전부였다. 카를로스는 엉망이 된 얼굴을 바라보았다. 엑토르가 한 짓이다. 어쩌면 이걸로 비긴 건지도 모른다.

카를로스는 거울에서 등을 돌리고 화장실에서 나왔다. 아니야, 전혀 비긴 게 아니야. 마음속으로는 알고 있었다. 하지만 그의 마음은 중요하지 않았다. 그보다 훨씬 중요한 게 있었다. 그는 부엌으로 가서 와인을 한 병 따고 큰 잔으로 한 잔 마셨다. 지금 당장은 누구에게도 전화하지 않을 것이다. 일이 어떻게 되어가는지 조금 더 두고 볼 것이다. 그런 다음 누구 무릎에 앉을지 정할 것이다.

*

엑토르는 테이블에 어지럽게 널린 서류를 읽고 있었다. 그의 맞은편 의자에는 사무 변호사인 에른스트가 앉아 있었다. 아론은 테이블 끝에 앉아 모든 서류를 다시 한 번 확인했다.

"회사들을 서인도제도와 마카오에 등록했습니다. 당신, 티에리, 다프네, 그리고 당신 아버님 아달베르토 소유의 투자회사로 등록되어 있어요. 지분은 당신이 51%, 아달베르토가 45%를 가지고 있고, 아버님이 사망하실 경우 당신이 모두 물려받게 됩니다. 아버님보다 당신이 먼저 사망할 경우에는 당신 지분이 아버님께 가게 되고요. 4%를 가지고 있는 티에리와 다프네가 회사 주주로 등록돼 있어요. 두 사람은 여기 있는 위임장에 서명했습니다." 에른스트는 네 장의 종이를 테이블 너머로 밀었다. "이 회사들의 수입과 지출은 당신이 전적으로 결정하게 됩니다."

엑토르는 재빨리 서류들에 서명하며 말했다. "아버지랑 내가 둘 다 죽으면?"

"그러면 누군가가 전부 다 물려받게 되죠. 그건 당신이 결정할 일입니다. 서류는 여기 있어요. 누구에게, 혹은 누구들에게 물려줄지 결정하고 빈 칸에 쓴 뒤 서명하시면 돼요."

엑토르는 위임장을 훑어보았다. 서류를 모아 접어서 봉투에 넣은 뒤 서류가방에 넣었다.

아론의 전화가 울렸다.

"에릭손은 목표를 달성하지 못할 거요." 스반테 칼그렌은 그렇게만 말하고 전화를 끊었다.

*

　스반테는 전화를 걸고 정보도 주었다. 그들은 이제 그가 자기들 손아귀에 있다고 생각할 것이다. 하지만 그건 틀린 생각이다. 그는 스스로 집행유예를 얻어냈다.

　그 빌어먹을 창녀가 자기를 속였다는 것이 생각할수록 기분 나빴다. 그는 그녀의 머리를 잡아 벽에다 후려치고, 누구도, 씨팔, 그 누구도 스반테 칼그렌을 이길 수 없다고 말해주고 싶었다. 하지만 그녀는 그를 이겼다. 스반테는 깊은 한숨을 내쉬었다. 완전히 당한 기분이었다. 자기를 협박한 남자도 죽이고 싶었다. 정말로, 제대로 죽이고 싶었다. 요즘 그는 어떻게 하면 이 궁지에서 벗어날 수 있을까 하는 생각밖에 할 수 없었다. 여러 방법을 검토해보고, 여러 집단을 곰곰이 생각해보았다. 러시아 마피아, 오토바이 갱…… 이런 꼴이 됐을 때는 그런 사람들에게 전화하는 것 아닌가? 하지만 둘 중 어느 쪽도 그를 도와줄 수 없을 것임을 알았다. 스반테는 사냥할 때 쓰려고 가지고 있는 영국제 퍼디 산탄총으로 직접 그 자를 쏠까도 생각해보았다. 지하실 총 캐비닛에 있는 잘 관리된 총이다. 그 개자식 얼굴에 쏜다면, 두 방으로 충분할 것이다. 하지만 스반테는 그것 역시 안 된다는 것을 알았다. 잡힐 것이다. 화가 나서 앞뒤 안 가리고 행동하는 사람들은 거의 다 잡힌다.

　스반테 칼그렌은 전화를 걸었다. 보안팀에 있는 외스텐손의 내선 번호였다. 외스텐손은 명랑한 목소리로 전화를 받았다.

　"스반테 칼그렌입니다."

　"아 네, 안녕하세요!"

"질문이 있어서 전화했습니다. 회사 일은 아니고, 친구 중 도움이 필요한 사람이 있어서요."

"네?"

"괜찮지요?"

"네…… 안 될 것 없지요."

"우리 회사에 오기 전에 사설 보안 회사에서 일하셨다고 했죠?"

"맞아요."

"어떤 식으로 일하나요?"

"무슨 뜻으로 하시는 말씀이냐에 따라 다르죠."

"사람 추적하는 일도 했나요?"

"네, 다른 일도 했고요."

"융통성이 있나요?"

"좀 더 구체적으로 말씀해주시겠어요?"

"융통성이 있느냐, 그보다 더 구체적으로는 말하지 못하겠군요."

외스텐손은 1초 정도, 아니 그것보다는 조금 오랫동안 아무 말이 없었다.

"그랬다고 할 수도 있을 것 같네요."

"도움이 필요한 친구가 있어요."

"그렇다고 하셨죠."

"사람을 한 명 소개해줄 수 있나요?"

"시브코빅. 호칸 시브코빅."

"고마워요."

"스반테?"

"네?"

"저한테 무슨 말 하려던 건 아니었나요?"

스반테는 웃었다. "아뇨, 말했던 것처럼…… 곤경에 빠진 친구가 있어서 도우려는 거였어요."

스반테는 전화를 끊고 바로 호칸 시브코빅에게 전화를 걸어 자기가 칼 구스타프 16세라고 했다. 이름을 모르는 사람을 찾고 있는데 도움이 필요하다며, 외모를 설명하고 그가 몰았던 차를 자세히 설명했다.

"최선을 다해 도와드리겠습니다만, 익명으로 의뢰하시면 비용이 더 듭니다."

"왜죠?"

"원래 그렇습니다."

"알겠습니다."

호칸은 스반테에게 은행 계좌번호를 알려주었다. 스반테는 다음 날 입금하겠다고 약속했다.

*

스톡홀름 남쪽 파르스타에 있는 텅 빈 것이나 다름없는 아파트. 이곳에서 신뢰할 수 있는 사람 일곱 명이 컴퓨터 앞에 앉아 암호화된 커넥션으로 136개 대리인을 통해 에릭손 주식을 공매했다. 에릭손의 주가가 떨어질 때 추가 레버리지(차입금 등 타인의 자본을 지렛대 삼아 자기자본 이익률을 높이는 투자 방법_편집자주)를 얻을 수 있는 여러 가지 옵션을 곁들였다. 5시에 일이 끝났다. 곧 주식 시장이 폐장되고, 그날 내내 에릭손의 주가는 크게 변하지 않았다.

아론과 엑토르가 그 작업을 감독했다. 그렇게 헤어진 다음 제대로 잠을 이루지 못한 채, 다음 날 아침에 신뢰할 수 있는 사람 일곱 명과 함께 같은 아파트에 다시 모였다.

텔레비전에서 아침 뉴스가 나오고 있었다. 여자 앵커는 심각한 목소리로 에릭손이 아시아 시장에서 잘못된 예측을 했다고 보도했다. 다른 이야기들도 했지만 그들에겐 별 관심 없는 일이었다. 어제 이후 흐르던 불안한 침묵이 조금 편해졌다. 9시 주식시장이 개장하자 에릭손의 주가는 확 떨어졌다. 그들은 주식을 다시 사들이고, 어제 샀던 옵션과 보증은 없애버렸다. 그들은 컴퓨터 화면에 나오는 에릭손 주가의 움직임을 기분 좋게 지켜보았다. 그래프는 마치 스키장 슬로프 같았다. 그들은 엄청난 돈을 벌었다.

18

저녁 9시에 초인종이 울렸다. 엑토르는 한 손에는 시장에서 산 것들을 담은 종이봉투를, 다른 손에는 샴페인을 들고 있었다. 그의 미소는 진심이었다. 마치 뭔가 승리를 거둔 것 같았다. 소피의 머릿속에서 온갖 생각이 날아다녔다. '알베르트⋯⋯. 옌스가 근처에 있을 텐데⋯⋯. 마이크⋯⋯ 지금은 안 돼⋯⋯.'

"먹을 것 사 왔어요." 엑토르는 왼손에 든 봉투를 들어 보였다.

소피는 미소를 지으려고 애썼다. "안녕, 엑토르. 웬일이에요?"

"혼자 밥 먹기 싫어서요."

"아론은요?"

"다른 곳에 있어요."

소피는 그의 어깨 너머를 보았다.

"들어오세요."

그들은 부엌으로 갔다. 소피가 잔, 접시, 칼과 포크를 내왔다. 엑토르는 식탁에 사온 것들을 꺼내놓았다. 그들은 봉투에 담긴 음식을 조금씩 먹고 샴페인을 마시며 한가롭게 대화를 나눴다. 소피는 내내 그들 위의 부엌 전등에 달린 마이크를 의식했다. 신경이 날카로워졌지만 다행히 엑토르는 평소와 똑같이 행동했다. 음식을 들고 잠깐 들른 친구처럼. 그는 은근히 무언가를 암시하지도 않았고, 너그러웠고, 차분했다. 소피가 말할 때면 엑토르는 그녀의 눈보다 입을 더 많이 보았다.

"참 쉽네요." 엑토르가 말했다.

그녀는 음식을 한입 먹고 물었다.

"뭐가 쉬운데요, 엑토르?"

"당신과 나, 둘이서 이렇게 같이 앉아 있는 거요." 엑토르의 말투가 진지해졌다.

소피는 걱정되기 시작했지만, 살짝 미소를 지었다.

"네…… 쉽네요."

"소피?"

"네?"

엑토르는 적당한 말을 찾으려고 애쓰는 것 같았다. "당신에게 선물을 주고 싶다고 생각해왔어요, 보석이라든가……." 소피는 말을 끊으려 했지만, 그는 그 말을 꼭 해야 한다는 듯 한 손을 들어 보였다. "뭔가 특별하게 느껴질 것을 주고 싶어요. 여행이나, 공연 티켓이라든가, 산책이나, 점심이나, 뭔지는 모르지만요. 하지만 이거다 하고 마음을 정할 때마다 걱정돼요. 이 보석, 저 연극, 뭐든 간에, 그건 당신에게 아닌 것 같다는 걱정이 들어요. 당신은 다르다. 내가 모르는 종류의 사람이다. 내가 아무리 노력해도 가질 수 없는 사람이다. 그래서 엄두가 나질 않아요. 당신을 잃을까 봐 두려워서 감히 실수할 수가 없어요."

소피는 접시를 내려다보며 그 음식이 무언지 쳐다보지도 않은 채 기계적으로 조금 먹었다. 그녀는 엑토르와 눈이 마주치는 것을 피했다.

그는 그녀의 주의를 끌려고 속삭였다. "우린 언제쯤 진지한 대화를 나누게 될까요? 우리 이야기를 하고, 그동안 일어났던 일들에 대해 전부 이야기하고……."

"저기요?"

그들 뒤에서 목소리가 들려왔다. 언제 들어왔는지 알베르트가 부엌에 서 있었다. 마치 천국에서 온 선물 같았다. 알베르트는 호기심 어린 표정으로 소피를 본 다음 엑토르를 보았다.

"안녕, 알베르트."

"안녕하세요?"

"이쪽은 엑토르야."

"안녕하세요, 엑토르." 알베르트는 접시와 포크를 꺼내며 어색한 목소리로 말했다. 엑토르는 계속 알베르트를 바라보았다. 알베르트는 아무렇지도 않은 척 식탁에 앉은 다음 잠시 엑토르와 눈을 마주쳤다.

"엑토르? 그런 건 개 이름 아니에요?" 알베르트는 접시에 음식을 담으며 물었다. 눈 뒤쪽에서 작은 불꽃이 반짝였다.

"응, 개 이름 맞아. 그리고 알베르트는? 예전에 우리한테 알베르트라는 당나귀가 한 마리 있었던 게 기억나네."

그리고 그들은 농담을 주고받기 시작했다. 마치 서로의 유머감각을 정확히 아는 것 같았다. 그들은 오랫동안 알고 지낸 사이로 보였다. 자신들은 인식하지 못하는 친밀한 분위기가 감돌았다. 엑토르와 알베르트는 서로 웃으며 이야기했다. 소피는 그들을 바라보았다. 겉으로는 즐거운 듯 미소를 짓고 있었지만 속에서 엄청난 두려움이 느껴졌다.

*

따뜻한 저녁이었다. 옌스는 스톡순드 광장의 벤치에 앉아 있었다. 옷을 차려입고 학사모를 쓴 젊은이 한 무리가 지나갔다. 갈색 종이봉투에 술병을 넣어 든 여자가 하이힐을 신고 균형을 잡지 못해 비틀거렸다. 그녀는 새된 목소리로 소리 지르듯이 말했지만 다른 일행들은 그녀의 말을 듣고 있지 않았다.

옌스는 더 어두워지길 기다렸다. 생각보다 시간이 꽤 걸렸다. 그는 술 취한 젊은이들이 시야에서 사라질 때까지 기다렸다가 납작한 검은 배낭을 들고 일어나서 소피의 집으로 향하는 좁은 길을 걸어갔다. 어느 정도 거리를 두고 집을 지나친 다음 언덕으로 올라가서, 그 지역 전체가 잘 보이는 어느 집의 정원에 들어갔다. 이 집에는 아무도 없는 것 같았다. 집 여기저기에 이브닝 램프가 켜져 있었다. 이 동네에서는 집을 비울 때 그렇게 해두는 게 규칙인 모양이었다. 옌스는 뜰 제일 위의 덤불로 가서 속에 들어가 엎드렸다. 배낭에서 쌍안경을 꺼내 주위를 살폈다.

사브 자동차를 발견하고 초점을 맞추자 운전석에 앉은 남자가 보였다. 나무들 틈에 그 차 한 대만 덜렁 서 있었다. 일부러 찾지 않았다면 못 봤을 것이다. 옌스는 차 주위를 살피며 이상한 점은 없는지 살펴보았다. 수색 범위를 넓히며 다른 사람은 없나 둘러보았다. 아무것도 없었다.

그의 계획은 단순했다. 다가가서 멀리서 사진을 찍고, 하뤼의 도움을 받아 신원을 밝혀내는 것이다. 거기서부터 출발할 것이다. 차 안의 남자는 경찰일 가능성이 높았다. 하지만 짐작만 가지고 그 이상 나아갈 수는 없었다. 이 일 전체를 조금이라도 이해하려면 확실한 사실들을 알아야 했다.

옌스는 쌍안경을 내리고 소피의 집을 보았다. 부엌 창문으로 사람이 움직이는 게 보였다. 그는 다시 쌍안경을 들었다. 엑토르 구스만이 보였다. 옌스는 설마 그를 거기서 보게 될 줄은 몰랐다. 엑토르, 소피, 알베르트가 식탁에 둘러앉아 있었다. 엑토르라니? 그렇다면 분명 아론이 이 근처 어디에 있을 텐데? 어디 있지? 옌스는 다시 주위를 재빠르고 꼼꼼하게 살폈다. 사브에 탄 남자는 소피의 집 서쪽, 옌스가 있는 곳에서는 북쪽에 있었다. 남쪽과 동쪽을 살폈다. 세워둔 차도, 아론도 없었다. 다시 소피의 부엌을 보았다. 엑토르가 보이지 않았다. 다시 사브를 보았다가 동쪽 지역을 보았다. 아론이 지금 이곳에 있다면 상황이 극적으로 변할 것이다.

아론이 있었다. 옌스는 동쪽으로 가는 길을 걸어가는 아론의 모습을 쌍안경으로 발견했다. 그는 느긋하게 걸어가고 있었다. 이대로 가면 사브에 있는 경찰과 정통으로 마주치게 될 것이다. 옌스는 쌍안경으로 아론을 쫓으며 가능한 시나리오들을 생각해보았다. 그리고 할 일은 하나뿐이라는 결론을 내렸다. 그는 아론을 보았다가 사브를 보며 거리를 가늠했다. 그리고 자신에게 시간이 얼마나 있나 생각했다. 고작 몇 초뿐이었다. 곧바로 갈 수는 없었다. 자신의 모습 또한 숨겨야 했기 때문이다. 아론은 사람이 살금살금 다니는 소리를 잘 듣는데, 망할.

옌스는 일어나서 언덕을 뛰어 내려가기 시작했다. 밑에서 걷고 있는 아론과 평행한 방향이었다. 속도를 높이자 움직이는 소리가 더 커졌다. 하지만 그가 먼저 도착해야 했기 때문에 위험을 감수해야만 했다. 일찍 도착할수록 좋다. 그리고 아론이 도착하기 전에 몸을 숨기려면 차 뒤쪽에서 접근해야 한다. 그는 크게 원을 그리며 돌았다. 아론이 움직이는 거리의 두 배 정도를 아론보다 두 배 이상 빠르게 움직여야 했다. 그것도 조용하게.

정원 몇 개를 지나며 덤불을 뚫고 달리자 아래쪽의 차와 평행한 방향으로 달리게 되었다. 아론을 찾으려고 했지만 보이지 않았다. 방향을 바꿔 큰 호를 그리며 언덕을 내려갔다. 옌스는 이슬에 젖은 잔디가 덮인 내리막길을 남쪽 방향으로 내달렸다. 발이 미끄러졌지만 용케 넘어지지는 않았다. 사브로 달려갔다. 아론이 자신과 차가 있는 쪽으로 똑바로 걸어오는 것이 보였다. 옌스는 몸을 훤히 드러낸 채 18미터 정도를 더 가야 했다. 최대한 몸을 굽히고 차 뒤쪽에서 다가갔다. 옌스는 차에 탄 남자가 뭔가 바쁘게 하고 있기를, 백미러를 보고 있기를……, 그리고 자신이 아론의 눈에 띄지 않을 만큼 몸을 낮췄기를 바랐다.

옌스는 뒷문을 노렸다. 잠겨 있지 않기를 신에게 빌었다. 손잡이를 잡고 당겼다. '감사합니다!' 그는 몸을 뒷좌석으로 날리고 머리는 운전석 뒤에 낮게 유지했다.

"당장 여기서 벗어나!"

남자는 차분했고 움직이지 않았다.

"뭐?"

"시동 걸고 달려. 구스만의 경호원이 지금 이쪽으로 오고 있어!"

옌스가 고개를 조금 들어보니 아론이 다가오는 것이 보였다. 운전석에 앉은 남자는 저능아 같아 보였다.

"왼쪽을 봐!"

남자는 왼쪽을 보고 나서야 그의 말을 이해한 듯했다. 사브는 곧바로 출발했다. 옌스는 최대한 바닥 가까이 몸을 낮췄다. 그는 배낭을 열고 베레타 92를 꺼내 남자의 옆구리에 댔다.

"백미러를 움직여."

남자는 몇 초 뒤에야 그 말을 이해하고 백미러를 돌렸다. 그들은 잠시 차를 타고 달렸다. 남자는 이상할 정도로 차분해 보였다.

"지갑 내놔."

"난 경찰이야." 남자는 멍한 목소리로 말했다.

"이름이 뭐지?"

"라르스."

"성은?"

"빙에."

옌스는 총을 남자의 귀 뒤에 댔다.

"지갑 내놔."

지갑은 대시보드 위에 있었다. 라르스는 손을 뻗어 지갑을 집은 다음 옌스가 받을 수 있도록 팔을 굽혔다.

"전화도 줘."

라르스는 휴대전화를 건넸다. 옌스는 전부 다 자기 주머니에 넣었다. 그리고 남자의 총을 달라고 한 다음 총알을 뺐다. 탄창은 바지 주머니에 넣고 총은 바닥에 버렸다.

"어디로 가는 거지?"

"그냥 차나 몰아."

라르스는 말없이 차를 몰았다. 운전석 뒷자리에 앉은 옌스는 여기가 어디인지 알 수 없었다.

"넌 누구야?" 라르스가 물었다.

옌스는 대답하지 않았다.

"왜 나한테 경고를 해줬지?"

"닥쳐."

두 사람은 15분 동안 목적 없이 거리를 돌아다녔다. 옌스는 라르스에게 차를 세우라고 했다. 라르스가 길가에 차를 대자 옌스는 앞으로 팔을 뻗어 키를 뽑았다.

"앞만 봐." 옌스는 차에서 내린 뒤 서둘러 근처 정원의 덤불 속으로 들어갔다. 라르스는 궁금한 것이 엄청나게 많았지만 아무것도 알아낼 수 없었다. 이제는 보이지 않을 것이라는 생각이 들자 옌스는 걸음을 멈추고 주위를 둘러보았다. 소피가 사는 동네에 돌아와 있었다. 소피의 집에서 두 블록 떨어진 곳이었다. 그 경찰은 원을 그리며 뱅글뱅글 돌았던 것이다.

옌스는 광장에 세워둔 자기 차로 급히 돌아갔다. 여기서 벗어나고 싶었다. 아론이나 엑토르와 마주치는 위험한 상황은 피하고 싶었다. 차에 올라 단데뤼드 병원 서쪽 사거리로 가서 주 도로를 탔다. 지갑에서 신분증을 꺼냈다. 경찰 신분증이었다. '라르스 빙에'. 사진을 보니 같은 사람이었다. 신분증을 지갑에 넣은 뒤 빙에의 전화를 꺼내서 연락처를 훑었다. 성 없는 이름들이 몇 개 나왔다. 안데르스, 닥터, 구닐라, 엄마, 사라……. 그게 다였다. 이상해 보일 정도로 연락처가 적었다. 옌스는 가장 최근에 건 전화와 받은 전화를 확인했다. 라르스는 전화를 자주 쓰지 않았다. 구닐라에게 건 전화 몇 통이 다였다. 부재중 전화 목록을 보았다. 사라가 세 개, 모르는 번호가 두 개 있었다. 스톡순드 다리를 건너면서 옌스는 창문을 열고 자동차 키와 탄창을 난간 너머로 던졌다.

*

알베르트는 두 사람을 남겨두고 거실로 갔다.

"아이가 참 훌륭하네요." 엑토르는 그렇게 말하고 어린 나이에 주위 세상을 대하는 올바른 자세를 찾는 것이 중요하다, 그렇게만 된다면 나머지는 다 알아서 잘 풀려나간다는 이야기를 했다. 그는 알베르트와 자신을 비교하며 말했다. 소피가 그의 말을 끊었다.

"이제 그만 가줬으면 좋겠어요, 엑토르."

그는 이해되지 않는다는 얼굴이었다.

"가라고요?"

소피는 고개를 끄덕였다. 엑토르가 그녀의 얼굴을 살폈다.

"왜요?"

"그게 내가 바라는 일이니까요. 그리고 앞으로 여기엔 안 왔으면 좋겠어요."

엑토르는 양손을 깍지 끼고 얼굴을 찌푸린 채 주의 깊게 그녀를 바라보았다.

"좋아요." 그는 그녀의 말에 특별한 의미가 없다는 듯 반응하려고 애썼다. 그는 꾹 참으며 일어섰다. 하지만 나가지 않고 식탁 옆에 섰다.

"내가 뭘 잘못했는지 모르겠어요."

소피는 그의 시선을 피했다.

"아무것도 잘못하지 않았어요. 그냥 가줬으면 좋겠어요."

엑토르는 상처받은 것이 분명했다. 하지만 별로 표 내지 않고 그 저 전화를 한 통 걸더니 스페인 어로 몇 마디 한 다음 집에서 나갔다. 아론이 차를 몰고 나타났다.

소피는 계속 식탁에 앉아 있었다. 얼마나 그러고 있었는지 알 수 없었다. 부엌에 들어와 그녀 맞은편에 앉은 알베르트가 실망한 표정으로 말했다.

"엄마, 엄마는 혼자서 늙어 죽고 싶어요?"

소피는 대답하지 않고 일어나 식탁을 치우기 시작했다.

"뭐가 그렇게 두려워요?"

"난 두려운 게 아니야, 알베르트. 내 인생에 대한 결정은 내가 내려, 알겠니?"

자신의 목소리가 아주 날카롭고 이상하게 들렸다.

"그래서, 그 아저씨는 누구예요?"

"말했잖아."

"정말요?"

그녀는 그 질문에도 대답하지 않았다. 이렇게 말하고 싶었다. '제발, 알베르트, 제발 그냥 닥치고 있어! 우리가 하는 말 한마디 한마디를 다른 사람이 다 듣고 있어!' 하지만 소피는 입을 다문 채 그냥 손가락으로 거실 쪽을 가리켰다. 어른이 화가 나면 보통 하는 행동이었지만 지금 상황과는 어울리지 않았다. 알베르트는 그런 식으로 야단칠 만큼 어린 나이가 아니었다. 그는 그녀의 행동을 이해하지 못했다. 알베르트는 그냥 한숨을 쉬고 일어나 부엌에서 나가버렸다. 소피는 샴페인을 싱크대에 부었다.

*

비교적 높은 천장을 기둥이 받치고 있는 구조의 아파트는 집이라기보다 낡은 창고 같아 보였다. 넓고 탁 트인 공간에 가구가 드문드문 있었다. 하뤼는 쿵스홀멘의 쓰러져가는 아파트 꼭대기층에 살았다. 옌스가 그를 알고 지낸 15년 동안 그는 쭉 거기 살았다. 하뤼는 독학으로 기술을 배웠고, 성인이 된 이후 지금까지 내내 사립탐정으로 일했다. 1970년대와 1980년대의 절반은 런던에 있었는데, 이유는 모르겠지만 다시 고향으로 돌아온 상태였다.

하뤼는 방금 일어나 슬리퍼와 체크무늬 잠옷 차림으로 넓은 실내를 어정거리던 중이었다. 멋대로 자란 가느다란 머리는 하뤼 자신도 통제할 수 없는 영역 같았다.

"커피를 올려놓긴 했는데 시간이 좀 걸릴 거야. 내가 석회 앙금을 제거하는 걸 맨날 까먹어서⋯⋯." 하뤼의 목소리는 거칠었다. 듣는 사람이 대신 헛기침을 해주고 싶게 만드는 목소리였다.

부엌 구석에서 커피머신이 요란하게 부글거리고, 거실에선 컴퓨터 네 대가 돌아가고 있었다. 하뤼는 머리를 긁으며 비틀비틀 컴퓨터 쪽으로 갔다.

"뭘 가져왔어?" 그는 묻고 나서 기침을 했다.

두 사람은 함께 책상 앞에 앉았다.

"신분증이랑 휴대전화요."

하리는 손을 내밀었다. "신분증."

옌스는 라르스 빙에의 신분증을 하뤼에게 건넸다. 하뤼는 카드 형태의 신분증을 여러 각도에서 살피더니, 모니터 뒤에 있는 독서 등 빛에 대보았다.

"진짜네. 그러니 이놈은 십중팔구 경찰이겠군. 얼굴은 봤어?"

"옆에서 봤는데, 저 사진이랑 같은 사람이에요."

하뤼는 크게 하품을 하고 나서 신분증을 보며 키보드 중 하나를 두드리기 시작했다.

"어떻게 구한 거야? 사진을 좀 찍어보겠다고 했던 것 같은데."

"상황이 변했어요."

"별의별 일들이 다 생기는 법이지." 하뤼는 계속 키보드를 두드리며 말했다. 별 관심이 없는 게 분명했다. 발로 상자 하나를 끌어 내 낡은 가죽 다이어리를 꺼내더니 이마에 올려놓았던 독서용 안경을 쓰고 뒤적거렸다. 다이어리는 페이지마다 손으로 쓴 작디작은 글씨로 가득했다. 하뤼는 옌스를 돌아보며 조용해진 커피머신 쪽으로 고개를 까닥했다. 그는 일어나서 부엌으로 향했다.

하뤼는 찾으려던 것을 발견했는지, 웹페이지에 ID와 패스워드를 입력하고 엔터를 눌렀다. 그리고 '라르스 빙에'와 그의 생년월일, ID 번호를 넣었다. 페이지가 로드되더니 곧 빙에의 여권 사진이 떴다. 옌스는 머그컵 두 개를 들고 돌아왔다.

"라르스 크리스테르 빙에, 순경, 후스뷔 경찰서."

옌스는 몸을 뻗어 화면의 글씨를 읽었다.

"이게 무슨 사이트예요?"

"경찰 인력 데이터베이스."

옌스가 자리에 앉자 하뤼는 계속 읽었다.

"한 달쯤 전까지 서부 경찰서에 있었어. 지금은 국립범죄센터와 관련된 곳에 있군."

"전 경찰을 잘 모르지만, 그런 식으로 한 부서에서 다른 부서로 확 옮겨갈 수도 있나요?"

"모르겠어. 경찰이잖아. 누가 알겠어." 하뤼가 커피를 홀짝이며 중얼거렸다. 그는 머그컵을 내려놓고 다시 키보드를 두드리기 시작했다. "이건 시간이 좀 걸려."

옌스는 가만히 있었다. 하뤼는 키보드를 치다가 옌스를 보았다가 다시 쳤다가 또 옌스를 보았다.

"저쪽 구석에 장난감이 있으니까 가 있어."

옌스는 무슨 뜻인지 이해했다. 벽에 기대놓은 접은 탁구대가 있었다. 옌스는 탁구대를 펼치고 혼자 탁구를 치기 시작했다. 공 소리에 집중하니 기분이 좋았다. 최면에 걸리는 것 같았다. 옌스는 다른 생각은 아무것도 하지 않고 자신과 벽 사이로 계속 공을 튕겼다. 자기 자신도 잊고, 저 빌어먹을 공에 너는 나를 이길 수 없다는 걸 깨닫게 해주려고 집중했다. 공은 그 사실을 깨달은 모양이다. 그런데 하뤼가 그를 부르는 바람에 옌스의 집중이 흐트러졌고, 공이 승리했다. 공은 탁구대에서 튕겨 나와 바닥을 굴러가 얼빠진 자유 상태로 들어갔다. 옌스가 의자로 돌아가보니 하뤼는 화면에 작은 창으로 여러 사이트를 띄워 놓고 있었다.

"라르스 빙에는 눈에 잘 띄지 않는 인물이야. 별로 흥미로운 점도 없군. 경찰이고, 서부에 있다가 국립범죄 쪽으로 갔어. 의료 기록을 찾아보니 최근에 진료받은 게 나왔어. 옛날 기록은 온라인에 없어서 1997년 이전 진료받은 기록은 찾아내기가 힘들어. 아무튼 최근에 허리 통증과 수면 장애로 의사를 만난 적이 있어. 내가 알아낸 바로는 옥사제팜과 시토돈을 처방 받았군."

"그게 어떤 약인데요?"

"옥사제팜은 진정제고, 중독성이 있어. 벤조디아제핀이거든. 먹었다가 인생 망칠 수도 있는 약이야."

"다른 건요?"

"시토돈은 진통제야. 보기엔 아세트아미노펜 같고, 맛도 비슷하지만…… 이건 코데인이야. 대사작용을 거치면 모르핀과 비슷한 작용을 하지."

"어떻게 그런 걸 다 알아요?"

"자네 알 바 아니야." 하뤼는 키보드를 두드리고 마우스를 클릭하며 자기 앞의 평평한 2차원 세계를 검색하면서 중얼거렸다. 그의 대답이 너무 무례했다고 생각했는지 설명을 덧붙였다. "전처가 처방전이 있어야 살 수 있는 약들에 중독됐었어. 집에 거의 약국을 차려놓다시피 했지. 하루하루 지날수록 전처를 더 악화시키기만 하던 약국이었어."

"어떻게 됐어요?"

"나도, 자기 자신도 그녀를 더 이상 알아볼 수 없게 됐어."

"안됐군요."

하뤼는 옌스 쪽으로 몸을 돌려 그의 눈을 보았다.

"응, 정말 안된 일이지." 툭 터놓고 말하는 솔직한 목소리였다. 하뤼는 다시 컴퓨터로 시선을 돌렸다.

옌스는 곁눈으로 하뤼를 보았다. 하뤼는 보통 사생활에 대해서는 입을 다무는 편이었다.

"그래서, 우리 상대는 약물 문제가 있는 형사라는 건가요?"

하리는 고개를 가로저었다. "아니, 아니야. 이게 꼭 문제일 거란 법은 없어. 알약을 처음 먹는 순간 망가지는 건 아니거든……. 단기간 동안 소량 먹으면 대부분 문제없이 넘어가."

"그것 말고 알아낸 건요?"

하뤼는 고개를 가로저었다. "별거 없어. 미혼이고, 쇠데르말름에 살고, 순경인지 동네 경찰인지 뭔지 할 때 후스뷔의 인종 간 분열에 대한 보고서 같은 걸 쓴 적 있고…… 택시 운전면허가 있고, 은행 잔액은 얼마 안 되고, 카드 사용 내역을 보니 가끔 인터넷에서 필름을 사고, 저가 슈퍼마켓에서 음식을 사는군."

옌스는 화면에 떠 있는 얼마 안 되는 정보를 훑어보았다. "더 자세하게 알아야 돼요. 지금 어떤 일을 맡고 있는지 알아낼 수 있어요? 누구랑 일하는지…… 무슨 목적인지?"

"그냥 전화해서 물어보지 그래?" 하리가 말했다.

"말해줄까요?"

"아마 안 해줄걸."

"알았어요. 여자 한 명을 살펴봐줘요. 이 사람도 경찰인데, 이름은 구닐라 스트란드베리예요."

하뤼는 키보드를 치기 시작했다.

"누구야?"

"제 생각에는 두목 같아요. 소피랑 연락하는 사람이에요."

하뤼는 여러 사이트에 들어갔다가 뭔가를 찾아내고 스크롤하며 읽었다. "구닐라 스트란드베리, 1978년부터 경찰에서 일했군. 경력은 평범해. 스톡홀름에서 순경 일을 했다가…… 1980년대 중반 칼스타드의 어느 경찰서에서 경위를 맡았다가…… 스톡홀름으로 돌아와서 국립범죄센터에서 서장을 맡았고…… 2002년의 어떤 수사 때문에 두 달 동안 유급 휴직을 받았다가…… 다시 돌아왔어."

"어떤 수사였어요?"

"모르겠어. 이건 경찰 인력 데이터베이스라서 아주 기본적인 정보밖에 안 나와."

"더 자세한 정보가 있는 다른 사이트에는 못 들어가요?"

"못 들어가."

하뤼는 다른 창에 그녀의 이름을 넣고 다시 검색해보았다. 클릭해서 페이지 몇 개를 연 다음 크기를 줄여 나란히 늘어놓았다.

"미혼, 리딩외에 살아. 에리크라는 남동생이 있군……. 의료 기록엔 별거 없고…… 아팠던 적은 없는 것 같아."

하뤼는 계속 키보드를 두들겼다. "지불이 밀린 기록이 몇 번 있지만, 재정 상태는 괜찮아 보여. 앰네스티 회원이고 국제인권감시기구와 유니세프에 자동이체를 하고 있군. 모란을 가꾸는 협회 회원인 것 같아. 회원 명부에 이름이 나오네." 하뤼는 기지개를 켰다. "돈이 제법 있는, 나이 좀 든 여자야. 청구서 납부할 때를 가끔 헷갈려하고, 아픈 적이 거의 없으며, 모란을 좋아하지. 그 이상은 몰라."

라르스는 충격을 받지 않았다. 떨고 있지조차 않았다. 케토간을 늘 쓸 수 있는 요즘에는 그랬다. 감정이 결여된 것 같았다. 권총의 차가운 총열이 그의 피부를 누르고 있을 때조차 그랬다. 아무것도 느껴지지 않았다. 지금 자신의 상태를 무어라 불러야 할지 알 수 없었다. 놀랐다고 해야 할까? 그래, 아마 그건가 보다. '놀란 상태'. 누군지 모르는 무장한 남자가 차에 뛰어들어와 휴대전화, ID, 자동차 키까지 가져갔다. '놀랐다'.

라르스는 입을 벌린 채 밤 풍경을 바라보다가 아랫입술을 깨물었다. 자기가 얼마나 쇠약해졌는지 알고 있었다. 느껴졌다. 약의 영향이 컸지만 이제껏 일어난 일들 때문이기도 했다. 빛의 속도로 일어난 일이다. 고작 몇 주 만에 모든 것을 다 망쳐버렸다. 그나마 정상적인 생활에 가깝게 유지해오던 작은 부분마저 이제 사라졌다. 연애는 갈가리 찢겼고, 감정적으로는 무정부 상태였고, 직장도 이제 그를 엿 먹이기 시작했다. 라르스의 영혼은 죽어서, 그만의 개인적인 지옥 깊은 곳 어딘가에 묻혀 있었다. 생각조차 이제 자신만의 것이 아니었다. 라르스의 내면에 남아 있는 유일한 것도 다른 사람이 쑤셔 박아둔 것 같았다. 그 자신도 스스로를 알아볼 수 없었다. 이 사람은 이제 자신이 아니었다……. 그렇다고 다른 사람인 것도 아니었다. 그 남자는 누구지? 엑토르 파의 일원은 아니다. 친구일까? 소피를 돕는 친구? 하지만, 왜?

라르스는 멍하니 입을 벌리고 앞만 보았다. '놀랐다'라는 건 적당한 단어가 아닐지도 모른다. 사실 아무것도 느껴지지 않았다.

라르스는 가만히 앉은 채 몇 시간을 보냈다. 약 때문에 혼란스러운 그의 머릿속에서 어떤 생각이 떠오르기 시작했다. 의미가 조금 보였다. 전화, 지갑, 탄창, 차 키……. 모두 없어졌다. 그의 인격과 영혼과 함께……. 이제까지의 그의 인생과 함께. 이것은 계시일까? 변화가 생길 거라는 뜻일까? 지금이 새롭게 무(無)에서부터 다시 시작할 때라는 뜻일까? 그의 주위에서 일어나는 일들을 제대로 파악하고, 어느 편에 설지 정하라는 것일까?

갑자기 이 일을 자기가 원하는 방향으로 받아들여도 된다는 생각이 떠올랐다. 라르스는 자기 앞에 쭉 펼쳐진 시간들을 보았다. 마음의 눈으로 이제부터 무엇을 해야 하는지, 무엇이 자신의 의무인지를 보았다.

팔을 뒤로 뻗어 탄창이 빠진 권총을 바닥에서 집어 들었다. 차에서 뛰어내려 뒤로 가서 트렁크를 열었다. 감시 장비가 든 작은 케이스를 벨크로 테이프로 감싼 다음, 그것을 꺼내 들고 정원 쪽으로 가서 자작나무 뒤에 두었다. 앉아서 스니커의 끈을 풀었다. 두 끈을 묶어서 길게 만든 다음 차로 돌아가서 주유구를 열고 끈을 최대한 넣었다가 꺼내서 냄새를 맡았다. 휘발유 냄새, 정말 좋다…….

끈의 다른 쪽을 최대한 깊이 넣었다. 밖으로 나와 있는 부분은 10센티미터 정도에 불과했다. 그는 자작나무 쪽을 보았다. 어떻게 도망칠지 생각해보았다. 주어진 시간은 3~4초 정도겠다. 아니, 그보다는 더 되겠지. 6~7초.

라이터를 꺼내 휘발유에 젖은 신발 끈 끄트머리에 불을 붙였다. 끈은 그의 생각보다 빨리 타들어갔다. 라르스는 보폭을 넓혀 마구 뛰었다. 그의 뒤통수에서 공포가 솟구쳤다.

폭발음은 먹먹하고 둔탁했다. 마치 누가 이 지역 전체에 두툼한 카펫을 떨어뜨린 것 같았다. 땅 위에 놓아둔 감시 장비 가방 위로 몸을 던지며 등으로 느낀 충격파는 뜨거운 불꽃의 스콜 같았다. 그는 누운 채로 뒤돌아보았다. 불기둥이 몇 초간 서 있었다. 불기둥 꼭대기의 화염이 아래로, 안으로 타들어가고 싶어 하는 듯 버섯 모양을 이루었다. 그러다 저녁의 어둠 속으로 사라졌다. 라르스의 차는 불타고 있었다. 탁탁 소리가 나며 무언가가 팍팍 튀었다. 뒤 창문은 사라졌고, 트렁크 뚜껑은 경첩에 대롱대롱 매달려 있었다. 플라스틱이 녹고, 유리가 깨지고, 왼쪽 뒤 타이어가 불타며 녹아버린 고무를 흩뿌렸다. 그는 눈을 크게 뜨고 불꽃놀이를 구경했다.

*

소피는 지하실 보일러가 폭발하는 꿈을 꾸었다. 침실 밖으로 나오다 알베르트와 마주쳤다.

"뭐예요?"

"모르겠어."

그녀는 아래층으로 내려갔지만 달라 보이는 것은 아무것도 없었다. 지하실로 내려가서 둘러보고 이상한 냄새가 나지 않나 맡아보았지만 거기도 아무것도 없었다. 그녀는 알베르트가 밖에서 자기를 부르는 소리를 들었다. 밖으로 나가보니 한 블록 떨어진 곳에서 나무들 위로 무언가 빛나고 있었다. 강렬하고 노르스름한 빛이었다. 두 사람은 그쪽으로 걸어가기 시작했다. 이미 모여서 불길을 지켜보는 사람들 사이를 다른 사람들이 속속 채웠다. 소피는 사브 브랜드의 낡은 차를 알아보았다. 알베르트는 친구와 마주쳐 웃으며 농담하기 시작했다. 소피는 불타는 차를 지켜보다 멀리서 소방차의 사이렌 소리가 다가오는 것을 들었다. 플라스틱, 고무, 금속이 탁탁 소리를 내며 타올랐다.

그는 소피 바로 뒤에 서 있었다. 라르스는 자동차가 폭발한 후 이 지역을 떠나려다가 갑자기 '분명 그녀가 와서 살펴볼 거야'라는 생각이 들었다. 그는 걸음을 멈추고 돌아서서 어둠 속에 몸을 숨겼다. 근처에 있는 집들에서 사람들이 나오는 것을 지켜보았다. 라르스는 가방을 숨기고, 머리를 헝클어뜨린 뒤 사건 현장으로 돌아갔다. 이제 그는 폭발음 때문에 잠이 깨서 옷을 입고 대체 무슨 일인가 보러 나온 동네 주민이었다.

처음에는 그녀가 바로 보이지 않아 안달이 났다. 라르스는 다른 사람들이 하는 말을 들으며 마음을 진정시켰다. 대부분 농담을 하고 있었다. 누가 불을 빌려달라고 했다. 한 남자가 사브, 주식, 파산 이야기를 했다. 라르스는 그들의 농담을 이해하지 못했지만 다른 사람들은 다 알아듣는 것 같았다. 구경하려는 사람들이 더 모여들었다. 그때 그녀를 보았다.

소피는 그의 뒤쪽에서 걸어왔다. 라르스는 고개를 돌려 알베르트와 유령처럼 아름다운 그녀를 보았다. 그는 미소를 지었다가 자기가 미소를 짓고 있다는 걸 깨달았다. 미소를 지우고 돌아서서 불길을 바라보았다. 멀지 않은 곳에 멈춰서는 소피를 곁눈으로 훔쳐보았다. 라르스는 사람들을 뚫고 천천히 그녀에게 다가갔다.

그는 그녀 바로 뒤에 섰다. 라르스는 너무도 매력적으로 느껴지는 소피의 목덜미를 바라보았다. 머리를 대충 묶어서 목이 드러나 있었다. 손을 뻗어 쓰다듬고 주무르고 오목한 부분에 손가락을 대고 누르고 싶었다.

"소피?"

잠옷을 입은 여자가 다가왔다. "이게 무슨 일이람! 대체 어떻게 된 거야?"

라르스는 열심히 귀를 기울였다.

"안녕, 시시. 나도 모르겠어. 폭발 소리에 깼어."

"나도……."

그는 정말 오랫동안 헤드폰으로 그녀의 소리를 들어왔고, 망원렌즈로 그녀를 보았고, 잠든 그녀 옆에 서 있어도 보았지만 이렇게 본 것은 처음이었다. 평범한, 깨어 있는 소피. 그는 그녀의 작은 움직임을 계속 지켜보았다. 움직이고 행동하는 작은 몸짓들을 지켜보며 다시 미소를 지었다.

시시는 잠옷 주머니에서 담배를 한 갑 꺼냈다.

"용케 이걸 가져올 생각을 했지. 하나 피울래?"

"고마워."

그들은 담배를 붙여 물고 불타는 차를 지켜보았다. 차에서 시선을 떼고 뒤로 돌아서던 시시는 라르스의 기묘한 미소를 정면으로 보게 되었다. 그녀는 그를 아래위로 훑어보았다.

"대체 뭘 보고 그렇게 웃고 있어요?"

소피도 몸을 돌려 라르스를 보았다. 그들은 서로를 바라보았다. 그는 땅을 내려다보았다가 몸을 돌리고는 재빨리 사람들 속으로 사라졌다. 시시는 담배를 한 모금 빨았다.

"저 이상한 놈은 누구지?"

소피는 알고 있었다. 소피는 그가 누구인지 알고 있었다. 갑자기 겁이 났다. 그가 더 튼튼하고, 덩치가 크고, 경찰답게 생겼을 거라고 생각해왔다. 경찰다운 생김새가 어떤 건지는 몰라도 말이다. 방금 본 것 같은 건조하게 탐색하는 눈빛, 괴상한 자세, 텅 빈 눈을 지닌 사람일 거라고는 생각하지 않았다.

"모르겠어." 소피는 군중 속에서 그를 찾으려고 해보았다. 하지만 라르스 빙에는 사라진 뒤였다.

*

벽. 사진, 이름, 화살표, 쪽지가 혼란스럽게 붙어 있는 벽. 완전한 혼돈. 그는 호흡을 차분히 하고 소피의 사진들에 집중했다. 언뜻 연관성이 보였다. 하지만 손을 뻗어 만져보려 하는 순간 사라졌다……. 젠장!

라르스는 벽에 적었다. '남성, 35~40세, 스웨덴 인, 무장함, 차분함.' 소피에게 화살표를 그렸다. 다시 물러서서 보면서 기억을 불러내려 애썼다. 차에서 만난 남자의 목소리가 어땠지? 그의 눈은 소피가 스트란드베겐에서 만난 남자의 사진으로 옮겨갔다. 머릿속에서 여러 가지 생각이 튀어다녔다. 시간이 계속 흘러갔고, 집중력이 흐트러졌다. 논리적으로 생각하기가 점점 힘들어졌다.

라르스는 화장실에 들어가 새로 먹을 약을 준비했다. 이번에는 진통제 칵테일을 만들었다. 알약을 꿀꺽꿀꺽 삼키고 거울을 보며 나른하게 '뉴욕, 뉴욕'을 허밍했다. 라르스의 얼굴은 창백하고 축

처져 있었다. 입 주위에는 작은 노란 점들이 있었다. 그는 자기 모습이 마음에 들었다.

다시 벽으로 다가간 라르스는 계속 작업하고, 한 발 물러나 보고, 답을 찾았다. 쉴 새 없이 다리를 떨고 입가의 점을 긁적이며, 되새 김질하는 사슴처럼 이를 갈았다. 내가 놓친 패턴이 있나? 벽에 적어 놓은 것들 사이에 숨어 있는 코드가 있나? 어쩌면 무의식적으로는 이미 답을 알고 있는게 아닐까? 그럴지도 몰라. 모든 것에 대한 성스러운 해답이 있나? 저 벽의 혼돈 속에 답이 있을지도 모르지. 다른 해답들도 있을까? 라르스는 약 기운 때문에 자신의 뇌가 질주하는 것을 느낄 수 있었다. 그러다 모든 것이 멈췄다. 벽에 기대둔 사진에서 잉에마르 요한손이 걸어 나와 그의 얼굴에 강렬한 라이트 훅을 날린 것 같았다.

라르스는 목을 늘어뜨리고 의자에 앉았다. 생각할 수도, 움직일 수도 없었다. 정신적 녹다운 상태였다. 진통제 때문에 머리가 잘 돌아가지 않았다. 입 한쪽으로 침을 흘렸다. 그는 다리를 내려다보았다. 청바지 무릎에 잔디 물이 배어 있었다. 어렸을 때처럼! 라르스는 그런 생각을 하며 피식 웃었다. 무릎에 잔디 물이 배다니! 약이 너무 셌다. 목과 어깨부터 온몸으로 피곤함이 퍼져나갔다. 가슴, 배, 다리, 발…… 라르스 빙에의 구석구석까지 퍼졌다. 의자에서 미끄러져 내려와 무릎을 꿇고 있다가 앞으로 쓰러졌다. 지탱하려고 두 손을 앞으로 내밀었다. 바닥에 닿자 손목과 팔꿈치 아래가 아팠다.

책상 위의 어떤 것에도 연결되어 있지 않은 전선 하나를 보았다. 라르스는 전선을 노려보았다. 몇 가지 상황이 스쳐 지나갔다.

라르스는 케토간과 벤조…… 또 다른 것도 먹었다. 훌륭한 과다 복용이다. 이 정도의 분량도 그가 원하던 것을 주지는 못했다. 그의 밖에 있는 무언가가 엄청난 압력을 가하는 것 같았다. 적어도 지금의 느낌으로는 그랬다. 움직일 수도, 생각할 수도 없었다. 라르스는 폭발하는 별의 질량보다도 무거웠다. 그때 잉에마르가 다시 나타났다. 이번에는 예테보리 사투리로 농담을 지껄이더니 왼쪽에서 잽을 날리고 페인트 동작을 한 다음 강렬한 라이트 어퍼컷을 날렸다. 눈앞이 새카매졌다.

전화벨이 울며 그를 짙고 소리 없는 어둠에서 끌어냈다. 라르스는 시계를 보았다. 몇 시간이나 잠들어 있었던 게 분명하다. 끊임없이 귀에 거슬리는 소리를 내며 다시 전화벨이 울렸다. 그는 무릎 꿇은 자세로 일어났다. 전화벨이 또 날카롭게 울려댔다. 라르스는 책상을 짚고 일어나 비틀거리며 나무 바닥을 걸었다. 척추 아랫부분과 무릎이 아팠다.

"라르스 빙에?"

"네?"

"저는 군넬 노르딘이에요. 여기는 뤼코슬란텐 요양병원입니다. 안타깝게도 오늘 아침에 어머님이 돌아가셨습니다."

"아…… 안됐군요."

라르스는 전화를 끊고 멍하니 부엌으로 갔다. 뭔가를 찾고 싶었다. 다시 전화벨이 울렸다. 그는 자기에게 필요한 게 뭔지 기억날까 싶어 주위를 둘러보았다. 전화벨이 계속 울렸다. 그는 천장을 올려다보다가 바닥을 내려다본 다음 빙글 돌면서 주위를 보았다. 전화벨이 계속 울렸다. 머릿속이 팽팽 돌았지만 뭘 찾고 있었는지 기억나지 않았다. 전화벨이 계속 울렸다. 그는 수화기를 들었다.

"뤼코슬란텐 요양병원입니다. 저는 군넬 노르딘……."

"네?"

라르스는 자기 발을 내려다보았다.

"방금 드린 말씀을 제대로 이해하셨나 싶어서요."

"네, 엄마가 돌아가셨다고 했잖아요."

뺨이 모기에게 물린 것처럼 가려웠다. 그는 짜증이 나서 손톱으로 세게 긁었다.

"어머님을 모시고 가기 전에 보러 오시겠어요?"

라르스는 손톱을 보았다. 피가 조금 묻어 있었다.

"아뇨, 아뇨. 괜찮아요. 데리고 가세요."

군넬 노르딘은 잠시 말이 없었다.

"오셔서 마무리 지으셔야 할 일이 있어요. 서류에 서명하고, 어머님 물건들을 가져가셔야 돼요. 이번 주 안에 오실 수 있나요?"

"네…… 괜찮을 것 같네요."

라르스는 계속 뭔가를 찾아 돌아다녔다.

"한 가지 더 말씀드려야 할 게 있는데……."

"네?"

"로시…… 어머님께서 스스로 목숨을 끊으셨……."

"아…… 알았어요."

그는 다시 전화를 끊었다. 내가 찾던 게 도대체 뭐였지? 라르스는 냉장고를 열었다. 냉기가 기분 좋았다. 한참 동안 서 있었다. 냉장고 소리가 더 커졌다. 그는 냉각장치를 바라보며 딸각거리는 소리를 들었다. 전화벨이 다시 날카롭게 울리며 그의 평화를 찢었다. 라르스는 자신의 비명 소리를 들었다. 심연에서부터 울려 나오는 비명이었다. 깊은 곳에서 잉태된, 분노로 가득 찬 비명이었다.

"라르스, 어제 무슨 일이 있었던 거야?"

구닐라의 목소리다.

"어제? 제가 아는 한 아무 일도 없었는데요."

"네 차가 불에 탔어."

"제 차요?"

"스톡순드에 있던 사브가 어젯밤 불에 탔다고."

"어떻게요?"

"우리도 몰라. 목격자들 말로는 폭발한 것 같다던데. 집에 몇 시에 갔어?"

"11시쯤요."

"장비는?"

"사브에 놔두고 왔죠. 지금 차는 어디 있어요?"

"테비 경찰서로 끌고 갔어. 거기서 살펴보기로 했지만, 그게 얼마나 오래 걸리는지 알잖아."

그는 몰랐다.

"누가 이런 짓을 했을까, 라르스?"

라르스는 당황한 척했다.

"모르겠어요……. 훌리건? 애들……? 모르겠어요, 구닐라."

"우리가 잃어버린 녹음 분량이 얼마나 되지?"

"그리 중요한 건 없어요. 어차피 제가 전부 다 보내드리고 있었잖아요."

구닐라는 잠시 말이 없다가 전화를 끊었다.

*

엔스는 계속 자고 싶었지만 전화벨 소리가 그치지 않았다. 그는 수화기로 손을 뻗다가 낡은 알람시계를 바닥에 떨어뜨렸다. 언뜻 시침이 보였다. 시침의 위치와 커튼을 뚫고 비치는 햇살을 보니 한낮 같았다.

"여보세요……."

"자고 있었어?"

"아니, 아니, 일어나 있었어."

"이야기 좀 할 수 있어?"

엔스는 생각을 정리하려고 했다. "내가 준 전화로 건 거야?"

"응."

"끊어. 내가 다시 걸게."

그는 두터운 흰 이불을 밀치고 부드러운 카펫에 두 발을 얹었다. 그의 침실은 뭉게구름 속처럼 밝았다. 부드러운 진홍색 그림 하나만 빼놓고 전부 흰색이었다. 그림은 그가 아주 좋아하는 마크 로스코의 추상화 복제본이었다. 엔스는 기지개를 켜고 일어나서 면으로 만든 아이보리색 사각팬티만 입고 방 안을 걸어다녔다. 크고 헐렁하고 버튼이 달린 이 팬티는 터키산 수제품이었다. 이것을 만든 사람에게서 열두 벌을 샀다. 엔스는 자기가 이제껏 산 옷 중 이게 최고라고 생각했다. 그는 부엌으로 가서 서랍을 열고 새 SIM 카드를 꺼내 휴대전화 배터리 밑에 넣었다. 그리고 소피에게 전화를 걸었다. 소피는 전화를 받자마자 말했다.

"어젯밤에 동네에서 차 한 대가 불에 탔어."

그는 아직도 잠기운이 덜 가신 상태였다. "탔다고? 어떻게?"

"12시 반쯤 폭발음을 듣고 자다가 깼어. 알베르트랑 같이 나가 보니 사브가 불에 타고 있었어. 소방차가 와서 불을 껐지."

"사브라고?"

"응."

"이상한 일이네."

"이상한 정도가 아니지……. 너랑 관계있는 일이야?"

"아니."

옌스는 어젯밤 일을 다시 생각해보았다. "나는 그보다 몇 시간 전에 집에 왔어. 그건 너도 알잖아, 내가 말했으니까."

"무슨 일이 있었어?"

"사브에 남자가 하나 앉아 있었어. 경찰이었어. 난 몰래 다가가 사진을 좀 찍으려고 했어. 아무도 모르게 할 계획이었지."

"그런데?"

"일이 계획대로 되는 법은 드물잖아."

"그래서?"

"네 집에 엑토르가 있는 걸 봤어. 그리고 아론이 길을 걸어가고 있더군. 그 남자가 탄 사브 쪽으로 가더라고."

소피는 가만히 듣고 있었다.

"그래서 난 그 경찰을 없애야 했어. 만약 아론이 그 남자를 보고 의심하게 된다면, 그리고 차에서 장비를 발견한다면…… 그러면 어떻게 될지 너도 알겠지?"

"어떻게 했어?"

"사브 안으로 뛰어들어서 차를 운전하라고 시켰어."

"그러고는?"

"몇 블록 지나서 내리고 시내로 돌아왔지."

"그게 다야?"

"응, 그게 다야. 아…… 그의 이름을 알아냈어."

"이름이 뭔데?"

"라르스 빙에."

"어떻게 생겼어?"

옌스는 복도로 나와서 라르스 빙에의 신분증을 꺼내 테이블에 놓고 플래시 없이 사진을 찍어서 전송했다. 잠시 둘 다 말이 없었다. 소피의 숨소리가 들렸다.

"이 사람이야. 어젯밤에 봤어. 차가 불타는 걸 지켜보는 사람들 틈에 있었어."

소피의 말을 듣고 옌스는 놀랐다.

"확실해?"

"응, 그리고 엑토르가 사라졌던 날 볼보를 몰던 사람이 바로 이 사람이야. 다른 데서도 본 적 있는데…… 어딘지는 확실히 모르겠어. 어쩌면 유르고르덴이었을 수도 있어. 이 사람도 널 봤어?"

"아니, 난 운전석 뒤에 숨어 있었어." 옌스는 생각에 잠겼다. "이 사람이 직접 차에 불을 붙인 게 분명해."

"왜?"

"내가 자기 물건을 가져가고 나니 바보가 된 것 같아 그랬을지도 모르지."

"네가 뭘 가져왔는데?"

"전화, 지갑, 총 탄창…… 그리고 차 키. 중요한 건 전부."

"이제 어떻게 되는 거야, 옌스?" 소피의 목소리에 걱정이 가득했다. "경찰이 더 위험한 존재가 된 거야?"

"어쩌면 우리가 운이 좋은 건지도 몰라."

"무슨 말이야?"

"라르스라는 경찰은 이 일을 덮으려고 하는 거야, 아무에게도 말하지 않고. 어쩌면 부끄러운 건지도 모르지. 그래서 차에 불을 지른 거야."

"아닐 수도 있지." 그녀가 조용히 말했다. "네 행동 때문에 일이 더 악화되면 어떡해? 혹시라도 알베르트에게 더 안 좋은 일이 생기면, 그 생각은 해봤어?"

"응, 해봤어. 하지만 네가 경찰과 이야기하는 걸 아론과 엑토르가 알아내는 것보다는 나을 거야. 그게 더 안 좋아."

그때 밖에서 발소리가 들렸다.

"오늘 뭐해?" 옌스는 자기도 모르게 물었다가 바로 후회했다.

"일해."

그는 다른 할 말을 찾으려 했지만 실패했다.

"안녕, 소피."

소피가 전화를 끊었다.

19

사라는 길 건너 카페에 앉아 있었다. 아파트 입구가 보이는 자리, 라르스가 나올 때 볼 수 있는 자리였다. 그녀는 걸어가는 그를 눈으로 쫓았다. 사라는 그가 뭔가 달라 보인다고 생각했다. 어색하게 뻣뻣한 자세였다. 마치 아픈 사람 같았다. 사라는 그가 시야에서 사라질 때까지 기다렸다가 일어나서 밖으로 나온 다음 재빨리 양쪽 방향을 살피고 길을 건넜다. 엘리베이터에서 선글라스를 벗고 거울에 비친 자기 모습을 보았다. 그가 때렸던 곳의 멍이 오른쪽 눈 전체를 덮고 있었다. 푸른색이 거의 초록색으로 변한 부분도 있었다. 끔찍한 모습이었다.

사라는 자기 열쇠로 문을 열고 아파트 안으로 들어갔다. 발치에 뜯지 않은 우편물이 쌓여 있었고, 복도 한가운데 냄비가 가득 쌓인 의자가 있었다. 퀴퀴한 냄새가 났다. 서재에 들어갔다. 어둡고 어지러웠다. 바닥에 지저분한 매트리스가 있었다. 시트는 왠지 몰라도 바닥 한가운데 있었다. 베갯잇 없는 베개에는 얼룩이 져 있었고, 매트리스 옆에 담요가 떨어져 있었다. 오래된 음식이 남은 접시들, 잔들, 휴지 조각들……. 맙소사.

사방에 종이와 사진이 흩어져 있었다. 미친 듯이 쓴 메모로 뒤덮인 벽. 사라는 심호흡하고 의자 하나를 꺼내 앉고는 난장판을 바라보았다. 갑자기 슬픔이 몰려왔다. 그녀가 그토록 좋아했던 남자가 통제력을 잃어버렸다는 것, 이것이 지금 그의 인생이라는 것이 슬펐다. 이 완전한…… 몰락을 보니 슬퍼졌다. 하지만 슬픔은 오래가지 않았다. 연민을 느끼고 싶었지만 그럴 수 없었다. 증오가 느껴졌다. 라르스가 그녀에게 한 일이 그를 증오하게 만들었다. 사라는 소피라는 이름의 여자 사진을 보고, 이름이 엑토르인 것 같은 남자의 사진을 보았다. 이름과 사진 들이 더 있었다. 구닐라, 안데르스, 하세, 알베르트, 아론…… 그리고 이름 없는 남자가 있었다. 그는 스트란드베겐으로 보이는 물가의 벤치에 앉아 있었다. 사라는 벽 여기저기를 보았지만 아무것도 이해할 수 없었다. 그리고 메모들! 온통 글이 쓰여 있었다. 자리가 있는 곳에는 어디든 작은 글씨로 무어라 적어놓았다. 어떤 것은 광적으로 휘갈겨 써놓았다. 어떤 것은 크고 둥글둥글한 글씨로 써놓았다. 쓸 때의 기분에 따라 글씨체가 달라지는 것 같았다.

사라는 컴퓨터를 켰다. 둘이 이 컴퓨터를 같이 쓰던 때부터 비밀번호를 잘 알고 있었다. 숫자를 입력하고 부팅을 기다리며 책상 서랍을 살폈다. 엉망이었다. 원칙 없이 마구 쑤셔 넣은 것 같았다. 가장 아래 서랍에서 꽃을 그려놓은 폴더를 발견했다. 열어보니 A4 용지에 출력한 사진들이 나왔다. 한 여자의 사진이 폴더 하나를 꽉 채우고 있었다. 그녀는 벽을 돌아보았다. 소피였다. 사라는 폴더에 든 것을 훑어보았다. 소피의 이런저런 모습이 수백 장 들어 있었다. 자전거를 타는 소피, 부엌에 있는 소피, 걷고 있는 소피, 정원 일을 하는 소피, 병원으로 보이는 큰 건물로 들어가는 소피, 차를 모는 소피, 그리고…… 자고 있는 소피. 이게 대체……? 잠든 소피 얼굴의 클로즈업 사진. 소피의 침실에 들어가 가까이에서 찍은 게 분명했다. 이건 병이야, 강박증이야.

서랍을 계속 뒤지다 실크 팬티 하나를 발견했다. 사라의 것은 아니었다. 훨씬 비싼 제품이었다. 그녀는 팬티를 다시 집어넣고 메모장을 발견했다. 열어서 훑어보았다. 시……. 라르스의 글씨였다. 꾸밈이 심한, 형편없는 시였다. '여름의 초원……. 가장 깊은 사랑의 우물물에 목말라……. 당신의 아름다운 머리카락에서 따스함이 불어와 세상의 악을 덮네……. 당신과 나, 소피, 둘이서 이 세상과 맞서고…….'

사라는 역겨움을 느끼며 시를 노려보았다. 그사이 컴퓨터는 부팅되어 있었다. 날짜와 이름이 붙은 폴더가 잔뜩 있었다. 하나를 열어보았다. 폴더에는 오디오 파일이 가득했다. 첫 파일을 클릭해보자 스피커에서 소리가 나왔다. 사라는 귀를 기울였다. 처음에는 그냥 잡음뿐이었다. 잠시 후에 나무 바닥을 걷는 발소리가 들렸다. 문이 열리는 소리가 났다. 좀 더 지나자 텔레비전 켜는 소리가 났고 여자 앵커 목소리가 멀리서 들렸다. 그녀도 아는 앵커였다. 별 특징 없는 그 소리를 계속 틀어놓은 채 사라는 일어서서 벽에 붙은 얼굴들을 보았다.

구닐라가 라르스의 상관이라는 것은 그녀도 알고 있었다. 하지만 다른 사람들은? 안데르스와 하세는 동료인지도 모르겠다. 모든 것이 소피에게서 퍼져나갔다. 줄을 따라가며 라르스의 메모를 읽었다. 패턴이 드러나기 시작했다.

"알베르트, 얼른 와, 식사 준비됐어!"

사라는 놀랐다. 목소리는 컴퓨터에서 나왔다. 소리가 선명했고 가까이서 들린 것 같았다. 사라는 찬장에서 접시를 꺼내는 소리를 들었다. 소피일까? 침묵이 이어지다 파일이 끝났다. 그녀는 컴퓨터로 가서 다른 파일을 열었다. 전화로 대화하는 소리였다. 소피가 자기가 아는 사람과 이야기하고 웃으며 질문을 했다. 대화 내용은 가십이었다. 소피가 친구에게 파티에서 바보짓을 한 사람 이야기를 하는 것 같았다. 사라는 다른 파일을 클릭했다. 소피가 남자아이에게 제2차 세계대전에 관한 질문을 했다. 아이는 몰로토프-리벤트로프 조약에 대한 질문만 빼고 전부 답했다. 그녀는 벽에 붙은 10대 소년의 사진을 보았다. 알베르트. 자신감 있고 명민하고 행복해 보였다. 다른 파일을 클릭했다. 오디오에서 음악이 나오는 것이 들렸다. 다른 파일. 알베르트가 친구와 샌드위치를 먹었다. 역겨운 농담과 요란한 웃음이 계속 이어졌다. 다른 파일. 배경 잡음만 들리다가 찰싹 때리는 것 같은 소리가 났다. 소년과 소피의 대화. '강간', '증인', '경찰'이라는 단어들이 들렸다. 사라는 소리에 열심히 귀를 기울인 다음 다시 들었다. 같은 파일을 다섯 번이나 들었다. 맙소사……

그녀는 USB 메모리가 꽉 찰 때까지 오디오 파일을 복사해 넣었다. 카메라를 꺼내 벽, 사진들, 시가 적힌 메모장을 찍었다.

나가기 전에 찍을 수 있는 것은 최대한 찍었다.

*

라르스는 볼보 V70을 다시 타기로 했다. 차는 그가 일주일 전에 세워두었던 집 근처 주차장에 그대로 있었다. 라르스는 끽 소리를 내며 뤼코슬란텐 요양병원 앞에 차를 세웠다. 생각보다 차를 빨리 몰고 있다는 것을 깨닫고 브레이크를 세게 밟았다. 시내에서 무감각하게 과속을 해버렸나? 길에 모래가 덮여 있어서 바퀴가 미끄러졌다. 라르스는 다른 차와 부딪치기 직전에 겨우 차를 멈출 수 있었다. 지나가던 젊은이 두 명이 그에게 엄지손가락을 들어 보였다. 라르스는 한참 망설였다. 같이 엄지를 들어 보이며 응수하기엔 너무 늦었다.

그는 안으로 들어가서 간호사에게 자기가 누구인지 말하고 어머니의 물건을 살피러 왔다고 했다. 간호사는 고개를 끄덕이고 잠긴 문을 열어주겠다고 했다. 라르스는 간호사를 따라갔다. 그녀의 큰 엉덩이에서 눈을 뗄 수 없었다. 간호사가 로시의 방문을 열었다. 라르스는 방 안으로 들어갔다.

"볼일 다 보시면 접수처로 내려오세요. 서명해주셔야 할 서류가 몇 가지 있어요."

라르스는 문을 닫자마자 곧바로 로시가 처방전을 보관해두는 곳으로 가서 전부 꺼냈다. 자노르(신경안정제_역주), 리리카, 소브릴(항불안제_역주), 스테솔리드(진정제_역주), 케토간.

라르스는 처방전을 재킷 안에 넣고 화장실로 갔다. 화장실 찬장에 데폴란(모르핀이 든 진통제_역주)이 있었다. 그 외에 뜯지 않은 리탈린(정신흥분제_역주), 플라스틱으로 포장되어 있는 할시온과 플루스칸드(둘 다 향정신성 신경안정제_역주)도 있었다. 그는 손을 뻗어 제일 위쪽 선반에 있는 병을 집어 라벨을 읽었다. 하이버날(진정제_역주)……. 그는 이 병을 알아보았다. 오래된 것 같았다. 하이버날……. 문득 오래된 기억이 떠올랐다가 떠오른 것만큼이나 금세 사라졌다. 그는 그것들을 전부 주머니에 넣었다. 가운데 선반에도 뭔가 있었다. 칫솔을 꽂아둔 병 뒤에 낡은 병이 또 있었다. 리튬(조울증 치료제_역주). 이건 고전이지……. 문을 두드리는 소리가 났다. 라르스는 화장실을 정리하고 괜히 변기 물을 내렸다.

수염을 기르고 검은 셔츠를 입은 남자가 밖에 서 있었다. 그의 사제복 깃에 달린 작은 흰색 사각형이 빛을 발하고 있었다.

"라르스 빙에 씨? 저는 요한 뤼덴 신부입니다."

라르스는 그를 노려보았다.

"들어가도 될까요?"

라르스는 옆으로 비켜선 다음 신부가 들어오자 문을 닫았다. 그는 친근한 목소리로 말했다. "상심이 크시겠습니다."

라르스는 잠시 후에야 그 말을 이해할 수 있었다. "감사합니다……."

"기분은 어떠신가요?"

기분이 어떠냐고? 기분이 어떠냐고……? 라르스는 자기가 아무것도 느끼지 못한다는 사실 말고는 아무 생각도 할 수 없었다. 하지만 그런 말을 하면 안 되는 거겠지? 그는 신부의 눈을 보았다. 라르스의 안에서 무언가가 자라나기 시작했다. 그에게 편안함을 주는 것이었다. 거짓말. 라르스는 한숨을 쉬었다. "사랑하는 사람이 세상을 떠났는데 기분이 어떻겠습니까……? 공허하고, 슬프고…… 비극적입니다."

요한은 라르스의 말을 이해한다는 듯이 천천히 고개를 끄덕였다. 라르스는 고개를 숙이며 계속 말을 이었다. "기분이 참 이상해요, 어머니를 떠나보내야 하다니……."

라르스가 고개를 절레절레 흔들자 요한은 이해한다는 듯 열심히 고개를 끄덕였다.

"하지만…… 모르겠습니다." 라르스는 조용히 말했다. 자신의 연기가 마음에 들었다.

라르스는 신부의 얼굴을 올려다보았다. 그의 얼굴에선 인간성, 내면의 조화, 신뢰가 뿜어져 나왔다. 망할, 분명히 집에서 거울 앞에 서서 연습하겠지.

"그렇죠, 우리가 어떻게 알 수 있겠습니까, 라르스."

라르스는 슬픈 척했다.

"어머님께서는 스스로 세상을 떠나기로 결정하셨습니다……. 하지만 그것 때문에 부담을 느껴서는 안 됩니다. 편찮으셨고, 지치셨던 거예요. 어머님은 자신의 인생을 사셨습니다."

"가엾은 엄마." 라르스가 속삭였다.

그는 신부의 눈을 보았다. 신부가 자신을 믿는다는 것을 알 수 있었다. 신부는 라르스를……, 그리고 신을 믿었다.

라르스는 뒤돌아보지 않고 뤼코슬란텐을 떠났다. 가장 가까운 약국으로 가서 처방전에 있는 약을 전부 샀다. 카운터 뒤의 늙은 여자가 컴퓨터를 확인하고 이 약을 먹기로 되어 있는 사람이 죽었다는 걸 발견하지 않기를 빌면서. 여자는 확인하지 않았다. 라르스는 새로 흠뻑 취하기 위해 전속력으로 달려갔다.

*

그는 자기 이름을 알폰세라고 소개했다. 젊었다. 스물다섯 살 정도로 보였고, 자신의 일이 엄청나게 재미있다고 생각하는 듯이 자신 있는 미소를 지었다.

"엑토르네." 엑토르는 알폰세와 악수를 하며 말했다.

알폰세는 사무실을 둘러보고는 자리에 앉았다.

"책이 많네요?"

"난 출판사를 운영해."

알폰세는 작은 소리를 내며 미소를 지었다. "출판사라……." 그는 조용히 혼잣말을 했다.

엑토르는 알폰세의 얼굴을 살피며 가족끼리라 닮은 구석이 있다고 생각했다.

"삼촌을 많이 닮았군."

알폰세는 비교당해서 기분 나쁘다는 듯 엑토르에게 과장된 표정을 지어 보였다.

"닮고 싶지 않은데요."

그들은 서로에게 미소를 지었다.

"돈 이그나시오는 어때?"

"아주 잘 지내세요. 얼마 전에 새 비행기를 사서 신 나 있어요."

"그 말을 들으니 기쁘군. 내 안부와 축하를 전해줘." 엑토르는 앉은 자세를 바꾸었다. "날 찾아온 용건을 들어보지. 그러고 나서 자네를 저녁 식사에 초대할 수 있다면 정말 기쁠 것 같은데. 다른 계획이 없다면 말이야."

"고맙습니다, 엑토르. 하지만 오늘은 어렵겠어요. 스톡홀름에 만나야 할 동포들이 잔뜩 있어서요."

"이곳에 얼마나 있을 건가?"

"이 도시에는 제가 꼼짝 못 하는 숙녀가 한 분 있어요. 그분이랑 지낼 거예요. 그 집에서 일어나 그녀와 같이 아침을 먹는 게 얼마나 좋은가 하는 생각이 오늘 아침에 문득 들었어요. 아마도 계획했던 것보다 오래 있을 것 같아요."

"그럼 함께 저녁 먹을 기회가 분명히 있겠군."

"그럼요. 그리고 제가 찾아온 이유에 대해서도 분명 합의점을 찾을 수 있을 거예요."

그들은 서로의 눈을 바라보며 머뭇거렸다. 알폰세의 어조가 달라졌다.

"돈 이그나시오는 걱정하고 있어요." 그는 낮은 목소리로 말했다. "당신이 왜 주문을 안 하는지 궁금해하세요. 파라과이에서 받은 물건이 지금쯤 다 떨어졌을 텐데, 당신이나 당신 아버님이나 한참 동안 연락이 없었잖아요. 그는 모든 게 다 잘 통제되고 있는지 궁금해해요……. 무슨 일이 일어나고 있는지 알고 싶어 하죠. 물론 당신들이 모두 잘 지내고, 아무런 불안 요소도 없다는 걸 확인하고 싶어해요."

엑토르는 시가를 꺼냈다. "공급선에 조금 문제가 있었어."

알폰세는 엑토르가 담배 연기를 들이마시는 동안 기다렸다.

"하이잭 당했어."

"누구한테요?"

"독일인들……."

알폰세는 엑토르를 쳐다보았다.

"정말요?"

엑토르는 연기를 내뿜었다.

"복잡한 이야기야. 이제 막 통제권을 되찾았지만, 일이 정리될 때까지는 그 루트를 잠시 쓰지 않으려고 해."

"얼마 동안이나요?"

"아직은 모르겠군."

알폰세는 고개를 끄덕였다.

"돈 이그나시오는 당신이 잘 지내고 있다는 걸 알면 기뻐할 거예요. 이제 당신이 괜찮다는 걸 나도 알게 되었으니까 말인데요……. 음, 이렇게 이야기하면 되겠네요. 돈 이그나시오는 당신과 합의했다고 생각해요. 그 합의에 따르면, 우리는 비타민을 공급하고, 시우다드델에스테까지 운반해줘요. 지속적으로요. 그런데 왠지 모르지만 그게 중단됐어요. 돈 이그나시오는 이걸 계약 위반이라고까지 하고 싶어 하지는 않지만…… 음, 제가 무슨 말을 하는 건지 이해하시죠?"

엑토르는 기지개를 켰다. "명확하게 약속한 건 아니야. 얼마마다 한 번씩 주문한다고 기간을 정해둔 건 아니지……. 가격을 정했던 거야. 돈 이그나시오는 늘 우리에게서 돈을 받잖아?"

"그건 고맙게 생각하고 있어요, 아주 고맙게."

"우리도 당신들이 사업을 정말 쉽게 해줘서 고맙게 생각해."

알폰세는 멀끔한 차림새에 예의도 발랐다. 미남이고, 남미인다운 굵고 짙은색 머리카락과 날카로운 이목구비를 지녔다. 튀어나온 턱과 광대뼈는 매력적이었다. 여자들은 십중팔구 그에게 반할 것이다. 그의 얼굴에서 떠나지 않는 미소는 느긋한 인상을 주었다. 하지만 엑토르는 그 뒤의 광기를 볼 수 있었다. 엑토르는 아주 먼 곳에서도 광기를 지닌 사람을 알아볼 수 있었다. 알폰세가 문을 열고 들어오는 순간, 엑토르는 보았다. 10년 전 돈 이그나시오 라미레즈를 처음 보았을 때도 광기를 보았다. 그는 광기를 지닌 사람들을 좋아했다. 일종의 공감과 연대감을 느끼게 되기 때문이다. 엑토르는 알폰세가 마음에 든다고 결론 내렸다.

"그러면 문제가 생길 수도 있어요." 알폰세가 말했다.

엑토르는 어깨를 으쓱했다. "그게 왜 문제인지 잘 모르겠군. 난 '일시정지'라고 생각해."

"우리에게 '일시정지'란 없어요. 돈 이그나시오는 자신의 서비스에 대한 답례로 당신의 돈을 받을 거라고 생각하고 있어요. 만약 당신 표현대로 '일시정지'를 하고 싶더라도 우리의 합의 내용에는 변함없어요."

"하지만 그런 합의는 없었다니까, 친애하는 알폰세."

"돈 이그나시오는 합의가 있다고 생각해요. 그리고 그가 그렇게 생각하면 그런 거죠."

엑토르는 잠시 생각했다. "내가 제안할 수 있는 게 있나?"

알폰세는 고개를 가로저었다. "무슨 문제가 있나요? 우리가 도울게 있어요? 그 독일인들이 문제를 일으킨다면 우리가 도움이 될지도 모르죠."

콜롬비아 인들의 도움은 돈이 많이 든다. 엑토르는 알폰세의 제안을 고려해보았다.

"아니, 우리가 감당할 수 있어. 작은 문제야."

"말씀해보세요……."

엑토르는 시가를 피웠다. "알 수 없는 이유로 그들이 끼어들어서 루트 전체를 장악했어. 우리랑 일하는 사람들에게 뇌물을 줬고, 아마 협박도 했을 거야. 그래서 직접 가서 다 되찾아왔지만, 지금은 좀 과열된 상태야. 우리가 사용하던 배 선장이 잠시 쥐죽은 듯 있고 싶어 해."

알폰세는 잠시 상황을 생각해보았다. "그런 경우라면 두 가지 선택지가 있겠네요."

엑토르는 기다렸다.

"당신이 돈을 내고, 우리가 파라과이에 새 물건을 갖다 놓고, 우리가 다음 물건을 배달하기 전에 당신이 옮겨 가는 것."

"그리고?"

"아니면 우리가 당신들의 독일 친구들과 접촉하는 거죠. 당신보다 그들 쪽이 더 사업을 하고 싶어 하는 것 같으니까요."

엑토르와 알폰세는 서로를 저울질했다. 엑토르는 한숨을 쉬었다. 자기가 이렇게 쉽게 함정에 빠졌다는 사실에 미소를 지었다.

"해오던 대로 하자고. 새로 물건을 보내. 돈을 보내지. 시간을 조금만 줘."

알폰세는 몸짓으로 감사의 뜻을 표했다.

"그래, 스톡홀름에서 동포들과 뭘 하며 시간을 보낼 생각이야? 조언이 필요한가?" 엑토르가 물었다.

"아뇨, 친구들이 벌써 레스토랑을 예약해뒀어요. 식사하러 갈 거예요." 알폰세는 손목시계를 보았다. "그리고 춤추러 클럽에 갈 거예요. 클럽 이름은 기억나지 않네요. 혹시 같이 가실래요?"

"고맙지만 난 다른 곳에 갇혀 있어야 해."

"제가 돌아가기 전에는 우리 비즈니스를 끝낼 수 있겠죠?"

"자네 편할 때 언제든."

알폰세는 잠시 엑토르를 물끄러미 보았다. "당신은 좋은 사람 같군요, 엑토르 구스만."

"자네 역시, 알폰세 라미레즈."

알폰세는 엑토르의 사무실에서 나와 거리로 나선 다음 오른쪽으로 걸었다. 하세 베릴룬드는 그 스타일리시한 콜롬비아 인이 조금 앞서 걷도록 놔두었다가, 일어서서 방금까지 보던 신문을 접고 그를 따라갔다.

*

구닐라의 주머니에서 휴대전화가 울렸다. 화면에 뜬 번호는 낯선 번호였다.

"네?"

"구닐라 스트란드베리인가요?"

"누구시죠?"

"제 이름은 사라 욘손이에요. 당신을 만나고 싶어요."

"우리 서로 아는 사이인가요?"

"그렇지 않아요. 제 전 남자친구가 당신 밑에서 일해요."

"네?"

"라르스 빙에…… 아시죠?"

아하. 사라 욘손……. 구닐라는 그녀가 글 쓰는 사람이라는 걸 알고 있었다. 라르스가 면접 중에 이야기한 적 있었다. 구닐라는 그녀의 신원을 확인해본 적이 있다. 사라 욘손, 프리랜서 저널리스트, 주로 문화 방면을 다루고, 아직 자신의 책을 출판해본 적은 없다.

"아, 네. 무슨 일이 있으신가요?"

"네."

"무슨 이야기인데요?"

"만나서 이야기를 나누고 싶어요."

구닐라는 그녀의 어조를 분석해보았다. 불안하고 긴장된 목소리다. 그녀는 어설픈 단호함으로 불안함을 숨기려 했다.

"그럼 어디서 만날까요, 사라?"

"유르고르덴 섬에서 만나죠."

"좋아요……. 언제요?"

"한 시간 후에요."

"그렇게 빨리?"

"네."

"그럼 이따 봐요."

구닐라는 전화를 끊으며 미소를 지었지만, 미소는 떠올랐던 것만큼이나 빨리 사라졌다.

에리크와 구닐라는 베르스후셋 호텔 레스토랑 앞에 차를 세웠다.

사라 욘손이 밖에서 기다리고 있었다. 그녀는 싸구려 기성복 브랜드에서 파는 색이 바랜 블라우스를 입고, 짙은색 선글라스를 쓰고, 무릎까지 오는 스커트를 입고 있었다. 깜박 잊고 제모하지 않은 듯 다리털이 자라 있었고, 감지 않은 머리를 대충 묶었다. 악수를 하는 사라의 손은 차갑고 축축했다. 불안해하는 것이 눈에 띄게 드러났다. 선글라스가 가려주는 것은 일부에 불과했다.

"사라, 들어가서 앉을까요?" 구닐라가 물었다.

"아뇨, 걷는 게 나을 것 같아요."

그들은 운하 위의 작은 다리 쪽으로 걷기 시작했다.

"라르스랑 동거한 지 얼마나 됐어요?"

"이젠 같이 안 살아요."

"그렇군요."

사라의 마음은 다른 곳에 가 있었다. 구닐라와 에리크도 그걸 느낄 수 있었다. 둘은 재빨리 시선을 주고받았다.

"무슨 얘기부터 해야 될지 모르겠어요." 사라는 육교를 건너고 나서 말했다.

구닐라는 끈기 있게 기다렸다.

"라르스가 변했어요."

"어떻게요?"

"모르겠어요. 그건 중요한 게 아니지만, 그래서 저는 그 이유를 찾기 시작했어요."

사라는 지금도 불안해하고 있었다.

"라르스는 지금도 당신 밑에서 일하죠?"

구닐라는 고개를 끄덕였다.

"그러면 외근이 많다는 걸 아실 거예요. 밤에 일하고, 낮에 자고…… 저랑 멀어졌어요."

"근무 시간을 바꿔달라는 이야기인가요?"

사라는 고개를 가로저었다.

"그런 이야기가 아니에요. 말씀드렸듯이, 지금은 같이 살지 않아요……."

그녀의 목소리에서 아픔이 느껴졌다.

"물어봐도 괜찮을지 모르겠는데, 왜 같이 살지 않게 된 건가요?"

사라는 멈춰서서 구닐라를 돌아보고 선글라스를 벗었다.

"어쩌다 그렇게 된 거죠?"

"왜일 것 같아요?"

구닐라는 그녀의 멍든 눈을 살폈다.

"라르스가……?"

사라는 대답하지 않고 다시 선글라스를 쓰고 계속 걸었다.

"라르스의 물건들을 뒤져봤어요. 사적인 물건들을요. 그 사람이 왜 변했나 알고 싶어서요."

구닐라는 사라의 이야기에 귀를 기울였다.

"살펴볼수록 그가 뭔가 정상에서 벗어난 일을 하고 있다는 걸 깨달았어요. 어떻게 표현해야 할까요? 자기 직권을 벗어난 일을 하는 것 같아요."

"무슨 뜻인가요?"

"어떤 일이 벌어지고 있는지 알 것 같다는 말씀이에요."

"아, 그럼 어떤 일이 벌어지고 있는 거 같나요?"

땅을 보며 걷던 사라가 고개를 들었다.

"전 저널리스트예요."

"네, 알아요."

"저널리스트로서 저는 권력 남용을 알릴 의무가 있어요."

구닐라는 한쪽 눈썹을 치켜올렸다.

"우와, 아주 고결한 정신이네요."

사라는 심호흡했다. "난 당신들이 뭘 하는지 알아요. 당신들은 사람들을 도청하고, 협박하고, 스토킹해요."

"음, 당신이 무슨 말을 하는지 잘 모르겠는데요."

"소피 말이에요. 엑토르 말이에요."

사라는 큰 그림은 전혀 몰랐다. 아는 것은 이름들, 파일을 들으며 알아낸 흐릿한 정보뿐이었다. 도청을 하고 있다는 것을 알고, 경찰 기록에서 구닐라의 예전 사건 정보를 찾아보긴 했지만 그 이상은 몰랐다. 하지만 자기가 얼마나 아는지 구닐라가 알게 하지는 않을 것이다. 이것은 그녀의 특종이다. 이번 일이 그녀를 끝도 없이 지루한 문화면보다 더 나은 곳으로 들여보내줄 것이다. 그녀는 정의의 편에 서는 폭로 기자가 될 것이다. 시민들에게 권력을 남용하는 사례를 폭로할 것이다. 그게 더 자기에게 맞는 것 같았다. 이게 더 사라 욘손다운 일 같았다.

구닐라는 놀라움을 감추고 말했다. "저희가 여러 사건을 수사하고 있다는 것, 그중 일부는 극비 단계에 있다는 것은 말씀드릴 수 있어요. 그리고 거기에 관한 정보를 누출하는 것은 범죄에 해당합니다. 정보를 원하신다면 드릴 수 있지만, 그건 때가 되었을 때의 일이지 우리 수사와 형사들을 위험하게 할 수 있을 때는 아니에요."

사라는 다음 카드를 꺼냈다. "알베르트. 증인. 경찰. 강간. 개는 겨우 열다섯 살이에요!"

구닐라는 사라를 노려보았다. 사라는 그녀의 얼굴에서 반응을 찾아보았다. 추측이 맞았나? 맞았는지도 모르겠다.

"뭐라고 하셨죠?"

"제 말씀 들으셨잖아요."

에리크가 수습하려고 나섰다. "저희는 지금 한창 사건을 수사하는 중입니다. 최고 단계의 보안을 유지하고 있어요. 이번 수사에는 아주 민감한 부분들이 있어요. 무엇을 보고 들으셨든 간에, 저희가 허가를 내드리기 전까지는 아무것도 발표하지 않고 혼자만 알고 계셔야 해요."

사라는 침묵을 지켰다. 제대로 찍었다는 감이 왔다. 구닐라의 눈만 뚫어져라 바라보았다.

"도청, 불법 감시, 소피⋯⋯. 대체 뭘 하시려는 거죠?"

구닐라는 눈에 슬픔 비슷한 것을 담고 사라를 보았다.

"네?" 사라의 불안은 가라앉았다. 사라는 결정타를 꺼냈다. "파트리시아 노르스트룀. 이 이름을 듣고 생각나는 게 있나요?"

구닐라는 무표정한 얼굴을 지키려 했지만 어색하고 부자연스러운 미소를 짓고 말았다.

"파트리시아 노르스트룀은 5년 전에 사라졌어요. 당신이 그녀를 수사에 동원했을 때의 일이죠. 기록을 보면 그녀가 사라진 게 경마장의 왕이라 불리던 스텐코와 연관 있다는 증거는 전혀 없어요. 하지만 바로 당신이 그녀를 동원했을 때 사라졌다고요. 이제 소피가 그렇게 될까요? 소피도 사라질까요?"

사라는 모든 것을 걸고 도박을 하고 있었다. 그녀는 자기가 무슨 말을 하고 있는지도 몰랐다. 뭔가 구린 데가 있다는 것만 알 뿐이었다. 라르스가 이 사건에 투입되었을 때부터 이상했다. 순경에서 하룻밤 만에 국립범죄센터로 옮기는 것부터가 있음 직하지 않은 일이다. 그리고 라르스는 완전히 다른 사람이 되었다. 그것도 마찬가지로 있음 직하지 않은 일이다.

구닐라는 사라에게서 눈을 뗄 수 없다는 듯한 얼굴로 힘겹게 돌아서더니 걸어가버렸다. 에리크는 놀란 채로 그녀를 따라갈 수밖에 없었다.

주차장에서 차를 빼고 시내로 돌아가는 내내 구닐라는 언짢은 기색이었다.

"멍청한, 멍청한 여자 같으니." 그녀가 혼잣말을 했다.

운전을 하는 에리크는 아무 말도 하지 않았다.

"왜 지금에서야 끼어든 거지?"

에리크는 그녀가 대답을 원하지 않는다는 것을 알고 있었다.

"이해하지 못하는 걸까?"

구닐라는 정면을 보고 있었다.

"또 이렇게 되는 거야?"

그들은 카크네스 텔레비전 타워를 지났다.

"어떻게 그걸 다 알아낸 거지?" 구닐라는 한숨을 쉬고 깊은 생각에 잠겼다. "젠장."

"그런데…… 파트리시아 노르스트룀. 그건 어떻게 알았을까?" 에리크가 말했다.

구닐라는 차양판을 내렸다. "그건 경찰 기록에 나와. 내가 지워버릴 수 없었던 세부 사항들이 좀 있어. 그걸 어떻게 구했는지는 모르 겠어. 보여달라고 그냥 요청했을 수도 있지. 하지만 상관없어. 그 여 자는 알아내서는 안 되는 걸 알아냈어."

"라르스가 도와줬을까?"

"몰라, 그건 아닐 거야⋯⋯. 라르스가 사라에게 무슨 짓을 했는지 는 너도 봤잖아."

구닐라는 잠시 생각했다. "파트리시아 이야기를 하기 전에 무슨 얘길 했지?"

"도청."

"그 전엔?"

"알베르트."

"알베르트 일은 어떻게 안 걸까?"

에리크는 대답할 수 없었다.

구닐라는 한숨을 쉬고 선바이저를 올렸다. "라르스는 좀 더 두고 보자. 평소처럼 거리를 두자고. 하지만 사라는⋯⋯."

에리크는 스트란드베겐으로 차를 돌렸다.

"하세가 움직여야 될 때인지도 몰라." 구닐라가 말했다.

에리크는 같은 생각이라고 작게 말했다.

"젠장." 그녀는 다시 혼자 속삭였다.

＊

랄프 한케는 기분이 아주 나빴다. 이럴 때면 보통 그렇듯, 그는 뜻을 알 수 없는 침묵을 지켰다. 그의 주위에 있는 사람들은 모두

고압전선에 흐르는 전기를 느끼듯 그의 기분을 눈치채고는 그와 거리를 두었다.

그는 7층 전망창으로 뮌헨 중심가를 내려다보았다. 안개가 자욱했다. 회색 구름의 아랫부분이 그와 거의 같은 높이에 있었다. 몇 층 더 올라가면 아무것도 보이지 않을 것이다. 사실 안 보이는 게 더 나을지도 모른다. 생각을 정리할 수 없을 때면 그는 일어서서 이 풍경을 멍하니 바라보곤 했다. 딱히 뭔가를 본다기보다는 세상이 자기 밑에 있을 때 생각이 더 잘되기 때문이다. 오늘 그는 카디건을 입고 있었다. 카디건을 즐겨 입지 않았지만 입을 때의 느낌은 마음에 들었다. 양복을 입지 않아서 더 자유로운 기분이 들기 때문인지도 모른다. 그러나 카디건이 미치는 다른 영향도 있는 듯했다. 랄프는 카디건을 입으면 묘한 기분이 되곤 했다. 생각이 더 또렷해지고, 마음은 더 차가워지고, 오늘처럼 더욱 분노를 느꼈다. 그리고 그렇게 화난 마음으로 또렷하고 차가운 생각을 하면 인생의 여러 결정이 훨씬 쉬워졌다.

인터폰이 울렸다.

"한케 씨?"

비서의 차분한 목소리가 실내에 울렸다.

"겐츠 씨가 오셨습니다."

사무실 문이 열리고, 롤란트 겐츠가 들어와서 쪽모이 세공이 된 바닥을 가로질러 안락의자에 앉고는 가방에서 서류를 꺼냈다. 그들은 절대 서로 인사를 하지 않았다. 한 번도 인사를 나눈 적이 없었다. 무례해서가 아니라 일할 때의 그들은 이런 사람들이라는 암묵적인 합의가 있기 때문이었다. 잡담 따위 나누지 않는 사람들.

랄프는 창가에서 움직이지 않았다. 고민거리에다 칙칙한 날씨까지 겹치니 술 생각이 났다. 그는 뮌헨을 굽어보았다.

"한잔하겠나?"

서류를 보던 롤란트가 그의 말에 놀라서 시선을 들었다.

"우리가 낮술을 끊은 게 언제지?" 랄프가 물었다.

롤란트는 잠시 생각해보았다. "1990년대 같은데요…… 넥타이를 안 매게 됐을 무렵이었던 것 같군요."

랄프는 책상으로 걸어갔다.

"두 가지 다 잘한 짓이군." 그는 한숨을 쉬며 말하고는 앉았다.

"어때, 롤란트?"

"좋습니다. 안 될 것 있나요."

랄프는 인터폰을 눌렀다.

"바그너 부인. 싱글몰트 두 잔, 얼음 없이 주세요."

"네, 한케 씨."

랄프는 양손을 깍지 끼고 차분한 자세로 앉았다. 롤란트는 서류를 넘겨보았다.

"영국의 쇼핑몰 세 곳의 돈은 들어왔어요. 함부르크의 다리 프로젝트는 아직 문제가 있고……. 유압기계 때문인데, 시간이 좀 걸릴 겁니다. 미국인들과 계약하는 건은 궤도에 올랐지만 끈기 있게 기다려야 합니다. 다들 끼고 싶어 하는 일이거든요."

랄프는 제대로 듣고 있지 않았다. 그는 의자를 돌려 다시 창밖을 바라보았다. 롤란트는 뒤에서 계속 이야기했다. 몇 분 후 랄프가 그의 말을 끊었다.

"그건 그렇고…… 스웨덴은 어떻게 되어가지?"

"스웨덴? 달라진 건 없어요."

"새로운 소식은?"

롤란트는 잠시 생각해보았다. "미하일의 파트너가 병원에 입원했습니다……."

"그놈이 불까?"

롤란트는 고개를 가로저었다. "아뇨."

"어떻게 알아?"

"미하일이 그러더군요."

"그놈들, 요즘 아주 조용해."

롤란트는 대답하지 않았다.

"그리고 그 중개자, 총 주인은?"

롤란트는 앉은 자세를 바꾸었다. "제 생각을 말해도 될까요?"

랄프는 뮌헨을 보았다. "말해."

"그냥 다 없었던 일로 하면 안 될까요? 그 일이 다른 사업을 방해하고 있어요. 하루하루 지날 때마다 위험 요소가 커지고 있고…… 그리고 프로젝트로 봤을 때는 별 의미도 없습니다. 그냥 이 일은 포기하고 정말 중요한 일에 집중하면 안 될까요?"

랄프는 의자를 돌려 롤란트를 보았다. "우리가 매수한 사람 이름이 뭐지?"

롤란트는 랄프가 자기가 한 말을 듣기는 했나 궁금했다. "카를로스. 카를로스 푸엔테스입니다."

"그게 누구지?"

"레스토랑을 몇 개 가지고 있는데, 별로 중요하지는 않아요. 엑토르를 비호해주는 사람인데, 정확히 어떻게 하는지는 모릅니다."

"그놈을 좀 더 써먹자."

"더는 못 쓸 것 같아요."

"왜?"

"미하일과 파트너가 덮칠 수 있도록 엑토르를 레스토랑에 부른 게 카를로스입니다. 놈들은 그게 우연이라고 생각할 정도로 멍청하지는 않아요."

"죽었어?"

롤란트는 어깨를 으쓱했다. "그럴지도……."

문에서 작은 노크 소리가 났다. 바그너 부인이 바닥이 두꺼운 위스키 잔 두 개를 쟁반에 얹고 들어왔다. 그녀는 술잔을 내려놓고 나갔다.

그들은 당장 마시지 않고 향부터 맡았다. 랄프가 먼저 마셨고, 롤란트도 마셨다. 두 사람은 술을 삼키고 입안에 남은 뒷맛을 즐겼다. 위스키가 가장 맛있는 순간은 이때다. 잘못된 기억, 인간의 손을 벗어난 곳에 있는 것에 대한 극적으로 아름다운 감정을 불러일으키는 맛. 낭만적인 사람 중 술 때문에 파멸하는 부류가 있는 것은 어쩌면 이것 때문인지도 모른다. 그들은 잔을 내려놓았다.

"우리가 스페인에 아는 사람이 있나?" 랄프가 물었다.

"무슨 말이죠?"

"스페인에 미하일 같은 사람이 있어?"

롤란트는 고개를 가로저었다. "아뇨."

"좀 알아봐. 거기에 붙박이를 두고 싶어. 연락하면 바로 행동할 수 있는 사람."

"어째서요?"

"완력이 필요할 때를 위해서. 두세 명쯤이면 좋을 것 같아."

"저는 반댑니다." 롤란트가 조용히 말했다.

랄프는 대답하지 않았다. 뮌헨 중심가의 소리가 그들 아래서 들려왔다.

"그 여자는 어때? 그 여자는 누구고, 우리가 아는 건 뭐지?"

"아무것도……. 그냥 여자예요. 더 자세히 알아볼까요?"

랄프는 잔을 들며 생각했다. "응, 그렇게 해."

20

휜 모란이 막 핀 참이었다. 비현실적으로 아름답고 커다란 봉오리였다. 좌우대칭이 완벽했다. 마치 꿈 같았다. 토미 얀손은 모란을 보았다. 그는 희게 칠한 구닐라의 나무 의자에 앉아 있었다. 장미와 클레마티스 향이 나는 정원 한구석의 정자에는 테이블이 차려져 있었다.

토미 얀손은 국립범죄센터 정보부장이었다. 구닐라는 지난 14년간 정보부 소속으로 일해왔다. 미국 차를 몰고 357구경 권총을 찬 늙은 터프가이인 그는 공식적으로 그녀의 상관이었다. 삶을 대하는 그의 자세는 어린아이 같았지만, 일을 대하는 그의 자세는 철저히 프로다웠다. 구닐라는 그를 상관으로서 높이 평가했고, 친구이자 동료로서도 높이 샀다.

구닐라는 갓 구운 시나몬번 접시를 내려놓았다. 토미는 그녀가 맞은편에 앉을 때까지 기다렸다.

"다들 자네를 엄마라고 부른다고 들었네."

구닐라는 미소를 지었다. "누가 그래요?"

"자네 동생이. 자네들 일이 어떻게 되어가나 알아보려고 오는 길에 전화했어."

그녀는 좀 더 편한 자세로 앉았다. 구닐라는 토미의 잔에 차를 따랐다. 그는 한 모금 마시고 말을 이었다.

"이제 시간이 좀 지났어. 사람들이 궁금해하고 있다네."

"네?"

"검사가 자네들이 자료 넘기기를 기다리고 있어."

"제가 어떤 식으로 일하는지 아시잖아요, 토미. 확실해지기 전까지는 아무것도 넘기고 싶지 않아요. 그래야 스트레스 쌓인 검사가 오해하고 자료를 잘못 사용해서 사건이 흐지부지되는 일이 없죠."

"알아. 하지만 날 들볶는 사람들이 있다네. 계속해서 자네를 감싸줄 순 없어."

새들이 나무에서 지저귀고 있었다. 아주 조용한 동네였다. 그녀는 토미를 응시했다.

"절 감싸주신다고요?"

"무슨 말인지 알잖나."

"아니요, 모르겠는데요."

토미는 그녀를 보았다. "검사만 그러는 게 아니야. 다들 자기 생각을 떠벌리고 다녀. 모두들 불안해한다고."

"베리트 스톨 말이에요?"

토미는 고개를 끄덕였다.

"뭐라고 하는데요?"

"정말 알고 싶나?"

구닐라는 답하지 않았다. 토미는 편한 자세를 찾아 나무 의자에서 몸을 움직였다.

"내가 왜 그렇게 자네의 재량권을 인정하는지 이해할 수 없다고들 하더군."

"그래서 뭐라고 대답하셨어요, 토미?"

"늘 하던 말을 했지. 내 부하 중에는 자네가 최고라고."

"그러니 뭐라던가요?"

토미는 차를 한 모금 마셨다. "그걸 뒷받침할 증거가 없다더군."

"뭘 뒷받침해요?"

"최근 15년간 자네가 맡았던 사건들을 전부 살펴봤는데, 유죄 판결로 이어진 확률이 평균보다도 한참 밑이라고 하더라고."

구닐라는 한숨을 쉬었다. "제 말이 그 말이에요. 또 뭐라던가요?"

"그게 다야."

"아닐 텐데요."

구닐라는 토미에게서 눈을 떼지 않았다. 토미는 시선을 떨어뜨렸다. "자네가 독자적으로 팀을 꾸리고, 감독을 받지 않고, 따로 떨어진 곳에서 일하는 이유가 몇 년 후에 경찰청 조직이 바뀔 때 자네가 담당할 수 있는 조직을 만들기 위해서라고 하더군."

"그렇군요. 또?"

토미는 어깨를 으쓱했다.

"베리트 스톨의 말일 뿐이야."

"제게 야망이 있다고 하던가요?"

토미는 한숨을 쉬었다. "그 여자 말에 신경 쓰는 사람은 아무도 없어……. 아직은 말일세. 하지만 그 여자가 계속 시끄럽게 굴면 사람들이 불안해질 거고, 불안해지면 다들 이것저것 물어보게 되겠지." 토미는 낮은 목소리로 이야기를 이었다. "구닐라, 자네가 만약 곤경에 처해 있다면, 자네가 원하는 만큼의 정보를 알아내지 못했다면 내게 말해주겠나. 난 전에 자네를 보호해준 적이 있고, 앞으로도 보호해줄 걸세. 하지만 만약 자네가 나한테 탁 터놓고 말하지 않았다는 걸 알게 된다면……."

"걱정 마세요." 구닐라가 조용히 말했다.

그는 손가락으로 귀를 문질렀다. "걱정하는 게 아니라……."

그녀는 미소를 지었다. "걱정하고 계시잖아요."

토미는 대답하지 않았다.

"그냥 우리가 처음에 합의했던 대로 해요, 토미."

"뭐라고 합의했는데?"

"전 보고하지 않아도 된다고요."

"내가 언제 보고서 받으러 왔다고 했나?"

"그러면 왜 오신 거예요? 빵 드시려고?"

"응, 빵 먹으러."

두 사람 다 미소를 짓지 않았다. 토미는 대화 내용을 다시 생각해보았다. 구닐라는 그와 비슷한 면이 많다. 두 사람은 비슷한 방식으로 생각하고 의견도 비슷했다. 물론 보고서를 언제 제출하라는 그런 이야기를 하지는 않았다. 두 사람 사이엔 이야기할 필요가 없는 일들이 많았다. 그들은 서로의 사고방식이 비슷하다는 걸 알고 있었다. 둘 다 이러지도 저러지도 못하고 있는데 토미가 침묵을 깼다.

"자네가 현재 어떤 상황에 있는지, 언제쯤 수사 결과를 통해 우리에게 확고한 증거를 줄 수 있는지 알고 싶네. 그리고 필요한 게 있다면 언제든 알려주게."

구닐라는 오싹해졌다. "이 개자식."

그는 못 들은 척했다. "뭐라고?"

"뭘 하려는지 알겠어요. 당신은 실패할 거예요."

"무슨 말이야, 구닐라?"

"만약 지금 정보를 얻어내서 나 대신 다른 사람을 그 자리에 앉힐 수 있다고 생각한다면 오산이에요."

토미는 고개를 가로저었다. "난 자네를 자르려고 온 게 아니야."

"그런 뜻은 아니었어요. 하지만 난 당신 속셈을 알아요."

"그래, 내 속셈이 뭔데?"

"자기 자리를 지키려는 거죠. 정보를 모으고, 만약 당신 뜻대로 되어가지 않으면 나 대신 다른 사람을 앉히겠죠. 전에도 그러는 걸 봤어요."

토미는 화가 나기 시작했다. "이봐, 이런 장난질은 그만두지."

"당신이 그만둬요, 토미. 진심이에요. 난 바뀌지 않을 거예요. 우린 합의했잖아요. 그 누구도 그걸 바꿀 순 없어요……. 베리트 스톨은 물론이고요."

"아, 그 여자는 그냥 무시하게."

구닐라는 겨우 긴장을 풀었다. "고마워요……."

그는 고개를 가로저었다. "아니, 고마워할 필요는 없어. 그런데 자네는 우리가 합의한 내용을 오해하고 있는 것 같아."

근처 정원에서 아이들이 웃는 소리가 들려왔다.

"무슨 말씀이시죠?"

"이 일이 나와 다른 상관들에 대한 거란 부분 말일세."

구닐라는 대답하지 않았다. 토미는 그녀를 뚫어져라 보았다. "자네는 지금 곤란한 입장이야."

그녀는 코에 주름을 잡았다. "그게 무슨 말씀이죠?"

"그렇지 않나?"

그녀는 고개를 가로저었다. "아니에요."

그들은 여러 해 동안 비슷한 대화를 수백 번이나 나누었다. 기본적으로 늘 같은 주제를 뱅뱅 도는 이야기였다. 토미는 통제하고 싶어 했고, 구닐라는 통제권을 넘겨주고 싶지 않았다.

"모니카는 어떻게 지내요?" 구닐라는 한층 부드럽게 물었다.

토미는 정원을 보았다. "잘 지내. 아직은 드러난 증상이 없어."

"의사들은 뭐라고 해요?"

그는 그녀의 눈을 보았다. "모른다고 해. 하지만 알고 있겠지."

"그러면?"

토미는 목소리를 낮췄다. "모니카는 병에 걸렸고, 루게릭 병은 불치병이고, 곧 증상이 나타날 거란 뜻이지."

구닐라는 그의 기분이 좋지 않다는 것을 알 수 있었다. 그는 찻잔 바닥을 보았다. "최악인 게 뭔지 아나?"

구닐라는 고개를 가로저었다.

"모니카보다도 내가 더 겁이 나."

다시 침묵이 내려앉았다. 벌레가 윙윙거리는 소리, 나무에 부는 바람 소리, 새들의 노랫소리만 들렸다. 토미는 찻잔을 비우고 테이블에 내려놓은 뒤 일어섰다. 그는 다시 상관이 되어 있었다.

"내가 자네 뒤를 봐줄 걸세, 구닐라. 하지만 도움이 필요하면 꼭 얘기해."

토미는 정자에서 나가 대문으로 걸어갔다. 그녀는 그의 등을 지켜보았다. 땅벌 한 마리가 그녀 뒤에서 맴돌았다.

*

새벽 2시 반이었다. 라르스는 테라스 문을 땄다. 쉽게 열렸다. 그는 신발을 벗고 양말만 신은 채 거실 안으로 두 걸음 들어갔다. 이 세상 모두가 잠들어 있었다. 먼저 이곳에 하러 온 일을 했다. 소파 뒤의 스탠드로 살금살금 가서 안데르스가 달아둔 작은 실 같은 마이크를 찾아내 엄지와 검지로 조심스럽게 떼어냈다. 그러고 나서 주머니에 넣어온 작은 비닐봉지에 마이크를 넣고는 테라스 문 쪽으로 물러났다. 그때 갑자기 무언가 떠올라 멈춰섰다. 언어의 형태로 떠올랐다기보다 느낌에 가까웠다. 그녀가 저 위에 누워 있다는 느낌이었다.

라르스는 위층으로 올라갔다. 말 그대로 이끌리듯 가게 된 것이었다. 조용히, 조심스럽게, 살금살금 올라갔다. 소피의 방문은 조금 열려 있었다. 라르스는 문틈에 귀를 대고 들어보았다. 안에서 낮고 부드러운 숨소리가 들려왔다. 천천히 문을 밀어 열었다. 소리는 조금도 나지 않았다. 조심스럽게 한 걸음을 내디뎠다. 그는 카펫 위에 섰다.

그녀는 누워 있었다. 지난번과 거의 같은 자세였다. 똑바로 누워서 베개 위에 머리칼을 흐트러뜨린 채, 불과 몇 미터 앞에 누워 있었다. 문득 궁금해졌다. 내가 여기서 대체 뭐하고 있는 거지? 라르스는 돌아서려고 했지만 움직일 수 없었다. 그는 그녀를, 그녀의 아름다움을 물끄러미 보았다. 내면에서 갈망이 자라나는 것이 느껴졌다. 의문은 사라졌다. 라르스는 그녀 옆에 웅크리고 눕고 싶었다. 기분이 좋지 않다고 그녀에게 말하고 싶었다. 어쩌면 그녀는 그를 달래줄지도 모른다. 갑자기 무슨 소리가 나서 그는 환상에서 깨어났다. 푸드덕거리는, 작지만 명확한 소리였다. 소리는 커튼 뒤에서 났다. 나방이었다. 나방은 벗어나고 싶어 괴로워하며 희미한 가로등 불빛을 향해 유리에 날개를 부딪치고 있었다.

라르스의 맥박과 호흡은 차분했다. 그는 무릎을 꿇고 아주 천천히 소피를 향해 기어갔다. 조심해서, 조심해서 조금씩 다가갔다. 곧 그녀의 체취를 맡을 수 있을 것이다. 성기가 딱딱해졌다. 그는 그녀의 입을 손으로 덮는 상상을 했다. 그리고 그녀의 위로 올라가서……. 안 돼, 그렇게 해서는 안 돼. 라르스는 자기 자신을 저주했다. 하지만 확 해버릴 수도……. 안 돼, 그러면 안 돼……. 해도 될까? 그런 생각을 떨치려고 해봤지만, 평소처럼 이번에도 충동이 라르스 빙에를 압도했다.

그는 조심스럽게 무릎을 꿇으며 바지 버튼을 풀고 지퍼를 내린 다음, 왼손을 집어넣었다. 그러고 싶지 않았지만 도저히 참을 수 없었다. 라르스는 눈을 감고 상상 속에서 소피와 사랑을 나누었다. 그녀는 신음하며 그의 이름을 불렀고, 더 해달라며 그의 등을 쓰다듬었고, 그를 사랑한다고 말했다. 나방의 날개가 창문에 부딪쳤다. 라르스는 바지 안에 사정하면서 허공에 키스했다. 뒤따르는 공허한 기분이 그를 완전히 소진시켰다.

라르스는 조심스레 계단을 내려와 거실을 가로질러 들어왔던 길로 다시 나갔다.

*

두 사람은 서로를 볼 수도 없었다. 안데르스는 손을 축 늘어뜨리고 있었고, 하세는 숨을 쉴 때마다 한숨을 쉬었다. 그들은 바스투가탄에 세워둔 안데르스의 혼다에 앉아 있었다. 하세가 침묵을 깼다.

"이런 거 전에 해본 적 있어?"

안데르스는 밤거리를 바라보다 고개를 끄덕였다.

"어때?"

안데르스는 자세히 이야기하고 싶지 않았다.

그는 주머니 속을 더듬었다. 흰 알약을 꺼내 하세에게 내밀었다.

"이게 뭐야?"

"이거 먹으면 나아질 거야. 두 알 먹어."

"난 알약은 절대 안 먹어."

"너 바보야 뭐야?"

하세는 그의 말을 이해할 수 없었다.

"뭐?"

"먹으라고!"

안데르스는 소리를 지르고는 한숨을 쉬며 계속 문에 몸을 기대고 밤거리만 쳐다보았다. 하세는 약을 받아 삼켰다. 시간이 천천히 흘렀다. 두껍고 묵직한 벽을 통과하듯 서서히 움직였다. 마치 그들을 괴롭히고 싶어 하는 것 같았다. 어쩌면 그들에게 선택의 여지를 주려는 것 같기도 했다. 안데르스는 이런 느낌이 싫었다. 그는 가만히 있을 수 없어 시계를 보았다. 약속 시간 5분 전에 그는 차 문을 열었다.

"가자."

두 사람은 차에서 나와서 출입구에 비밀번호를 입력하고 건물로 들어갔다. 돌계단을 올라갔다. 문에는 '달'이라고 쓰여 있고 밑에 'S. 욘손'이라고 쓴 종이가 붙어 있었다. 무슨 소리가 나지 않나 귀를 기울인 다음 안데르스가 문을 따기 시작했다. 그는 떨지도 않고, 주저하지도 않았다. 약 기운이 온몸에 퍼지고 있었다. 문이 열렸다. 두 사람은 다시 한 번 인기척을 죽이고, 나서는 안 될 소리가 나지는 않나 귀를 기울였다. 안데르스는 손잡이에 손을 얹고 문을 천천히 밀었다. 그리고 몇 초 기다렸다가 그들이 들어갈 수 있을 만큼만 문을 열었다.

안데르스와 하세는 복도에 꼼짝 않고 섰다. 오른쪽에 작고 좁은 부엌이 있었다. 식탁은 창가에 접어놓았고, 접이식 의자도 두 개 있었다. 수납 공간은 별로 없었다. 방 하나짜리 작은 아파트였다. 안데르스는 한 걸음 들어갔다. 텔레비전, 소파, 커피테이블, 그림, 전기 스탠드……. 커튼 뒤에 침대가 하나 있었다. 그녀는 거기 누워 있었다. 두 사람은 그녀의 희미한 숨소리를 간신히 들을 수 있었다.

신발을 벗고 소리 없이 안으로 살금살금 들어갔다. 안데르스는 쪼그리고 앉아 고어텍스 소매를 걷었다. 부드러운 천에 싸놓은 주사기가 나왔다. 그는 주사기를 살짝 들고 바늘에 씌워둔 플라스틱 캡을 돌려 뺐다. 하세는 그의 뒤에 있었다. 그의 호흡은 이제 거칠지 않았다. 그의 몸에도 약 기운이 돌았다. 안데르스는 일어나 하세와 눈을 맞추었다. '해치우자.' 그들은 조용히 침대로 다가갔다.

사라는 엎드린 채 작게 코를 골며 자고 있었다. 하세가 침대 머리 쪽으로 가서 조심스레 커튼을 헤치고 들어가 그녀의 상체 앞에 섰다. 그녀가 잠에서 깨면 잡을 준비를 했다. 안데르스는 소리 없이 침대 발치에 앉았다. 이불을 걷어야 했다. 조심스럽게 몇 센티미터 정도만 들춰보았다. 그녀는 움직이지 않았다. 이불을 조금 더 걷었다. 사라는 곤히 잠들어 있었다. 발이 보이지 않아서 조금 더 걷었더니 사라는 잠든 채 본능적으로 발길질을 했다. 안데르스는 깜짝 놀랐다. 사라는 한쪽 발로 다른 발을 문질렀다. 누군가에게 호통치듯 이상한 어조로 무언가 중얼거리다가 다시 조용해졌다. 안데르스와 하세는 서로를 보았다. 안데르스는 심호흡을 하고 집중하면서 오른손에 주사기를 쥐었다. 검지와 중지로 주사기를 잡고, 엄지를 주입기에 댔다. 그때 그녀가 움직여서 발 하나가 이불 밖으로 나왔다. 안데르스는 준비하라는 뜻으로 하세에게 고개를 끄덕였다. 하세는 다리를 넓게 벌리고 두 팔을 뻗고 섰다.

안데르스는 주사기를 보았다. 속에 든 액체는 투명했다. 보기 불편할 정도로 투명했다. 그는 기다렸다. 그 모습이 주저하며 내가 지금 뭘 하는 걸까 생각하는 듯 보였다. 안데르스는 사라의 오른발 발바닥에 가느다란 바늘을 대고 1센티미터 정도 찔러 넣었다. 그녀는 아픔에 반응을 보였다. 안데르스는 그녀의 발을 잡았다. 하세는 온 체중을 실어 그녀의 팔을 침대에 내리눌렀다. 안데르스가 액체를 그녀의 몸 안에 넣는 동안 그녀는 매트리스에서 비명을 질렀다. 그녀는 저항하면서 몸을 흔들었다. 안데르스가 바늘이 꽂혀 있는 그녀의 발을 놓쳤다. 그녀는 본능적으로 두 발로 발길질을 해댔다. 바늘이 부러지고 주사기가 날아갔다. 하세는 그녀를 잡고 있으려고 온 힘을 다했다.

약이 그녀의 심장까지 올라가 심장을 멎게 하는 데 몇 초 정도 걸렸다. 실제보다 길게 느껴지는 시간이었다. 비명도, 발길질도 멈췄다. 조용해졌다. 누구도 이보다 더 조용한 상황은 상상할 수 없을 정도로. 그들은 침대 위에 엎드려 있는 여자를 지켜보다가 서로를 보았다. 하세는 그녀를 놓고 한 걸음 물러섰다.

"맙소사. 완전히 뺐었어!" 하세가 속삭였다. 그는 더 물러섰다. "완전히 늘어졌어……." 그는 사라만 쳐다보고 있었다. "죽은 거야?"

안데르스도 일어나서 사라를 보았다. 그녀는 그들이 들어왔을 때와 거의 같은 자세로 누워 있었다. 베개에 머리를 얹고, 머리카락은 조금 헝클어져 있었다. 얼굴은 왼쪽으로 돌리고 있었다. 커튼을 보고 있는 것 같았다.

"응…… 죽었어."

두 사람은 움직이지 않고 가만히 서 있었다. 특별한 이유가 있어서는 아니었다. 가고 싶지 않은 기분, 시간을 멈추고 싶은 기분, 시간을 되돌려 이 일을 무르고 싶은 기분이었다. 그들은 자신들의 일그러진 성공을 물끄러미 바라보았다. 하세는 힘겹게 침을 꿀꺽 삼켰다. 안데르스는 정신을 차렸다.

"주사기를 찾아. 어딘가에 떨어졌어."

하세는 그의 말을 이해하지 못한 듯 무슨 말이냐는 얼굴로 안데르스를 보았다.

"주사기, 주사기를 찾으라고!"

하세는 사방을 뒤지기 시작했다. 안데르스는 입에 작은 손전등을 물고 사라의 발 옆에 다시 앉았다. 장갑을 벗고 조심스럽게 사라의 발바닥을 쓰다듬었다. 부러진 바늘을 찾아서 뽑았다. 아이의 발에 박힌 가시를 뽑아주는 것 같은 기분이었다. 하세가 침대 가까이에서 주사기를 찾아냈다. 그들은 상자와 찬장을 조심스럽게 뒤지며 아파트를 훑었다. 안데르스는 보석함에서 사라의 카메라, 메모들, 다이어리를 찾아내 전부 주머니에 집어넣었다. 그들은 뒷정리를 하고 아파트에서 나와 차를 몰고 스톡홀름의 밤거리를 달렸다. 안데르스는 전화를 걸었다. "끝났어요." 그가 말했다.

구닐라의 목소리는 조용했다. 그들을 배려해서일 수도 있고, 자다 방금 일어나서 그런 것일 수도 있었다. "더 중요한 목적을 위한 일이란 건 알고 있지? 지금 너희가 생각하는 것보다도 훨씬 더 중요한 거야."

인데르스는 대답하지 않았다.

"기분이 어때?"

정말 엄마 같은 목소리였다. 하지만 그의 엄마가 아니라 다른 사람의 엄마 같았다.

"지난번이랑 비슷해요."

"그때도 중요한 목적이 있었어. 그리고 이 목적들은 서로 얽혀 있어. 너도 알지? 어쩔 수 없었어. 모든 게 위험해질 뻔했거든."

안데르스는 침묵을 지켰다.

"그 여자가 가거나, 우리가 가거나 둘 중 하나였어, 안데르스. 그녀는 파트리시아 노르스트룀 건을 알고 있었어."

그는 깜짝 놀랐다. "정말요? 어떻게요?"

"몰라. 기록에서 뭔가 파헤쳤나 보지."

"라르스는요? 라르스는 뭘 알고 있죠?"

"모르겠어. 아마 우리 생각보다 많이 알겠지."

"라르스도 위험해요?"

"네 생각엔 어떨 거 같아?"

"본능적으로는 아닌 것 같지만…… 모를 일이죠."

"응, 모를 일이지……."

구닐라는 한숨을 쉬었다. "그런데 하세는 어땠어?"

안데르스는 차를 몰면서 하세의 수그린 머리와 공허한 얼굴을 슬쩍 보았다.

"괜찮은 것 같아요."

"좋아." 그녀가 조용히 말했다.

두 사람은 차를 타고 시내를 돌아다녔다. 숨을 쉬며, 노려보며……. 둘 다 집에 혼자 있고 싶어 하지 않았다. 하세는 초조해했다. 그것을 알아챈 안데르스가 어깨를 몇 번 두드려주었다.

"그 기분도 지나갈 거야."

"언제쯤?" 하세가 중얼거리듯 말했다.

"며칠 있으면." 안데르스는 거짓말을 했다.

하세가 차를 몰며 물었다. "이제 전부 다 이야기해줄 수 있어?"

"뭘 알고 싶어?"

"전부 다." 그가 속삭였다.

"구체적으로 어떤 것?"

"그 경마장 왕의 여자였던 금발을 죽인 것부터 시작해. 네가 한 짓 아니야?" 그의 목소리는 낮았다. 거의 속삭이는 것 같았다.

안데르스는 자기가 오른쪽 다리를 쉴 새 없이 떨고 있다는 걸 깨닫고는 애써 멈췄다.

"우리에겐 다른 선택의 여지가 없었어. 우리 사람들이 스텐코의 부하 중 하나를 죽이는 걸 그 여자가 봤거든."

"왜 죽였는데?"

안데르스는 눈을 비볐다. "정말 난장판이었어……. 어떻게 된 일인지 정확히 기억나지도 않아." 안데르스는 창밖을 보았다. 길가의 건물들이 갑자기 위협적으로 보였다. "스텐코와 가까운 사람이 하나 있어서, 일단 그를 타깃으로 삼았지. 그를 전향시키고 밀고자로 만들려고 했는데, 그가 양쪽을 다 가지고 놀았어. 우릴 엄청 속였지. 그놈을 완전히 믿었는데 말이야. 구닐라와 에리크도 물론 믿었고. 하지만 그놈은 자기 두목에게 충성을 바쳤어. 우리 판단이 완전히 틀렸던 거지. 일이 잘못되어가고 있다는 걸 깨달았을 때는 모든 걸 다 잃기 직전이었어. 그래서 우리는 스텐코의 여자친구인 파트리시아 노르스트룀을 포섭하기로 했지. 그 여자가 우리가 원하는 걸 구해다 줬어. 배신자에겐 내가 근사한 자살을 마련해줬고."

안데르스는 헛기침을 했다.

"그런데 그 여자가 다 봐버린 거야. 히스테리를 부리고, 소리를 지르고, 비명을 지르고, 경찰에게 가겠다고 하더군. 다 망쳐버릴 것만 같았지."

"그래서 어떻게 했어?"

안데르스는 침묵으로 대답을 대신했다. 하세는 똑같은 질문을 다시 던졌다. 안데르스는 떠올리고 싶지 않은 기억을 더듬었다. "아까 그 여자처럼. 오늘 밤 일은 빌어먹을 데자뷔 같아……. 하지만 그전

에 나는 테비 경마장에서 그 스텐코라는 개자식의 대가리를 총으로
쐈어……. 난 가발을 쓰고 있었지. 네가 타블로이드에서 읽은 조폭
들 간의 전쟁 어쩌고 하는 건 다 헛소리야. 우린 그놈의 돈을 가져
올 수 있는 만큼 가져왔어."

"그 금발 여자는 어떻게 됐어?"

떠오르는 해가 첫 햇살을 비추자 어렴풋하던 시의 경계가 명확해
지기 시작했다.

"그 여자는 바다 밑바닥에 있지." 안데르스는 혼잣말처럼 말했다.

*

일어나자 다시 불편한 느낌이 들었다. 조금이라도 빨리 침대에서
벗어나고 싶은 기분이었다. 어쩐지 방이 오염된 것만 같았다.

소피는 차를 한 잔 만들어 들고 지하실 계단으로 가서 숨겨둔 모
니터를 꺼내 켰다. 매일 아침의 습관이었다. 그녀는 따끈한 차를 홀
짝이면서 부엌으로 걸어가며 모니터를 들고 보았다. 갑자기 이미지
가 떠올랐다. 밤이었다. 먼 곳의 가로등이 거실에 희미한 빛을 비추
었다. 어두운색 옷을 입은 남자가 카메라 앞을 지나 계단으로 갔다.
거기서 영상이 멈췄다. 남자는 4초 동안 화면에 나왔다. 그녀는 얼
어붙은 듯 동작을 멈췄다. 떨어뜨리지 않도록 찻잔을 식탁에 놓았
다. 온몸의 힘이 쭉 빠졌다. 다음 영상이 나왔다. 같은 남자가 반대
방향에서 나타났다. 계단에서 내려와 거실로 들어간 다음 화면에서
사라졌다.

그녀 안에 차오르는 감정은 평범한 공포가 아니었다. 평범한 공

포와는 전혀 달랐다. 토할 것 같고, 어지러웠다. 영상을 다시 보았다. 녹화된 영상은 어둡고 화질이 나빴지만 적대감과 위협이 분명하게 느껴졌다. 스크롤 기능을 찾아 영상을 다시 튼 다음 화면을 정지시켰다. 한쪽 다리를 앞으로 내밀고 있는 남자의 모습이 보였다. 그의 머리는 땀에 젖어 있었다.

이 남자가 라르스, 그 경찰이라는 데는 의문의 여지가 없었다…….

*

스반테 칼그렌이 화장실 거울 앞에서 면도를 하고 있는데 휴대전화가 울렸다. 누가 걸었는지는 알고 있었다. 이 전화번호를 아는 사람은 한 명뿐이다. 그는 뺨에 묻은 면도 거품에 닿지 않게 조금 거리를 두고 전화를 받았다.

"칼 구스타프입니다." 그가 답했다.

"호칸입니다…….”

스반테는 면도기로 얼굴을 한 번 더 긁었다. "어떻게 됐나요?"

"그 사람에 대한 정보가 더 필요합니다. 일반적인 경로를 사용해서 찾아보고, 제 정보원들에게 확인해봤지만 아무것도 안 나왔어요. 저희가 이미 아는 사람이길 바랐지만, 그런 것 같진 않습니다."

"벌써 돈을 드렸잖습니까. 그런데 전화해서 아무것도 알아낸 게 없다고 하시다니 실망스럽군요."

"그런 말은 안 했습니다."

"하셨어요." 스반테는 코 밑을 면도하기 시작했다.

"아무튼 더 자세히 설명해주셨으면 합니다."

"만납시다. 사진을 좀 보여드릴게요. 그러면 그놈의 프로파일을 더 명확하게 알 수 있을 겁니다."

스반테는 유르고르덴의 켈하겐 호텔 주차장에 차를 세워놓고 앉아 있었다. 차창은 열어놓은 채였다. 사람들이 호텔과 해양역사박물관 사이를 바삐 지나갔다. 그는 무의식적으로 손가락으로 핸들을 두드렸다. 스반테는 기다리는 걸 싫어했다. SUV 한 대가 그의 앞에 멈춰 섰다. 호칸이 내렸다. 회색 셔츠를 입고, 윗부분은 짧게 깎고 옆은 박박 민 머리. 눈이 움푹 들어가서 언제나 그늘이 진 듯한 모습이다. 키가 더 작은 사람이 조수석에서 내렸다. 머리 스타일은 똑같았지만 나이는 더 많은 듯했다.

"제 차에 타실까요?" 스반테가 열린 창문을 통해 물었다.

호칸은 고개를 가로저었다.

"좀 걸읍시다."

스반테는 내려서 손을 내밀었다. 호칸은 불안해하는 듯했지만 그의 손을 맞잡았다.

"이쪽은 제 동료 레이프 뤼드베크입니다." 호칸은 다른 남자를 소개했다. 스반테는 그와도 악수를 했다.

세 명은 주차장에서 나와 물가로 걸어가기 시작했다.

망원렌즈로 그들의 모습을 선명히 찍을 수 있었다. 안데르스는 차 뒷좌석에서 사진을 스무 장 정도 찍었다. 머리가 짧고 회색 셔츠를 입은 남자는 누군지 알고 있었고, 키가 더 작은 사람도 아는 사람이지만…… 젠장, 이름이 기억나지 않았다. 전에 본 적 있는 놈들이었다. 키 큰 쪽은 폭력배 비슷한 인물이었지만 그건 옛날 얘기였다. 안데르스는 기억을 더듬었다. 기억이 날 듯 말 듯했다. 레스토랑 마피아와 테러리스트로 의심되는 멍청한 놈들을 수사했던 사건과 관련이 있었다. 그래, 테러리스트는 아니고, 시내에 레스토랑을 몇 개 가지고 있는 시리아 갱들을 협박했던 수상한 자였다. 이름이 뭐였더라? 그리고 키 작은 놈은? 안데르스는 생각하고 또 생각했다. 하지만 이름이 떠오르지 않았다. 그는 비밀경찰 시절의 동료 레우 테르스베르드에게 전화를 걸었다.

"그 자식 이름이 뭐였더라?"

"시브코빅, 호칸 시브코빅. 이제 손을 씻었다고 하던데. 지금은 보안 회사를 운영하면서 보험 회사 몇 곳의 조사 업무를 담당하고 있어. 그 외에는 자기 배우자들을 의심하는 질투심 많은 사람들이 자신의 의심을 사진으로 확인해달라고 부탁하는 일이 거의 대부분이야. 지금도 연락하는 옛 범죄자 친구들도 좀 있고, 가끔씩 이런저런 일을 맡기기도 하지. 그래도 늘 우리가 괜찮다고 볼 수 있는 범위 내에서만 움직여."

"어떤 범죄자들?"

"스웨덴 인들. 우리가 늘 확인하지만, 위험하지 않다는 걸 늘 알고 있는 놈들 말이야. 코니 블롬베리, 토니 레딘, 레이프 뤼드베크, 그리고 그 못생긴 언청이 놈, 칼레 셰벤스……."

"키가 작고, 코는 감자같이 생기고, 머리가 짧고 쉰 살쯤 된 이 남자는 누구야?"

"레이프 뤼드베크 같은데."

"시브코빅이 지금도 그놈들과 어울려 다녀?"

"어울려 다니는지는 모르겠지만, 그놈들한테 가끔 시브코빅이 일을 맡겨."

"그중에서 떠벌리기 좋아하는 놈 있어?"

"응, 뤼드베크는 현금을 좀 쥐어주고 부탁을 들어주면 기꺼이 불걸. 하지만 레딘과 셰벤스는 멀리해. 너무 공격적이라서 경찰한테도 총을 쏠 놈이야. 코니 블롬베리에 대해서는 아는 게 없어. ADHD를 해시시로 다스리고, 가슴 수술을 한 트랜스젠더를 보면 흥분한다는 것밖에 몰라."

"고마워, 레우테르스베르드. 조만간 또 전화할게."

레우테르스베르드는 전화를 끊지 않고 더 수다를 떨고 싶어 했다. 그는 안데르스에게 요즘 어떻게 지내는지 물었다. 하지만 안데르스는 곧 터널에 들어간다고 하고 전화를 끊었다.

안데르스는 세 남자가 해양역사박물관으로 걸어가는 것을 지켜보았다. 그들의 뒷모습을 보며 어떻게 행동하는지 관찰했다. 시브코빅이 무언가를 설명하고, 스반테는 거리를 유지한 채 이야기를 듣고 있었다. 그러다 양상이 바뀌었다. 스반테가 무언가를 설명하고, 시브코빅이 이야기를 들으며 거리를 유지했다. 레이프는 이야기는 듣지 않고 내내 시브코빅 근처에 있기만 했다.

안데르스는 눈앞의 모습을 곰곰이 분석해보았다. 스반테 칼그렌, 호칸 시브코빅, 레이프 뤼드베크가 유르고르덴에서 같이 걷고 있다? 왜일까? 아론 예이슬레르가 스반테를 만나러 간 뒤에 스반테가 호칸과 레이프에게 연락을 했을까? 아론과 스반테 칼그렌이 뭔가 같이 일을 하고 있나? 두 사람은 서로 어떻게 아는 사이지? 호칸과 레이프는 왜 끼어든 거야? 저 둘도 뭔가 일을 맡았나?

그들은 안데르스에게서 멀어지고 있었다. 안데르스는 조금 자란 수염을 문지르며 여러 가설을 고려해보았다.

아론 예이슬레르가 스반테를 협박하고 있나? 그렇다면 아주 심각한 일일 것이다. 그렇지 않다면 스반테는 에릭손의 내부 보안팀이나 경찰을 찾았을 것이다. 그렇다면 호칸 시브코빅은 스반테가 아론을 찾아내는 것을 돕고 있는 걸까? 그럴 수도 있다······. 하지만 절대 찾지 못할 것이라는 사실을 안데르스는 알고 있었다. 안데르스는 턱에 자란 짧은 수염 몇 가닥을 잡아당기며 이 가설을 검토해보았다. 시험해볼 만한 가치가 있다.

혼다의 시동을 걸고 시내 쪽으로 차를 돌렸다. 스트란드베겐에서 교통체증으로 갇히게 되자, 그는 지하 세계에 머리를 들이밀고 일반적인 경로를 통하지 않고 레이프 뤼드베크의 전화번호를 알아내는 힘든 작업에 착수했다. 시간이 오래 걸렸고, 온갖 부탁을 다 들어주겠다고 하고 나서야 겨우 구할 수 있었다. 짧은 잡음과 함께 신호음이 몇 번 울린 후 레이프가 전화를 받았다.

"뤼드베크?"

"누구요?"

"안데르스 아스크야."

짧은 침묵.

"안데르스······ 애스(Ass)? 그런 사람은 몰라."

차에 타는 소리가 들렸다. 아마 시브코빅과 함께 있겠지.

"잘 알 텐데. 네가 시리아 인들과 말썽을 부렸을 때 너랑 그 멍청이 호칸인가 하는 놈을 잡은 팀 소속이었다고."

"기억나. 건방진 개새끼……."

"넌 멍청한 개새끼고, 레이프. 어린애라도 너보다는 잘했겠다. 대체 무슨 생각으로 그랬던 거야?"

"원하는 게 뭐야?" 레이프가 투덜거렸다.

"그냥 넘겨짚는 거긴 한데, 물어볼 게 있어. 대답해주면 돈을 좀 주지. 관심 있어?"

"이야기를 들어볼 수는 있지."

"얼간이 몇 놈이 스톡홀름에 와서 여러 회사 중역들을 협박하려 하고 있어. 아론 예이슬레르와 엑토르 구스만이라는 놈이야. 구스만은 감라스탄에서 출판사를 운영하고 있어. 혹시 아는 놈들이야?"

레이프가 전화기를 손으로 덮고 뭔가 속삭이는 소리가 들렸다. 곧 손이 치워졌다. 레이프는 차분하고 침착한 목소리로 말하려고 애썼다.

"아니, 잘 모르겠는데. 이름이 뭐라고 했지?"

"엑토르 구스만. G-U-Z-M-A-N. 감라스탄에서 출판사를 해. 다른 놈은 아론 예이슬레르야." 안데르스는 아론의 성도 철자를 불러주었다. 레이프가 열심히 종이에 메모하는 소리가 들렸다.

"미안하지만 난 모르겠어……. 그리고, 애스?"

"응?"

"집에 가서 네 엄마하고 씹이나 해."

"그러지 뭐."

전화가 끊겼다.

에리크는 슬펐다. 가끔 이럴 때가 있다. 갑자기 조용하고 내향적으로 변한다. 남들과 이야기하기가 싫어진다. 어쩌면 노년이 다가온다는 슬픔을 받아들이는 흔한 방법인지도 모른다. 하지만 에리크 스트란드베리는 어릴 때부터, 부모님이 돌아가신 이후로 줄곧 이런 슬픔을 느꼈다. 에리크는 부모님의 죽음을 진심으로 애도한 적이 없었다. 어쩌면 어떻게 애도하는지 몰랐는지도 모른다. 구닐라도 부모님의 죽음을 애도하지는 않았지만, 대신 매달릴 다른 대상을 찾아냈다. 우울함과 다른 어두움에서 그녀를 지켜주는 것이었다. 그녀도 그것이 뭔지 몰랐지만, 알 필요도 느끼지 않았다. 그녀는 강했고, 앞으로도 계속 그러기를 원했다.

구닐라는 거실에서 제일 어두운 구석에 앉아 있는 동생을 보았다. 햇빛이 찬란한 가운데서도 그는 용케 어둠을 찾아냈다.

그녀는 부엌으로 가서 에리크가 좋아하는 가벼운 점심을 차렸다. 청어와 감자, 얇은 크래커, 흑맥주, 식사에 곁들일 차가운 술 한 병. 커피와 타르트 한 쪽. 그리고 오늘처럼 우울할 때 대화를 해야 한다는 의무감을 느끼지 않도록 식사하며 읽는 척할 신문. 구닐라는 빵이 부서지지 않도록 조심스럽게 꼼꼼히 버터를 발랐다. 에리크는 빵 모서리까지 버터를 다 바르는 것을 좋아했다. 그녀는 청어 접시, 맥주잔, 크래커, 얼음처럼 찬 점성이 있는 술을 쟁반에 얹고 거실로 가져가 에리크의 안락의자 옆에 놓았다. 동생의 뺨을 토닥이자 에리크는 무어라 투덜거렸다.

전화가 울렸다. 안데르스는 시브코빅, 뤼드베크, 스반테 칼그렌이 만났다는 것을 간단하고 명료하게 설명했다. 협박하고 있는 게 아닐까 하는 자기 가설을 이야기하고, 레이프 뤼드베크에게 전화를 걸어서 엑토르와 아론의 이름과 주소를 말해주었다고도 했다.

"제 가설이 맞는지 알기 위해서는 기다려봐야 해요." 그렇게 말하고 안데르스는 전화를 끊었다.

구닐라는 동생에게 이 이야기를 해주었다. 그는 대답하지 않고 오독오독 크래커만 먹었다. 구닐라는 창가로 갔다. 바깥은 온통 녹색이었다.

"준비해야겠어." 그녀는 정원을 내다보았다. "이 모든 게 그리울 거야, 에리크. 모란, 장미…… 이 정원 전부가."

"간호사를 꼼짝 못 하게 해야 돼." 에리크는 쉰 목소리로 말하며 스납스를 단숨에 마셨다.

구닐라는 나무 울타리 옆에 핀 장미들을 뚫어져라 바라보았다.

"어떻게?"

"엉뚱한 생각 못 하도록, 우리가 행동할 준비를 마칠 때까지는 자기 일만 하고 있도록 확실히 해둬야 돼……."

구닐라는 테라스 문을 열며 에리크의 말을 잘 생각해보았다. 밖으로 나가자 강렬한 태양빛 때문에 눈이 멀 것만 같았다.

*

라르스는 면도를 하고 머리를 빗은 뒤 제대로 된 옷을 입었다. 단정하게 다림질한 깨끗한 평상복이었다. 소피의 집 거실에서 가져온 마이크는 밀봉된 작은 비닐팩에 들어 있었다. 그는 마이크를 조심스럽게 주머니에 넣고 화장실에 가서 완벽한 조합의 약을 먹었다. 용량이 센 케토간을 항문에 넣고, 벤조디아제핀이 든 알약들을 섞어서 삼키고, 신경계를 헤엄쳐 다닐 리리카를 먹었다. 그는 차분하고 침착했으며 정신도 또렷했다. 거울에 얼굴을 가까이 댔다. 뱀 허물 같은 것이 이를 덮고 있었다. 그는 찬장을 열고 칫솔에 치약을 짠 다음 이를 닦기 시작했다. 약 기운이 강하게 돌았다. 이에 닿는 칫솔이 마치 솜뭉치같이 느껴졌다. 끝내줬다. 모든 것이 다 끝내줬다. 모든 고약한 감정과 문제가 우주 반대편에 있었다. 라르스는 미지근한 물로 입을 헹궜다. 모든 것이 완벽했다. 찬장 속에 하이버날 병이 있었다. 그는 병을 들고 살짝 흔들었다. 마라카스 같은 소리가 났다. 조금 더 흔들었다. 쿠바에 가면 이런 소리가 날까? 그는 병을 내려놓았다.

라르스는 미끄러지듯 계단을 내려가서 차를 타고 둥둥 뜬 것 같은 기분으로 브라헤가탄 경찰서로 향했다. 도착한 그는 사무실에 있는 사람들 모두에게 고개를 끄덕이며 분위기를 파악하려고 애썼다. 하세와 안데르스는 의자에 앉아 있었다. 책상 앞에 앉은 에리크는 지친 기색으로 눈을 감고 엄지와 검지로 콧등을 문지르고 있었다. 두통 때문인 것 같았다. 하세와 안데르스……. 라르스는 그들을 다시 보았다. 그들도 지쳐 보였지만 좀 달랐다. 하세는 고개를 푹 숙이고 있었다. 엄청난 충격을 받고 허망해하는 것 같았다……. 안데르스는 팔짱을 끼고 다리를 쭉 뻗고 앉아서 자기 앞의 알 수 없는 지점을 노려보고 있었다. 라르스는 의자에 앉았다. 쿠션이 부드러웠다. 에바 카스트로네베스가 커피 한 잔을 들고 그에게 왔다.

"우유를 넣을지 아닐지 몰라서 그냥 가져왔어."

라르스는 무슨 말인지 이해할 수 없어서 그녀를 바라보았다. 에바는 오해가 생기는 게 싫은 듯 무표정한 얼굴로 커피를 내밀었다.

"받아."

라르스는 말없이 커피를 받아들었다.

"천만에." 에바가 조용히 말했다.

"고마워." 라르스가 속삭이듯 말했다.

에바가 옆에 있는 의자에 앉았다. "어떻게 지내?"

라르스는 그녀를 보았다. 그녀가 뭔가 달라졌나? 더 행복해졌나? 왜 내 옆에 앉는 거지?

"잘 지내. 고마워. 진행은 더디지만 잘 되어가…… 뭔가 진전이 있다는 느낌이야."

그녀는 고개를 끄덕였다. 에바에게서 눈을 뗄 수 없었다. 그녀는 의자에 앉은 채 꼼지락거렸다.

"생각이 바뀌었어. 우유 좀 넣을래." 라르스는 일어나서 탕비실로 가면서 말했다.

라르스는 냉장고를 열고 주머니에서 작은 비닐팩을 꺼내 마이크를 커피 잔을 든 손 엄지와 검지 사이에 끼웠다. 커피에 우유를 넣고 돌아와 실내를 둘러보았다. 에리크는 한가롭게 석간신문을 뒤적이고 있었다. 에바는 멍하니 앞을 바라보았다. 안데르스와 하세는 같은 자세로 팔짱을 끼고 앉아 깊이 생각에 잠겨 있었다. 라르스는 바퀴 달린 수사 게시판 앞으로 가서 서류를 읽는 척하며 실 같은 마이크를 게시판을 싼 부드러운 펠트 천 아래 밀어 넣었다. 그는 돌아서서 실내를 거닐며 이것저것 보고 커피를 마셨다. 회의가 시작되기 전에 몸을 좀 움직이고 싶어서 그러는 것처럼.

라르스는 건물 몇 개 정도 떨어진 곳에 렌트한 르노를 세워두었다. 짐칸에 감시 장비가 있었다. 문이 열렸다. 구닐라가 정신없이 들어오더니 늦어서 미안하다고 했다. 에바 카스트로네베스는 일어나서 핸드백을 들고 구닐라에게 갔다. 라르스는 그들이 문간에서 서로 속삭이는 것을 지켜보았다. 두 여자는 미소를 지었다. 웃음소리도 났다. 에바가 구닐라의 뺨에 키스하는 것을 보고 그는 놀랐다. 그녀는 에리크에게 가서 미소를 짓고 뺨을 토닥였다. 에리크는 쉰 목소리로 "잘 다녀와"라고 인사했고, 에바는 밖으로 나갔다.

구닐라는 생각을 정리했다. "팀을 두 개로 나눠야겠어. 안데르스와 하세는 1팀, 라르스와 에리크는 2팀." 구닐라는 종이를 들고 읽었다. "에리크, 라르스, 가서 카를로스 푸엔테스를 만나봐. 지금 당장 가. 안데르스, 너랑 하세는 여기 남아."

에리크는 끙 소리를 내며 나갔다. 라르스는 그를 따라갔다. 일이 어떻게 돌아가는 건지 알 수가 없었다.

라르스와 에리크가 방에서 나가자 구닐라는 돌아서서 게시판에 '알베르트 브링크만', '라르스 빙에'라고 썼다.

"의논할 문제가 두 가지 있어."

*

학년의 마지막 날이었다. 빛나는 태양과 자작나무. 바람은 불지 않았다. 학교 친구들 30명 정도가 아침 일찍 물가 공원에서 만났다. 스파클링 와인을 조금 마셨다. 모두들 조금 취해서 누구는 울기 시작했고 누구는 토했다. 그들은 다 함께 학교로 걸어갔다. 알베르트는 안나와 함께 걸었다. 그들은 실내로 들어가기 전에 헤어졌다. 돌아가서 사람들 속에 있는 그녀를 찾고 싶은 기분이 들었지만 그렇게 하지 않았다. 긴 의자에 앉아서 노래와 형편없는 플루트 연주를 들었다. 교장이 남을 괴롭히는 것과 마약, 인종차별은 나쁘다는 내용의 훈시를 했다. 그리고 모든 것이 끝났다.

알베르트와 친구 루드비그는 학교 운동장을 걷고 있었다. 그들 뒤의 학교 건물은 컸고, 녹슨 것처럼 붉었고, 양옆으로 날개처럼 펼쳐진 형상이었다. 아름다운 건물이었다. 여름방학 첫날이라 더 아름다워 보였다. 조금 떨어진 곳에 모여 있는 여자아이들 틈에 안나가 보였다. 알베르트가 미소를 짓자 안나도 마주 미소를 지었다.

알베르트와 루드비그가 자전거 자물쇠를 풀고 있는데 주머니에서 웅 하는 소리가 났다. 문자를 보았다.

오늘 밤에 같이 있자. xxx

알베르트는 주위를 둘러보았다. 안나는 가고 없었다. 주머니에 다시 전화를 넣었다. 웃음이 터져나오는 것을 억누를 수 없었다. 젠장, 인생이란 멋지구나.

알베르트와 루드비그는 바람에 머리카락을 흩날리며 내리막길을 내려갔다. 사방에 여름 기운이 가득했다. 그들은 나란히 달리며 열심히 페달을 밟았다. 루드비그가 크게 빙 돌며 알베르트에게서 멀어져 다른 길로 들어갔다. 루드비그가 뭐라고 외쳤지만 잘 들리지 않았다. 알베르트는 손을 흔들며 계속 직진했다. 힘들게 언덕을 올라간 다음 집에 빨리 가려고 샛길로 들어갔다. 뒤에서 차 소리가 나서 길 오른쪽으로 붙었다. 차는 지나가지 않고 계속 느린 속도로 알베르트의 뒤를 따라왔다. 알베르트는 어깨 너머로 돌아보았다. 볼보였다. 운전석에는 하세가 앉아 있었다.

온갖 생각이 떠올랐다. 인생 최고의 저녁을 놓치게 될 거라는 생각, 지금 차에 탄 사람을 전에 만났을 때 일어났던 일들, 달아나야 한다는 생각……. 알베르트는 도망쳤다. 좁은 언덕길 한가운데로 들어가 최대한 빨리 페달을 밟았다. 자전거의 속도를 높였다. 뒤에서 속도를 높이는 볼보 소리와 바람 소리가 섞여 귀에 불어들었다. 도망칠 길을 생각해보니 자전거는 도움이 될 것 같지 않았다. 언덕을 내려가다 중간에서 확 방향을 틀어 어느 집 정원으로 들어갔다. 자전거를 탄 채로 갈 수 있는 만큼 정원을 달리다가 휙 뛰어내려 달리기 시작했다. 차가 언덕길 위쪽으로 올라가는 것을 재빨리 보았다. 알베르트는 도박하는 심정으로 언덕 아래로 달리기 시작했다. 최대한 차에서 멀리 벗어났다. 언덕 위로 올라가던 볼보는 전속력으로 다시 내려왔다.

알베르트가 한발 먼저 출발했다. 조금 달리다가 오른쪽으로 방향을 틀었다. 계속 차를 속여보려고 노력했다. 볼보는 조금 머뭇거리는 것 같았다. 그리고 차가 갑자기 멈추는 소리가 들렸다. 차문이 열렸다. 알베르트는 힐끗 돌아보았다. 조수석에서 누군가 뛰어내려 그를 향해 달리기 시작했다. 누군지는 알 수 없었지만 속도가 빨랐다. 알베르트는 온 힘을 다해 죽어라 뛰었다. 뒤에서 달려오는 자동차 소리도 들렸다. 기어를 고속으로 놓고 빨리 달리고 있었다.

"멈춰! 경찰이다!" 남자가 빠른 속도로 다가오며 외쳤다.

알베르트는 울타리를 껑충 뛰어넘어 다른 집 정원으로 들어갔다.

잔디밭은 내리막이었다. 경사를 이용해 속도를 높였다. 그네에서 놀고 있는 아이 두 명을 지나쳤다. 다섯 살 정도 된 남자아이와 여자아이였다. 아이들은 명랑하게 알베르트에게 손을 흔들었다. 방향을 확 틀어서 왔던 길로 되돌아갔다가 오른쪽으로 틀어 다른 길로 들어가 다른 정원을 지난 다음 길을 또 하나 건너고 왼쪽 풀밭을 따라 달렸다. 폐와 다리, 심장이 산소 부족에 고통을 호소했지만 계속 달렸다. 돌아보는데 남자가 보이지 않았다. 알베르트는 어느 정원에 나무 수풀이 있는 것을 보고 그쪽으로 향했다. 온몸에 젖산이 가득했다. 한 손으로 울타리를 잡고 뛰어넘었다. 정자 비슷한 지붕 아래 들어가 누웠다. 숨소리를 내지 않으려고 집중했다.

심장 뛰는 소리와 거친 숨소리 때문에 다른 소리는 전혀 들리지 않았다. 알베르트는 눈을 감고 얼굴을 흙에 묻었다. 숨을 가라앉히고 평소 상태로 돌아가려고 노력했다. 차 한 대가 지나갔다. 조심스레 고개를 들어보았다. 체로키였다. 피곤해 보이는 금발 머리 여자가 운전하고 있었고, 뒷자리에서는 아이가 울고 있었다. 호흡이 정상으로 돌아왔다. 쫓아오던 남자의 발소리가 들리지 않나 귀를 기울였다. 그는 알베르트를 놓친 게 분명했다. 일어나려는데 왼쪽에서 다른 차가 다가왔다. 알베르트는 천천히 고개를 들었다. 볼보가 알베르트 옆을 지나갔다. 하세가 운전을 하고 있었다. 길을 달려오는 발소리가 들렸다. "여기 어딘가 있을 거야." 남자가 외쳤다.

볼보는 요란한 소리를 내며 사라졌다. 알베르트는 고개를 숙였다. 내가 무슨 생각을 했던 거지? 저들에게서 도망갈 수 있을까? 가까운 곳에서 발소리가 들렸다. 어떻게 해야 할지 잘 모르는 것 같았다. 망설이며 조금 걸었다가, 다시 달려갔다가, 걸었다가 멈추는 소리였다. 알베르트는 소리에 집중했다. 발소리가 다시 들렸다. 고무 밑창이 달린 경찰 구두를 신은 가벼운 발소리였다.

"알베르트?"

차분하고 낮은 목소리가 근처에서 들렸다. 알베르트는 숨을 참으려고 애썼다.

"알베르트, 너 이 근처에 있지. 이제 나와도 돼. 어머니에게 사고가 생겼어……. 널 데리러 온 거야. 겁먹지 말고 나와. 엄마가 너랑 같이 있고 싶어 하셔. 엄마에겐 네가 필요해."

알베르트는 얼굴을 땅에 숨겼다. 남자의 발소리가 조금 멀어졌다. 볼보가 돌아와서 멈춰섰다.

"알베르트!" 남자가 외쳤다.

"그만 가자, 안데르스……." 하세의 목소리였다.

"내가 오기 전에 이 풀밭을 지나갈 만한 시간은 없었어. 그건 불가능해. 그러니까 여기 어디 있을 거란 말이야."

"차에 타!" 하세는 짜증 난 듯했다.

문 닫히는 소리가 나더니 차가 사라졌다. 알베르트는 가만히 누워 있었다. 그들이 돌아올지도 모른다. 알베르트는 이대로 누워 있어야 하나, 다른 숨을 곳을 찾아야 하나 생각했다. 그들은 어디로 갔을까? 코너를 돌아 모습을 숨기고 알베르트가 나타나면 잡으려고 기다리고 있을까? 아니면 포기하고 가버렸나? 일단 가만히 있기로 했다. 시간이 엄청나게 천천히 지나갔다. 차 소리는 들리지 않았다. 고개를 들고 한정된 시야로 주위를 확인했다. 조심스레 바지 주머니에서 휴대전화를 꺼내 소리를 껐다. 떨리는 손으로 소피에게 문자를 보냈다.

경찰이 쫓아와서 숨어 있어요. 전에 봤던 그 경찰이에요.

문자를 보내고 나니 울고 싶은 기분이 들었다. 도망가는 동안, 숨어 누워 있는 동안에는 겁이 나지 않았다. 스스로를 지켜야겠다는 충동, 생존 본능에 사로잡혀 있었다. 하지만 이제 공포와 두려움, 외로움이 몰려왔다. 차 소리가 났다. 아까의 볼보가 아닐까 싶어 엔진 소리를 들어보았지만 구분할 수 없었다. 차가 다가왔다. 알베르트는 휴대전화를 보았다. 새로 온 문자는 없었다.

*

에리크는 카를로스를 보러 가기 전에 핫도그를 먹자고 했다. 동부 역 근처 발할라베겐에서 핫도그를 샀다. 에리크와 라르스 둘뿐이었다. 단둘이 있는 것은 이번이 처음이었다. 핫도그를 하나씩 들고 있어본 적은 더더욱 없었다.

에리크는 라르스에게 여기서 일하는 게 좋은지, 수사가 어떻게 되어간다고 생각하는지 등등 이것저것 잔뜩 물었다. 심지어 이 팀이 하는 일에 대해 라르스가 얼마나 알고 있는지 캐보려고 던지는 속임수 질문도 시도했다. 라르스는 에리크의 목적을 단번에 알 수 있었다. 이 개자식이 미웠고, 자신을 이렇게 다루는 그들 전부가 미웠다. 확실하게 아는 것이 하나도 없었기 때문에 정직하게 답하는 건 전혀 어렵지 않았다. 하지만 에리크는 그 대답이 마음에 들지 않는 것 같았다. 그는 라르스를 꼼짝 못하게 만들 수 있는 확실한 건수를 원했다.

에리크가 조수석에 타자 라르스는 먹던 핫도그를 쓰레기통에 버렸다. 라르스는 볼보를 몰아 오덴가탄 쪽으로 좌회전했다. 에리크는 눈을 감고 눈 사이를 문질렀다. 차 밖의 햇살 때문에 눈을 찡그리고는 두통 때문에 한숨을 쉬었다.

"그리고 그 간호사, 간호사 일은 어떻게 돼가? 그 여자가 뭔가 알고 있는 것 같아?"

"아니. 알고 있다고 생각할 만한 근거가 전혀 없어. 정말 오랫동안 엿들었는데…… 실마리조차 없어."

"우리가 도청하고 있다는 걸 눈치챈 거 아닐까?"

라르스는 에리크를 보았다. "어떻게 알겠어?"

"몰라. 하지만 아무것도 얻어내지 못하고 있잖아."

"어쩌면 우리에게 필요한 정보를 전혀 모르는 게 아닐까?"

에리크는 어깨를 으쓱했다.

두 사람은 칼베리스베겐에 있는 카를로스의 아파트 앞 주차금지 구역에 차를 댔다. 에리크는 문을 열기 전에 라르스를 돌아보았다. 그러고는 말없이 한참 동안 노려보았다.

"왜 그래?" 라르스가 웅얼거렸다.

에리크는 이 상황이 불편하지 않은 것 같았다. 오히려 즐거운 것 같았다. "넌 정말 웃긴 새끼야, 라르스 빙에. 너도 알지, 응?"

라르스는 대답하지 않았다. 아직 진통제 기운이 돌고 있었다. 약을 먹으면 늘 자신감이 생겼다. 그는 에리크를 마주 볼 수 있었다. 에리크는 콧방귀를 뀌었다.

"나랑 눈싸움해서 이기시겠다?"

라르스는 시선을 돌렸다.

에리크는 헛기침을 했다. 거친 소리가 났고, 이어서 기침이 몇 번 터져 나왔다. 그는 숨을 헐떡거렸다. "구닐라에게 듣자니 네가 시야를 넓히고 다른 업무도 하고 싶다고 했다던데. 이번 일이 바로 새로운 일이야. 준비됐어?"

라르스는 고개를 끄덕였다.

"확실해?"

"응."

"좋아. 보면서 배워. 입은 닥치고. 마지막 부분이 제일 중요해."

에리크는 차에서 내렸다. 라르스는 움직이지 않고 심호흡을 한 번 한 다음에 그를 따라갔다. 엘리베이터는 고장이었다. 카를로스의 집은 4층이었다. 그들은 계단을 오르기 시작했다. 에리크는 숨을 헐떡이더니 3층에서 난간을 잡고 멈춰섰다. 호흡이 거칠고, 얼굴이 새빨갰다. 에리크는 짜증스럽게 손을 흔들며 계속 올라가라고 신호를 보냈다.

에리크는 헤드폰을 쓰고 하세와 안데르스가 전에 남겨두고 간 작은 상자의 소리를 들었다.

"아무것도 없잖아, 그냥 잡음밖에 없어!"

에리크는 고개를 들어 카를로스를 보았다.

"왜 이런 거지?"

카를로스는 입술을 핥으며 대꾸했다.

"나도 몰라요. 마이크를 달고 있었지만 엑토르가 나한테 말을 안 했어요."

라르스는 식탁 의자에 앉아 지켜보고 있었다.

"그놈은 망할 거야. 그리고 너도 같이 망할 거야. 난 너한테 마지막으로 기회를 주고 있는 거야, 카를로스. 이 난장판에서 벗어나 자유의 몸이 될 기회라고. 하지만 그러려면 네가 우리를 도와야 돼. 이해하겠어?"

에리크는 마치 어린아이를 대하듯 거만한 자세로 이야기했다.

라르스는 카를로스의 얼굴에 멍이 든 것을 보고는 물었다. "맞았어요?"

카를로스는 미심쩍어하는 눈길로 라르스를 보았다.

"닥쳐, 라르스." 에리크가 말했다.

에리크는 다시 마이크를 들었다. "늘 차고 있으라고. 우린 이틀 후에 돌아올 거야. 그리고 그때는 저기에 정보가 잔뜩 차 있어야 되겠지. 잘해봐."

카를로스는 에리크가 내민 마이크와 바닥을 번갈아 보았다. 어떻게 해야 하나 생각하는 것 같았다.

"받아." 에리크가 말했다.

카를로스는 고개를 가로저었다. 에리크의 인내심이 바닥을 드러냈다. "받으라니까!" 말하는 중간에 에리크의 목소리가 갈라졌다.

라르스는 자리에서 일어섰다. "다 끝난 거야?"

에리크가 돌아보았다. "내가 닥치고 있으라고 하지 않았어?"

라르스는 당돌하게 미소를 지었다. "너나 닥쳐. 넌 제대로 하는 일이 하나도 없어. 이게 좋은 전략이라고 생각해?"

에리크는 놀라서 라르스를 보았다. 혈압이 올라갔고 얼굴이 붉어졌다. "이 개새끼가." 그는 낮은 목소리로 말하다가 갑자기 말을 더듬기 시작했다. 그는 들리지 않는 소리로 뭔가 중얼거렸다. 목소리는 작았고 잔뜩 잠겨 있었다. 라르스와 카를로스는 놀라서 에리크를 보았다. 그는 무언가 말하려고 하다가 갑자기 빛이 너무 밝아진 것처럼 눈을 찡그렸다. 손으로 머리를 문지르고, 눈을 깜박이고, 앞을 더듬다가 식탁 의자 등받이를 잡았다.

"앞이 잘 안 보여."

"뭐?"

에리크의 왼팔이 떨리기 시작했다. 그는 경악하며 자기 팔을 보았다. "씨팔, 왜 이러지?"

에리크의 시선이 떨리는 자기 팔에서 라르스에게로, 그리고 카를로스에게로 향했다. 목 깊은 곳에서 알아들을 수 없는 소리를 내더니 갑자기 토하기 시작했다. 다리가 풀렸다. 그는 잡고 있던 의자와 함께 왼쪽으로 쓰러지며 바닥에 세게 부딪쳤다. 그리고 자기의 토사물 위에 누워 눈을 찡그렸다. 카를로스는 깜짝 놀랐다. 라르스는 조심스럽게 에리크 위로 몸을 굽혔다.

"기분이 어때, 에리크?"

답이 없었다.

"구급차를 불러야겠어요." 카를로스가 말했다.

라르스가 한 손을 들어 보였다.

"에리크?" 그가 속삭였다.

에리크는 바닥에 누운 채 숨을 헐떡였다. 카를로스가 부엌 벽에 걸린 전화를 들고 구급차를 부르려고 했다. 라르스는 느릿한 동작으로 총을 뽑아 그에게 겨누었다.

"거기, 전화 내려놔."

카를로스는 총구를 보고는 수화기를 놓고 한 걸음 물러섰다.

"내 집에서 죽게 할 순 없잖아요!"

"안 될 거 뭐 있어."

라르스는 권총을 든 손을 다리 사이에 늘어뜨리고 쭈그려 앉아 흥미로운 듯 에리크를 내려다보았다. 총을 들지 않은 손을 그의 눈앞에 흔들었다.

"에리크?"

에리크는 눈을 조금 움직여 라르스를 보았다. 간청하는 눈빛이었다. 라르스는 허벅지 근육이 아파서 자리에서 일어나 카를로스를 보았다.

"전에 왔던 경찰들은 누구야?"

카를로스는 그 말의 뜻을 알 수 없다는 듯 빤히 바라보았다.

"전에 다른 경찰들이 왔잖아. 와서 마이크를 쳤잖아. 대답해!"

"저녁 때 남자 둘이 왔어요. 한 사람은 덩치가 크고, 한 사람은…… 보통이었어요. 질문을 하고…… 협박했어요."

"왜?"

카를로스는 라르스가 들고 있는 권총에서 눈을 떼지 못했다.

"몰라요. 총 치워요."

하지만 라르스는 총을 치우지 않고 한 번 쳐다보기만 했다. "너한테 겨누고 있는 것도 아니잖아."

카를로스는 왼손으로 한쪽 눈을 감쌌다.

"뭘 물었어?"

"엑토르에 대해서……."

"엑토르에 대해서 뭘 물었는데?"

"그날 저녁에 레스토랑에서 만났느냐고요."

"무슨 저녁?"

카를로스는 엉망이 된 자기 얼굴을 가리켰다.

"만났어?"

카를로스는 고개를 가로저었다.

"어떻게 협박했어?"

"몰라요."

"어떻게 모를 수 있지?"

"날 때렸어요."

"그리고 또?"

카를로스는 어리둥절한 표정이었다. 라르스는 더 명확히 물었다.

"다른 사람 이야기는 안 했어?"

"어떤 사람요?"

"여자."

"어떤 여자요?"

"소피."

카를로스는 생각해보더니 고개를 끄덕였다. "네, 그날 저녁에 그 여자를 봤냐고 물어봤어요."

"봤어?"

카를로스는 고개를 가로저었다.

"그래서 뭐라고 대답했어?"

그는 무슨 그런 당연한 것을 묻느냐는 듯 라르스를 보았다.

"안 봤다고 했죠!"

"레스토랑에선 무슨 일이 있었던 거야?"

카를로스는 시선을 돌렸다. "몰라요."

같은 말을 계속 반복하는 게 피곤하다는 듯한 표정이었다.

"그들이 다시 접촉하면 나한테 알려줘."

"왜요?"

라르스는 느릿하게 권총을 그에게 겨누었다. "내가 그러라고 말했으니까."

카를로스는 잠시 머뭇거렸다. "그래서 내가 얻는 건 뭐죠?"

"아무것도 없어. 하지만 아마 다시 얻어맞는 일은 없겠지."

하지만 카를로스는 고개를 가로저었다.

"그럼 원하는 게 뭔데, 카를로스?"

"문제가 생겼을 때 보호해줘요."

"좋아, 알았어. 하지만 저 놈이 쓰러지고 나서 구급차를 부를 때까지 시간이 있었다는 걸 아무도 모르게 해야 한다는 것도 계약에 포함돼."

라르스는 부엌에서 나가라는 의미로 카를로스에게 권총을 흔들어 보였다. 의자를 끌어다 앉아서 에리크 스트란드베리의 뻣뻣한 몸을 내려다보았다. 이 개자식은 질식으로 천천히 죽어가고 있었다. 라르스는 에리크 스트란드베리가 죽기 전 마지막으로 보는 것이 자신, 라르스 빙에가 되도록 그의 눈을 들여다보았다. 에리크는 길고 고통스럽게 죽어갔다. 라르스는 그 광경을 1초도 놓치지 않았다. 에리크는 자기 토사물 위에 누운 채 죽었다. 라르스는 만족감을 느꼈다.

＊

알베르트는 땅에 누워 있었다. 흙과 잔디 냄새가 났다. 소피에게서 문자가 왔다.

지금 있는 곳에 그대로 있어. 숨어 있어.

길에서 발소리가 들렸다. 안데르스라는 두 번째 남자가 보였다. 하세가 어디 있는지는 알 수 없었다. 알베르트는 다시 달리기로 결심했다. 지금 상태로는 자신이 유리했다. 그때 몇 미터 뒤에서 부스럭거리는 소리가 났다. 자신의 심장 뛰는 소리가 귀에서 울렸다. 둘 중 누구인지 모르지만 한 남자가 가까운 곳에 서 있다. 알베르트에겐 선택의 여지가 없었다. 재빨리 일어나서 달리기 시작했다. 10미터도 못 가서 쭉 뻗은 팔에 목을 부딪쳤다. 남자가 알베르트를 쓰러뜨렸다. 그는 억센 손으로 알베르트를 잡고 가슴을 무릎으로 눌렀다. 숨 쉬기 힘들었다. 알베르트는 침을 튀기며 자신에게 욕을 내뱉는 하세의 뚱뚱하고 일그러진 얼굴을 보았다. 하세는 한 손으로 그의 목을 조르듯이 꽉 잡고 얼굴을 때리기 시작했다. 눈, 코, 입을 주먹으로 세게 맞았다. 구타는 곧 멈췄지만 계속 목을 꽉 잡힌 채였다. 숨을 쉴 수 없었다. 알베르트는 머릿속에서 산소가 떨어져가는 것을 느낄 수 있었다. 생명이 빠져나가고 있었다. 산소가 필요했다. 더 이상 눈을 뜨고 있을 수 없었다. 의식을 잃기 직전, 하세가 놔주었다. 알베르트는 옆으로 돌아누워 헛구역질을 하면서 숨을 들이켰다. 하세는 알베르트의 팔을 꽉 잡고 일으켜 세웠다.

"잡았어." 하세가 외쳤다.

그 순간 알베르트는 몸을 빼낼 수 있었다. 알베르트는 다시 달렸다. 감각이 없었지만 다리는 알베르트를 앞으로 이끌었다. 입에서 피 맛이 났고 온몸의 관절이 다 아팠다. 길로 나갔는데 뒤에서 차가 속도를 높이는 소리가 들렸다. 어느 집 정원에 들어가는 데 성공했다. 발걸음이 느리고 무거웠다. 균형도 잡을 수 없었다. 알베르트는 달리는 내내 곁눈으로 자기와 나란히 달리는 하세를 볼 수 있었다. 하세가 자신을 거의 따라잡았다는 것을 깨닫자 알베르트는 누군가를 만나거나, 지나가는 차를 세우거나, 도움을 요청할 수 있을까 싶어 울타리를 뛰어넘어 도로로 나갔다.

도로에서 더 빨리 뛰려고 해보았다. 볼보가 왼쪽에서 빠른 속도로 다가왔다. 브레이크조차 밟지 않았다. 세게 부딪쳤다. 차는 알베르트의 무릎 부분을 쳤고, 알베르트는 공중에 붕 떠서 조용히 오랫동안 날아가며 차 지붕 너머로 반 바퀴 돈 다음 아스팔트 위에 떨어졌다. 등이 먼저 땅에 부딪쳤고 이어서 뒤통수가 부딪쳤다. 두개골 뒷부분이 박살 날 정도의 충격이었다. 온 세상이 새까매졌다.

*

소피가 전화를 걸었다. 흥분해서 말도 제대로 하지 못했다. 조금 지나서야 무슨 말을 하는지 알아들을 수 있었다. 그는 뛰어들듯 차에 탔다. 소피의 아들이 어느 정원 덤불 속에 누워 있고 경찰 두 명이 주위를 빙빙 돌고 있다고 했다. 소피는 아이를 잡아가게 두면 안 된다는 말을 몇 번이나 했다. 옌스는 그녀를 진정시키려 노력했다.

그가 거의 다 갔을 때쯤 구급차가 빠르게 달리며 그를 추월했다. 그는 구급차를 따라갔다. 구급차는 한 블록 정도 더 가서 길 한복판에 홀로 누워 있는 피투성이 소년 옆에 멈췄다.

*

소피는 새끼손가락 손톱을 물어뜯었다. 손톱 열 개가 다 짧고 들쭉날쭉해져 엉망이었다. 그녀는 직장의 빈 병실에 서 있었다. 알베르트의 문자를 받은 이후 내내 이 방 안을 걸어다니다가 지금은 마냥 뭔가를 기다리고 있었다. 문득 어떤 이미지가 떠올랐다. 알베르트가 정원에서 라이네르와 놀고 있는 모습이었다. 하지만 그 모습은 곧 사라졌다. 갑자기 왜 개 생각이 났는지 이해할 수 없었다. 라이네르는 알베르트가 몹시 사랑했던 황금빛 래브라도였다. 알베르트가 두 살 때 동생 대신으로 샀다. 알베르트는 여섯 살 때부터 여름이나 겨울이나 정원에서 개를 쫓아다녔다. 아홉 살 때쯤에는 개의 행동을 읽고 사고방식을 파악해 개를 잡는 데 성공했다. 그녀는 창문께 서서 지켜보곤 했다. 알베르트는 집중해서 쫓았고, 라이네르는 잠시도 가만히 있지 못했다. 라이네르가 죽었을 때 알베르트는 열두 살이었다. 알베르트는 더 이상 눈물이 나오지 않을 때까지 울었다. 그때 휴대폰이 울렸다. 소피는 생각을 멈췄다.

그녀는 옌스의 말을, 사실만 이야기하는 그의 또렷한 목소리를 들었다. 절망과 공포의 무게에 다리가 풀렸다. 간신히 창턱을 잡았다. 모든 어두운 구멍 가운데 가장 어두운 구멍으로 빠져드는 와중에 유일한 구멍밧줄이라도 되는 것처럼 창턱을 잡고 매달렸다. 온 세상이 새까매졌다. 다음 순간 소피는 복도를 달리고 있었다. 엘리베이터를 타지 않고 계단을 뛰어 내려갔다. 직원용 복도를 달려 현관을 지나 응급실로 갔다.

구급차가 들어오는 순간 응급실에 도착했다. 소피는 달려가서 구급차 뒷문을 막 여는 간호사를 밀어냈다. 알베르트가 들것에 누워 있는 것이 보였다. 얼굴이 피투성이였다. 이마에 넓은 스트랩을 대고 목에 플라스틱 칼라를 대어 머리를 고정해놓았다. 학년 마지막 날 기념으로 입고 갔던 옷은 찢어졌고 피범벅이 되어 있었다. 구급차 안으로 기어 올라가려는데 간호사가 그녀를 잡고 끌어냈다.

*

바깥 날씨가 따뜻해서 주차장의 배기가스 냄새가 더 강하게 느껴졌다. 구닐라는 창문을 열어두었다. 그녀는 회토리에트 광장 주차장 안에 세워둔 자기 푸조에 앉아 있었다. 안데르스의 혼다가 뒤에서 다가와 멈춰서는 것을 백미러로 지켜보았다. 안데르스는 조수석 문을 열고 들어와 털썩 앉았다.

"다 망했어요." 그는 낮은 목소리로 말했다.

"애는 괜찮을까?"

안데르스는 목덜미를 문질렀다. "모르겠어요. 차에 세게 치여서 등으로 떨어졌어요."

"너희를 본 사람이 있어?"

"아뇨."

"확실해?"

"네."

구닐라는 조용히 앉아 있었다.

"차는?" 그녀가 물었다.

"세차하고 다른 차와 부딪친 걸로 보이게 해놨어요. 안전한 곳에 세워뒀어요."

구닐라는 한 손으로 머리를 받쳤다. 그 침묵이 안데르스를 조급하게 만들었다.

"애 휴대전화를 가져왔어요. 애가 소피한테 문자를 보냈어요. 소피는 그게 우리라는 걸 알아요."

구닐라는 아무 말도 하지 않았다.

"어쩌죠?"

그녀는 한숨을 쉬었다. "모르겠어⋯⋯. 지금 당장은 모르겠어."

안데르스는 그녀를 쳐다보았다. 이런 모습은 처음이었다.

"어떻게 해야 하는지 아시잖아요."

구닐라는 고개를 들어 안데르스를 보았다가 다시 두 손에 얼굴을 묻었다.

"구닐라?"

그녀는 대답하지 않았다.

"어떻게 해야 하는지 아시죠?"

"애는 내버려둬."

안데르스는 차에서 나가고 있었다.

"왜요?"

"시키는 대로 해."

그는 잠시 생각했다.

"알았어요. 일단은요. 하지만 의식을 찾으면 제거해야 돼요. 그건 아시잖아요?"

구닐라는 앞만 바라보았다. 안데르스는 차에서 뛰어내려 문을 쾅 닫았다. 그의 차가 주차장에서 나가면서 코팅된 콘크리트 바닥에 타이어가 닿는 끽 소리가 들렸다. 이내 소리도 사라지고 주차장 안은 조용해졌다. 구닐라는 생각하려고 애썼다. 길을 찾고, 방향을 찾고……. 그때 좌석 사이에 둔 휴대전화가 울려서 생각이 끊겼다. 구닐라는 전화를 받았다. 라르스였다. 방금 에리크가 죽었다고 했다. 그녀는 무슨 말인지 알아들었지만 그래도 되물었다.

"어떤 에리크 말이야?"

21

소피는 침대 옆에 앉아 알베르트의 손을 잡고 있었다. 아이의 몸은 구급차에 있을 때보다 더 단단히 고정되어 있었다. 스트랩, 목보조기, 쇔쇠, 머리에 쓴 초현실적인 금속 왕관 같은 물건까지 동원해서 꼼짝도 못하게 해놓았다. 두 다리 모두 허벅지부터 발목까지 깁스를 하고 있었다.

엘리사베트라는 의사가 들어왔다. 소피도 얼핏 아는 사람이다. 엘리사베트는 현재 상황만 이야기했다.

"알베르트는 12번 흉추를 다친 것 같아요. 골수까지 파고 들어갔지만 지금 상태가 어떤지는 알 수 없어요."

알베르트는 잠든 것 같은 모습이었다.

"두개골 골절도 있어요. 지금은 움직일 수 없어서 상황을 파악할수 없네요. 뇌에 압력이 있다는 것만 알아요. 일단 그 압력을 줄여

보려고요. 움직일 수 있게 되는 대로 카롤린스카로 옮기려고 해요."

여러 해 동안 간호사로 일해오면서 그녀는 상처란 보기만큼 심각하지 않은 경우가 많다는 말로 환자의 가족들을 진정시켜왔다. 그리고 그건 사실이었다. 보통은 그랬다. 하지만 지금은 그 반대였다. 알베르트의 부상은 보기보다 더 심각했다. 훨씬 심각했다. 신이시여, 제발 도와주세요…….

그때 야네가 방에 들어와 겁에 질린 눈으로 알베르트를 보더니 소피를 껴안았다.

엔스가 안전한 휴대폰으로 몇 번 연락을 해왔다. 소피는 전화를 받았다. 그는 초조해하고 있었다.

"너 거기서 지금 나와야 돼……."

"알베르트를 두고는 못 가."

"가야 해. 구급차 대원들한테 물어봤는데, 알베르트에게 휴대전화가 없었대. 경찰이 가져간 것 같아. 네 문자를 봤을 거야. 네가 안다는 걸 그쪽도 알아. 너를 찾아내면 해코지를 할 거야."

"아니, 애를 두고는 못 가."

"내가 도움을 줄 사람을 구해놨어. 친구 두 명이 돌아가며 알베르트의 병실을 지킬 거야. 알베르트를 지키고 보호해줄 거야."

소피에게는 묻고 싶은 것이 100가지쯤 있었다.

"지금 나와, 소피!" 엔스는 거의 소리를 지르듯 말했다.

전화를 끊자 뒤에 야네가 있었다.

"무슨 일이야, 소피?"

소피는 대답하지 않았다.

"알베르트는 그냥 사고를 당한 게 아니지, 그렇지?"

소피는 사실대로 말할까 생각해보았다. 언제나 야네에겐 뭐든 다 이야기했다. 야네도 그랬다. 진실과 정직함. 그것이 그들을 하나로 묶어주는 접착제였다. 소피는 동생의 눈을 바라보며 모든 것을 말하고 싶은 충동을 억눌렀다.

"지금은 안 돼, 야네. 난 여기를 떠나야 돼. 이유는 묻지 마. 알베르트를 잠시도 혼자 두지 마. 남자 둘이 올 거야. 그 사람들이 병실을 지키게 해."

소피는 돌아서서 걸어 나왔다. 알베르트에게 작별인사조차 하지 못했다. 야네는 소피의 뒷모습을 물끄러미 바라보았다.

소피는 침실에서 가방을 쌌다. 뭐가 필요할까 생각하며 서둘렀다. 옌스와 곧바로 통화할 수 있는 휴대전화가 가장 중요했고, 다른 전화와 충전기도 필요했다. 그녀는 물건들을 전부 핸드백에 넣고 화장실로 달려가 세면용품 가방을 채우기 시작했다. 아래층 거실에서 소리가 났다. 소피는 깜짝 놀라 몸이 굳었다. 조용히 귀를 기울였다. 아무 소리도 들리지 않았다. 그녀는 계속해서 치약, 칫솔, 크림을 넣었다……. 손에 잡히는 것은 다 넣었다. 또 소리가 났다. 딸깍, 문 닫히는 소리였다. 그녀는 숨을 멈추고 귀를 기울였다. 아무 소리도 들리지 않았다. 헛소리를 들었나? 아니야…….

화장실 창문으로 살금살금 가서 내다보았다. 집 문 앞에 혼다가 한 대 서 있었다. 창문에서 물러서서 화장실 밖으로 나왔다. 아래층 바닥이 삐걱거리는 소리가 들렸다. 온몸이 서늘해졌다. 그녀는 모든 행동을 멈췄다.

"위층도 확인해봐."

남자의 낮은 목소리, 그리고 계단으로 다가오는 발소리. 소피는 위층에 갇힌 채 멍하니 서 있었다. 어떻게 해야 하지? 숨을까? 싸울까? 뭘 가지고 싸우지? 적어도 남자 두 명과 맞서야 하는데.

계단을 올라오는 발소리가 났다. 소피는 무기가 될 만한 것을 생각해보았지만 아무것도 떠오르지 않았다. 발소리가 점점 다가왔다. 그때 문득 좋은 생각이 떠올랐다. 알베르트의 방 창문에 화재 대피용 사다리가 있었다. 그녀는 알베르트의 방으로 갔다. 아슬아슬하게 방에 들어가서 조용히 문을 닫았다. 가슴 위로 핸드백을 메고 창문을 연 뒤 곧 부서질 것만 같은 책상 위로 올라가 창문 밖으로 나가려는 찰나 뒤에서 문이 열렸다. 억센 손이 그녀의 옷깃을 잡았다. 그녀는 뒤로 끌려가 바닥에 떨어지며 등을 세게 부딪쳤다. 하세 베릴룬드가 그녀의 가슴을 무릎으로 누른 뒤 한 손으로 목을 감쌌다. 그가 그녀 위로 몸을 기울였다. 처진 볼살 때문에 마치 늙은 개 같은 모습이었다. 그녀는 자신을 노려보는 그의 축축한 눈을 보았다. 그가 즐기고 있다는 걸 알 수 있었다.

"안데르스!" 하세가 외쳤다.

소피는 카펫 위로 손을 뻗어 알베르트의 침대 밑을 손가락으로 더듬었다. 낡은 망원경 끝을 잡고 야구 방망이처럼 쥐었다.

"안데르스!" 하세가 다시 외치며 잠시 얼굴을 그녀에게서 돌렸다.

소피는 온 힘을 다해 그를 때렸다. 망원경은 하세 베릴룬드의 옆머리를 쳤다. 워낙 세게 맞아서 그는 그녀의 목을 놓고 옆으로 굴렀다. 당황한 탓에 힘이 약해졌다. 소피는 기를 쓰고 벗어나 덩치 큰 하세를 걷어차고는 그의 몸에 깔려 있던 오른쪽 다리를 빼냈다. 계

459

단을 서둘러 올라오는 소리가 들렸다. 소피는 재빨리 일어났다. 뒤에서 하세가 뭔가 중얼거렸다. 곁눈으로 보니 그가 다시 정신을 추슬러 그녀 쪽으로 돌아서고 있었다. 소피는 책상으로 뛰어올라 머리부터 창밖으로 뛰어내렸다. 오른손으로 녹슨 사다리를 간신히 잡았다가 조금 미끄러지는 바람에 손바닥이 찢어져 깊은 상처가 났다. 소피는 사다리를 놓쳤다. 1초 정도 뒤에 잔디밭 위에 등부터 떨어졌다. 가만히 누워서 정신이 들 때까지 기다리고 싶었지만 그녀는 억지로 일어서서 어색한 걸음으로 서둘러 차로 갔다. 차는 집 앞 자갈길에 있었다. 달려가면서 주머니에서 키를 꺼냈다. 강한 통증이 느껴졌다. 소피는 리모컨으로 차 문을 열었다. 운전석에 앉아 문을 잠그자마자 남자들이 부엌문에서 달려 나오는 게 보였다. 뚱뚱한 남자는 귀에서 피를 흘리고 있었다. 다른 남자는 나이가 있는데도 소년 같아 보였다. 눈이 사슴 눈처럼 짙고 둥글었다. 도로타가 말한 그대로였다.

키를 돌렸다. 시동이 걸렸다. 소년같이 생긴 남자가 권총을 꺼내 그녀를 겨누었다. 뚱뚱한 남자가 시동을 끄고 차에서 내리라고 소리 질렀다. 소피는 기어를 후진으로 놓고 페달을 꽉 밟았다. 차가 문기둥 사이로 달려가며 자갈이 튀었다. 소피는 핸들을 확 돌리고 휘청거리며 도로로 나갔다. 빠른 속도로 후진해서 혼다 쪽으로 갔다. 속도가 너무 빨라서 차에서 끼익 소리가 났다. 그녀는 충격에 대비해 마음을 가다듬었다. 랜드크루저는 혼다의 정면을 들이받았다. 인정사정없이 강력한 충돌이었다. 몸이 뒤로 확 쏠리며 시트에 머리를 부딪쳐 어지러웠다. 그녀는 기어를 바꾸고 앞으로 빠르게 나갔다. 백미러로 흘끗 보니 혼다 앞부분이 박살나 있었다.

남자들은 길 한가운데 서서 총을 그녀에게 겨눴다. 소피는 가속 페달을 끝까지 밟았다. 자동 변속기가 저속기어로 내려갔다. 소피는 대시보드 밑으로 몸을 웅크려 숨고 곧장 그들 쪽으로 차를 몰았다. 안데르스와 하세는 몸을 날려 피했다.

*

소피는 뫼르뷔 쇼핑몰 주차장으로 들어가서 꼭대기 층에 차를 세웠다. 차 문을 잠그고 서둘러 쇼핑몰로 들어갔다. 그런 다음 서서 망설였다. 지하철을 타야 하나, 버스를 타야 하나? 재빨리 생각해보았다. 뫼르뷔 지하철역은 종점이고, 출입구가 하나뿐이다. 만약 전차보다 그들이 먼저 온다면 도망칠 가능성이 없다.

소피는 자판기에서 표를 사서 서둘러 버스 정류장으로 갔다. 기다리는 사람들 속에 숨어들어서 버스가 오는 방향에 시선을 고정하고 가끔 쇼핑몰 입구를 돌아보았다. 당장이라도 두 남자가 나타나 그녀에게 달려오는 모습이 그려졌다. 심장이 어찌나 거칠게 뛰는지 가슴 밖으로 튀어나올 것 같았다.

마침내 사거리에서 나타난 크고 붉은 연결식 버스가 그녀 쪽으로 다가와 사람들 앞에 쉭 소리를 내며 섰다. 모르는 노선번호였지만 상관없었다. 그녀는 줄에 서서 버스에 탔다. 소피는 뒤로 가서 비어 있는 자리를 찾아 앉았다. 몸을 숙이고 버스가 제발 빨리 움직이게 해달라고 기도했다. 하지만 버스는 문을 연 채 가만히 서서 정해진 출발 시간까지 기다렸다.

호흡이 힘들어졌고 얕아졌다. 극심한 공포가 밀려들었다. 일어나

달리지 않고 버스에 가만히 앉아 있기 위해서 온 힘을 다해야 했다. 그녀의 온몸이 도망치라고 외쳤다. 마침내 문이 닫혔고 버스는 뫼르뷔에서 출발했다. 겨우 숨을 내쉴 수 있었다. 솔렌투나 방향으로 가는 차였다. 소피는 셰베리에서 내려서 똑같이 생긴 집들 사이를 걸으며 택시를 불렀다. 택시는 15분 후 도착했다. 그녀는 기사에게 시내 중심가의 세르엘 광장으로 가달라고 했다.

현금으로 차비를 치르고 클라라베리스가탄에 내려 광장으로 갔다. 인파 속에 숨어들어 전철역으로 가서 전철을 타고 슬루센으로 갔다. 거기서 환승해서 감라스탄으로 간 다음 걸어서 외스테르말름으로 갔다.

옌스는 자기 집 앞에서 기다리다가 길에서 소피를 맞았다. 그녀는 울지 않고 그저 그에게 안겨서 어깨에 머리를 기댔다. 엘리베이터를 타고 꼭대기 층으로 올라갔다. 옌스는 거울에 비친 그녀를 보았다. 어떻게 달래야 할지, 달래는 게 맞는지조차도 알 수 없었다. 그런 것은 잘할 줄 몰랐다. 해본 경험도 없었다. 그가 평생 피해온 게 바로 그런 일이었다. 하지만 지금 그는 달래주는 법을 알았으면 좋겠다고 생각했다. 소피를 편하게 해주려면 어떻게 하면 될지 알고 싶었다. 하지만 이미 너무 늦었다. 달래려고 했다간 더 악화될 것이다.

그녀가 소독약을 달라고 했다. 옌스는 찾아다 주었다. 소피는 피가 나는 손에 붕대를 감고 다른 방으로 갔다. 여동생과 통화하는 소리가 들렸다. 소피에게 요리를 해주었다. 그녀는 말없이 먹었다. 이야기하고 싶어 하지 않는 것 같아서 그는 가만히 있었다.

*

　방에서 포르말린 냄새가 났다. 구닐라는 가만히 서서 죽은 동생을 내려다보았다. 에리크 스트란드베리는 영안실의 반짝이는 금속 침대 위에 잠든 것처럼 누워 있었다. 그를 깨우고 싶었다. 이제 일하러 갈 시간이라고, 오늘도 평범한 날이 될 거라고, 그리고 어딘가가서 저녁을 먹고 사건을 의논하고 늘 하던 것처럼 온갖 이야기를 하자고 말하고 싶었다.

　남동생을 마지막으로 볼 때 어떤 일을 해야 하는 것일까? 뭔가 기억할 만한 걸 찾으려고 해야 하나? 잊어버린 걸 기억하려고 해야 하나? 병원 밖에서 그녀는 차에 앉아 앞을 보았다. 보이는 것들이 무엇인지 알 수 없었다. 비명이 찾아왔다. 구닐라는 폐 속의 공기가 모두 없어질 때까지 몸속 깊은 곳에서부터 비명을 질렀다. 그리고 눈물이 찾아왔다. 그다음은 비통함이었다. 비통함이 돌풍처럼 그녀의 의식 속을 뒤흔들었다. 고통 때문에 질식할 것 같았다. 외로웠다. 버려졌다는 거대한 느낌이 사라질 줄 몰랐다. 형태 없는 무기력감이 함께 찾아왔다. 그리고 그 사이에서 어떤 생각 하나가 서서히 떠올랐다. 자신은 완전히 고립되었고, 더 이상 아무것도 잃을 것이 없다는 생각이었다.

　그리고 모든 것이 끝났다. 구닐라는 환기를 시키려고 창문을 열고, 조심스럽게 몇 번 숨을 내쉬고는 눈과 얼굴에 흘러내린 화장을 닦았다. 차양판의 거울을 보며 화장을 고치고, 똑바로 앉아 심호흡을 하고 시동을 건 다음 차를 몰았다.

*

그날 밤 소피가 그에게 왔다. 그가 침대 대신 잠자리로 삼은 소파로 살금살금 다가와 그의 품으로 들어왔다. 그녀는 잠시 누워서 그에게 안겼다. 그러고는 빠져나와 자기 침대로 돌아갔다. 옌스는 그녀가 멀어지는 것을 보며 다시 자려고 해봤지만 잠들 수 없었다. 그는 일어나서 병원에 있는 요나스에게 전화를 했다. 그는 알베르트를 돌보고 있으며, 아무 문제도 없다고 했다.

부엌에서 담배에 불을 붙이고 창밖으로 연기를 뿜었다. 조리대에 올려둔 휴대전화가 진동했다. 화면에는 모스크바 번호가 떴다.

"네 친구들이 스웨덴으로 출발했어." 리스토의 목소리는 늘 그렇듯 차분했다.

"스톡홀름으로?"

"응, 지금 가는 중이래……."

"언제 출발했어?"

"몰라. 어제인 것 같아."

"알았어. 오라고 해. 날 찾진 못할 거야."

"네 이름을 알잖아."

"내 이름이 옌스라는 걸 아는 것뿐이잖아."

"너 실명으로 프라하에 다녀왔잖아. 그놈들을 처음 만났을 때……."

옌스도 기억이 났다. 위험한 일이 없다고 여겨질 때는 가끔 그렇게 하곤 했다.

"호텔에서 이름을 알아냈을 거야."

"알았어……. 고마워, 리스토."

옌스는 전화를 끊고 선 채 생각에 잠겼다.

"제기랄……."

"무슨 일이야?"

그는 돌아섰다. 소피가 서서 그를 보고 있었다. 그는 미소를 지어 보이려고 노력했다.

*

새벽 3시 20분에 라르스는 브라헤가탄 경찰서 주차장에 세워둔 렌터카에 키를 꽂았다. 죽은 것 같아 보이는 도시를 차로 달리며 사람을 몇 명밖에 보지 못했다. 대개 취한 사람들이었다. 그 역시 취해 있었지만 그걸 생각할 필요는 없었다. 캡슐에 들어간 듯 떡이 된, 맛이 간 상태가 그에게는 평소 상태였다.

라르스는 아파트에서 세 블록 떨어진 곳에 차를 세우고 뒤에서 감시 장비를 꺼내 팔 밑에 끼고 느릿느릿 집으로 돌아갔다. 서재에서 파일을 컴퓨터로 옮기고 헤드폰을 쓴 뒤 자기가 사무실에 있었을 때부터의 소리를 들었다. 구닐라가 라르스와 에리크에게 카를로스를 보러 가라고 하는 소리가 들렸다. 녹음 상태가 나빴다. 마이크에 소리가 잘 들어가지 않았다. 발소리, 문 닫는 소리. 자기와 에리크의 발소리였다. 라르스는 열심히 귀를 기울였다. 끽 소리가 났다. 매직으로 게시판에 뭔가 쓰는 소리가 분명했다.

"의논할 문제가 두 가지 있어."

구닐라의 목소리다. 침묵. 다시 구닐라의 목소리가 들렸다.

"아이 이야기를 하기 전에, 그날 밤 이야기를 다시 해보자. 라르스는 우리 생각보다 더 많은 걸 알아. 에리크가 지금 그게 뭔지 알아내려고 하고 있어."

"라르스가 파트리시아 노르스트룀에 대해서도 아니요?"

안데르스의 목소리. 라르스는 종이에 '파트리시아 노르스트룀'이라고 적었다.

"나도 몰라. 내 생각엔 모르는 것 같아."

"하지만 그 여자는 알았다고요?"

"응." 구닐라가 딱 잘라 말했다.

그 여자? 라르스는 누구를 말하는 것인지 알 수 없었다.

"그 여자는 발견됐나요?" 하세가 물었다.

"응, 친구가 발견했대." 구닐라가 말했다.

"사인은요?"

"심장마비. 우리가 원하던 대로야."

라르스는 아무것도 이해할 수 없었다.

"의문을 품은 사람은 없고요?" 안데르스가 말했다.

"아니, 없어……. 아직은."

하세가 기침을 했다. 구닐라가 말을 이었다. "라르스가 지금 뭔가를 더 알아내지 않아야 한다는 게 중요해. 그를 없애고 싶지만, 만약 뭔가 아는 게 있는데 숨기고 있다면 여기에 두고 아무것도 안 알려주는 편이 나아."

몇 초 동안 조용하다가 보드에 무언가를 쓰는 소리가 났다. 라르스는 양손을 헤드폰에 얹고 집중했다.

"그 남자애를 찾아서 다시 데려와." 구닐라가 말했다.

라르스는 이해해보려고 애썼다. 그 남자애?

"왜요?" 안데르스가 물었다.

"소피를 꼼짝 못 하게 만들어야 돼. 소피가 뭔가 극단적인 행동을 할 거라는 느낌이 들어. 그런 일이 있어선 안 돼, 지금 시점에는."

구닐라의 목소리는 공허했다.

라르스는 생각해보았다. 남자애? ……알베르트! 알베르트를 어떻게 하려는 거지?

"오늘이 학년이 끝나는 날 아닌가요?" 하세가 물었다.

안데르스가 뭐라 웅얼거리는 소리, 구닐라의 조용한 대답이 들렸다. 무슨 말인지 알아들을 수 없었다. 하세와 안데르스가 일어나면서 의자가 드르륵 움직이는 소리가 들렸다.

라르스는 장비를 끄고 방금 들은 이야기와 알베르트에 대해 생각했다. 그와 에리크가 카를로스를 만나러 간 동안, 안데르스와 하세는 알베르트를 찾아갔다. 찾아냈을까? 왜 그러는 거지? 아이에게 원하는 게 뭐지? 라르스의 머리가 최고 속도로 돌아갔다. 소피를 감시하면서 알베르트에게서 뭔가 특이한 점이 보았던가? 그는 눈을 감고 머릿속을 미친 듯이 뒤졌다. 얄팍하고 희미한 기억이 하나 떠올라서 붙잡으려 했지만 잘 되지 않았다. 사라졌지만, 완전히 사라진 것은 아니었다. 뭔가가 머릿속에 남았다. 작고 부서지기 쉬운 기억이었다. 그는 눈을 치켜뜨고 컴퓨터로 갔다. 기억을 놓지 않으려고 애쓰며 검색어를 입력했다. 알베르트, 소피, 부엌. 검색창에 파일들이 잔뜩 떴다. 라르스는 날짜들을 보고 제일 위에 있는 것부터 듣기 시작했다. 아침을 먹으며 나눈 대화, 저녁을 먹으며 나눈 대화, 알베르트가 낮에 숙제를 하는 동안 나눈 대화들이 있었다. 저녁에 나눈 대화, 소피의 전화 통화. 알베르트의 전화 통화. 뒤에서 들리는 잡음도 많았다. 소리가 나면 작동하는 장비가 켜졌다가 잠시 후에 다시 꺼지기 전까지 녹음한 파일들이었다. 파일들을 계속 듣고, 뒤로 돌리며 찾았다. 젠장. 뭔가 기억나는 게 있는데 그게 뭔지 생각나지 않았다. 그의 무의식만이 알아차린 것이었다. 들으면 들을수록 희미한 기억이 더 약해지기만 했다.

두 시간 반이 지났지만 아직 반도 듣지 못했다. 라르스는 다른 파일을 클릭하고 한 번 더 듣다가 소리가 나지 않는 부분은 넘겼다. 냉장고 문이 열리고 닫혔다. 소피가 '알베르트'라고 말했다. 침묵이 이어졌다. 그리고 찰싹 때리는 게 분명한 소리.

라르스는 헤드폰을 귀에다 살짝 눌렀다. 소리가 더 선명하게 들렸다. 세세한 것까지 들을 수 있었다. 발소리, 누군가 의자에서 일어나는 소리.

라르스는 귀를 기울였다.

'난 아무 짓도 안 했어요.'

엄마 어깨에 얼굴을 묻고 말하는 것 같은 목소리였다.

'이제 다 끝났어. 그 사람들이 실수한 거야……'

라르스는 이건 기억나지 않았다. 들었던 기억은 났지만, 이런 식으로 듣지는 않았다.

'하지만 증인이 있다면서요! 강간이라니 대체 무슨……'

소피가 알베르트를 달래는 소리가 났다.

'이제 다 잊어. 가끔 이런 일이 생길 때가 있어. 누구나 실수를 하기 마련이란다. 심지어 경찰들도 말이야.'

다시 침묵이 흘렀다. 라르스는 계속 들었다.

'날 때렸어요.'

'뭐라고 했니?'

'차에 있던 경찰이 내 얼굴을 때렸어요.'

긴 침묵이 이어졌다. 파일이 끝났다. 라르스는 일어나서 생각을 정리하고 방금 들은 내용을 벽에 적었다. 그는 밤늦게까지 정신없이 일했다. 퍼즐 조각들이 마침내 제자리를 찾기 시작했다.

동이 틀 무렵 전화가 와서 잠에서 깼다. 구닐라가 만나자고 했다. 그는 화장실 거울에 자기 모습을 비춰보았다. 어떤 태도를 취할지 생각했다. 약은 조금만 먹었다. 어쨌든 구닐라의 동생이 죽을 때 옆에 있었으니⋯⋯ 컨디션이 좋지 않아 보여야 정상일 것이다.

"어떻게 된 거야?"

구닐라는 무릎에 손을 올리고 있었다. 날씨는 따뜻했다. 그늘에서는 24도 정도였다. 그들은 외스테르말름 광장의 야외 카페에 앉아 있었다. 그녀는 감정을 최대한 억누르고 있었다. 자신에게 감정적으로 영향을 줄 이야기를 들을 각오가 된 것 같았다. 라르스는 테이블을 내려다보다가 구닐라를 올려다보았다.

"거기 도착해서 에리크가 이야기하기 시작했어요. 그러다가 갑자기 쓰러졌어요."

광장에 산들바람이 휙 불었지만 더위는 여전했다.

"어떻게?"

"그게 중요한가요?"

"안 중요하면 내가 물어보겠어?"

라르스는 이야기하기 시작했다. "앞이 잘 안 보인다고 했어요. 한쪽 팔이 막 떨리기 시작했고요. 뭔가 알아들을 수 없는 말을 하더니 쓰러졌어요."

"에리크가 뭐라고 했어?"

"알아들을 수 없었어요."

"자네는 어떻게 했지?"

"달려가서 맥박을 확인했죠."

"그리고?"

"아직 살아 있었어요. 그래서 전화로 구급차를 불렀죠."

"그리고?"

"에리크 옆에 앉아서 기다렸어요."

"에리크가 뭐라고 말했어? 자네는 뭐라고 했고?"

"에리크는 거의 의식이 없었어요. 하지만 전 계속 부드럽게 말을 걸었어요."

"뭐라고 했어?"

"다 괜찮아질 거다, 구급차가 오고 있다, 걱정할 필요 없다, 이런 말들요."

구닐라는 시선을 돌리더니 심호흡을 했다.

"고마워."

라르스는 대답하지 않았다.

"그리고 다른 사람은? 카를로스는 뭘 했어?"

"잔뜩 겁을 먹고 다른 방으로 가버렸어요."

"카를로스랑은 어디까지 이야기했어?"

"별로 많이 못했어요. 에리크는 성과를 내놓으라고 했어요. 거기까지밖에 이야기 못 했어요······."

구닐라는 주위에 있는 사람들을 둘러보았다. "이제 맞아 들어가기 시작하고 있어. 증거가 모이고 있다고. 우린 모두 지금 우리가 하는 일에 집중해야 돼. 실수해선 안 돼."

라르스는 물컵을 들고 한 모금 마셨다. "지금까지 일어난 일 중에 제가 아직 모르고 있는 게 있나요?"

그녀는 눈에서 슬픈 표정을 지우지 못한 채 고개를 끄덕였다. 라르스의 질문에 대한 답이라기보다는 자기 자신을 향한 몸짓이었다. "끔찍한 일이 있었어. 소피의 아들 알베르트가 어제 차에 치었어. 척추가 부러졌고, 중환자실에 들어가 있어. 정말 끔찍해."

라르스는 비명을 지르고 싶었지만 차분한 자세를 유지하는 데 집중했다. 그는 천천히 자라나는 나무 한 그루, 바다의 풍화를 받는 돌을 떠올렸다. 그는 믿을 수 없을 정도로 느린 속도로 일어나는 일들에 대해 생각했다.

"아······ 누가 그런 거죠?" 그는 정확히 자기가 원하던 대로 무관심한 목소리를 낼 수 있었다.

구닐라는 어깨를 으쓱했다. "몰라, 사고였어······. 뺑소니."

"끔찍하군요. 다른 일은 없었어요?"

그는 차갑고 프로다운 목소리를 내려고 애썼다.

"아니, 없는 것 같아."

구닐라는 라르스 빙에가 훔레고르스가탄 쪽으로 가는 모습을 지켜보았다. 그가 변했다고 생각했다. 예전의 자신 없고 허약한 그가 아니었다. 자신만만해진 것은 아니지만······ 더 뻣뻣하고 조용해졌다. 어쨌든 조바심을 내지 않으면서도 내향적이 된 것은 발전이라 할 만하다. 그녀는 라르스를 보내고 전화를 꺼내 재빨리 하세 베릴룬드에게 전화를 걸었다.

"간호사 집을 싹 치워줄래? 마이크 위치는 안데르스가 알아. 전부 다 치워. 흔적을 조금도 남겨선 안 돼."

구닐라는 전화를 끊고, 잠시 주위를 둘러보며 가만히 앉아 있었다. 모든 게 흥미롭게 느껴졌다. 그녀는 흰 셔츠와 검은 바지를 입은 곱슬머리 청년에게 미소를 지어 보였다. 청년은 몇 초 후에야 그녀가 계산을 하고 싶어 한다는 걸 깨달았다.

*

라르스는 외스테르말름에서 나와 쇠데르말름에 있는 은행으로 가서 피부에 기름이 번들거리는 젊은 직원에게 손을 흔들고 자기 안전금고를 보여달라고 했다. 그는 금고를 열고 소피 브링크만의 감시 파일과 경찰서 도청 녹음 파일 복사본들, 사진, 출력물, 요약물 등 모든 것을 집어넣었다. 그리고 은행에서 나와서 스톡순드로 차를 몰았다.

'그녀를 지켜야 해…….'

소피가 집에 없다는 걸 확인하고 두 블록 떨어진 곳에 차를 세웠다. 15분 후 차 한 대가 경적을 울렸다. 왼쪽을 돌아보니 하세가 차를 몰고 지나가며 그에게 가운뎃손가락을 들어 보였다. 라르스는 숨을 훅 내쉬고 고개를 뒤로 기댔다. 5분, 어쩌면 10분 정도 시간이 지났다. 하세가 소피의 집 쪽에서 라르스를 향해 다가오더니 속도를 늦추고 차창을 내렸다. 하세는 왼팔을 창밖으로 걸치고 라르스를 향해 몸을 내밀었다.

"여자가 보이는 즉시 나나 안데르스, 아니면 구닐라에게 전화를 해. 너 혼자서는 아무 짓도 하지 마. 알겠어?"

라르스는 고개를 끄덕였다.

하세는 차 문 밖을 손으로 두드리다가 다시 가운뎃손가락을 들었다. 이번에는 아주 또렷하게 들어 보여서 차를 몰고 멀어지는 하세의 '여어엇 머어억어어어'라는 메시지를 라르스는 단 1초도 놓치지 않았다. 길에 깔린 모래 위에서 타이어가 굴러가는 소리가 들렸다. 그리고 다시 정적.

라르스는 차에 앉은 채 멍하니 밖을 보았다. 새들이 노래하고 있었지만 들을 수 없었다. 어디에선가 아이들이 놀고 있는 듯, 즐거워하는 소리가 났다. 행복한 웃음소리와 고함소리가 났지만 그 소리도 들을 수 없었다. 그에게는 자신의 생각밖에 들리지 않았다. 열심히 머리를 굴렸지만 모든 게 뒤죽박죽이 되어버렸다. 주머니 속에서 휴대전화가 울렸다. 그는 전화를 받았다.

"라르스? 나 테레세야."

사라의 친구가 훌쩍였다.

"잠시 이야기할 수 있을까? 자꾸 떠오르는 생각들 때문에 견딜 수가 없어……."

무슨 말인지 이해할 수 없었다.

"무슨 생각 말이야?"

테레세는 울고 있었다.

"무슨 일 있어, 테레세?"

잠시 침묵. "너 아직 몰라?"

"뭘?"

테레세는 훌쩍이며 사라가 죽었다고, 그저께 밤에 심장마비로 죽었다고 했다. 우주가 뒤집히고 하늘이 갈라졌다. 그는 차 문을 열고 뛰쳐나와 길 위에 토했다.

*

미하일은 한밤중에 전화를 받았다. 클라우스는 지친 목소리였지만 유머감각이 남아 있었다.

"나 데리러 와줄 수 있어?"

"기분이 어때?"

"배에 총을 맞은 기분이 어떨 것 같아?" 클라우스가 말했다.

"몰라. 허벅지, 어깨, 가슴에 맞는 기분은 알지만…… 수류탄 파편을 엉덩이에 맞는 기분이랑."

두 사람은 함께 웃었다. 미하일은 전화를 끊고 가방을 싸서 다음 날 아침 일찍 공항으로 가 스칸디나비아로 가는 첫 비행기를 탔다. 코펜하겐까지 간 다음 다른 비행기로 갈아타고 스톡홀름으로 갔다. 전에 했던 것과 똑같이 했다. 알란다에서 가명으로 렌터카를 빌리고, 엔셰데에 있는 총기 마니아에게 가서 추적 불가능한 새 권총을 하나 구했다. 그리고 카롤린스카 병원으로 차를 몰았다.

미하일은 볼보, 금발 머리, 사회복지의 허울에 지쳐 있었다. 그는 스웨덴에 지쳐 있었다.

*

엑토르는 안전한 회선으로 아달베르토와 통화하고 있었다. 아달
베르토는 에릭손 건으로 번 돈은 안전하다고 말했다. 엑토르도 아
달베르토처럼 머릿속으로 계산을 해보았다.

"엑토르, 계속 진행하기 전에…… 한케가 나랑 접촉하려고 했단
다. 롤란트 겐츠라는 자가 전화해서 자기들 제안에 대한 내 의견을
묻더구나."

"어떤 제안요?"

"나도 그렇게 물었지……."

"그랬더니요?"

"그들은 물러서지 않아."

"우린 어떤 입장이죠?"

대답이 없었다. 엑토르는 그가 잔을 들고 뭔가 마시는 소리를 들
을 수 있었다. 얼음을 이로 깨물어 부수는 소리가 났다.

"변호사들을 시켜서 온갖 방향으로 고소하고 있어. 싸움을 그쪽
전선으로 옮기고 싶어. 총과 차를 가지고 하는 일은 좀 피곤하구나.
하지만 조심해라. 뭔가 꿍꿍이가 있는 것 같아. 그 겐츠라는 남자가
협박을 했어. 아주 툭 까놓고 말하던걸."

"언젠가는 놈들과 맞붙어야 돼요, 아버지."

"나중에 하자꾸나. 이 새로운 접근이 어떻게 되는지 보고 나서."

엑토르는 시가에 불을 붙였다. 아달베르토는 한 모금 더 마셨다.

"돈 이그나시오와 이야기했다. 좀 가라앉았더구나. 너랑 알폰세
사이에 이야기가 잘되었다고 하던데."

"알폰세가 돌아가기 전에 한 번 더 만날 거예요……. 세부적인 부분을 이야기해야죠."

아달베르토는 엑토르가 알아들을 수 없는 말을 몇 마디 중얼거리더니 말을 이었다. "레세크와 내가 일을 좀 했다. 곧 루트가 다시 뚫릴 거야. 선장은 배를 바꿨다."

엑토르는 잠시 생각해보았다.

"선장이 배를 바꿨다니 무슨 말이죠?"

"별 뜻 아니야. 말 그대로 배를 바꿨다는 거야. 예전에 쓰던 배를 팔고 새 배를 샀어. 계약 조건은 이제까지와 똑같아. 물건은 시우다드델에스테에서부터 차로 나르고, 일주일 뒤에 선장이 파라나구아에서 배에 실을 거야. 새 짐은 월말쯤 로테르담에 도착할 거야. 우린 이제 사업에 복귀한 거다."

"좋은 거예요, 나쁜 거예요?"

"모르겠다. 하지만 달리 선택할 방법이 없단다."

엑토르는 말을 돌렸다. "소냐는 어때요?"

"혼자 지내."

"아버지는 어떠세요?"

아달베르토는 곧바로 대답하지 않았다. 마치 그 물음 때문에 동요하는 것 같았다.

"자업자득이지……." 그가 조용히 대답했다.

엑토르는 스톡홀름에서 시가를 피웠고, 아달베르토는 마르베야에서 술을 홀짝였다. 그들은 잠시 함께 말없이 앉아 있었다.

엑토르는 전화를 끊고 생각에 잠겼다. 복도에서 초인종이 울리는 바람에 생각이 끊겼다. 아론이 사무실 앞을 지나갔다.

"누구 올 사람이 있나?"

엑토르는 고개를 가로저으며 책상 서랍에서 리볼버를 꺼냈다. 아론도 책장에서 소음기가 달린 자기 총을 꺼냈다. 그들은 문 쪽으로 갔다. 아론이 구멍으로 내다보니 남자 두 명이 보였다. 둘 다 모르는 얼굴이었다. 아론이 엑토르에게 손짓을 했다. 엑토르는 내다보고 고개를 가로저었다. 아론은 엑토르에게 물러서라고 손짓했다. 그는 바지 허리춤에 총을 꽂고 문을 열며 호칸 시브코빅과 그의 조수 레이프 뤼드베크에게 상냥한 미소를 지었다.

"무슨 일이시죠?"

둘 다 머리를 바짝 잘랐고 스니커와 싸구려 남성복 체인점에서 산 옷을 입고 있었다. 재킷 아래로 방탄조끼가 튀어나와 있었다. 조수의 코는 감자 같았고, 머리는 시브코빅보다 더 짧았다. 그들은 불안해하고 있다는 걸 숨기려고 계속 얼굴을 찡그리고 있었다.

"아론, 혹은 엑토르를 만나러 왔소." 시브코빅은 거만한 목소리로 말했다.

"무슨 용건이시죠?"

"제안할 게 있소."

"제안서를 써서 우편으로 보내주시면 연락드리죠. 감사합니다."

아론이 문을 닫으려는데 호칸 시브코빅이 문을 밀었다. 아론은 두 사람이 밀치고 들어오도록 놔두었다. 그들은 불안해하는 동시에 협박하고 있었다. 호칸은 양손으로 아론을 밀었다. 미는 것치고는 좀 이상한 행동이었다. 마치 아론을 겁먹게 만들고, 균형을 잃게 하려는 것 같았다. 엑토르가 앞으로 나섰다.

"안녕하세요. 뭘 도와드릴까요?"

시브코빅과 조수는 흐름을 놓치고 말았다. 조수가 불안해하며 권총을 꺼내 들어올렸다.

"닥치고 앉아. 이야기는 우리가 한다." 시브코빅이 말했다.

아론과 엑토르는 겁먹은 척했다. 그들은 거실에 들어가 소파에 앉았다. 시브코빅과 조수는 계속 서 있었다.

"자, 내 말 들어." 시브코빅이 방 안을 몇 걸음 걸으며 이야기했다.

아론과 엑토르는 그를 보았다. 저 불쌍한 개자식은 정말이지 딱해 보일 지경이었다.

"너희는 내 클라이언트 중 한 명을 협박했어."

"누구 말입니까?" 아론이 물었다.

시브코빅의 시선이 여기저기로 돌아다녔다.

"그건 중요하지 않아."

"분명 중요할 텐데?" 엑토르가 말했다.

시브코빅은 상대방이 질문을 받아치리라고는 생각하지 못한 듯했다.

"아니, 안 중요해."

"그래서 누구야?" 엑토르가 물었다.

조수가 그들 쪽으로 총을 휘둘렀다.

"내가 누구 이야기하고 있는지 잘 알잖아."

"모르겠는데……."

시브코빅은 엑토르를 노려보았다.

"레이프는 내가 시키면 총을 쏠 거야. 그는 사람을 죽여본 적이 있어."

엑토르는 놀란 표정으로 조수를 보았다.

"레이프? 전에 사람을 죽여봤어?"

레이프는 무서운 표정을 지으려 애쓰며 고개를 끄덕였다. 시브코빅은 다시 장군이라도 된 것처럼 방 안을 행군하고 다녔다.

"협박을 그만두지 않으면 아주 곤란한 상황에 빠질 거야. 내 말 믿어도 좋아. 우린 너희가 누군지 알고, 어디서 찾아낼 수 있는지도 알아."

시브코빅은 이 남자들이 미소를 짓고 있는 게 마음에 들지 않았다. 그때 엑토르가 한 손을 들었다. "좋아, 너희들 이제 갈 때가 된 거 같다." 그가 일어나며 차분하게 말했다.

"앉아, 씨팔!"

시브코빅이 군인처럼 소리 질렀다. 그때 엑토르 옆에서 아론이 일어섰다. 자기가 누굴 상대하는지 전혀 모르는 시브코빅의 건방짐과 무지함 때문에 웃음이 나올 지경이었다. 시브코빅이 무언가 말하려는 찰나 아론이 바지 뒤에서 리볼버를 꺼냈다. 순식간이었다. 레이프 뤼드베크의 방탄조끼에 두 발을 쏘자 풋, 풋 소리가 났다. 레이프는 뒤로 쓰러지며 총을 떨어뜨렸다. 동시에 엑토르가 앞으로 몸을 날리며 시브코빅의 목을 잡고 바닥에 쓰러뜨려 얼굴을 세게 두 번 때렸다. 엑토르는 시브코빅의 볼을 잡고 머리를 레이프 쪽으로 돌렸다. 레이프는 가까운 곳에 쓰러져 숨을 헐떡이고 있었다.

"자, 총을 들고 내 집에 들어오면 어떤 일이 일어나는지 잘 봐." 엑토르가 속삭였다.

아론이 레이프의 방탄조끼를 확 당겨 풀고 벗겨냈다. 레이프의 머리를 들어올리고 조끼를 몸 밑에 깔았다. 레이프는 아론이 무엇을 하려는 건지 이해할 수 없는 듯했다. 아론은 레이프 뤼드베크의 심장에 자기 총을 대고 두 발 쏘았다. 총알은 그의 몸을 뚫고 나가 조끼에 박혔다. 바닥은 상하지 않았고, 레이프는 즉사했다. 시브코빅은 어린아이처럼 비명을 지르며 울기 시작했다.

"넌 누구지?" 엑토르가 물었다.

호칸은 눈물이 고인 눈으로 죽은 친구를 보고 있었다.

"제 이름은 호칸 시브코빅이에요."

엑토르는 무릎을 치우고 시브코빅을 뒤집었다.

"이제 겁이 나나, 호칸?"

시브코빅은 한마디도 할 수 없었다.

"1분 전까지만 해도 안 그랬잖아. 그렇게 당당하고 위협적이었는데…… 이렇게 빨리 달라지다니, 재미있지 않아?" 엑토르는 그의 목을 단단히 잡았다. "말해. 누가 시켰지?"

"그 사람은 자기 이름은 말해주지 않았어요." 시브코빅이 헐떡이며 말했다.

"어떻게 생겼지?"

시브코빅은 스반테 칼그렌의 외모를 묘사했다.

"오늘 찾아온 목적은 뭐야?"

엑토르는 그의 목을 더 세게 쥐었다.

"당신에게 겁을 주려고요. 당신을 쫓아버리고, 그 사람을 내버려 두게 만들려고요."

시브코빅의 얼굴에서 핏기가 가시고 있었다.

"우리가 말을 안 들으면?"

"그땐 쏴버리려고 했어요."

"그 계획은 잘되지 않은 것 같은데…… 아니야?"

시브코빅은 고개를 떨어뜨렸다.

"돌아가서 여기서 무슨 일이 있었는지 자세히 전해. 우린 절대 그 놈을 내버려두지 않을 거라는 걸 알아듣게 만들어. 그리고 너 역시 내버려두지 않을 거야……. 기억해둬, 호칸 시브코빅."

엑토르는 시브코빅을 놔주었다. 그는 일어나더니 죽은 자기 친구는 보지도 않고 밖으로 뛰쳐나갔다.

호칸 시브코빅은 출입구에서 나와서 셸라고르스가탄을 달리다시피 걸어갔다. 얼굴이 창백했고 코에서는 피가 났다. 그는 혼자였고 구타당한 상태였다.

안데르스는 구닐라에게 전화를 걸어 자기가 방금 목격한 일을 이야기했다. 침묵이 흘렀다.

"혼자였다고?" 그녀가 물었다. 질문으로 생각할 시간을 좀 벌 수 있을 거라고 생각하는 것 같았다.

"네."

"그럼 네 계획대로 된 건가?"

안데르스는 대답하지 않았다.

"그리고 다른 한 명은 지금도 위에 있는 거고?"

"지금 그자가 어떤 상태일지는 생각하고 싶지 않네요."

"알았어……. 그럼 때가 됐네. 안 그래, 안데르스?"

"동의할 수밖에 없군요."

22

30분 전에 깨어난 독일인이 병동에서 엄청난 소동을 일으키고 있었다. 담당 의사의 이름은 파트리크 베리크비스트였다. 곱슬머리에 서른여덟 살이고, 자전거를 타고 출근할 때는 헬멧을 꼭 썼다. 파트리크는 침대 끝에 앉아 흰 가운 윗주머니에 넣고 다니는 작은 손전등으로 클라우스의 두 눈을 비춰보고 있었다. 간호사가 뒤에서 서성거렸다. 클라우스가 불빛을 보는 동안 파트리크는 학교에서 배웠던 독일어를 떠올렸다.

"이름이 기억나요?"

클라우스는 짜증 난 표정이었다.

"네."

"그럼 이름이 뭐죠?"

"당신이 알 바 아니에요."

파트리크는 평정을 지키려고 애썼다.

"음? 왜요?"

"당신이 알 바 아니니까."

전혀 예상하지 못한 반응이었다. 환자들은 보통 존경심을 가지고 그를 대했다. 간호사들 앞에서 망신을 당하기는 싫었다. 그는 손전등을 껐다.

"총알은 제거했어요. 운이 좋았어요. 내부 장기에 영구적인 손상은 남지 않았어요. 그래도 한동안 좀 불편할 겁니다."

"고마워요." 클라우스가 조용히 말했다.

파트리크는 고개를 끄덕였다.

"경찰이 이야기하고 싶어 하는데, 몸 상태는 괜찮겠어요?"

"아뇨."

"그냥 부를게요, 이야기할 수 있을 것 같은데요."

파트리크는 방에서 나가 병실 두 개 사이에 끼어 있는 작은 사무실로 들어가서 경찰이 남긴 번호로 전화를 걸었다. 구닐라 스트란드베리라는 사람이 전화를 받았다. 아주 예의 바른 여자였다.

"그의 상태는 어떤가요?" 그녀가 물었다.

파트리크는 전문의가 쓰는 용어를 써가며 막 떠들어댔다. 구닐라는 그냥 잘난 척하려고 이러는 거구나 싶어 말을 끊었다.

*

클라우스는 침대에 일어나 앉아 스웨덴 가십 잡지를 뒤적였다. 그는 흰 궁전 앞 잔디밭에 서서 손을 흔드는 칼 구스타프 왕, 실비아 왕비, 칼 필리프 왕자, 마델레이네 공주의 사진을 보았다. 빅토리아 공주와 남편은 없었다. 어쩌면 여행 중인지도 모른다. 그는 사진속 사람들을 전부 알아보았다. 그의 남자친구 루디거는 유럽 왕족이라면 환장했다.

문이 열렸다. 안데르스는 방 안으로 들어오며 살짝 고개를 끄덕였다. 클라우스는 그를 아래위로 훑어보았다. 그리고 안데르스의 뒤에 바짝 붙어 따라오는 돼지 같은 베릴룬드를 역겹다는 눈길로 보았다.

"좀 괜찮아요?" 안데르스는 독일어를 제법 잘했다. 그는 의자를 끌어와서 앉았다.

"누구쇼?" 클라우스가 물었다.

하세가 경찰 신분증을 꺼내 보였다.

"총에 맞았습니까?" 안데르스가 물었다.

클라우스는 계속 잡지만 뒤적였다. 가수 키키 다니엘손이 근사해보이는 자기 집 부엌의 소나무 식탁 앞에 앉아 있었다.

"이름이 뭐죠?"

클라우스는 고개를 들었다. 대답할 생각은 전혀 없었다.

"우린 당신을 도와줄 수 있어요. 그러려고 온 거예요."

클라우스가 또 한 페이지를 넘기는 것을 안데르스는 엄청난 인내심으로 참았다. 머리가 아주 큰 크리스테르라는 사람이 작디작은 아내를 안고 있었다. 크리스테르는 엘비스 프레슬리의 열성 팬 같았고, 화장실에 반짝이는 금색 수도꼭지를 달아 칙칙한 느낌을 주는 흔한 스웨덴 식 인테리어를 밝게 만드는 것을 좋아했다. 안데르스는 몸을 기울여 클라우스의 손에서 부드럽게 잡지를 빼앗았다.

"당신이 구경할 다른 것을 가져왔어요."

안데르스는 잡지를 옆에 놓고 재킷 주머니에서 접힌 봉투를 꺼냈다. 그러고는 봉투 안에서 사진 몇 장을 살폈다. 클라우스는 기다리면서 하세를 힐끗 보았다. 하세는 창가에 서 있었다. 안데르스는 엑토르의 사진을 꺼내 클라우스 앞에 들어 보였다.

"이 사람, 알아보겠어요?"

안데르스는 사진을 들여다보는 클라우스의 표정을 살폈다. 클라우스는 고개를 저었다.

안데르스는 아론 예이슬레르의 사진을 들었다. 클라우스는 또 고개를 저었다. 소피 브링크만의 사진을 들었다. 클라우스는 또 고개를 흔들었다. 안데르스는 경찰 기록에서 손에 집히는 대로 가져온 범죄자의 사진을 들었다. 클라우스는 기억을 뒤지느라 100만 분의 1초 정도 늦게 고개를 저었다.

"알고 있어." 안데르스가 하세에게 스웨덴 어로 말했다.

안데르스는 다시 독일어로 말했다.

"당신은 총상을 입고 이곳으로 왔어요. 누군가 당신을 차에 태워서 여기로 데려왔다는 걸 알아요. 그게 누구였죠?"

클라우스는 어깨를 으쓱했다.

"누가 총을 쐈죠?"

클라우스는 대답하지 않았다.

안데르스는 방향을 바꾸었다.

"다시 시작해보지. 널 이 병원까지 데려다 준 게 누구야?"

클라우스는 멍한 눈으로 그를 보았다.

"어떻게 여기까지 왔는지, 엑토르 구스만에 대해 아는 게 뭔지 말하면 보내주지. 대신 나중에 와서 증언을 해야 될 수도 있어."

클라우스는 느긋하게 하품을 하고 안데르스 옆에 있는 가십 잡지에 손을 뻗어 다시 뒤적이기 시작했다. 그러곤 고개를 들고 안데르스에게 미소를 지었다.

"좋아, 의사들이 네가 퇴원해도 괜찮을 만큼 나았다고 하는 순간 감옥에 가둬주지. 네가 입을 열 준비가 될 때까지."

두 사람이 나가는 동안 클라우스는 계속 미소를 짓고 있었다.

안데르스와 하세는 복도를 걸었다. 복도 끝 문이 열렸다. 덩치 큰 남자가 들어와 구르는 듯한 걸음걸이로 그들 쪽을 향해 걸어왔다. 복도가 그의 덩치 때문에 살짝 좁게 느껴졌다. 그들은 중간에서 마주쳤다. 덩치 큰 남자는 그들에게 눈길도 주지 않고 단호히 지나쳐 갔다. 안데르스는 몇 걸음 더 걷다가 멈춰서 그를 돌아보았다.

"안데르스?" 하세가 물었다.

그는 기억을 더듬다가 하세를 돌아보았다.

"왜 그래, 안데르스?"

안데르스는 다시 몸을 돌려 남자를 보았다. 그는 클라우스의 방문을 열고 있었다.

"그 남자야……."

"누구?"

"덩치 큰 남자, 저 사람이 파트너야. 둘이 같이 트라스텐 레스토랑으로 들어가는 걸 내가 봤어."

"확실해?"

"아니……."

"아니라고?"

"그렇지만 뭐 어때……."

안데르스는 총을 뽑아 들고 클라우스의 병실로 걸어갔다. 하세도 총을 들고 성큼성큼 따라갔다.

미하일이 벽장을 열고 클라우스의 옷을 꺼내 침대 위에 던진 참이었다. 뒤에서 문이 확 열렸다. 돌아보니 남자 하나, 팔 하나, 치켜든 권총 하나가 보였다. 미하일은 본능적으로 반응했다. 그는 손을 확 뻗어 안데르스의 팔을 잡고 자기 쪽으로 잡아당겼다. 총이 발사됐다. 클라우스가 비명을 질렀다. 곁눈질해보니 총을 든 남자가 한 명 더 있었다. 미하일은 계속 본능에 따랐다. 아직도 총을 쥐고 있는 안데르스의 팔을 비틀어 총을 빼낸 다음 하세에게 총을 겨누고, 손가락을 방아쇠에 얹고 힘을 주었다.

"미하일! 경찰이야!" 클라우스가 외쳤다.

미하일은 손가락의 힘을 뺐다.

"버려." 미하일은 뚱뚱한 경찰에게 이렇게만 말했다.

하세는 주저하지 않고 총을 떨어뜨렸다. 미하일은 안데르스를 방 반대편으로 집어 던지고, 하세에게 가서 옆에 앉으라고 했다.

"저 개자식이 날 쐈어." 클라우스의 어깨에서 피가 솟았다.

미하일은 엉망이 된 방 안을 보고 어떻게 해야 할지 생각해본 다음 클라우스에게 권총을 던졌다. 클라우스는 왼손으로 총을 받았다. 미하일은 바닥에서 하세의 총을 주워 들고 병실에서 나왔다. 그가 복도를 성큼성큼 걸어가자 간호사 몇 명이 운반용 침대 뒤에 숨으려 했다. 그는 방과 벽장을 전부 뒤졌다. 한 사무실 책상 뒤에 파트리크 베리크비스트가 웅크리고 앉아 있었다. 미하일이 몸을 굽혀 그의 곱슬머리를 잡고 끄집어냈다.

"안정제나 마약이 필요해. 그리고 붕대, 바늘과 실, 팔에서 총알을 제거할 장비도."

파트리크는 미하일이 말할 때마다 고개를 끄덕였다. 미하일은 그의 목덜미를 잡고 함께 창고로 갔다.

클라우스는 권총으로 하세와 안데르스를 견제하고 있었다. 미하일은 파트리크를 방 안으로 밀어 넣었다. 의사는 곧장 안데르스 아스크 쪽으로 갔다.

"아니, 그놈 말고, 쟤!"

미하일은 피가 흐르는 클라우스의 팔을 가리켰다. 파트리크는 서둘러 상처를 살피기 시작했다. 미하일은 들고 있던 파란색 쓰레기 봉투를 열어 티오펜탈(짧은 시간에 효과를 발휘하는 전신마취제_역주) 병을 꺼내 주사기 두 개에 약을 채웠다. 하나를 안데르스의 허벅지에 꽂고 약을 주입했다. 안데르스는 화가 나서 욕을 하다가 바닥에 쓰러졌다. 미하일은 하세에게도 약을 주사했다. 주삿바늘이 꽂히자 하세는 훌쩍거렸다. 1분도 지나지 않아 둘 다 곤히 잠들었다.

파트리크는 상처 주위를 단단히 묶어서 일시적으로 출혈을 막아놓았다.

"이 사람은 즉시 수술해야 합니다."

"빨리하면 얼마나 걸리지?"

"한 시간요."

"됐어."

미하일은 주사기에 약을 채웠다. 미하일이 팔을 잡고 그에게 약을 주사하자 파트리크는 계속해서 안 된다고 외쳤다. 그는 신경질적이고 불분명한 발음으로 소리 지르며 마취과 의사가 감독해야 한다, 산소가 필요하다고 말했다. 하지만 결국 의식을 잃고 팔을 양옆으로 늘어뜨리고 뺨을 바닥에 세게 부딪치면서 바닥에 쓰러졌다. 미하일은 클라우스가 침대에서 나오는 것을 돕고, 그를 부축해서 병원에서 나왔다. 두 사람은 정문 앞에 세워놓은 렌터카에 탔다. 미하일은 차를 시내로 운전했다.

"어디 가? 공항으로 가야지!" 클라우스가 말했다.

"이렇겐 못 가. 네가 죽을 거야."

미하일은 휴대전화를 꺼내 스톡홀름 번호를 눌렀다.

*

전화가 울렸다. 목소리를 알아들을 수 있었다. 미하일의 목소리에서 스트레스가 묻어났다. 그는 거래를 제안했다. 물론 아무런 가치도 없는 제안이었다. '지금 날 도와주면, 나중에 나도 널 도와줄게' 정도였다. 옌스는 거절했다. 하지만 미하일이 끈덕지게 매달리며 애걸해서 옌스는 놀랐다. 거의 애원에 가까운 목소리였다. 하지만 미하일이 그럴 리가……

"미안, 그건 힘들겠어."

침묵.

"이렇게 빌게……. 우릴 도와줄 수 있는 사람은 너뿐이야. 지금 내 친구가 죽어가고 있다고."

내가 지금 미하일의 목소리에서 느끼는 게 인간적인 동정심일까? 누군가 죽어가고 있다. 차갑게 거절하고 전화를 끊어버리면 나중에 다른 방법은 없었을까 하는 생각을 하지 않을 수 있을까? 그냥 거절해버리고 아무렇지도 않게 살 수 있을까? 옌스는 소파에 앉아 있는 소피를 보았다. 빌어먹을.

그는 미하일에게 주소를 알려주고 전화를 끊었다. 자신이 방금 한 결정이 굉장히 후회됐다. 10분 후 누가 문을 두드렸다. 미하일이 피 흘리는 클라우스를 거실로 업고 왔다. 소피와 옌스 모두 클라우스를 알아볼 수 있었다.

"어떻게 된 거죠?" 소피가 물었다.

"어깨에 총을 맞았어요." 미하일이 대답했다.

클라우스는 소파에 누웠다.

"옌스, 얼른 따뜻한 물이랑 수건 몇 장을 가져오고, 약 비슷한 건 다 찾아와."

옌스는 거실에서 사라졌다. 미하일은 비닐봉지에 든 것을 커피테이블 위에 쏟아놓았다. 주사기들, 바늘과 실, 티오펜탈, 소독약, 붕대. 붕대를 풀려고 하는데 소피가 막았다.

"잠깐. 이것부터." 소피는 클라우스 옆에 앉아서 팔 위쪽에 임시로 감아둔 붕대를 풀고 그의 상처를 보았다.

"핀셋이 필요해. 아니면 가느다란 펜치 같은 것이라도." 그녀는 옌스에게 외쳤다.

그녀는 클라우스의 맥박을 짚어보았다. 얕고 빨랐다.

"이건 어디서 구했죠?"

그녀는 커피테이블 위의 것들을 가리켰다.

"병원에서요." 미하일이 대답했다.

소피는 티오펜탈에 주사기를 꽂았다. 얼마나 써야 할지 알 수 없어서 일단 소량만 채웠다.

"당신이 정해요. 마취제 없이 수술할지, 이걸 조금 주사할지. 약을 쓰면 위험해질 수도 있어요." 그녀가 미하일에게 말했다.

클라우스가 고통스러워하며 끙끙거렸다.

"약을 줘요." 미하일이 말했다.

소피는 클라우스의 팔에 약을 주사했다. 그는 구름 속을 떠다니듯 순식간에 고통을 잊었다. 옌스가 물과 수건을 가지고 돌아왔다. 화장실 찬장에서 찾은 약들도 함께 가져왔다.

30분 후, 그리고 상당한 출혈이 있은 뒤에 소피는 총알을 꺼내고 지혈을 할 수 있었다. 총알 때문에 근육은 박살났지만 뼈는 상하지 않은 것 같았다. 그녀는 상처를 닦고 꿰매며, 지금 사용할 수 있는 빈약한 도구로 할 수 있는 것은 전부 했다. 미하일은 클라우스의 호흡을 계속 살폈다.

"고마워요." 테이블 위를 정리하는 그녀에게 미하일이 말했다.

"이건 임시 치료일 뿐이에요. 제대로 된 병원에 가야 돼요."

그녀는 씻으러 화장실에 갔다. 옌스는 미하일의 눈을 보았다.

"친구가 정신 차리는 대로 갈게." 미하일이 웅얼거렸다.

화장실에서 물소리가 들렸다. 할 말이 없어진 두 남자는 잠시 가만히 있었다.

"너 혹시 배고파?"

옌스는 자기가 왜 그런 걸 물어봤는지 알 수 없었다. 미하일은 고개를 끄덕였다. 그들은 식탁에서 차가운 음식을 먹었다. 미하일은 왼쪽 팔로 접시를 감싼 채 앞으로 몸을 숙이고 오른손으로 마구 퍼먹었다.

"너희 둘은 여기서 뭘 하고 있는 거야?" 옌스가 물었다.

미하일은 음식을 씹으며 소파 위의 클라우스를 가리켰다.

"난 쟤를 데리러 왔어." 그는 음식을 씹어 삼킨 다음에 말했다. "어제 의식을 되찾아서 나한테 전화를 했어. 난 당장 날아왔지."

"무슨 일이 있었던 거야?"

미하일은 기지개를 켰다.

"경찰이 와서 빠져나와야 했어."

"누가 총을 쐈어?"

"경찰이……."

소피는 부엌에 들어와 옌스와 미하일을 보았다. 둘 다 말없이 음식을 먹고 있었다. 소피는 이런 상황이 별로 마음에 들지 않았다.

"저 사람은 엑토르를 또 공격할 거래?"

미하일은 그 질문을 이해한 모양이었다. 고개를 가로저었다. 그녀는 시선을 러시아 인에게 둔 채 옌스에게 말했다. "저 사람한테 나 대신 부탁해줬으면 하는 게 있어."

*

카를로스는 숨을 헐떡였다. 그는 엑토르의 전화를 받자마자 달려왔다. 지금 그는 엑토르의 화장실에 서서 몸을 비딱하게 구부린 채 욕조 안에 구겨넣어져 있는 레이프 뤼드베크의 시체를 보고 있었다. 엑토르가 그의 뒤에 서 있었다.

"저놈을 조각내서 레스토랑으로 가져가. 그리고 고기 가는 기계로 갈아버려."

카를로스는 팔로 입을 가렸다. 토하고 싶었다. 아론이 종이봉투 두 개를 들고 뒤에서 나타나 카를로스를 홱 지나치더니 화장실 바닥에 타월을 펼쳤다. 종이봉투를 열고 크기가 다른 작은 톱 두 개를 꺼내 타월 위에 올려놓았다. 이어서 고무장갑, 비닐 앞치마, 샤워캡, 농축 식초, 전지 가위, 소독약, 냉동용 팩, 새 배터리를 넣은 둥근 회전 톱, 보호용 고글, 고무 손잡이가 달린 망치를 꺼냈다. 그리고 마지막으로 바닐라향 방향제를 꺼내 비닐 포장에서 뜯어 샤워기에 걸었다.

"냄새 나기 전에 시작해." 그가 말했다.

카를로스는 머뭇거리다가 몸을 구부려 앞치마, 샤워캡, 고무장갑을 집어 천천히 손에 끼기 시작했다. 아론은 바지 주머니에서 접는 칼을 꺼내 폈다. 검은 손잡이에는 골이 파여 있었고, 짧은 칼날은 공랭으로 경화시킨 탄소강으로 되어 있었다.

"이거 꽤 날카로워." 아론은 카를로스에게 칼을 손잡이 쪽으로 내밀며 말했다. "토할 때는 양동이에 하지 말고 변기에 해." 아론이 엑토르와 함께 화장실에서 나가면서 덧붙였다.

카를로스는 적막한 화장실에 혼자 서 있었다. 그는 욕조의 레이프 뤼드베크를 빤히 보았다. 얕은 숨을 몇 번 쉬고는 욕조 옆에 앉아 시체의 오른손을 잡았다. 차가웠다. 날카로운 칼날을 뤼드베크의 새끼손가락에 대고 눌렀다. 쉬웠다. 손가락이 잘리며 욕조 옆으로 튀었다. 엄지를 잘랐다. 요령이 생기자 나머지 손가락들을 금세 잘라냈다. 그는 왼손 손가락을 자르기 시작했다.

엑토르는 소파에서 신문을 읽었고, 아론은 안락의자에 앉아 있었다. 화장실에서 카를로스가 개조한 모페드를 시험해보는 10대처럼 회전 톱을 시험해보는 소리가 들렸다. 그리고 뭔가 두꺼운 것을 자르는 소리가 들렸다. 소리가 조금씩 잦아들며 엔진이 공회전하더니 잠시 후 다시 자르는 소리가 났다. 톱이 조용해지더니 카를로스가 들썩이며 변기에 토하는 소리가 들려왔다. 그리고 다시 윙윙거리는 톱 소리.

시간이 흘러갔다. 엑토르는 계속 신문을 읽었고, 아론은 허공을 바라보았다. 아래층 사무실로 이어지는 나선 계단에서 나는 발소리가 그들을 방해했다. 아론은 일어나서 총을 뽑았다. 발걸음은 느렸지만 둔하지 않았다.

50대 여성이 들어와 엑토르를 쳐다보고, 아론과 아론이 든 총을 보았다.

"그 총은 치워도 돼요." 그녀가 말했다.

아론은 총을 내렸지만 계속 손에 쥐고 있었다.

"미안합니다. 하지만 노크했다면 아마 절대 들어오지 못하게 하셨겠죠. 그래서 아래층 사무실을 통해서 들어와야 했어요."

구닐라는 손을 귀에 댔다. 벽을 통해 톱 소리가 들려왔다.

"집안 내부 공사 중이신가요?" 그녀는 조금 더 귀를 기울였다. "레이프 뤼드베크가 화장실에서 한창 톱질당하는 소리가 아니라면 말이죠?"

아론은 다시 총을 들었지만 여자는 총에는 눈길도 주지 않았다. 그녀는 신분증을 들어 보였다.

"전 경찰이에요. 이름은 구닐라 스트란드베리고요. 부탁이니 총은 치워주세요. 내가 여기 와 있다는 걸 아는 사람들이 있어요."

아론은 주저하며 창가로 가서 내려다보았다. 먼 곳까지 보았지만 아무것도 없었다.

"아니, 여기에는 저 혼자 왔어요. 전 이야기하러 온 거예요. 하지만 내가 여기 와 있다는 걸 다른 사람들이 알아요. 만약 무슨 일이 생긴다면……." 그녀는 끔찍한 의미가 담긴 손짓을 했다. "음, 이해하시겠죠."

구닐라는 엑토르를 쳐다보았다.

"난 그저 이야기가 하고 싶은 거예요." 그녀는 낮은 목소리로 다시 말했다.

엑토르는 신문을 접고 그녀에게 앉으라는 손짓을 했다.

구닐라는 소파에 앉았다. 화장실에서는 단단한 망치로 뼈와 살을 후려치는 소리가 나다가 다시 톱 소리가 들려왔다. 엑토르는 그녀를 살폈다.

"우리 서로 아는 사이인가요?"

"난 당신을 알아요, 엑토르 구스만. 하지만 당신은 나를 몰라요."

엑토르와 아론은 이어질 말을 기다렸다.

"내가 왜 여기 와 있나 고민하고 있죠?" 구닐라는 엑토르에게 시선을 고정했다. "아마 순수한 호기심 때문인 것 같아요."

카를로스가 다시 토했다. 이번에는 토하며 소리를 질렀다. 구닐라는 카를로스가 다 토할 때까지 기다렸다.

"난 당신이 스반테 칼그렌을 협박해서 번 돈이 얼마인지, 지금 스톡홀름에 와 있는 알폰세 라미레즈와 거래해서 번 돈이 얼마인지…… 그냥 대략적인 금액이라도 알고 싶어요."

엑토르는 그녀를 노려보았다.

"원하는 게 뭡니까?"

구닐라는 무슨 말이냐는 표정으로 그를 보았다.

"당신을 보면 알 수 있어요. 뭔가 원하는 게 있어요. 아마 대답이 겠죠. 당신들 경찰이 제일 좋아하는 게 그것 아닙니까. 대답요."

"아뇨, 대답은 이미 알고 있어요. 그리고 난 그런 것에는 아무 관심 없어요."

엑토르는 아론을 보았고, 아론은 구닐라를 보았다.

"그래서, 그럼 당신이 원하는 건 뭐죠?" 엑토르가 물었다.

"당신이 가진 것."

"뭐라고요?"

"라미레즈와 칼그렌을 통해서 얼마나 벌었죠?"

엑토르는 대답하지 않았다.

"그중에 일부를 떼어줘요."

엑토르는 그제야 이해할 수 있었다.

"그 대가는?"

"내가 경찰에 있는 한, 당신들 마음대로 행동할 수 있을 거예요."

4장

23

눈물은 나오지 않았다. 라르스는 벽에 페인트를 칠하고 있었다.
메모, 추론, 화살표……. 전체 맥락. 모든 것이 두꺼운 흰 페인트 아
래로 사라졌다. 사라가 이 아파트에 다녀갔다. 그녀는 이 벽을 보고
무언가를 깨달았다. 그리고 구닐라에게 연락했다. 그녀는 살해당했
다. 그리고 그들은 곧 그도 죽일 것이다.

라르스는 모든 것을 다 복사해두었다. 디지털 파일도 복사하고,
종이도 복사했다. 두 세트를 만들었다. 하나는 은행 안전금고에 잘
넣어두었다. 다른 세트는 바닥의 스포츠 가방에 들어 있다. 그는 권
총을 확인했다. 탄창은 가득 차 있고, 재킷 주머니에 한 자루 더 있
었다. 보통은 벨트의 권총집에 넣고 다녔지만, 지금은 어깨의 총집
에 넣었다. 등과 어깨에 총집의 스트랩이 느껴졌다.

라르스는 서재를 둘러보았다. 벽은 방금 내린 눈처럼 하얗고, 방

은 단정했다. 누가 봐도 흥미를 느낄 만한 것이 없었다. 바닥의 검은 스포츠 가방을 집어 들었다. 그는 노트북과 감시 장비를 챙겨 아파트에서 나왔다. 거리로 나가서 렌터카로 갔다. 조금만 주의를 기울였다면 약간 떨어진 곳의 차에 앉아 있는 남자를 눈치챘을지도 모른다. 하지만 라르스는 알아차리지 못했다. 그는 주의를 기울이고 있지 않았다. 약기운이 떨어지고 있어서 자신의 고통에만 초점을 맞추고 있었다.

라르스는 시내로 차를 몰았다. 여름휴가 기간이 시작돼 교통량은 많지 않았다. 그는 브라헤가탄 경찰서와 한 블록 떨어진 곳에 차를 댔다. 감시 장비를 다리 위에 얹고, 사무실의 마이크에서 보내는 신호가 잡히나 확인했다. 장비를 트렁크에 넣은 다음 가방과 노트북을 들고 차에서 내렸다.

라르스는 고개를 숙인 채 걸으며 칼라베겐을 건너고, 길 한가운데 있는 작은 홈레고르덴 공원을 지나 스투레플란 쪽으로 향했다. 왼쪽에서 누가 그를 쿡 찔렀다. 고개를 들어보니 덩치 큰 남자가 그의 옆에서 걷고 있었다.

"나랑 같이 걸어." 그가 동유럽 억양의 영어로 말했다.

등골이 서늘해진 라르스는 총을 잡으려고 했다. 그때 남자가 오른손에 들고 있는 총을 보여주며 라르스에게 총을 내놓으라는 손짓을 했다. 모든 것이 순식간에 일어났다. 어느새 라르스의 총은 덩치 큰 남자의 재킷 주머니에 들어가 있었다. 그는 라르스를 데리고 길 건너 세워둔 차로 가서는 뒷문을 열고 라르스를 밀어 넣었다.

"가만히 누워서 닥치고 있어." 운전석에서 옌스가 말했다.

차가 도로로 들어갔다.

"당신들 대체 누구야?"

덩치 큰 남자가 라르스의 얼굴을 때렸다.

*

방은 최악이었다. 배 위의 선실처럼, 방음 창문이 있는데도 고속도로를 달리는 차 소리가 끊임없이 들려왔다.

옌스와 미하일이 출발한 다음 소피는 택시를 타고 에싱에 고속도로를 따라 남쪽으로 가서 E4를 타고 남부 교외로 향했다. 모텔은 미솜마르크란센 고속도로 가에 있었다. 리셉션은 없었고, 신용카드를 사용해서 체크인하는 로비뿐이었다. 옌스가 준 카드를 사용했다.

소피는 침대에 앉아서 기다렸다. 침대라기보다는 간이침대라고 해야 할 정도로 딱딱해서 앉아도 몸무게에 눌리는 느낌조차 없었다. 그녀는 계속 야네에게 전화를 걸었다. 야네는 같은 대답만 했다. "아무 변화도 없어." 책상 위에 고정된 거울에 비친 자신의 모습이 눈에 들어왔다. 지치고 피곤한 얼굴이었다. 소피는 시선을 돌렸다. 영원과도 같은 시간이 지나고 문에서 노크 소리가 났다. 소피는 일어나서 문을 열었다. 옌스가 라르스 빙에를 밀어 넣었다. 두 사람이 들어오자 문이 저절로 닫혔다.

라르스 빙에는 영문을 알 수 없다는 표정이었다. 그는 자기가 어디에 있는지도 몰랐다. 소피는 그를 보았다. 아프고, 약하고, 창백해 보였다. 눈 밑이 검었다. 수척해 보였다. 코피를 흘렸는지 콧구멍 속에는 피가 말라붙어 있었다. 옌스는 그에게 앉으라고 손짓했다. 라르스는 테이블 옆에 놓인 의자를 찾아 앉았다.

"뭘 좀 마셔도 될까?" 라르스의 목소리는 조용했다.

"안 돼." 옌스가 말했다.

라르스는 눈을 비볐다.

"네가 왜 여기 와 있는지 알아?" 옌스가 물었다.

라르스는 대답하지 않았다. 그저 소피만 바라보며 미소 지었다. 오랜만에 만나는 옛 친구 사이에 오갈 것 같은 미소였다. 그 미소를 보자 소피는 불편해졌다.

소피는 라르스를 아주 잠깐 보았을 뿐이었다. 하지만 그가 어떤 사람인지 알고 있었다. 그가 싫었다. 라르스 빙에는 낮은 자존감과 근거 없는 자신감이 섞인 묘한 분위기를 풍기고 있었다. 불안정했고, 불쾌했고…… 겁에 질려 있었다.

"이럴 필요 없었어." 라르스가 말했다.

"왜?"

그는 내내 소피를 바라보았다. 그의 왼쪽 다리가 무의식적으로 씰룩거렸다.

"날 이렇게 잡아 올 필요는 없었다고……. 그렇지 않아도 곧 당신한테 연락할 참이었거든."

"왜요?" 소피가 물었다.

그는 테이블을 내려다보았다.

"정말 안됐어요. 알베르트 이야기 들었어요. 좀 어때요?"

"네가 아는 걸 전부 말해봐." 옌스가 말했다.

긴 침묵이 흘렀다.

"구닐라가 안데르스와 하세에게 알베르트를 잡아 오라고 했어."

"왜요?" 소피가 물었다.

"몰라요. 뭔가 꾸미는 일이 있어요. 그들은 당신을 조종하고 싶어
해요, 소피. 당신이 아무 일도 벌이지 못하도록 확실하게 해야 된다
고 했어요."

"무슨 일을 벌이고 있는데요?"

"몰라요, 당신 때문에 뭔가 걱정이 됐던 거겠지요…… 당신이 차
분히 생각해보지 않고 뭔가 행동에 옮길까 봐. 어쨌든, 그들은 당신
을 협박했으니까요. 조만간 당신은 뭔가 행동을 했을 거예요."

소피는 이해할 수 없었다.

"하지만 왜 이제 와서?"

라르스는 생각해보았다. "뭔가 꿍꿍이가 있는 것 같아요……"

"네가 아는 걸 다 이야기해, 처음부터." 옌스가 끼어들었다.

라르스는 고개를 들어 소피와 옌스를 보았다. 어디서부터 이야기
해야 할지 고민하는 듯 오른손을 쫙 펴서 테이블 위에 올려놓은 채
잠시 생각에 잠겼다. 그러고 나서 이야기를 시작했다. 처음에는 머
뭇거리며 자신 없이 이야기했지만, 조금 헷갈려하다가 정신을 가다
듬고 이야기의 흐름을 찾아 쭉 이어나갔다. 그는 구닐라 스트란드
베리가 연락해온 이야기, 그녀 밑에서 일하기 시작한 이야기를 했
다. 이 일의 목적이 무엇인지를 굉장히 빨리 잊어버렸다는 것, 소피
를 지켜봤다는 것, 소피의 집에 마이크를 달았다는 것을 이야기했
다. 구닐라에게 보고서를 써서 보낸 이야기도 했고, 다른 사람들이
알베르트를 납치한 것을 자기는 모르고 있었다는 이야기도 했다.
자기는 그런 일들에 대해 아무것도 몰랐다며, 사람들이 자기에겐
늘 거리를 두었다고 이야기했다.

소피에게는 이 모든 이야기가 비현실적으로 느껴졌다. 몇 주 동

안 자신을 스토킹하던 남자가 앉아서 자신의 이해 범위를 넘어서는 이야기를 하고 있다. 어쨌든 자신이 어떤 일의 중심에 있는 모양이라는 생각이 서서히 들었다. 라르스는 소피를 아무 근거도 없어 보이는 범죄 수사의 출발점으로 삼은 사람들의 이야기를 했다. 구닐라 스트란드베리가 일하는 방식, 일할 때 쓰지 않는 방식을 이야기했고, 그녀가 경찰서에서 만난 남자는 구닐라의 동생 에리크 스트란드베리였는데 갑자기 죽었다는 말도 했다. 엑토르 주위의 사람들에게 압력을 가하려는 시도, 무언가를 향해 진전을 이루려는 병적인 집착. 안데르스 아스크와 폭력배 하세 베릴룬드 이야기도 하고, 그 둘이서 알베르트를 잡으러 갔다는 말도 했다.

라르스는 이야기를 멈추고 테이블을 내려다보면서 눈에 보이지 않는 어떤 표식을 문질렀다.

"큰 그림을 파악해가기 시작했다고 했죠. 그게 어떤 그림인가요?" 그녀가 물었다.

"몰라요……." 그는 이마를 긁적였다. "우리 목숨이 위험해요. 당신과 나 말이에요, 소피…… 알베르트도. 하지만 그건 이미 알고 있겠죠."

그는 소피와 옌스를 보았다.

"내 우편함에 쪽지를 넣은 게 당신인가요?"

그는 고개를 끄덕였다.

"내 집에 들어온 적이 있나요?"

라르스는 소피를 빤히 보았다.

"뭐라고요?"

"대답해." 옌스가 말했다.

라르스는 고개를 숙이더니 가로저었다. 바닥만 계속 바라보았다.

"안 돼요……." 그가 중얼거렸다.

"뭐가 안 된다는 거죠?"

"그 질문엔 대답하지 않겠다고요." 그가 속삭였다.

엔스와 소피는 서로를 쳐다보았다. 이 사람에겐 정신적으로 큰 장애가 있다.

"자동차, 사브에 불을 붙인 이유는 뭐지?" 엔스가 물었다.

"내가 모르는 일이 잔뜩 진행되고 있다는 걸 그 무렵에 깨달았어. 당신이 와서 내 신분증이랑 다른 것들을 가져갔을 때, 생각이 떠올랐지. 감시 장비를 차에서 꺼냈어……. 차에 불을 지르고, 구닐라에 겐 장비가 다 타버렸다고 했어."

"왜?"

라르스는 오른손 손가락 하나로 테이블에 원을 그리고 있었다.

"난 그들을 도청하기 시작했어."

"누구?" 엔스가 물었다.

"구닐라와 내 동료들."

"왜?"

라르스는 손가락을 멈췄다. "방금 뭐라고 했어?" 그는 이제까지 하던 이야기 전부를 갑자기 잊어버린 것처럼 물었다.

"왜 동료들을 도청하기 시작했느냐고?" 엔스가 날카로운 목소리 로 천천히 물었다.

라르스의 기억이 돌아왔다. 침을 꿀꺽 삼켰다.

"뭔가가 일어나고 있는데 나는…… 나한테는 알려주지 않고 있다 는 걸 깨달았거든."

"뭐라고?" 옌스가 물었다.

"그때는 모든 일이 다 뒤죽박죽이라 아무것도 이해할 수 없었지만…… 적어도 내 생각이 맞긴 했어."

옌스와 소피는 기다렸다.

"그들이 내 여자친구를 죽였어." 라르스는 거의 속삭이다시피 말했다.

"뭐라고요?" 소피가 물었다.

그는 고개를 들어 그녀와 옌스를 보았다.

"그들이 내 여자친구, 사라를 죽였어요."

미하일은 차를 몰아 시내로 돌아가는 중이었다. 소피와 옌스는 뒷자리에 앉아 있었다.

"망할." 옌스가 속삭였다.

그녀도 그 생각밖에 할 수 없었다. 그녀는 창밖을 보았다. 꾸준히 그들을 스쳐 지나가는 자동차들의 흐름을 보았다.

*

미하일과 클라우스는 짧은 작별인사를 남긴 채 떠났다. 곧 노크 소리가 났다. 옌스는 시계를 보았다.

"미하일이 뭔가 두고 간 모양인데." 그는 혼잣말처럼 말했다.

남자 두 명이 있으리라 생각하며 문의 구멍으로 밖을 내다보았다. 하지만 밖에는 남자 세 명이 있었다. 미하일과 클라우스와는 다른 종류의 사람들이었다. 그들은 퀭하고 지친 눈으로 문을 노려보고 있었다. 머리를 박박 민 고샤, 독한 술이 든 병을 손에 들고 있는 비탈리, 눈 사이가 먼 드미트리. 젠장. 옌스가 계산해본 바로는 그들은 그날 저녁은 되어야 스톡홀름에 도착할 것 같았다. 그전에 만날 거라는 생각은 하지 않았다. 쉬지 않고 차를 몰고 온 게 분명했다. 옌스는 문에서 물러나 부엌으로 갔다. 소피가 옌스를 바라보았다.

"무슨 일이야?"

옌스는 서둘러 부엌 창문으로 갔다.

"왜 그래, 옌스?"

"내 생각보다 빨리 왔어……. 당장 여기서 나가야 돼."

문을 요란하게 두드리는 소리가 났다.

"누군데?"

옌스는 부엌 창문을 열었다. "신경 쓸 것 없어. 가자. 나가야 돼."

"내가 가서 지금 너 없다고 할게."

"내 말 믿어. 그건 안 돼."

문을 두드리는 소리가 묵직한 진동으로 변했다. 문틀 전체가 뒤흔들렸다. 옌스는 열린 창문을 가리켰다. 소피는 다른 방법을 생각해내고 싶었다. 진동은 다시 거친 발길질로 변했다. 러시아 인들의 동요한 목소리가 소피에게 들렸다. 옌스는 창밖으로 기어나가 돌아서서 소피에게 손을 내밀었다. 그녀는 그를 보고, 그의 손을 보며 망설였다. 그러고는 부엌에서 나가 아파트 안으로 사라졌다.

"소피!" 옌스가 날카롭게 불렀다.

발 하나가 나무 문을 뚫고 들어왔다. 동요하는 목소리가 더 또렷이 들렸다. 그녀는 핸드백을 들고 돌아와 그의 손을 잡고 바깥 창틀에 발을 내디뎠다. 남자들이 아파트 안으로 들어오면서, 나무 문이 발길질에 부서지는 소리와 그들의 고함 소리가 함께 들려왔다.

소피는 좁은 바깥 창틀에 기어올랐다. 낡고 닳은 주석이 씌어 있었다. 바람이 세게 불었다. 그녀는 건물 외벽 윗부분의 다락방 창문 끝에 매달렸다. 지면까지는 한참 떨어져 있었고 주석은 미끄러웠다. 힐끗 아래를 보았다. 죽을지도 모른다는 공포심이 들 정도로 차들이 작아 보였다. 옌스를 보았지만 아찔함은 여전했다. 그녀 위의 하늘은 너무 커 보였다.

"더 멀리 가야 돼. 조심스럽게, 조금씩 걸어." 옌스가 속삭이고는 왼쪽으로 움직이기 시작했다.

소피는 그를 따랐다. 아파트 안에서 러시아 인들이 이 방 저 방 돌아다니며 이야기하는 소리가 들렸다. 드미트리는 화가 나서 빽 소리를 질렀다. 무언가 부서졌고, 남자들은 서로 고함을 치며 욕하기 시작했다. 소피는 땀을 흘리며 몸을 떨었다. 고소공포증이 강렬한 욕지기처럼 치솟았다. 그 모습을 보면서 옌스는 소피가 얼마나 겁을 먹었는지 알 수 있었다.

"몇 걸음만 더 가면 돼. 넌 할 수 있어." 그가 차분하게 말했다..

그들은 천천히 다음 아파트로 갔다. 외벽의 모습이 달라졌다. 다른 건물로 옮겨가고 있는 것이다. 옌스는 잠시 멈춰 어떻게 움직이면 될지 고민했다. 창틀은 더 좁아졌고, 내리막이었고, 잡을 것이라곤 군데군데 끝부분이 살짝 올라간 주석 지붕마루뿐이었다. 3미터 정도를 걸어야만 다음 창문까지 갈 수 있었다. 소피는 앞을 보았다. 불가능해 보였다. 옌스는 시험 삼아 한 손으로 한쪽 지붕마루를 잡고 매달리려 해보았다. 잡을 만한 게 없었다. 손가락 힘만으로 가야 할 것이다.

"난 못 해." 소피가 말했다.

심장이 요란하게 뛰었다. 목이 바싹 말라 침을 삼킬 수도 없었다.

옌스는 자세를 바꾸고 손으로 지붕마루를 꼭 잡은 채 한쪽 발을 앞으로 미끄러뜨렸다.

"다음 아파트로 가야 돼."

"아니, 난 못 해." 소피가 애원하듯 말했다.

죽음의 공포가 그녀에게 스며들었다. 차라리 그냥 가만히 앉아서 누가 와서 데려가주기를 기다리고 싶었다.

옌스는 한 번 휙 움직여서 다음 건물로 넘어갔다. 그는 좁은 창틀에 서서 주석으로 싼 지붕마루를 잡고 있었다. 그는 이 방법이 괜찮은지 알아보려는 듯 잠시 가만히 서 있었다. 소피는 그 모습을 빤히 보았다. 옌스가 하려는 일은 불가능해 보였다. 그녀는 절대 할 수 없을 것이다. 소피는 아래를 내려다보았다. 호흡은 얕아졌고, 뺨 위로 눈물이 흐르기 시작했다.

"너 미쳤어. 내 말 들려?"

옌스는 눈물을 흘리는 소피를 보고는 한 걸음 더 나아갔다. 몸을 건물 외벽에 단단히 붙이고, 아래를 더듬듯이 발을 움직였다. 주먹의 관절이 새하얗게 변했다. 옌스는 멈춰서 심호흡을 했다. 다시 균형을 잡고 짧게 몇 걸음을 더 나아갔다. 2미터 정도 전진하니 다음 창문이 가까워졌다. 하지만 아직 창문에 닿을 만큼은 아니었다.

마침내 그는 다락 창문에 도착했다. 멈춰서 창틀을 단단히 붙잡은 채 다리를 뒤로 뺐다가 힘껏 차서 유리를 깼다. 유리가 깨진 다음에는 안에 있는 잠금쇠를 열기 위해서 몸을 웅크려야 했다. 오른손을 놓고 조심스레 다리를 구부리고, 손을 넣어서 창문을 열고는 기어들어 갔다. 모든 일이 잘 계산된, 기나긴 한순간에 벌어진 일이었다.

엔스는 몇 초 정도 보이지 않다가 다시 나타났다. 이번에는 창문에 걸터앉아서 그녀 쪽으로 최대한 팔을 뻗었다. 그렇게 해서 소피에게 1미터 정도 벌어줄 순 있었지만, 그게 무슨 소용인가? 그녀가 몸을 펴자 바람이 잡아당기는 듯했다. 엔스는 그녀에게 자기 쪽으로 오라고 손짓했다.

"자, 이리 와."

소피는 숨을 깊이 들이마셨지만 너무 겁이 나서 얕은 숨밖에 쉴 수 없었다. 심장이 어찌나 거칠게 뛰는지 몸속 산소가 전부 타버리는 것만 같았다. 숨을 내쉬었지만 목 안의 덩어리는 꼼짝도 하지 않았다.

"할 수 있어. 그냥 손으로 단단히 잡으면 돼."

그녀는 과호흡하기 시작했고, 다시 눈물이 흘렀다.

"지금이야!" 엔스가 손짓하며 말했다.

소피는 자신에겐 단 한 가지 방법밖에 없다는 걸 깨달았다. 그가 했던 대로 하는 것. 잡을 곳을 찾고 한쪽 다리로 몸을 지탱하는 것.

"소피!" 그가 작게 불렀다.

러시아 인들이 부엌 안에서 소리를 지르고 있었다. 소피는 눈을 깜박여 눈물을 흘러내리게 하고, 목 안의 덩어리를 꿀꺽 삼킨 다음, 단 한 번의 동작으로 해냈다. 주석을 씌운 지붕마루에서 튀어나온 곳을 찾아 꼭 잡고, 죽음을 등 뒤에 둔 채 섰다. 바람이 한 번만 몰아쳐도 떨어질 것 같았다. 소피는 왼쪽으로 한 걸음 갔다. 창틀이 아래로 기울어져 있었다. 손가락이 하얘질 정도로 꽉 매달렸다. 다음 발걸음을 내딛기 위해 손의 위치를 바꿀 준비를 하고, 왼쪽으로 재빨리 한 걸음 갔다. 발이 미끄러지기 시작했다. 손에서 지붕마루가 빠져나갔다. 그녀는 균형을 잃으며 비명을 질렀다. 그의 손이 머리카락을 잡는 것이 느껴졌고, 다음 순간 그의 팔이 목을 감쌌다. 1초 정도 온 세상이 시커멓게 변했다. 두 사람은 바닥에 쓰러지며 깨진 유리 조각 위에 누웠다. 소피는 움직일 수 없었다. 그녀는 옌스 위에 누워 있었다. 눈을 휘둥그레 뜬 그의 이마는 땀에 젖어 있었다. 그들은 서로의 눈을 보았다.

"네가 해낼 줄 알았어." 옌스가 말했다.

그는 일어나면서 소피를 일으켰다. 두 사람은 서둘러 아파트 안으로 들어갔다. 소피는 분출되는 아드레날린에 취할 지경이었다. 옌스가 복도에서 멈추라고 손짓한 뒤, 전화를 걸어 이제 도움이 필요한 사람은 자기라는 말을 했다. 잠시 대화를 나눈 후 전화를 끊고 계단으로 가려는데, 문이 밖에서 잠겨 있다는 걸 깨달았다.

"뭐라도 찾아봐!" 옌스는 소피에게 말했다.

두 사람은 복도를 뒤지기 시작했다. 소피는 복도에 걸려 있는 아웃도어용 옷들을 뒤졌고, 옌스는 큰 거울 밑에 있는 서랍들을 살폈다. 둘 다 아무것도 찾지 못했다. 옌스는 다른 찬장을 뒤졌고, 소피는 그를 믿지 못하기라도 하듯 서랍을 다시 살폈다. 그러고 나서 복도를 둘러보았다. 벽을 따라, 바닥을 따라, 문틀을 따라, 두꺼비집을 따라…… 두꺼비집 위의 고리에 열쇠가 하나 걸려 있었다. 그녀는 그 열쇠를 열쇠 구멍에 넣어 돌렸다. 딸깍, 문이 열렸다.

두 사람은 성큼성큼 계단을 내려가 1층으로 갔다. 옌스가 소피를 위해 묵직한 나무문을 잡아주었다. 두 사람은 옌스의 렌터카로 달려가 얼른 탔다. 도로로 나오자마자 드미트리가 옆 건물 정문에서 달려 나왔다. 옌스는 페달을 꽉 밟고 속력을 냈다. 드미트리와 친구들은 자기들의 차로 달려갔다.

소피는 휴대전화를 꺼내 전화를 걸었다.

"여보세요……. 나예요."

"네."

"뭐하고 있어요?"

그는 바로 대답하지 않았다. 그녀가 너무 직접적으로 물어서 놀란 건지도 모른다.

"별일 없어요."

"만날 수 있어요?"

"언제요?"

"지금요."

그는 다시 조용해졌다.

"좀 갑작스럽네요. 지금 그 레스토랑에 있어요."

소피는 전화를 끊었다. 옌스는 차들 사이를 요리조리 빠져나가고 있었다.

"좋은 선택일까?" 옌스가 물었다.

"글쎄……." 소피는 조용히 말했다.

"왜 거기로 가고 싶은 건데?"

"우리에게 선택의 여지가 있어?"

"여지는 얼마든지 있지."

"우리가 보호받을 수 있는 곳은 거기뿐이야."

옌스는 백미러를 보았다. 드미트리의 차는 보이지 않았다.

*

하세는 자기 차에 앉아 있었다. 트라스텐 레스토랑 밖에 차를 세워두고, 느긋하게 주위 세상을 노려보았다. 그는 이미 명확한 지시를 받았다. 식당 밖에서 기다리고, 무엇에도 반응하지 마라. 아론 예이슬레르가 나와서 그와 접촉할 수도 있고, 어쩌면 에른스트 룬드발이라는 변호사와 접촉할지도 모른다. 하세는 일이 흘러가는 대로 따라가며 그들과 함께 레스토랑 안으로 들어가면 된다. 들어가고 나면 구닐라에게 전화를 해서 어떤 일이 벌어지고 있는지, 그들이 무슨 말을 하고 있는지 들려줄 계획이었다. 이번 일의 주목적은 돈의 흐름을 지켜보는 것이다. 구닐라는 자기 자리에서 일이 돌아가는 것을 지켜볼 것이고, 모든 일이 다 끝난 다음에는 기회가 된다면 엑토르 구스만과 아론을 쏘고 정당방위로 보이게 만들 것이다. 그것으로 사건은 종료된다.

안데르스는 시내를 돌아다니며 소피와 라르스를 찾고 있었다. 이제 어떤 대가를 치르더라도 두 사람을 찾아야 했다. 특히 소피. 소피는 제거해야 한다. 좀 슬픈 일이긴 하지만……. 아닐지도 모른다. 그는 이제 자신의 감정에 확신이 들지 않았다. 환경보호운동을 하는 라르스의 여자친구를 죽인 일은 그를 근본적으로 바꿔놓았다. 무언가를 꺼버리고, 다른 무언가를 제거해버렸다. 엄청난 죄책감은 그를 놀라게 했다. 그것은 사라질 줄 몰랐다. 살인이 습관이 될 수 있도록 또 살인을 하고 싶었다. 그러면 죄책감이 가라앉을지도 모른다.

차 한 대가 하세 옆을 지나갔다. 그는 눈으로 차를 따라갔다. 차는 거리 위쪽에서 주차 공간을 찾아내 멈췄다. 남자가 내려 조수석에서 여자가 내리길 기다렸다. 하세는 몇 초 지나서야 여자를 알아볼 수 있었다. 지난번에는 뒤에서 목을 조르려 할 때 아주 잠깐 봤기 때문이었다. 그들은 레스토랑 안으로 사라졌다.

그는 안데르스에게 전화했다. 잔뜩 흥분한 안데르스는 기다리라고, 눈에 띄지 말고 가만히 있으면 곧 가겠다고 했다. 그리고 차 한대가 나타나 거리 위쪽에 주차했다. 러시아 번호판이 달린 차였지만 하세는 거기에 반응하지 않았다. 하세는 일석이조, 어쩌면 일석삼조를 맞이할 준비를 했다. 총을 살피고, 안전장치를 풀고, 총알이 들어 있는지 확인했다.

*

레스토랑은 닫혀 있었다. 엑토르는 아론, 에른스트 룬드발, 알폰세 라미레즈와 함께 테이블에 둘러앉았다. 알폰세는 무선 인터넷에 연결된 노트북 앞에 앉아 있고, 에른스트는 쌓여 있는 서류 더미를 검토하고 있었다. 엑토르와 아론은 종이를 놓고 계산을 하고 있었다. 와인을 마시는 알폰세를 빼고는 모두 커피를 마셨다.

소피가 옌스와 함께 들어오는 것을 보고 엑토르는 깜짝 놀랐다. 엑토르가 무언가 말을 하려고 했지만 소피가 선수를 쳤다.

"얘기 좀 해요."

엑토르는 일어서서 조금 떨어진 곳에 앉자고 손짓했다.

그는 소피가 앉을 수 있도록 의자를 빼주었다. 소피가 앉자, 그는 맞은편에 앉아 그녀가 이야기를 시작하기를 기다렸다. 소피는 깊이 숨을 쉬고 옌스를 흘끗 보았다. 그는 혼자서 다른 테이블에 앉아 있었다. 이어서 에른스트와 아론과 누군지 모르는 남자를 보았다. 그들 셋 모두 일에 푹 빠져 있는 것 같았다.

"내가 방해한 건가요?" 그녀가 물었다.

엑토르는 고개를 가로젓고 급히 옌스 쪽을 가리켰다.

"저 사람은 왜 온 거죠?"

모든 게 너무나 잘못된 것 같았다. 상황이 지금과 달랐다면 얼마나 좋을까.

"그 얘긴 나중에 해요." 그녀는 마음을 가라앉히고 어디부터 이야기를 시작하면 좋을까 생각했다. 소피는 두 손을 무릎에 얹고 자살 행위가 될지도 모르는 일을 할 준비를 했다.

"내 아들 알베르트가 병원에 있어요. 차에 치였는데 척추가 부러졌어요."

엑토르는 순간 큰 충격을 받은 듯, 뭔가 물으려 했다. 하지만 소피가 한 손을 들어 막고는 이야기를 계속했다.

"한 달쯤 전에 누가 나한테 접촉해왔어요."

그 이상 이야기할 수 없었다. 레스토랑 문이 쾅 소리와 함께 열리며 한쪽 경첩이 떨어져 나갔다.

"진스!"

우렁찬 목소리였다. 드미트리가 한 손에 리볼버를 들고 레스토랑 안으로 당당히 들어왔다. 곤봉을 든 고샤와 권총을 든 비탈리가 따라 들어왔다. 드미트리는 옌스를 찾아냈다.

"나 보고 싶었어?"

옌스는 혐오감을 느끼며 드미트리를 보았다. 엑토르와 아론은 이 사람들이 누군지 알아내려는 듯 시선을 주고받았다.

"원하는 게 뭐야?" 옌스가 물었다.

드미트리는 권총을 겨누며 놀란 표정을 지으려 했다.

"내가 뭘 원하느냐고? 이젠 상관없어. 왜냐하면 지금 내가 여기 왔으니까······. 정말 먼 길을 왔어. 널 쏘고, 또 쏘고, 또 쏘겠다고 벼르면서 말이야."

소피는 옌스가 테이블 밑에서 휴대전화를 두드리는 것을 봤다. 그녀는 조심스레 실내를 둘러보았다. 아론은 꼼짝 않고 앉아 있고, 낯선 남자는 몸을 부드럽게 흔들며 와인을 조심스레 홀짝이고 있었다. 에른스트 룬드발은 테이블을 보고 있었다. 그리고 엑토르는······ 그는 가만히 앉아서 소피에게 안심하라는 듯 미소를 짓고 있었다. 옌스는 일어섰다. 일어서는 동시에 전화를 주머니에 넣는 것을 소피는 보았다.

"너한테 할 말은 리스토에게 다 했고, 리스토가 너한테 전달했을 거야. 만약 나한테 다른 걸 얻어낼 수 있을 거라는 기대로 여기까지 왔다면, 넌 헛걸음한 거야."

드미트리는 입을 반쯤 벌리고 옌스를 쳐다보았다. 그러다 그것도 지겨워졌는지 고샤에게 손짓했다. 고샤는 옌스에게 성큼성큼 다가가 곤봉으로 머리를 후려쳤다. 옌스가 바닥에 쓰러지자 드미트리가 달려와 걷어찼다. 비탈리는 권총을 들어 다른 사람들을 경계했다. 그들은 야만적이고 충동적으로 옌스를 구타했다. 소피는 그 모습을 도저히 볼 수 없었다.

옌스는 곧 발길질이 멈출 거라고 생각했지만, 멈출 줄 몰랐다. 갑자기 이러다가 죽을지도 모르겠다는 생각이 들었다. 드미트리는 미친놈이라 정말 자기가 죽을 때까지 찰지도 모른다. 옌스는 몸을 둥글게 말아서 방어해보려고 했다. 드미트리의 구두는 머리, 목, 등, 배를 가리지 않고 걷어찼다. 그러다 전략을 바꾸어 옌스의 얼굴을 짓밟기 시작했다.

"그만하면 됐어!" 엑토르가 방 저편에서 외쳤다.

드미트리는 발길질을 멈추고 숨을 헐떡이며 엑토르를 보았다.

"넌 누구야……, 깜둥아?"

소피는 엑토르의 눈에서 뭔가 번쩍이는 것을 보았다. 무언가 타올랐다. 평범한 분노가 아니었다. 이것은 격분을 넘어선 것이었다. 아론이 엑토르의 상태를 보고 조용히 고개를 흔들었다. 그토록 철저히 여유를 부리던 낯선 남자마저도 이젠 뭔가 달라진 것 같았다.

드미트리는 잔뜩 얻어맞은 옌스를 붙잡고 일으켜세워서 엉망이 된 그의 얼굴을 보았다.

"내가 얼마나 이러고 싶었는지 알기는 해? 네놈의 건방진 태도가 그동안 나는……."

드미트리는 말을 마치지도 않고 옌스의 뒤통수에 주먹을 날렸는데 조금 빗맞았다. 옌스는 바닥에 쓰러졌다. 고샤는 작은 상자를 꺼내 손가락에서 흰 가루를 덜어 바로 들이마시고는 다시 가루를 집게손가락에 찍어 드미트리의 코 밑에 대주었다. 드미트리는 가루를 마시고 자신의 힘을 레스토랑 안에 다 뿜어내려는 것처럼 크게 고함을 질렀다. 그리고 다시 옌스의 옷깃을 잡고 일으켜서 온 힘을 다해 라이트 훅을 날렸다. 그의 주먹이 옌스의 눈 위를 치며 묵직한 파열음이 났다. 주먹을 날린 뒤 몸을 편 드미트리는 흥분한 듯 헐떡였다. 그는 한 방 더 날리려고 옌스 위로 몸을 기울였다.

"그만해!" 소피가 뺨 위로 눈물을 흘리며 외쳤다.

드미트리가 그녀에게로 시선을 돌렸다. 기대하지 않았던 선물이라도 받은 것처럼 기분이 좋아 보였다. 그는 소피를 내려다보면서 그녀의 턱을 잡았다. 그는 그녀의 얼굴에 자기 얼굴을 들이대며 말했다.

"넌 저놈의 창녀야?"

그에게서는 악취가 났다.

"넌 저놈의 창녀로군. 만약 아니라면…… 다른 놈의 창녀겠지. 네가 창녀인 건 분명해!"

드미트리는 자기 친구들을 보며 놀란 것처럼, 자기가 방금 한 말이 대단히 절묘한 농담이라도 된다는 듯이 웃음을 터뜨렸다.

"다른 놈의 창녀야!" 그는 다시 한 번 말했다. 비탈리와 고샤도 합세해서 과장된 웃음을 터뜨렸다.

드미트리는 그녀의 턱을 계속 단단히 잡고 있었다. "저기 바닥에 널브러져 있는 개새끼가 죽으면, 너랑 그 짓을 해주지……. 다들 구경해도 좋아."

엑토르는 이제 분노로 떨고 있었다. 테이블을 노려보는 그의 호흡이 무거웠고 턱 근육은 꿈틀거렸다. 증오가 빛을 발할 정도였다. 소피는 곁눈으로 그를 둘러싸고 타오르는 순수한 분노를 보았다. 아론이 조심스럽게 그를 살폈다.

드미트리는 분이 덜 풀린 듯했다. 자기가 왜 여기 와 있는지 생각하는 듯 멈춰 섰다가 다시 총을 들고는 아론, 알폰세, 에른스트가 앉아 있는 테이블 쪽으로 총구를 흔들었다.

"너희는 누구지? 여기서 뭐하고 있어? 저 새끼랑 어떻게 아는 사이야?" 그는 총으로 아직 바닥에 누워 있는 옌스를 가리켰다. 아무도 대답하지 않았다. 드미트리는 테이블로 가서 총구를 알폰세의 머리에 댔다. 알폰세는 침착함을 유지했다. 드미트리는 짜증을 내며 엑토르와 소피 쪽으로 몇 걸음 다가가 소피에게 총을 겨누었다.

"너, 창녀, 말해!"

"총 내려놔." 엑토르가 속삭였다.

드미트리는 엑토르의 말투를 흉내 내려다 실패했다. 엑토르가 방금 한 말조차 기억하지 못했다. 그는 흉내 내는 대신 소피의 머리에 총을 댔다. 소피는 눈을 감았다.

옌스가 바닥에서 조금 움직였다.

"드미트리……." 옌스가 피를 뱉어내며 말했다.

드미트리는 몸을 돌려 그를 내려다보았다. "응?"

"리스토가 그러는데, 이제는 모스크바에서 아무도 너랑 엮이고 싶어 하지 않는다더군. 넌 실패만 거듭한대. 계속, 계속 말이야." 옌스가 속삭였다.

드미트리는 잠깐 시선을 들었다가 다시 옌스를 내려다보았다. "뭐라고?"

"아무것도 못 하고, 무능하고, 무식하고, 재능이라곤 털끝만큼도 없고, 실수를 덮으려고 계속 실수를 하고, 그래서 영원한 패배자가 되는 부류가 있어. 네가 그런 인간이야, 드미트리. 그리고 모두 그걸 알고 있어." 옌스는 고통 속에서도 빈정거리듯 미소를 지었다. "너만 빼고, 드미트리. 심지어 네 엄마도 알아. 창녀인 네 엄마도 알아! 네 창녀 엄마 있잖아, 드미트리. 시골 고향에 있는 모든 개새끼랑 다 같이 잔 여자. 그 여자조차 알고 있어!"

옌스는 계속 웃었다. 자기가 한 말이 소피에게 시간을 벌어줄 것임을 알았다. 어쩌면 그것으로는 부족할지도 모르지만, 그것 말고는 더 이상 할 수 있는 일이 없었다. 유일한 희망은 아론이나 다른 사람에게 총이 있어서 드미트리를 쏘는 것이었다. 하지만 그런 일은 일어날 것 같지 않았다.

옌스는 드미트리가 총구를 자기에게 돌리는 것을 보았다. 그는 어두운 총구 안을 똑바로 들여다보았다. 총알이 어디에 맞을지, 아플지, 죽을 때까지 얼마나 걸릴지 잠시 생각했다. 할아버지를 만나게 될까. 만날 때마다 그랬던 것처럼 이번에도 싸우게 될까.

드미트리의 손가락이 방아쇠를 당기려는 순간 누군가 문간에서 헛기침을 했다. 드미트리는 고개를 돌렸다. 두 남자가 보였다. 덩치 큰 놈 하나, 머리숱이 적고 오른팔에 붕대 지지대를 맨 근육질 남자 하나였다. 한순간 모든 것이 그대로 멎은 것 같았다. 영원히 그럴 것 같았다. 마치 신이 일시정지 버튼을 누른 것처럼. 하지만 신은 아무 일도 하지 않았다.

엑토르는 무슨 일이 일어날지 깨닫고 소피에게 몸을 날렸다. 바로 그 순간에 미하일과 클라우스가 총을 쏘는 천둥 같은 소리가 울렸다. 고샤와 비탈리는 선 자리에서 그대로 총알투성이가 되었다. 피, 뼛조각, 동유럽산 코카인이 레스토랑 안을 날아다녔다.

소피는 바닥에 쓰러지면서 엑토르의 몸에 깔렸다. 조금 떨어진 곳에 잔뜩 얻어맞은 옌스가 누워 있는 게 보였다. 두 남자가 죽어 쓰러지는 것도 보았다. 그들의 팔다리가 흐느적거리고 몸은 벌집이 되어 있었다. 지금도 무슨 일이 벌어지고 있는지 깨닫지 못하고 있는 드미트리가 보였다. 옌스가 아드레날린의 힘으로 마지막 기운을 다해 드미트리의 팔을 잡아 끌어내리며 총을 뺏는 것이 보였다. 옌스가 드미트리의 머리카락을 잡고 끌어당겨 자기 눈을 보게 만든 다음 돌덩이 같은 주먹을 폭발적으로 날려 코와 눈과 이를 차례로 박살내는 것을 보았다. 어디서 그런 힘을 끌어냈는지는 알 수 없었지만 옌스에겐 아직 힘이 있었다. 아무도 그가 정당한 복수를 하는 것을 멈출 수 없었다. 드미트리는 꿀럭거리며 자비를 베풀어달라고 빌면서 박살 난 자기 이들을 삼켰다. 소피는 테이블을 보았다. 방 안에는 화약과 마약의 안개가 떠다녔다. 그녀는 아론 예이슬레르가 일어나며 미하일과 클라우스에게 리볼버를 겨누는 것을 보았다. 소피와 옌스는 그걸 보고 동시에 외쳤다.

"안 돼, 아론!"

일대 혼란이 빚어졌다.

미하일과 클라우스는 총구를 아론에게 돌렸다.

"저 사람들은 엑토르를 잡으러 온 게 아니에요!" 소피가 외쳤다.

아론에게는 그 소리가 들리지 않는 것 같았다. 그는 두 발을 쏘았다. 총을 앞으로 내밀고 있던 미하일과 클라우스도 동시에 쏘았다. 끔찍한 소리가 났다. 아론은 기둥 뒤에 몸을 숨겼다. 두 개의 총알이 기둥에 맞아 석고 가루가 구름처럼 피어났다.

"우린 너 때문에 온 게 아니야." 미하일이 고함쳤다.

아론은 총을 내밀고 조준도 하지 않은 채 다시 두 발을 쏘았다. 두 발 모두 미하일과 클라우스 뒤의 벽에 박혔다. 소피와 옌스는 소리를 질렀고, 아론은 또 총을 쏘았다.

"난 지금 이 자리에서 엑토르 구스만을 쏠 수도 있어! 이것 봐. 우린 총을 내려놓고 있어!" 미하일이 말했다.

그와 클라우스는 총을 바닥에 놓았다. 아론은 잠시 기다렸다가 기둥 뒤에서 내다보았다. 두 사람이 총을 버렸다는 걸 보여주자 그는 미하일에게 리볼버를 겨눈 채 걸어 나왔다.

"넌 여기 왜 온 거지?"

미하일은 옌스 쪽으로 고개를 끄덕였다. 얼굴이 엉망이 된 옌스는 드미트리를 목 졸라 죽이고 있는 중이었다. 아론은 계속 미하일에게 총을 겨눴다.

"설명해봐."

"내가 설명할게요." 소피가 말했다.

또다시 총성이 울렸다. 미하일, 아론, 클라우스, 엑토르 모두 혼란에 빠져 소리 지르고 고함을 쳤다. 하세가 문간에서 한쪽 무릎을 꿇고 있었고 뒤에는 안데르스가 있었다. 미하일은 병원에서 본 두 사람을 기억했다. 그가 바닥에서 총을 주워 쏘려는 찰나 하세와 안데르스는 외벽 뒤로 몸을 숨겼다.

"경찰이다!" 하세 베릴룬드가 외쳤다. 두려움 섞인 목소리였다.

침묵이 흘렀다. 하세와 안데르스가 다시 모습을 드러냈다.

"경찰이다!" 하세가 다시 외쳤다.

"엑토르! 우리 약속했잖아!" 안데르스가 말했다.

아론이 엑토르를 보았다. 두 사람의 눈이 마주쳤다. 엑토르는 고개를 가로저었다. 아론은 이해한다는 듯 고개를 끄덕인 다음 총을 들어 안데르스를 겨눴다. 미하일과 클라우스는 하세의 이마를 정조준했다. 옌스는 드미트리의 권총을 집어서 누운 채 겨눴다. 총알은 아마 미하일과 클라우스 사이를 지나갈 것이다. "돼지 새끼 심장을 정확하게 겨눴어." 옌스가 무뚝뚝하게 말했다.

서로의 몸과 머리를 겨누고 있는 여섯 정의 총. 제일 먼저 손을 떨기 시작한 것은 하세였다.

"무기를 버려." 그의 목소리가 가늘어졌다.

"아니, 들어와서 네가 총을 버려. 우린 넷이고 너흰 둘이야……. 싸우면 어떻게 끝날지 너희들이 한번 생각해봐." 아론이 말했다.

안데르스는 이 상황을 타개해보려고 애썼다.

"우린 물러날 거야. 간섭하지 않을게……."

"너희가 물러서면 우린 쏠 거야."

아론의 목소리와 총을 쥔 손은 굳건했다.

소피는 바닥에 누운 채 이 상황을 지켜보았다. 엑토르는 아직 그녀 위에 있었다. 옌스는 출혈이 심했고 녹초가 되어 있었다. 경찰들에게 총을 겨눈 채 누워 있을 수 있는 상태는 아니었다.

아론은 말을 되풀이하는 대신 리볼버의 공이치기를 뒤로 당겼다. 하세는 총을 내려놓고 레스토랑 안으로 밀어넣은 다음 엉금엉금 기어들어 왔다. 모든 총부리가 이제 안데르스를 겨누고 있었다. 그는 자신을 향한 총들을 잠시 바라보다가, 잠깐 떠올려본 생각을 포기하고 미소를 살짝 지으며 권총을 바닥에 내려놓은 뒤 안으로 들어왔다.

상황은 원점으로 돌아갔다. 옌스는 아론이 결코 먼저 총을 내려놓을 생각이 없다는 걸 깨달았다.

"미하일." 그가 경고했다.

미하일은 무슨 뜻인지 이해하고 총을 내려놓았다. 클라우스도 총을 놓았다. 소피는 엑토르가 일어나는 것을 느꼈다. 의식을 잃고 바닥에 누워 있는 드미트리에게 다가가는 엑토르에게서 증오가 흘러

나왔다. 그는 스스로의 증오에 취한 모습이었다. 그는 드미트리의 팔 하나를 잡았다. 낯선 남자가 뒤에서 다가와 드미트리의 두 다리를 들었다. 둘은 드미트리를 들고 주방으로 사라졌다. 마치 지금 이 순간 중요한 것은 오직 되받아치는 것, 복수의 욕구를 채우는 것뿐이라는 듯.

아론은 안데르스와 하세를 밀치며 주방과 뒤쪽 사무실로 몰고 갔다. 일어나 앉아 있던 소피는 자기 앞을 지나는 두 포로와 눈이 마주쳤다. 그녀는 옌스에게 가서 그의 머리를 무릎으로 받쳐주었다. 상태가 좋지 않았다. 얼굴의 근육과 뼈가 박살나고, 이도 몇 개 남지 않았다. 몸에도 골절된 곳이 아마 몇 군데 더 있을 것이다. 숨을 쉴 때마다 쌕쌕거리는 소리가 났다.

소피는 감정적으로 탈진한 상태였다. 토할 것 같았다. 여기서 벗어나고 싶었다. 자기 자신에게서, 모든 것에서 벗어나고 싶었다. 소피는 폐허가 된 레스토랑에 앉아 옌스의 머리를 쓰다듬으며, 클라우스와 미하일이 바닥에서 총을 줍는 것을 보았다. 바닥에 널브러져 있는 부자연스러운 자세의 러시아 인들 시체를 보았다. 창백하게 질리고 겁먹은 에른스트 룬드발은 서류가방을 손에 들고 노트북을 팔 아래 긴 채 서둘러 레스토랑에서 나갔다. 소피는 알베르트의 사고 장면을 눈앞에서 보았다. 알베르트가 병실 침대에 누워 있는 것을 보았다. 의식도 없이, 외로이, 망가진 채로. 그 어떤 감각이라도 붙들고 정신을 차리고 있으려 애쓰는 동안 생각이 펑펑 돌았다. 지금 그녀가 정신을 놓지 않을 수 있는 것은 옌스의 머리를 쓰다듬고 있기 때문인지도 모른다. 계속 똑같은 동작을 반복하며 손바닥에 느껴지는 그의 머리카락에 집중했다. 옌스는 따뜻했다. 그녀는 눈을 감고, 지금 하고 있는 행동에 초점을 맞추고 방금 일어났던 일들을 생각하지 않으려 애썼다. 손을 앞뒤로 움직이면서 옌스의 머리카락을 부드럽게 쓰다듬었다. 천천히⋯⋯.

미하일이 그녀 뒤에 서서 옌스를 살폈다. "우리 이제 간다." 그가 조용히 말했다.

옌스는 아무 말도 하지 않고 엉망이 된 얼굴로 미하일을 쳐다보기만 했다. 미하일은 소피를 보았다. 그녀가 얼마나 겁에 질렸는지 눈치챘는지도 모른다. 하지만 그가 해줄 수 있는 말 중 도움이 될 만한 것이 없었기에, 그냥 일어서서 문으로 걸어갔다. 클라우스가 그녀에게 와서 서툰 영어로 빚을 졌다, 자기 목숨을 두 번이나 구해줬는데 자기는 그 이유도 모른다고 했다. 그는 이 말을 다른 식으로 해보려고 몇 번 시도했지만 실패했다. 그는 펜을 꺼내 냅킨에 뭔가 적어서 소피에게 주었다. 냅킨에는 클라우스 쾰러라는 이름과 전화번호가 적혀 있었다. 그녀는 그의 눈을 보았다. 클라우스는 돌아서서 이미 레스토랑에서 나간 미하일을 따라갔다.

엑토르가 소매를 말아 걷은 채 주방에서 나왔다. 주먹은 피투성이였고 눈은 번득였다. 그는 레스토랑 안의 난장판을 보다가 소피가 바닥에 앉아 옌스의 머리를 받쳐주고 있는 것을 보았다. 그는 이전과 달라 보였다. 2000볼트 정도 충전된 것 같았다. 통제할 수 없는 무언가가 그의 안에서 타오르고 있었다. 그의 눈길이 자신에게 멈췄지만, 소피는 그가 자기를 본다는 느낌을 받지 못했다. 엑토르가 무어라 말하려는데 낯선 남자가 주방에서 걸어 나왔다. 말끔하게 씻고 다듬은 매무새였다. 그는 엑토르의 두 뺨에 입을 맞추었다.

두 사람은 스페인 어로 재빨리 몇 마디 주고받았다. 그는 소피 옆을 지나면서 미소를 지어 보이더니 부서진 문을 통해 밖으로 나갔다. 엑토르는 다시 주방으로 들어갔다.

소피는 엑토르에게 하려던 말을 꺼내지 못했다. 안데르스 아스크와 하세 베릴룬드가 저 안에 있었다. 그녀의 아들을 차로 치고, 그녀를 살해하려고 했던 남자들……

소피는 옌스의 머리를 부드럽게 바닥에 내려놓고 일어나서 주방으로 들어갔다. 드미트리 옆을 지나쳤다. 그는 주방 한가운데 의자에 앉은 채 죽어 있었다. 머리를 뒤로 늘어뜨린 채였다. 고기를 써는 큰 칼이 심장에 박혀 있고 눈알 하나가 튀어나와 있었다. 의자 밑에는 몇 리터의 피가 커다란 웅덩이를 이루고 있었다.

"엑토르 구스만!" 사무실 안에서 안데르스의 목소리가 들렸다.

그녀는 멈춰섰다. 문이 살짝 열려 있었다. 안데르스가 책상 뒤 라디에이터에 묶여 있는 게 보였다. 하세도 그 옆에 있었다. 그녀는 아론이 컴퓨터로 일하는 것을 볼 수 있었다. 소피는 몸을 기울여 엑토르를 보았다. 그가 웃옷을 벗고 젖은 타월로 손을 닦았다. 피투성이가 된 그의 셔츠는 바닥에 아무렇게나 놓여 있었다.

"우리가 운송을 감독하기로 했잖아……." 안데르스가 말했다.

엑토르는 대답하지 않았다.

안데르스는 불리한 위치에서 벗어나보려고 애썼다.

"지금 얘기를 시작하는 게 어때?"

소피는 무슨 상황인지 잘 이해되지 않았다.

엑토르는 책상 서랍을 열고 새 셔츠를 꺼내 포장을 벗겼다.

"내가 보기엔 너는 라디에이터에 묶여 있는 것 같은데."

엑토르는 이제 다시 통제를 찾은 것 같았다.

"그냥 보내주면 네가 구닐라와 합의했던 대로 하고 갈게."

구닐라라고? 이젠 더 이상 놀랄 일이 없을 거라고 생각했는데.

엑토르는 레스토랑 쪽으로 손을 흔들어 보였다. "상황이 달라졌어. 이제 너희들이 낄 자리는 없어. 일이 이렇게 된 지금은 너희도 이해하겠지." 그는 셔츠를 탁탁 털어서 폈다.

"좋아, 그냥 갈게. 우린 아무것도 못 본 거야." 안데르스는 거래를 하려고 허튼 수작을 시도했지만 엑토르는 대답조차 하지 않았다. 그는 새 셔츠를 입었다.

"이제 와서 어리석게 굴지 마, 엑토르 구스만!"

안데르스는 화난 목소리였다. 아론은 컴퓨터로 하던 일을 멈추고 안데르스를 돌아보았다. 엑토르는 동작을 멈추었다.

"뭐라고 했지?" 그가 속삭였다.

안데르스는 될 대로 되라는 식이었다. "우리가 너희를 도와줄 수 있어……, 우릴 보내준다면. 우린 같이 거래를 할 수도 있을 거야. 증인을 데리고 레스토랑에서 나갈게. 그러면 너희는 자유야."

엑토르는 셔츠 단추를 채우고 고개를 들었다. "자유라고?" 엑토르가 단조로운 목소리로 물었다.

"응, 자유."

"정말 어리석군. 모든 사람이 다 너처럼 멍청하다고 생각해?"

안데르스가 대답하려는데 엑토르가 한 손을 들었다. "조용히 해." 그리고 단추를 마저 채웠다.

사냥개 같은 안데르스에겐 할 말이 남아 있었다. "내 부탁은 이것뿐이야. 증인들을 데리고 가게 해줘."

소피는 숨을 참았다.

"누구?"

"증인들."

"어떤 증인들?"

"저 여자, 소피 말이야. 그리고 남자, 소피의 친구. 그들은 이 일과 아무 상관없잖아."

엑토르는 안데르스를 보았다. "네가 그걸 어떻게 알지?"

"그냥 알아."

뒤에서 무슨 소리가 들려 소피는 뒤돌아보았다. 카를로스 푸엔테스가 서서 그녀를 노려보고 있었다. 그는 작고 하찮아 보였다. 그는 몸을 살짝 구부렸다. 그녀는 조용히 하라는, 자기가 있다는 걸 알리지 말라는 뜻으로 고개를 가로저었다. 카를로스의 눈은 차가웠다. 그는 다른 곳으로 걸어갔다.

다시 옌스 옆에 와서 앉아 있는데 뒤에서 소리가 들렸다. 엑토르와 아론이었다. 엑토르는 새 셔츠와 재킷을 입고 손에 서류가방을 들고 있었다.

"소피?" 그는 속삭이듯 말했다. "나랑 같이 가요."

"왜요?"

그는 질문에 답해줄 시간이 없는 듯했다. "언제 경찰이 올지 몰라요. 사무실에 있는 놈들이 당신을 원해요."

그녀는 엑토르의 또다른 모습을 보고 있었다. 그는 감정을 닫은 상태였다.

"옌스는요?"

"아론이 도와줄 거예요."

"우린 어디로 가죠?"

"여기서 벗어나야 돼요……. 일단 그게 중요해요."

소피는 자기에게 선택의 여지가 없다는 걸 깨달았다. 안데르스와 하세가 사무실에 있고, 레스토랑에는 세 구의 시체가 있고, 구닐라와 엑토르는 같이 사업을 하고 있고…… 그녀에게는 선택의 여지가 없었다. 안데르스가 엑토르에게 그녀 이야기를 했을까?

소피는 엑토르를 보았다가 아론을 보며 무슨 낌새가 없나 찾았다. 하지만 얼른 여기서 나가고 싶어 안달하는 모습밖에 볼 수 없었다. 그녀는 옌스 위로 몸을 굽혀 이마에 입을 맞췄다. 그가 정신을 차리고 일어나서 그녀의 손을 잡고 달아나줬으면 하고 바랐다. 하지만 그는 그럴 수 없었다. 그는 심하게 구타당하고 의식이 없어서 아무것도 할 수 없었다. 혼자서는 숨쉬기도 힘들 것이다. 소피는 일어서서 핸드백을 들고, 서둘러 레스토랑 밖으로 나가는 엑토르를 따라갔다.

*

화약과 죽음의 냄새가 실내에 떠돌았다. 카를로스는 자기 레스토랑을 보았다. 처음 총성이 울렸을 때 그는 주방에서 레이프 뤼드베크의 조각들을 고기 가는 기계에 밀어넣고 있었다. 그는 하던 일을 멈추고 주방 찬장에 숨었다. 엑토르와 콜롬비아 인이 러시아 인을 끌고 들어와 죽였을 때, 카를로스는 도망쳐서 사무실에 숨었다. 그는 엑토르가 아버지와 통화하는 것을 들었다. 엑토르는 아버지에게 스톡홀름 브롬마 공항으로 전용기를 보내달라고 했다. 카를로스는 레스토랑 안으로 돌아와 바 카운터 뒤에 숨었다.

누가 누군지 잘 알 수 없었지만 경찰관 클링과 클랭이 온 것은 알 수 있었다. 그는 차가운 바닥에 코를 댄 채 누워서 신에게 자신의 이 비참한 목숨을 구해달라고 기도를 드렸다. 그리고 신은 그렇게 해주셨다. 카를로스는 다시 주방에 들어갔다가 소피라는 여자가 엑토르의 말을 엿듣는 것을 보았다. 그는 엑토르와 여자가 사라질 때까지 다른 곳에 숨어 있었다. 아론이 레스토랑으로 들어와 부상을 입은 옌스라는 남자를 데리고 갔다. 아론은 그를 등에 들쳐업고 사라졌다. 이제 다 조용해졌다. 이곳에는 시체들과 사무실에 묶여 있는 경찰들 말고는 아무도 없었다. 그는 피와 시체가 널린 지옥 같은 모습을 둘러보며 저울질할 다음 떨리는 손가락으로 휴대전화 버튼을 눌렀다.

"겐츠입니다." 롤란트가 전화를 받았다.

"카를로스야……. 스톡홀름에서 레스토랑을 하는."

"그런데?"

"여기 시체가 있어."

"응?"

"네 도움이 필요해. 나도 대가로 줄 게 있어."

"뭔데?"

"엑토르의 위치."

"그건 우리도 알아."

"어디?"

"스톡홀름."

"아니야."

"어딘데?"

"날 도와줄 거야?"

"아마."

"몇 시간 후에 말라가에 도착해."

"어떤 도움이 필요하지, 카를로스?"

"보호해줘."

"누구에게서?"

"모두에게서."

"넌 지금 어디야?"

"스톡홀름."

"거기서 빠져나와서 숨어 지내다가 다시 전화해. 어떻게 하면 될지 알아볼 테니까……. 사람들이 죽었다고 했지? 누가 죽었어?"

"몰라."

젠츠는 전화를 끊었다. 멀리서 경찰차의 사이렌 소리가 들렸다. 카를로스는 레스토랑에서 나왔다.

24

외딴집이었다. 경찰의 집이라기보다는 작은 여름 별장 같아 보였다. 라르스는 조금 전 구닐라와 통화했다. 그녀는 브라헤가탄에 있었다. 소피를 찾느라 사방팔방 돌아다녔다고 하자 구닐라는 그에게 사무실로 들어오라고 했다. 그는 갈 수 없다고 했다. 짧은 침묵이 흐른 뒤 그녀는 원하는 게 뭐냐고 물었다.

"그냥 몇 가지 확인 좀 하려고요." 라르스가 대답했다.

라르스는 몇 블록 떨어진 곳에 차를 댔다. 구닐라의 정원에 들어서서 사과나무 밑과 테라스로 이어지는 좁은 자갈길을 지났다. 정문의 자물쇠는 따는 게 불가능한 현대식이었다. 라르스는 집을 한 바퀴 돌며 창문들을 살폈다. 다 잠겨 있었다. 지하실 문으로 이어지는 계단을 발견했다. 튼튼하지만 조금 낡았고, 물방울무늬 유리가 달린 낡은 창문이 있었다. 아마 안에 걸쇠가 있을 것이다. 그는 스웨터 소매를 끌어내려 팔을 감싼 뒤 유리를 깼다. 손을 넣어 더듬었다. 낡은 걸쇠가 있었다. 그는 문을 열고 지하실로 들어갔다.

라르스는 서둘러 들어가며 안을 훑어보았다. 창고, 식품 저장실, 최근에 설치한 발전기 달린 지열 시스템, 위층으로 연결되는 계단. 몇 걸음 만에 위로 올라가 문을 열었더니 영국 인테리어 디자인 잡지에서 오려낸 듯한 부엌이 나왔다. 복고풍의 가스레인지, 기름과 니스를 칠한 나무 바닥. 아름다운 복고풍 찬장. 그는 부엌에서 나가 거실을 거쳐 서재로 갔다. 책상, 녹색 유리 갓을 씌운 스탠드, 잠긴 서류 캐비닛. 그는 부엌 맨 아래 서랍에서 찾아낸 드라이버로 캐비닛을 열었다. 금속이 휘고 뒤틀리는 요란한 소리가 났지만 결국엔 열렸다. 서류가 잔뜩 줄지어 쌓여 있었다. 손가락으로 뒤지며 소피 브링크만을 찾았지만 없었다. G에서 엑토르 구스만을 찾았지만 그것도 없었다. 라르스가 모르는 경찰들의 이름만 잔뜩 있었다. 모두 알파벳순이었다. 그는 계속 뒤졌다. 잠깐, 뭔가 있다. 베릴룬드. 하세 베릴룬드. 그 돼지 새끼의 여권 사진과 보고서 몇 장이 있었다. 오른쪽 위에 연필로 메모해둔 것이 있었다. '폭력적'. 라르스는 파일을 훑어보았다. 에바 카스트로네베스, 연필로 메모한 것은 없고…… 대충 그려놓은 별이 하나 있었다. 선생이 학생 교과서에 하듯 말이다. V 부분을 보니 라르스 자신이 있었다. 파일을 꺼내 펼쳤다. 사진은 오래된 것으로, 그의 경찰 신분증에 있는 사진이었다. 처음에는 오른쪽 위에 연필로 써놓은 글씨를 받아들이고 싶지 않았다. 이해할 수 없었다. '불안정함'.

라르스는 파일을 닫고 다시 넣어두었다. 아무것도 눈에 들어오지 않았다. 내면 속 완벽한 정적의 순간을 잠시 경험했다. 그리고 다시 깨어났다.

그는 책상 앞 의자에 앉아 서랍을 열었다. 서류, 펜, 독서용 안경, 클립, 자……. 메모와 편지는 모두 주머니에 집어넣었다. 지하실로 내려가기 전에 마지막으로 서재를 한번 둘러보았다. 지하실은 구석구석 샅샅이 뒤졌다. 오줌이 마려워서 속도를 높였다. 보일러실에 들어가서 손전등으로 벽, 천장, 바닥을 비춰보았다. 청소도구가 들어 있는 벽장. 반원형 금속제 걸이에 호스가 걸려 있는 낡은 닐피스크 진공청소기. 대걸레와 양동이, 천과 소독약. 오래되어 향이 날아간 아약스 세척제 냄새 때문에 어린 시절의 흐릿한 기억이 잠깐 떠올랐다. 그는 얼른 떨쳐버렸다.

식품 저장실에 갔다. 통조림과 보존 제품이 많았다. 핵전쟁이 나더라도 여기에서라면 살아남을 것 같았다. 손전등으로 천장을 비춰보고, 앉아서 바닥을 살폈다. 일어나서 통조림 뒤편을 살폈다. 무언가 빛났다. 선반 바로 뒤에, 콩, 옥수수, 이런저런 캠벨 수프 통조림 뒤에……. 한쪽 팔로 확 쓸어버리자 깡통들이 우수수 떨어졌다. 그가 발견한 보물이 눈앞에 있었다. 가로세로 40센티미터 크기의 낡은 금고가 벽에 설치되어 있었다. 하지만 기쁨은 오래가지 않았다. 이걸 대체 어떻게 열지? 시계를 흘끗 보았다. 한 시간 정도, 어쩌면 그 안에 해내야 할지도 모른다. 그 시간 동안 할 수 있는 일이 뭐가 있지? 다이얼을 되는 대로 막 돌려볼까? 그는 생각했다. 주머니에 들어 있는 메모! 라르스는 앉아서 메모를 펼쳐놓고 손전등을 입에 물었다. 그는 읽어나갔다. 질문과 대답이 잔뜩 있었다. 계속 살폈지만 어디에도 숫자는 없었다.

그는 위층 사무실로 달려가 캐비닛에서 파일을 들 수 있는 만큼 들고 내려와 바닥에 펴놓고 뒤졌다. 그걸 세 번 반복했다. 네 번째로 올라갔을 때는 책상 위에 있던 낡은 영수증과 종이 들을 챙기고 거실에서 스탠드를 가져왔다. 그는 무릎을 꿇었다. 스탠드가 금고를 비추고 있었다. 영수증에서 그녀의 ID 번호를 찾아내고 일어서서 숫자를 두 자리씩으로 쪼개 시험해보았다. 처음 두 개는 시계 반대 방향, 다음 두 개는 시계 방향. 잠겨 있다. 그는 시계 방향부터 다시 시작해보았다. 여전히 잠겨 있다. 그녀의 전화번호를 시험해보았다. 잠겨 있다. 전화번호와 생일……. 잠겨 있다. 시간이 지나가고 있다. 오줌이 마려웠다. 땀이 나고, 춥고, 지쳤다. 금단 증상이 서서히 심해졌다. 그는 이를 갈았다.

라르스는 다시 바닥에 무릎을 꿇고 첫 번째 파일을 열어 훑어보았다. 스벤이라는 경찰에 대한 정보였다. 파일에는 연필로 '반동분자'라고 적혀 있었다. 그 파일은 밀쳤다. 다른 파일을 계속 열었다. 경찰, 훈련생, 조사관, 형사……. 그가 모르는 얼굴의 작은 여권 사진들. 구석에 구닐라가 연필로 적어놓은 메모. '혼자 일하고 싶어 함', '타인에게 의존함', '수동적 공격성'……. 모든 파일은 똑같은 구조였다. 사진, 인사과 기록, 메모, 근무 기록. 그는 열 개 정도 읽어보며 두드러지는 것이 없나 찾아보았다. 아무것도 없었다. 다시 구닐라의 메모를 살폈다……. 흥미로운 것은 없었다. 이렇게는 안 돼. 라르스는 일어난 뒤 물러서서 파일들을 보았다. 스탠드 불빛을 파일 쪽으로 돌렸다. 캐비닛 안에 있을 때는 다 갈색으로 보였는데 빛을 받으니 서로 달라보였다. 지금도 물론 갈색이었지만 더 짙은 것, 더 옅은 것이 있어 서로 다른 시기에 만든 것임을 알 수 있었다.

쭉 빛을 비춰보고 가장 밝은색 파일을 골랐다. 가장 밝은색은 가장 오래되었다는 뜻이다. 펼쳐보니 다른 파일들보다 두꺼웠다. 오래된 신문 기사 스크랩, 타자기로 친 메모, 빛바랜 사진들이 잔뜩 있었다. 날짜를 읽었다. 1968년 8월. 이름을 읽어보았다. 시브와 칼-아담 스트란드베리, 1968년 8월 19일에 베름란드에서 캠핑 중 살해당함. 스트란드베리? 그녀의 부모인가? 금고를 돌려보았다. 68 08 19. 잠겨 있다. 시계 방향과 반대 방향을 이리저리 조합해서 돌려보았다. 잠겨 있다. 그녀 부모의 생년월일을 찾아서 똑같이 해보았다. 시간이 빨리 지나갔다. 여기 온 지 벌써 40분이나 됐다. 구닐라가 언제 나타날지 모른다. 잠겨 있다. 잠겨 있다. 잠겨 있다.

눈썹에서 땀이 떨어졌다. 심장이 쿵쾅쿵쾅 뛰었다. 목구멍이 칼칼했다. 영혼의 간질간질함을 없애줄 약 생각이 간절했다. 라르스는 다시 파일로 돌아가 신문 기사 스크랩을 뒤졌다. 시브와 칼-아담 스트란드베리가 두 아이 에리크와 구닐라를 데리고 찍은 사진. 1960년대에 찍은 사진으로, 그들은 스칸센 야외 미술관 입구에 서 있었다. 시브와 칼-아담은 단정한 옷을 입고 미소 짓고 있었다. 칼-아담은 작은 모자를 썼다. 타이트한 체크무늬 반팔 셔츠, 곧은 바지, 광낸 구두. 드레스를 입은 시브는 머리를 틀어 올리고 흰 구두를 신었다. 아이들도 미소를 짓고 있었다. 라르스는 소녀의 얼굴에서 구닐라를 볼 수 있었다. 그녀는 행복해 보였다. 에리크를 보았다. 가족과 함께 미술관에 들어가기 직전인, 웃고 있는 금발머리 소년이었다. 소년은 행복했고, 빛이 나는 것만 같았다. 라르스는 끔찍한 죄책감에 휩싸였다. 카를로스의 아파트 바닥에서 죽게 내버려둔 사람이 이 순수한 어린 소년이라니. 라르스는 사진을 노려보며 번지기 시작하는 불편함을 쫓아버리려고 심호흡했다. 계속 찾았다. 수사를 해야 한다. 라르스는 읽어보았다. 그들은 텐트 속에서 총을 맞고 죽었다. 산탄총이었다. 살인자의 이름은 이바르 감린. 사건 당시 그는 31세였고 만취해 있었다. 그는 아내를 구타하고 차에 탔다. 그는 뒷자리에 총이 있었던 것이 우연이라고 주장했다. 전날 새 사냥하러 갔을 때 썼는데 집 안에 들여놓지 않고 그냥 두었던 것뿐이라고 했다. 라르스는 심문 부분으로 넘어갔다. 감린은 아무 기억도 나지 않는다고 했다. 페이지 아래쪽을 보니 감린은 1969년 11월 23일 종신형을 선고받았다. 라르스는 그 숫자로 이것저것 시도해보았지만 금고는 여전히 잠겨 있었다. 다시 시간을 보았다. 거의 5시 반이다. 혹시 소리가 나지 않나 귀를 기울여보았다. 그리고 계속 파일을 뒤졌다. 감린은 1975년 관대한 처분을 호소했으나 거절당했다. 1979년 감린의 형기가 정해졌다. 그는 1982년 11월에 풀려날 예정이었다. 라르스는 서둘러 읽으며 중요하지 않은 부분은 건너뛰다가…… 여기 있다! 이바르 감린은 1981년 다른 재소자에 의해 살해당했다. 기사를 읽어보니 감린의 몸에 있는 뼈란 뼈는 거의 다 박살난 것 같다고 했다. 라르스는 다른 경찰 보고서를 읽었다 A4 용지에 손으로 쓴 것이었다. 누군가 한밤중에 감린의 감방에 들어갔다. 사인은 질식이고, 알 수 없는 물건을 사용했다. 검시 보고서에는 비닐봉지를 사용했을 가능성이 있다고 나와 있었다. 라르스는 생각에 잠겨 한 번 더 읽으며 글을 훑었다. 찾던 것을 발견했다. 사망 날짜. 1981…… 03…… 21. 라르스는 다이얼에 이 숫자들을 넣고 돌려보았다. 밖에서 자동차 소리, 자갈길을 구르는 타이어 소리가 났다. 그는 계속 돌렸다. 시계 반대 방향으로 19, 시계 방향으로 81. 차 문이 닫히는 소리가 났다. 시계 반대 방향으로 03. 자갈길 위의 발소리. 시계 방향으로 21. 문으로 가는 발소리. 그는 핸들을 돌렸다. 잠겨 있다.

위에서 자물쇠에 열쇠를 넣는 소리가 났다. 그는 다시 시도해보 았다. 시계 반대 방향으로 19부터 시작했다. 위층 문이 열렸다가 닫 혔다. 거실로 들어가는 발소리. 그는 눈썹에서 땀을 흘리며 천천히 다이얼을 돌렸다. 시계 반대 방향으로 21. 천천히 핸들을 돌렸다. 빠른 발소리. 딸깍! 금고가 열렸다. 다른 사람들이라면 신의 도움이 라고 생각했을 것이다. 하지만 라르스는 아무 생각도 들지 않았다.

구닐라의 목소리가 바닥 마루를 통해 들렸다. 그녀는 언짢은 듯 했다. 누군가와 통화하고 있었다. 라르스는 손을 금고 안에 넣었다. 플라스틱 폴더 두 개, 수첩 하나, 1000크로나짜리 지폐 두 다발, 권 총, 책등에 청록색 펠트를 붙인 두꺼운 공무원 노트. 그는 전부 꺼 내서 재킷 안에 넣고 조용히 지퍼를 올린 다음 식품 저장실에서 나 와 계단 옆을 지나갔다. 구닐라의 목소리가 더 또렷이 들렸다. 그녀 는 퉁명스럽고 짜증 섞인 목소리로 집에 누가 침입했으니 법의학 전문가들에게 하던 일을 집어치우고 당장 달려오라고 했다. 부엌과 연결된 지하실 문이 열리고 계단으로 내려오는 발소리가 들렸을 때 그는 출구로 천천히 움직이고 있었다. 라르스는 어둠 속을 달려 문 을 찾아서 계단을 훌쩍 올라갔다.

왔던 대로 도로로 달려 나가지 않고, 그는 즉시 왼쪽으로 꺾어서 잎이 무성한 덤불 속으로 들어갔다. 늘씬한 나무줄기에 달린 잔가 지가 얼굴을 때렸다. 그가 꽤 먼 거리까지 오고 나서야 뒤에서 문 열리는 소리가 들렸다. 라르스는 5분 동안 일정한 속도로 달려 자기 차에 도착했다. 그는 운전석에 앉자마자 시동을 걸고 출발했다. 그녀의 집으로부터, 구닐라로부터, 멀리.

*

텅 비고 시원한 사설 라운지였다. 두 사람은 떨어진 안락의자에 앉아 서로를 바라보았다. 그는 말을 하려다 마음을 바꾸고 시선을 돌렸다. 데스크 뒤에 있는 여성과 눈을 마주치고는 손짓해 불러서 물을 좀 달라고 했다. 두 사람은 말없이 물을 마셨다. 밖에서는 비행기들이 차례대로 떴다 내렸다 했다. 제트 엔진 소리는 이제 배경음이 되었다.

"아들은 좀 어때요?" 엑토르가 조심스럽게 물었다.

소피는 그를 보았다.

"안 좋아요."

"의사들은 뭐래요?"

"아직 아무 말 없어요."

"내게 특별히 하려던 말이 있었나요?" 그가 조용히 물었다.

"이젠 상관없어요."

그는 그녀를 보았다.

"말해요."

소피는 몸을 조금 앞으로 기울였다. "미하일과 클라우스가 옌스에게 도와달라고 했다고, 그들은 당신을 해치러 온 게 아니라고 말해주려고 왔어요."

엑토르가 책망하는 듯한 눈으로 그녀를 보았다.

"왜 당신이 내게 그런 말을 하죠?"

"그들이 왔을 때 내가 거기 있었으니까요."

"어디에?"

"옌스의 집에."

소피는 자신의 거짓말이 얼마나 이상하게 들릴지 깨달았다. 하지만 엑토르가 허를 찔린 것은 그게 아니었던 모양이다.

"당신이 왜 거기에 있었어요?"

"우린 알고 지낸 지 아주 오래됐어요."

엑토르는 한쪽 눈썹을 치켜올렸다.

"어떻게……?"

터보프롭 엔진을 창작한 비행기 한 대가 그들 위를 지나갔다.

"미하일과 클라우스가 처음 나타났을 때 나는 레스토랑에서 당신을 기다리고 있었잖아요. 당신과 나는 같이 저녁을 먹기로 했는데 당신이 돌아오지 않았어요. 사무실에 들어갔더니 옌스가 의식을 잃고 쓰러져 있었어요. 20년 만에 만나는 거였죠. 그저 엄청난 우연의 일치에 불과했어요." 그녀는 가만히 자신을 바라보는 엑토르의 시선을 의식했다. "난 그러려니 했고, 덕분에 그와 다시 연락하게 됐어요."

그의 표정은 변하지 않았다.

"미하일은 카롤린스카에 있던 클라우스를 데리러 스웨덴에 다시 왔어요." 소피는 낮은 목소리로 계속 이야기했다. "거기 있던 경찰이 클라우스의 팔을 총으로 쐈어요. 옌스의 번호를 알고 있던 미하일은 도와달라고 전화했죠. 두 사람은 옌스의 아파트로 왔어요. 팔에 총을 맞은 클라우스도 같이. 그래서 내가 도와줬어요."

엑토르는 잠시 가만히 있었다. "그러고 나서는?"

"그리고 나는 당신을 만나러 레스토랑에 왔죠."

"이 이야기를 하려고요?"

이제 소피가 그를 바라보았다. "아뇨, 우리에겐 도움이 필요했어요. 그 러시아 인들이 우리를 쫓고 있어서…… 달리 어디로 가야 할지 알 수 없었어요."

그녀의 논리적인 답변을 들으며 엑토르는 조금씩 차분해졌다.

"그 러시아 인들은 누구죠?"

"옌스의 고객이에요."

엑토르는 깊이 생각에 잠겼다. 그의 얼굴 위로 어둠이 드리워졌다. "당신, 옌스와 사귀고 있어요? 그를 사랑해요?"

소피는 고개를 가로저었다. 하지만 지금 그녀가 그렇다고 해도, 아니라고 해도 달라질 것은 없었다. 그는 질투하고 있었다. 상처 받을까 봐 무척 두려워하고 있었다. 어떤 남자들은 이럴 때 가장 약해진다. 남자들은 대부분 이런 상태를 싫어하고, 이런 상태를 보는 것도 겪는 것도 싫어한다. 엑토르도 예외는 아니었다. 그가 불편한 감정에서 벗어나려고 생각에 더욱 깊이 몰두하고 있다는 것을 소피는 눈치챘다. 이 상황을 회피하려는 그의 마음이 라운지 전체를 가득 메우는 것 같았다.

"난 옌스를 믿을 수 없어요. 처음 나타났을 때부터 지금까지 우연의 일치가 너무 많아요."

"옌스는 레스토랑에서 우리 목숨을 구해줬어요."

엑토르는 그 말에 대답하기보다는 그녀를 객관적으로 보려고 노력하는 것 같았다.

"당신은 어떤 사람이죠?"

엑토르는 대답 대신 질문을 던졌다. 소피는 침묵을 지켰다. 물을 주었던 여자가 다가와 전용기가 곧 착륙할 거라고 했다. 두 사람은 말없이 앉아 서로의 눈을 바라보았다. 엑토르는 자신이 매달리던 그 무엇을 소피의 눈에서 볼 수 있기를 바랐다. 소피는 가만히 있었다. 어떤 행동이라도 하면 너무 많은 것이 드러날 것 같았기 때문이다. 엑토르가 먼저 시선을 돌리고 일어섰다.

그들은 일어서서 큰 창가에 섰다. 걸프스트림 G5가 착륙해 세게 브레이크를 밟고는 그들이 서 있는 건물 쪽으로 왔다. 짐 검사는 하지 않는 이상한 출국 수속과 보안 절차를 마치고 30분 후, 두 사람은 비행기에 앉아 있었다. 소피는 엑토르 맞은편의 베이지색 가죽 안락의자에 앉았다. 둘은 중앙 복도를 사이에 두고 자리를 잡았다. 비행기가 활주로를 지나 이륙했다. 소피의 몸이 가속도 때문에 의자에 파묻혔다. 비행기는 천천히 고도를 높여 어느 순간 구름 위로 올라간 다음 수평을 유지했다. 그녀는 멀어져가는 스톡홀름을 내려다보았다. 알베르트가 저기 있었다. 그녀는 비행기를 타고 아이에게서 멀어져가고 있었다. 이보다 더 나쁜 것은 아무것도 없다. 강렬하고 절대적인 죄책감이 소피의 영혼에 단단히 자리 잡았다. 이 죄책감을 영영 떨쳐버리지 못할 것이다. 알베르트를 이 일에 끌어들인 것은 자신이다. 알베르트에게 일어난 일의 직접적인 책임은 소피에게 있다. 만약 그녀가 다르게 행동했더라면, 어쩌면…….

소피는 섬과 바다를 보고, 하늘을 보았다. 평소처럼 파랬다. 엑토르가 안전벨트를 풀고 일어나서 비행기 뒤쪽으로 갔다. 그는 잔 두 개와 맥주 두 병을 들고 돌아왔다. 소피는 사양했다. 그는 의자에 앉아 잔은 그냥 둔 채 병째 맥주를 마셨다.

"우린 말라가에 착륙해서 아버지 집이 있는 마르베야로 갈 거예요. 그리고 난 또 움직여야 해요."

"어디로 갈 건데요?"

"멀리……. 지금쯤이면 경찰이 분명히 국제 영장을 발급했을 거예요. 하지만 당신은 괜찮아요. 아버지가 다 잘 보살펴주실 거예요."

"다 잘 보살펴주실 거라고요?"

엑토르는 고개를 끄덕였다.

"'다'가 무슨 뜻이고요?"

"전부 다. 당신은 일이 좀 정리될 때까지 숨어 지내야 할 거예요. 아버지가 도와주실 거예요……."

비행기가 가벼운 난기류를 만났다. 기장은 추진력을 세게 해서 고도를 높였지만 둘 다 아무 신경도 쓰지 않았다.

"하지만 난 곧 집에 돌아가야 해요……."

엑토르는 그 말에 대답하지 않고 창문에 몸을 기댔다. 그는 생각에 잠겨 있었다. 곤혹스러워하는 것 같았다. 아마 걱정스럽기도 할 것이다. 엑토르가 자신을 피하고 있다는 걸 느낄 수 있었다. 이해할 수 있었다. 그녀를 믿어도 좋을지 알 수 없어 고민하고 있는 것이다. 소피도 마찬가지였다. 자신이 누구인지. 자신의 진짜 동기가 무엇인지. 자신이 고를 수 있는 다른 선택지가 있었는지 알 수가 없었다.

소피는 다시 엑토르를 보았다. 그는 여전히 창밖을 보고 있었다. 전에도 저 표정을 여러 번 보았다. 언제나 그녀의 호기심을 자극하던, 자신의 내면에 집중하는 표정. 보트에서 보여준 앨범의 사진 속

어린 소년일 때도 엑토르는 저런 표정을 지었다. 어쩌면 저게 그의 진짜 모습인지도 모른다. 저게 엑토르인 걸까?

소피는 그를 좋아하고 싶었지만 엄두가 나지 않았다. 그녀는 이미 그의 광기를 보았다.

25

시체는 덮어두지 않고 있었다. 토미 얀손은 레스토랑 한가운데 섰다. 그의 앞에 시체 두 구가 있고, 주방에도 또 한 구가 있고, 사방이 피투성이였다. 그야말로 대학살이었다. 법의학팀이 미친 듯이 일하고 있었다. 안데르스 아스크와 덩치 큰 남자가 조금 떨어진 곳에 놓인 의자에 말없이 앉아 있었다. 토미는 덩치 큰 남자는 알아보았다. 그의 기억이 맞다면 시내에서 근무하던 신속대응 경찰이었다. 토미는 두 사람에게 그 자리에서 털끝 하나 움직이지 말고 가만히 있으라고 했다. 그들은 입을 열지 않았다. 단 한마디도 하지 않았다. 안데르스 아스크, 저놈은 대체 여기서 무엇을 하고 있었던 거지? 토미는 주먹을 쥔 손으로 귀를 문질렀다.

"현장에 가장 먼저 온 사람이 누구지?" 토미가 누구한테라고 할 것 없이 물었다.

근처에 서서 수첩에 뭔가 적고 있던 안토니아 밀레르 경감이 고개를 들었다.

"뭐라고 하셨죠?"

"현장에 가장 먼저 온 사람이 누구냐고?"

그녀는 토미가 자기 일을 방해하고 있다는 듯한 표정을 지었다.

"순찰 돌던 경관들이었어요. 30분 전에 제가 보냈습니다."

"저 두 사람도 그들이 발견했나?" 그가 안데르스와 하세를 가리키며 물었다. "어디 있었대?"

안토니아는 수첩에 무언가 적고 있었다. "주방을 지나서 있는 사무실에서 라디에이터에 묶여 있더랍니다."

"그리고?"

그녀는 한숨을 쉬며 수첩을 덮고는 볼펜을 딸깍거렸다. "이 건물에 있는 사람이 계속해서 요란한 소리가 난다고 신고했어요. 순찰팀이 도착했고, 레스토랑에서 시체 두 구를 발견하고 저희에게 보고했고, 죽은 게 확실한지 확인한 뒤 현장을 봉쇄했습니다."

"그러고는?"

"레스토랑 전체를 뒤졌어요. 주방에서 시체를 발견했고, 사무실에서 저 두 사람이 묶여 있는 걸 찾아냈죠." 안토니아는 엄지로 하세와 안데르스를 가리키며 말했다.

"덩치 큰 쪽은 경찰이에요." 그녀는 수첩을 내려다보며 계속 말했다. "이름은 하세 베릴룬드. 순찰팀에게 배지를 보여줬어요. 확인해보니 경찰이 맞았습니다. 다른 사람은 신분증이 없었어요."

토미는 주변을 둘러보았다. 안토니아는 다시 수첩을 펴고 일을 계속했다. 갑자기 안데르스의 휴대전화가 울렸다. 안데르스는 화면을 보고 계속 울리게 놔뒀다. 토미가 전화를 빼앗아 들고 녹색 버튼을 눌렀다.

"여보세요?" 토미가 낮은 목소리로 말했다.

"어떻게 된 거야, 아직도 거기 있어?"

구닐라의 목소리였다. 스트레스를 받은 듯했다.

"안녕, 구닐라."

잠시 침묵. "토미?"

"이게 무슨 일이야, 구닐라?"

"저도 그게 알고 싶어요."

"바사스탄에 있는 트라스텐 레스토랑으로 와. 어딘지는 알고 있으리라 믿네."

토미는 통화를 마치고 전화를 자기 재킷 주머니에 넣으며 안데르스에게 '네가 어쩔 건데?' 하는 표정을 지어 보였다. 그리고 현장을 돌아다니기 시작했다. 수염이 덥수룩한 법의학팀원 한 명이 시체 한 구 옆에 앉아 있었다.

"안녕, 클라세."

클라세는 그를 올려다보고는 고개를 끄덕였다.

토미는 바에 기대서서 실내 전체를 둘러보았다. 부서진 앞문, 시체들, 총알 자국, 바닥의 탄피가 보였다. 모두 법의학팀이 표시를 해 두었다. 뒤집힌 가구, 급히 떠난 사람들. 그리고 이 와중에 입을 꾹 다물고 있는 베릴룬드와 아스크? 토미는 그들을 보았다. 별로 특별할 것 없는 두 사람이었다.

"너희 둘은 빌어먹을 멍청이들이야. 너희들도 알고 있지?" 그가 크게 말했다.

하세와 안데르스는 아무런 대답도 하지 않았다. 토미는 잠시 그들을 쏘아보고 욕설을 중얼거리다가 주방으로 들어갔다. 주방 한가운데 놓인 의자에 고기 써는 칼이 심장에 박힌 피투성이 남자가 앉아 있었다. 이는 하나도 남아 있지 않고, 얼굴은 피범벅되어 있었다. 오른쪽 눈알은 튀어나와 대롱거렸다. 토미는 욕지기를 억누르며 몸을 부르르 떨었다.

이두박근이 발달한 여성 법의학팀원이 냉동된 고깃덩어리에서 지문을 채취하고 있었다. 토미는 그녀의 이름이 생각나지 않았다.

"냉동고에서 이걸 찾았습니다."

그는 무슨 말인지 알아들을 수 없었다. 단단히 묶은 비닐봉지가 잔뜩 쌓여 있었다. 그는 냉동육이려니 생각했다. 다진 고기 같아 보이는 것도 있었다.

"이게 뭔데?"

"자세히 보세요."

눈을 찡그리고 몸을 기울였다가 사람 팔의 일부와 발 하나를 발견했다.

"맙소사! 이거 누구 거야?"

"적어도 여기 있는 사람들 것은 아니겠지요. 다들 팔다리가 달려 있으니까요."

"어디서 찾았지?"

"말씀드렸듯이, 냉동고에서요."

이게 대체 뭐람.

"그럼 죽은 사람이 네 명인가?"

그녀는 한 손가락을 턱에 대고 천장을 보았다.

"으음, 어디 보자, 두 명이 저기, 두 명이 여기……. 2 더하기 2는 4죠. 네, 맞아요. 네 명 죽었습니다!"

토미는 비꼬는 것이나 빈정대는 농담을 좋아하지 않았다. 사람들이 대체 왜 그런 행동을 하는지 알 수 없었다. 그는 사무실로 가서 책상 뒤에 놓인 의자에 앉았다. 그는 콧수염을 쓰다듬으며 생각에 잠겼다. 30분 뒤, 구닐라가 그의 앞에 와서 섰다.

"말해봐."

그녀는 차가워 보였다. 차갑고 뻣뻣했다.

"무슨 말을 해보라는 거죠? 어떤 꼴인지 직접 보셨잖아요. 저희는 한 달 동안 엑토르 구스만을 추적해왔어요. 그 결과가 이겁니다."

"안데르스 아스크는 여기 왜 있는 건가?"

"무슨 뜻인가요?"

토미는 지친 표정으로 구닐라를 봤다. 그녀는 가끔 고집 센 어린아이 같은 때가 있다.

"레스토랑에 시체가 세 구 있고, 조금 전에 냉동실에서 찾아낸 팔다리까지 합치면 이곳에서 모두 네 명이 죽었어. 안데르스가 대체 여기서 뭘 하고 있었던 거야?"

"안데르스는 제 밑에서 프리랜서로 일해왔어요."

"프리랜서?"

"네."

"언제부터 스웨덴 경찰이 프리랜서를 썼지?"

"그건 우리가 의논해야 될 문제 중 가장 하찮은 문제 같은데요. 안 그런가요, 토미?"

그는 앉은 자세를 바꾸었다.

"저 사람들이 왜 나한테는 아무 말도 안 하지?"

"우리가 그렇게 하기로 합의했잖아요."

토미는 고개를 절레절레 흔들고는 다 집어치우라는 표정을 지었다. 구닐라는 바닥을 보다가 다시 고개를 들었다.

"우리는 밖에 어떤 놈들이 있는지 몰라요. 죽은 사람들은 우리가 모르는 사람들입니다."

"아스크와…… 다른 남자는 이름이 뭐지?"

"하세 베릴룬드는 레스토랑을 감시하고 있었습니다. 총격전이 시작되자 그는 안데르스를 불렀어요. 두 사람이 들어갔을 때는 다들 죽은 뒤였고, 그들은 엑토르 일당에게 수적으로 압도되어 묶인 겁니다."

토미는 잠시 생각에 잠겼다.

"그래서 이제부터 어쩔 셈이지?"

그녀는 미소를 지었다.

"좋아요, 토미. 전 하던 대로 하겠어요. 먼저 이곳부터 봉쇄하죠."

"자네는 뒤로 물러나 있어야 할 거야. 이번 살인 사건의 담당 형사인 안토니아 밀레르와 함께 일해야 하네."

"계속 소식 전해드릴게요." 그녀는 조용히 말하고 사무실 밖으로 나갔다. 토미는 멀어지는 그녀의 발소리를 들었다.

"구닐라!"

그녀가 멈춰섰다. 토미는 엄지손톱으로 책상을 후벼팠다.

"안데르스 아스크는 자네가 책임져. 난 그놈에 대해선 아무것도 모르는 거야."

구닐라는 대답하지 않았다.

구닐라는 의자 위에 널브러져 있는 시체를 보지 않으려고 애쓰며 주방을 지나 레스토랑으로 갔다. 표시해둔 통로를 따라 앞문으로 향했다. 신원 미상의 남자 둘이 바닥에 죽어 쓰러져 있는 것이 보였다. 구닐라는 문을 막아둔 경찰 저지선 테이프를 들어 올리고 밖으로 나갔다. 안데르스와 하세는 하세의 차 옆에서 기다리고 있었다.

"여기서는 이야기하지 않을 거야."

*

디플로마트 호텔은 흠뻑 태양빛을 받고 있었다. 라르스 빙에는 가명으로 저녁 식사 시간쯤에 체크인했다. 그가 묵기엔 너무 호화로운 곳이라 아무도 여기서 그를 찾을 생각을 하지 않을 것이다. 흰 침대보, 오리털 베개, 뉘브로비켄 바다가 보이는 창밖 풍경, 창문 밖에서 펄럭이는 깃발. 화장실은 마치 환상 같았다. 이 정도의 호사를 누리는 것은 일생에 한 번뿐일 것이다. 하지만 그는 조금도 신나지 않았다. 두 가지가 그의 에너지를 전부 가져갔다. 굶주린 사람이 느끼는 배고픔처럼 실재하는 케토간에 대한 열망을 억제하려는 시도와 지금 벌어지고 있는 모든 일을 이해하려는 끈질긴 노력.

라르스는 그날 오후 브라헤가탄에 가서 렌터카에 있는 감시 장비를 가져왔다. 위험한 일이었다. 구닐라와 다른 팀원들에게 너무 가까이 가야 했다. 사실 지금 그가 하는 일은 뭐든지 다 위험했다. 심지어 대낮에 얼굴을 드러내는 것도 위험했다.

감시 장비는 구닐라의 금고에서 훔쳐온 물건들과 함께 더블베드 위에 놓여 있다. 돈을 세어보았다. 1000크로나 지폐가 두 뭉치였는데 각각 50장씩 있었다. 총은 옛 공산주의 시절의 권총인 마카로프였다. 시리얼 넘버는 지워져 있었다. 이건 비상용이다. 탄창에 총알 여덟 발이 꽉 차 있었다. 총은 침대 위 머리맡에 두었다. 얇은 플라스틱 폴더 두 개에는 A4 용지가 20장 정도씩 들어 있었다. 그리고 두꺼운 공무원 노트와 검은색 수첩이 남았다. 먼저 수첩을 읽었다. 연필로 쓴 작은 글씨가 잔뜩 있었다. 뒤죽박죽이었다. 떠오르는 생각을 적어놓은 것 같기도 하고, 구닐라가 스스로와 말다툼을 하는 것 같기도 하고, 적어가며 이해하려고 했던 것 같기도 했다. 라르스는 수첩 속에서 어떤 패턴을 찾아보려고 했지만 이해되지 않아 그만두었다. 장부를 훑어보기 시작했다. 여러 페이지에 걸쳐 엑토르 구스만에 대한 이야기가 나왔다. 라르스는 파라과이에서 유럽으로 들어오는 밀수 루트, 살인 사건, 에릭손의 어떤 간부에 대한 협박 건, 전 세계에 퍼져 있는 연락처에 대한 이야기를 읽었다. 사진, 보고서, 인터뷰, 증거가 있었다. 1970년대까지 거슬러 올라가는 이야기였다. 엑토르와 아달베르토 구스만에 대한 모든 것이 담겨 있었다. 그들을 법정에 열 번은 기소할 수 있을 만한 증거였다. 엑토르 구스만은 영원히 감방에 있게 될 수도 있다.

라르스는 계속 페이지를 넘겼다. 보면 볼수록 더 알 수 없었다. 빈 칸에 잉크로 끼적여둔 금액들도 있었다. 여덟 자릿수의 큰 금액이었다. 구닐라가 뭔가를 계산해본 것 같았다. 라르스는 모든 것을 이해할 것 같으면서도 동시에 아무것도 알 수 없었다.

장부를 한쪽으로 밀어놓고 다시 수첩으로 돌아가 한 번 더 구조를 이해하려고 해보았다. 어렵고 복잡했지만, 집중하면 할수록 앞뒤가 맞아 들어갔다. 라르스는 소피에 대해 읽었다. 수첩에는 소피가 열쇠라고 적혀 있었다. 소피가 길을 인도해줄 것이고, 소피는 아름답고, 소피는 엑토르가 꿈꾸던 여자, 그러나 엑토르가 절대 가질 수 없는 여자라고 나와 있었다. 그와 비슷한 이야기들이 더 나왔다. 구닐라가 추정한 소피의 성격이었다. 라르스는 구닐라에게 동의하지 않았다. 구닐라는 소피를 잘못 판단했다. 소피가 이런저런 상황에서 어떻게 행동하고 반응할지에 대한 구닐라의 생각도 적혀 있었다. 이 부분은 구닐라의 추측이 아마 맞을 것이다. 소피는 라르스로선 생각조차 하지 못한 방식으로 움직이고 있었다. 복잡했지만, 구닐라가 뭘 뒤쫓고 있는지 이해하기 시작했다는 생각이 들었……. 라르스는 몇 장 더 넘기다 무언가를 발견했다. 그것을 어쩔 수 없이 몇 번이고 반복해서 읽었다.

'라르스는 죄책감 때문에 부담을 느끼고 있다.' '죄책감 때문에 부담'이라는 부분에 밑줄이 그어져 있었다. '그는 쉽게 영향을 받는다.' 이 부분 역시 자세히 적혀 있었다. 마치 구닐라가 라르스를 이해해보려고 자신의 지성을 최대한 발휘한 것 같았다. 라르스는 자신에 대해 쓴 것을 읽으며 떠올렸던 그림이 조금 더 선명해졌다. 구닐라에게 있어 그는 아무 의미도 없었다. 그는 계획대로 되지 않을 경우 책임을 덮어씌우기 위해 있는 존재였다. 무슨 계획?

라르스는 심호흡을 몇 번 했……. 그는 아무렇게나 몇 페이지씩 넘겼다. '토미는 내가 얼마나 당황하고 있는지 알고 있다.' 토미? 국립범죄센터의 토미 얀손? 라르스는 종이에 토미의 이름을 썼다.

감시 장비를 전원에 연결하고 헤드폰을 썼다. 볼륨을 낮췄다. 지직거리는, 조용하고 아무 의미 없는 잡음들만 나왔다. 음성 구동 장치는 민감해서 어지간한 소리에는 다 반응했다. 어디에선가 문을 쾅 닫는 소리, 길에서 나는 자동차 경적 소리, 누가 방 밖 복도를 걸어가는 소리 등이었다.

라르스는 귀를 기울이며 기다렸다. 조바심이 나서 오른발을 씰룩거렸다. 그때 사무실 문이 열리는 소리가 났다. 감시 장비에 떠오른 시간을 보았다. 네 시간 전이었다. 그가 아는 발소리와 목소리가 들렸다. 구닐라, 안데르스, 하세. 바닥 위에서 의자를 끄는 소리. 구닐라의 목소리는 잔뜩 긴장돼 있었다. 그녀는 누가 자기 집을 따고 들어왔다고 이야기했다. 하세가 낮은 목소리로 뭐라고 중얼거렸다. 라르스는 집중했다. 트라스텐 레스토랑 이야기였다. 하세는 안에 들어갈 기회를 기다리고 있었는데, 소피가 낯선 남자와 나타났고, 러시아 인으로 추정되는 신원미상의 남자 셋이 안으로 들어갔다고 했다. 음질이 나빴다. 열심히 돌아가는 에어컨 때문인지도 모른다. 라르스는 헤드폰을 귀에 꼭 댔다. 알아들을 수 없는 하세의 목소리가 조금 더 들리다가 잠시 후에 또렷해졌다.

"그래서?" 구닐라의 목소리.

"들어갔더니 바닥에 남자 두 명이 죽어 있었어요. 세 번째 사람은 주방에서 죽은 채 발견됐어요. 병원에 있던 독일인이랑 덩치 큰 러시아 인도 레스토랑 안에 있었어요."

"소피는? 소피는 어디 있었어?"

"같은 방에 있었어요."

"라미레즈는 출국했고?"

"네."

라르스는 구닐라의 한숨 소리를 들을 수 있었다.

"돈은? 운송은?"

몇 초간 육중한 침묵이 흘렀다. 안데르스는 헛기침을 했다. "시도해봤지만, 엑토르가 불합리하게 굴더라고요."

"'불합리하다'라니 무슨 말이야?"

"총격전과 시체들 때문에 상황이 바뀌었다고 하면서⋯⋯."

"카를로스⋯⋯ 가게 주인은? 어디 있어?"

답이 없었다.

"아론은?"

"몰라요."

"그 변호사는? 모든 일을 다 챙기는 사람 있잖아. 룬드발은?"

"몰라요." 안데르스는 거의 속삭였다.

"너희들, 안토니아 밀레르와 토미에겐 뭐라고 했어?"

"아무 말도 안 했어요." 하세가 말했다.

라르스는 장비를 일시 정지시키고 침대에서 일어나 책상에 놔둔 노트북으로 가서 로그인한 뒤 온라인에 접속했다. 일간지 하나를 골라 홈페이지 주소를 입력했다. 트라스텐의 사진이 크게 나왔다. 기사를 읽어보니 흥미로운 점은 없었다. 경찰은 발표를 꺼렸고, 비공식 정보에 따르면 세 명이 죽었다고 했다. 석간 타블로이드들을 찾아보았다. 한 신문은 헤드라인이 '대학살'이었고, 다른 신문은 '암흑세계의 총격전'이었다. 여기도 똑같았다. 정보는 없고, 비공식 정보에 따르면 세 명이 죽었다는 이야기뿐이었다.

라르스는 노트북을 닫고 정면을 보았다. 곧 그들이 자기를 죽이려 들 것임을 깨달았다. 그는 어떤 수를 써서라도 제거해야 할 존재였다. 이런 식으로 겁이 나는 것은 처음이었다. 공포가 어떤 감정을 불러왔다. 그 감정은 또 다른 세 번째 감정을 불러일으켰다. 공포와 패닉이 주재료였다. 이 감정이 그의 영혼에 핀을 꽂으며 약을 먹으라고 소리치는 작은 악마를 되살려냈다……. 빌어먹을! 그러면서도 그 뒤에는 고통, 그의 온몸으로 미세한 경련을 보내는 육체적 고통이 있었다. 라르스 빙에의 신경체계 전체를 뒤틀고 쥐어짜는 경련이었다.

그는 미니바에서 초콜릿 한 개를 꺼내서 방 안을 하릴없이 돌아다니며 먹고 심호흡했다. 초콜릿에서는 초콜릿 맛이 나지 않고 설탕과 지방 맛이 났다. 그래도 먹어치웠다. 설탕을 먹으니 금단 증상이 잠시 완화되었지만 고작 12초 정도였다.

라르스는 창가에 서서 뉘브로비켄 바다 건너편을 보았다. 소피와 옌스가 앉아서 이야기하던 벤치가 보였다. 자기가 그들을 촬영하던 골목도 보였다. 다른 생에서 일어난 일 같았다. 그 이후로 내가 깨달은 것이 뭐가 있지?

발스홀름 섬의 유람선 중 하나가 경적을 세 번 울리고 부둣가에서 멀어졌다. 라르스의 생각은 다른 곳, 다른 수준에 가 있었다. 닿을 수 없는 깊은 곳이었다. 라르스는 침대로 돌아가 다시 작업을 시작했다. 두꺼운 노트를 읽고, 파일들을 살피고, 메모를 읽었다. 백만 단위의 큰 숫자들이 등장했다. 어쩌면 그냥 숫자가 아니라 금액일 수도 있다. 라르스는 서류를 전부 살폈다. 리히텐슈타인에 있는 프랑스 어 같은 이름의 은행에 막대한 금액이 있었다. 라르스는 계속 뒤지며 숫자들을 더 찾아냈다. 예금 청구서에 예금주의 이름은 나와 있지 않고 그냥 숫자만 씌어 있었다.

라르스는 머리를 박박 긁으며 생각하다가 침대 너머로 몸을 뻗어 검은 수첩을 집어 읽기 시작했다. 꼼꼼히 읽었다. '5년 전: 한델스방켄 욥살라, 300만 크로나.' 연필로 적힌 글씨가 있었다. 그리고 이상한 단어와 설명들도 있었다. 계속 읽었다. 크리스테르 엑스트룀. 숫자가 몇 개 더 나왔다. 그중엔 수백만에 달하는 것도 있었다. 여기에도 이상한 설명이 있었다. 라르스는 계속 읽었다. 스텐코라는 이름이 나왔다. 경마장의 왕. 경찰이라면 누구나 스텐코를 안다. 그는 5년 전 테비 경마장에서 총에 맞아 죽었다. 라르스는 계속 읽었다. 이름과 금액이 계속 나왔다.

무언가 라르스 안에서 빠져나오려고 했다. 위로, 밖으로, 밝은 곳으로. 태어나고 싶어하고 있었다. 생각, 아이디어였다. 그가 아직 떠올리지 못한 생각은 라르스의 무의식 깊은 곳에서부터 위로 올라오기 시작했다. 그것은 곧 답이었다. 라르스가 집 서재 벽에 처음으로 무언가를 썼을 때부터 찾고 있던 답이었다. 생각이 떠오르고 나자 정말 뻔한 대답이라는 생각이 들었다. 그는 두 발로 바닥에 내려서서 책상으로 두 발짝 걸어갔다.

재빨리 인터넷 검색을 해보았다. 경찰 내부 서버에 로그인해서 수첩에서 읽었던 것들을 검색했다. 화면에 텍스트가 나왔다. "한델스방켄, 욥살라 강도 사건. 두 명 유죄선고. 세 번째 용의자 1년 후 죽은 채 발견…… 800만 크로나 아직 묘연. 담당 형사: 에리크 스트란드베리."

검색창에 크리스테르 엑스트룀을 넣었다. 금융업자 크리스테르 엑스트룀이 증거 부족으로 간신히 기소를 면했다는 이야기가 나왔다. "예심 조사 담당관: 구닐라 스트란드베리."

스텐코를 입력하자 막대한 정보가 나왔다. 몇 년간 예비 조사가 진행되었다. 구닐라 스트란드베리가 담당이었다. '스텐코는 테비

경마장에서 정체불명의 남자에 의해 살해당했다. 스웨덴에 있는 스텐코의 돈의 소재는 파악되지 않았다.'

라르스는 뒤로 기대며 눈에 보이지 않는 무언가를 노려보았다. 만약 그의 정신이 이렇게 지쳐 있지 않았다면, 약을 먹지 않아서 몸이 이렇게 괴롭지만 않았다면, 마음이 이렇게 어둡지 않았다면 그는 웃음을 터뜨렸을 것이다. 하지만 라르스 빙에의 세계에 유머라고는 조금도 남아 있지 않았다.

26

말라가에 내려서 입국 수속을 하는 동안 엑토르는 소피보다 몇 걸음 앞서 걸어갔다. 두 사람은 뜨거운 바깥으로 나와서 주차장으로 향했다. 기둥 틈에 홀로 선 작은 차로 걸어가는 동안, 그들의 발소리가 주차장의 낮은 콘크리트 지붕 아래서 금속성 메아리가 되어 울렸다. 엑토르는 서류가방에서 열쇠 뭉치를 꺼내 건넸다.

"운전해도 괜찮겠어요?" 그가 물었다.

소피는 운전석에 올라타 시트 위치를 조정하고 시동을 걸었다. 엑토르가 앉은 조수석 시트에 팔을 얹고 차를 돌려서 후진했다. 온지 얼마 되지 않았지만 주차장의 어슴푸레함에 익숙해진 터라 햇빛 속으로 나오자 눈이 부셨다. 그녀는 표지판을 따라가며 출구를 찾아내 고속도로를 탔다. 그들은 앞으로 달리는 차에 몸을 맡기고, 신세계의 모습을 구경했다. 긴장이 풀리는 것이 느껴졌다. 엑토르를 돌아보며 말을 건네려는 찰나 갑자기 귀를 찢을 듯한 소음이 차를 때렸다. 그게 무엇인지, 소피보다 그가 더 먼저 알아차렸다.

"더 빨리!" 엑토르가 외쳤다.

소피는 멍한 상태에서 속도를 높이고, 미친 사람처럼 차를 몰며 요리조리 빠져나갔다. 총성이 또 울렸다. 그녀는 몸을 숙였다. 깨진 유리가 비처럼 그녀 위로 쏟아졌다. 오토바이가 보였다. 차가 차단벽을 향해 달려갔다. 완전히 혼란스러운 상태였다.

엑토르는 창문을 발로 차 떼어내고 몸을 내밀어 총을 쐈다. 몇 발이나 쐈는지 알 수 없었지만, 천둥 같은 소리가 여러 번 난 뒤 총에서 딸깍 소리가 났다. 엑토르는 목표물을 맞힌다기보다는 그냥 마구 쏴대는 듯한 느낌이었다. 그는 차 바닥에 탄창을 떨어뜨리고 열어둔 수납함에서 다른 탄창을 꺼내 혼자 조용히 욕을 하며 장전했다. 가까운 곳에서 타타타타 소리가 들리며 총알이 소나기처럼 쏟아졌다. 뒤쪽 유리창이 폭발하듯 산산조각으로 깨졌다. 소피는 비명을 질렀다. 곁눈으로 보니 엑토르의 움직임이 이상했다.

"엑토르?"

그는 고개를 가로저었다. "괜찮아요." 그는 깨진 뒤쪽 유리를 통해 총을 네 발 쐈다. 오토바이가 뒤로 멀어졌다.

소피는 계속 차를 몰았다. 빠른 속도로 다른 차들을 추월할 때마다 성난 경적 소리가 들렸다. 앞쪽 먼 곳을 보니 교통체증이 시작되는 것 같았다. 선택의 여지가 줄어들었다.

"어떻게 하죠?" 그녀가 외쳤다. 이 말은 이미 했던가? 기억나지 않았다. 엑토르는 대답하지 않고 계속 뒤쪽만 보았다. 2차선 앞쪽이 트이고 있었다. 엑토르는 계속 오토바이를 찾으며 세 번째 전화를 걸었다. 마침내 상대가 전화를 받았다.

"아론. 잘 들어, 아버지랑 레셰크가 전화를 안 받아. 우린 공항에서 마르베야로 가는 길에서 총격을 당하고 있어. 소피랑 나 둘이 차에 타고 있고."

엑토르는 아론이 던지는 질문들을 들었다.

"몰라. 오토바이 탄 사람이 둘······. 내 말 들어. 에른스트에게 대리권은 소피에게 간다고 해······."

아론이 뭐라고 했는지 엑토르는 화를 냈다.

"결정은 내가 내려! 대리권은 소피 브링크만에게 가고, 넌 이로써 증인이 된 거야. 아버지나 레셰크에게 연락해. 경고하라고!"

엑토르는 전화를 끊었다. 소피가 쳐다보자 그는 아직 하지도 않은 질문을 미리 막으려는 듯 손사래를 쳤다. 그리고 기침을 하더니 다시 몸을 뒤로 돌렸다. 엑토르는 이번에도 탄창의 총알을 전부 쏘았고, 오토바이에 탄 사람은 속도를 늦추었다. 똑같은 과정이 되풀이됐다. 그가 혼자서 뭔가 중얼거렸다. 무슨 말인지 이해할 수 없었다. 엑토르가 새 탄창을 넣었다.

"천천히, 놈들을 끌어들인 뒤 내가 밟으라고 할 때 브레이크를 밟아요." 그의 목소리는 잔뜩 쉬어 있었다. 땀도 뚝뚝 흘렀다.

그들을 쉽게 떨쳐낼 수는 없었다. 소피는 차 사이로 요리조리 운전하며, 커브에서는 몸을 바짝 낮췄다. 엑토르가 조준한 뒤 두 발을 쏘려는데, 그 순간 총알이 우박처럼 쏟아졌다. 소피는 비명을 질렀고, 두 사람 모두 본능적으로 몸을 숙였다. 엑토르가 머리를 내밀자 오토바이 뒤에 탄 총잡이가 다시 조준하고 총을 쐈다. 총알은 휭 소리를 내며 그들 옆을 스쳐갔다.

"지금 밟아요!"

그녀는 브레이크를 꽉 밟았다. 타이어에서 끼익 소리가 났다. 소피와 엑토르는 몸이 앞으로 날아가는 것을 막기 위해 힘을 주었다. 순간 세상이 멈추고, 두 사람의 생각도 차 안을 힘없이 부유했다. 잠시나마 공포가 사라지고 그들이 눈을 마주친 순간, 현실이 그들을 다시 끌어들였다. 타타타타 하는 자동소총 소리, 총알이 차에 맞는 소리, 오토바이 소리, 세상의 온갖 잡음들. 모든 것이 같은 영상에 녹아들었다. 엑토르는 팔을 들어 오토바이를 겨냥했다. 그 사람은 능숙하게 방향을 돌려 안쪽 차선에서 그들을 추월했다.

"달려요!" 그가 외쳤다.

상황이 갑자기 바뀌었다. 이제 엑토르와 소피가 오토바이를 뒤쫓고 있었다. 총잡이는 계속 뒤를 돌아보았고, 엑토르는 깨진 창밖으로 몸을 내밀고 두 발을 쏘았다. 오토바이는 이제 교통체증을 향해 돌진하고 있었다. 엑토르는 오른손에 권총을 들고 손바닥에 얹었다가 겨냥하면서 한 발씩 세 발을 쏘았다. 이번에도 빗나갔다. 차선이 가까워졌다. 엑토르는 또 탄창 하나를 비웠다. 하지만 아무 일도 일어나지 않았다.

오토바이가 차들 틈으로 사라지려는 참이었다. 엑토르는 마지막 탄창을 총에 넣고 숨을 몰아쉬었다. 그는 오토바이를 겨냥한 뒤 숨을 참고서 탄창이 빌 때까지 연달아 총을 쐈다. 기적처럼 한두 발이 목표물을 맞혔다. 오토바이가 옆으로 기울어지다가 넘어졌다. 뒷부분이 확 올라가며 빙글 돌았다. 운전자와 총잡이가 날아갔다. 오토바이를 운전하던 사람은 중앙선 차단벽에 등을 부딪쳤고 총잡이는 그 위로 날아가 반대 차선에 떨어졌다. 트럭이 브레이크를 밟으며 차를 돌리려 했지만 실패했다. 트럭은 총잡이를 깔고 지나갔다.

소피와 엑토르는 응원하던 축구팀이 골을 넣은 것처럼 소리를 질렀다. 우스꽝스러웠지만 그것과 똑같은 기분, 똑같은 해방감이었다. 소피는 아슬아슬하게 출구로 빠져나갔다. 손이 떨리고 호흡이 얕았다. 토하고 싶었다.

*

라르스는 작업에 집중했다. 침대 위에 보고서와 녹취록 들을 깔끔하게 쌓아두고, 모든 자료를 여러 종류의 저장장치에 담았다. 소피, 하세, 안데르스 등 관련자 모두의 사진이 잔뜩 있었다. 리히텐슈타인 은행에서 보낸 서류들, 구닐라가 맡았던 사건과 메모들. 이걸 읽으면 누구든 전말을 파악할 수 있을 것이다.

라르스는 컴퓨터 앞에 앉아서 브라헤가탄에서 도청한 파일을 USB에 옮겼다. 그는 자기가 가진 모든 것을 한곳에 모았다.

라르스는 침대 쪽을 보았다. 해야 할 일을 잘해낸 것이 만족스러웠다. 이런 기분은 정말 오랜만이었다. 그의 내부 보상 체계가 자기에게도 관심을 가져달라고 징징댔다. 초콜릿 바가 첫 포상이었다. 그리고 맥주도 한 잔 마셨다. 차가운 맥주는 몇 초 만에 그의 목구멍 속으로 사라졌다. 그는 잠시 기다렸다가 냉장고 전체를 싹 비웠다. 바보같이 작은 양주병들, 반병짜리 레드와인, 반병짜리 샴페인. 파티를 할 시간이다. 라르스는 전부 마셨다.

그러고 나서 그는 뉘브로비켄을 노려보았다. 미니바는 텅 비었고 그는 취해 있었다. 하지만 취기는 그가 원하던 것을 주지 않고 곧 가시기 시작했다. 알코올은 사람들의 생각만큼 대단한 것이 아니다. 한쪽 다리가 불안하게 건들거리기 시작했다. 자기도 모르게 이를 갈고 있었다. 양손을 가만히 두기가 힘들었다. 라르스는 방 안을 돌아다니며 머리를 긁었다. 이 방이 그를 굉장히 가렵게 만들고 있었다. 여기서 벗어나고 싶었다. 나가고 싶었다.

한 손에 스포츠 가방을 든 라르스는 빠른 걸음으로 스트란드베겐을 걸었다. 건물들에 착 붙어 가려고 노력했다. 우회전해서 시뷜레가탄으로 들어간 다음 브라헤가탄에 세워둔 렌터카까지 갔다. 장비를 차 뒤에 싣고 사무실 마이크의 신호가 잘 잡히는지 확인한 다음 차 문을 잠그고 왔던 길로 되돌아갔다. 하지만 스트란드베겐에서 좌회전해서 호텔로 돌아가지 않고 빠른 걸음으로 뉘브로카옌 부두로 간 다음 스탈가탄과 그랜드 호텔을 지나 감라스탄 쪽으로 건너갔다. 쇠데르말름의 집에서 해야 할 일이 있었다.

어두운 아파트 안에서는 퀴퀴한 냄새가 났다. 아직 희미하게 페인트 냄새가 남아 있었다. 라르스는 곧장 서재로 들어가 잠긴 서랍을 열고 원하는 것을 끄집어내서 바지를 내리고 자기가 곧잘 하던 일을 했다. 좌약 몇 개를 넣은 것이다. 굳이 바지 앞섶을 채우지 않고 그는 서재 의자에 앉아 천천히 빙글빙글 돌았…… 그 속도에 맞추어 행복이 그의 감각을 껴안았다. 하지만 쾌락은 짧았고, 잠시 반짝이다 금세 지나가 버렸다. 그는 다시 한 번 쭈그리고 앉아 한 개를 더 넣었다. 서랍장을 뒤지며 눈에 띄는 것마다 족족 삼켰다. 공포, 분노, 억울함, 우울함이 모두 확 타올랐다가 확 사그라졌다.

모든 것이 다시 부드러워졌다. 그의 일그러진 감정이 붙잡을 곳 없이 다 둥글둥글해졌다.

라르스는 의자에서 내려와 바닥에 누웠지만 잠들지는 않았다. 그저 잠시 스위치를 끈 것뿐이었다.

*

마르베아에 다가가면서 그제야 소피는 엑토르의 얼굴이 거의 백짓장처럼 창백하고, 막이라도 입혀놓은 것처럼 온몸이 땀에 절어 있다는 것을 알아차렸다. 그는 얕은 숨을 힘겹게 몰아쉬고 있었다. 그녀는 그의 이마에 손을 얹었다. 차갑고 축축했다.

"엑토르?"

그는 그녀를 보지 않고 고개를 끄덕였다. 소피는 손을 내려 그의 목덜미와 목을 만져보았다. 흠뻑 젖어 있었다.

"왜 그래요, 엑토르?"

"아무것도 아니에요. 그냥 운전이나 해요."

그녀는 그를 바라보다가 일단 앞으로 기대라고 했다. 엑토르는 주저하다가 조심스럽게 몸을 한 뼘 정도 앞으로 기울였다. 등과 시트가 온통 피투성이였다. 바닥으로 피가 똑똑 떨어졌다.

"맙소사! 여기서 제일 가까운 병원이 어디에요?"

엑토르가 기침을 했다.

"병원은 안 돼요. 집으로 가요. 집에 의사가 있어요."

"안 돼요, 병원에 가요. 수술 받아야 돼요."

그러자 그는 고함을 질렀다. "안 돼! 병원은 안 돼요!"

소피는 침착함을 지키려고 애썼다. "내 말 들어요, 엑토르. 피를 너무 많이 흘렸어요. 제대로 처치를 해야 돼요. 안 그러면 죽어요."

엑토르 역시 침착함을 지키려 애쓰며 그녀를 보았다. "난 안 죽어요……. 아버지 집에 의사가 있으니 나를 보살펴줄 거예요. 병원에 가면 난 감옥에 가게 돼요……. 그리고 감옥에서 죽겠죠. 그러니 더 말할 필요도 없어요. 운전해요. 길은 내가 알려줄게요."

소피는 빠르게 차를 몰아 마르베야 시가지를 지나쳤다. 잠시 오르막길을 달리다가 차를 돌려 다시 바다 쪽으로 내려갔다. 방향을 설명해주던 엑토르는 점점 말수가 적어졌다. 어디로 가라, 어디서 돌려라 등등 가는 길을 모두 설명하고 나자 녹초가 되어 점점 정신을 잃어가기 시작했다. 소피는 그것이 무슨 뜻인지 알고 있었다.

"엑토르!" 그녀가 외치자 그는 들린다는 뜻으로 손을 흔들었다.

"잠들면 안 돼요! 내 말 들려요?"

소피는 엑토르와 앞길을 번갈아 보았다. 차를 빠르게 몰며 한 손은 핸들에 얹고, 한 손은 그의 어깨에 얹고 그를 흔들었다.

"내 말 들려요?"

그는 힘없이 고개를 끄덕였지만 다시 졸기 시작했다.

커브 길에서 그들 쪽으로 다가오는 차가 있었다. 소피는 재빨리 핸들을 틀었다. 뒤에서 울리는 맞은편 차의 경적 소리는 도플러 효과 때문에 늘어지게 들렸다. 그녀는 엑토르를 흔들며 큰 소리로 이야기했다. 그가 자기 말을 듣게 하려 애썼다. 하지만 그는 버티지 못하고 의식을 잃었다. 소피는 그를 때리고 소리 질렀지만 그는 이미 선을 넘어버린 듯했다. 소피는 방금 엑토르가 알려준 길을 떠올리려 애썼다.

단정하게 깎은 잔디밭 사이, 집으로 이어지는 긴 길을 달리는 동안 땅거미가 지기 시작했다. 그녀의 상상을 뛰어넘는 큰 정원은 마치 거대한 공원 같았다. 그녀가 차를 최고 속도로 모는 동안 왼쪽에는 바다가 끝도 없이 펼쳐졌다. 집 밖에 차가 세 대 있었다. 구급차 하나와 개인 차량 두 대였다. 빌라로 들어가는 정문은 열려 있었다. 소피는 안으로 들어가며 경적을 울려대고 소리를 쳤다. 팔과 옷에 피가 묻은 남자 하나가 계단을 급히 뛰어내려 왔다. 하지만 그는 이상할 정도로 차분해 보였다.

"엑토르가 총에 맞았어요. 차에 누워 있어요." 소피는 숨을 헐떡이며 큰소리로 말했다.

남자는 계단에서 방향을 돌리더니 서둘러 다시 올라가서 스페인어로 무어라 외친 다음, 역시 피투성이이면서도 차분한 다른 남자와 함께 돌아왔다. 그들은 구급차로 달려가 들것을 꺼낸 다음 벌집이 된 차로 와서 엑토르를 들어내 집 안으로 들어갔다. 소피도 그들을 따라 계단을 올라갔다.

계단 위로 올라가자 총에 맞아 깨진 식당 창문과 바닥에 널린 유리 조각이 가장 먼저 눈에 띄었다. 레셰크가 테이블에 누워 있고, 남자 두 명이 그를 수술하고 있었다. 바닥에 누운 시체 한 구에는 시트가 덮여 있고, 방 저쪽 끝에는 수염을 기른 처음 보는 남자가 청바지와 체크무늬 셔츠를 입고 손에는 권총을 든 채 벽에 기대앉은 모습 그대로 죽어 있었다. 목에 총알 자국이 있고, 그의 뒤 벽은 온통 피투성이였다. 그녀는 어떻게 된 일인지 알 수 없었다.

한 남자가 엑토르의 옷을 찢었다. 다른 남자가 가방에서 혈장을 찾으며 혈액형을 읽었다. 빠르고 차분한 손놀림, 의사였다.

"저는 간호사예요." 소피가 그에게 말했다.

그는 소피에게 눈길을 주었다가 방을 둘러본 다음 레셰크를 가리켰다. 소피는 그쪽으로 갔다. 레셰크는 진정제를 투여받은 상태였다. 어깨에 큰 자상이 있었다. 피투성이였고, 더럽고 엉망진창이었다. 그러나 그 순간 중요한 것은 목숨이었다. 지금 소피에게 위생 같은 사치스러운 것들은 관심 밖이었다. 남자 한 명이 레셰크 옆에 서서 핀셋으로 총알 조각을 꺼내고 있었다. 다른 남자는 링거를 확인하며 상처를 세척했다. 레셰크의 의사도 그녀가 간호사라는 말을 들은 듯 화장실을 가리켰다. 소피는 가서 손을 꼼꼼히 씻었다. 거울에 비친 자기 모습은 보지 않았다.

그들은 맹렬하게 일했다. 깨진 창문으로 들어오는 짭짤한 바닷바람이 방 안을 가득 메웠다. 그녀는 레셰크와 엑토르 사이에 서 있다가 의사들과 간호사들이 도움을 요청할 때마다 달려갔다. 그들 모두에게 필요한 걸 건네줄 수 있도록 똑 부러지게 일했다.

"엑토르는 피를 많이 흘렸어요. 최선을 다해 보충하고 있지만, 등에 총을 두 방이나 맞았어요. 어떤 상태인지 말하기 어렵군요." 의사가 말했다.

소피는 레셰크의 상처를 꿰매고 붕대를 감았다. 그러고 나니 할 일이 대강 끝났다. 더 이상 누구에게도 해줄 수 있는 일이 없었다. 그녀는 다시 손을 씻으러 갔다. 이번에도 거울에 비친 자기 모습은 보지 않았다.

씻고 나와보니 거실에는 정적만 흘렀다. 엑토르의 의사는 여전히 수술 중이었고, 그의 조수들도 함께 일하고 있었다. 소피는 남은 힘을 그러모아 흰 시트로 덮어둔 사람에게 다가갔다. 그녀는 그게 누구인지 직감할 수 있었다. 그의 아들은 그가 죽었다는 것을 아직 모른다는 것도. 조심스레 시트를 걷어보니 거기 아달베르토가 있었다. 거의 평화로워 보이는 모습이었다. 그녀는 시트를 조금 더 걷었다. 가슴께에 피가 말라붙어 있었다. 그녀는 다시 시트를 내렸다.

"어떻게 된 거예요?" 그녀는 방 반대쪽에서 담배를 피우고 있는 레셰크의 의사에게 물었다. 그는 어깨를 으쓱했다.

"와보니 아달베르토가 죽어 있었어요. 저 사람도요." 의사는 벽에 기대앉아 있는 수염 기른 남자를 가리켰다. 그가 원래 있었을 자리부터 지금 죽어 널브러져 있는 벽까지 핏자국이 이어져 있었다.

"레셰크는 다쳤지만 의식이 있었어요. 난 어떤 일이 있었는지는 모르고, 그건 중요하지도 않아요. 악마가 다녀갔던 거죠. 그걸로 충분해요." 그가 쭉 빨자 담배 끝이 밝게 빛났다.

"당신들은 누군가요?" 그녀가 물었다.

그는 담배 연기를 내뿜었다.

"당신은 누구죠?"

"전 엑토르의 친구예요."

왠지 몰라도 그는 소피와 눈을 마주치지 않으려고 했다.

"우린 의사와 간호사입니다. 병원 소속으로 일하다가 지금은 프리랜서죠. 몇 년 전에 아달베르토 구스만과 계약을 했어요. 선금 계약이었죠. 혹시 이런 일이 일어날 경우에 대비해서."

아래층에서 소리가 나서 그들의 대화가 끊겼다. 소리는 계단 근처에서 들려왔다. 방 안에 있던 사람들이 모두 겁에 질린 시선을 주고받았다. 여기는 누가 책임지지? 계단을 올라오는 소리가 나자 방에 있던 남자들은 숨으려고 했다. 주저하는 듯한 발소리가 천천히 다가왔다. 소피는 수염 기른 남자에게 달려가 그의 손가락을 벌리고 차갑고 경직된 손에서 리볼버를 빼내 계단 쪽을 겨눴다. 발소리가 가까워졌다. 그녀는 총을 겨누고 차분히 숨을 쉬려고 노력했다. 정말로 쏠 생각이었다. 누군가의 머리가 나타났다. 그녀의 조준은 흔들림 없이 머리를 향했다. 머리에 딸린 몸이 나타났다. 날씬한 여자의 몸이었다.

소냐 알리사데였다. 소피는 총을 바닥에 내려놓았다.

"죽었나요?" 소냐가 의자에 앉으며 속삭였다. "경고도 없이 갑자기 찾아왔어요. 밖에서 집 안으로 총을 쐈어요. 아달베르토는 앉아서 식사하다가 총에 맞았어요……. 그러고는 집 안까지 들어와서 계속 쐈어요. 레셰크가 한 명을 잡았지만, 자기도 총에 맞았죠."

"누구 짓이죠?"

소냐는 잠시 고민했다.

"모르겠어요. 그 남자는 차를 몰고 가버렸거든요."

"당신은요?"

"난 아래층으로 달려가서 지하실에 숨었어요."

소피는 소냐에게 다가가서 의자 하나를 끌어당겨 앉아 그녀의 손을 잡았다. 두 사람은 그렇게 손을 잡은 채 앉아 실내를 바라보았다. 깨진 창문으로 부드러운 바닷바람이 불어들어 그들을 안아주었다. 소피는 들것에 누워 살기 위해 싸우고 있는 엑토르를 보았다.

계단에서 아주 작은 발소리가 났다. 작고 하얀 개가 나타나서 마치 뭔가를 찾는 것처럼 실내를 둘러보았다. 소냐가 손을 내밀자 개가 그녀에게 다가갔다. 계속 망설이고, 뭔가를 찾으며, 코를 킁킁거렸다. 자기 주인을 찾을 수 없는 모양이었다. 소냐가 쭈그리고 앉아

개를 불렀다. 개는 꼬리를 흔들며 그녀의 품에 뛰어들었다. 그녀는 개를 안아올리고 다시 의자에 앉아 부드럽게 털을 쓰다듬었다.

"얘는 피뇨예요……."

소피는 자신이 개를 향해 미소 짓고 있다는 것을 깨달았다. 원래 개만 보면 늘 미소가 나왔다. 개가 있으니 이곳이 조금 차분하고 평범한 공간으로 느껴졌다. 엑토르에게 연결된 기계 중 하나가 갑자기 삑삑 소리를 내기 시작했다. 소피와 소녀가 바라보는 가운데 의사와 간호사들이 분주하게 움직였다.

"혼수상태에 빠지고 있어." 의사가 신경질적인 목소리로 말했다.

의사가 자기 일에 전념하는 가운데 소피도 그쪽으로 달려갔다. 의사는 이것저것 달라고 했고, 그녀는 요구하는 대로 건네주었다. 의사는 이렇게 빈약한 장비로는 일할 수 없다고 투덜거렸다. 소피는 손으로 엑토르에게 산소를 불어넣는 간호사와 반쯤 포기한 듯 보이는 의사를 무기력하게 바라만 보았다. 의사는 빠른 스페인 어로 간호사에게 뭔가 질문했지만 답이 있을 수 없는, 그저 자신의 좌절을 표현할 뿐인 질문이었다.

"옮겨야 해요."

"왜요?"

"그것도 계약의 일부이니까요. 인공호흡기가 필요해요."

"어디로 데려갈 거예요?"

"안전한 곳으로."

"레셰크는?"

의사는 잠든 레셰크를 보았다.

"레셰크는 걱정하지 마세요."

소피는 구급차 뒤쪽 엑토르의 들것 옆에 앉았다. 소냐는 피뇨를 안은 채 그녀 옆에 앉아 있었다. 그들은 마르베야를 달렸다. 시내의 불빛이 반짝거렸다. 소피는 창문을 통해 바깥 풍경을 훔쳐보았다. 저녁 시간을 즐기는 사람들, 네온 불빛을 받아 빛나는 자동차들, 레스토랑, 노천 카페, 오토바이, 모페드, 열기, 음악, 젊은이와 나이 든 사람들이 함께 어울린 모습.

소피는 엑토르의 한 손을 양손으로 붙잡고 있었다. 그에게 말하고 싶었다. 무슨 말이라도 하고 싶었다. 무의식의 벽 뒤에서 그가 자기 말을 들을 수 있을 거라고 믿고 싶었다. 엑토르가 자기 손을 마주 잡고 있다고 믿고 싶었다. 잠시 후 소피는 손을 놓았다. 휴대 전화를 꺼내 야네에게 전화했다. 전화를 받는 야네의 목소리에 졸린 기색이 완연했다. 병원에서 자던 중이라고 했다. 남자 둘은 지금도 근처에 있고, 서로 교대하며 둘 중 하나는 반드시 병실 앞에 있다고 했다. 알베르트나 소피의 소식을 물은 사람은 없었다. 알베르트가 괜찮아 보인다는 말에 소피는 안심했다. 알베르트는 곤히 잠들어 있다고 했다.

그들은 시내에서 벗어나 깜깜한 산속으로 향했다. 어둠을 달리다 오헨이라는 마을을 지나 다시 어둠 속으로 들어갔다. 한 시간 정도 후 구급차는 속력을 줄이더니 멈췄다. 앞문이 열렸다 닫히는 소리가 들렸다. 밖에서 발소리가 났다. 의사가 뒷문을 열자 따스한 저녁 공기가 그녀에게 밀려왔다. 의사는 내리라고 손짓했다.

오래된 농장을 개조한 건물이었다. 흰 벽, 빨간 지붕. 불이 켜져 있고 조그만 차가 밖에 서 있었다. 독신자가 탈 것 같은, 눈에 띄지 않는 차였다. 바퀴는 작고 문은 조잡했다. 하지만 누가 안에서 그들을 기다리고 있는 것이다. 한 여자가 문을 열었다.

엑토르는 들것에 실려 들어갔다. 소피와 소냐가 따라 들어갔다. 문을 열어준 여자가 복도에서 엑토르를 잠시 살피더니 거실로 옮기라고 했다. 흰 돌벽과 테라코타 바닥, 스페인 식 가구로 허세 없이 꾸며진 수수하고 큰 방이었다. 병원 장비가 보였다. 제세동기, 링거 스탠드 두 개, 인공호흡기, 커다란 병원용 침대가 있었다.

엑토르를 침대로 옮겼다. 여자는 장비를 굴려서 가져와 링거를 꽂고 시트 밑으로 튜브를 연결했다. 의사와 간호사는 인공호흡기를 세팅한 뒤, 여자에게 짧게 말을 건네고는 구급차를 타고 사라졌다. 여자는 엑토르의 상태를 한 번 더 확인하고 소피와 소냐를 돌아보았다.

"내 이름은 라이문다예요. 내가 엑토르를 돌볼 거예요. 오늘 저녁부터 내 일터는 여기예요. 어제까지는 민간 병원에서 일했는데, 네시간 전에 전화를 받고 사표를 냈어요." 그녀의 목소리는 차분하고 또렷했다. "여긴 안전해요. 여길 아는 사람은 몇 명 안 되고, 앞으로도 그럴 거예요."

소피는 라이문다를 보았다. 마른 체구에 30대 정도 된 듯했다. 검은 머리를 목덜미까지 길렀다. 올바르고 엄격해 보였다. 좋은 사람 같았고, 안정적이고…… 충실해 보였다.

소피는 속삭였다. "고마워요."

깊은 밤 소피가 침대에 들어가자 매미들이 울고 있었다. 의자에 놓아둔 핸드백에서 붕 울리는 소리가 났다. 옌스가 준 전화기가 핸드백 바닥에서 지갑, 장신구, 화장품, 잡다한 영수증과 섞인 채 빛을 내고 있었다.

"옌스?"

"아니, 아론이에요."

"엑토르가……."

"다 알고 있어요. 지금 어디에요?"

"농장…… 산속에요."

"누가 같이 있죠?"

"라이문다랑 엑토르, 소냐요."

"거기 있어요. 경찰이 아달베르토의 빌라를 봉쇄했어요. 레셰크가 당신을 만나러 가고 있어요."

"당신은요?"

"가능한 한 빨리 갈 거예요. 내 이름으로 영장이 나와서 좀 돌아가야 돼요."

"옌스는요?"

"내가 할 수 있는 한 최선을 다해 꿰맸어요……. 괜찮을 거예요."

침묵.

"소피?"

"네?"

"만나면 할 얘기가 좀 있어요."

아론이 전화를 끊었다.

27

태양 빛이 천천히 방 안을 돌아다녔다. 구닐라는 느긋하게 태양 빛을 눈으로 쫓았다. 라르스는 아무것도 덮지 않고 자궁 속의 아기처럼 몸을 웅크린 채 바닥에 누워 있었다. 천천히, 천천히 빛이 그의 어깨로 갔다가 곧이어 턱에 닿았다. 그의 몸을 훑는 빛의 움직임이 조용한 교향곡 같다고 구닐라는 생각했다. 그녀는 평소처럼 끈기 있게 기다렸다. 태양은 그의 뺨을 지나 마침내 그의 눈을 찔렀다. 그녀는 눈꺼풀 아래의 움직임을 볼 수 있었다. 라르스는 침을 삼키고 눈을 뜬 다음 바닥 저편을 보았다가 눈을 감고 다시 침을 삼켰다.

"좋은 아침이야." 구닐라가 부드럽게 속삭였다.

라르스는 의자에 앉아서 자기를 내려다보는 구닐라를 보았다. 그는 몸을 조금 일으켰다. 바닥에 앉은 채였고 아직 졸렸다. 케토간의 취기가 남아 있었고 진공처럼 공허한 기분이었다.

"여기서 뭐하세요?" 그는 꺽꺽거리는 소리로 간신히 말했다.

"계속 자네에게 연락했는데 답이 없어서 내가 직접 어떻게 지내나 보러 왔지."

라르스는 몽롱한 눈으로 그녀를 보았다.

"내가 어떻게 지내는지?"

"응."

라르스는 생각해보려 했다. 어떻게 들어온 거지? 어젯밤에 미행당했나?

"라르스?"

라르스는 구닐라를 보았다. 그녀를 어떻게 상대하면 좋을지 생각할 시간이 더 있으면 좋을 텐데.

"썩 좋지는 않아요." 그가 조용히 대답했다.

"왜?"

"모르겠어요. 과로한 것 같아요."

구닐라는 그를 똑바로 보면서 알약 병을 들어 보였다.

"이건 뭐지?"

"그냥 약이에요."

그녀는 그를 가만히 바라보았다.

"찬장 가득 들어 있던데?"

라르스는 대답하지 않았다.

"이건 평범한 약이 아니야. 라르스…… 자네 혹시 어디 아파?"

'암 말기'라고 대답하고 싶은 기분이었다. 암 말기 환자는 뭐든 하고 싶은 대로 해도 된다. 하지만 구닐라는 이미 모든 것을 알고 있는 게 분명했다.

"아뇨."

"그럼 왜 케토간을 하는 거야?"

"그건 제가 알아서 할 일이에요."

구닐라는 고개를 가로저었다.

"아니, 자네가 내 밑에서 일하는 한은 그렇지 않아."

이번에는 라르스가 그녀의 눈을 들여다보았다. 감정이 차단된 듯, 공허하고 죽은 것 같은 눈이었다. 마치 누가 눈 뒤로 기어들어가 커튼을 친 것 같았다. 그녀의 눈이 늘 저랬던가? 알 수 없었다. 라르스가 아는 사실은 그녀가 지금 여기 있다는 것, 자신이 치명적으로 위험한 상황에 처했다는 것, 아마 그녀 혼자 오지 않았을 거라는 것이었다. 그의 권총은 손이 닿지 않는 곳에 있었다. 라르스가 뭔가 안다는 것을 그녀 역시 알 것이다. 어쩌면 그녀는 브라헤가탄에서 마이크를 찾았는지도 모른다. 이제 죽게 되는 걸까?

라르스는 그녀 다리 위에 놓인 약병을 보았다. 뤼코슬란텐에서 신부에게 거짓말을 했던 때를 생각했다. 현실을 사용하면 거짓말을 하기가 아주 쉽다. 진실이 최고의 거짓말이다.

"라르스? 내 질문에 대답해."

그는 바닥에 앉아 눈을 비볐다.

"뭐가 알고 싶은데요?"

"최근 며칠간 자네가 뭘 했는지, 그리고 왜 케토간, 벤조, 항불안제를 섞어서 복용하는지 알고 싶어."

라르스는 시간이 흘러가도록 잠시 기다렸다. "죄송해요, 구닐라……."

구닐라는 그를 뚫어져라 바라보았다. "뭐가 죄송한데, 라르스?"

"실망시켜서 죄송해요……."

그녀의 차분함이 긴장 섞인 호기심으로 변했다. "자네가 어떻게 나를 실망시켰는데?" 이제 그녀도 속삭이고 있었다.

라르스는 심호흡을 몇 번 했다. "어렸을 때…… 열 살…… 열한 살 때, 잠이 잘 오는 약을 받았어요. 마약류를요. 엄마가 처방전을 끊어서 사 온 약들이었어요……. 저는 곧 의존증이 생겼어요. 나중에…… 10대 후반쯤에 치료를 받고 약을 끊었어요……. 하지만 제 몸은 이미 망가져 있었죠. 어른이 되고 나서는 거의 내내 맨 정신으로 살았어요. 술도 피하고, 강한 약은 절대 먹지 않았어요. 최근에 허리 통증을 치료 받았는데, 의사가 잠들기 힘드냐고 묻더군요. 전 언제나 잠들기가 힘들었어요. 그래서…… 음, 좀 더 잘 생각해봤어야 하는데…… 의사가 처방전을 써줬어요. 진통제와 안정제. 그리고 먹었어요."

라르스는 그녀를 올려다보았다. 구닐라는 계속 귀를 기울이고 있었다.

"엄청나게 위험한 약은 아니었지만, 마치 버튼을 누른 것 같았어요. 약을 먹으니 행복해졌어요……. 그런 식으로 행복을 느낀 게 언제였는지 기억도 나지 않을 정도였어요. 몸 전체가 약에 반응했고, 약을 받아들였죠. 그러곤 선을 넘어버렸어요. 일주일 뒤 전 약에 빠져버렸어요……. 더 강한 약을 손에 넣었어요. 그 이후로 계속 쓰고 있어요."

"날 실망시켰다는 건?"

라르스는 바닥을 보며 알아보기 힘들 정도로 살짝 고개를 숙였다. "제 할 일을 제대로 하지 않았어요. 며칠 동안 여기 누워서 약에 취해 있었어요……. 여기서 전화해서 소피를 찾고 있다고 했죠. 모두 거짓말이었어요."

구닐라는 진실과 허풍을 구분해내려고 애썼다. 라르스는 잠시 후 그녀가 긴장을 푸는 것을 눈치챘다.

"괜찮아, 라르스. 괜찮아……."

구닐라는 일어나서 그를 보았다. 더 하고 싶은 말이 있는 것 같았다. 하지만 그녀는 그냥 밖으로 걸어 나가기 시작했다. 라르스는 그녀가 가는 것을 지켜보았다.

"구닐라."

그녀가 돌아섰다.

"죄송해요."

그녀는 그 말의 의미를 생각해보는 듯했다.

"전 이 일을 잃고 싶지 않아요. 제게 기회를 줬잖아요……. 한 번만 더 기회를 주세요. 이렇게 빌게요……."

구닐라는 대답하지 않고 복도로 사라졌다. 문 열리는 소리가 들렸다. 안데르스 아스크가 서재 밖으로 나가며 라르스에게 미소를 지었다. 그는 검지로 라르스에게 총을 쏘는 시늉을 하더니 구닐라를 따라 계단으로 나갔다. 문이 닫히고 아파트에는 정적이 흘렀다.

라르스는 계단의 발소리가 사라질 때까지 가만히 누워 있었다. 그리고 일어나서 알약을 챙기고 잠시 기다렸다가 아파트에서 나와 지하철로 갔다. 편집증적으로 마구 돌아다니면서도 혹시 미행당하는 건 아닐까 싶어 지하철을 몇 번이나 갈아탔다. 미행이 없다는 확신이 들자 스트란드베겐의 호텔로 돌아와 문에 '방해하지 마시오'

표지를 걸었다. 라르스는 뼛속까지 떨고 있었다. 방금 털끝 차이로 간신히 목숨을 건졌다는 것을 알고 있었다. 시간이 얼마 남지 않았다. 일을 해야 한다. 그리고 어떻게 진행할지 계획을 짜내야 한다.

*

레셰크는 베이컨을 굽고 있었다. 한쪽 팔은 깁스로 고정되어 있었지만, 왼팔로 모든 일을 해냈다. 라이문다는 안락의자에 앉아 애니 프루의 책을 읽었고, 소냐는 소파에서 잠이 들었다. 엑토르는 침대에 똑바로 누워 있었다. 어쩌면 다른 차원에 가 있는지도 모른다.

오디오에서는 라이문다가 고른 쇼팽의 곡이 조용히 흘렀다. 라이문다는 엑토르가 계속 아름다운 음악을 들어야 한다고 말했다. 소피는 소파 끝에 앉아 음악을 들었다. 번스타인 녹음의 '피아노 협주곡 2번'이었다, 어렸을 때 이 곡의 일부를 연주한 적이 있었다. 10대가 되고 나서는 피아노를 그만두었다. 이유는 기억나지 않았다.

소피는 일어나서 베이컨을 뒤집는 레셰크에게 다가갔다. 공허한 눈빛으로 튀는 기름을 멍하니 바라보고 있는 그는 슬퍼 보였다. 소피는 레셰크의 멀쩡한 어깨를 부드럽게 두드렸다.

"내가 할까요?" 그녀의 물음에 그는 고개를 가로저었다.

소피는 찬장에서 접시를 꺼내 식탁을 차리기 시작했다. 밖에서 차 소리가 났다. 레셰크는 프라이팬을 재빨리 불에서 내리고, 양념통을 놓아둔 선반에서 권총을 꺼내 들고 창가로 갔다. 차문이 열리더니 아론이 운전석에서 내렸다. 레셰크는 긴장을 풀고 밖으로 나가 아론을 맞았다. 소피는 그들이 포옹한 뒤 대화하는 것을 창문으로 지켜보았다. 이야기는 대부분 레셰크가 했는데, 아마 최근 며칠 간 있었던 일을 들려주는 모양이었다.

아론이 들어와서 소냐와 포옹하고 몇 마디를 주고받았다. 그는 라이문다에게 자기소개를 한 다음 엑토르 옆에 앉았다. 스페인 어 로 조용히 몇 마디를 하며 그의 머리를 쓰다듬었다. 그는 소피를 마 주보았다.

"우리 잠깐 걷죠."

두 사람은 집에서 나와 산 위로 이어지는 좁은 자갈길을 걸었다. 아론은 내내 두 손을 주머니에 넣고 있었다. 높이 올라갈수록 점점 더 시원해졌다. 소피는 땅을 보았다. 이곳의 자갈은 스웨덴과는 다 르다. 갈색이고 더 작다. 그중에는 좀 큰 돌들도 있었다. 그녀는 큰 돌을 피해 걸음을 옮겼다.

"아들 소식은 더 없어요?"

소피는 고개를 가로저었다.

"의사들은 뭐라고 해요?"

"모르겠어요."

아론은 잠시 멈췄다가 본론으로 들어갔다.

"엑토르는 전화로 당신에게 대리권을 넘긴다고 했어요. 왜 그랬 는지 알아요?"

그녀는 아무 말도 하지 않고 그냥 고개만 가로저었다.

"나도 그래요. 최소한 처음에는 그랬죠."

그녀는 아론을 쳐다보았다.

"나는 두 가지 결론을 내렸어요. 아주 다른 두 가지 결론이죠."

아론은 조금 더 걷고 나서 말을 이었다.

"당신은 많은 걸 보고, 많은 걸 들었어요. 어쩌면 당신은 알아서는 안 될 것까지도 알게 됐는지 모릅니다. 나도 모르겠어요. 그래서 이제 당신을 그냥 보내줄 수 없게 되었다는 걸 엑토르가 깨달았는지도 몰라요. 대리권을 주면 당신은 우리와 함께, 가까운 곳에 있게 되고, 그러면 우리에게 해를 끼칠 수 없겠죠."

아론이 소피를 흘끗 보았다.

"이게 내가 처음 한 생각이에요. 엑토르는 자기가 심각한 부상을 입었다는 걸 알고 당신에게……."

아론은 잠시 말을 멈췄다.

"하지만 다른 이유가 있을 수도 있죠. 엑토르가 차에서 나한테 전화했을 때 정확히 어떤 마음이었던 건지는 모르겠지만……."

바람에 소피의 머리카락이 흩날렸다. 그녀는 머리카락을 뒤로 쓸어넘겼다.

"엑토르는 당신 이야기를 많이 했어요. 이런 일들이 생기기 전부터……. 당신이 어떤 사람인지…… 당신의 좋은 점이 무엇인지에 대해서요. 나는 엑토르가 이렇게까지 인정한 여자는 당신이 처음이라는 걸 깨달았죠."

소피는 땅을 쳐다보았다.

"그는 당신에게서 뭔가 다른 걸 본 것 같아요."

"뭘요?"

아론은 어깨를 으쓱했다. "몰라요. 하지만 뭔가 보긴 했어요."

걷다 보니 꽤 높은 곳까지 올라갔다. 수천 미터나 펼쳐져 짙은 녹색 숲으로 이어지는 골짜기의 풍경이 보였다. 아론은 멈춰서서 발아래 펼쳐진 풍경에 눈길을 주었다.

"그는 당신은 자기 자신이 어떤 사람인지 잘 모른다고 했어요."

소피에게는 뜬구름 잡는 소리처럼 들렸다.

"무슨 소리예요? 그냥 아무 의미도 없는 말이잖아요."

"아뇨, 엑토르가 그렇게 말했다면 그렇지 않아요."

아론은 먼 곳의 무언가를 바라보았다.

"엑토르는 당신과 무언가를 함께하고 싶어했어요. 하지만 난 그게 뭔지 이해할 수가 없군요. 우리가 마지막으로 나눴던 대화에서 엑토르가 정확히 무슨 의미로 그런 말을 했는지, 난 아직도 이해하지 못하고 있어요."

"꼭 이해해야 하나요?"

아론은 소피를 보며 대답했다.

"네, 해야 해요."

아론의 눈에 날카로움이 깃들었다. 그의 내면 깊은 곳에서 어떤 결정이 내려지고 있었다.

"모든 일이 좀 명확해질 때까지, 아니 엑토르가 깨어나서 자기가 한 말을 설명할 수 있을 때까지 난 당신을 일종의 격리 상태에 두겠어요."

"그게 무슨 뜻인가요?"

"대리권이 있다는 건 당신이 우리에 대해 부분적 결정권을 갖는다는 뜻이에요. 그러면 당신도 우리 일에 참여하게 되고, 연루되는 거죠. 당신은 더 이상 위험하지 않을 거예요."

"나는요? 그게 나한테는 어떤 의미인데요?"

"당신이 이제 나를 도와야 한다는 의미죠. 난 여기 있어야 합니다. 모든 게 정리될 때까지 여기 숨어 있어야 돼요."

"그러면 난 뭘 해야 하나요?"

"세상 사람들이 엑토르가 끝장났다고 생각하게 만들면 안 돼요. 그건 우리, 그리고 엑토르에게 기대고 있는 많은 사람들에게 재앙과도 같은 일이 될 테니까요. 당신은 그를 알잖아요, 안 그래요?"

"무슨 뜻이죠?"

"엑토르는 자기가 당신을 안다더군요. 그러니 당신도 그를 알지 않겠어요?"

"그런 것 같아요." 소피가 조심스럽게 대답했다.

"그러면 엑토르가 이럴 때 뭘 어떻게 할지 알겠죠?"

소피는 아론이 자신에게 애원하고 있다는 느낌을 받았다. 거의 간청하는 것 같은 태도였다.

"예, 약간은…… 하지만 당신이 더 잘 알잖아요, 아론."

"네, 하지만 다른 방식이죠……. 우리 둘이 같이할 거예요."

"시간이 더 지난 다음에는요?"

그는 잠시 생각하는 듯했다. "모르겠어요."

"당신은 아는 게 별로 없군요."

"만약 우리가 쓰러지면, 당신도 같이 쓰러질 거예요. 내가 아는 건 그뿐이에요."

소피는 그 말의 의미를 생각해보았다. 정말 터무니없는 소리처럼 들렸다.

"엑토르에겐 아들이 있어요." 그녀가 말했다.

아론이 고개를 끄덕였다. "로타르 마누엘."

"그에게 시키지 그래요? 아니면 당신이 하든가요. 소냐, 레셰크, 티에리, 다프네…… 에른스트는 어때요?"

아론은 그녀의 눈을 보며 어깨를 으쓱했다. 그것이 그의 대답이었다.

소피는 생각을 정리해보려 애썼다.

"내가 거절하면요? 내가 여기서 나가버리고 다시는 돌아보지 않겠다면요?"

"그건 불가능할 거예요."

"왜요?"

"엑토르가 대리권은 당신에게 넘어간다고 했으니까요. 엑토르가 말한 대로 되어야 해요."

"하지만 나에게도 선택의 여지가 있는 것 아닌가요?"

아론은 고개를 가로저었다.

"아뇨." 그는 낮은 목소리로 대답했다.

소피가 노려보았지만 그는 가만히 있을 뿐이었다. 결국 그녀는 시선을 돌렸다.

"경찰이 내가 누군지 알아요. 레스토랑에서 날 봤어요."

"그 정도 위험은 감수해야 해요. 그 경찰들은 우리 돈을 노리고 있었어요. 그들은 당신이 어떻게 되든 상관하지 않아요. 레셰크가 당신을 집에 데려다줄 거예요. 물론 필요하면 보호해줄 거고요."

"당신은요?"

"난 숨어 지내면서 앞으로 어떻게 해야 할지 말해줄게요."

그녀는 1000개쯤 더 질문하고 필요하다면 1000번은 더 사정하고 싶은 심정이었다.

"우리가 무슨 일을 하는지 간단히 설명해줄게요. 여기 산속에서 며칠 정도 설명하고, 그다음에는 스톡홀름의 상황이 어떤지 보러 갑시다." 아론은 몸을 돌려 자갈길을 내려가기 시작했다.

소피는 가만히 서 있었다. 온갖 생각이 머릿속을 날아다니며 가라앉지 않았다. 잠시 후 그녀는 천천히 아론을 따라갔다. 아론이 중간에 멈춰서서 그녀를 기다리고 있었다. 두 사람은 나란히 걸었다.

"경찰이 내 아들을 두들겨 팼어요. 차로 치기도 했고요. 걔는 앞으로 평생 마비된 상태로 살아야 할지도 몰라요."

아론은 아무런 대답도 하지 않았다.

"걔는 아무 짓도 안 했어요. 이건 옳지 않아요……."

아론이 손에 들고 있던 접은 서류를 건넸다. 엑토르가 사인한 대리권 서류였다. 소피는 서류를 받아 주머니에 넣었다. 둘은 집에 돌아올 때까지 아무 말이 없었다.

*

안데르스 아스크를 미행하는 것은 쉬웠다. 그는 오덴가탄과 스베아베겐 사거리의 세븐일레븐에 잠깐 들러서 석간신문과 마실 것, 사탕을 사고, 카운터의 여직원과 잠깐 농담을 주고받은 뒤 체크무늬 테이블보가 깔린 허름한 이탈리아 식당에 들러서 피자를 샀다. 그리고 바나디슬룬덴 공원 맞은편의 아파트로 돌아갔다.

라르스는 안데르스가 들어간 문 자물쇠의 사진을 찍었다. 꽤 낡아 보이는 제품이었다. 다음 날 아침 라르스는 쿵스홀멘의 자물쇠 가게에서 비슷한 것을 찾아냈다. 그것을 사 들고 호텔 방으로 돌아와서 자물쇠 따는 연습을 했다. 해보니 상당히 어려웠다. 제일 좋은 장비를 가지고 있는데도 오래 걸렸다. 밤늦게까지 연습하며 손을 세 개 가지고 태어났으면 좋았을걸 하는 생각을 했다. 다음 날 유르고르덴 섬에서 해가 떠오를 무렵, 처음으로 자물쇠를 여는 데 성공했다. 라르스는 오전 내내, 점심 내내, 그리고 오후까지 계속 연습했다. 마침내 7분 안에 자물쇠를 딸 수 있게 되었다.

준비를 마친 라르스는 스베아베겐으로 걸어갔다. 두 번째로 그 건물의 정문에 들어서서 흔들거리는 엘리베이터를 타고 3층에 올라갔을 때는 오후 3시 반이었다. 그는 안데르스 아스크의 아파트 문 앞으로 갔다.

안데르스에겐 두 명의 이웃이 있었다. 노린과 그레벨리우스였다. 노린의 아파트에서는 아무 소리도 나지 않았고, 그레벨리우스의 아파트에서는 텔레비전이 조용히 웅웅거리는 소리가 났다. 라르스는 머리에 모자를 뒤집어쓰고 장비를 꺼낸 다음 차가운 돌바닥에 무릎을 꿇었다. 심호흡을 몇 번 하고 작업에 착수했다. 작업은 체계적이었고 다 잘되어갔다. 연장이 자물쇠 안으로 들어가 작은 쇠붙이들을 건드렸다. 그때 위층 문이 열렸다가 닫혔고, 엘리베이터가 위로 올라가기 시작했다. 작업을 멈추고 연장을 챙겨서 엘리베이터가 다시 아래로 내려갈 때까지 계단에 숨어 있어야 했다. 하지만 7분 뒤에는 자물쇠에서 딸깍 소리가 났다.

신발에 커버를 씌우고, 마스크와 장갑을 썼다. 라르스는 안데르스 아스크의 아파트로 들어섰다. 방이 두 개 있고 비교적 큰 부엌이 있었다. 거실을 흘끗 보았다. 납작한 쿠션이 있는 소파, 곧 쓰러질 것처럼 비뚤어진 이케아 커피테이블, 먼지 쌓인 작은 조각상이 잔뜩 늘어선 유리 장식장, 유명한 화가들의 그림 복사본이 걸린 벽. 거대한 평면 TV가 있고, 바닥에는 스피커가, 천장에는 작은 고음 스피커가 있었다. 안데르스는 서라운드 사운드를 좋아하는 모양이다. 침실로 들어갔다. 침대는 흐트러졌고 블라인드는 내려져 있었다. 침대 옆 테이블에는 책이 한 권 있었다. 아르토 파실린나의 《토끼와 함께한 그해》였다. 벽 쪽에 수트케이스가 세워져 있었다. 바닥에 웅크리고 앉아 열어보았다. 옷, 여권, 돈……. 안데르스는 도망칠 계획이었다.

다시 부엌에 들어간 라르스는 의자에 앉았다. 벽시계가 천천히 움직였다. 마스크를 내려서 목 아래로 늘어뜨렸다. 스베아베겐에서 들려오는 차 소리에 최면이라도 걸린 듯 그는 졸기 시작했다.

몇 시간 지난 후에 자물쇠에 열쇠를 넣는 소리가 나서 잠에서 깼다. 문이 열렸다가 다시 닫혔다. 안데르스는 복도에서 헛기침을 하고, 열쇠를 테이블에 놓고, 신발을 차서 던지고, 지퍼를 내렸다. 재킷이 벗겨지면서 미끈거리는 나일론 소리가 났다. 큰 한숨, 방금 구운 피자 냄새, 복도에서 들어오는 발소리. 안데르스는 곁눈으로 라르스를 보고는 놀라 펄쩍 뛰었다. 순간적으로 방어하려고 양팔로 몸을 감싸 안는 바람에 피자 상자가 바닥에 떨어졌다.

"이게 무슨? 맙소사, 놀랐잖아!"

안데르스는 라르스를 노려보았다. 분노와 두려움으로 눈동자가 번득였다.

"여기서 뭐하는 거야?" 안데르스는 영문을 알 수 없어 주위를 둘러보았다. "젠장, 어떻게 들어왔어?"

라르스는 구닐라의 마카로프를 그에게 겨눴다. "이리 앉아."

안데르스는 총구와 발치의 피자 상자를 번갈아 보았다. 라르스는 턱으로 의자를 가리켰다. 안데르스는 처음에는 얼떨떨한 듯 움직이지 않았지만, 곧 부엌으로 들어와 머뭇거리며 앉았다.

"어떻게 지내, 안데르스?" 라르스는 총구를 안데르스의 배에 겨눈 채 물었다.

"뭐라고?"

라르스는 다시 묻지 않았다. 안데르스는 침을 꿀꺽 삼켰다.

"뭐가 궁금한데?"

"전부 다."

안데르스는 라르스의 목에 걸린 마스크를 보았다.

"괜찮은 것 같아……. 그런데 이해가 안 돼, 라르스." 그는 겁에 질린 목소리였다.

"뭐가 이해되지 않는데?"

"지금 이 상황! 너 여기서 뭐하는 거야? 총까지 들고." 안데르스는 애써 웃었다.

"아, 너도 알 텐데. 알지 않아?"

"아니, 몰라!"

"화난 거야, 안데르스?"

갑자기 화가 난 듯 거칠게 대꾸하던 안데르스는 얼른 두 손을 들었다.

"아니, 아냐. 미안해. 화난 게 아니야. 그냥…… 놀라서."

그의 얼굴에 다시 고분고분한 미소가 떠올랐다.

"이러지 마, 라르스. 무슨 일이야? 대화로 풀 수 있잖아. 제발, 그 총 좀 내려놔."

하지만 라르스는 멍한 눈으로 그를 바라볼 뿐 권총은 그대로 들고 물었다.

"어떻게 이걸 풀어나가면 될까?"

"너 좋을 대로. 네가 정해." 안데르스가 필사적으로 말했다.

라르스는 생각하는 척했다. 그런데 "우리가 풀어야 될 일이 정확히 뭐지?"

안데르스는 이해하지 못한 듯했다. "뭐?"

"우리가 뭘 풀어야 되냐고. 넌 우리가 풀 수 있을 거라고 했잖아. 그게 뭔데?"

안데르스는 라르스를 빤히 보았다.

"몰라, 뭔지 몰라도 네가 여기 찾아온 이유를 풀면 되겠지."

"내가 여기 왜 온 것 같은데?"

"나야 모르지!"

신발 커버를 씌운 라르스의 발을 보자 안데르스는 공포감이 목구멍까지 솟구쳤다.

"아니, 넌 알아……."

"아냐, 난 몰라!" 안데르스의 목소리가 지나칠 정도로 높아졌다.

라르스는 몇 초 동안 입을 다물었다. 길고 고통스러운, 극적인 침묵이었다. "사라."

안데르스는 어리둥절한 표정을 지으려 노력했다. "응? 전혀 모르는 이름인데?"

라르스는 안데르스를 노려보며 차분하게 말했다. "집어치워."

"네가 무슨 이야기하는지 모르겠어, 라르스."

겁을 먹어서인지 안데르스는 거짓말을 잘하지 못했다. 라르스는 거짓말이라는 걸 안다는 표정을 지어 보였다. 그 표정을 보자 안데르스는 오히려 긴장을 푸는 것 같았다. 그는 조용히 앉아 부엌 창문

밖을 보며 심호흡했다.

"내가 한 게 아니야. 하세였어…….. 명령을 내린 건 구닐라고. 나랑은 아무 상관없어."

"어떻게 된 거지?" 라르스가 물었다.

안데르스는 입안이 타들어가는 것만 같았다. "사라가 네 방 벽에 적힌 걸 보고 뭔가를 추리해냈어. 네가 모든 걸 다 벽에 적어놨잖아. 안 그래?"

라르스는 대답하지 않았다.

"그래서 구닐라가 명령을 내렸지. 그 여자는 모든 걸 다 알고 있었어. 심지어 예전에 구닐라가 관련되어 있었던 다른 사건에 대해서도 알고 있었어. 어떤 여자. 파트리시아 어쩌고 하는 이름인데, 그 일은 나도 모르는 일이야."

라르스는 고개를 가로저었다. "아냐, 사라는 아무것도 몰랐어. 그냥 넘겨짚었던 거야."

안데르스는 그가 무슨 말을 하는지 이해하지 못한 듯했다.

"너도 벽을 봤잖아? 세상에 어떤 사람이 그걸 보고 뭔가를 알아낼 수 있겠어? 일관성이라곤 전혀 없었잖아. 난 취한 상태에서 말도 안 되게 아무거나 적어놨던 거야! 사라는 아무것도 몰랐어. 나도 아무것도 몰랐고."

"하지만 지금은 넌 뭔가 알아?"

라르스는 고개를 끄덕였다.

거의 자랑스러움에 가까운 표정이 안데르스의 얼굴에 떠올랐다.

"그래서 놀랐어?"

라르스는 대답할 말이 없어서 어깨만 으쓱했다.

"우리가 얼마나 대단한 일을 했는지 알겠어?"

라르스는 고개를 들었다. "왜 난 끼워주지 않았지?" 그의 목소리는 거의 애원조였다.

"끼워줄 생각이었어, 라르스. 당연히 끼워줄 생각이었지. 확신이 필요했던 것뿐이야. 지금도 늦지 않았어. 안 그래? 자, 우리 같은 편이 되자."

"하지만 넌 사라를 죽였어."

안데르스는 바닥을 보았다. "좋아, 라르스. 이렇게 생각해봐. 우리의 문제는 구닐라야. 우리가 힘을 합치면 전부 다 바꿔놓을 수 있어. 너 혼자서는 아무것도 아니지만, 난 어떤 정보에든 다 접근할 수 있어. 총 내려놔. 같이하자, 라르스. 구닐라를 제거해버리자고."

라르스는 머뭇거리다가 안데르스를 보았다. "어떻게 할 건데?"

안데르스는 기회를 포착했다. 자신감이 조금씩 돌아왔다. 그는 총구를 거쳐 라르스에게로 시선을 옮겼다. "우리가 가진 걸 전부 모은 다음에 같이 계획을 짜자. 그다음 구닐라에게 보고하고, 너나 나나 서로에 대해선 입 닫고 있는 거야……."

"하세는?"

"네게 달렸어, 라르스. 그놈도 없애도 돼. 널 위해 내가 해줄 수도 있어. 네 여자친구를 죽인 건 내가 아니라 그놈이란 걸 잊지 마."

라르스는 고개를 끄덕였다. "그래, 좋은 아이디어 같은데……."

안데르스는 안도감에 미소를 지으며 손바닥으로 허벅지를 찰싹 쳤다. "좋아! 그렇게 하자, 라르스! 젠장, 이제 우린 구닐라를 잡으러 갈 거야, 너와 나, 팀으로." 안데르스는 의자에 앉은 채 몸을 흔들며 안도의 숨을 내쉬었다.

"어디서부터 시작하지?"

안데르스는 재빨리 대답했다. "중요한 건 구닐라나 하세가 의심하게 만들어서는 안 된다는 거야. 며칠 정도는 평소 하던 대로 하고, 저녁에 만나서 계획을 몇 가지 세운 뒤 하나를 골라서 그대로 하자. 너랑 나, 우리 둘이서 같이 일하면 잘될 거야, 라르스!"

라르스는 망설이면서 총을 조금 내렸다. "이런 식으로 찾아와서 미안해, 안데르스. 총을 들고 몰래 들어와서 말이야."

안데르스는 자신의 설득이 얼간이 라르스 빙에에게 먹혔다고 확신하며 손을 내저었다. 하지만 라르스는 총을 왼손 손바닥에 몇 초 대고 있다가 바로 반쯤 열린 안데르스의 입에 조준하고 똑바로 쏘았다. 총알은 안데르스 아스크의 목을 뚫고 날아가 그의 뒤에 있는 냉장고 문에 박혔다. 부엌 안이 완전히 고요해졌다. 안데르스는 경악하며 라르스를 쳐다보았다. 그가 앉아서 흔들던 의자는 잠시 뒷다리 두 개로만 서 있다가 중력에 이끌려 안데르스 아스크와 함께 뒤로 넘어졌다.

라르스는 마스크를 쓰고 일어나 안데르스 옆에 가서 쭈그리고 앉았다. 그의 머리 밑으로 피가 흘러나와 바닥에 고였다.

"넌 개새끼야, 안데르스 아스크. 넌 내가 정말 멍청한 줄 알았어?" 고기가 타는 듯한 냄새가 희미하게 났다. "지금이 어떤 상황인지 잠깐 생각해볼까. 난 살고, 넌 죽어."

안데르스는 말하려 했지만 아무 소리도 나오지 않았다. 마른 땅 위의 물고기처럼 입만 힘겹게 움직일 뿐이었다.

"안 들려, 안데르스." 라르스가 속삭였다. "넌 바로 지옥에 떨어질 거야. 넌 여자들을 죽였어. 너 때문에 남자아이가 병원에 누워 있어.

평생 마비 상태로 살 수도 있어. 저 아래엔 아마 너 같은 놈들을 위한 특별구역이 있겠지."

라르스는 안데르스의 생명이 리놀륨 바닥에 전부 쏟아지는 걸 참을성 있게 끝까지 지켜보았다. 그가 죽자 라르스는 누워 있는 안데르스의 시체를 계속 바라보다 일어나서 부엌 창문을 열고 키친타월로 총을 닦았다. 지금 기분이 어떻지? 후회? 아니…… 해방? 아니, 그는 아무것도 느끼지 못했다. 라르스는 부엌의 라디오 볼륨을 최대로 높였다.

그는 안데르스 옆에 무릎을 꿇고 시체의 오른손에 총을 쥐어주었다. 총구를 열린 창문으로 향하게 한 다음, 화약이 안데르스의 손에 최대한 많이 묻도록 자기 손을 총에서 최대한 멀리 떨어뜨린 다음 총을 쏘았다. 총소리는 라디오 소리에 묻혔다. 총알은 창밖으로 날아가 바나디슬룬덴 공원을 넘어 동부역을 지나 리딩외 섬 어딘가에서 땅에 떨어졌다. 이웃 주민들이 총성을 두 번 들었다고 증언할지도 모르지만, 그건 어쩔 수 없다……. 증인들의 증언은 잘못된 경우가 많다. 경찰들은 언제나 그럴 가능성을 고려한다. 원래 증인들은 좀 멍청한 법이다.

창문을 닫고 바닥에 쓰러진 안데르스의 자세를 보았다. 그의 손에서 권총이 어떤 식으로 떨어지는 것이 자연스러울까 생각했다. 시체에서 조금 떨어진 바닥에 총을 놓았다. 그는 침실로 가서 안데르스의 수트케이스를 연 다음 옷을 다시 벽장에 넣고, 여권은 서랍에 넣고, 돈은 자기가 챙겼다. 빈 수트케이스는 닫아서 침대 밑에 넣었다. 라르스는 아파트에서 나오며 라텍스 장갑과 마스크를 벗고 문을 닫았다.

라르스는 푹 자고 아침 5시 반에 일어났다. 아침 생각이 없어서 룸서비스로 커피를 주문했다. 8시까지 기다렸다가 어딘가로 전화를 걸었다. 상대방은 미심쩍어했지만 라르스는 고집을 피웠다.

미리 샤워하고 셔츠를 다려놓았다. 부드러운 셔츠를 걸치고 버튼은 채우지 않은 채 화장실 거울 앞에 서서 단정해 보이도록 머리를 빗었다. 약을 먹긴 했지만 통제할 수 있는 정도였다. 그는 머리를 아주 천천히 빗었다.

구두는 닦아두었고, 바지는 밤새 매트리스 밑에 깔아두었다. 단정한 모습이었다. 거울에 얼굴을 비춰보았다. 약을 먹었을 때는 참 쉬운 일이다. 읽어내기 어려운 표정을 연습해보았다. 라르스는 조금 공허하고 중립적인 표정을 지어보고 셔츠 버튼을 잠근 다음, 의자 등받이에 걸쳐둔 재킷을 입었다. 그리고 침대 밑에 밀어넣어둔 스포츠 가방을 들고 방에서 나왔다.

그에게 대낮의 햇빛은 위험했지만 선택의 여지가 없었다. 목표물이 아무 의심도 하지 않게 하려면 낮에 해야만 했다. 그는 마리아 광장을 골랐다. 분수를 중심에 두고 탁 트여 사방이 훤히 보이는 열린 광장이었다.

*

라르스는 근처에 있는 건물 꼭대기의 외부 계단에 서서 쌍안경으로 광장을 내려다봤다. 지금 시간은 11시 44분이다. 약속시간은 11시 30분이었다. 아래에 있는 사람들을 훑어보았다. 유모차를 미는 엄마들, 그네를 타는 아이들, 걷겠다고 고집을 부리는 아이들의 손을 잡느라 허리를 구부린 아빠들 같은 평범한 주민들이 보였다. 더 먼 곳을 보았다. 상트파울스가탄 쪽이었다. 급히 서두르는 사람들, 웃고 있는 젊은이들, 벤치에 앉아 있는 노인들 몇 명이 보였다. 쌍안경을 다시 호른스가탄으로 돌렸다. 바쁘게 오가는 자동차, 하릴없이 어정대는 사람들, 작은 매점에서 산 아이스크림을 먹는 시골에서 온 뚱뚱한 관광객들이 보였다.

쌍안경을 내리고 시계를 보았다. 11시 48분. 그냥 가야 할까? 마지막으로 광장을 보았다. 쭉 훑어보다 벤치에 혼자 앉아 있는 남자를 발견했다. 한쪽 팔을 벤치 등받이에 얹고 있었다. 머리는 제법 길었지만 정수리 부분은 대머리였다. 남자가 몸을 약간 돌리자 경찰다운 콧수염이 보였다. 아, 분명 저 사람이다.

라르스는 전화를 걸었다. 전화기를 귀에 대고 쌍안경으로 그를 지켜보았다. 그가 주머니를 뒤져 전화를 꺼낸 뒤 대답하는 것이 보였다.

"토미?"

"예." 목소리가 들릴락 말락 했다.

"조금 늦을 것 같습니다. 5분만 기다려주세요."

전화를 끊었다. 토미는 계속 광장에 있는 사람들을 노려보았다. 누군가에게 전화를 걸거나 신호를 보내는 기색은 없었다. 그는 그냥 앉아서 기다렸다. 가만히 앉아 있기가 지루한 것 같았다. 더운 날씨도 그를 괴롭혔다. 라르스는 쌍안경으로 주위를 살폈다. 근방에 있는 사람들과 옆에 있는 오래된 극장 앞 나무 사이를 보았다. 눈에 띄는 것은 아무것도 없었다. 그는 혼자 온 것 같았다.

가방에 쌍안경을 넣고 계단을 내려갔다. 태양빛 속으로 걸어들어가 토미가 앉아 있는 벤치로 다가갔다. 옆 벤치가 비어 있어 거기 앉았다. 토미는 그를 흘끗 보더니 다시 광장에 눈길을 주었다. 라르스는 기다리고 기다렸다. 이상한 점은 없어 보였다. 토미는 한숨을 쉬며 시계를 보았다. 라르스는 일어서서 토미 옆에 가 앉았다.

"라르스입니다."

토미는 화가 난 것 같았다. "이 건방진 개자식. 날 이렇게 앉혀놓고 기다리게 해? 네가 원하는 게 뭐야?"

토미는 쇠데르말름 억양을 썼다. 이 사람은 지금 우리가 앉아 있는 바로 이 자리에서 태어난 거 아닐까 하는 생각이 들었다.

"이야기하고 싶은 게 몇 가지 있어서요."

"그래, 전화로 그렇게 이야기했지……. 자네, 구닐라 밑에서 일하지? 왜 구닐라에게 말하지 않고 내게 바로 연락했지? 자네는 지휘 계통이 뭔지도 모르나?"

라르스는 주위를 둘러보았다. 돌아다니는 사람이 많았다. 갑자기 불안해졌다.

"저…… 다른 데로 가면 안 될까요?"

토미는 콧방귀를 뀌었다. "됐어. 벌써 여기 오랫동안 앉아 있었어. 당장 이야기하지 않으면 가겠어."

라르스는 냉정을 되찾고 토미를 보았다. 의심이 해일처럼 몰려왔다. 말할 상대를 잘 고른 것일까, 아니면 일생일대의 실수를 저지른 것일까?

"정보가 있습니다."

"어떤?"

"구닐라에 대한 정보요."

토미의 이마에 주름이 잡혔다. "뭐라고?"

"구닐라는 수사하는 게 아니에요. 그건 다 눈속임입니다."

토미는 그를 쏘아보았다. "무슨 근거로 그런 말을 하는 거지?"

"최근 몇 달간 구닐라 밑에서 일했기 때문이죠."

토미는 파헤치는 듯한 눈빛으로 라르스를 보았다. "바사스탄에서 네 명이 죽은 게 수사가 아니라고?"

"살인이 있었기 때문에 수사가 시작된 거지만, 구닐라는 거기엔 관심 없어요."

"무슨 뜻이지?"

라르스는 그에게 큰 그림을 보여주고 싶었다. "간호사를 도청한 게 시작이었어요."

토미는 여전히 짜증을 내고 있었다. "간호사라니…… 무슨 말인가?"

라르스는 긴장했다. "잠깐, 전부 말씀드릴게요. 엑토르 구스만은 병원에 입원했었습니다. 구닐라는 그를 살펴보러 병원에 갔다가 구스만과 관계를 맺게 된 간호사에게 흥미를 품었죠. 어쨌든, 우리……, 그러니까 안데르스 아스크와 저는 간호사의 집에 도청 장치를 달았습니다."

토미는 귀를 기울였다. 찡그리고 화가 난 표정이 점차 호기심 어린 표정으로 바뀌었다.

"전 간호사를 감시하라는 명령을 받았습니다. 구닐라는 그녀와 엑토르가 사귀게 될 거라고 확신했어요. 둘은 사귀게 되었죠. 보통 그렇듯 구닐라의 말이 맞았습니다만, 거기서 얻어낸 것은 아무것도 없었어요. 도청을 통해서도, 더 광범위한 감시를 통해서도요."

토미가 뭔가 말하려 했지만 라르스는 그의 말을 듣지 않고 계속 말을 이었다.

"시간이 지나는데도 쓸모 있는 정보가 나오지 않자 구닐라는 점점 스트레스를 받았습니다. 그녀는 알란다 경찰에서 과잉 대응이 특기인 고릴라를 한 놈 데려왔습니다. 하세 베릴룬드란 놈이죠. 그리고 그놈을 자기 무기로 삼았습니다. 에리크와 안데르스도 무기가 되었죠. 좌절감이 커질수록 구닐라는 아주 이상한 방식으로 대응을 했습니다."

"어떻게 말인가?" 토미가 낮은 목소리로 물었다.

라르스는 광장을 보았다. "간호사의 아들을 노렸어요."

토미는 라르스의 말을 이해하지 못하는 것 같았다.

"하세와 에리크가 간호사의 아들을 잡아다 심문했습니다. 날조한 취조였죠. 그 아이가 어떤 여자아이를 강간했다는 이야기를 지어내서……."

토미는 어떻게 받아들여야 할지 알 수 없었다.

"그렇게 하면 간호사를 꼼짝 못하게 할 수 있을 테니까요……. 자기 아들이 괴롭힘 당하지 않는 대가로 엑토르를 팔아넘기게 하려던 것 같습니다."

토미는 생각에 빠진 듯했다. "그래서 간호사는 그렇게 했나?"

라르스는 어깨를 으쓱했다. "모르겠어요……. 아마…… 아닌 것 같습니다. 제 생각엔 그녀는 아는 게 없었던 것 같아요."

"끔찍한 이야기군, 라르스. 자네 말이 사실이라면 말이야. 구닐라는 독특한 수사 방식을 써왔지. 하지만 그게 사실이라면 선을 넘은 거야. 의문의 여지가 없어. 내가 그녀와 이야기해보지. 연락해줘서 고맙네."

토미는 일어서서 손을 내밀었다. "이건 우리 둘만의 비밀로 해두지. 알겠나?"

라르스는 토미의 손을 보았다. "앉으세요. 이제 겨우 시작입니다."

라르스는 토미 얀손에게 자기가 아는 모든 이야기를 처음부터 끝까지 다해주었다. 20분 정도 걸렸다.

토미의 얼굴에 언짢은 표정이 떠올랐다.

"빌어먹을⋯⋯."

토미는 이제 콧수염을 쓰다듬고 있지 않았다. 수염이 까끌까끌하게 자란 턱을 벅벅 긁고 있었다. 그는 라르스에게 물었다.

"자네가 이 모든 걸 다 녹음해뒀다고?"

"구닐라가 안데르스 아스크와 하세 베릴룬드 앞에서 사라를 죽인 이야기를 하는 걸 녹음해뒀습니다. 파트리시아 노르스트룀의 이름도 언급됐습니다. 간호사의 아들을 어떻게 잡을 것인가 하는 대화를 녹음한 것도 있습니다. 간호사의 아들을 차로 친 이야기, 불법 감시, 그녀의 온갖 작업 수단들 이야기가 담겨 있습니다. 구닐라, 에리크, 안데르스 아스크가 지난 몇 년간 담당하며 수백만을 훔친 사건들에 대한 상세한 메모와 장부도 있습니다."

토미는 조용히 욕설을 내뱉었다. 벌써 열 번째였다.

"그리고 아이는? 아직 병원에 있나?"

라르스는 고개를 끄덕였다. "상태가 매우 좋지 않습니다."

토미는 한숨을 쉬며 퍼즐 조각을 맞춰보려고 했다.

"어떻게 하실 건가요?"

이 질문에 토미는 한 방 맞은 듯한 모습이었다. 듣고 싶지 않은 질문이었던 것 같았다.

"모르겠어……. 지금 당장은, 모르겠네."

"아실 텐데요."

그는 라르스를 물끄러미 보았다.

"구닐라는 살인자, 범죄자이지만 경찰이에요. 그리고 당신은 구닐라의 상관이니 책임을 지셔야 합니다."

"무슨 소린가?"

"당신에겐 두 가지 선택지가 있다는 말씀입니다."

"그게 뭔데?"

라르스는 노인 몇 명이 지나가기를 기다렸다 말을 이었다. "살인, 강탈, 불법 협박, 주거 침입, 공무 집행 방해, 도청…… 등 구닐라의 모든 죄목을 들어 체포하는 방법이 있죠. 그렇게 하면 그녀의 상관으로서 당신도 옷을 벗게 될 겁니다. 전국의 경찰과 언론이 달려들어서 이 일을 파고들면 당신에게서도 분명히 뭔가 나오겠죠. 아무것도 모르고 있었다고 해도 아무도 믿어주지 않을 겁니다."

"난 정말 몰랐어. 이런 건 전혀 몰랐다고."

"누가 그런 말을 들어나 줄까요?"

토미는 벤치에 기댔다. "그럼 두 번째 선택지는?"

라르스는 그 질문을 기다렸다. "두 번째 선택은, 구닐라를 내보내는 겁니다. 그렇게 하면 당신은 이 문제에 대한 책임을 피하게 됩니다. 구닐라는 그냥 사임하는 거죠. 나이 때문이든 에리크의 죽음 때문이든…… 적당한 이유를 대세요. 어쨌든 구닐라는 이곳에서 멀리가야 합니다. 저는 이 일을 발설하지 않는 대가로 구닐라의 자리를 원합니다. 국립범죄센터에서 더 좋은 자리로 갈 수 있다면 더 좋고요. 그리고 당신이 제 직속상관이 돼주셨으면 합니다. 제가 일할 때는 참견하지 마시고, 몇 년 후에는 승진도 되어야겠죠."

토미는 울컥했다. "자네는 설명할 수 없는 이유로 구닐라의 팀에 속하게 된 순경이야. 경험도 실적도 아무것도 없어. 사람들이 물어보면 대체 어떻게 설명하란 말인가?"

"그럴듯한 이유를 생각해내세요."

토미는 입술을 깨물었다.

"그런데 자네 말이 사실인지 어떻게 믿지? 자네가 다 지어낸 이야기일 수도 있잖아."

라르스는 스포츠 가방을 토미에게로 밀었다. "직접 보시고 연락 주십시오. 되도록 오늘 저녁에 주시면 좋겠네요."

토미는 생각을 정리하려고 애썼다. 그를 지켜보던 라르스는 자리에서 일어나서 걸어가버렸다. 토미는 그의 뒷모습을 지켜보다가 가방을 들고 반대 방향으로 걸어갔다.

28

교회에는 가브리엘 포레의 '레퀴엠'이 흐르고 있었다. 관 앞을 지나는 행진이 막 시작된 참이었다. 구닐라는 관습대로 관 머리맡에 서서 뚜껑에 꽃을 한 송이 얹고 고개를 숙였다. 얼간이 에리크 스트란드베리에게 작별인사를 하러 모인 서른 명 정도 되는 사람들 중에는 잘 맞지 않는 경찰 유니폼을 억지로 입은 멍청이들도 여럿 있었다.

라르스는 교회 뒤쪽의 좌석에 앉아 구경했다. 토미 얀손은 관 옆으로 가기 위해 기다리는 사람들의 줄에 서 있었다. 토미는 적어도 재킷만 입고 올 정도의 안목은 가지고 있었다. 라르스는 자리에 가서 앉는 구닐라와 눈을 마주치려고 했다. 눈이 잠깐 마주쳤다고 생각했다. 아닌가? 이어서 라르스는 토미 얀손을 보았다. 그가 흔들릴까? 그녀에게 자기가 알고 있다는 사실을 드러낼까? 토미는 아무런 표시도 내지 않은 채 구닐라에게 상냥하고 진심이 담긴 슬픈 미소를 지어 보이고, 심지어 옆을 지나갈 때는 어깨를 두드려주기까지 했다. 행진이 끝나자 조문객들은 교회에서 나왔다. 구닐라는 문 앞에 서서 참석한 사람들의 입에 발린 애도의 말을 듣고 있었다. 라르스는 그녀를 꼭 껴안았다.

"와줘서 고마워." 구닐라가 슬픈 목소리로 말했다.

"잠깐 시간 있으세요?"

구닐라가 모든 조문객에게 인사를 한 뒤 두 사람은 교회 밖으로 나갔다. 호랑가시나무 아래서 조용한 곳을 찾을 수 있었다.

"기분이 어떠세요?" 라르스가 친근하게 물었다.

구닐라는 한숨을 쉬었다. "슬프지만, 한편으로는 좋기도 해. 근사한 장례식이었어."

"저도 그렇게 생각했어요."

교회 내부는 쥐죽은 듯 조용했다. 부드러운 여름 바람이 그들의 머리카락을 흔들었다.

"전 30분쯤 기다렸다가 구급차를 불렀어요. 당신 동생이 죽을 때까지 30분 동안 앉아서 기다렸죠." 그는 구닐라의 눈을 들여다보며 낮은 목소리로 말했다. "뇌졸중이었어요……. 바닥에 쓰러져 있었죠. 제가 제때 구급차를 불렀다면 지금도 살아 있었을 거예요. 하지만 전 기다렸어요."

구닐라의 얼굴이 창백해졌다. 라르스는 미소를 지었다.

"에리크는 아주 고통스러워했어요, 구닐라."

그녀는 그를 노려보고 있었다.

"그리고 생각해봐요. 안데르스 아스크가 당신의 마카로프로 자살한다? 어떻게 그런 일이 생길 수 있을까요?"

구닐라는 생각을 정리할 수 없었다. 뭔가 말하려고 하는데 라르스가 먼저 입을 열었다.

"이제 우리 서로 비긴 거죠?"

그녀는 이해할 수 없다는 듯 눈을 가늘게 떴다.

"못 알아들으시네. 그렇죠?"

구닐라는 여전히 답을 찾고 있었다.

"사라…… 당신이 사라를 죽였잖아요."

라르스는 구닐라 스트란드베리의 눈을 들여다보았다. 그 눈에는 아무 감정도 담겨 있지 않았다. 라르스는 토미에게 손짓했다.

"토미가 당신이 한 일을 알아요. 오늘 저녁까지 도망갈 기회를 준대요. 이제껏 당신이 받은 제안 중 아마 이게 최고일 거예요. 받아들이세요."

토미는 다른 남자들과 함께 서 있다가 라르스와 구닐라 쪽을 보고 거의 보이지 않을 만큼 살짝 고개를 끄덕였다.

"너한텐 아무것도 없어, 라르스. 난 네가 아무것도 가질 수 없게 했어. 왜 네가 중요한 일 근처에도 못 오게 했는지 짐작이나 돼?"

"내가 쉽게 영향을 받기 때문인가요?"

구닐라는 놀란 얼굴로 그를 바라보았다.

"소피의 집에서 마이크 하나를 떼서 브라헤가탄 사무실에 달았어요. 다 녹음해놨어요. 알베르트를 납치한 것, 도청한 것, 사라를 죽인 것, 파트리시아 노르스트룀을 죽인 것……. 다 있어요. 큰 소리로 또렷하게 녹음돼 있어요. 당신의 메모와 은행 서류도 가지고 있어요. 당신, 안데르스, 당신 동생이 여러 해에 걸쳐 훔친 돈의 액수도 알고 있어요."

구닐라는 꼼짝 않고 서서 라르스를 노려보며 적당한 대답을 찾으려 애썼다. 그러다 몸을 돌리고 걸어가버렸다.

라르스는 그녀가 가는 것을 보다가 교회 앞쪽으로 돌아왔다. 벤치를 찾아내 앉아서 휴대전화를 꺼냈다. 공기를 잔뜩 마셨다가 천천히 내쉬었다. 종이 울리기 시작했다. 그는 전화를 들어 번호를 눌렀다. 통화 연결음이 외국 것 같았다. 그녀가 전화를 받았다. 그녀의 목소리를 듣자 불안해졌다. 라르스는 웅얼거리며 자기 이름을 말했다. 그녀의 목소리는 퉁명스러웠다. 그가 전화를 건 것이 조금도 기쁜 것 같지 않았다. 라르스는 사과하고 모든 일을 다 처리했다고 말했다. 이제는 안전하다고 생각해도 좋다고 했다. 그녀가 무슨 뜻이냐고 묻자 자기가 한 일을 설명했다.

"난 잠시 멀리 가 있으려고 해요." 라르스가 말했다.

소피는 말이 없었다.

"내가 돌아온 뒤, 언제든 만나서 이야기 좀 나눌 수 있을까요?"

전화가 끊겼다.

*

그들은 프라하의 바츨라프하벨 국제공항을 경유했다. 레셰크는 소피를 데리고 VIP라운지로 갔다. 음식을 조금 먹고 쉬었다. 그들이 탈 알란다 행 비행기는 몇 시간 후 출발할 예정이었다.

소피는 신문을 읽으려고 해보았다. 그러다 신문을 접고 일어서서 다리를 풀려고 조금 걸었다. 걷다 멈춰서 창문으로 도착 게이트를 보았다. 사람들이 혼란스러우면서도 정돈된 모습으로 몰려나왔다. 여행이 끝나가고 있었지만, 끝이라는 느낌이 들지 않았다. 무언가 막 시작됐을 뿐이라는, 곧 뭔가 큰 일이 닥칠 거라는 느낌이 계속 들었다. 소피는 발치에 보이는 사람들의 바다 속에 시선을 가라앉혔다. 잠시 후 그녀는 돌아섰다. 레셰크는 소파에서 잠들었고, 소냐는 잡지를 뒤적였다. 그녀는 그들 옆에 앉아 테이블에서 잡지 한 권을 집어 들었다. 소냐는 고개를 들어 소피에게 미소를 지어 보인 다음 잡지를 계속 읽었다.

알란다 공항에서 곧바로 카롤린스카 병원으로 갔다. 야네와 옌스가 알베르트의 병실에서 책을 읽고 있었다. 야네가 일어나서 긴 포옹으로 소피를 맞아주었다.

알베르트는 아직도 의식이 없었다. 그녀는 다리가 풀려 침대에 앉아야 했다. 알베르트는 굉장히 평화로워 보였다. 어쩌면 아름다운 꿈을 꾸고 있는지도 모른다. 부디 그렇기를 바랐다. 지금 이 순간 소피가 바라는 것은 그것뿐이었다. 알베르트의 손을 잡자 시간이 녹아 없어진 듯했다. 최근 그녀를 사로잡고 있던 온갖 생각은 단 한 가지 소원이 다른 방식으로 표현된 것일 뿐이었다. 알베르트가 괜찮아졌으면, 어떤 식으로든.

소피는 한참 동안 앉아 있었다. 몇 시간이 지났는지도 몰랐다. 그러고는 병실에서 나와 복도 의자에 앉아 있던 짧은 머리에 염소수염을 기른 남자를 지나쳤다. 그는 소피와 눈을 마주치려 했다. 그녀는 멈춰섰다.

"전 옌스의 친구입니다." 묻기도 전에 그가 조심스럽게 말했다. "아드님께 아무 일도 없도록 계속 지키겠습니다."

그는 대화가 끝났다는 듯이 시선을 돌렸다. 뭐라 말해야 할지 알 수 없었다. 결국 "고맙습니다"라고 속삭였다.

소피는 열쇠로 현관문을 열고 들어섰다. 그녀를 맞아주는 정적은 집이 삐걱거리는 소리만큼이나 선명하게 들렸다. 부엌에 들어가서 한가운데 섰다. 소리 내어 알베르트를 부르고 싶었다. 엄마가 집에 왔다고 알려주고 싶었다. 알베르트는 TV가 있는 방이나 위층에서 대답하겠지. 화가 나지 않았는데도 퉁명스러운 목소리를 내겠지. 그리고 나는 음식을 냉장고에 넣거나, 식사를 준비할 테고…… 의자에 앉아서 방금 사온 잡지를 읽겠지. 그러면 알베르트는 부엌으로 내려와서 농담을 하겠지. 나는 숙제가 뭐냐고 물어보고, 곧 머리를 잘라야겠다고 하겠지. 알베르트는 대답하지 않을 테지만, 나도 신경 쓰지 않겠지.

하지만…… 어디에서도, 아무 소리도 나지 않았다. 이곳에는 그녀 말고는 아무도 없었다. 무너지기 직전 같은 느낌이었다. 하지만 무너질 순 없었다. 소피는 그 느낌과 맞서 싸우며, 내면 깊은 곳에 있는 무언가를 되찾을 수 있기를 소망했다.

그들은 초대받은 손님들이 보통 그렇듯 7시 15분에 도착했다. 소냐, 레셰크, 에른스트, 다프네, 티에리는 모두 소피의 거실에 모였다. 레셰크는 창가 자리에 앉아 정원과 길을 살폈다. 에른스트는 그림을 유심히 들여다보았다. 다른 사람들은 벽난로 위 선반의 사진들을 보며 자기들끼리 이야기를 나누었다.

소피는 저녁 식사 준비를 마치고 부엌에서 그들을 지켜보았다. 묘한 무리였지만, 이제 그들은 그녀와 같은 무리, 그녀의 편이었다. 친구? 아니…… 전혀. 적? 아니, 적도 아니다. 외로웠다. 그녀는 그냥 자기 역할을 연기한다는 기분이 들었다. 어쩌면 다른 사람들도 그럴지 모른다.

그들은 이야기하고 먹었다. 대화는 그녀에게 어떤 감정도 불러일으키지 않았다. 모두 지금은 납작 엎드려서 기다리며 엑토르가 어떻게 되는지 지켜봐야 한다는 데 동의했다. 한케는 죽을 것이다. 언제 어떻게 죽느냐만이 남았을 뿐이다.

29

라르스는 호텔에서 체크아웃하고, 구닐라에게서 훔친 현금을 조금 꺼내 계산했다. 스톡홀름에서 나와 저녁 늦게 베리셰고르덴 요양소에 도착했다. 50대 남녀 두 사람이 맞아주었다. 따스하고 안전하고 평범해 보이는 사람들이었다. 라르스는 정반대 타입을 예상했었다. 그들이 짐을 살펴도 되겠느냐고 해서 그러라고 했다.

라르스는 구닐라의 돈 중 남은 것으로 한 달간의 치료비를 냈다. 다음 날 아침 그는 11명의 다른 남자들과 둘러앉았다. 전국 곳곳에서 온 사람들로, 배경도 외모도 달랐다. 그들은 성 없이 이름만으로 자기소개를 하고 불안해하며 자기가 왜 여기 와 있는지 설명했다. 모두 처방전이 필요한 약이나 다른 형태의 마약에 중독된 사람들이었다. 모두 미래를 두려워하고 불안해했다.

첫날은 좋았다. 제대로 찾아온 것 같았다. 자신에게 도움이 될 거라는 느낌을 받았다. 오후에는 카운슬러와 이야기했다. 비밀이 보장되는 대화였다. 최소한 카운슬러는 대화 내용을 발설해서는 안 되었다. 그의 이름은 다니엘인데, 한때 스몰란드의 보험 중개인으로 일하다 처방전 약에 중독되었다고 했다. 그는 라르스가 무슨 일을 겪고 있는지 안다면서, 삶을 바꿀 의지가 있다면 도움을 받을 수 있을 거라고 했다. 라르스는 그의 말을 이해할 수 없었지만, 상식이 지배하는 선하고 인간적인 곳에 와 있다는 느낌은 압도적이었다. 그가 되찾고 싶은 것이었다.

두 번째 날은 힘들었다. 적어도 아침에는 그랬다. 각자의 약물 오남용 경험을 적어야 했다. 하지만 다른 사람들이 이야기하는 것을 들으니 저항감이 사라졌다. 아주 사소한 부분까지 툭 터놓고 정직하게 이야기할 수 있었다. 그날 저녁 라르스는 자신의 이야기를 펜이 뜨거워질 정도로 잔뜩 썼다. 조금씩 자유로워지는 기분이었다. 자유롭고 감사한 기분이 들었다. 쓰면 쓸수록 상황이 더 명확해졌다. 바로잡을 수 있을 것 같았다. 앞으로는 인생이 달라지고, 더 나아질 것이라는 생각이 들었다. 그날 밤에는 푹 잘 수 있었다. 앞뒤가 맞는 꿈을 꾸었다. 일어나니 아침이 먹고 싶었다.

셋째 날 오후가 되자 금단 증상과 부정적인 생각이 고개를 쳐들기 시작했다. 긍정적인 기분이 모두 날아가버린 듯했다. 다니엘은 그걸 눈치채고 그를 다시 궤도에 올려놓으려고 애썼다. 하지만 라르스는 시종일관 비웃는 듯한 미소만 짓고 있었다. 다니엘, 그리고 베리셰고르덴의 다른 사람들이 갑자기 모두 적처럼 느껴졌다. 그는 자기 자신과 그들을 비교해보았다. 모두 멍청한 종교를 신봉하는 무리였다. 자신은 다른 사람들과 아무런 공통점도 없었다. 그들은 나약하고 세뇌된 사람들이다. 그들이 믿는 신의 힘 따위는 똥구 멍에나 처박으라지. 달아나고 싶은 욕구가 내면을 쿵쿵 두드리며 고함을 질렀다. 그날 밤 라르스는 침실 창문으로 탈출해서 주차장 에 세워둔 자기 차까지 갔다. 집에 가서 며칠 동안 약에 푹 빠져 지 내다가 다시 끊을 것이다. 그러면 문제가 되지 않을 것이다. 여기가 어디인지 분명히 알고 있으며, 이곳은 사라지지도 않을 것이다. 게 다가 내 인생인데, 내 마음대로 할 권리가 있는 것 아닌가? 남에게 피해를 주는 것도 아닌데 말이다.

라르스는 자기 아파트로 돌아와 찾아낼 수 있는 모든 약과 술에 잔뜩 취했다. 뇌가 나른해졌다. 바닥을 기어다니며 대화를 나눌 개 미나 다른 벌레들을 찾아다녔다. 싱크대에 토했더니 속이 깨끗해지 는 것 같은 기분이 들었다. 그다음에 하이버날을 잔뜩 삼켰다. 그는 그게 무슨 약인지 알고 있었다. 화학적 전두엽 절제술 같은 약이었 다. 약은 제대로 효과를 발휘했다. 라르스는 바닥에 앉아 오래오래 허공을 응시했다. 그 어떤 감정도 들지 않았다. 그냥 가만히 앉아서 아무것도 느끼지 않고, 아무 생각도 하지 않고, 아무 기대도 하지 않았다. 아무것도 담고 있지 않은 거대한 무(無)가 찾아왔다. 그리고 평소처럼 모든 것이 새까매졌다.

다음 날 아침, 라르스는 부엌 바닥에서 다리 사이에 차가운 느낌 을 느끼며 일어났다. 손으로 더듬어보았다. 청바지가 축축하고 차 가웠다. 자면서 오줌을 싼 것이다. 옆 바닥에서 휴대전화가 울려서 받아 들었다.

"안녕, 친구."

토미의 목소리다. 라르스는 입가에 묻은 침을 닦아냈다.

"안녕하세요." 그는 잔뜩 쉰 목소리로 대답했다.

"체크아웃했어?"

라르스는 정신을 차리려고 애썼다.

"어떻게 아셨어요?"

"난 내 사람들을 항상 지켜본다네. 나한테 말 좀 하지 그랬어, 라르스. 우린 서로를 챙기기로 했잖아. 자넨 어떻게 생각할지 몰라도 자넨 혼자가 아니야. 그나저나 기분은 어떤가?"

라르스는 집게손가락으로 코밑을 문질렀다.

"모르겠어요. 괜찮은 것 같아요."

"내가 그쪽으로 가지."

말릴 시간이 없었다. 토미는 30분 후 도착했다. 달콤한 페이스트리와 오렌지주스 두 캔을 가지고 왔다. 두 사람은 거실에 앉아 솔직한 대화를 나눴다. 라르스는 안락의자에, 토미는 소파에 앉았다. 토미는 자기 생각에는 라르스가 다시 노력해봐야 할 것 같다고 했다. 라르스에게 줄 자리가 사라지는 것도 아니고, 상관으로서 라르스의 치료 비용을 자기가 처리해줄 수도 있다고 했다. 라르스는 그의 이야기를 주의 깊게 들었다. 토미는 마약에 대해 물었다. 어떤 약을 하는지, 어떻게 구하는지, 어떤 게 가장 강한지 등이었다. 라르스는 최선을 다해 대답했다. 어렸을 때 중독된 이야기, 비교적 해가 없는 약으로 다시 시작했을 때 완전히 정신을 놓아버린 이야기를 했다. 토미는 고개를 절레절레 흔들며 이야기를 들었다.

"끔찍한 이야기군."

라르스는 동의할 뻔했다.

"하지만 우리는 모두 해결해낼 걸세." 토미는 손바닥으로 허벅지를 탁 치더니 눈을 깜박이고는 일어서서 화장실에 갔다.

혼자 남은 라르스는 하품을 하고 기지개를 켰다. 토미가 돌아오면서 라르스 뒤를 지나쳤다. 갑자기 목덜미를 세게 얻어맞자 라르스는 깜짝 놀랐다. 토미가 그의 양손을 잡아 뒤로 돌리고 의자 아래로 밀어내렸을 때는 더욱 놀랐다. 라르스는 토미에게 깔리며 바닥에 얼굴을 세게 부딪쳤다. 저항하려고 했지만 토미가 우위에 있었다. 그는 거칠고 힘이 셌고, 라르스는 약 기운이 덜 가신 상태였다. 당황한 라르스는 저항했지만 토미는 닥치라고 말하며 수갑을 꺼내 라르스의 손목에 채웠다.

"뭐하는 거예요? 내가 뭘 어쨌는데요, 토미?"

토미는 다시 거실에서 사라졌다. 라르스는 바닥에 엎드린 채 혼자 남았다.

"토미!" 대답이 없었다. 라르스는 귀를 기울였다. 토미가 복도 밖에서 문을 여는 소리가 들렸다. 문이 다시 닫혔다. 나간 건가?

"토미? 가지 마세요!"

라르스는 등 뒤로 팔이 묶이고 뺨을 바닥에 댄 채 누워서 생각을 하려고 했다. "토미!" 잠시 후에 다시 불러보았다. 자신의 숨결이 나무 바닥에 부딪쳐 돌아오는 것이 느껴졌다. 그때 부엌 쪽에서 작은 소리가 들렸다. 두 사람이 속삭이는 소리 같았다.

"토미, 제발! 이야기 좀 하면 안 될까요?" 라르스의 목소리는 약했다. 얼굴을 바닥에 대고 누운 채 시간이 흘렀다. 얼마나 지났는지 알 수 없었다. 갑자기 복도에 누군가의 실루엣이 보였다. 토미는 아니고, 여자였다. 눈을 찡그리니 알아볼 수 있었다. 구닐라……. 구닐라가 거실 문간에 서 있었다. 그녀는 핸드백을 어깨에 걸친 채 문틀에 기대 서 있었다.

라르스는 어떤 상황인지 서서히 깨닫기 시작했다. 전혀 생각조차 하지 못했던 일이었다. 호흡하기가 힘들었다. 그는 크게 몇 번 숨을 몰아쉬면서 불안함으로 심장이 가슴속에서 덜컥거릴 때마다 기침을 했다.

"당신 여기서 뭐하고 있는 거야?" 라르스는 간신히 말했다.

그때 토미가 구닐라 옆을 지나 다시 거실로 들어왔다. 손에는 긴 소음기를 장착한 자동권총을 들고 있었다. 라르스는 죽음의 공포를 기침으로 토해내려고 했다. 다시 바지에 오줌을 쌌다. 똑바로 앉으려고 했지만 두 손을 등 뒤로 하고 수갑을 차고 있어서 그럴 수 없었다. 그는 맨땅 위의 바다표범처럼 딱딱하고 미끄러운 바닥 위에서 움찔움찔 움직였다. 토미를 설득하려고 했지만 공포에 질린 그의 목소리는 너무 약해서 무슨 말인지 알아들을 수조차 없었다. 이번에는 구닐라에게 이야기하려고 했다. 이건 지나친 일이라고 설명하려고 했다. 자기는 지금 죽어선 안 된다, 자기가 이제까지 해낸 일과는 맞지 않는다고 말하려고 했다. 하지만 그녀는 라르스의 말을 듣는 것 같지도, 이해하는 것 같지도 않았다.

토미가 뒤에 서서 그를 잡아 일으켜 앉은 자세로 만든 다음, 오른쪽 관자놀이 1센티미터 앞에 소음기를 대고 구닐라를 보았다. 구닐라는 고개를 끄덕였다. 라르스는 뭔가 다른 말을 해보려고 애썼다. 하지만 그 말은 날카로운 바람 소리가 되어 나왔을 뿐이었다. 거기에서는 어두운 불안과 가슴이 터질 것 같은 공포의 냄새가 났다.

토미가 총을 쏘았다. 풋, 팟. 총알은 라르스의 머리를 관통해서 거실 벽에 꽂혔다. 왼쪽 관자놀이에서 피가 솟았다. 핏줄기는 가늘었지만 강한 압력으로 솟구쳤다. 구닐라가 빤히 바라보는 앞에서 라르스는 바닥에 쓰러졌다. 토미는 조심스레 뒤로 물러선 다음 재빨리 작업에 착수했다. 웅크리고 앉아 수갑을 풀고, 자기가 서 있던 바닥을 닦았다.

구닐라는 자기가 기대했던 것과는 정반대의 기분을 느꼈다. 라르스가 죽는 것을 지켜보면 기쁨을 느낄 것 같았다. 그가 에리크에게 한 일을 생각하면 안도감과 해방감을 느낄 거라 생각했다. 하지만 그렇지 않았다. 그저 공허하고 슬펐다. 토미에게 라르스를 이런 식으로 끝내달라고 명확하게 부탁했다. 그가 죽으면서 마지막으로 보는 것이 자신이 되도록. 그는 절대 구닐라를 이길 수 없으며 그건 처음부터 정해져 있었다는 걸 깨닫게 하기 위해서였다. 라르스는 그걸 깨달았을지도 모르고, 아닐지도 모른다. 하지만 어쨌거나 그녀가 예상했던 것과는 다른 기분이었다. 뒤틀리고 한심했던 인생이 이렇게 비참하게 끝나게 되었다는 점에서 라르스의 삶은 비극적이었다. 구닐라는 죽음과 관련된 모든 것이 지겹게 느껴졌다.

"고마워요, 토미." 그녀가 낮은 목소리로 말했다.

"기분이 어때?"

그녀는 대답하지 않았다. 한 손에는 수갑을, 한손에는 총을 들고 일어선 토미가 구닐라의 눈을 보았다.

"에리크가 보고 싶어요." 구닐라는 조용히 말했다.

토미는 한숨을 쉬었다. 두 사람은 눈을 마주쳤다. 그가 총을 들었다. 조준할 필요도 없이 그냥 방아쇠만 당기면 되었다. 총에서 조금

전과 같이 거칠고 짧은 팟 하는 소리가 났다. 반동으로 소음기가 15도 정도 휙 올라갔다. 총알은 구닐라의 이마 오른쪽에 맞았다.

구닐라는 잠시 꼼짝 않고 서 있었다. 마치 충격이 너무나 커서, 놀라움이 잠시 그녀의 목숨을 지탱하고 있는 것 같았다. 곧 다리가 풀렸다. 그녀는 끈이 잘린 꼭두각시처럼 서 있던 자리에 그대로 쓰러졌다. 이마의 구멍에서 피가 배어나왔다. 눈은 비뚤어진 채 천장을 향했다.

토미는 숨을 거칠게 몰아쉬었다. 심장이 거칠게 뛰었고, 입안은 바싹 말랐다. 그는 솟아오르는 감정과 싸웠다. 차분함을 유지하면서 모든 것을 억제하려고 했다. 이제 뭘 해야 할까, 혼잣말로 조용히 중얼거렸다. 그는 앞으로 무얼 해야 할지 외워두었다. 아무것도 운에 맡겨둘 순 없다. 토미는 구닐라를 보았다가 라르스를 보았다. 그냥 죽은 물건 두 개에 불과해. 그는 스스로에게 말했다.

토미는 소음기를 풀어 주머니에 넣었다. 총을 바닥에 놓고 주머니 속 플라스틱 봉지에서 면봉을 꺼내 화약 잔여물이 묻어 있을 만한 부분을 부드럽게 문질렀다. 그러고는 면봉을 라르스의 오른손 엄지와 검지 사이에 대고 톡톡 두들겼다. 총을 라르스의 오른손에 쥐어주며 라르스 빙에가 자살을 했다면 총이 어떤 모양이 될까 생각해보았다. 수갑은 라르스의 침실에 두었다. 범의학팀은 그의 손목에서 가느다란, 거의 눈에 보이지 않는 수갑 자국을 찾아낼 것이다. 그러니 수갑이 침실에 있으면 그들은 수갑이 침실에 있을 때 누구나 내리는 결론을 내리게 될 것이다.

그는 구닐라의 시체 옆에 앉아 핸드백을 뒤졌다. 이 사건이나 수사와 조금이라도 관계가 있는 것이 있나 살폈다. 그녀는 토미만큼이나 신중했기 때문에 그런 것을 몸에 지니고 다니지 않으리라 확신했지만, 그래도 확인해봐야 할 것 같았다.

토미는 마리아 광장에서 라르스에게 받은 것을 확인한 다음 구닐라에게 연락을 했다. 야단법석을 떨지는 않았다. 그저 그녀와 에리크가 무슨 일을 하고 있었는지 안다, 그리고 나도 한몫 원한다고만 했다. 그를 잘 아는 구닐라는 얼마를 원하느냐고만 물었다. "에리크 몫으로 가던 절반이면 되겠어요?"라는 말에 그는 좋다고 했다.

승리를 확신한 라르스 빙에가 장례식에서 에리크가 죽도록 내버려뒀다고 고백했을 때, 구닐라는 계약에 특별 항목을 덧붙였다. 라르스가 어떻게 죽을지는 자기가 정하겠다는 것이었다. 사실 그건 별로 중요한 문제가 아니었다. 토미는 자기가 구닐라를 쐈다는 사실이 정말 슬펐다. 구닐라와 동질감을 느끼고 있었기 때문이다. 하지만 어쩔 수 없었다. 토미는 그녀를 잘 알았다. 언젠가는 가져간 몫을 다시 내놓으라고 할 것이다. 구닐라는 원래 그런 사람이다. 토미는 내내 등 뒤를 조심하며 살아야 했을 것이다. 하지만 이런 행동을 한 가장 큰 이유는 라르스가 준 서류에 나와 있는 엄청난 액수였다. 토미는 그걸 보고 무시할 수 없는 무언가를 깨달았다. 그의 아내, 모니카. 돈이 생명을 구한다. 이 돈을 다 손에 넣으면, 그녀에게 적절한 치료를 받게 해주고, 수명을 늘려주고, 어쩌면 루게릭 병을 고칠 수 있을지도 모른다. 그리고 작지만 굉장히 중요한 세 번째 요소가 있었다. 취하고 싶은데 냉장고에는 싱거운 맥주 두 병밖에 없을 때 같은 어렴풋한 느낌이었다. 지금까지 그의 삶은 적자였다. 그렇지 않았다면 모 아니면 도인 이런 일에는 손도 대지 않았을 것이다. 그런데 라르스가 마리아 광장에서 준 자료를 받았을 때 그는 흑자를 보았다. 안전거리를 유지할 수 있는 확실한 흑자였다. 그리고 바로 그 순간에 해야 할 일이 아주 명확하고 또렷해졌다.

에바 카스트로네베스는 리히텐슈타인에 배치되었다. 구스만이 보내오는 돈을 처리할 대기 인력 같은 존재였다. 그 일이 성사되지 않자 구닐라는 다른 임무를 주었다. 협상이 끝난 후 그녀는 가짜 계좌로 돈을 보내왔다. 토미도 얼마든지 인출할 수 있는 계좌였다. 토미는 에바 카스트로네베스에게 연락해서 구닐라의 몫도 자기에게 보내고, 전체 금액의 10%는 카스트로네베스가 가지라고 할 계획이었다. 만약 그녀가 말썽을 피우면 인터폴에 신고하면 된다. 인터폴은 지구 끝까지라도 그녀를 쫓을 것이다. 토미에겐 증거가 스포츠 가방 하나 가득 있는데, 서류 두 장마다 한 번씩 그녀의 이름이 나왔다. 그는 에바 카스트로네베스가 문제를 일으키지 않을 것이라고 확신했다.

토미는 라르스 빙에의 아파트를 한 바퀴 돌며 사건과 관련된 것이 있는지 다시 한 번 확인했다. 아무것도 없었다. 깨끗했다. 그는 법의학팀이 관심을 가질 만한 것이 뭐가 있을까 계속 생각해보았다. 그들이 어떻게 일하는지 알고 있는 그는 가끔 상황을 재조합하는 데 놀라운 솜씨를 발휘하기도 했다.

아무것도 없다는 확신이 들자 토미는 라르스와 구닐라를 내버려두고 밖으로 나와서 자신의 오래된 뷰익 스카이라크 GS에 시동을 걸었다. 8기통 엔진 소리가 건물들 사이에서 메아리쳤다. 그는 오른발을 브레이크에 얹고 기어를 D에 놓았다. 기어가 바뀌면서 차 전체가 아래위로 움직였다.

차를 몰아 모니카와 딸들이 있는 집으로 향했다. 오늘 저녁에는 테라스에서 소시지를 구워 먹을 계획이다. 토미는 연립주택 울타리 너머로 이웃에 사는 크리스테르와 아그네타에게 고개를 끄덕일 것이다. 크리스테르에게 재미있는 이야기를 하면 그는 늘 그렇듯 웃음을 터뜨릴 것이고, 그러고 나서 바네사가 여름방학 과제로 받은 영어 숙제를 제대로 했는지 봐줄 것이다. 바네사는 토미의 영어 발음을 놀릴 것이다. 그가 더 과장해서 스웨덴 식으로 영어를 발음하면 박장대소할 것이다. 에밀리에는 컴퓨터 앞에 죽치고 앉아 있겠지. *끄*라고 하면 투덜거리겠지만 잠시 그러다 말 것이다. 텔레비전을 좀 보고 나면 모니카는 온실에 가서 커피를 마시며 백개먼 게임을 하자고 할 것이다. 그러면서 토미와 모니카 모두 좋아하는 스위스롤을 함께 먹을 것이다. 모니카가 백개먼에서 이긴 뒤, 그들은 침대에 누워 책을 읽을 것이다. 그는 자동차 잡지를, 그녀는 진 M. 아우얼의 역사 소설을 읽겠지. 불을 *끄*기 전에 그녀의 뺨을 매만지며 사랑한다고 말할 것이다. 그녀도 비슷한 말을 할 것이다. 끝이 보이지 않는 병에도 불구하고 강인하게……. 이와 비슷한 밤이 앞으로도 계속될 것이다. 한동안은 모든 것이 지금과 똑같을 것이다. 그러고 나서 그는 서서히 질식해가는 아내를 구해낼 것이다.

토미는 스톡홀름의 붐비는 길 위로 뷰익을 몰았다. 머릿속으로 자기가 얼마나 부자인지 대충 계산해보았다. 두 자리 숫자가 먼저 나왔다. 뒤에 0이 여섯 개나 붙어 있었다. 두 자리 숫자도 비교적 큰 편이었다. 1950년대에 요한네스호브에서 태어나 로빈 후드 담배를 훔쳐 피우고 제리 윌리엄스의 록 음악을 듣고 '팬텀' 시리즈와 '비글스의 모험' 시리즈를 멋있다고 생각하던 소년이 받아들이기에는 엄청난 숫자였다.

소피는 아들에게 부드럽게 노래를 불러주고, 씻겨주고, 머리를 빗겨주고, 매일 깨끗한 옷으로 갈아입혔다. 사고 전에 읽던 책을 계속 읽어주었다. 책갈피를 끼워서 침대 옆에 놓아둔 것을 발견했기 때문이었다.

알베르트의 병실 문은 조금 열려 있었다. 옌스는 걸음을 멈추고 안을 들여다보았다. 의식이 없는 아들 옆에 있는 어머니의 모습은 볼 때마다 슬픔을 자아냈다. 그는 아래층 가게에서 산 카드를 손에 들고 있었다. 시간을 보낼 겸 소피와 카드놀이라도 할까 싶어서 산 것이다. 하지만 막상 와보니 방에 들어갈 수 없게 만드는 투명한 벽이라도 솟아나 있는 것 같았다. 그 벽이 옌스를 소피와 알베르트의 삶에 끼어들 수 없게 했다. 그의 마음속 깊이 숨겨놓은 공포를 일깨우며, 그들이 발하는 온기 속에 발을 들여놓을 수 없게 만들었다.

소피는 앉아서 책을 읽으며 얼굴로 흘러내린 머리카락을 뒤로 넘겼다. 누가 자기를 보고 있다는 걸 모를 때 그녀의 모습은 너무나 아름다웠다.

옌스는 돌아서서 복도를 따라 걸어갔다.

분위기가 무겁고 딱딱했다. 두 사람은 늘 그렇듯 그 방에 앉아 생각에 잠겨 있었다. 뵈른 군나르손이 흡연실 겸 회의실로 쓰는 곳이었다. 토미의 상사인 그는 파이프를 뺀 뒤 침묵을 깼다.

"우리가 파악한 게 어디까지인가, 토미?"

토미는 의자에 기댄 채 테이블을 바라보았다. 그는 눈에 보이지 않는 한 지점에 몇 초 정도 초점을 맞추다가 고개를 들었다.

"라르스 빙에는 불안정했습니다. 구닐라는 그를 걱정했고요. 제게 지나가듯 한 번 말한 적이 있습니다. 그때는 전 별로 신경을 쓰지 않았죠. 라르스는 제 생각보다 상태가 심각했던 것 같습니다. 그는 자기가 맡고 있는 일보다 더 중요한 일을 맡을 자격이 있다고 생각했던 것 같습니다. 구닐라에게 전화를 하고, 이메일을 보내고, 공격적으로 위협했어요. 최근 어머니와 여자친구가 차례차례 세상을 뜨자 더욱 균형을 잃은 것 같습니다."

군나르손은 아무 말 없이 담배만 피웠다. 토미는 말을 이었다.

"라르스는 재활원에 들어갔지만, 며칠 만에 도망쳐 나왔습니다. 그가 집으로 돌아온 날 저녁에 구닐라에게 전화를 건 기록이 있어요. 어쩌면 도움을 요청하려던 것일 수도 있습니다. 저도 잘 모르겠습니다. 구닐라가 다음 날 아침 그의 아파트로 간 것은 분명합니다. 그리고 라르스는 구닐라를 쏘고 자살했습니다. 아주 강한 약에 취해서 한 행동이 아닌가 짐작할 뿐입니다."

"무슨 약인데?"

"처방전이 있어야 구할 수 있는 케토간입니다. 완전히 취해 있었어요. 그는 중독된 상태였습니다. 이전에도 말썽을 부린 적이 있습니다. 저는 잘 모르지만, 구닐라가 그의 약물 중독이 다시 심해져서 통제 불능이 되어가고 있다고 했습니다. 어머니와 여자친구 일과 관련 있을 수도 있죠."

"그들이 진행하던 수사는?"

"그게 좀 이상합니다. 브라헤가탄 사무실에는 거의 아무것도 없었습니다. 감시 보고서 몇 개, 사진 조금, 사건에 관련된 메모 몇 장 말고는 텅 비어 있었습니다."

"정말?"

토미는 극적인 효과를 주기 위해 잠시 침묵을 지키다가 고개를 들었다.

"예."

"자네 생각엔 어떤가?"

토미는 이 말을 하는 것이 고통스럽다는 듯한 표정을 지었다.

"뭔데 그래?" 군나르손이 파이프를 이 사이에 문 채 물었다.

"어쩌면 구닐라와 에리크에겐 아무것도 없었는지 모릅니다. 아무것도 밝혀내지 못했거나…… 최소한 구닐라가 원했던 것만큼은 아니었겠죠."

죽은 사람에 대해 안 좋은 말을 하려니 마음이 아프다는 듯, 토미는 마지막 문장을 거의 사과하는 투로 말했다.

"왜 그렇게 생각하지?" 군나르손의 목소리는 걸걸했다.

"구닐라가 자기는 이런 식으로 일하겠다고 우릴 설득했을 때를 생각해보십시오. 우린 구닐라의 제안을 전부 받아들이고 백지위임장을 줬습니다. 그런데 자기가 바란 결과가 나오지 않자 수치스러웠을 겁니다. 뚜렷한 진전을 보여주지 못하면 재정적인 지원이 끊길 거라며 걱정했을 수도 있고요." 토미는 어깨를 으쓱했다. "하지만 전 정말 모르겠습니다."

군나르손은 깊이 한숨을 쉬었다. 그는 다 타버린 담뱃재를 손바닥에 털어 쓰레기통에 버렸다.

"트라스텐 사건의 범인들은?"

"안토니아 밀레르 경감이 수사 중입니다. 구닐라에게서 받은 정보를 전부 다 넘겼습니다. 얼마 되지는 않지만요. 법의학팀이 도와주기만을 바라야 할 겁니다."

"구스만은 도망갔나?"

"네, 모든 정규 경로로 영장을 발부했습니다. 그의 아버지는 마르베야의 집에서 살해당했습니다. 트라스텐에서 총격전이 일어났을 때와 거의 같은 시각입니다. 우리 생각보다 원한 관계가 깊은 것 같습니다."

군나르손은 얼굴을 찡그렸다. "하세 베릴룬드는?"

"사라졌습니다."

"왜?"

토미는 고개를 저었다. "모르겠습니다. 구닐라에게 발탁되기 전에도 기록상 문제가 많던 친구입니다. 그냥 줄행랑친 게 아닐까요?"

"어디로 간 걸까?"

토미는 고개를 가로저었다. "모르겠습니다."

"아스크는? 이 사건에서 아스크가 하던 일은 대체 뭔가?"

토미는 대답하기 전에 한 번 더 극적으로 뜸을 들였다. "그를 트라스텐에서 만난 다음에 구닐라에게 물어봤습니다. 감시 업무를 돕고 있다고 하더군요. 경찰력에 과잉 부담을 주고 싶지 않아서 그런 결정을 내렸다고 했습니다."

군나르손이 고개를 들었다. "구닐라가 그랬다고? '경찰력에 과잉 부담을'이라고?"

토미는 고개를 끄덕였다.

"그러면 아스크는 왜 자살한 거야?"

"자살하는 사람들이 왜 자살하는지 그 이유는 저도 모르겠습니다만, 아스크가 지름길을 선택한 최초의 경찰은 아닙니다. 그의 과거는 아시지 않습니까? 아무도 그와 함께 일하고 싶어 하지 않았습니다. 비밀경찰에서 엄청나게 실패한 다음에는 일뿐 아니라 어떤 이유로도 그와는 엮이려 하지 않았지요. 그는 부패했고, 지쳤고, 외로웠을 겁니다. 이 모든 것에 다 넌더리가 났던 것 같습니다."

토미는 군나르손이 고개를 끄덕이는 것을 보았다. '다 넌더리가 났다'라는 것은 군나르손에게 아주 익숙한 현상이었다. 군나르손은 심호흡을 했다.

"이번 일에는 이상할 정도로 물음표가 많이 달려 있는 것 같지 않나, 토미?"

토미는 잠시 머뭇거렸다. "음, 그렇습니다……."

그는 더 이상 대답하지 않았다. 그때 아래쪽 어디에선가 차 소리가 들렸다. 그들은 쿵스홀멘 경찰본부에 있었다. 군나르손은 다시 파이프를 채우고 습관처럼 한숨을 쉬었다.

"이제 어떻게 진행해야 하나?"

"할 수 있는 일이 많지 않습니다. 이건 비극입니다, 뵈른. 라르스 빙이라는 광인의 작품이죠. 그게 전부입니다. 구닐라가 하던 구스만 수사는 이제까지 습득한 정보를 가지고 저희가 계속할 겁니다. 트라스텐도 마찬가지고요."

군나르손은 파이프를 이에 부딪쳐가며 걸걸한 목소리로 말했다.

"이 비극의 일부는 순전히 우리 책임인지도 몰라. 구닐라는 감독받지 않고 일하고 싶어 했고, 우리가 허락했으니까 말일세. 우리는

624

그녀가 실패하도록 허락해준 거나 마찬가지야. 하지만 구닐라가 수사에 진전이 없다는 걸 깨달았을 때 똑똑한 척하는 걸 그만두고 우리에게 도움을 요청했더라면 상황이 상당히 달라졌을지도 모르지."

토미는 상관의 마음을 읽어보았다. 군나르손은 겁에 질려 있었다. 자기가 이 혼란의 책임을 져야 할까 봐 두려워하고 있었다. 토미가 원하던 대로였다.

"제가 수습하겠습니다, 뵈른. 제가 잘 마무리 짓겠습니다."

군나르손은 파이프에 불을 붙이고 몇 모금 깊이 빨았다. 연기는 거의 푸른색에 가까웠다. 그는 혀와 뺨에 니코틴이 퍼지는 동안 가만히 토미를 바라보았다.

"구닐라와 에리크는 우리 친구였어, 토미. 평판도 좋았고. 그들이 좋은 기억으로 남았으면 하네."

토미는 고개를 끄덕였다.

에필로그

스톡홀름, 8월

소피는 알베르트를 조수석에서 휠체어로 옮겼다. 알베르트가 휠체어 타기를 싫어한다는 것은 알고 있었다. 일상생활에서 알베르트가 창피하게 느끼는 일은 너무나 많았다. 하지만 알베르트는 용감했고, 절대 절망하는 모습을 보이지 않았다. 하지만 소피는 가끔 그것이 오히려 두려웠다. 괴로운 마음을 안으로 쌓아두는 게 아닌가 싶어서였다.

하지만 아이의 눈에 보이는 반짝임은 그대로였다. 2주 전 알베르트가 병원에서 의식을 되찾았을 때, 그 빛을 보자 소피의 모든 불안이 사라졌다. 알베르트가 깨어나서 본 사람도, 처음으로 질문을 던진 사람도, 지금부터 자신의 인생이 어떻게 될지 알고 나서 분노를 표출한 사람도 소피였다. 알베르트는 이틀 후에 울기 시작했고, 나흘이 지나자 농담을 하기 시작했다. 그러자 이제 그녀가 슬퍼할 차레가 되었다. 그다음에 알베르트는 질문을 하기 시작했다. 소피는 모든 것을 다 말해주었다. 병원에서 엑토르를 처음 만난 날부터 구닐라의 일과 협박을 당한 일까지, 자기가 스페인으로 도망쳤던 순간까지 모두 이야기했다. 알베르트는 이야기를 들으며 그녀를 이해하려고 최선을 다해 노력했다.

*

톰과 위본네는 돕고 싶다며 차 문 옆에 서 있었다. 하지만 오히려 걸리적거리기만 해 소피는 안에 들어가서 기다리라고 했다.

일요일 저녁, 가족이 다시 모였다. 야네와 예수스, 톰과 소피의 어머니 위본네, 알베르트와 소피. 위본네는 행복했고 낙관적이었다. 톰도 마찬가지였다. 개가 짖었고 야네와 예수스는 말없이 둘만의 시간을 보냈다. 테라스 문은 열려 있었고 테이블은 멋지게 세팅되어 있었다. 따스한 저녁 공기가 실내를 감쌌다. 모두 완벽했다…… 아니, 거의 완벽했다.

소피는 가장 가까운 사람들이 모여 앉은 테이블을 둘러보았다. 알베르트는 무릎 위에 휴대전화를 놓고 문자를 읽고 있었다. 위본네는 예수스가 방금 한 말에 열심히 고개를 끄덕이고 있었다. 톰은 그녀를 보며 미소 짓고 있었다. 그리고 그 갑작스러운 상황에도 질문 하나 던지지 않고 엄청난 정신력을 보여준 야네. 그녀는 거침없이 현장에 뛰어들어 행동했다. 심각한 문제가 생겼을 때 야네는 늘 그랬다. 정신없는 잔소리꾼에서 차분함의 화신으로 변해 다른 사람들이 휘청댈 때 일을 떠맡았다. 그녀는 바위 같은 성품의 소유자였지만, 그 사실을 아는 사람은 거의 없었다. 소피는 다시 알베르트를 보았다. 그때 아이의 휴대전화가 진동했다. 알베르트는 문자를 읽고 답을 보냈다.

그녀는 아주 오랜만에 자신의 모습을 들여다보았다. 어디에선가 불꽃이 보였다. 그 희미한 빛은 전에도 본 적 있는 것이었다. 활활 타오르거나 눈부시게 밝진 않지만, 부드럽고 따스한 빛이었다. 그 빛은 부드럽게 흔들리며 그녀가 잊어버린 그녀 자신에 대해 이야기해주었다. 스스로 자초한 공포와 고독에서 벗어날 수 있다는 용기를 주었고, 아직 직시할 엄두를 내지 못하고 있지만 사실 그녀는 스스로 생각하는 것보다 더 커다란 사람이라고 이야기해주었다. 공포는 꼭 이해하고 없애야 하는 건 아니라고, 그냥 조용히 남겨두고 작별인사를 한 뒤 걸어 나오면 된다고 했다. 그 모든 감정에 단어를 붙여가며 한참 고민한 뒤에도 좀처럼 찾아오지 않던 깨달음이었다. 이제 모든 것이 명료했다. 소피는 껍질을 벗으며 변해가고 있었다. 변화는 천천히 일어났다. 그녀는 언제부턴가 자신이 변화에 맞서지 않게 되었다는 걸 깨달았다. 모든 것은 언제나 변하고, 이 지구 어디에서나, 낮에나 밤에나 계속해서 변한다. 누구도, 그 무엇도 변화를 피할 수 없다. 그것은 소피도 마찬가지다. 분노, 따스함, 격렬함, 공허함, 그리고 결의가 아주 자연스럽게 느껴졌다.

알베르트를 바라봤다. 알베르트는 소피의 눈을 보며 진심 어린 미소를 지었다. 쟤가 왜 저럴까 하다가, 그녀는 자신 역시 미소 짓고 있음을 깨달았다.

두 사람은 해 질 녘에 집으로 돌아왔다. 날씨는 아직 따뜻했지만 벌써 계절이 바뀐 듯 해가 빨리 졌다. 초록색 나뭇잎이 가느다란 가지에 묵직하게 매달려 있는 계절. 눈에 보이는 변화가 찾아오기 직전, 잎이 더 이상 매달려 있지 못하고 손을 놓기 직전의 계절.

소피는 집 밖에 차를 대고 아까 했던 것과 똑같이 알베르트의 몸을 휠체어로 옮겨서 문까지 갔다. 알베르트는 전부 다 혼자 하고 싶어했다. 최소한 집 안에서는 그가 마음껏 움직일 수 있었다. 집 안의 문턱을 전부 없애고 계단에 엘리베이터를 단 덕분이었다.

소피는 새로 설치한 자물쇠로 집의 문 전부를 잠갔고, 들어가지 않을 방에는 경보장치를 켜두었다.

알베르트가 잠들고 나서 아론에게 전화가 왔다. 그는 그쪽에서 어떤 일이 일어나고 있는지 이야기하고, 몇 가지 질문을 한 다음 새로운 정보를 알려주었다. 소피는 그의 말을 듣고 나서 논리적으로 추리하고 최선의 해결책을 찾으려고 애썼다. 엑토르에게 변화가 있는지도 물었지만, 그대로라고 했다. 그는 기계에 연결되어 생명을 보존한 채 누워 있었다.

차를 끓여 마시며 그녀는 자신을 원망했다. 앞으로도 계속 이럴 것이다. 죄책감은 결코 그녀를 떠나지 않을 것이다. 옌스가 여기 있었으면 얼마나 좋을까. 하지만 그 역시 사라졌다. 소피에게는 문자 메시지만 남겼다.

내 뜻은 아니지만 잠시 떠나 있어야 해.

'내 뜻은 아니지만'……. 나도 그런데. 모두들 그렇다.

그러는 와중에도 알베르트를 돌보며 계속 뒤를 살핀다. 이것이 소피의 인생이었다.

여덟 시간이 지난 후에 일어나 테라스에서 아침을 먹었다. 비가
쏟아졌다. 소피는 위층 발코니를 지붕 삼아 차를 마시며 하늘에서
물이 떨어지는 소리를 들었다. 집 반대쪽에서 자갈 위를 구르는 타
이어 소리가 났다. 발소리가 다가왔다. 앞문의 벨이 울리자 그녀는
일어나서 테라스 끝으로 가 몸을 내밀었다.

"여기 뒤쪽으로 오세요!"

소피 또래의 여자가 모퉁이를 돌아 모습을 드러냈다. 그녀보다는
몇 살 어린 것 같았다. 키가 제법 컸고 머리는 검었다. 타이트한 청
바지에 장화, 진짜 보석이 아니라 싸구려 장신구를 하고 있었다. 소
피는 여자가 비를 피하려고 뛰어오는 동안 그녀를 살폈다.

"어휴, 다 젖었네!" 여자는 계단을 올라 테라스로 들어서며 말했
다. 손으로 옷에 묻은 빗물을 털어냈다.

"안토니아 밀레르 경감입니다." 그녀가 젖은 손을 내밀며 말했다.

"소피 브링크만이에요."

"제가 혹시 방해가 됐나요?"

"아뇨, 앉으세요. 아침 먹던 중이었어요."

소피와 안토니아는 테라스에 앉았다. 소피가 차를 권하자 안토니
아는 고맙다고 했다.

"집이 참 아름답네요."

진심인 것 같았다.

"고맙습니다. 저희 나름대로 만족하며 살고 있어요."

안토니아는 '저희'가 누구인지 생각하는 것 같았다.

"여기서 아들이랑 둘이 살아요. 남편은······ 사별한 지 여러 해 됐어요."

안토니아는 고개를 끄덕였다.

"이해해요. 저는 미혼인데, 시내에 방 두 개짜리 아파트에 살아요. 남향이죠. 올 여름에는 아침에 일어날 때마다 왜 나는 사우나에서 사는 걸까 생각했어요."

안토니아는 작은 바구니에 손을 뻗어 빵 하나를 집어 들더니 한 입 베어 물고 꽃과 나무를 둘러보았다. "이런 곳에서 살면 참 좋겠어요."

소피가 본론이 시작되기를 기다리고 있다는 것을 눈치챈 듯 안토니아는 당황해서 말을 꺼냈다.

"전 살인 사건을 수사하고 있어요. 바사스탄의 트라스텐 레스토랑에서 세 명이 죽은 사건이에요. 기사는 신문에서 읽어보셨죠?"

소피는 고개를 끄덕였다.

"아주 난장판이었어요. 전 손으로 더듬듯이 천천히 앞으로 나아가고 있답니다. 이 일이 원래 그런 것 같아요. 내내 어둠 속을 더듬으며 나아가는 거죠." 안토니아는 차를 한 모금 마시고 잔을 내려놓았다. "그리고 아마 다른 살인 사건에 대한 기사도 읽으셨을 거예요. 경찰 두 명의 만남이 비극으로 끝난 사건 말이에요."

테라스 밖에는 아직도 비가 내리고 있었다.

"네, 알아요. 어디선가 제 이름이 나왔나 보더군요. 그래서 제게 질문을 하러 오신 거겠죠."

"네."

"제가 말씀드릴 수 있는 게 별로 없을 것 같지만, 최선을 다해 협조할게요."

안토니아는 재킷 주머니에서 작은 수첩을 꺼내 펼쳤다. 안토니아 밀레르는 시원시원한 구석이 있었다. 태도는 느긋하고 눈빛은 정직했다. 소피는 그녀가 마음에 들었다. 그래서 겁이 났다.

"구닐라 스트란드베리의 수사에는 별 성과가 없었던 것 같아요. 사건에 대한 자료를 거의 가지고 있지 않았거든요. 하지만 거기서 당신 이름이 나오긴 했어요. 서로 어떻게 알게 되신 거죠?"

"구닐라는 제가 일하는 단데뤼드 병원으로 절 만나러 왔어요. 엑토르 구스만을 수사하고 있다고 하더군요. 그때 그는 제가 담당하는 병동에 입원해 있었어요. 차에 치여 다리가 부러졌었거든요. 그게 5월 말, 6월 초쯤이었는데⋯⋯."

안토니아는 소피의 이야기에 귀를 기울였다.

"구닐라는 엑토르에 대해 몇 가지 물어봤어요. 그게 전부예요."

"엑토르를 아시나요?"

"입원했을 때는 알고 지냈죠. 환자들과 가끔 그런 일이 생겨요. 친분이 쌓이는 거죠. 늘 그러면 안 된다고는 하지만⋯⋯ 말이 쉽지, 환자들이 말을 걸어오는데 모르는 척하기는 힘들죠."

안토니아는 수첩에 메모를 했다. "그러고는요?"

"구닐라가 몇 번 전화를 걸어서 질문했는데, 제가 답할 수 없는 것들이었어요. 그러다 엑토르가 퇴원하고 저를 점심 식사에 초대했어요." 소피는 차를 조금 마셨다.

"점심 식사에 초대했다고요?"

소피는 고개를 끄덕였다. "네⋯⋯."

"그는 어떤 사람인가요?"

소피는 안토니아를 빤히 바라보며 대답했다. "모르겠어요, 상냥하고, 매너가 좋고…… 상당히 매력적이었어요."

안토니아는 메모를 하면서 고개도 들지 않고 갑자기 물었다. "레이프 뤼드베크는요?"

"네?"

"레이프 아르네 뤼드베크. 들어본 적 있는 이름인가요?"

소피는 고개를 가로저었다. "아뇨, 그게 누구죠?"

안토니아는 다시 수첩에 메모를 했다. "트라스텐에서 살해된 시체 세 구를 발견했는데, 그곳을 수색해보니 그보다 먼저 살해당한 시체가 있더라고요. 사실 최근에서야 신원을 파악했어요. 레이프 뤼드베크."

"그렇군요……. 그런 이름은 처음 들어봐요."

"라르스 빙에는요?"

소피는 고개를 저었다. "그 이름도 처음 듣는데요. 그건 누구죠?"

안토니아는 잠시 생각하다가 대답했다. "라르스 빙에는 구닐라 스트란드베리를 살해한 경찰이에요. 아직 공식적으로 발표되지는 않았지만요."

안토니아는 계속 질문했다. 질문이 많았다. 하지만 사소하고, 얄팍하고, 해될 것 없는 질문들이었다. 안토니아 밀레르는 아무것도 몰랐고, 수사를 진전시킬 가능성이 전혀 없어 보였다. 그녀는 누가 이 사건을 담당했는지도 몰랐다. 엑토르에 대해서 아무것도 몰랐고, 그 무엇에 대해서도 제대로 아는 게 없었다. 하지만 큰 그림을 그릴 수 있는 단서들을 원하고 있었다. 그녀의 어조와 조금은 억지로 자연스러움을 가장한 태도를 보고 소피는 단박에 알 수 있었다. 소피는 안토니아의 질문에 아무것도 모른다며 고개를 가로저었다. 순박한 간호사답게 말이다.

알베르트가 휠체어를 타고 테라스로 나오는 바람에 그들의 대화가 끊겼다. 햇빛에 그을린 소년이 휠체어에 탄 것을 보고 안토니아는 조금 놀란 듯했다.

"안녕! 내 이름은 안토니아야." 그녀는 지나칠 정도로 밝은 목소리로 인사하며 일어나 알베르트와 악수했다.

"알베르트예요."

소피는 알베르트를 한쪽 팔로 감싸며 말했다.

"제 아들이에요. 여름방학이 아직 일주일 남았어요. 저는 이제 평소 생활로 돌아갈 때라고 말하는데……. 넌 그 말은 들을 생각도 없지? 응?"

소피는 아들의 머리에 입을 맞췄다.

역자후기

꿀벌 이야기에서 꿀이 빠질 수 없는 것처럼 사람 이야기에선 돈이 빠질 수 없는 노릇이다.

커트 보네거트, 《신의 축복이 있기를, 로즈워터 씨》

《악명 높은 연인》에 등장하는 인물들은 원하는 것을 손에 넣기 위해 수단과 방법을 가리지 않는다. 마약 밀수, 무기 거래, 정치인 매수, 기업인 협박, 그리고 폭력, 폭력, 폭력. 이들이 손에 피까지 묻혀가며 얻으려고 하는 것은 대부분의 경우 돈이다. 그리고 걸린 돈의 액수가 커질수록, 당연히 이들의 행동도 더 극단적이 되어간다.

세상 어디에나 경쟁이 치열해.

난 너를 엿 먹이고, 넌 나를 엿 먹이고, 그들은 우리를 엿 먹이지.

칩 트릭Cheap Trick, '치열한 경쟁Stiff Competition'

시장은 한정되어 있다. 파이의 크기는 쉽게 변하지 않는다. 내가 돈을 손에 넣으려면 남의 몫을 빼앗아오는 수밖에 없다. 사정이 그렇다 보니 어제의 적이 오늘의 동료가 되기도 하고, 오늘의 친구가 내일의 배신자가 되기도 한다. 어차피 법 따위는 무시하고 사는 사람들이니, 이들이 고려하는 것은 오직 '어떻게 하면 내가 원하는 것을 얻을 수 있을까'뿐이다. 이들은 스웨덴, 러시아, 체코, 폴란드, 파라과이, 네덜란드, 스페인 등지를 오가며 수많은 법을 어기면서 돈을 벌기 위해 만신창이가 되거나 죽을 때까지 서로 싸운다.

하긴, 집안과 밖에서 다른 사람같이 변하는 인간들도 많은 세상이니까.

카리야 테츠, 하나사키 아키라, 《맛의 달인》 9권

하지만 가족과 연인만큼은 끔찍이 챙긴다. 살인을 서슴지 않고 저지르면서도 아끼는 사람들에겐 무한한 사랑을 보인다. 집 앞에 찾아온 떠돌이 개를 애지중지 키우기도 한다. 갱단과 경찰 중 누가 더 나쁜지 판단하기조차 어렵다. 갱단의 중간 보스인 엑토르 구스만은 출판사의 사장이기도 하며, 겉보기에 그럴싸한 교양과 매너를 갖추고 있는 반면, 경찰들은 하나같이 인간쓰레기들이다. 물론 돈을 얻으려고 남을 해친다는 점에서는 결국 다 똑같은 종자들이다.

《악명 높은 연인》의 주인공 소피 브링크만은 남편과 사별한 뒤 혼자 아들을 키우는 평범한 간호사이다. 그녀가 엑토르 구스만과 가까워지면서 고래싸움에 등 터지는 새우가 되었다가 본의 아니게 고래 무리의 일원이 되는 과정이 '소피 브링크만 시리즈' 3부작의 시작인 《악명 높은 연인》에 담겨 있다. 여기서 작가는 세상의 더러운 속살, 인간이 품는 욕망의 바닥을 낱낱이 드러냈다. 2부부터 본격적으로 어떤 이야기가 펼쳐질지 역자 이전에 독자의 한 사람으로서 기대하고 있다.

2014년 여름

이원열

옮긴이 **이원열**

1980년 서울에서 태어났다. 서울대학교 경제학부를 졸업했으며 현재는 로큰롤 밴드 원 트릭 포니스(ONE TRICK PONIES)의 리드싱어 겸 작곡가, 전문번역가로 활동하고 있다. 옮긴 책으로는 《헝거 게임》 시리즈, 《스콧 필그림》 시리즈, 《내 어둠의 근원》, 《뉴욕을 털어라》, 《요리사가 너무 많다》, 《움직이지 마》 등이 있다.

소피 브링크만 시리즈 1

악명 높은 연인

초판 1쇄 인쇄 2014년 9월 3일
초판 1쇄 발행 2014년 9월 11일

지은이 알렉산데르 쇠데르베리 | **옮긴이** 이원열 | **펴낸이** 신경렬 | **펴낸곳** (주)더난콘텐츠그룹

상무 강용구 | **기획편집부** 차재호 · 남은영 · 허승 · 성효영 · 이서하 | **디자인** 서은영 · 박현정
마케팅 견진수 · 김대두 · 서영호 | **교육기획** 양인종 · 지승희 · 이소정 · 구본중
디지털콘텐츠 민기범 · 홍영기 · 최정원 | **관리** 김태희 · 김이슬 | **제작** 유수경 | **물류** 김양천 · 박진철
책임편집 이서하

출판등록 2011년 6월 2일 제25100-2011-158호 | **주소** 121-840 서울특별시 마포구 양화로 12길 16
전화 (02)325-2525 | **팩스** (02)325-9007
이메일 book@ibookroad.com | **홈페이지** http://www.ibookroad.com
ISBN 979-11-85051-65-9 03850